中华传世藏书

【图文珍藏版】

中国孤本小说

马松源⊙主编

线装书局

图书在版编目（ＣＩＰ）数据

中国孤本小说：全6册 / 马松源主编. —— 北京：
线装书局, 2014.6（2022.3）
ISBN 978-7-5120-1403-9

Ⅰ. ①中… Ⅱ. ①马… Ⅲ. ①古典小说 – 小说集 – 中
国 Ⅳ. ①I242

中国版本图书馆CIP数据核字(2014)第087950号

中国孤本小说

主　　编：马松源
责任编辑：高晓彬
出版发行：线裝書局
　　　　　　地　址：北京市丰台区方庄日月天地大厦B座17层（100078）
　　　　　　电　话：010-58077126（发行部）010-58076938（总编室）
　　　　　　网　址：www.zgxzsj.com
经　　销：新华书店
印　　制：北京彩虹伟业印刷有限公司
开　　本：787mm×1092mm　1/16
印　　张：168
字　　数：2040千字
版　　次：2022年3月第1版第2次印刷
印　　数：3001 – 9000套

线装书局官方微信

定　　价：1580.00元（全六册）

《双凤奇缘》（清·雪樵主人）

小说写王昭君及其妹赛昭君和番事，"昭君出塞"一直是历史文学作品表现的热点，由此衍生的戏曲、小说层出不穷，同时作者还将真实的历史故事演绎成适合市民口味的通俗小说。

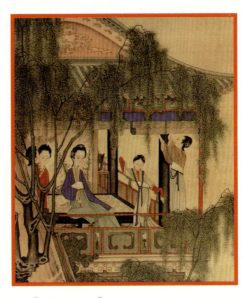

《照世杯》（清·酌元亭主人）

全书具有话本小说的艺术风格，不同于俗套的才子佳人之作，共四卷，各叙一篇故事，篇幅较长，缺乏剪裁，写事态人情之龌龊，缺少深刻的意蕴，此书并无淫词或违碍清廷之事却遭禁。

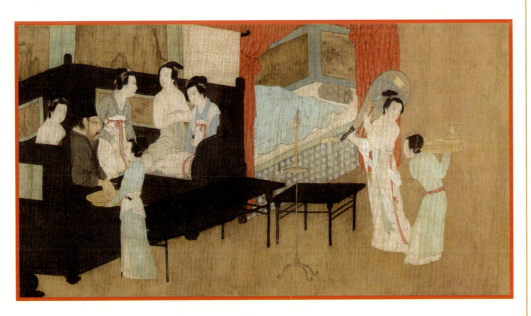

《春秋配》（清·不题撰人）

小说写书生李春发与姜秋莲、张秋联二位女子的爱情经历。尽管未出才子佳人常套，但情节离奇，故事曲折，且悬念层出，能引人入胜，最后以大团圆而终。由于书中所写男女情事与封建礼教不合，且对封建专制社会有所抨击，因此在清代遭到禁毁。

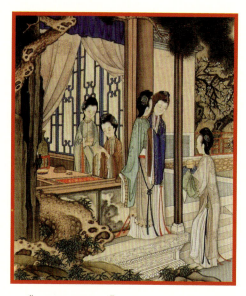

《锦帐春风》（明·伏雌教主）

本书是中国民间长期流传且最具神秘色彩的一部屡遭禁毁的小说，这部小说既大名鼎鼎，又讳莫如深，既精彩恣肆，又良莠不齐，正补传统经典文学作品之遗，属"民间禁毁小说珍品"。

《阴阳斗》（清·不题撰人）

传世刻本均为坊刻，书名《阴阳斗》是为"阴阳背戾，安得不斗"，其旨在宣扬"阴阳和合"、"本性相同而已"。小说较之杂剧，既坐实了它的时代背景，又增加了神话色彩。

《梧桐影》（清·不题撰人）

作者从整体上倡导"以淫止淫"，明末淫风盛行地区主要集中于江浙一带，其中原因或许与经济发展状况和士人心理状态有关，而其结果又与淫秽书籍的传播直接相关。

《空空幻》（清·梧岗主人）

书叙主人公花春面貌丑陋，却极好风情。然其不得满足，长期有艳遇奇缘，故形诸梦寐。花春梦中与十美相会，千回万折之间，终在身亡后又转世为女子，受尽磨难，最终得圆满结局。

《春灯影》 （清·佚名）

该书作者认为对雌雄阴阳情欲的敏锐感知，正是人为天地万物之长的标志，对违背情理的婚姻中的受害者的背礼行为表示一定程度的理解，对守节提出了疑义，因有悖于统治者利益而遭到禁毁。

《定情人》 （清·不题撰人）

本书讲述了四川成都府宦家子双不夜（又名双星），少年进学，在偶遇中结识义妹江蕊珠。二人才貌相当，心心相印，后来的故事自然是中伤与阻挠，误会与悬念，最后是欢喜大团圆。

《情梦柝》 （清·惠水安阳酒民）

多情才子，是一副刚肠侠骨，几个佳人，做一处守经行权，其间又美恶相形，妍媸有别，以见心术之不可不端，绝古板的主意，绝风骚的文章，句句妙辞雅谑，一断幽情，令观者会心自远。

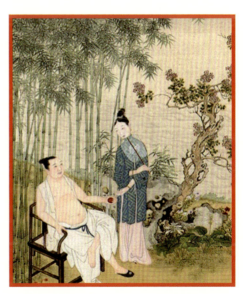

《鸳鸯配》 （清·樵李烟水散人）

西湖流寓似飘蓬，文即相如貌亦同，玉鸳作缘成巧合，画龙为护定奇功。书叙南宋末年申云、崔玉英及荀文、崔玉瑞的姻缘，中间穿插贾似道、谢翱及义士任季良、侠士陆佩玄、火龙真人等事。

《五凤吟》（清·云阳嘻嘻道人）

本书是一部才子佳人小说，小说叙明朝嘉靖年间，宁波乡宦之子祝琼与五位美女的姻缘情事。故事情节曲折动人，于男女情事的描写则细腻有加，极致处令人侧目。

《五色石》（清·笔炼阁主人）

全书共包括八个小故事，它们多为人情世故、悲欢离合之作，内容涉及社会生活各个方面，贯穿着劝善戒恶的主旨。作品明确指出天道不公，并反映了一些社会弊病，试图弥补社会制度的缺陷。

《贪欣误》（明·罗浮散客）

该书主旨在劝诫世人勿行不义，勿贪财恋色，并对仗义任侠者予以褒奖，叙述市民生活生动细腻，人物形象鲜明，但多数未能脱出因果报应的窠白，此书对了解明代市井生活有认知价值。

《警寤钟》（清·云阳嘻嘻道人）

本书以仁厚、忠义、孝悌、节烈四个主旨，叙述四则故事。骨肉怎可欺心，秃头弟受累，仁义终有报君言听信谗言，老将军蒙冤，忠义世传名……字字敲心，句句震耳，发人深省，引以为戒。

《狐狸缘全传》 （清·醉月山人）

书叙书生周信聪明儒雅，风流飘逸，与青石山九尾狐玉面仙姑相恋，惨遭众天仙拆散，然因周信始终眷恋玉面狐，玉面狐也至死苦恋周信，遂感动众仙，撮合二人为正式夫妻。

《粉妆楼》 （明·罗贯中）

小说叙唐代开国功臣罗成的后代罗增、罗琨、罗灿父子等受奸相沈谦无端陷害，被迫聚义鸡爪山，共同将兵伐罪，诛灭沈谦奸党，扶助大唐天子重振朝纲的故事。

《鸳鸯影》 （清·樵云山人）

本书叙述了柳友梅与雪瑞云、梅如玉的婚姻爱情故事。书中江南选秀女造成民间男女乱配，甚至乱伦的情节，尤为发人深省。小说因触犯朝廷忌讳，而屡屡遭到查禁。

《情楼迷史》 （清·佚名）

小说叙元朝松江书生李彦直与名妓张丽容相爱，两人作诗于霞笺之上，隔墙互掷霞笺传情，并各珍藏一幅以为他日联姻凭据。其后的经历此起彼伏，然最终有情人终成眷属！

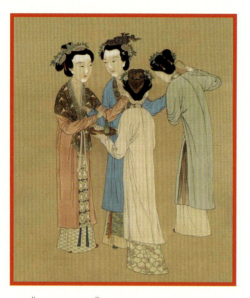

《八洞天》（清·笔炼阁主人）

　　全书分叙八个故事，其内容多是社会世情生活写照，有些情节近于荒诞，但从中可以看出作者隐喻其中的尊儒、怀明、厌清思想。作者以继承前书、补救人间恨事为主旨，目的还在于警示读者。

《梦中缘》（清·李修竹）

　　小说以明代正德、嘉靖年间严嵩乱政为背景，讲述了主人公才子宋瑞生的波折的情感历程，宋瑞生南北飘零，风流消受，终得正果，频来眼去，充满依恋，字里行间洋溢着人间真情实爱。

《银瓶梅》（清·不题撰人）

　　小说采用对比的手法，把奸臣与盗匪勾结，侠士与忠臣联手，将个人恩仇与社稷安危纽结在一起，描写了唐玄宗年间侠士除奸平叛、报仇雪恨的故事，其故事在民间广为流传。

《锦香亭》（清·古吴素庵主人）

　　小说叙唐玄宗天宝年间，新科状元钟景期与葛明霞一见钟情，私订终身，因安史之乱和权奸构陷，情侣分离，历经艰险，终于团聚的故事。作品文字清隽晓畅，细节描写精致。

前　言

　　孤本是中国古代的一种特殊文化现象,是指某书刊仅有一份在世间流传的版本,亦指仅存的一份未刊手稿或原物已亡佚,仅存的一份拓本。孤本小说是一种复杂的历史存在,作为中外共有的一种文化现象,是统治阶级凭借自己拥有的权力,运用法律或行政的手段,对某些小说采取禁止刊印流通乃至加以销毁的行为。中国孤本小说大多来自民间,对于作品所处年代的世情冷暖、三教九流、民生百态有着比较全面、具体而又直接的描写和刻画,其中很多小说,现在已被誉为世界第一流的古典小说杰作,它们是一部部用美学方法写成的历史——风俗史、心灵史,是中国文化的产物,也是中国文化的载体和组成部分,具有极强的艺术价值和研究价值。

　　纵观中国历代王朝的禁书史,其禁书原因大约不外两种:一是政治原因,一是思想原因,其中政治原因又占主要地位。历代统治者无不希望天下的百姓都成为顺民,永远做奴才,任自己为所欲为,对于一般的下层百姓,实现这一点比较容易,对于有文化的知识分子,实现这一点却不容易,因为他们有文化,因此有思想,更进一步,有自己独立的人格意识,不会轻易为人所左右。于是,除了那些为向上爬而忠实于朝廷的知识分子以及大部分受蒙蔽者,还有许多心里明白却又不敢言说者之外,那些敢于言说的,甚至形诸文字、散布于民间者,自然就成了打击的对象。但正是这些政治或思想上的"异己"者才能创造出新的文化成果,为社会和文化带来进步和繁荣,扼杀他们的著作,实际便是扼杀文化和一个民族的生机。但历代统治者首先考虑的是自己的统治利益,为了自己的利益、民族利益和国家利益以及百姓利益可以被他们轻易地背弃或扔在一边,同时还要要求百姓们对他们忠贞无限,这种要求本身是滑天下之大稽,是人世间最无耻的,却在中国历史上屡屡发生,这实在是中华民族的悲剧。例如:西晋时期,司马炎取"泰始"为年号,他取这个年号的目的是想讨个吉利,希望能开始新王朝的新纪元,以后能稳稳当当地坐下去,于是司马炎为了保障王朝的稳固,于泰始三年颁布了一道禁令:"禁星气、谶纬之学",并颁布了《泰始律》,其后与谶纬有关的东西一直被禁。真正的禁书从秦国开始,秦孝公让商鞅实行变法,商鞅为了变法的畅行无阻实行燔《诗》《书》,这一案例开启了中国封建王朝孤本图书的先河。

从历代所禁图书的内容和过程来看,禁书的历史也是一部中国文化政策的更迭演变史,还是一部文化发展史,文化越发达,被禁止图书就越多,思想就越超前,被禁的书也就越多;文化就在禁—弛—禁的起伏过程中发展。禁书的严格与松弛,往往又反映了各自的时代和统治者自我信心的消长兴衰,禁书少的时代,往往是思想禁锢较少,思想意识较为自由宽松的时代,因而也往往是思想文化光辉灿烂的时代,同时也是统治者严重缺乏自信心的时代。

孤本小说是焚书炉上的"超脱之书",是禁书之外的"漏网之书",是封建社会"地下出版物"。任何一种书籍一旦成为孤本必然被束之高阁,或藏于秘室,独自享用,拒人于千里之外。为拯救华夏璀璨文化于灰飞烟灭,使其昭彰于世,造福世人,数百位专家学者用数年心血,穷溪问野,钩沉钓遗,精心整理,编辑了这套《中国孤本小说》,全书收录了包括《双凤奇缘》《锦帐春风》《定情人》《粉妆楼》等 23 部杰出的古代孤本小说,书中的小说,有的反映当时的进步思想,有的表现重要历史事件,有的暴露封建社会的罪恶,有的在艺术技巧上可供借鉴,都可供读者学习和讨论。

我们这次能对中国古代的孤本小说进行了一次系统的整理出版,让这些相当长的一段时间里被歧视的文化作品得到公正的对待,实现其本身真正的价值。当然,并不是说所有的被孤本的小说都是好的,对于其中的不合理的成分,我们予以了删改和剔除,但这种剔除并不是粗暴的砍截,而是在不影响和改变原文意思和内容的前提下,对于民族的文学财富,我们应该持一种理智、宽容和开放的态度。总之出版《中国孤本小说》使这些宝贵的财富得以重见天日,这些历史文化的遗存能够得到及时的抢救,相反很可能会成历史的遗憾。

目　录

《双凤奇缘》

《照世杯》

《春秋配》

双凤奇缘

[清] 雪樵主人　撰

卷一

第一回　汉帝得梦选妃 奸相贪财逼美

诗曰：

　　月貌花容最可亲，汉宫曾说有佳人。

　　一生种下风流债，直使多情悟凤因。

　　话说自古及今，奇男子与奇女子，虽皆天地英灵之气所锺，奇处各有不同：奇男子重忠、孝二字，做一番掀天播地的事业，名贯古今。奇女子重节、义二字，完一生冰清玉洁的坚贞，名重史册。

　　你道那奇女子是何人？就出在汉朝十一帝。相传元帝在位，其时天下太平，百姓安乐，文有宰相张文学、翰林院掌院学士苏武；武有元帅李广、总兵李陵、都督李虎，一班文武忠良辅佐汉主，治得国家盗贼不起，旱涝不兴，要算有道的气象。只因宠任一个奸臣毛延寿，其人狡猾异常，善迎主意，贪财爱宝，无所不为，这也不在话下。

　　且说越州地方，有一位太守，姓王名忠，乃本京人氏，一身清正，爱民如子。夫人姚氏，年俱半百，膝下无子，只生一女，取名皓月，又叫昭君，生得有沉鱼落雁之容，闭月羞花之貌。女工针指，自不必说，且精通翰墨，又善晓音律，父母爱如掌上珍珠，不肯轻于议婚，所以昭君年方十七，尚待字闺中。

那年八月中秋佳节，一家同坐饮酒赏月，但见一天月色，照得如同白昼，令人开怀畅饮。昭君多饮了两杯，有些醉意，告别双亲，先进香闺，和衣上牀，朦胧睡去。得一奇梦，兆她一生奇缘。就是当今汉天子，也于此夜睡在龙牀梦见芍药阶前、太湖石畔，有一美貌女子冉冉而来，生得那：

比花花解语，比玉玉生香。

汉王见此美貌女子，就是三宫六院，也找不出这个绝色来，由不得浑身酥软，心中沉醉，急急抢步向前，把美人的袖子扯住，问道："美人住居何处，姓什名谁，青春多少，可曾婚聘?"那女子回道："奴住在越州，姓王名嫱，乳名皓月昭君，年方十七，尚未适人。"汉王听说大喜，叫声："美人，孤只有正宫林后、东宫张后，西宫尚缺妃子，孤欲把美人选进西宫，以伴寡人，不知美人意下如何?"那女子道："只怕奴家没福，若王爷不嫌奴容颜丑陋，可到越州召取奴家便了。"汉王见她依允，此刻春情难锁，便叫声："美人，既蒙你怜爱寡人，奈水远山遥，一时难以见面，今夜且赴佳期去罢。"说着要来搂抱美人。那女子被汉王纠缠不过，心生一计，便叫："陛下放手，后面有

内侍来了。"哄得天子回头一看，她就用力把汉王一推，汉王叫声："不好!"一跤跌倒在地惊醒。

汉王南柯一梦，睡在龙牀，心中一想："此梦好奇遇也! 美人明明说了名姓地方，等早朝时分，差官到越州访问，自有下落。"想罢，天色已明。汉王登殿，文武拜呼丹墀，汉王连呼平身，众臣口称万岁，站起分班侍立。汉王先召圆梦官，当殿诉说梦境。

圆梦官回奏："梦是心头想，有是心必有是梦，有是梦必有是人。此梦上吉，吾主传旨召选，梦自遂心。"汉王闻奏大喜，打发圆梦官下殿，便问两班文武："哪位卿家，代孤到越州访取皓月昭君？"话言未了，班内闪出奸相毛延寿，俯伏金阶道："臣愿往越州走遭。"汉王大喜道："卿到越州，选取应梦美人，如选得来时，加官进爵外，赏黄金万两。只不许私受买嘱，有负寡人重托。"

延寿领旨谢恩，退出朝门，回了相府，料理家务一番，不敢耽搁，带了二十名长班跟随，上马出京。一路地方文武官员都来迎接馈送，好不十分畅意。又思："昏君得了此梦，认定将假作真，我往越州，此差乃是一件好买卖，哪管昭君真不真。"打算已定。

在路行程非只一日，到了越州，也不先行报程，就到金亭馆驿下马。入内坐定，便连唤驿丞，只吓得驿丞急忙出来迎接，双膝跪下，口称："相爷在上，小官叩见。"奸相假意喝道："好大胆狗官，明知钦差入境，不来远接，理当问不敬上之罪，法当取斩！"驿丞连叩响头道："相爷请休怒，容小官告禀：一来相爷未打报帖；二来驿丞官卑职小，不敢擅专；三来本府无文差委，故此得罪相爷，望乞海涵宽恕。"奸相点点头道："也罢，恕你罪名。速唤知府前来见我。"

驿丞连声答应，站起上马，离了馆驿，飞星来到府衙，下马入内，跪禀知府道："今朝廷差了毛延寿到来，选取后妃，未行报帖。现在馆驿，立请大老爷相见，作速便行。"这一报不打紧，只吓得王太守面皮失色，急急起身上马，带了驿丞，来到金亭馆驿。下马入内，投了禀帖，见了奸相口称："赵州知府王忠禀见相爷。"说着，跪将下去。奸相把脸一沉道："如此大胆！明知朝廷旨意，到你地方选取昭君娘娘，不来远接，该当何罪？"王忠道："因相爷未曾报帖，卑府有误公务，还望相爷宽宥。"毛相道："且饶不究。这里有告示一道，速拿至人烟杂处张挂，着地方总甲举保美貌女子，自十一二岁起至十七八岁止，尽行报名，要选取皓月昭君，如有隐匿，以欺君罔法论罪。"

王忠接了告示，退出馆驿，回到衙内，一面差人送席打扫馆驿，张灯结彩，一面将告示散布地方总甲，四门张挂。退到私衙，夫人接住，分宾主坐定，问道："相公有

何心事不快，面带忧容？"王忠道："夫人有所不知，只是汉王差了毛丞相到此，要选取皓月昭君，此名乃是女儿乳名，眼见要来选取女儿了。你我夫妻只生此女，后来靠她收成，若选进宫，今生就不能见面了。"夫人道："我女名叫昭君，外人并不知晓，只吩咐家人不许泄漏。"王忠连声有理。

只说地方总甲，在外逐户细查，并无昭君。回报太守，太守即来禀知奸相。奸相因见王忠不曾有金银来打点，心中已是着恼，又见王忠回说没有昭君，不禁大怒道："哪里没有昭君？显见狗官不用心细查，违逆圣旨。左右与我将狗官拿下。"下面一声吆喝，好似鹰捉燕雀一般。未知王忠如何，且听下回分解。

第二回　太守被责献女
昭君用计辱奸

诗曰：

春有百花秋有月，夏有凉风冬有雪。

若还四季不饮酒，空负人间好时节。

话说太守王忠，见奸相发怒，吩咐左右动手拿他，急急叫声："相爷且慢，容卑职告禀。"奸相道："你做一个黄堂太守，管辖万民，连一个昭君没处找寻，怎么回复旨意？你还有什么分辩？"王忠道："非是卑府不用心细查，乃查了一月，在城在乡并无昭君名字，还望相爷原宥。"奸相听说，好不耐烦道："钦限紧急，任你慢腾腾的性儿，谁担此违背圣旨之罪？你这狗官不用追比，焉肯将昭君找寻出来！左右与我将狗官扯下去打。"下面一声吆喝答应，吓得王忠只叫："相爷开恩，容宽限三日，卑府好去细查。"奸相坐在上面，佯作不睬，左右虎狼动手，可怜王忠被捺在地，轮替四十荆条大棍，打得王忠哀声不止，肉绽皮开。打毕放起，奸相又叫声："王忠，再限三日，如有昭君，万事休提。三日外再无昭君，定取狗官首级，决不宽贷。"

王忠听说，吓得魂飞天外，魄散九霄，只得诺诺而退，连声答应，一步一拐，出了馆驿。有家丁扶着，也骑不得马，唤一乘小轿抬进衙门。可怜王太守，眼泪汪汪，下轿入内，有姚夫人接至房内坐定，见老爷这等狼狈，问起缘由。太守未曾开言，先叹了一口气，道："夫人，想我堂堂四品黄堂之职，今日撞见奸相，这个对头星，因我不将昭君查出，打了四十大棍，又限三日，若无昭君，定要典刑。夫人呀！看来女儿是要献出的了，若再隐匿，只怕我这条老性命就活不成了。"姚夫人见说，由不得目瞪

口呆，暗想："女儿这等聪明伶俐，怎生舍得她远离他方！若把女儿前去应选，丢得我夫妻二人膝下冷清，日后倚靠何人收成结果；若不把女儿献出，又伯老爷受罪不起。"由不得一阵心酸，两眼泪如雨下。王太守也是含悲痛哭，且自慢表。

再言昭君，自从酒醉睡去，梦中与汉王相会，面约终身，她就痴心妄想，志不改更。到了次日，天明起来，梳洗已毕，不带丫鬟，出了香房，独自步进花园，对天双膝跪下，暗暗祷告："念信女王嫱，昨夜梦中相会汉王，汉王面许奴家选进西宫，若是奴家有后妃之福，但求天遂人愿；若是奴家福薄，汉王不来召取为妃，奴宁老死香闺，再不他适。"祝罢一番，将身站起，归了香房，每日只是闷闷沉沉，坐在房中思想汉王，痴心等守，茶饭顿减，容颜消瘦，毫无一点欢情。

那日因在房中闲会，取了一双大红绣鞋，用针刺绣双飞鸳鸯。正要绣成，忽然线断针折，因大吃一惊道："难道奴与汉王无缘，不能应三更之梦了么？"说着扑簌簌地泪滴香腮，连声叹息，不禁心中有感，吟诗一首：

寂寞无聊坐绣房，尖尖十指绣鸳鸯。

鸳鸯绣到双飞处，线断针残泪两行。

吟诗方了，耳畔内忽听远远地上房一片嘈嚷之声，心中好不十分诧异，便叫丫鬟："你听，夫人房中为什事这等吵闹？速速前去，且看一看，回来报我知道。"丫鬟答应。去不多时，急忙回报小姐道："不知为什么事情，老爷和夫人坐在一处，痛哭不止。"昭君闻知大惊，即命丫鬟拿梳具过来，打扮一番，要到上房探问消息。你道昭君怎生打扮？但见她：

面对菱花挽乌云，手理青丝发万根。

高梳一个蟠龙髻，凤钗金簪鬓边横。

柳叶眉弯如新月，秋波秀眼黑白分。

脂粉不施生来媚，耳上金环左右分。

穿一件团花锦绣袄，系一条碧水波浪裙。

翠手镯双龙取宝，金戒指八宝装成。

红绣鞋刚刚三寸，白绫带裹住折根。

行一步裙不动人真爱惜，笑一笑齿不露价值千金。

远看她分明是广寒仙女，近看她好一似南海观音。

昭君打扮已毕，出了香闺，来到上房，见了爹娘，叫声万福。老爷、夫人齐道："吾儿少礼，一旁坐下。"昭君道："孩儿告坐。"坐定，便问爹娘："为什么事情这等伤心？可说与孩儿知晓。"王太守见问，料难隐瞒，便将朝廷钦差毛相来到越州，命为父的四门大张皇榜，要选昭君，因为父的舍不得将吾儿花名报去，回言越州没有此女，恼了奸相，把为父的打了四十棍，还限三日定要昭君，如再没有昭君，就要致死为父，所以与你母亲在此伤心的话说了一遍。

昭君听说，心中又恨又喜：恨的是奸相太不留情，喜的是梦真灵验。便叫声："爹娘，休要烦恼，事到其间，只管把孩儿报去充选，一可救爹爹性命，二使儿进皇宫，一家富贵。爹爹且去见奸相，只说昭君有了，要赦卑职无罪，方敢说明。他自然叫爹爹直说，爹爹回他，卑府一身无子，只生一女，名曰昭君，情愿入宫充选，他自然改容相待爹爹。"

王太守见女儿肯去充选，即刻出房，上马来到馆驿。见了毛相，毛相便问："昭君有了么？"王太守就照女儿的话回了一遍。毛相忙站起扶住知府，口称："恭喜知府"，并陪罪道："如今是国丈大人了，方才多多得罪，望乞国丈宽宥。"王忠连称："不敢。"毛相道："可用暖轿将令嫒抬来一看。"王忠答应。回到府衙，说与夫人、女儿知晓。昭君道："既是天子选儿为妃，还怕奸相不来朝见，岂有君妃见小臣之礼？爹爹去对他说，一个不出闺门的绣女，怎肯轻易出去见人，请相爷到府衙一看，不怕他不来，等他来时，女儿也代爹爹出一口气。"太守听说，连称："有才女子胜于男儿！"便出了衙门，赶到馆驿，回明了毛相。毛相暗想："我原是假意试他一试，他若肯来，就失了贵人的身分，如今不来，方是正理。且住，难道我反求见于她么？"腹内沉吟。未知他肯去否，且听下回分解。

第三回　美人图奸臣点痣　鲁家庄金定掉包

诗曰：

> 休怪清官心滞涩，一生如水人忠直。
>
> 奸邪不识爱芳名，只顾贪财掩美色。

话说毛相虽然心下沉吟，到底奉旨而来，既有昭君，不得不亲去一看。没奈何，与太守来到府衙下马，太守道："请相爷迎宾馆稍坐，容卑官通报。"说罢进内。昭君道："毛延寿可来了么？"太守道："来了。"昭君道："不要叫他就进来，等女儿打扮完备，再着他进来，还要他拜这么几拜！"太守道："他是当朝太师，怎么拜起你来？"昭君道："可恨这厮，前日将爹爹打了四十棍，定要他拜奴八拜，只算服礼。"

说着起身，来到自己房中，吩咐一众丫鬟扮做宫娥采女，先将圣旨朝南供在厅中，面前摆了香案，但等奸相来到，使他下礼；他若不跪，喝骂欺君。众丫鬟答应，忙去打点。昭君也是宫妆打扮，带领丫鬟出了香闺，来到厅上，先拜圣旨，连呼万岁，拜毕起来，便叫声："爹爹，可请毛延寿到里面来相见。"太守依言，出来相请毛相。毛相同了太守，一路行来，心内暗想："这丫头仗西宫贵妃，我去见她，倘不低头下拜，定说我是欺君；若去拜她，我乃一品宰相，屈膝于女子，哎，都怪我前日不是，打了她父亲，她今记恨在心，分明作弄于我。"想着，已到厅上，但见中间供着圣旨，旁边坐着一位宫妆美人，两旁彩娥宫女二十余个，分为左右，已是吃惊。忽听上面一声吆喝道："圣旨在上，娘娘在下，还不下拜么？"只吓得奸相双膝跪下，先呼万岁，后称千岁，拜了八拜，上面唤了平身，方敢起来。站在一旁，偷眼把这位娘娘细看一看：

"果是画中人物!"昭君道:"不敢久留,请大人外边坐罢。"毛相告别而出,昭君又叫父亲随他出去,看他说些什么?

太守点首出来,见了毛相,问道:"小女可充得选么?"毛相道:"令爱虽有几分姿色,但未进皇上,未知中意,须要三张美人图:一张坐像,一张睡像,一张行像。将此图进呈皇上,若看中了,方做得西宫妃子。我现在带画工在此,你快收拾五百金,送与画工以作笔资,好代你画图。"说毕,起身回他的公馆。

太守送了毛相出去,转身入内,将毛相吩咐的话说了一遍。昭君听说,骂一声:"大胆奸贼,分明贪财爱宝,借此图画为由,索诈金银,令人可恨!"便叫声:"爹爹,他既要图画进呈,待女儿自己画罢,也不用费爹爹一文半钞。"太守笑道:"你怎知画法?这是要进呈的,不可儿戏。"昭君道:"孩儿自幼学的画法,且画了呈与爹爹看。"

说毕,进房坐下,叫丫鬟抬了一面穿衣镜对着自己,又取了文房四宝,将色料、画笔放到桌上,铺下粉绫,细细对镜将三张画图描成。不到半日,图已画成,画得笔路分明,真是高手。有诗三首,赞这画图的妙处:

美人坐图:

> 浑如大士坐莲池,瑞霭千层入定时。
> 毕现全身无色相,善财龙女两相随。

美人睡图:

> 总为春情暗自伤,销魂早入梦甜乡。
> 吴宫恃宠巫山后,疲怯西施在象牀。

美人行图:

> 身躯袅娜下瑶台,疑是广寒谪降来。

　　昭君将这三张美人图描完折好，出房送与太守。太守展开一看，称羡不已，并道："女儿，你画虽画得好，只是毛丞相多少路程到此选你，又拜你八拜，也该略送他些薄敬，方尽地主之情。"昭君点头称是。太守便叫夫人进房，连首饰头面共凑成了二百两银子，交与太守，连三张画图，一并拿至迎宾馆。

　　见了毛相，呈上图画。毛相一见吃惊，忙接过展开一看，假意连声道好，便问："还是你自己画的，还是托人画的？"太守道："是小女画的。"毛相冷笑几声道："好个聪明娘娘，天上无双，地下少有。"说着，见桌上一包东西，又问道："这是什么意思？"太守陪笑道："这是卑职些须菲敬，送与相爷买茶果吃。"毛相不听犹可，一听时陡然怒从心上起，暗想："我许多路途到此选妃，又拜你女儿八拜，只有这点东西送我，还不够我赏人的。"想着，怒冲冲地拿了美人图，向后堂而去，口内不住骂着："你既轻人，我有主意，叫左右取笔砚过来，就在

昭君每张图画眼下点了芝麻大一点黑痣，若圣上看见，待找启奏，此乃是伤夫滴泪痣，命主损三夫，圣上若娶此女，恐江山不利。那时圣上心疑，自然不用，使他父女分离，方泄我心头之恨。"想罢出来，假意堆笑，口称："盛情断不敢领。卜于九月十三日乃黄道吉日，请贵人动身。"太守答应，拿了礼物回府。昭君道："那毛相说些什么？"太守便将他见图称赞，礼物不收，已择日子起身的话说了一遍。昭君道："他不收此礼，想必嫌轻。爹爹，凡事皆由天定，岂为人谋？女儿进京，须要爹爹送女儿去，哪怕他奸计百出。"太守言称有理，便与夫人打点收拾不提。

　　且言毛奸相，暗恨王知府不知进退，自恃聪明，叫女儿画图，送我薄礼，只消在

此生一妙计，另选美人，也画三图，胜似昭君，汉王一见，定然收用。嘱咐此女，哄奏君王，将昭君贬入冷宫，方知毛爷的手段利害。便唤二个心腹家丁，一叫孙龙，一叫赵保，叫到跟前，附耳悄悄吩咐道，如此如此，这般这般。孙龙、赵保听得吩咐，禀回："小的们知道了，相爷只管放心。"

说罢，二人出了馆驿，不敢怠慢，回路细访。访到第二日，打听出越州南乡有一个大财主，姓鲁，地名就叫鲁家庄，庄内这位有钱的鲁员外，娶妻赵氏，院君齐年四十以外。家中豪富，广有金银，只可恨膝下无子，单生一女，年方二九，十分伶俐聪明，虽貌减昭君，却也体态风流。孙、赵二人访着此女，心中大喜，急急找到鲁家庄要去掉包。且听下回分解。

第四回　使奸计太守被诳　苦分离昭君上路

诗曰：

> 昨夜阳台梦到家，醒来依旧在天涯。
>
> 思亲枕上流珠泪，两目昏花乱似麻。

话说孙龙、赵保访到南乡鲁家庄上，即问："门上有人么？"里面走出一个老门公，见他二人差官打扮，叫声："二位爷，到此有何贵干？"孙龙道："烦你通告员外一声，有件机密事要见。"门公道："爷们上姓大名，好待小的通报。"孙龙道："当面见了员外，自然分晓，你不必再三盘问。"门公入内，只得报知员外。

员外不知头脑，心中十分疑惑，急忙出来迎接，也认不得二人，遂请到厅上见礼，分宾主坐定，有家人送茶。茶毕，员外便问："二位光降寒舍，有何见教？"孙龙道："员外，我们话虽有一句，府上管家在此，不好说得。"员外吩咐家人外面伺候。孙龙道："今日我们造府，送一件大富贵与员外的：因当今天子差了毛丞相来到贵地，要选西宫妃子，已看定本府王忠之女，名叫昭君，才貌无双，已描三张画图，只为礼送菲了些，怠慢丞相。丞相大怒，将她画图改换，命我二人另访美女，抵换昭君。一路访求，闻知府上有一位美貌小姐，特来惊动。员外若肯将令媛充选，只要黄金千两送我丞相，丞相自将令媛画图呈于皇上，包管圣上选她入宫。那时，令媛做了贵人，员外还怕不是一位国丈皇帝？"这一席话，说得员外好不高兴，便道："二位请少坐，容去商量。"孙龙道："员外请便。"

员外笑吟吟地进来，对院君说知此事。院君听说，心也动火，吩咐丫鬟叫女儿出

来。见礼已毕，一旁坐定。员外又向女儿说了一遍，金定道："爹娘说哪里话来，女儿婚姻应从父母之命，怎问女儿行与不行？"员外听说大喜，即到前厅吩咐家人，安摆酒席款待。又问了二人的姓名。用毕酒饭，员外取出黄金千两，"相烦送与相爷，外白银四百两，送与二位，望乞丞相面前帮衬一声。"孙、赵二人心中甚是畅快，道："好个仁义的员外！只管放心，包在我二人身上。快请画师，将令暖的坐、行、睡画图，要画三张。"

员外即吩咐家人，在隔壁邻庄请了一位善丹青的画师到厅，大家见礼，送茶坐定。员外邀请画师到内室，说知画图进呈的话："先具花银十两，相送先生润笔，若是画图选中，再当重谢。"画师道："不消员外吩咐，快请令媛出来好动笔。"员外答应，忙叫女儿换了衣襟，一身鲜艳，叫了出来。一见画工，道过万福，画工回礼。即与金定对面坐定，细细将她上下一看，暗赞道："鲁老头好个标致有福气的女儿！"一面将颜料调好，动起笔来。细心留神，加意描写，不到半日，画已完成。金定起身回房，画工出厅告别，员外相送，回来拿了画图，与孙、赵二人一看，果然画得美貌超群。看毕，将图交代，又嘱咐一番，孙、赵二人连称知道。告辞起身，抬了黄金，银子揣在怀中，一同出了庄门。员外相送，把手一拱，迈步长行。

不到一刻，进城来至馆驿，打发抬人脚力去了，孙、赵二人自己抬了黄金入内，见了奸相，先将画图呈上。奸相将图一看，道："果然画得好，不知此是何人之女？"孙龙禀道："启相爷，南乡有一鲁员外，所生一女，名叫金定，年方十八，才貌超群。现送相爷黄金千两，小的们另送银四百两。"奸相听说，十分欢喜，道："这个员外，方是个知趣的。可将礼物、图画收了，尔等去备花船两只，快船、官船四只，以备伺候应用。不必去向那知府说。"孙、赵二人答应下来。

奸相又暗想："将鲁金定掉包，怕的昭君上路，知府同行，到了京都，露出马脚，大有不便，不如再施小计，方得周密。"即差一心腹家人，扮了钦差，又带八名校尉，假传圣旨一道，赶到府衙。一声旨下，吓得太守忙披朝服，摆了香案，迎接圣旨进来。假钦差开读圣旨道："朕今差毛相到越州选取昭君，但有昭君，只将本女召选进京见驾，其父母等不用相送，如违圣旨，全家抄斩。"太守连称："愿吾皇万岁万岁！"站起

来接过圣旨，送了钦差回去。

可怜太守不知真假，来到后厅，脱去朝服，夫人、小姐接住坐定，问道："圣旨到来，却为何事?"太守含着一包眼泪，诉说一遍。夫人听见不许父母相送，抱住小姐放声大哭道："姣儿呀！叫为娘的怎舍得你一个人前去呀！"小姐也是哀哀啼哭道："爹娘呀！此乃奸臣未得受贿行的毒计，不许父母同行。爹娘休生烦恼，且待孩儿进京见驾，自知圣旨真假，若是假的，奸贼不死，也叫他吃一大惊。"太守劝道："冤家宜解不宜结，我儿休要如此。"不表府衙之事。

且言奸相见吉期已到，差人送信鲁家："也不用亲丁相送，都有我照应，就是一般快些收拾，好上花船动身。"员外得信，忙命院君代女儿打扮。已毕，拜别父母，也不免洒了几点分离眼泪，上了花轿，员外亲送登船。到了花船下轿，另有选的一班绣女，接至舱中，员外嘱托几声，回他庄子不表。

再言府衙内见九月十三日已到，当不得奸相只是着人催促起身，太守夫人又代女儿打点收拾，由不得苦在心头。内厅饯行，酒席已摆列现成，只等小姐梳洗已毕，换了衣衫出来，先是珠泪纷纷，哭拜父母告别。太守夫妇一见，好似万箭攒心，苦哀哀叫声："姣儿少礼，且坐了少饮几杯。今日与儿分手，不知何年月日得见姣儿?"说着，放声大哭。昭君听说，，点酒不能下咽，只是含悲叫声："爹娘，且请宽心，孩儿进京，若侥幸得伴君主，少不得奏上当今，差官召迎双亲进京，同享荣华。那时骨肉自然聚会，爹娘且免忧悲。"又吩咐家中一切仆妇人等："自奴进京去后，尔等须要小心殷勤服侍主人、主母，不可因其宽厚，放胆行事。"众人答应。昭君又叫声："母亲，孩儿有句心腹之言，原不应说，女儿今日分别，故而向母亲说知。"未知说出什么，且听下回分解。

第五回 献图谎奏惑君 妒美追舟遇贬

诗曰：

淡淡光阴日日长，金银买嘱好时光。
鲜花埋没深闺内，秀气香风透小房。

话说夫人见女儿有句话要讲，便道：“吾儿有话，但说何妨。”昭君道：“爹娘在此，孩儿大胆，若日后生下弟妹，双亲休要取名，孩儿今日留下两个名，不知双亲意下如何？”太守夫妇道：“吾儿只管留名，总依你便了。”昭君道：“若靠天福庇生一兄弟，王氏有了后代，可名金虎，取长生之义；若生一妹子，可名王娉，称赛昭君，胜似姐姐之义。”

太守夫妇听说，正在点头赞好，忽见家人禀道：“钦差毛相爷押了绣女花轿已到。”太守听说，连忙出来迎接，到厅见礼，分宾坐下，有家人送茶。茶毕，毛相道：“令嫒不必耽搁，快些收拾，上轿起身，错了良辰，反为不美。”太守道：“小女即刻起身，相爷请少坐。”说罢，站起入内，叫声：“我儿，钦差在外催促，不消耽搁，快些收拾起身罢。”昭君听说，此刻不免滚油煎心，珠泪纷纷，只得朝上拜别父母，大哭一场，没奈何来到前厅，上了花轿。夫人送到门口，见花轿抬去，夫人痛哭回后。外面三声大炮，太守陪了毛相上马，一路押着花轿到船。昭君下轿进舱。毛相吩咐一班绣女：“好生服侍娘娘。”众绣女答应。太守对毛相打一躬：“小女年轻，还望相爷照拂。”毛相点首道：“贵府请回，只管放心。”太守告别而去。

且言毛相下了官船，吩咐一声，放炮起行，众水手答应，只听得大炮三声，解缆

开船。前面鲁金定的花船，后面王昭君的花船，中间夹着毛相的座船。他坐在官舱内，微微冷笑道："可恨昭君自逞聪明，擅描画图，还要我拜她八拜；知府王忠，十分怠慢于我，今日到京，权在我手，管使昭君贬入冷宫，知府充军辽阳，方消我心头之恨。"一路想着，船走得快。毛相又吩咐星夜赶到长安，将两只花船分泊东西两边码头，一叫孙龙监押，一叫赵保监押，使两下不许走漏风声。

毛相离船上马，来到午门外复旨，汉王业已退朝，只得托黄门官转奏。黄门官见毛相已回，不敢怠慢，径达穿宫内监。恰值汉王坐在正宫，思想三更美人，又不见毛相回朝复旨，心中正在纳闷，忽见内监跪下奏道："启万岁爷，今有黄门官奏道：'钦差丞相毛延寿，现自越州选召昭君娘娘到京，在午门外缴旨，不敢擅入，请旨定夺。'"汉王闻奏，心中大悦，即刻登殿宣召毛相。

毛相领旨，进殿拜倒，口称万岁。汉王道："毛卿到越州选召昭君，今在何处？"毛相奏道："臣奏旨到越州选召娘娘，十家一牌，逐户访寻，各将花名报来，选中两名，今有图像在此，共呈御览，便知分晓。"奏毕，将二图呈上。有内监接过，铺在龙案上面，打开画图。汉王细心留神，先看昭君图，后看金定图，便叫声："毛卿，据孤看来，梦中佳人一丝不错，二图却有几分姿色，远不及昭君端庄。"吓得毛延寿连忙奏道："吾主未曾细看，头图有点弊病：那昭君眼下有一点黑痣，名为伤夫滴泪痣，国家若用此女，恐于主上不利，主有刀兵不息、万民愁苦之患。伏乞吾主三思，不用此女，似觉为妙，不如第二图的好。"汉王闻奏，大吃一惊，暗想："梦中之约，还以头图为是。又听毛相一番利害之言，不用头图，用了二图，岂不辜负梦内昭君？若一概不用，费了几多心机，访得佳人，岂不可惜？也罢，江山为重，便依毛臣所奏，用了第二图罢！"乃将头图发还毛相。毛相见准了他的本，心中好不喜欢。又见汉王传旨，选召第二图鲁金定入朝见驾。

毛相谢恩遵旨，召进鲁金定进朝。当殿莺声呖呖、燕语嘤嘤，口呼万岁，跪倒丹墀。汉王龙目定睛一看，见金定姿容难及梦中王氏之女，却也生来风流俊俏，十分可人，便当殿封鲁氏为西宫。袍袖一展，散朝退殿，挽了鲁氏到了西宫。宫中喜筵摆列现成，汉王上坐，鲁妃一旁赐坐，宫娥斟酒相劝，吃得汉王十分大醉，同鲁妃同入罗衾不表。

再言毛相退朝，回到相府，独坐厅上，暗想："鲁妃虽立为西宫，花船上尚有昭君，怎生发落？将她发回原地，破了机关，我命休矣。须要与鲁妃暗暗商议，将昭君贬入冷宫，方得平安无事。"主意已定，一宿已过。次日早朝，天子登殿，毛相俯伏金阶奏道："臣启万岁，今越州选到娘娘两个，一人进宫入选，一人还在花船，请旨发落。"汉王道："卿奏昭君有痣，不利孤家，已纳鲁妃，把昭君发回不用。"毛相谢恩："愿吾皇万岁万万岁！"

天子退朝，回了西宫，鲁妃远接到了宫中，一同入席，鲁妃劝酒。天子在灯下细看鲁妃，虽然容貌生得难描难画，到底不及三更梦里佳人，心中甚丢不下去，酒也吃不下咽。鲁妃见汉王不肯饮酒，便问："陛下有何心事，推杯不饮？"天子见问，微微含笑道："爱卿有所不知，孤因传旨越州选召爱卿与昭君二人，姻缘大事皆有前定，孤今与卿成亲，丢下王氏昭君，孤很过意不去。"鲁妃乘机奏道："陛下如何发落昭君？"天子道："已命毛卿打发昭君回归。"鲁妃此刻生了妒心，怕的昭君放走，露出马脚，心中一想："昭君回家，她父母必然知情，倘泄漏风声，必要连累毛丞相吃罪不起。奴为西宫，全蒙毛相莫大之恩，奴在宫中不略施小计，害了昭君，连奴西宫之位也有些不稳。"眉头一皱，计上心来，便带笑叫声："陛下，想昭君既与臣妃同选到京，臣妃蒙恩收用，岂忍令她独自发回？宫中空房颇多，不如召她进宫居住，就是不利于陛下，只不许她相见，一日三餐、冬夏衣衫，俱照奴管待，也不枉同来入选一场。"天子听说，连声赞道："难得爱卿有此美意。明日可传孤旨出去，召收昭君入宫。"鲁妃大喜，又将天子灌得大醉，扶去龙牀，先去安寝，她这里连夜安排计策，要害昭君。且听下回分解。

第六回　真冷宫昭君受苦
假圣旨太守充军

诗曰：

> 垂杨深处晓莺啼，芳草青时乳燕迷。
>
> 杜鹃声哀偏远叫，玉楼入醉马声嘶。

话说鲁妃在灯下忙写了一道密书，交付一个心腹内监，送与毛丞相照旨行事，内监答应去了。又唤两个宫娥，吩咐道："来日有个昭君女，抬至后宰门，你二人可领她到冷宫锁禁。倘有人问你，只说昭君私画人图，献媚圣上，罪应赐死，西宫娘娘保奏，免其死罪，贬入冷宫。"两个宫娥领了鲁妃计策，自去等候不提。

且言毛相接到西宫密旨，打发内监去后，来到书房，将密旨拆开，从头细看，但见上写："哀家鲁氏拜上毛丞相：卿可将昭君追回，抬至后宰门，那里自有宫娥等候，将昭君送入冷宫，须要悄悄行事，不可泄漏风声。事成，免生后患。留心云云。"看毕大喜，暗想："鲁娘娘这道密旨正合吾意。事不宜迟，明日五更，照旨行事便了。"

一宿已过，次日就差孙龙假扮钦差，赍了一道假旨，备了一只快船，飞星赶追昭君的花船。花船走得慢，昭君暗想："汉王与奴有三生之约，召奴进京，怎么又将奴发回不用？奴好命苦呀！"想罢，珠泪纷纷。正在船中嗟叹，孙龙快船已到，高叫："花船慢行，有圣旨下来。"众水手听说，忙拢住船。孙龙命将快船拨近，跳上花船，高叫："报与昭君，快快接旨。"船上的人不敢怠慢，传知绣女，绣女报知昭君，昭君慌忙出舱跪接圣旨。孙龙捧着假旨高宣纶音："皇帝诏曰："王氏昭君，不遵圣旨，私自画图，未进宫中，先有献媚惑君之意，着贬入冷宫，治以应得之罪，钦哉谢恩。"昭君

口称："万岁万万岁！"站起身来，由不得两泪交流，苦痛伤心。孙龙催着将花船拨回到岸押着，叫了轿子，抬了昭君登程，孙龙方复主命去了。

可怜昭君，坐在轿中，口内不语，心内暗想："人图虽画自奴手，汉王哪里得知？一定又是毛贼使弄机关，暗箭伤人，且到宫中再作计较。"一路悲悲切切，到了后宰门，早有两个宫娥向前问道："轿内可是昭君娘娘？就在此歇轿。"轿夫听得，将轿歇下，昭君只得出轿。宫娥领着昭君到了冷宫门口，叫声："娘娘请进此宫。"昭君听说，抬头一看，见宫门上写着"冷宫"二字，止不住一阵心酸，泪流满面。没奈何，凄凄切切，向内而行。两个宫娥把冷宫锁了，回复西宫去了。

昭君进了冷宫，见那四壁凄凉，举目无亲，顿足捶胸大哭，骂一声："奸贼，奴与你何冤何仇，使这机谋，害奴到此地位？"又恨一声："汉王，你真负心人也！实指望践梦中之言，进京为妃，带挈父母增光，谁知反落冷宫受罪，红颜薄命，一至于此！可怜父母远在天涯，并不知晓，这也是奴家前世修的不到，该当今也受苦。但进此冷宫，不知竟要何年月日，方把冤伸？"昭君想到伤心之处，哭倒在地，惊动管宫张内监，扶了昭君，到房中相劝不提。

且言王太守，自从女儿进京，与夫人放心不下，差了王文、王武，暗自随了花船一路进京探信。到了京都，打听得圣上看人图一番，依旧不用，仍将小姐发回原地。走到半路，又有圣旨将花船追回，把小姐贬入冷宫，问以私画人图之罪。探访的确，不分星夜，赶回越州送信慢表。

又谈到毛相受到西宫的密旨，已将昭君送入冷宫，还怕斩草不除根，萌芽依旧生，差了恶奴赵保，扮做差官，假传一道圣旨，到越州问王太守之罪。可怜太守与夫人，并不知有人暗害，每日思想女儿，不住伤心，又兼探信两个家丁也不见回来，心内十分悬挂。那日太守夫妇正在房中闲谈，忽见丫鬟报道："京内王文、王武回来了，在厅上候见老爷。"太守即刻出来，朝南坐下。两个家人向前跪倒，太守叫他们起来，问道："我差你们进京打听小姐可曾进宫，怎么今日方回？可将京中事情细细说与我知。"两个家丁禀道："启老爷，小的们投了下处，每日探听小姐进宫的事情，细细察访，因此来迟，伏乞老爷恕罪。"太守道："小姐在宫中可好么？"家丁摇手道："小姐召进京

中，并未西宫称尊，仍把小姐发回不用。船到半路，忽有一道圣旨赶来，说小姐私画人图，逆旨欺君，有应得之罪，追回贬入冷宫，此刻小姐已在冷宫受苦了。"太守听得，好比万箭穿心。夫人在后堂一闻此言，只叫："苦命姣儿，为娘怎舍得你受这般苦楚，叫为娘的心痛死也！"说着痛哭不止。太守含悲吩咐两个家丁："你们一路辛苦，每人赏银二两，外面歇息去。"家丁谢了老爷的赏，下去。

太守回后，又与夫人痛哭一场，夫人道："女儿德性温存，未见汉王，怎知图是女儿自画？只怕又是毛贼使的奸计，陷害吾儿。老爷不必耽搁，我和你快快收拾，赶上京中，舍死亡生，面见汉王，哭诉此事，定要将女儿救出冷宫。若是奸臣暗中谋害，舍了性命，与他一拼。"太守连称有理。正要打点动身，忽家丁急急来报："启老爷，圣旨已下，钦差到了府门，快请迎接。"吓得太守忙整衣冠出来，一面吩咐家丁开了正门，摆香案迎接钦差到厅上。钦差取出圣旨在香案正中一站，太守朝着圣旨三拜九叩首，口呼万岁，俯伏尘埃。只听钦差道："圣旨已下，跪听宣读。"诏曰：越州知府王忠，有女昭君选为西宫之妃，奈昭君在宫，性非幽闲，作事不端，本当治以应得之罪，朕从宽典，贬入冷官。要知其女不贤，皆由尔父母平日在家教训不严，越州知府王忠，削去冠带免死，与家属俱发辽东充军。着地方官限日解去，即速起身，钦哉谢恩。

太守口称愿吾皇万岁万万岁，站起请过圣旨，送出钦差上路而去，含着一泡眼泪说知夫人。夫人听说，魂都吓掉，哭着说道："圣旨难逆，不能进京，真令我们有屈无伸，好不痛杀人也！"正在悲悲切切，忽见家人又进来通报，太守更吃一惊。未知所报何事，且听下回分解。

第七回　弹琵琶月洞相思　叹五更冷宫诉怨

诗曰：

　　　　佳人行到藕池边，想起君家去半年。

　　　　池内荷花单照影，何时方结并头莲。

　　话说王太守又见家人报说："外面解差伺候，催促动身。"太守听说，不敢怠慢，一面将府库钱粮案卷写了一本册子，备了文书，呈与上司，交代清楚，一面叫夫人收拾，雇了一只浪船，将行李发入里面，带了家眷下了船中，直向辽东而去不表。

　　且言昭君受苦冷宫，并不知父母为她起的祸根，充军辽东。每日坐在冷宫，纷纷珠泪，暗自沉吟：一来思想父母，远在越州，只道女儿西宫称尊，并不知在冷宫受苦。二来恨那汉王十分薄幸待奴，既与奴无缘，就不该差人将奴召进京；既将奴召选入宫，又贬入冷宫，害得奴不上不下，汉王真好狠心！三来自叹奴家红颜薄命，一至于斯。四来恨煞奸臣毛延寿，使尽万般巧计，将奴暗害。奴好苦命也！昭君想到伤心之处，放声痛哭，惊动管院张内监，见昭君身进冷宫，朝朝掉泪，夜夜悲伤，苦得容颜十分黄瘦，已有几分病容，忙向前安慰，叫一声："娘娘且要宽怀，少不得主上自有回心之日，不久定要将娘娘赦出冷宫，何必过于悲伤？"昭君听说，叹了一口气道："今生休想！但不知这里可有散闷处否？"张内监道："启娘娘，有一张琴在此。"昭君道："可取来，待奴操一曲以消闷。"张内监答应，把琴上的灰尘揩抹干净，双手呈于昭君。昭君接过，把琴摆在膝上，用尖尖玉指笋向弦上一弹，好不凄惨，由不得两泪双流，操出一调如龙吟：

十指尖尖操七弦，孤鸾瘦鹤唳青天。

此时操出宫中怨，风飒松林古渡边。

操毕，把琴放下，道："琴音凄惨，助人悲伤，可有别样东西消遣么？"张内监道："还有一张琵琶在此。"昭君道："很好，快取来。"张内监又将琵琶递与昭君。昭君一见这琵琶，倒是紫檀香木造成的，连连称赞："好一件东西！"便问张内监："这是哪里来的？"张内监回道："启娘娘，说是三年前有一位张娘娘，也是贬入冷宫，习此琵琶，后来召出冷宫，只留下琵琶在此。"昭君十分叹息道："可惜这琵琶也是生不逢时，当初伴那张氏佳人解闷，她已出宫，忍心将你丢下，要算忘恩负义，奴若出宫，生死一定不肯放你。"就把灰尘吹去，弹了一曲，可爱声音嘹亮。弹毕放下，又无情绪，便问："外间如今什么天气了？"张内监道："正是小春天气。"昭君道："这里可有什么玩耍的所在？"张内监道："启娘娘，此地冷宫关闭，哪里有玩耍的所在？只是后面粉墙，有个月洞，洞门开了，外面就是御花园，娘娘倒不如去看看花园景致，以解愁闷。"昭君点首，言称有理，便叫张内监引路，开了月洞门，将身靠在粉墙，向洞外一看，好一座御花园，但见：

四时有不谢之花，八节有长春之景。

仙鹿对对，翠鸟双双。

虽是悦目，实是伤心。

暗想："无知物类尚且成双作对，奴偏苦命，独守孤灯。闻得正宫林皇后甚是贤德，奴若能见她一面，哭诉冤情，代奏汉王，将奴召出冷宫，得见汉王，死也甘心。昭君呀，你好痴想。"说着又是一阵伤心，放声大哭不止。张内监催促道："启娘娘，天色晚了，请娘娘回去，明日再来玩耍。"昭君含泪，没奈何转身回去。张内监将洞门关好，随着昭君入内，去备夜饭。

昭君归了房内，点起一盏孤灯，拿了夜饭来，也吃不下去，仍命张内监撤去。独自闭了房门。但见东方月色渐升，照得纱窗雪亮，可怜夜长难睡，只得将孤灯挑起，取过琵琶，弹出一段五更怨词：

一更里，王昭君苦痛心，爹娘爱我如宝珍，好光阴在家过，举世难寻：珍珠件件有，绫罗色色新，羊羔美酒多欢庆，合家个个喜称心。谁知道，遭媒陷，使女丫鬟四下里分。苍天呀！受用多，苦又临。

二更里，细思量，我二亲双双年迈靠何人？好伤情，家乡盼望没音信，在家呆呆坐，每日想姣生，朝思暮想心不定，只望进京见朝廷。苍天呀！命多苦，屈杀人。

三更里，冷宫内，半夜多，忽然想起旧当初，好凄惨：阳台得梦到京都，进宫来游玩，汉王遇着奴，将奴调戏情无数，声声只叫俏娇娥，醒来阳台一南柯。苍天呀！命如此，虚度人。

四更里，又伤怀，苦难当，凄凄惨惨泪汪汪，好仓皇。奴命苦，真断肠。可恨毛延寿，谗言进君王，未到西宫去成双，贬入冷宫受凄凉，自悔奴家没主张。苍天呀！仗谁人，人谁仗。

五更里，梦初醒，天未明，宫门一带冷清清，痛伤心，奴家好苦命。嫁刘君，父母空想女，女也枉思亲，谁人代奴传书信？两地相思终无音，抛撇琵琶弹不成。苍天呀！奴命苦，无福分。

昭君弹毕，不觉身子困倦，将琵琶放下，和衣睡倒牙牀，哪里睡得着？又想："毛贼借画人图，贪爱金银，奴不该自逞聪明，破他机关。只怕奴今受苦，父母也要受些灾星。"想着，似梦非梦，正坐冷宫，忽见有旨来召到殿上，面见汉王，心中大喜，俯伏金阶，哭诉情怀。汉王带笑扶起昭君，叫声："美人，休要烦恼，是孤一时不明，误

听奸臣一面之情，耽搁佳期，今日团圆前事。"昭君道："望吾王将毛贼正法，方消心头之恨。"汉王准奏，吩咐武士将毛延寿推出午门去斩。一声旨下，把延寿绑了。只见延寿怒冲冲骂声："无道昏君，为一女子杀一大臣，不仁极矣！"大喝一声，挣断绳索，抢了武士腰间一口刀，喊道："先杀妖妇，后除昏君。"举起刀来，认定昭君就是一刀砍来。昭君一见，顶失三魂，要躲也来不及，大叫一声："我命休矣！"未知昭君生死如何，且听下回分解。

第八回 王太守辽东受军棍 汉天子越州召皇亲

诗曰：

金风顿起夜更寒，惹得凄凉恨正长。

病体不支形瘦减，思君许久懒梳妆。

话说昭君梦中被毛延寿一刀砍来，昭君躲闪不及，刀到处，大叫，"哎哟"，一声："不好！"一个筋斗跌倒尘埃，惊醒南柯一梦，吓得浑身香汗。但见：

帷下昏昏灯一盏，梦中历历事千番。

昭君此刻又吓又苦，又是一阵伤心，骂声："毛贼，奴与你何冤何仇，你在梦中还放奴不过？若有日你这贼子犯在奴手，定将你这贼碎尸万段，方称奴心。"说着，把银牙一挫，心伤十分。等到天明，免不得起身，又懒去梳妆，不茶不饭，每日愁眉不展，泪痕未干，且自慢表。

再提王太守，率领家眷在船，一路行来，约来三个多月，幸无耽搁，早到辽东。镇守总兵官姓林名振皋，乃是毛贼心腹门生。自王太守充军辽东，毛相早有书信到林

总兵衙门，教他摆布王太守。林总兵得了毛相密信，敢不遵命？那日正升堂发放公事，忽见越州解差投文，将王太守夫妇解到，跪在丹墀。林总兵看了解批，写了回文，打发解差去了，便问道："下面可是越州知府王忠么？"王忠道："犯官正是。"林总兵把脸一沉，将惊堂木一拍，喝道："好大胆犯官，你的批上期限已过，不合在路故意迟延，误限到配，该当何罪？"王忠只是磕头道："请大老爷息怒，犯官有下情启禀。"林总兵道："你且讲来。"王忠道："一因越州来到辽东，将近万里路途，二因犯官在路受了风寒，有了几分病，因此在路上耽搁来迟，望大老爷原谅苦情，格外开恩，锦衣万代。"林总兵听说，冷笑几声道："这也情有可原，不来计较于你，但本镇衙内向有定例：凡军犯到配，要打一百杀威棍，你可知道么？"这句话只吓得王忠面如土色，魂不在身，苦苦哀求道："大老爷要开恩啊！念犯官年老，禁不住这刑法了！"林总兵道："本镇心也慈软，姑念你年纪大了，折责一半，只打五十。"王忠还要哀求，当不得林总兵喝叫："左右扯下去打。"下面一声答应，可怜把王忠横拖倒扯，拉将下去。只急得姚氏夫人一旁看见，嚎啕大哭，高叫："总爷，丈夫年迈血衰，怎受得住这般刑杖？望乞开恩，饶恕他罢！"任凭姚氏喊破喉咙，林总兵佯作不睬，只叫军士："快将这妇人拖下去。"军士答应，把姚氏夫人硬扯下去。就把王忠捺在地下，两边动手，如狼似虎，五板一换，打了五十。只打得王忠皮开肉绽，血腥难闻。打完放起，可怜王太守此刻死而复生，软瘫在地。还是姚夫人哭着向前，把太守扶将起来。林总兵吩咐军士："把王忠夫妇发到张千户第四队左营中调用。"军士领命，伺候总兵退堂，押着王忠夫妇，哭哭啼啼，出了辕门，来见张千户。那千户又是一个贪财的官儿，但有军犯到来，见面礼银五十两，如分文没有馈送，就有许多摆布，令人十分难受。王忠知道，义不容辞，苦苦凑了些银两送与。张千户收了，将王忠夫妇安放在营住下不表。

又说到鲁妃，自进西宫，汉王十分宠幸，言听计从。那日天子回朝，退入西宫，有鲁妃接住，手挽手进宫坐下。早有宫娥摆上酒来，鲁妃殷勤劝酒，相敬汉王。正吃到酒酣之时，鲁妃叫一声："陛下，念小妃蒙恩收用，在宫富贵，越州还有父母，未受君王一点之恩，望陛下看小妃薄面，可将奴父母召进京都，与小妃一面，则感龙恩不浅。"汉王听说，点首道："孤于明日早朝，差官到越州去，召爱卿的父母便了。"鲁妃大喜谢恩，又劝了汉王一会，只吃得大醉而散。一宿阳台，不必细说。

　　到了次日，汉王登殿，文武朝参已毕，汉王便问："哪位卿家到越州召迎鲁氏皇亲？"早闪出毛延寿，俯伏金阶奏道："微臣愿走一遭。"汉王大喜，当殿写了一道诏书，付与毛相。汉王退朝，毛相领旨出了午门，回府收拾一番，即速起行。此去仍带着长班二十人，一路出得京城，先由头站到鲁家在，飞星报知员外。员外闻报，好不十分兴头，教家人收拾，四围厅上，张灯结彩，大排香案，插上了礼烛。厨下又备了许多筵席，等候圣旨。

　　那日只听外边三声响炮，毛相捧着圣旨进来。员外迎接到厅，朝着圣旨跪下。毛相开读圣旨："召取进京授职。"员外谢恩，请过圣旨，忙又跪谢毛相一向照拂之情。毛相哪里肯受员外大礼？一把扯住。大家人座，有家童送茶。茶毕，摆酒款待。毛相外面从人，也有酒赏。员外同席相陪毛相，十分殷勤，毛相心中欢喜，员外便将书房收拾干净，请毛相安寝。员外回后，说与院君知道，院君也是欢喜，忙开了库房门，打点黄金一千两，水礼十六色，送与毛相，外白银三百两，分赏从人。预备现成，过宿一宵。

　　次日，毛相起来，用过早汤，告辞起行。员外便命家人将干礼、水礼及赏赐银两抬出到厅，带笑叫声："丞相，多蒙贵步，不弃寒门，只是路远山遥，有劳丞相，于心不安。现有些须礼物，相送丞相，只算菲仪，望丞相笑纳。"毛相见了这等厚礼，满面堆下笑容道："老皇亲，昨日既承厚情，今又见赐重礼，何以克当！"员外道："一切事情全仗丞相照拂，些须薄礼，以表寸心，容进京之日，再当补报丞相高情。"毛相连称不敢道："多蒙老皇亲赏赐，只是愧领了。"又叫声："老皇亲，我为你令媛的事，费了许多心机，就是老皇亲多花几两银子，也是值得的。你看王氏昭君，现在冷宫受苦，怎及令媛十分宠幸西宫，今日带挈父母也增光呢！老皇亲，这是谁人代你使的力量？"说罢，哈哈大笑。员外只是连连称谢道："总蒙丞相天高地厚之恩。"毛丞相又扯住员外的手，说有一言奉告。未知说出什么话来，且听下回分解。

第九回　王嫱病缠冷宫
姚氏分娩辽东

诗曰：

> 送君一别桂花开，最苦伤心是裙钗。
>
> 不倚窗前来盼望，灯前月下总痴呆。

话说毛相叫声："老皇亲，我先进京，老皇亲速速收拾，随后就来。"员外答应。毛相告别动身，员外送出大门，毛相带领从人回京复旨去了。员外吩咐家人雇了两只大船，伺候动身，合城文武官员乡绅亲族都来相送，只喜得员外骨软筋酥，一齐答谢。到了次日，家眷上船，庄子交与老家人照管，他们解缆开船，离了越州，一路好不风光。员外催着船户赶路，非只一日到了京都，弃舟登岸，将家眷进了一个公馆，员外带领家人先去见毛相。相府官儿又是一个大门包，相烦他通报。门官见了采头，不敢怠慢，即报知毛相。毛相听见鲁皇亲到了，开了中门迎接，到厅见礼，分宾主坐下。因天色已晚，不能面圣，且在厅前备酒款待皇亲，席散留宿书房。

到了次日早朝，汉王登殿，文武朝参已毕，毛相出班奏道："臣毛延寿，奉诏到越州召迎鲁皇亲，现今在午门外候旨，请旨定夺。"汉王大喜："毛卿可将鲁皇亲召上殿来见朕。"毛相领旨下去，便把鲁皇亲召上金殿。见了汉王，俯伏金阶，口称万岁。汉王当殿封为国丈，妻姬氏封为郡君。饬工部发内帑钱粮，在云阳闹市起造皇亲府第，限一月完工。一声旨下，工部领旨。鲁皇亲谢了圣恩，退出午门。天子朝散回了西宫，说与鲁妃知道，鲁妃心中大喜，越发奉承汉王。只等皇亲府第造成，鲁府家眷搬进华堂。鲁妃不时将父母召进西宫赐宴，骨肉团聚，真是快意之事。

只可怜昭君贬在冷宫，朝思暮想，不茶不饭，面容消瘦，恹恹染成一病，皮寒骨热，心内发烧，口吐鲜血。也自知身上有几分病症，忙取菱花一照，但见自己柳眉细影，并无光彩；一双俏眼，顿减精神，便对着镜内影子叫声："王嫱呀，你空生十分容貌，有绝世聪明，只此冷宫，是你葬身之地，要想出头，今生是不能的了！"想罢，又是一阵伤心，两行珠泪，直流下来。

恰值张内监进来，一见昭君又在那里愁苦，便道："奴婢曾劝娘娘，须要解开些，不可苦坏了身子。"昭君道："奴岂不知将身子爱惜？只是心中无限愁肠，不由人一阵阵地心酸起来。就是目今残冬已过，该值春天，你看百花齐放，万物生新，粉蝶双双弄影，游蜂对对寻香，似奴这一般鲜花，无枝无叶，枯干亭亭，有谁来赏玩？岂不辜负多少青春？奴恨起来，欲寻一死，又恐死得不明不白。如今弄到病已临身，在此冷宫，又无太医可请，又无药开方，奴怎不凄凉悲痛！"张内监劝道："娘娘，想人生在世，荣辱无常，倘苦坏身子，容颜消减，或有出头之日，将来怎见圣上？"昭君道："蒙你好言相劝，奴岂不知，只是心内一股屈气难明，叫奴怎不悲苦？"张内监听了这番凄凉之话，只得叹息几声，走开去了，撇下昭君独坐房中悲叹不表。

且言王太守自充军辽东，将就赁了几间房子，把家眷住下。虽有一点宦囊，每日用度不少，用一文少一文，坐吃山空，便有些拮据起来。当不得林总兵要讨好趋奉毛相，指望升官进禄，把王太守百般凌辱，不时叫到衙门，非打即骂。王太守惧怕林总兵，只得凑些金银前去买命，不到半年，家私用尽，连房子也住不起了，退与房主。丫鬟小使都已散去，只剩他夫妻两口，日食难度。本官还要与他做对头，又把王太守配入火头军，日里代三军煮饭，夜间看守烟墩。可怜一个四品黄堂太守，遭人陷害，弄到这般地步。

那日，王忠正坐烟墩，便向姚夫人叫一声："贤妻，想女儿远在京都，身陷冷宫，你我夫妻又在辽东受此磨难，不知何年月日方得出头？难道这几根骨头，就抛落他乡么？"说着纷纷泪下。姚氏听说，也含悲叫声："老爷，这些苦楚，且挨着些，不必提他，只说我儿昭君临行嘱咐，说母亲怀胎七个多月，未知腹中是男是女，若是生下兄弟，取名金虎，生了妹子，取名赛昭君。可怜人去话留，牢记在心。如今妾已怀胎十四个月，不见腹中动弹，却是为何？"王太守道："常言瓜熟蒂落，总有一定时候，怎么勉强得来？夫人保重身子要紧，不必过于伤怀。"

夫妻正说之间，耳听谯楼已打二更，欲向那一旁草铺上前去安寝。姚夫人忽觉腹中有些疼痛，还不介意，渐渐一阵痛得紧似一阵，心中有些诧异："莫非要分娩了？"便叫声："老爷，如今妾身腹中十分疼痛得紧，想是要临盆了。"慌得王太守便叫："怎么好？"此刻又无稳婆服侍，只得跪在地下，祝告上苍："保佑妻子分娩易生易长，大小平安。"正祷告间，只疼得夫人在草上乱滚，昏晕过去，一时人事不知。只吓得王太守面如土色，急急抱住夫人坐起，低叫："夫人呀，当年分娩昭君，还有稳婆丫鬟使女在旁服侍，我在书房候信，并不吃惊。如今落难烟墩，牀前服侍，倚靠何人？叫我怎不伤心！"王太守正在叹息，只见夫人悠悠醒来，哼声不止，面如白纸，双眼微睁。可怜此刻半夜三更，又无灯火，又无汤水，这也是好人出世遭困，不到十分苦境，不肯降生。

夫人正痛得难解难分，已听得谯楼三鼓，早有天上皇母命众仙女将快乐仙官送下凡尘，只听姚夫人一声大喊，娃娃已离产门。可怜夫人一条绸裤鲜血染红，半晌醒将转来，娃娃生在草上，啼哭声音甚是洪亮，王太守心始放下，默默答谢神明。夫人急急起身，摸了一把剪刀，剪去脐带，坐在草上，黑暗暗地也不知何方，姑将娃娃裹住，睡在草上，倚着身子。可怜此刻汤水全无，只好定神养息。过了一会，王太守低低问道："是男是女？"夫人听说，在娃娃胯下一摸，只叫声："苦也！"王太守急问："何故？"未知夫人怎生对答，且听下回分解。

第十回 坐孤灯思想汉天子
开科选取中刘状元

诗曰：

> 阵阵朔风穿绣户，纷纷瑞雪下楼前；
>
> 红炉炭火无心向，斜倚孤衾懒去眠。

话说姚夫人见老相公问他是男是女，他便向娃娃胯下一摸，叫声："苦也！"王忠便问："夫人，为甚叫苦？"夫人道："又是一个女儿！"王忠听说，连卢叹息道："可怜王氏报仇无人了！"夫人也道："你我夫妻指望这十几个月生得一子，以接宗支，如今是枉费精神。"王忠又怕夫人生气，产后弄出别样病来，又安慰一番道："且喜夫人分娩后身体康健，就感谢天地不尽了，是男是女，免生忧烦。"说着到了天明，烧了些热水，倒在盆内，代娃娃将身血污洗净，用绸裙包好，交与夫人怀抱抚养。

正是光阴易过，二朝满月，虽是一个女儿，却见眉分八字，到是个贵相，未到三月，便会嬉笑，王忠夫妻一见，略解愁烦。就依女儿的话，取名王娉，又叫赛昭君不提。

且言冷宫昭君，长把琵琶细弹，弹到凄凉处，珠泪纷纷。日间悲苦，犹借琵琶消遣，到晚间孤单单对着一盏孤灯，十分凄凉。无奈日长夜短，也是睡不着，只得冷冷清清坐在孤灯之下，暗想："这般火热天气，池内荷花结影，蓬蓬莲肉包心，奴想荷花好比奴家，如花失叶，却少夫君。且住，慈鸦反哺，能行大孝；羔羊跪乳，为救双亲，岂有生来之人，反不思尽孝双亲么？想父母也是在生奴家，他那里得知女儿被禁冷宫，受的十分苦楚，只道女儿是个负心之人，并不思召取父母进京，同享荣华。爹娘呀！

你若是这等想，却错怪女儿了！可怜女儿连汉王也不曾见面，就丢在冷宫受苦，爹娘那里得知呀！可恨奸贼毛延寿，害得奴家骨肉分离，奴与你一天二地之恨，三江四海之仇。奸贼呀！除非奴家身死，一笔勾销，不必提起，奴在一日，仇记一日，就是你这奸贼的对头星，奴不将你万剐千刀，怎消奴恨！"

正在长吁短叹，忽见孤灯里面放起一朵大花，甚是光明，心中大喜道："莫不是汉王回心转意，要将奴家赦出冷宫？今晚有此喜兆，先来报信，也未可知。灯花呀！若是奴家得见汉王，忧变为喜，奴家定将你供奉长生，早晚烧香谢你。"说着，痴呆呆的望着灯花。那知灯焰中本是一朵红花，花忽平空一炸，炸出一个黑花来。昭君陡然看见，大吃一惊，由不得大哭连声，只叫："不好！奴是永无见汉王之日了，灯已现此怪兆，还有什么指望？"恨将起来，银牙一挫，把灯吹灭了。黑魆魆的坐在那里，哭一起，恨一起，说一起，想一起："奴只想汉王那夜三更梦中相遇，拉着奴家，要与奴成凤侣，说了许多温存的话，问明奴的住处，许奴定到越州召取进京，他满口应承，谁知是一场好梦，奴还痴心苦守闺中，要嫁汉王。汉王果有旨召奴，常言好事多磨折，奴进京来，未见汉王一面，无故贬入冷宫。昭君呀，你要脱此难星，今生是再不想了。"想罢，痛哭不止，且自慢表。

再言正宫这位林皇后，德性幽闲，宽洪大度，自汉王纳了鲁妃，不进正宫将有四个月，林后心内也生疑惑，不时差了嫔妃暗探消息。前来报知正宫，只说天子新纳越州王昭君为西宫妃子，日夜欢娱，宠幸无比。林后闻知，也不免暗恨于心，只错认昭君霸占西宫，骂一声："昏君，每日不理朝政，只迷恋西宫，全在酒色二字，怕只怕江山指日要败了。"又恨一声："西宫妖婢，迷惑天子，使天子不日日临朝，冷了朝中许多文武。这妖婢有日犯在哀家之手，且试试正宫的斩妃之剑可能容情。"此乃林后不知鲁妃一段缘由，错怪昭君也。搁过一边。

又谈到汉天子久不临朝，心中也有些愧对文武百官，那日没奈何登殿设朝，两班文武参拜，口称万岁，上面连叫平身，众文武齐呼万万岁，站起分班侍立。当殿官高叫一声："有事出班启奏，无事卷帘退班。"话言未了，只见文班中闪出一位大臣，紫袍象笏，拜倒金阶，口称："臣礼部掌院官，启奏万岁：'今当科场大比之年，正我主

取士得人，伏望钦点试官，以重科选大典，请旨定夺。'"天子闻奏，就在龙案上，命内侍取过文房四宝，铺下黄绫一幅，御笔钦点：

正主考官：太子太保内阁大学士军机房行走兼吏部尚书事务张文学。

副主考官：翰林院侍讲学士兼礼部尚书事务唐仁杰。

左春坊庶吉中允兼国子监祭酒代理内务府校书处康春。

提调官：礼部右侍郎江正林。

监临官：户部左侍郎周岱。

御笔钦点已毕，发与掌院官。掌院官领了旨意，退出朝门，写起皇榜，布告天下。那些天下举子一闻此信，无不纷纷进京，寻了客寓住下，只等三月初三头场，以及二场三场，各自用心做文，想占头名。三场已毕，各归下处听候揭榜佳音。这位张大考，专意衡文，不留情面，选来选去，遵了定例，中了三百六十名进士，其余皆落孙山之外。有名者在京等候五月殿试。这一日，无子临朝，一班进士金殿对策，一个个各逞珠玑，夺魁多士。试策缴完，恭呈御览，以定三甲名次。好个圣明天子也不看策命，摆了香案在金殿当中，将试策供在上面，离了龙墩，对大一跪三叩首，暗自祝告："孤若有福者，得安邦定国之臣；孤若无福者，得败国亡家之子，好歹总由天意。"祝毕站起，随手在试策堆内先摹出三卷，以定状元、榜眼、探花，又摹传胪一卷，取定四卷，归了龙位，命内侍打开密封一看。是何名姓，且看下回分解。

第十一回 见西瓜吟诗散闷 踏夜月忆古伤情

诗曰：

罗扇轻摇两泪垂，不知何日是佳期。

园中好景无心看，恨煞蝶媒影太迟。

话说汉王命内侍拆开弥封一看，上写头名状元刘文龙，二名榜眼周必达，三名探花冯玉魁，传胪吴文贵，以下进士不必细看。当殿传下旨意，召见三甲进士。进殿山呼万岁，天子各赐三杯御酒，游街三日。众进士谢恩，退出朝门游街，好不光彩。个个看的称赞少年鼎甲。三日后复旨，天子当殿授职："封状元刘文龙为翰林院修撰，榜眼周必达、探花冯玉魁，俱授为翰林院编修，传胪吴文贵以下进士或授翰林院检讨庶吉士，或以部用，或以知县用，或以进士终身，钦哉谢恩。"

可恨毛相执掌朝政，但有金银馈送，高官美禄；无物相送，俱是苦缺。传胪吴文贵，一贫如洗，不曾打点，在吏部候缺等了半年，方补了越州王知府的缺。此缺又在边方，又是苦缺，文贵无奈，领凭上任不表。

且言王昭君受苦冷宫，过了夏天，又是秋来，但见阶前梧桐叶落，窗外金风送凉，寒虫叫得凄惨，孤雁唳在半空，一种凄凉景况，由不得独坐冷宫，悲悲切切。再是夜来牙牀一梦难成，翻来覆去总睡不着，眼巴巴盼到天明，抽身起来，懒去梳洗，闷沉沉坐在那里，只想："汉王在宫，何等欢乐，撇奴一人在此，不寒不暖，错把光阴虚度，好不闷煞人也。"昭君正想到伤心之处，忽见张内监进得房来，手捧一个西瓜，昭君便问："公公手内捧的是什么东西？"张内监道："启娘娘，奴婢捧的是西瓜。"昭君

见了西瓜，不禁感动心事，暗想："西瓜乃土内所生，尚有团圆之日，偏是奴家受禁冷宫，不知可似西瓜，还有团圆之时？"就把西瓜为题，吟诗一首：

> 西瓜生自近秋天，一种团团圆又圆。
> 碧色沉沉知见爱，丹心耿耿剧堪怜。
> 满怀有子来年种，并蒂含香此日鲜。
> 更有几番争妒处，微尘不染叶田田。

吟诗已毕，张内监用银刀劈破西瓜，进与昭君道："愿娘娘指日赦出冷宫，早生贵子，瓜瓞绵绵，奴婢之幸也。"昭君听说，叹了一口气道："承你赞颂，奴哪里还想这个日子！"张内监道："娘娘不必悲伤，请尝一尝西瓜滋味如何？"昭君道："西瓜滋味与奴心一样，总冷如冰，奴哪里吃得下咽？你拿去吃罢。"张内监答应出去。昭君叹了一声道："可惜西瓜本是个团圆之物，被这蠢才劈破，也似奴家是分离了。"说罢，又将西瓜吟诗一首，自叹道：

> 西瓜本是团圆物，此日谁知两地分。
> 堪叹世间多少事，坚牢不及古今文。

昭君又将诗吟过，无情无绪，每日茶也不思，饭也不想，不时腮边落泪。

那日晚间，明月半窗，照得阶前如同白昼，耳听更鼓初起，又怕上牀难睡，只得出房散闷。缓步阶前，对着天上的明月，叫一声："月光菩萨，想奴生来这等命苦，何必当初生奴家！菩萨在月宫尚有玉兔，怎似奴在冷宫，孤单一人，好不凄凉。菩萨呀！

你要与奴作主，保佑奴得见汉王，奴自当礼谢神明。"一面祝告着月光，一步步过了墙阴，到了百花台上。但见月光映着石墩上，雪亮如银。昭君将身坐下，又是呆呆地痴想了一会。想起当年列国时候，有一孟姜女，她与范杞梁成亲，只有三月夫妻，忽然杞梁一时不合吟诗，犯了时忌，捉到长城受苦当差，好好一对鸳鸯，平空拆散，丢下姜女在家，伴着孤灯，伤心流泪。到了寒天，手缝冬衣，要寄夫君，谁知杞梁已为长城之鬼。可怜姜女并不知道，等了三年五载，亲到长城找她夫君。一路上吃了许多辛苦，受了若干磨难，到了长城，不见夫君，就在城下放声大哭。哭了三日三夜，把一座长城哭倒，然后撞死城下，完她节操，至今犹传姜女美名。且住，若论姜女受的苦，不亚奴家，但姜女尚有三月夫妻，奴在冷宫一年，未见汉王，奴又比姜女苦十分了。姜女呀，非奴贪这性命，不能似你拼身。一则奴家尚有双亲，无兄无弟，望奴日后收成；二则汉王未曾见面，死难闭目；三则仇人毛延寿未曾报泄，焉肯甘心？故此苦守冷宫，且自忍辱偷生。姜女呀，奴虽愧对于你，你也要谅奴苦情呢！昭君赞叹姜女一回，又想在月下弹一回琵琶，诉诉心中的苦楚。站起身来，走进房内，取下琵琶出来，复在石墩上坐下，把琵琶对着月光弹出几句曲牌名来，一阵悲切之声，好不耐人细听：

　　日落西山生玉兔，月儿高照少人行。

　　粉蝶儿花心去宿，黄莺儿树底安身。

　　下山虎归山入洞，山坡羊到晚归林。

　　夜航船傍江儿水，杏花天布满前村。

　　牧童儿斜骑牛背，耍孩儿放学回程。

　　懒秀才回归书院，红娘子剔起银灯。

　　傍妆台除头脱脚，小桃红亲垫枕衾。

　　迎仙客吹弹歌舞，香柳娘把盏殷勤。

　　沽美酒且助诗兴，醉扶归寻觅佳人。

　　孤雁儿成群作伴，点绛唇色比桃杏。

　　太师引朝堂坐理，二郎神斩逐妖精。

红纳袄披在身上，皂罗袍织就飞金。

谒金门文官武将，朝天子万岁齐称。

昭君将琵琶弹得凄凄凉凉，十分苦楚，况已更深夜静，谁是知音？该因她灾星已满，冷宫外来一救命恩人，你道是谁？就是正宫林后。因用了晚膳，忽然眼跳耳热，身子坐卧不安，心中十分诧异，道："难道哀家坐在深宫，有什么祸事呢？"又只见外边明月当空，打点出宫一游，以消闷怀。便带了使女嫔妃，掌了宫灯，出得宫来。有管宫内监接驾道："娘娘深夜往哪里去？宜早些安寝罢！"未知林后怎生回答，且听下回分解。

第十二回 凤凰台林后听琵琶
望月楼昭君会皇后

诗曰：

　　远望襄阳一座楼，征南征北几时休。

　　少年子弟江湖老，红粉佳人白了头。

　　话说林后见内监相问，便回道："哀家夜深无事，打点踏月一游，以解闷怀，尔可引路。"内监答应，便向前一路而行。行了一回，林后问道："东边是哪里？西边是哪里？南边是哪里？北边是哪里？"内监道："启娘娘，南边去有座浆糊房，北边去有座铜雀台、朝阳宫、金银库，两边又有小高墙、万花园、秋千架，西边去有座望月台，东边去有座凤凰台、广寒宫，并三十六院，不知娘娘到哪一处游玩？"林后道："哀家要到凤凰台去走走。"内监忙回道："启娘娘，此处去不得。"林后吃惊道："怎么去不得？"内监道："这台上时常有鬼出现，况夜静更深，不当稳便，请娘娘别处去游玩罢。"林后道："因这几日坐卧不安，心惊肉跳，恐有受屈者在寒宫冷院，故此前去探听一番，不妨事的，尔可向前引路。"内监见说，不敢阻挡，只得向前引路。

　　娘娘踏着月色，一路缓缓行来，甚解愁烦。走的是紫微宫、逍遥宫、长乐宫、安乐宫、贵妃宫、望月楼、御书楼、铜雀台、三十六院、一十二宫，都已走到。到了凤凰台面前，远远望见一座高台，好不壮丽。怎见得？有诗为证：

　　屹立崇台百尺高，周围突兀势冲霄。

　　月光遥映玲珑石，一派精华谢玉飙。

娘娘慢慢上台来，见月白如昼，心中十分畅快，游玩一会，耳听谯楼鼓打二更，正要下台回宫，忽听琵琶一种悲切之声，复转身来停步不走，斜倚台上栏杆边细听着，声声抱怨，不知她怨何人。林后双眸一开，静听琵琶，只听得琵琶声中弹出一种苦调：

昭君抱怨告苍天，幽禁冷宫受苦煎。

骨肉分离两处地，汉王何日得重圆。

林后细听声音，弹出昭君二字，心内十分诧异道："昭君现在西宫，汉王十分宠爱，怎么冷宫又监禁个昭君？好叫哀家难得明白。"到了此刻，忍不住下得台来，顺着琵琶之声，寻觅踪迹。到瞭望月楼前百花台下，只见双门紧闭，余音未歇，便叫一个宫娥走到门前，连叩几声，高声便问："里面叹气者何人？"昭君听见此刻有人询问，倒吃了一惊，只得把琵琶暂且丢下，回道："外面问奴者何人？"宫娥道："正宫娘娘游玩，在此问你。"昭君听说，心中大喜，连忙将身站起，高叫："娘娘救命！奴是越州王忠亲生之女，名叫昭君，汉王选奴进京，许立西宫为妃，不知奴犯了什么不公不法之事，贬入冷宫，将近一年，奴好苦也！望娘娘救出冷宫，万代洪恩。"林后听得十分疑惑，叫声："住口，西宫既是昭君，怎么你又是昭君？"昭君道："西宫那是假的，奴是真的。"林后道："快唤内监，速速开门，相见便了。"昭君听说，心中大喜，急急转身入内，唤醒张内监，说明原委。张内监听说，也代昭君心喜，不敢怠慢，拿了锁钥，同昭君到了百花台下，开了冷宫两扇大门。昭君出来接驾，俯伏阶前，拭着泪痕，口称："娘娘救命恩人，今日方见青天，愿娘娘千岁千千岁。"林后把昭君双手扶起，命宫娥将灯提起，照见昭君生得：

秋水为神玉为骨，芙蓉如面柳如眉。

心中暗暗称赞："好一个女子！"叫声："贤妹，早知你苦禁冷宫，久该救你出去，如今方知你这段冤情，哀家同贤妹必要面见君王，与你伸冤，查出哪个奸臣生心害你，定要将他万剐犹轻。"昭君听说，只是感谢国母。林后道："贤妹呀，哀家

虽位正宫，也同你在冷宫一样，孤眠独宿。"昭君道："娘娘怎比奴家？"林后道："贤妹有所不知，只因汉王每日在西宫恋妖妃，朝欢暮乐，抛撒哀家，独坐正宫孤凄，将近一载，全无一点结发之情。哀家只恨西宫名叫昭君，谁知那个贱婢假充昭君，骗着天子，哄到如今。"昭君道："娘娘，非是妾身胆敢直言，娘娘也太无纲纪了。"林后道："妹妹，怎见奴家没有纲纪？"昭君道："娘娘休怪，听妾一言：想娘娘位居正宫，宫内宫外谁不是娘娘所管，西宫虽是得宠，无非下院，她既紊乱宫中规矩，难道娘娘的斩妃剑利森森就没有用的么？行起正宫威令，贬了西宫妃子。怕什么汉王？请娘娘思之。"林后听得，只是摇头道："贤妹所说的话虽是正理，但汉王既宠幸西宫，哀家把她责贬，岂不惹汉王嗔怪哀家生了妒心？如今贤妹冤情明白，待哀家到汉王面前奏知，也好查问昭君谁真谁假，那时水落石出，捉出西宫妖婢，看是何人冒名昭君，再去拿了通同作弊之人，勘问此案，必定两条性命活不成了。汉王到了那时，心中明白，自然来召贤妹，册立为西宫贵人，我和你同心并胆，襄助汉王，以理内治，可不两全齐美。"昭君道："娘娘高见，胜妾千倍。须怜念妾身年纪幼小，不知宫中规矩，倘礼貌有不到之处，还望娘娘宽恕。"林后道："贤妹休要过谦，你乃聪明之女，性格幽悯，知文达礼，有什么规矩不知？今夜已深了，贤妹权进冷宫，有屈一夜，待哀家急速去见汉王，只到天明，定有圣旨下来。"昭君含泪连连拜谢，告别林后，仍进冷宫不表。

且言林后自在冷宫查出昭君及有冤情，要代她在汉王面前申诉，吩咐宫娥掌灯引路，离了百花台，一直奔西宫而来。正是三更将尽，先命一个宫娥在西宫前去打探一番。宫娥去不多时，回报林后道："启娘娘，万岁爷还与西宫妃子在那里饮酒作乐呢。"林后不听犹可，一听直气得柳眉直竖，粉面通红，怒冲冲赶到西宫，早有西宫一班内侍迎接皇后。林后吩咐起去，一概禁声，宫门外伺候。又命宫娥将灯吹灭，暗暗潜听，正是：

　　　欲知心腹事，但听口中言。

未知西宫说出什么话来，且听下回分解。

第十三回 唆天子正宫暗听 打西宫鲁妃吃惊

诗曰：

奴是巫山仙女身，襄王与我并无情。

是非落在凡人口，惹得凡人说不清。

话说林后在西宫外暗听，尽听得天子与鲁妃正在饮酒快乐，传杯弄盏。酒至半酣的时候，汉王叫声："爱妃，想寡人自越州召爱妃进京，每日在西宫伴你，朝朝快活，夜夜元宵，撇下昭阳林后，冷落将近一载，况皇后年尚幼小，必在宫中怨孤久不到正宫，未免雨露之恩太不匀了。孤打点明日退朝，要到正宫，且叙旧情，方合正理。"林后听了汉王这番言语，心肠软了好几分，暗想："奴只道天子迷恋西宫，谁知还念哀家，多是妖婢把持，不放天子出宫。可恨妖婢，自进西宫，也不到正宫朝见哀家。好个妖婢，仗着天子这般大胆。"

不言林后在外暗听，且说鲁妃听见天子的话，顿时脸上怒气生嗔，便道："圣上不提林后之事犹可，若提林后，小妃含忍到今，未曾明言，说将起来，令人毛发倒竖。"汉王大吃一惊，道："爱妃有话不妨说来。"鲁妃道："既是今晚圣上问及此事，小妃不得不说了：小妃久闻正宫林后因圣上每日在西宫快乐，不到昭阳，背后百般咒骂龙体。说圣上无道，将来江山不得太平，一定要送与别人了。自小妃看来，她身为正宫，理当静守妇道，如何背后咒骂皇上？大逆不道，论理该正大辟，还可居正宫么？望吾主不可不早为防备。"好一个聪明汉王，听见鲁妃之言，哈哈大笑道："爱妃所言差矣！若言正宫林后德性温存，虽朕不到昭阳，她非妒妇，断无怨朕之心。爱妃不必乱奏，恐漏消息，林后闻知，那时到来淘气，爱妃何苦害了自己。"鲁妃见汉王不准所奏，满面通红，恨恨连声道："小妃原是一片好意，奏知圣上，听与不听，但凭龙心。只怕明枪容易躲，暗箭最难防。"汉王道："且从容商议，不要耽误饮酒。"

天子与鲁妃在那里说话，并不防林后在外，句句听得明白，由不得心中大怒，咬定银牙暗恨，连声道："好大胆贱婢，这般无理，胆敢在汉王面前搬弄哀家是非！贱人呀，你不知谁家之女，假充昭君，只有汉王并不知道，被你勾诱，言听计从，你是心满意足，又思量想夺正宫之位，唆动天子，要害哀家。一个真昭君被你害到冷宫苦禁，心还不足，这个贱人，罪不容诛，如何容得下去！"喝叫手下宫娥："代哀家快快动手，打进西宫。"众内监口称："娘娘，奴婢不敢，恐惊圣驾，奴婢吃罪不起。"林后骂声："一班没用的东西，凡事有哀家承当，你们只管放心打进去。"

众人领了林后的旨，放胆动手，各执金瓜钺斧，乒乒乓乓一阵响亮打进西宫。林后随后跟进，也不朝拜汉王，只叫："打这贱人。"七手八脚，只打得金杯玉盏碎碎粉粉，乱掷在地。此刻鲁妃一见林后到来，大吃一吓，心下十分慌张，忙忙向前，双膝跪倒在地，只不动身。林后指着鲁妃骂道："你是何方贱婢，自进西宫，来伴圣上，该知礼、义二字，应当朝拜正宫，方是正理。你一点礼节全无，倒也罢了，你反将天子霸占西宫，不离你身，朝朝佳节，夜夜元宵。你方才在席上说的什么话？一派倚势欺人，良心丧尽！就是哀家执掌昭阳，只因未生太子，一任天子东西两宫，雨露常匀，只求苍天福庇，生一储君，好使汉家传位有人。奴非妒妇，不来较量你这贱人，你反出言无状，说哀家背后咒骂朝廷，有何凭据执证？今晚哀家与你这贱婢拼一拼。"说罢，怒气冲天，吩咐左右再打。一声答应，众人又将鲁妃打得哀嚎不止。

汉王此刻坐在上面，醉眼含糊，见鲁妃打得满地乱滚，头鬓蓬松，口口声声叫陛下救命，心中十分怜惜，欲待上前劝林后，怕的正宫着恼，事在两难，想了一会，忍不住抽身站起，走到林后面前，叫一声："御妻，今晚来到西宫，孤未曾远迎，多多有罪。说是鲁妃不知大礼，将御妻乱说，孤也不能听信。御妻乃宽宏大量，恕鲁妃年轻无知，待孤陪一个礼，御妻请息一息气，免她的罪责吧！"说罢，汉王带着笑拍着林后的肩膀相劝。林后见汉王句句言语袒护鲁妃，心中由不得火上加油，顿时杏眼圆睁，

柳眉直竖，指定汉王，骂一声："无道昏君，你做了一朝人主，只知在西宫朝欢暮乐，沉迷酒色，全不想外边九州岛反了，只怕万里江山要送与别人。"一面吩咐嫔妃住打，押着鲁妃，一面忙用御手把汉王扯出西宫。汉王听了林后一番言语，心内也吓慌了，凭着林后扯去前行，慌得内侍点了宫灯引路。林后说："九州岛已反，陛下还不点将调兵，速救危困，等待何时？"汉王道："御妻，今日夜深了，且待明早临朝，自当点将征剿。"林后道："救兵如救火，早一个时辰，早救百万生灵。这等紧急军情，陛下还慢腾腾地，如何不连夜发兵，速去剿灭，保固江山，怎生迟延得去？"

汉王正要回答，早扯到分宫亭上，请汉王稳坐金交椅上，林后除下金冠，低头拜了八拜，叫声："陛下，恕妾方才莽撞之罪。"汉王双手扶起林后道："御妻且请息怒，有什紧急事情，可细奏寡人知晓。"林后又叫声："陛下呀，妾今晚闯进西宫，行此无礼，皆是前来报效。陛下素昔聪明，自当了然，独不记当初梦景，你却与谁家之女订下白头之盟，如何被人瞒哄，换此贱婢，充入西宫，妖娆百出，扰乱宫庭？陛下呀！你当初既不爱梦中昭君之女，何不开一线之恩，放她回去，另行匹配，也不负此女青春。"汉王听说，大吃一惊道："孤命丞相在越州选来二女，一是昭君，一是鲁妃，鲁妃现已备用，昭君不用，已命丞相发回越州去了，怎么今晚御妻又提起昭君二字？"不知林后怎生回答，且听下回分解。

第十四回　分宫亭皇后白冤
　　　　王昭君冷宫诉怨

诗曰：

> 一轮红日照西山，簇拥冰盘古树间。
> 暗尽更敲交夜半，帘钩影约月团圆。

话说林后回奏汉王道："妾今晚在宫无事，但见月明如昼，动了玩月之心，趁着月色闲游各宫，以消闷气，无心走到那冷宫门口，忽听里面有一抱怨裙钗，口口声声，只怨臣妾枉做掌印正宫，并无半分纲纪，料理宫中一切大事；又说我主胡涂，不知西宫昭君真假，只因专权奸臣毛延寿贪财爱宝，丧尽良心，西宫女子但有金银相送，便保本进与我主，昭君是贫家之女，一旦付之东流，可怜枉结三更梦里之情真，而贬入冷宫，假的反在西宫称尊。她句句抱怨，一丝不错，叫旁人听了也代她伤心。陛下呀，并非九州岛造反，要我立调兵点将，只因屈害了一个无罪昭君之女，臣妾不忍于心，要在我主面前代为伸冤。"汉王听罢，哈哈大笑道："御妻之言差矣！难道孤为一朝之主，一个昭君之女，都辨不出真假么？此中有个缘故！只因越州选的昭君，有一人图，为她眼堂下有一滴泪伤夫痣，恐害寡人，因此不用昭君，仍命原船送她回去，未曾将她问罪，却是何人，假传圣旨，把昭君贬入冷宫？"林后笑道："法度乃天子之法度，怎么任这些奸臣弄鬼，妄加无罪之人？陛下也该查出何人，理当治以欺君之罪。"汉王道："这个自然。"

林后又道："陛下说昭君眼堂有痣，怕得伤害陛下，陛下不可被人瞒过，还是亲眼见的，还是听人说的？"汉王道："孤实未曾面见昭君，只因见了人图，就是一样了。"

46

林后笑道：“却原来如此！陛下好不聪明，怎么轻信一纸人图，不分好坏？”汉王道：“是朕一时误用奸臣，前事不必提起，但不知御妻今夜游到冷宫门首，可曾见得昭君？容貌生得如何？性格可还温存？”林后微微冷笑道：“若说昭君的容貌，天上少有，不亚姮娥降世；地下无双，恍如西子复生。若说昭君性格，举止温存，礼义大雅。她的脸上，是臣妾亲目所睹，何曾有什么伤夫泪痣？怎说她不公不法，私画人图，有什罪名？她人不曾见主一面，有何乱法宫中？显见人图是奸臣所改，串通鲁妃，伤害昭君。陛下若不相信，何不在冷宫召出昭君，当面盘问一番，就知昭君真假了。”汉王听说，连连点头道：“御妻言之有理，孤也不用将她宣召，何不与御妻一同前去，赶到冷宫，当面会她一会，了却梦中一片之情。”说罢，汉王站起，挽住林后，离了分宫亭，前面对对宫灯引路，照得分明，一路行来甚快。到了冷宫门口，此刻正交三鼓，月色朗朗，天子与林后站在冷宫门口，也不进去。只听得昭君在内，高声啼哭，不住怨恨：一恨爹娘将奴抛撇天涯，误奴青春；二怨汉王薄幸，不念三更梦里之情，反害奴家在此冷宫受苦；三怨林后将奴家哄，原许奴到西宫奏知汉王，代奴伸冤，哄得奴家指星望月，痴盼着天子即传圣旨，将奴召出冷宫，见汉王一面，死也甘心。到了此刻，并无消息，眼见事多不就了，也是奴家生来命苦。罢罢罢！到了天明，不如寻一自尽，以了终身。说一会哭一会，真是十分凄惨，没奈何，吟绝命诗四句：

梦里相思不见踪，懒贪茶饭总成空。

冤家只在巫山上，知在巫山第几重。

汉王在外面听得多时，忍不住心内也自悲伤，吩咐宫娥问里面抱怨者何人。宫官领旨，高声问：“里面抱怨者何人？”昭君也回道：“外面问奴者，又是何人？”宫官道：“皇爷御驾在此，特来问你。”昭君听说，已知林后申奏，汉王方得到来，故意高声哭叫道：“汉王，你来了么？害得奴家好苦也！曾记得奴家身卧兰房，三更得梦，梦见神魂飘荡，到了宫中，遇见王爷，蒙王爷错爱，拉着奴家成就好事，是奴不依。原许奴差官到越州召取奴家，奴也遵旨动身，又不曾违背圣旨，可怜奴是离乡背井，抛撇爹娘，来到京中。实指望君无戏言，一定召奴进宫，伴着荣华。谁知好事多磨，未见君王，灾祸立生：陡有一道圣旨，赶至花船，说奴私画人图，犯了法度，把奴家贬入冷宫，将近一年。王爷呀！你可知冷宫内凄凄惨惨并无天日，可怜奴在内苦过光阴。一恨奴红颜薄命，难伴圣君；二恨奴三更得梦，四更依然只身。王爷把奴贬入冷宫，奴却罪犯何条？说得明白，奴就死也甘心。"汉王在外听了昭君一番怨恨之言，由不得龙心大怒道："有这等事？这还了得！多是欺君罔上的毛延寿弄鬼，暗把人图点破，蒙混孤王。又假传圣旨，妄把无罪之女贬入冷宫，此贼真罪不容诛了！御妃莫怪孤王，孤王一向并不知情，就是御妃今夜责备孤王，孤王也难辞咎。孤王明日早朝，一定代御妃伸冤雪恨便了。"昭君在内听见汉王的言语，微微冷笑道："奴只笑王爷枉做一朝人主，一个枕边妻眷被人哄弄过去，还坐什么龙墩，管什么万民？倒不如丢了江山，撇了社稷，披剃入山，做一个世外之人，倒还藏拙些。奴与陛下梦里相思，也可付之流水。只求王爷将奴之仇报了，奴再也不踏红尘，情愿削发为尼，修一修来世，保佑姻缘不可错配，好事不要蹉跎，此身休要颠沛，得嫁一个贫家之子，夫妻偕老，奴愿足矣，从此再不想西宫富贵了。"汉王见昭君说得十分可怜，也不免两泪频倾，连叫："御妃，休要如此，是孤一时不明，误你青春，到今日水落石出，少不得将这欺君的贼子抄斩满门，以雪御妃心头之恨。孤自知不是，亲到冷宫，迎召御妃，也算代御妃陪罪了，御妃可快快开门相会孤王罢！"昭君道："王爷在此，不知娘娘可来了么？"林后道："哀家在此，一同前来迎接，快些开门。"未知昭君可肯开门，且听下回分解。

第十五回 真昭君亲见汉王 勇李陵锁捉奸臣

诗曰：

蜜蜂身小代头黄，到处花开我先尝。

彩得百花成蜜后，一生辛苦为谁忙。

话说昭君听得林后也叫开门，心中一想："汉王乃一朝天子，被奴家这般抱怨，并不回言，也就够了，又是林娘娘同来到此，亲自迎接，不用宣召，奴是何等的脸面！常言：人不知足，必取其辱，再不开门，于理不合。"吩咐张内监快些开门，迎接圣驾。内监答应，连忙把闩落下，开了冷宫。昭君移步出去，一见汉王、林后，撩衣俯伏跪倒尘埃，口称："王爷万岁，娘娘千岁。"林后用手拉起昭君，汉王也叫平身。偷眼细看昭君，喜欢十分，暗想："此女虽在冷宫受苦，未整姿容，天生一种仙姬之态，世上难寻，比花花解语，比玉玉生香。"再命内侍挑起银灯，细照昭君，但见她脸上如鸡蛋之嫩，毫无一点微尘。此刻汉王心中大悦，又把银牙挫了几挫，恨恨连声道："好大胆奸臣，愚弄孤王，害了美人，她眼堂下何曾有伤夫之痣？分明贪财不遂，诬奏寡人。今夜且自由他。想美人记得梦中一会，今夜如同梦景，真是梦非偶然。"不禁哈哈大笑。林后口称："陛下，此地风凉，不可久停，如今既有了昭君之女，可到昭阳，等至天明。"

汉王言称有理，吩咐内侍将灯引路照着，汉王、林后、昭君三人，缓缓地走着来到昭阳正院，一齐进入宫门，早有宫娥重烧花烛，照得光明。汉王居中坐下，林后坐在旁边，昭君又行朝礼，拜了二十四拜，汉王连呼平身。林后叫声："贤妹，快整乌

云，再来伴驾。"昭君领了皇后的旨意，进了宫房，坐在牙牀，宫娥一旁伏侍梳妆。昭君坐了一会，走到妆台理发，可怜青丝久乱如麻，费尽心机，方把乱发梳通。面对鸾交宝镜，细细梳妆，打扮精工。金盆洗面，脂粉略施。衣服俱是林后的，脱去垢衣，换了新衣。收拾已毕，轻移莲步，出了房门，来见汉王。汉王在灯下细看美人，越发好看，但见她：

青丝挽就蟠龙髻，两鬓梳来似吐云。

不搽香粉自然白，不点胭脂自然红。

一双杏眼生来俏，淡扫蛾眉自然清。

头戴翠花冠一顶，金钗十二按时辰。

上穿金线云光袄，腰束湘江水浪裙。

步下金莲恰三寸，大红花鞋爱杀人。

走过香风来一阵，浑似仙女降凡尘。

汉王在灯下将昭君细看一番，由不得骨软筋麻，心中好不快活，吩咐宫娥排筵，款待佳人。昭君一旁赐坐，连敬汉王三杯美酒，又敬林后的酒。酒过三巡已毕，林后道："我主今夜已将昭君辨出真假，应当正位西宫。鲁妃用她不得，还当治罪才是。"汉王道："鲁妃死罪可饶，活罪难免，烦御妻怎么办理便了。"林后口称领旨。

汉王此夜宿酒方醒，又多贪了几杯，饮到天明，醉上加醉，但听得金钟一响，又请登殿。汉王带醉出了宫，走到半路，难以站立，传旨免朝。回到正宫，权且坐下。早有宫娥将醒酒汤进与汉王吃了，略解醉意。林后又道："陛下今日虽未登殿，可恨奸党毛贼，旦夕难容，陛下若不将毛延寿治罪，从此江山不太平矣。"汉王点首，便命内侍取过文房四宝，铺下龙笺，写了一道密旨，交与内侍，谕传御营总兵李陵办理。内侍接旨，不敢怠慢，离了宫门，赶到总兵李府。早有门官报知李陵，李陵听得圣旨已到，忙命家人摆下香案，即整衣冠迎接圣旨，四跪八拜，口呼万岁。天使走到香案前，朗诵圣旨道：奉天承运皇帝诏曰：朕闻为臣食君之禄，理应尽忠于君，不贪贿赂，似水居心，办事秉公，凤认匪懈，方无忝臣节而作朕股肱者也。乃有奸相毛延寿，身居首辅，位列三台，任越州之使，选妃忘廷训之言，陡起贪财之心，改图遂奸谋之汲汲，不独欺君生狂惑之言，且假传圣旨，害无罪之女。今已犀照一悬，水落石出。所谓有功不赏寡恩也，有罪不诛废法也，奸贼毛延寿，若再容留于朝，必为国家之大害。今着御营总兵李陵，带领三千人马，围住奸贼毛府，不论男女老幼，一概锁拿，并毛贼家属人等，即押赴市曹斩首示众，以为人臣不忠者戒；毋得走漏一人，致于未便。火速火速，钦哉谢恩。

宣旨已毕，李陵山呼万岁，谢恩站起，接过圣旨，请在上面供奉。送了天使回朝，实时换去朝服，顶盔贯甲，上了能行，带了家将，星夜赶到教场，真是人不知来鬼不晓。到了教场，三声大炮，惊动一班御林兵，弓上弦，刀出鞘，迎接李爷。到了将台坐定，即取卯簿，拣选精兵三千名，放炮起身。一个个人强马壮，盔甲鲜明，随着李爷，直奔毛奸相相府来不表。

且言毛相因这天临轩独坐书房，阅看官员本章，也好批发。先看荆州巡按曾岩劾奏临阳王私侵内帑，图害属员，请旨勘问一本。"曾岩这厮，平日又不曾敬重老夫，临阳王乃当今爱弟，此本如何上达？只好批个'该部知照。'"又看山西提督刘承业参奏标下总兵吴垣私扣军粮一本，"这个该批'斩'字，可将吴总兵正法，此本也不必上达了。"再看辽东林总制劾奏原任越州知府王忠充配此地，不安本分，请旨加罪一本。他将此本看了，不免哈哈大笑道："这林总制乃老夫得意门生，原是老夫曾吩咐他要摆布王忠的，今日他既上了此本，倒要细细斟酌批发，问王忠一个大大的罪名，以泄老夫从前心头之恨。林总制办了此事，倒要在吏、兵二部择一好地方，将他升迁，以酬他这一番情意。"正在磨得墨浓，濡得笔饱，欲待批发此本，忽听得大炮连天，喊声震地，只吓得毛相面如土色。未知此本可能批发，且听下回分解。

第十六回 毛相拐图逃走 鲁妃仇报自尽

诗曰：

花蚕身子最风流，三月成丝在山头。
绣阁手持龙凤剪，添妆肋艳制绫绸。

话说毛相吃此一吓，将笔搁下，正在猜疑，忽见家人慌张来到面前，连叫："相爷不好了！今有钦差大将李陵，带领大队官兵，密密层层围住府地，不知为着何事，请相爷速速定夺。"

毛相大吃一惊，口中不言，暗里自思道："今有军兵无端围我府地，莫非西宫之事发动，鲁妃无谋，一定遭凶，怕只怕汉王知道，老夫一家性命就难保了。"吩咐家人再去打听。家人连忙答应，飞星出去一看，只见枪刀密布，人马呐喊，吓得屁滚尿流，又来报道："相爷不不不好了！总兵李爷已进府门，带领多少官兵，口口声声要斩满门。"毛相闻报，只急得魂飞天外，魄散巫山，连忙除去冠带，也不顾三妻四妾，也不问金银财宝，也不爱殿阁楼台，就是相位也做不成了，只为心中贪财爱宝，要害昭君，到今日事到临头，难免杀身之祸。想定主意，三十六着，走为上着。急急改换衣妆，带了人图，不敢迳出前门，悄悄溜到后花园内；又不敢开后花园门，只怕撞见官兵，不是当玩的，胆胆怯怯四处张望，见西边有个狗洞，可以容身出去，到了此刻，人急计生，毛相也顾不得洞内腌臜，将身趴在地下，慢慢钻这狗洞出去，要想逃生。引得洞内一群狗子汪汪乱叫，急得奸相冷汗长流，又不敢作声，怕的后面有人追赶。钻了半天，方出洞门。用泥一把将脸搽了一搽，成一个泥人，为的路上怕人认得，改头换

面急急前行。只可惜汉朝今日走了奸相不要紧，从此外国引动刀兵，不知中国何日方可太平，且自慢表。

再言李陵不知奸相逃走，先将三千人马团团围住奸相府第，自带了家将人等，一声呐喊，进了相府，吩咐捉人，众军士答应，不敢怠慢，不论男女老少，见一个来拿一个，见两个来捉一双，众家属不曾走脱一个，单不见奸相踪迹，李陵心中好不着急，又命军士前后细细搜捉。众军士领命，忙个不住，又到内宅左右上房细寻，挑起天花，拆动地板、厨房、柴房、花园、茅坑都已走到，哪里有奸相一个影子？急忙回报李爷。李爷此刻真正急杀，暗想："奸相乃朝廷钦犯，若是知风逃走，叫我如何回旨？"且到大厅坐下，家将两旁分立，先将奸相家私簿吊来一看，上写着黄金五万两，白银一千一百万两，有零制钱四十八万串，珍珠三斗，玛瑙、珊瑚、玉器、宝玩等件共四库，玉带十七条。蟒袍六十八件，象牙笏五十七根，头面三十二副，四季衣衫箱子一千一百只，陈设家伙、铜锡器皿不计其数，私宅本章信稿共七百八十五件，军器马匹将近三万。看毕，十分叹息道："这贼的家私啊，富堪敌国人间少，终使奸谋异志多，若非我主英明，早为发觉，这贼必有一番不轨。幸宗庙在天之灵早露奸迹，明正典刑，也算是国家之福了。且住，本帅捉拿奸贼满门，单走脱了此贼，这便如何是好？也罢，待本帅将他家属勘问一番，此贼必有下落。"

想定主意，吩咐家将带毛党家属。早有家将把毛相正夫人米氏带至厅前跪下。李陵道："你是毛相何人？"米氏道："犯妇是他的正室妻子。"李爷道："你丈夫毛延寿，是谁送信知风逃走？速速招来，好让本帅回复圣旨。"米氏道："大人所问差矣！想大人奉旨抄没犯妇一门，所谓迅雷不及掩耳，有谁来得及送信，放丈夫逃走呢？"李爷道："既非走漏消息，如今你丈夫往哪里去了呢？"米氏道："大人所问又差矣，大人带了许多兵将，把犯妇一门团团围住，虽鸦飞也不能过去，岂有一个人就逃去之理？"李爷道："莫非你藏在哪里？可招上来。"米氏哈哈大笑道："大人奉旨而来，犯妇内外俱可搜寻，怎么倒问起犯妇来了！"这一句话，反问得李爷无言回答。没奈何，又把毛府婢妾家人逐一细问，俱回不知。只得把他家私簿收起，吩咐家将，把毛府男男女女老老少少，七百余口，一一上了刑具，押出府门，用十字封条封了毛府大门，上马进朝。

将人马仍发回教场驻扎，亲到午门外交旨，等候驾临不表。

且言林后遵了汉王旨意，忙写一道懿旨，差了一员心腹内侍，赶到西宫，报知鲁妃。鲁妃慌忙接旨，口称千岁千千岁，一面俯伏尘埃。只听内侍捧着懿旨，高声朗诵：皇后诏曰：位正中宫，独理阴阳，三十六宫，俱任调使，七十二院，照样施行。乃有越州鲁氏女，仗家内之金银，赂天使而充选，借他人之名色，假昭君以尊称，既害无辜之女，又生谋嫡之心，分明狐媚惑君。如今劣迹昭然，奉旨定罪。姑念无知，从今革去西宫，贬入冷院而受苦，永不入选，就此上刑，钦哉谢恩。

内臣宣旨已毕，两旁小内侍一齐动手，把鲁妃剥去衣冠，上了刑具，押出西宫，不往别处去，直到冷宫交与张内监收管领旨，内官回宫复旨去了。张内侍知是鲁妃，口中不住念佛道："苍天有眼睛，今日一报，还她一报，要害别人，反害自身，待咱慢慢消遣她便了。"可怜鲁妃进了冷宫，一见四壁凄凉，破屋两间，心中好不悲伤："想害昭君反害自身，昭君遭贬冷宫一年，尚有出头之日，奴与正宫犯了对头，遭此一贬，未必能够再想出冷宫了。想父母也是枉生奴家，十余年亲恩要报，只等来生，倒不如寻个自尽，以了终身。"想定主意。到了初更，打听张内侍已睡，拿了白汗巾，走到牀栏杆上，打了一结，只觉得阴风惨惨，鬼哭神号。鲁妃哭了一会，把心一横，要去投绳。未知生死如何，且听下回分解。

第十七回 东教场抄斩毛门
西宫里初整鸾衾

诗曰：

> 苍蝇出落黑悠悠，飞入长朝殿里头。
> 渴饮皇封真御酒，安眠枕簟伴绫绸。

话说鲁妃遭贬，受不住冷宫的苦楚，欲寻自尽，便把牙根一挫，恨了几声，颈向汗巾圈内投去，两足一蹬，悬空而起，霎时间悠悠顶上走了三魂，失去七魄。其年未到二十，该是鲁妃年轻享福太过，遭此枉死。张内侍直到次日知晓，慌忙报与正宫。林后即差了一员内官相验，舍她一口薄板棺木成殓，当时抬出冷宫。这是鲁妃的结果，不用细表。

且言金钟一响，汉王临轩。满朝文武参拜已毕，早有李总兵进朝缴旨，俯伏金阶，口称万岁。汉王便问："奸相可曾捉得否？"吓得李陵口称："主上，臣奉旨带领官兵围住奸党府第，臣到里面细细搜寻，不知何人走漏消息，单走了毛延寿一人，只将他满门家眷：男人五百十四口，妇人二百三十三口，一齐绑在午门外候旨。外有逆贼簿子一本，毛府已封，请旨定夺。"汉王先将他家产一看。一面看着，一面只是摇头吐舌道："好大胆奸贼，富堪敌国，狼藉赃银，犯禁之物不少，谋逆之意已显，今日露出奸谋，逃走毛延寿一人不打紧要，只怕纵虎归山，孤的江山从此不太平矣！"连叹几声，便吩咐："逆党家眷七百余口，押赴东教场，一概斩首。就命李卿临斩。"李陵谢恩，退出午门，即刻上马，吩咐众家将，把毛贼家属不论男女，俱上绑绳，押赴教场，男东女西，纷纷跪下。只等午时三刻，先是红旗三展，后是黑旗三展，当空三个狼烟大

炮，一声呐喊，那些刽子手好似凶神，手执钢刀，一齐动手，好不怕人，可怜那些：

> 红粉佳人刀下死，多情美女也亡身。
> 三岁孩童饶不过，白头老汉命难存。
> 孀妇虽是多贞节，大数难逃命必倾。
> 男男女女怎脱命，老老少少俱倾生。
> 斩了七百几十口，尸首推入乱葬坑。
> 杀得天昏并地暗，走了漏网首恶人。

李陵监斩已毕，叩了圣恩，缴了旨意，退出朝门。汉王又传下旨意："鲁妃既已自尽，将她的父母一概削职，递解回籍为民。再将旨意颁行天下，画影图形，捉那逆贼毛延寿。若文官捉住者，平升三级，官上加官；武官捉住者，官封万户，管理三军；不论军民人等，捉住毛延寿，荣封三代，世受皇恩。"一道榜文，颁行天下。

散了满朝文武，退入宫中，早有林后接住，便请汉王归了正位，问问朝中事情。汉王从头至尾说了一遍，只走脱了一个奸臣毛延寿。林后道："毛贼一走，指日风波又起矣。"汉王道："孤已虑及于此，传旨天下，拿捉奸贼。"林后道："我主且免愁烦，这也是贼子恶贯未满，任他漏网几日，直到他运退时衰，也不怕他飞上天去。"说罢，吩咐嫔妃快排香案，伏侍西宫娘娘行礼。众嫔妃答应，排了香案，挽着昭君朝王二十四拜，山呼万岁。天子连唤平身，又命昭君拜见林后。林后扶起，口称："贤妹少礼，"又叫："陛下，且休耽搁，快进西宫去成亲。"汉王忙摇手，只说："使不得，为着鲁妃住在西宫一年，把御妻冷落昭阳，孤也算负心，若再到西宫，岂不是孤忘结发之情？"林后笑道："妾非妒妇，我主何必如此说？快去西宫成亲，了却三更梦里之缘。"汉王得趣，即便抽身，林后亲送汉王、昭君到了西宫。

里面一派笙管细乐，好不热闹，迎接汉王入席，上面坐定，林后旁坐，下面昭君赐坐。正值酒过三巡，昭君出席，又拜林后，尊一声：“国母，你是奴的救命恩人，奴情愿代娘娘做个宫娥，铺牀迭被，奴也甘心，但求天子、国母同偕到老，早生太子，汉朝有后，接位传宗，奴焉肯又占西宫，分娘娘雨露。”林后急急扶起昭君，叫声："贤妹，休要如此，哀家虽正位中宫，未生男女，且又多病，今得贤妹，代哀家之劳，不必过谦，快与我主早成婚配，同赴阳台便了。"说着抽身便起，告别天子回宫。昭君一定要送，林后执意不肯，昭君只送出宫门外，见林后去远，这才回来。又伴天子重整杯盘，两旁宫娥手执金樽敬酒，桌上排的仙果异品，好不十分精雅，但只见：

珍馐百味多多少，佳肴美品献来勤。

獐狼虎豹盘中列，羊羔鹿脯满盘盛。

海味时新件件有，鲜鱼鲜蟹共飞禽。

熊掌盘儿配兔肉，各处进贡各样珍。

桌上美品般般备，只少龙肝与凤心。

青州枣子甜如蜜，河北交梨重半斤。

江南粟子拳头大，山东柿饼雪如银。

洞庭柑子红如火，柑子橙子黄似金。

福建荔枝并圆眼，辽东松子去了心。

堆满盏盘稀希物，皇宫富贵世罕闻。

汉王此刻开怀畅饮，又加昭君劝酒，到了半酣时候，已有几分醉意，斜着眼在灯下观看昭君容貌，有诗两句赞她：

秋水为神玉为骨，芙蓉如面柳如眉。

汉王越看昭君，越见美貌十分，真是六院三宫无人匹敌，九州岛四海少有佳人。又被酒醉熏熏，拴不住心猿意马，一手搭在昭君肩上，叫声："西宫美人，可记那夜三

更梦里，孤扯美人成亲，美人不肯，哄孤回头，美人脱身而去，使孤大失指望？今夜西宫方得鸳鸯配合，一梦之缘，信非偶然。"汉王这一席话，说得昭君不好意思，怕起羞来，通红了脸，只是低头无语，并不回答。却被汉王缠不过，拉进房门，要上牙牀，成其好事。昭君假意不肯道："皇爷放手。"汉王道："美人有何话说？"昭君道："皇爷有心看上鲁妃，还该去寻她取乐，哪里稀罕妾身！"汉王急道："美人，前事不必提起，可同孤共赶阳台去罢。"未知昭君肯与不肯，且听下回分解。

第十八回　出边关奸相装醉汉
到番邦延寿找门生

诗曰：

> 蛟儿一阵在荒郊，不住雷声风低飘。
>
> 只为伤人这张嘴，被人拍死命几条。

话说昭君被纠缠不过，只得共进罗帐，解带宽衣，同赴阳台。一夜山盟海誓，了却梦里相思，自不必说。次日汉王登殿，下诏册立王氏昭君为西宫，一众文武称贺不提。

且言毛相，自从狗洞内钻出，得了性命逃生，急急如丧家之狗，忙忙似漏网之鱼，日间怕人盘查，不敢出来，躲在古庙安身，忍饥受饿，好不烦难，只挨到黄昏时分，方敢溜出，混在人丛内闯出京城。那时，一来黑暗之地，无人查考；二来奸相改头换面，被他逃出城去，只叫一声惭愧。又听得人一路传说："好好一个毛相，不知犯了什么法，今日抄斩满门，共是七百余口，好不惨人。"奸相听见此说，又是伤心又是暗恨："恨汉王只为宠爱昭君贱婢，杀我满门，我与你天大冤仇，若不报泄，枉为一条汉子。"

一路想着到哪里去好，忽然想起番邦有一大臣，名叫卫律，乃老夫门生，何不去投他？想个机缘，唆哄番王，大动刀兵，来夺汉室江山，这叫作公报私仇。主意已定，忙赶路程。一路甚是耽心，逢人又不敢道出真姓真名，逢州过县，战战兢兢，只是装聋作哑，虚言哄骗。看见四路张挂皇榜拿他，心下甚是吃惊。

那日到了雁门关地方。出了此关，就是番邦地界。无奈此关比别关的盘诘更严，

奸相插翅又飞不过去，心内千思万想，好不焦燥。眉头一皱，好计忽生，且住："待我到黄昏时分，假装一醉汉，混出关门便了。"想定主意，走到一个酒肆中坐下，高声："酒保拿酒来。"酒保答应："来了。"忙拿了一双杯箸、一壶烧酒、两碟菜放在桌上，叫声："客官请用。"奸相自斟自酌，心中想道："老夫身居相位，蒙天子宠用，一十二年，言无不依，计无不从，不论在朝及天下文武官员，谁不尊敬于我？只为昭君这个贱婢，弄得我家破人亡，故此将人图带来。混出边关，进与番王。番王见了此图，不怕他不起好色之心。那时哄动番王，兴动人马，一则定要昭君，二则就夺汉室江山，岂不泄我心头之恨？"想定，酒已吃了五分，怕的醉了误事，不好出关，便将饭吃了几碗，肚中饱了。看见天色已晚，打点动身，上柜会帐，出了店门，一路奔关上而来。

但见关上高挑几张灯笼，照得四处分明；又见画影图形的榜文，张挂在那里，那些来来往往的人，被关上兵卒盘问不清。此刻奸相虽有醉意，到了关上，把步略停。且怕人盘问，甚是担心，假装出十分醉状，踉踉跄跄走来，故意口内乱哼。一则此刻盘查的人大半吃晚饭去了，二则晚上盘查难以清楚，三则人多事多，混杂不分，哪知其中却有奸相？四则该因汉室有一番刀兵，放走了一条祸根。毛相又奸又滑，趁着人眼一错，一溜烟逃出关外，好比开笼放雀，插翅高飞，不辞辛苦赶路，到了关外，就是番邦地界，无人盘问，奸相才得放心宽怀，走到河边洗了泥脸，现出奸贼本来面目，一路放胆前行，只想门生卫律。问到单于国，才知门生在那里做官。

那日进了单于城，逢人便问。问到卫府，只见府门前好个势耀：一带白粉高墙，冲天照壁，司寇门第，偌大门楼，两边坐了几十个番儿。毛奸相走到府门前，早被门上番军喝住道："你这汉子，不是我国打扮，莫非哪里奸细么？"奸相向前陪笑道："番哥，我不是奸细，乃中国汉丞相毛延寿，与你家相爷却是师生，因有军机前来面言，烦番哥通报一声。"番军听见师生二字，不敢怠慢，转身入内，来到高厅。看见卫律坐在上面，双膝跪下，口称："相爷在上，小番叩见，有事通报。"卫律道："报什么事？"番军道："启相爷，外面有一天朝汉子，小人说他是个奸细，百般盘问，他说是天朝汉丞相，姓毛名延寿，与相爷有师生之谊，故此小人通报，请令施行。"卫律听说，口内不言，心下暗想道："老师毛丞相乃汉朝首辅之臣，不在中国享用荣华，因何

来到北地？其中必有蹊跷事故。且接进里面一谈，便知分晓。"吩咐一声："开中门迎接。"番军答应，忙去打点。对对番兵，分列左右，随了卫相起身，一直来到大门首。抬头一看，果是老师毛丞相，抢行几步，向前躬身施礼，口称："老师到此，门生理当远迎，接待来迟，乞老师恕罪。"毛相连称不敢。说着师生携手而进，重新见礼，分宾主坐下。

茶献三巡，那卫相启口："老师在天朝为丞相，乃一人之下，万人之上，富贵极矣，因何独自一人来到此地？有什事故，望乞见教。"毛相见问，叹了一口气，便把汉王无道，宠爱昭君，杀他满门，我是死里逃生的话说了一遍。"今打听得贤契在单于国身为公卿，赫赫威权，特来投奔，望贤契做主奏一本，得见番王，说我汉相毛某到此投诚，若果番王将我收用，并有人图献上番王，番王一看此图，定要起兵到中国逼取昭君，管教她与汉王活活分离，那时才泄我心头之恨。全仗贤契大力成全。"卫相连称不敢道："老师吩咐，门生理当效力。想当年门生在汉朝为官，被御史今日一本，明日又一本，不保别的官儿和番，单保门生前来，幸喜门生并无家室带累在京，门生硬着头皮见了番王，番王十分优待，又劝门生归顺，门生也便依从，不几年也到宰辅，岂不比东京快活许多么？今日老师来得甚好，好与门生一同商量计较。来日门生便朝狼主，保奏老师，也做番邦大臣，大家斟酌起兵，杀进中原，好夺汉室江山。"说罢，吩咐大排筵宴，款待毛相。师生一面饮酒，说得投机，俱吃得大醉而散。归了书院，师生坐定，有小使奉茶，茶毕，卫律欲借人图一看。未知毛相肯否，且听下回分解。

第十九回 召王忠总兵趋炎附势 造相府太守进爵加官

诗曰：

蛛网生来弄巧多，芭蕉树上结丝萝。

虽然细细抽时影，满腹经纶可咏歌。

话说卫爷向毛相借看人图，毛相岂有不肯的，就在身边黄绸袋内，取出两幅美人图，一幅坐的，一幅睡的，还有一幅进与汉王，故此不曾带来，只将两幅递与。卫律展开一看，连声喝采道："果然美人图画，名不虚传，若是进与狼主，狼主怎不梦魂颠倒，要想杀呢！"看毕收起，交与毛相道："老师一路劳顿辛苦，请安置罢，门生等次日早朝，好代老师办事。"毛相道："全仗大力。"卫律告别，回内安寝。毛相也就安身，等候次日早朝信息，且不言番邦之事。

再表汉王心爱昭君，每日在西宫取乐，行坐不离，恩爱异常，自不必说。那日昭君双膝在汉王面前跪下，口称："陛下，臣妾蒙恩收用，得享富贵，妾还有生身父母，远在越州，久未一面，望陛下开恩，降旨召妾双亲进京，共沾皇恩。"汉王带笑连忙扶起昭君，叫声："美人不必烦心，等孤明日早朝传旨差官到越州，召美人一双父母进京便了。"昭君谢恩站起，入席陪宴。

一宿已过，明早汉王临朝，降了一道旨意，便请赵学士到越州召取王氏皇亲。学

士领旨，出了朝门，即上马，带了家丁，飞星到越州而来。越州早有京报先到，越州满城文武官员俱已预备。知府吴文贵，率领众官在南城十里外官亭伺候，钦差一到，张灯结彩，好不热闹。忽闻钦差已到，各官起身，远远迎接，迎着钦差，递了手本。钦差宣读圣旨。各官谢恩已毕，吴知府便启禀钦差大人：“卑职是新任越州知府吴文贵，闻得前任王知府有女王昭君，入宫为妃，道她不公不法，贬入冷宫，其父亦有应得之罪，已奉旨削去官职，发配辽东充军去了，特此禀明。但圣旨又到越州，越州哪里有皇亲？”赵大人听说，怒气冲天道：“有这等事！一定又是毛贼假传圣旨，屈害忠良。如今待本职赶上京都，面奏天子，再到辽东宣召皇亲便了。”说罢，也不耽搁，就此起身，大小文武官员一同相送，出了本境方回。

且言钦差离了越州地界，不分星夜，赶到京都，恰值汉王未曾退朝，连忙进了午门，俯伏金阶复旨。汉王见是赵学士，便问：“卿到越州宣召皇亲，可曾来了么？”赵学士便将王皇亲已曾有罪充军的话回奏一番。汉王闻奏，十分大怒道：“好大胆奸贼，假传圣旨，去害皇亲，若拿住这贼，万剐千刀不足尽其罪。”旨下，仍命赵学士到辽东去走一遭。学士谢恩出朝，不敢停留，随换骏马，离了长安，赶到辽东而去。

非止一日，到了辽东地方，早有人报知林总兵。总制闻报，带领合城文武迎接钦差。到了官厅上，开读圣旨，众官俯伏接旨。只吓得总制失落真魂，方知老师已问罪诛了满门，今日宣召王皇亲夫妇。自悔当初摆布王知府，怕的知府报仇，只等宣旨已毕，飞星同了张千户来到烟墩下面，见了知府，双膝跪倒。慌得王忠连忙扶起道：“大老爷，这是为何？”总制道：“总是我们该死，有眼不识泰山，一向多多得罪。”王忠摸头不着，便叫：“大老爷说个明白，小人方才懂得。”总制道：“你还不知么，令媛已正位西宫，皇上特旨打发钦差，前来召老皇亲夫妻进京，同享富贵。小官们无知冒犯，望乞王爷海涵。”王忠听说大喜道：“二位老爷且免忧心，一概前事休提，但以后做事，总不要使尽一帆风。”说得二人满面通红。王忠一面回到墩旁，说与夫人得知，夫人心中好不喜欢。

忽听得赵钦差同合城文武官员来了，可怜王忠鹄面鸠形，迎接钦差。奈烟墩并无坐处，只得仍到官亭，又宣圣旨一番。王忠三呼万岁谢恩，接过圣旨，分宾坐定。总制吩咐摆酒款待钦差，钦差道：“王皇亲受屈，圣上并不知情，多是奸臣毛延寿，假传

圣旨，害了皇亲。如今忠奸已明，圣上、与娘娘日夜想念皇亲，皇亲就此收拾动身，不必耽搁了。"王忠连称知道。总制又命人拿了衣冠，与王忠更换，只等席散，便与钦差在官厅安身。姚夫人已接到总制衙门，百般奉承款待。一宿已过，不消再叙。

次早，钦差动身，封了大号坐船五六只，听差又忙送下程礼物，率领文武官员，送到码头。王皇亲与钦差及姚夫人俱下了船，放炮三声，鸣锣扯旗，好不热闹。各官回衙，钦差吩咐日夜兼程赶路。在路非止一日，到了京都，弃舟登岸，钦差便把皇帝家眷请到他衙门暂住，他与皇亲同到午门见驾。此时汉王尚未退朝，赵学士随班上殿复旨。汉王闻奏大喜，即召皇亲上殿。王忠随旨而入，到了殿上，三呼万岁。汉王先慰劳一番，又道："连累皇亲无罪充军，皆因毛贼所害。孤有日捉住此贼，碎尸万段，以正国法。今加封皇亲为国丈，妻姚氏一品夫

人。传旨工部、户部，起造国丈相府，限期一月完工。国丈且权住馆驿，该部给俸支送。"王忠谢恩，退出午门。汉王又传旨宣召皇亲夫人进宫。一声旨下，早有内侍赶到学士府中，去召姚夫人。

夫人一见宣召，不敢延缓，将次女交与妈妈抱着，即刻打扮停妥，别了赵夫人，随着内侍进了午门。先见汉王谢恩，汉王赐下穿宫牌一面，命内侍引进西宫，去见娘娘。

内侍领旨，引着姚夫人到了西宫。早有内侍报知昭君知晓，昭君听得母亲到了，连忙出宫迎接。一见姚夫人，笑面相迎，迎至宫内，母女见礼，分宾坐定，叙说当年一段苦情，又悲又喜。旁有宫娥献茶。茶毕，昭君又把林后恩义说了一遍，"母亲今日到此，该到正宫一拜。"夫人连称有理，即同昭君起身，来到正宫，见了林后下礼。林后扶起姚氏，一旁赐坐，摆宴款待。酒过三巡，昭君便问母亲："还是生的妹子，生的兄弟？"姚氏见问，眉头一皱。不知怎生对答，且听下回分解。

第二十回　献昭君图挑番王
进哑谜诗难汉主

诗曰：

> 情牵久已欲销魂，暗掷金钱为卜君。
>
> 羞对芙蓉镜里貌，金莲空踏绿杨阴。

话说姚夫人见女儿问起前言，便问道："是个女人，已如娘娘之愿，取名赛昭君。"昭君道："今在何处？"姚夫人道："因进宫朝见，不便带来，暂寄赵学士府中。"昭君打发两个宫人，到赵府去接二小姐，好好地抱进宫来。宫人答应而去。又值汉王驾到，一齐接驾，汉王连呼平身，重新入席，欢呼畅饮。赛昭君又抱到了，姚夫人接过，先朝见天子、林后，又拜见姐姐。大家俱称人品甚好，不亚似姐姐仪容。便问："今天几岁了？"姚夫人道："三岁了。"席终，姚氏谢宴出宫，汉王叫声："少住，夫人权屈在御书房暂住几日，等待造完相府，再回衙门便了。"姚夫人又谢过恩，汉王恩赐内侍嫔妃各四名，服侍夫人，一面掌灯相送。好个汉王，打发昭君去伴母亲，驾回正宫安歇。一宿已过，次日登殿，摆宴款待皇亲，好个十分隆重。直到相府功成，又赐内侍嫔妃各十名，在府服侍。一众文武都来送皇亲夫妇进府，吃了几日喜酒。汉王又赐几多陈设古玩。只靠女儿有福，带挈王老夫妇好不风光，不表。

且言番王那日登殿，受文武山呼已毕，便问："众臣有事出班启奏，无事卷帘退朝。"话言未了，早见班部中闪出丞相卫律，俯伏金阶，口称："狼主在上，今有汉朝毛丞相来进美人图与我主，现在午门候旨，未敢擅入，请旨定夺。"番王闻奏，即传旨宣召毛相进见。毛相随旨而入，俯伏金阶，口称："远臣毛延寿，愿我主千岁千千岁。"

番王连呼平身，便问："你在汉朝为相，好不尊荣，来到我国，是何缘故？"毛相奏道："只因天朝我主乃无义昏君，新得一昭君女，难描难画，被酒色昏迷，不理朝政，冷了众臣之心，所以古人云：'君不正，则臣投外国，父不正，则子奔他乡。'今远臣特来投顺大邦，望乞录用，感恩非浅。"番王道："你说昭君容貌，天上少有，地下无双，但不知孤王可得见一面否？"毛相道："这也不难，远臣带有人图在此，请王观看，便见分晓。"说毕，将人图呈上。早有内侍接来，展图与番王一看。不看犹可，一见时只见人图虽是笔描笔画，如同一个活美人站在上面一样，引得番王都看出了神，暗想："世上哪有这般女子？一定是仙女临凡！"看毕，将人图卷起，放在龙案上面，便叫声："毛卿，可有什么计策，使昭君来到我国，与孤一会，岂不胜如为王么？"番王此问，正中毛延寿报仇机会，忙回奏道："依臣愚见，只消遣一大臣，统兵去抢汉王天下，若得杀进汉城，不怕汉王不将昭君献出与国王。"番王道："未免兵出无名，且从容商议。今封毛卿为右丞相之职。"毛相谢恩，退在一旁。

有卫律出班献计道："我主若要昭君，又怕师出无名，何不着一异能之士，做一律哑谜诗，打发一大臣到天朝去进与汉王，若有能人破得此诗，我邦情愿年年进贡，岁岁来朝；如无人破得诗句，就要献出昭君，若有一字不肯，即统大兵夺取汉室乾坤，就不为师出无名了。"番王闻奏大喜，连忙做了哑谜诗一首，便问两班文武："哪位卿家代孤到天朝一走？"闪出番将都统土金浑，俯伏阶前奏道："臣愿往天朝献诗，讨取昭君便了。"番王闻奏大喜，当殿赏赐三杯御酒，将诗图交与土金浑道："若取得昭君回朝，定当官上加官。"金浑口称领旨，退出午门，到了教场，点起三千番兵，离了单于国，直奔汉朝大路而行。一路穿山过岭，行程来得甚快，但见雁门关已在面前，三声大炮，扎在营寨，过宿一宵。

次日，土金浑上马，带了三千兵将，行至雁门关前，高声大叫道："关上儿郎听着，俺乃单于国王所差，要到天朝公干，报与尔守将知道，快快开关。"关上儿郎听了，不敢怠慢，报与守将唐爷。唐爷问道："你见来将可是戒装？"军士回道："未见戒装，只有宝刀一口，后背包袱一个。跟着长随，俱是带腰刀一口。"唐爷听说，来得古怪，即刻换了盔甲，身罩锦袍，腰悬宝剑，带了家丁五十名，俱暗带弓箭利刀防身，

一马冲到关前，吩咐开关。

关门一开，出得关来，高叫："单于来将，有多大的胆量，叫我开关。"土金浑道："俺乃单于国王驾前官拜哈番营都统土金浑，奉国王旨意，有高人画的人图一卷、天诗一首，进贡天朝。你朝中若有人知道人图是谁，能识天诗，那时我邦愿做下国，年年进贡，岁岁来朝；若无人识得，快献城池，称臣我邦。"唐爷在马上冷笑道："你那下邦敢犯天朝？若不放你进关，尔邦必小视天朝无能人，也罢，只容你一人，带几个长随进关，其余俱停在关外伺候信息。若不依我吩咐，我就与你排开队伍，大战一场，决个胜负。"土金浑道："俺奉国王之命而来，并非与天朝交锋打仗，何必多疑。"唐爷道："既如此，随我进关。"就把土金浑带进关来，送到南门。吩咐守关军士把关门紧闭，关外多备灰石火炮，滚木擂石，在关紧紧把守不提。

且说番官离了雁门关，一路马不停蹄，行程得快，早到长安大国城池，正是黄昏时候，落了公馆住下。一更鼓打瑶台月，二更鼓打上牀衾，鼓打三更交半夜，星移斗转子时辰。望谯楼上打四鼓，战马铃归到五更，正是汉王登殿，齐集两班文武。早有黄门官启奏道："今有单于国差了番官一名，现在午门，要见我主，请旨定夺。"汉王命宣他上来。番官随旨而入，拜倒金阶，口称万岁。汉王道："单于国差官，有什么奇珍进贡？"土金浑道："非也，某奉狼主之命，有天诗一卷、人图一幅，进与皇爷。闻得天朝才子甚多，高人亦广，有人认得人图，破得天诗，我邦情愿称臣天朝，如其不然，天朝就要称臣我国。"皇爷闻奏，龙心大怒。未知怎生打发来使，且听下回分解。

第二十一回　刘状元看破番诗　单于国大兴人马

诗曰：

春宵最苦梦难成，只为思君情更深。

斜倚窗前生别恨，愁怀怎不到三更。

话说汉王听见番使出言不逊，心中大怒，便命将诗取在龙案上。看见上面花花绿绿，不知说些什么；又命众文武拿下去看，个个不知，人人不晓，好似泥塑木雕一般，急得汉王满面通红。番使又奏道："天朝既无高人破得此诗，皇爷便要称臣我国。不要别物进贡，只要照人图上美女，知道是谁，速速进与我主，陪伴国王，以免两国相争。"这句话说得汉王气上加气，怒冲冲便问："人图今在哪里？快呈上来。"番官答应，把人图呈上。天子展天一看，不看犹可，一看时大吃一惊，暗想："这图是昭君容貌，如何到得番邦？"急将番官问其缘故。番官诉出真情："只因天朝毛丞相逃到我国，将人图献与狼主，狼主一见此图大喜，故差微臣到此。"汉王听说大怒，咬牙切齿恨毛贼。

番官又在殿上催促，急得汉王正无主意，来了文曲星状元刘文龙，销差回复圣旨。一见汉王满面愁容，问其缘故。汉王含怒说了一遍，将诗递与文龙。文龙接过细看，叫声："我主且免忧心，若论番诗，臣可立破。"汉王大喜："卿可将诗解来。"文龙领旨，将身站起，喝叫："番官，仔细听着，你的字迹虽然古怪，诗理机关，怎能瞒人？说什么天诗难破，你且听我念来，是也不是么？"

天仙有意下瑶台，枉入深宫大不该。

若把琵琶来别抱，倚门好待美人来。

番官听得诗已识破，吓得魂胆俱消，跪在地下，冷汗长流。文龙念破番诗，奏道："臣启我主，番人诗中，取意分明，一派轻辱天朝之意，其罪不容诛了。"汉王闻奏，大怒道："可恨番邦无礼！"喝叫殿上金瓜武士："把番狗先问典刑，以正辱慢之罪。"一声旨下，谁敢怠慢？早把番官推出午门。正要处斩，忽见右班中闪出总兵李陵，叫声："刀下留人。"一边跪奏："臣有下情，冒奏天颜：今将番诗辱慢天朝，乃番王主意，来使不知；况两国相争，不斩来使，伏乞我主暂息雷霆，饶恕番官，着他回国，传知番王，速速进贡来朝，免他辱慢之罪，如敢抗违，只消我国提一支人马，将番邦踏为平地。"汉王准奏道："李卿言之有理，把番官赦免，宣上殿来。"番官先谢皇爷不斩之恩。汉王喝骂："番狗，若非李卿保尔，焉能留你狗命？今将头颅寄尔颈上，回番传谕尔主：若是来朝进贡，一笔勾销，若再抗违，两罪并发。"吓得番官诺诺连声，退出朝门，飞星回番。

汉王打发番官去后，重赏刘状元。退朝回了西宫，有昭君接驾。汉王扶起，一旁赐坐，便道："爱妃，今日朝中出一奇闻：只因放走毛贼，四处画形图影，未曾捉到，哪知此贼逃往外番单于国，惹起祸根，他将人图拐去，进与番王，番王听了毛贼的话，打发差官一名，前来进上番诗一首，来难我国君臣，还有美人图一幅，相貌却与爱妃一样。番官面奏寡人：有人识得番诗，他邦情愿来朝进贡；无人识得诗，就要爱妃去和番。"昭君大惊，连忙问说："朝中文武谁人认识得番诗？"汉王道："就是状元刘文龙，字字行行，破得分明。"昭君听说，恨杀毛贼："奴和你什么冤家对头，把奴人图带至番邦？可怜人在天朝，图落番地，现在奴的人与形影，两处分离，奴命好苦也！"由不住一阵心酸，泪流满面。汉王亲将龙袖代昭君拭泪，叫声："爱妃，且免愁烦，少不得拿到毛贼，剥皮剔骨，以泄爱妃之气。"正说间，林后来到西宫，昭君又把人图的话哭诉一番。林后也是深恨毛贼，又百般安慰昭君，吩咐宫中摆酒，代昭君解闷不表。

且言番宫土金浑一路走马，来得正快，已到雁门关，来叫："关上儿郎，报与典守

将知道，俺乃番邦土金浑回来了，早早开关。"军士急忙通报总兵。总兵带领家将来至关头，就叫："番狗，你到天朝，怎生饶你回来？"土金浑道："实不相瞒，天朝却有能人，破了番诗，要将俺斩首，多亏李将军救俺性命，望将军放俺过关。"总兵听说，骂声："番狗，也是我主仁厚，饶你一死，快随本镇进关便了。"番官答应，随着马后进了雁门关，左右俱有兵卒管押，押着出了雁门关，番官得命，如飞而去，走到大营坐定，心中越想越恼："可恨汉王，将俺这般凌辱，回国奏知狼主，兴兵杀到天朝，不怕汉王不献昭君。"

吩咐班师回国，三声大炮，拔了营寨。在路行程非止一日，到了单于本地，便把三千人马扎在教场，单身去朝狼主。狼主便问天朝一段缘由，土金浑奏道："天诗已有刘状元破了，汉王不献昭君之女，小臣一命几乎送在中国。还要传知狼主，若再不进贡天朝，要将我邦国踏成平地呢！"番王闻奏，气得只翻白眼。一旁毛延寿跪下，叫声："狼主，且休烦恼，狼主不想昭君便罢，如要昭君，只须差一能臣，统领精兵，杀到天朝，抢关夺寨，不怕汉王不献出昭君。虽天朝有李氏父子，用兵如虎，我国何足惧哉？"番王闻奏，大喜道："卿所奏，言之有理，这叫做一不做，二不休。即日就统发大兵，杀到天朝便了。"遂问两班文武："哪位卿家前去领兵？"早有番营大将石庆真拜倒在地："微臣愿去领兵，不将天朝昭君取来，进与狼主，誓不回兵。"番王闻奏大喜，赐了三杯御酒，加封石庆真为征南大将军，统领十万人马，取讨昭君。庆真领旨谢恩，退出朝门，即刻到了教场，点了十万人马，放了三声瓜子炮，人马拔营，辞王别驾，好不威风。一路上中队催着前队，后军紧着前军。正走之间，来得甚快，已离关不远，石庆真吩咐扎下营盘。过了一宵，次日统领人马向雁门关讨战，只吓得守关军士一看番兵势如潮涌，只吓得屁滚尿流。未知为着何事，且听下回分解。

第二十二回　彭总兵失机败阵　李元帅奉旨征番

诗曰：

　　鹿吃山边草，鱼吞水底沙。

　　休笑江湖客，流落在天涯。

　　话说雁门关守兵见番兵势大，因何吃这一惊？其中有个缘故：只因守将唐总兵生来武艺超群，十分利害，所以镇守此关。番人闻他名儿，不敢侵犯雁门。只因唐总兵失察，一时盘查不紧，放走了毛延寿，逃往外邦，惹起祸根，汉王大怒，即将唐总兵问罪，取斩满门，换了彭殷镇守此关，其人武艺平常，远不及唐爷，所以兵士吃惊。只得急急报与彭爷："有番兵抵城讨战。"彭殷又是个妄动的人，也不计较一番，即刻披挂上马点兵，开关接战。三声炮响，带领三千儿郎，一马冲出关门，高叫："无理番奴，擅敢侵犯边界，今日遇到本镇，管叫个个断送残生。"庆真在马把来将一看，怎生打扮？但见他：

　　头戴银盔飘烈焰，斗大红缨盖顶门。

　　素白袍上花千朵，梨花罩甲玉装成。

　　护心宝镜同明月，丝鸾宝带紧一根。

　　坐下走阵银鬃马，丈八银枪手内抡。

　　看毕，喝声："来将少催坐马，快通上名来。"彭殷见敌将问他名子，便把长枪背住咽喉，防人暗算。叫声："番狗听着，俺乃大汉天朝官拜雁门关总兵彭殷是也。本镇刀下不斩无名之将，尔可通上名来。"庆真道："某乃单于国王驾前官拜征南大将军石庆真是也。你这将官，有多大本领，擅敢出关接战？只怕你颈上驴头，就长不稳了。"彭殷大怒，把长枪刺将过来。早有左右先行，就是庆真二子，名叫庆龙、庆虎，一个举刀，一个举锤，双双齐出接住与彭殷交战。但见彭殷一枪刺来，好似盘龙盖顶，庆龙将刀架过，赛比流星，又是庆虎锤到，彭殷急急将枪逼过，庆龙刀来得快，又劈面来，慌得彭殷一杆枪，左右支持。杀了三十回合，只杀得浑身汗淋，枪法渐乱，有些抵敌不住。忽被刀伤左臂，叫声："不好。"连忙败下阵来。石氏兄弟放马追赶，庆真把旗一摇，催动后兵，只杀得官兵尸山血海。彭殷败进关去，高扯吊桥，紧闭关门把守。庆真一见二子得胜，就鸣金收兵，报捷番王，摆酒贺功不表。

且言彭殷失机一阵，只任石家父子在关外骂战，也不开兵，连忙写下一道紧急文书，差官马不停蹄，飞星进京。到了兵部投文，兵部见是紧急军情，不敢怠慢，即刻转奏汉王。汉王便问两班文武道："今日单于国无故擅进天诗，口出不逊之言，本当即日征讨，以正其罪。姑念小邦无知，不兴师问罪，他反起大兵来犯边关，敢伤守将彭殷，谁代孤家统领大兵灭寇？有功之日，定加升赏。"问了几声，两班文武并无人答应回奏。列位，你道是什么缘故？只因汉朝太平日久，不动干戈，所以这些文武惧怕出头，不敢领差。汉王问了一会，见无人回奏，不觉十分大怒，喝骂两班文武："尔等太平之时俱嫌官小禄薄，边庭有事，不能与孤分忧，要尔等在朝何用？一概罢职，朕的万里江山俱不要了！"吓得文武众官一个个面如土色，不敢出声。只见右班中闪出老将军李广，跪到金阶，叫声："我主休要发恼，微臣情愿领兵灭寇，只消李陵为前部先锋，包管杀他片甲不回。"汉王此刻改怒为喜，便道："老卿家到底是将门之种，可挂征番大元帅之印。"当殿赐了三杯御酒、两朵金花，"可到御教场挑选精兵十万，战将百员，任卿调用。"又加封李陵为前部先锋之职。

李氏叔侄谢恩，退出朝门，到了教场，三声大炮，李元帅坐了将台，未曾点兵，先施号令，只等众将打拱已毕，便道："诸位将军及大小三军听着，本帅今日奉旨征番，一秉至公，虽亲不讳，有功必赏，有罪必诛，尔等各宜听本帅吩咐。"下面一齐答应一声:"哦。"又见李元帅取出十条号令,念道:"点名不到者斩,闻鼓不进者斩,闻金不退者斩,私造谣言者斩,冒他人功者斩,临阵脱逃者斩,私通反寇者斩,解粮违误者斩,克减军需者斩,不遵号令者斩。令只十条,尔等各宜静听,休得以身试法。"下面又答应了一声:"哦。"拔了一枝令箭,叫声:"李陵听令。"李陵答应:"有。"元帅道:"尔可带领五千人马,充作前部先锋,逢山开路,遇水搭桥,俟本帅到关,再行开兵。"李陵接令在手,口称:"遵令。"上马统兵先行。

李元帅打发李陵去后,随即放炮起兵,离了教场,出了帝京。一路上五色旗幡招展,人强马壮,盔甲鲜明,个个弓上弦,刀上鞘,好不威武。所到之处,自有地方官远远相迎,秋毫无犯,军令森严。在路行程非止一日,早到雁门。流星探子,已飞报守将。守将听见救兵已到,大开关门相迎。先接到李陵先锋一支人马,驻扎关中等候。过了几日,元帅大兵已到,彭殷、李陵一齐出关相迎。迎至帅府坐定,俱向前参见,递呈手本。彭殷一面备酒接待李氏叔侄,一面犒赏三军。元帅便问彭殷道:"贵镇与番人战过几阵,如何被他杀得大败,他那里领兵何人,以后可曾前来讨战否?"彭殷道:"末将只战过一阵,被他杀得大败。他那里领兵石家父子,十分厉害,是以进京求救。番将也来讨战几次,末将无奈,高悬免战牌。"元帅哈哈大笑道:"雁门关乃中国咽喉要地,既知自己本事平常,理宜保守关门,飞本进京,请大兵征剿,不该轻敌致败。倘一时有失,番邦冲入此关,为祸不小,要尔等何用?"只吓得彭殷魂飞魄散。未知如何,且听下回分解。

第二十三回 李陵败石家父子 吴銮差左右先锋

诗曰：

> 珠泪纷纷滴砚池，含羞忍写断肠诗。
>
> 自从那日君分手，直到如今懒画眉。

话说彭殷见元帅大怒，怕的性命不保，只吓得跪倒在地，连磕响头。元帅又道："尔头阵已被番兵杀败，免战高悬，早挫了天朝锐气，为将之道，并不知机，你还镇守雁门关么？"元帅这一席话只说得彭总兵顶冒真魂，连连叩头："末将该死，求元帅格外开恩。"元帅道："你年已迈，本帅不来罪你，姑且带罪立功。"总兵谢了元帅，站在一旁。

元帅即刻写了一封战书，差了先锋，射进番营。番兵拾得战书，报与庆真。庆真接了一看，方知天朝救兵已到，差了李广叔侄到此。"李氏素称英雄，不可轻敌，须用妙计擒他便了。"即刻披挂整齐，带领二万番兵，并左右先锋，放炮三声，出了营盘，直逼关门。一见免战牌已去，便高声骂阵。早有守关军士报知元帅，元帅令先锋李陵去夺头功。李陵领令出营，上马提枪，你道怎生打扮：

> 头戴金盔似火烧，黄金甲罩大红袍。
>
> 身骑坐下胭脂马，丈八金枪手内拿。
>
> 八面威风生杀气，三声炮响贯冲霄。
>
> 开兵尽是凭韬略，方显英雄武艺高。

李陵一马冲出关门，杀到阵前，大叫一声："番将，快来纳命。"庆真见关内来了一将，甚是英雄，便命二子前去抵敌，小心在意。石氏二子得令，催动战马，到了阵前，高叫："汉朝来将，快通名来。"李陵叫一声："番奴听着，俺乃大汉天子驾前官拜御营总兵之职，今加封扫北大元帅麾下前部先锋李陵是也。你这两个番奴，可报上名来。"石氏兄弟道："我父乃番王驾前征南大元帅姓石名庆真，某乃左右前行石氏龙、虎二位公子，今奉父命，特来擒你，你若知机，快快下马受缚，免尔一死，若不听良言，管教你性命顷刻莫保。"李陵大怒道："番奴休得猖狂，放马过来。"说着，举枪便刺。石龙、石虎齐举兵器架住，见枪来十分沉重，叫一声："好家伙。"两旁儿郎，擂得战鼓咚咚。一边是声名要上凌烟阁，一边是五凤楼前夺头功，你为汉朝争天下，我为番邦抢干绅。哪知李陵是员虎将，并不把石家二子放在心上，越杀越有精神，石姓二子，渐渐抵敌不住，大败逃走。李陵不舍，随后追来，追至营门。庆真见二子败下，心中大怒，放过二子进阵，举刀出马，大叫一声："来将少要逞能，有某来会你。"李陵勒马一看来将，生得好古怪，但见他：

金盔雉尾紫缨飘，凤翅双分扫凤毫，甲挂龙鳞金锁甲，袍披红艳牡丹袍。带悬丝革锦绣带，虎筋筋打虎筋绦。战靴靴踏描金镫，锁金袄上绣金销。青发发边生乱发，黄毛毛上长红毛。怪眼圆睁睁怪眼，眉如铁线铁眉梢。古怪中间真古怪，蹊跷里面有蹊跷。

李陵看毕，暗想："来将必是石庆真。"只见他拦住去路，高声大叫："南朝将官，快把昭君献出，免得两国刀兵，若有半言不肯，杀得南朝片甲不回。"李陵大怒，喝骂："番奴，休得无礼，早些退兵进贡，以免顷刻身亡，若再抗违，管教一个个做无头之鬼。"这一番话恼得庆真暴跳如雷，抡刀便砍，李陵举枪急架相迎，二将大战起来。这一场好杀，二人一来一往，斗到五十回合，不分胜败。恼得李陵性起，使动李氏花枪三十六路，一时间只见花枪不见人。又杀了十几回合，只杀得庆真难以抵敌，杀条去路逃生。李陵不舍，大叫道："番狗哪里走？爷来取你命也！"只可怜庆真，此刻十分心慌，没命地败逃，也不顾手下番兵，早被李陵抢起一枪，好比苍龙戏水，只杀得

中华传世藏书

中国孤本小说

双凤奇缘

75

番兵四下没处投奔，人头犹如瓜滚，马头碎落尘埃。石氏弟兄在阵门前，一见父亲败下，急急吩咐拔寨奔走。众番兵只恨毛延寿为献人图，起了祸根，伤了无数生灵，从此再不要想昭君到我国了，快些逃命罢。李陵这一阵，只杀得番人并无敌手，鬼哭神号。追到番邦歇马亭，也怕身入重地，打了得胜鼓回关报功不表。

且言石家父子，被李陵一阵杀得大败，退到三十里外方扎下营寨，点点人马，三停去了一停，父子急忙商议，紧守营门，一面打发告急文书，到番邦去求取救兵，救兵到日方可开兵。表章非止一日到单于国，正值番王登殿，早有黄门官将庆真告急本章呈与番王。番王一看求救本章，大吃一惊，忙问两班文武："哪位卿家领兵去做二路元帅？"早闪出太尉吴銮，跪下道："臣愿往领兵，只要左先行雅里托，右先行土金浑，再带十万人马，杀到雁门，哪怕什么李陵，包管杀得南朝将官个个领死，汉王献出昭君。"番王大喜道："依卿所奏。俟得胜回朝，再加升赏。今封卿为征南二路元帅。"吴銮谢恩出朝。

到了教场，点了人马，放起号炮，拔寨起身。出了番城，一路马不停蹄，兼程而进。赶到庆真大营，庆真接进帐内。吴元帅吩咐将大兵编入队伍，庆真忙将帅印交上，在帐下听令。又摆了接风酒款待吴元帅，犒赏三军。吴元帅在席上问起交兵之事，庆真便把李陵十分英雄骁勇，父子兵败的话说了一遍。吴元帅哈哈大笑道："将军怎长他人之志气，灭自己威风？待本帅明日差一将前去探阵，诈败下来，两路埋伏冲出，截他的去路，任李陵三头六臂，必遭擒矣。"庆真道："元帅之计甚善。"说毕，不觉天色已晚，席终安歇。

次日黎明，又拔寨起兵，抵关下营，放了三声大炮，元帅升帐，便问："哪位将军前去讨战？"有监军大将哈虎，向前讨令。元帅道："将军可带三千人马，速取李陵首级，回营报功。"哈虎领令，带兵出营，一马冲到关前骂战。未知可曾得胜否，且听下回分解。

第二十四回 智困李陵遭活捉
急差都督起救兵

诗曰:

困顿由来不可知, 英雄最苦折磨时。

龙游浅水遭虾戏, 虎落平坑被犬欺。

话说哈虎在关前骂战, 早有守关军士报知元帅, 元帅即差先锋李陵会阵。李陵领令上马, 带了儿郎, 放炮出关, 一马冲至阵前。先把来将一看, 怎生打扮? 但见他:

戴一顶亮银盔, 身披银甲; 左弯弓, 右挥箭, 好似天神; 手执着点钢枪, 威风凛凛; 坐下骑了白龙驹, 杀气腾腾。

看毕, 骂一声: "杀不尽的番狗, 又来送死么?" 哈虎道: "你可叫李陵么?" 李陵道: "既知大名, 还不下马领死。" 哈虎大怒道: "南蛮休要出言无礼, 照枪罢。" 就是一枪向李陵面上刺来。李陵举枪急架相迎, 也是一花枪还去, 早被哈虎挡住, 两人枪来枪去, 真是棋逢对手, 一边好似哪吒降石女, 一边好似元帝斩妖精。李陵越杀越见勇猛, 哈虎越斗越有精神, 二将战到百合, 不分胜负。李陵在马上巧生一计, 一枪刺去, 大败而走, 哈虎放马追来, 高叫: "李陵往哪里走? 还不快快纳命。" 李陵回头见番将追来, 心中大喜, 见他来得切近, 故意把靴尖一踢马镫, 左边落马, 右边一起, 打个玉龙三转身, 急把飞枪暗藏在手, 扭转身来, 一枪赛似流星, 喝叫一声: "着。" 好个哈虎, 手疾眼快, 自把马头提起, 用枪一隔, "当啷" 一声, 飞枪落空, 二将又战将起来。哈虎见不能取胜李陵, 招动人马浑战一场, 只杀得天昏地暗, 李陵并不惧怯半分。杀到红日西沉, 两边方鸣金收兵。

不言李陵回关。且表哈虎归营，缴令道："李陵勇猛十分，实在难以擒他，望元帅恕罪。"吴元帅道："且先歇息，明日本帅自有计擒他。"哈虎诺诺而退。一宿晚景不表。

次日，吴元帅升帐，先差雅里托带领五千番兵，东山埋伏；哈虎带领五千番兵，西山埋伏；孙云带领五千番兵，中路埋伏，静听号炮一响，一齐杀出，活捉李陵。三将领令而去。又差土金浑带领三千番兵，前去讨战，只许败不许胜。土金浑领令而去。正是：

> 整顿窝弓擒猛虎，安排香饵钓金鳌。

土金浑带兵一马冲到关前，喊杀连天，吓得守关军士飞星报知李元帅。元帅又差李陵出阵。李陵杀到阵前，一见土金浑，大骂："番狗，天朝有什亏负于你，何得听信我国逃臣毛延寿一派胡言，无故擅动干戈，伤害生灵？若不将尔番邦踏成平地，誓不回兵。"土金浑大怒，高叫："南蛮休得夸口，快快放马前来纳命。"二将话不投机，交起手来，枪来枪去，不分胜负；一来一往，少定输赢。土金浑在马上心生一计，便叫声："李陵暂住，我有九股红绒索抛在空中，你有本事接着，方算你是个英雄。"李陵听说，哈哈大笑："这又何难，只管抛来。"土金浑高叫："看索！"一声喊叫，但见空中红绒一片如金，抛将下来。李陵不慌不忙，在马上一跃，腾空而起，把枪放在马鞍上面，忙把身边两把腰刀拔出一举，趁着绒索要来拖他，他便刀起得快，好象雁翅双飞，割断红绒九股绳，番将一个斛斗，跌落尘埃，两边兵卒无不喝采。羞得土金浑急上了马，举枪又来刺。李陵起枪相迎，一来一往，又战了二十回合，土金浑假意枪法散乱。诈败下去，李陵不知是计，追赶下去。到了五里之外，土金浑看得明白，十分大喜，叫声："李陵，赶人不要赶上，战尔不过，何必追来。"一面说着，一面跑着。李陵被番将诱哄，追下十几里来，但见远远一座高山，挡住去路，李陵大喜，高叫："番狗走到死路上来，还不下马领死，等待何时？"说着放马又追赶下来。

但见番将前面跑着，转过山坡，高叫救兵，只听得四面号炮齐起，一声呐喊，好

不怕人。李陵连叫："不好。"自知中计，正要回马，来不及了。但见东山雅里托领兵杀出，西山哈虎领兵杀来，中路孙云领兵截住去路，土金浑又领兵杀回，四面八方，尽是番兵，团团围住李陵。李陵手下兵卒俱被人截住，不得上来，只剩一人一骑，困在核心，杀得冷汗淋漓，左冲右突，难出重围，前遮后掩，不能抵敌。李陵本事虽是英雄，此刻寡不敌众，暗叫一声："万岁皇爷，今日是不能逃也，只有一死，以报君恩。"打点拔出宝剑自刎，以了忠心，又被番人兵器乱砍，双手不得空闲，不容李陵自尽，只要活捉汉将。好个孙云，见捉不住李陵，忙在身边取出丝绦一根，就此趁李陵双眼一错，将绦一起，疾是流星，可怜李陵未曾防备，套住背脊，被孙云一拖，拖下马来，番军一拥向前，捉住李陵。

众将打了得胜鼓，回营缴令，各人献功，吴元帅大喜。又见捉住李陵，吩咐解进牛皮帐。李陵立而不跪。吴元帅道："李陵，你有十分本事，今日被擒，还不下跪求生么？"李陵喝声："番狗，误遭诡计，被尔擒捉，要杀便杀，何必多言！焉肯屈膝你这番狗。"吴元帅道："好个倔强汉子，且打在囚车，解回番邦，请旨发落。"一声令下，两旁番兵把李陵押往后营锁禁。帐内摆了庆功酒，款待诸将，不表。

且言李元帅正坐关中，等候李陵捷音，忽见探子慌慌张张来报道："启元帅，祸事不小，李先锋一马当先，杀败番将，后因追赶番将，深入重地，反被番人生擒活捉去了，未知存亡，我等逃回，请令定夺。"元帅闻报，大吃一惊，道："有这等事？"吩咐再去打探。探子得令去后，暗想："关中并无能将可以抵敌，须要急急写本，差人进京求救。"正在筹策，又见报道："番将讨战。"元帅吩咐："免战牌高挂。"番将一见免战牌，大笑回营去了。这里李元帅急忙写了告急本章，差官星夜进京，忙在兵部投递。兵部知是紧急军情，连忙奏知汉王。汉王一见，吃惊不小，急问文武："谁去领兵，急救雁门？"连问几声，依然无人答应。汉王正在烦恼，急见右班中闪出一臣。未知出班何人，且听下回分解。

第二十五回 百花女怒杀番将 石庆真暗箭伤人

诗曰：

　　妙药难医长夜恨，黄金怎买转乡时。

　　此情嘱咐天边鸟，飞到长安要报知。

　　话说右班中闪出后军都督李虎，乃李广之子，今见父亲被困、兄长遭擒，文武并不领旨，汉王正在发恼，由不得两太阳冒出火星，忙出班奏道："臣启我主，但放龙心，微臣情愿领兵去救雁门。"汉王闻奏，大喜道："赐卿十万人马，得胜回朝，再当加封。"李虎谢恩，退出朝门，回到府中。

　　入内，早有妻房百花夫人迎接，进房见礼，分宾坐定，李虎便把领旨出兵，要救父兄的话对妻子说了一遍。百花带笑叫声："相公，既是要去点人马，妾愿奉陪一行。"李虎摇手道："夫人乃一女流，怎能上阵行兵？"百花道："任他千军万马，怎敌得妾的双刀利害？相公但请放心。"李虎道："既是夫人执意要去，悄悄儿地，不要将兄长被捉的消息，使嫂嫂与侄儿知道，回来要闹不清呢！"百花道："这个自然。"

　　话言未了，只听得里面一声喊，好似响了一个霹雳，就是李陵之子，名叫李能，年方十五，生得面如锅底，使两柄银锤，本事还去得，今在屏风后听见李虎夫妻说的话，忍不住大叫一声："叔叔，婶婶，休要瞒我，快快说与侄儿知道！"李虎已知李能听得明白，料难隐瞒，只得将他父亲被番邦捉去的话说了一遍。李能不听犹可，一听时急得三尸暴跳，七窍生烟，哭哭啼啼，赶到上房，说与母亲知晓。张氏夫人也是号陶大哭，出来叫声："叔叔，此事如何是好？"李虎道："嫂嫂但请放心，愚叔已奉旨出

征，包管救兄长回朝便了。"张氏夫人道："愚嫂与你侄儿一同叔叔前去。"李虎也知拦挡不住，只得依从，便把家园托与老家人管理。过宿一宵。

次日五更，男女各整戎装，下了教场，点了十万大兵，辞别王驾，放炮起行。离了东京，催动人马，不分星夜，急奔边关。在路上非止一日，早到雁门关，已有探子报知元帅。元帅吩吩开关，放进人马。李虎夫妻、张氏母子，进帐参见李广。李广在帐中摆了接风酒，席间，谈起交兵之事。李能救父心急，恨不得实时请令开兵，李广不肯，道："尔等一路鞍马劳顿，且自歇息一宵，明日再议开兵之事。"席散，各去安寝。

过了一宿，次日元帅升帐，李能又要请令开兵，李虎叫声："侄儿且慢，待为叔的试他一阵，再作道理。"李广道："我儿言之有理。"就命军士摘去免战牌，便差李虎领兵对阵。你道李虎怎生打扮？但见他：

> 头戴金盔光亮亮，身穿金甲气腾腾。
>
> 上罩红袍如血染，丝条带挽锦绒绫。
>
> 左持宝雕弓一把，右插狼牙箭几条。
>
> 坐下追风桃花马，丈八银枪手内擎。

李虎一马冲到阵前，高叫："小番奴，快把李陵送出营来，万事全休，若有一字不肯，某就踏进营来，杀你片甲不存。"小番听说，慌报知吴元帅。元帅便问："哪位将军出马？"土金浑向前领令，上马提枪，冲出营来，大叫："南朝将官听着，快把昭君送出，以免尔等生灵涂炭。"恼得李虎大骂，也不通名道姓，举起长枪便刺番将。土金浑举枪急架，一来一往，三十个回合，土金浑战不过李虎，败将下去。李虎乘势冲进营来，勇不可挡。众番兵一见汉将冲营，急忙报知吴元帅。元帅便差雅里托、孙云、哈虎、石庆真父子三人，一齐出马来战李虎。李虎哪里把六个人放在心上，使一条枪，杀得神出鬼没，但见番兵一个个遭此一阵，如掉真魂，人头马头，纷纷乱滚，且自慢表。

再言李元帅正坐中军，暗想："李虎带兵会阵，杀了一日，未见胜败，待本帅亲自出马，杀进番营，看看下落便了。"元帅即刻整顿戎装，上马端兵，放炮出关，一马冲进番营。他本是一员能征惯战的老将，被他杀进一条血路，勇不可当，一直杀到黄泥坡地前，也被番人用埋伏计，只听号炮一声，伏兵四起，围住李广。李广被困核心，十分慌张，暗想："侄儿未知生死，孩儿又被重围，我死一身，也不要紧，只是汉室江山，一旦休矣。"想毕，正要拔剑自刎，忽又听得大炮惊天，喊声震地，见一员少年将军杀进重围，把那些埋伏兵卒杀得纷纷四散。李元帅定睛一看，见是李虎，心中大喜，便问："我儿，怎得到此，将为父救出重围？"李虎便把杀退番兵的话先说一遍，又道："爹爹乃一关之主帅，怎么轻入重地？"李广道："为父的因你出兵一日未回，放心不下，是以出马看你下落，不料遭此诡计，幸你前来，救出重围。如今且杀条血路回关去罢。"说了，同儿一路合兵杀出，不表。

且言百花女见公公、丈夫出兵未回，放心不下，吩咐张氏母子，与彭殷一同众将紧守关门，"待奴领一支人马前去看看下落便了。"即刻披挂上马，统兵出关，杀到番营。营门早有番将闪出，敌住百花女，不到几合，怎敌得百花双刀厉害，早被百花一刀砍下马来，吓得众番将魂不在身，四散奔逃。好个百花夫人，使动双刀，只见刀来不见人，只杀得那些番将番兵，挡着刀顷刻殒命，碰着刀定见阎君。好一个百花女，如同黑煞天神，双刀起处，只听得喀嚓之声，不住的头滚尘埃，只杀得番人魂飞天外青云掩，血染沙场草色腥。但见那一匹碧龙马，助勇战场，也十分厉害，吼一声惊倒番驸马陈罔，踢一阵吓倒番太尉王金。哈虎刀伤左臂，早已逃命，雅里托刀下身亡。这一阵杀得番邦兵将丧胆寒心，见女将皆吃大惊，见双刀俱要逃命。惟有石庆真好滑，拖着枪，带着马，死里逃生。百花不舍，还要追来，急急赶到拜月亭边，庆真马上加鞭，跑至山凹内躲着。百花只顾追赶，过了山林，不防石庆真闪在背后，暗放一箭，叫声："着。"只听弓弦一响，赛过流星。未知百花可曾着箭否，且听下回分解。

第二十六回 报妻仇李虎阵亡 踹番营老将交兵

诗曰：

> 日去月来好似梭，少年夫妇莫蹉跎。
>
> 人生百岁恩情少，休到分离怨恨多。

话说百花夫人被庆真背后一箭，不曾防备，只叫一声："哎呀"，可怜从项后穿过咽喉，一员女将坐不稳雕鞍，跌下马来，化作南柯一梦。庆真一见大喜，正要催马向前，找取佳人首级，忽听得山后一声呐喊，到了李广父子一支兵马。因回关不见百花，父子二人又带兵杀进番营，来找百花。父子方到此地，恰值庆真一箭伤了百花，要取首级报功，李虎在马上远远看见，大喝一声："番将休得无礼！"庆真回头见是李虎，是被他杀怕的，吓得屁滚尿流，马上加鞭，如飞逃生去了。李虎也不追，下得马来，看见是个女将死在地上，心内大吃一惊；再把尸骸扶起，将面貌细细一看，认得自己妻房百花夫人，箭透咽喉而死，由不得浑身肉颤，放声大哭，连叫："妻呀，你死得好苦！"李广也急下马来，见是媳妇死于地上，双目流泪。又见李虎顿足捶胸，哭声不止："你今日为汉室乾坤死于非命，也完你一生节义，只可怜年老公公无人侍奉，青年丈夫谁伴枕衾？我若不踹番营，捉了射箭贼子，以报妻仇，誓不回兵。"哭毕，放下尸首，权命军士在荒郊挖一土坑，将百花草草葬下，掩了净土，插一树为记。便问百花手下败残军士道："射死夫人是何番将？"军士回道："就是石庆真。"李虎听得，叫声："爹爹且回关中，待孩儿杀进番营，若不将石贼砍为两段，誓不回兵。"

说毕，李虎悲愤要走。李广拉住李虎道："我儿不可造次，为臣子的，须要代皇家

尽心出力，灭寇建功，方得名垂麟阁，功标千古。若为妻仇而去，倘若有失，叫你年迈父亲日后依靠何人？只怕你不忠不孝之名担受不起呢！"李虎被父亲一席话说得无言回答，哭啼啼叫声："爹爹，虽是父命不敢有违，叫孩儿怎生舍得？"说罢，又是放声大哭。李广含泪叫声："我儿且免悲伤，人死不能复生，快随为父回关，商议报仇之策，灭寇回朝便了。"李虎也没奈何，苦在心头，随了父亲，上马带兵，杀出山中。一直到关，离鞍下马，来到营中，有张氏夫人向前便问："婶婶杀进番营，因何不见回来？"李广见问，未曾开言，先自流泪道："侄妇不要说起，可怜儿媳深入重地，被石庆真贼子用暗箭射死在山后拜月亭下。"张氏听说，不免伤心滴泪，叫声："公公，待侄妇领兵杀进番营，一则代婶婶报仇，二则要救丈夫回营。"李广道："侄妇不要性急，且歇一夜，明日再议开兵。"

一宿已过。次日，李元帅升帐，正在帐中商议报仇之事，忽有军士报道："番将石庆真讨战。"李虎听见仇人到了，由不得心头火起，怒发冲冠，急急向前讨令。李广知道拦挡不住，吩咐小心在意。李虎上马带兵，放炮出关，怒冲冲一马冲到阵前，高叫："来将可是石庆真么？"庆真认得李虎，便叫："李虎，你既知大名，还不下马领死。"李虎大喝一声道："贼子休得夸口，今日要报一箭之仇，要来取你狗命。贼子放马过来，快快领死。"庆真听说，方知拜月亭射死的女子是李虎的妻子，心中有些胆怯，没奈何，两下对阵起来，大刀照李虎面门砍来。李虎举枪急架相还，恨不得一枪把庆真刺个穿心过，方泄心头之恨。但见两匹马团团奔走，烟尘抖乱。二员将如猛虎，力斗山根，点钢枪当心刺，老龙探爪，大砍刀迎面劈，锦豹翻身，眼底下花簇簇，梅花枪到头儿边，冷森森又是刀临，李虎见刀来，将身躲过，石庆真见枪至，镫里藏身。二将一来一往，大战五十回合，庆真非李虎敌手，渐渐有些抵敌不住，要败下阵来。李虎报仇心急，哪里肯放松了他，一枪紧似一枪，杀得石庆真人仰马翻，嘘嘘气喘，把马带转，叫声："杀尔不过，休要追来。"拖刀败将下去。李虎大喝一声："贼子往哪里走？今日代妻报仇，要来取你狗命。"说罢，把马一冲，追将下来。吓得庆真没路奔走，只奔营门，高叫："救命呀！"庆真二子一看父亲被李虎追得十分危急，忙命军士用绊马索，埋伏在两边地下，只等捉将。让过庆真马去，李虎不防地下有人暗算，一

马冲来，跑得甚急，早被绊马索一绊，连人带马倒在地下，抢过庆龙、庆虎两般兵器齐下，可怜一员虎将，死于非命。庆龙取了李虎首级，进营报功。庆真回马，率领石虎乱杀汉兵，只杀得尸山血海，方打得胜鼓回营，不表。

且言李虎败残兵卒逃进关中，报与李元帅道："李都督阵亡了。"这一声报不打紧，只吓得老将军气塞咽喉，昏死过去。慌得张氏母子急急扶住老将，叫声："公公苏醒。"叫了半日，老将方悠悠醒转，哭啼啼叫一声："我儿呀！你为国亡身，死于阵前，连尸首也不得回来，撇下你年迈父亲，好不凄惨人也！"说罢，放声大哭。众将上前劝解，张氏也在一旁，十分伤心。李能忍不住向前叫声："公公，待孙儿杀进番营，一则报叔婶之仇，二则救爹爹回来。"李广听说，只是摇手，苦咽咽叫声："孙

儿呀！李氏只有你这一条根，倘再有失，岂不绝了李氏一脉？不用你去出战，且同你母亲守关要紧，拼我老命不着，待我杀进番营，前去报仇，若是得胜，不必说了，倘你公公再有差误，尔须要设计入番，找寻你公公、父亲、叔叔、婶婶的骸骨，一并带回天朝，将来你好做报仇之人。"说罢，拖住李能，又是一番痛哭。哭毕，吩咐彭殷谨守关门，即刻披挂整齐，带领一万人马，三声大炮，一马冲出关来，直奔番营。此刻老将如一只猛虎，张牙舞爪，奋不顾身，杀进番营，杀得那些番兵头如瓜滚，不能抵挡。早有番兵报知吴元帅，元帅闻报，大吃一惊。未知怎生退敌，且听下回分解。

第二十七回　困番邦李陵不屈
说忠良番相受辱

诗曰：

　　滴水成冰真个冷，梅花映雪放林边。

　　古人踏雪寻梅饮，驴背吟诗有浩然。

　　话说吴元帅闻李广踹进番营，杀得势不可挡，急命石家父子、土金浑、孙云等统领十万人马出营，一声号炮，杀声四起，团团围住李广。李广只叫："不好，中了计也。"李广虽是一员虎将，怎敌得四面八方尽是兵将，如何招架得来？只杀得李广冷汗淋身。再看手下带来一万兵丁，只剩一停，把马左冲右突，难出重围，大叫一声："天亡我也！"正在危急十分，忽听得南面一阵呐喊，杀进一条血路，到了两个救星：正是关中俫妇铁花夫人张氏，同儿子李能。因见公公出阵，又不回兵，恐怕有失，便带了三万精兵，冲进营来，找寻公公。忽见前面一派杀声震耳，知道公公被困，母子二人领了一支生力军，杀进重围，果见老将困在核心。张氏高叫："公公还不快走，等待何时？"李广一见她母子救兵来到，举起钢枪乱刺番人。李氏三将一齐杀开一条血路，大败回关，急写本进京求救不表。

　　且言番将见李广杀出重围，也不追赶，回营缴令。吴元帅暗想："石家父子射死百花，刀劈李虎，孙云捉住李陵，现囚后营，老将李广又被众将一阵杀得大败亏输，已挫动天朝锐气，量边关并无能将，指日可破，何不将这些功劳并李陵押解到番，报捷狼主，有何不可？"想定主意，写了一道报捷本章，差了中营千总杨霸，挑选三百番兵，押解李陵到番。杨霸领令出营，对对长枪围绕，双双短剑防身，一路上番兵弓上

弦、刀出鞘，押解李陵，十分防备，小心在意。行程非止一日，到了番城，正是天色已晚，权在馆驿住下，一宿已过。

次日早朝，番王升殿，有黄门官引着杨霸，俯伏金阶奏道："臣启狼主，今有征南吴元帅差官报捷，并押解汉将李陵一名，请旨定夺。"番王闻奏，即命差官将本章一面呈上案头，展开细看，一看大喜，吩咐将李陵押进殿来。一声旨下，谁敢怠慢？早把李陵押进殿来。李陵一见番王，昂昂站立，并不下跪，反骂不绝口。番王一见李陵，生得一貌堂堂，是个英雄，心中已有几分喜欢，一见骂他，故做不知，反叫一声："李卿，孤闻你李氏，乃天朝将门之种，若能归顺孤王，亦当封卿高官厚爵。"李陵听说，恼得心头火起，大骂一声："番狗太想昏了，要知我李氏天朝忠良之将，要杀就杀，焉有二心？我李陵一死之后，原不打紧，只怕李氏还有一班虎将，不是省油灯盏，但听李陵一个死信，定来报仇泄恨，将尔番国踏为平地。"这一番话骂得番王大怒，喝叫两边武士："将李陵推出午门，斩讫报来。"一声旨下，殿前武士正要动手，右班中闪出番相卫律，叫声："刀下留人。"一面跪下启奏："我主息怒，若论李陵触犯我主，理当斩首，但念他文武双全，倒是一根擎天柱，望我主暂且宽恕，将他监禁白虎殿，只消遣一说客，说得他回心转意，归顺我主，要取汉室昭君，何难之有？"番主准奏，将李陵赦斩，命武士押至白虎殿软禁，每日好茶饭都是卫律送来。

那日番王升殿，因打发李陵锁禁几日，便问："哪位卿家领孤旨意去劝李陵？倘能归顺孤家，孤当格外加恩，还令御妹招李陵为驸马。"话言未了，跪倒左班首相娄里受奏道："臣愿去劝顺李陵。"番王大喜退朝。

娄相领了旨意，带了四个小番，迳入白虎殿，叫声："小番，开了殿门，快报与汉李将军知道，有俺相爷在此要见。"小番听说，不敢怠慢，走到里面，只见李陵朝南坐着，长吁短叹。小番上前，双膝跪下道："启天朝大人，外面有俺家相爷要见。"李陵心内很不耐烦，道："什么相爷不相爷，快把番狗唤进来就是了。"小番见说，心上甚是着恼："这个人好不识抬举！"转到外面，口称："相爷，这蛮子昂昂坐着，亦不起身来迎相爷，倒叫小番把狗唤来，是个不知礼的蛮子，相爷不要睬他，快快请回罢。"娄相听说，暗暗喝采道："好个不怕死的李陵。"说着，向内而行，四个小番随后。

来到李陵面前，把手一拱道："李将军请了。"李陵也不起身答礼，只问道："番狗到此何干？"倒是小番过意不去，拿了一张椅子，请相爷坐下。娄相口称："李将军，俺到此非为别事，只有几句良言奉劝。"李陵道："你当言则言，不当言少要噜苏。"娄相道："想一个人既是英雄，又有十分本事，全要得事仁主，方遂生平，休恃己见，不察时务。如今日将军历事汉朝，位未必封侯，禄未必万钟，纵为王家出力，疆场死生未卜，岂易得荫子封妻？亦可见汉室薄待功臣矣！怎及我主英明，治国爱民，恤功臣、怜将士，赏罚分明，吏民无不颂德歌功。今将军若不弃我国，何不归顺我主，还怕不高封侯爵，食粟千种？岂不比在天朝有天渊之别？请将军三思之。事不见机，毋贻后悔。"李陵听说，勃然大怒："番狗，你口内说的什么不忠不孝之言？俺李陵生为汉朝人，死为汉朝鬼，怎蹈此禽兽之行？不要污耳，快些出去。"娄相道："将军不要执意，若肯归顺我国，眼下就是国戚了。现奉狼主之命，有同胞御妹金花公主，年登十九岁，生得有沉鱼落雁之容，闭月羞花之貌，女工针指，无所不精，琴棋书画，无所不晓，待字宫中，未招驸马。狼主因见将军乃盖世英雄，可称栋梁之才，十分爱慕，特来与将军作伐，要与将军连为秦晋，望乞将军俯允。"李陵听说，不由得怪睁圆眼，十分大怒，喝一声："番狗住口，想我李陵世受汉室高官厚禄，还有元配正室铁花夫人张氏，孩儿年纪幼小，俱在中国，一马一鞍，俺乃汉室忠良，怎与番狗结亲？要杀，李陵情愿一死，以了忠心，休道此不入耳之言。番狗你好好走出白虎殿，万事全休，若还再说，俺就是一顿靴尖，教你性命顷刻难存。"说着站起身来，迳奔番相，吓得番相急急站起。不知可曾躲过，且听下回分解。

第二十八回　美人计哄忠臣
李陵怒羞公主

诗曰：

> 恩爱夫妻非偶然，天生一对好姻缘。
>
> 情浓只怕又离别，往日相思别后牵。

话说娄相见李陵打来，急急起身，向外而行，仍命小番把殿门封锁。只听见李陵还在里面骂道："番狗，任你用尽千般计，难摇我铁石一片心。"娄相在外听得明白，并不嗔怪，反连连称赞道："好一个不怕死的李陵，真不愧为忠良也！待我奏知狼主，设一妙计，偏要劝转李陵。"

一宿已过。次日早朝，番王登殿，娄相复旨，便把李陵执意不从的话说了一遍。番王大怒，降下旨意，命殿前武士将李陵押出白虎殿开斩。众武士领旨，把李陵捆绑押至殿上。李陵一路骂不绝口，复叫道："番狗，快快杀我，以了我一片忠心。"番王叫声："将军，你好痴也，谁人不贪生？孤招你为驸马，也不薄待于你，你反和孤作起对来，出口骂人，似与礼上讲不去罢？"李陵喝一声："番狗住口，贪生怕死，不为良将；背主忘恩，岂是忠臣？今日就任你千刀万剐，俺李陵也留个清白之名于后世。"番王见说，微微冷笑道："你要孤杀了你，完你忠臣不怕死之美名，孤偏偏不杀你，仍命监禁白虎殿。"一声旨下，早有武士放绑，仍把李陵推入白虎殿去。

番王便问娄相道："孤爱天朝李陵这一员猛将，不忍杀他，似他这等心如铁石，不肯降顺，如之奈何？丞相可想一妙计，使他心转。"娄相奏道："臣启我主，有一短表，冒奏天庭，臣该万死，望我主赦臣之罪，臣方敢奏上。"番王道："恕卿之罪，只管奏

来。"娄相道:"常言:好色之心,人皆有之。臣奉命与李陵作伐,但李陵未见公主之面,是以不从,若使李陵见了公主容貌,任他铁石汉子,又怕他心不软了。"番王道:"倘公主不肯前去会他,又当作何计较?"娄相道:"这也不难,我主可进宫去,悄悄与娘娘商议,不要使公主知道,只消将公主哄至白虎殿一行,哪怕李陵不上钩。"番王点头称善。

急急退朝,到了正宫,早有娘娘接着。分宾坐定,番王便将要收伏李陵的话,又附娘娘耳边,如此如此,这般这般。娘娘道:"我主之言差矣,虽李陵乃忠良之将,何能将嫡亲御妹用计哄她?况男女混杂,有失国体,也要坏了单于大国之名。"番王道:"不妨事的,孤也陪她同行,娘娘不必过于梗阻。"便请番女去请公主。公主一见王兄相请,带了宫女,轻移莲步,出了宫门。

不多时,来到正宫,朝见王兄、王嫂,番王连叫平身,一旁赐坐。公主便问:"王兄,宣召何事?"番王见问,含笑叫声:"御妹,孤今日因退朝尚早,闷坐宫中,甚是无聊,相约御妹出宫,一同游玩,以散心情。"公主不知是计,便道:"奉陪王兄。"番王站起,挽住公主的手,带了内侍、宫女,出了正宫。一路假意游玩一番,到了白虎殿前,番王故意问内监道:"这是什么所在?里面可好玩耍么?"内监知道番王意思,便回奏道:"这是白虎殿,里面有水榭亭台,翡翠苑园可观。"番王吩咐开门进去。内监正在答应。公主叫一声:"王兄且住,这白虎殿乃停丧之所,里面怎有花木亭台?没有什么游玩,且同王兄到御花园去散心罢。"番王哄公主道:"御妹有所不知,此地旧是白虎殿,如今新改做万花楼,里面新造的孤还未曾游玩,御妹可同孤进去一看便了。"

说罢,吩咐内监开了殿门。内监答应,把门开了,番王携着公主的手,正要举步进去,公主见里面锁着一个面生汉子,吓得公主满面通红,叫声:"王兄,奴不进去了。"正要退出,早被番王一把拉住道:"御妹,不妨事的。"一面说着,一面吩咐小番进去报知。小番领旨,进去报知李陵道:"大王御驾到了。"李陵依然坐着,佯作不睬,还是骂不绝口。番王在外听得,故作不知,到底忍耐,哄着公主进了白虎殿,李陵也不起身迎接。番王含笑叫声:"将军,孤乃一国之主,御妹是金枝玉叶,皆念将军是一

员忠良之将，几番辱孤，并不生恨，反亲自前来相劝。望将军速速回心，归顺于孤，孤将御妹另卜吉日，招你为驸马。"这一句话羞得公主满面通红，暗骂："王兄真不是人，你要此人归顺，怎么哄奴前来落此臭名？"公主要想脱身，又被番王拉住，恼得李陵心中大怒，指着番王大骂一声："无耻禽兽，想俺李陵宁死不从，也就罢了，怎么有此哄诱，将妹子带到此间，出乖露丑，公然地来用美人计诱惑李陵？番狗呀，任你妹子便有西施之貌，也难摇李陵这一片忠心呢！想你番狗，乃一邦之主，统率群臣，化导万民，外理朝纲，内理宫闱，方成治国齐家之道。俺李陵误被尔捉，屡次劝俺归顺，是叫俺背主忘恩，另事二主，此为不忠；李陵祖宗坟墓、骨肉子侄俱在汉朝，若降尔国，乃一叛臣，我朝闻之，定要掘墓，抄斩满门，此为不孝；公主乃尔胞妹，若李陵是好色之徒，必定将计就计，哄诱尔等，乘机逃回，公主年幼，不能久守孤灯，使其琴瑟别抱，此为不仁；李陵家有糟糠之妻张氏，若使停妻再娶，此为不义。尔今日所说的这番话，全没忠孝仁义四个字，还亏你做一国之主，羞也不羞？李陵虽是楚囚，断不做此禽兽之事，宁可做断头将军，不做贪生怕死之人。你今日怎么说我，奉劝可息了此念头罢。"这一番话说得番王顿口无言回答，呆呆站着；羞得公主无颜之至，红一回白一回，好不难过，急急用力把手一扯，脱身而去。番王见御妹已不在此，知道此计又不成功，仍命小番将殿门锁了，闷闷回他正宫不表。

　　且言公主回宫坐下，珠泪纷纷，抱怨番王道："奴与你胞兄胞妹，大不该哄诱妹子被李陵羞辱一番，这是哪里说起？又不知听了什么人计策，使这歹心，捉弄奴家。李陵既不降顺，何不令他受戮，完他忠心？奴看王兄意思还不忍杀他，若使李陵出去，传言四方，教奴终身怎么为人？罢罢！总是奴的命苦。"未知公主作何主意，且听下回分解。

第二十九回 公主含羞全节 忠臣尽义轻生

诗曰：

> 桃红柳绿如铺锦，粉黛寻香弄玉枝。
>
> 春宵如许人争看，正当赏月玩花时。

话说公主抱怨一回，又羞忿一回："想奴自幼父王、母后俱丧，依了王兄、王嫂长大成人，年已十九，指望王兄代奴选一个好驸马，使奴终身有靠，谁知王兄不念骨肉之情，将妹子用美人计出乖露丑，成何体统？倒不如寻个自尽，以完终身结果便了。奴死之后，王兄必定要斩李陵，免得丑名落于外人之口。"想定主意，哀哀啼哭，不用夜饭，打发宫娥都去睡了，独自伴着银灯，闭上房门，朝外双膝跪倒，叫声："父王、国母，想自幼丢下孩儿，虽然是王兄抚养成人，只为捉住汉将李陵，王兄勒逼此人降顺，满朝文武并无计策，反用妹子去哄汉臣，一点羞辱全然不顾，硬拉妹子到白虎殿内，见那面生汉子李陵，被他一番羞辱之言，教奴怎当受得起？奴一不恨李陵羞辱了奴。常言：忠臣不事二主，李陵不贪富贵，要算一个奇男子，这也难怪于他。二不恨王兄用计哄奴。他为江山社稷，爱惜李陵是个英雄，要想得一根擎天柱。三不恨皇嫂并不拦阻。王兄将奴哄诱，她与奴同是女流之辈，有何主见？四不恨满朝文武平时高官厚禄，不能代王分忧，只进一个无耻的计策，贻笑四方。恨只恨奴家生来苦命，枉在皇宫走一遭，满库金银，成何用处；满箱珠宝，留与别人，奴是一概都带不去，只落得羞辱之名。罢，罢，父王、母后俱在阴司，略等一等，女儿就来也。"祝告一番，抽身站起。耳听谯楼已交五更，不由地杏眼圆睁，银牙乱咬，怕的天明有人阻挡，恨

了几声，忙拔出宝剑一口，照定项下就是一剑刎去，佳人双足顿了几顿，项下鲜血直流，尸骸倒于地下。可怜一个烈性女子，全节全义，一旦轻生。

转了五更，天已大明，外边宫女伺候开门，但见日高三丈，未见公主起来。大家十分诧异，忙推进房门，只见公主直躺躺睡在血泊里，宝剑横在一旁，只吓得众宫女真魂直冒，慌忙报知番王、番后，只叫："不好了，公主已在宫门自尽了。请旨定夺。"番王、番后听得，好似高山失足，大海崩舟，急急赶到宫门。番王一见公主死得好苦，不由地抱住尸骸，放声大哭道："御妹呀，千不是万不是，总是做王兄的不是，早知李陵不肯降顺，不该错行此计，带累我妹轻生。"说罢，又是一阵

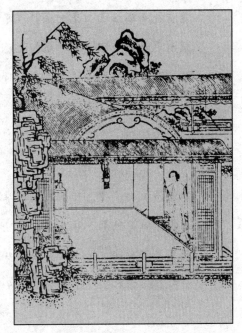

大哭。番后在旁也是十分伤心。番王吩咐宫女，将公主尸骨抬在牀上，开丧照礼行事。

公主的一个全节自尽的名，早已传到外边，沸沸扬扬。一众文武猜疑不定，只有李陵因在白虎殿，耳听此信，暗想："公主轻生，总因番王全无廉耻，不念同胞之情，将妹子用美人计哄俺，被俺羞辱一番。好个性烈女子，竟乃惨死。且住，公主一死，番王是容俺不得，定要将俺典刑，倒不如寻个自尽，以全忠义，羞煞北番一班无能之辈。"想定主意，站起身来，朝南拜上几拜，叫声："万岁皇爷，臣在番邦为忠而死，从此再不能回朝见圣君了。"又叫声："边关李老伯父，侄今身死番邦，弃下寡妇孤儿，全赖伯父照看，侄死黄泉之下，也要来报伯父大恩。张氏贤妻呀，从今你独守孤灯了，孩儿要你教训，可为国家建功立业，不可怕死贪生。"又叫声："李能，我的儿呀，你还不知父被番邦捉获，今日自尽，可怜父子不能见面。将来你要做个报仇之人，成个孝子。父今舍命，做个忠臣，正是李氏由来忠孝将，不愁千古不留名。万岁呀，臣今遥遥拜别了！"连叩几个头，将身站起，走到案边，提起羊毫，拂开花笺，吟成绝命诗二首。赞金花公主诗曰：

生来本是多娇女，凛凛冰霜烈性成。

能重礼义难枉己，克全廉耻不容情。

须眉展动称巾帼，肝胆高超淡死生。

从此芳魂归玉阙，贤哉不愧一时名。

又自叹一首诗曰：

本是昂藏七尺身，一腔热血向谁陈？

森森赤胆惊风雨，耿耿忠心泣鬼神。

死别羞辞我国主，生离忍绝故乡人。

此时悲惨惟吞泣，全始全终大义臣。

吟毕二诗，放在桌上。又想："番王被俺这等羞辱，并不发怒，回俺一言，也是他爱俺将才，想使归顺，俺岂不知？番王呀，你可晓得，常言道：忠臣不事二主，烈女不配二夫。无奈你把念头想错了。今日在此与你永别，留下一表，只算谢你便了。"说罢，写起辞表一道。上写着：

大汉天子驾前官拜征北大招讨李麾下，官拜御营总兵，今充前部先行李陵再拜：番王驾前，蒙恩优待，屡次相劝归顺，俺非草木，岂不知留一线之生，苟延性命？但臣心无二，忠于汉室，不能背主忘恩；若假意归顺，反复不常，又非大丈夫之所为也。蒙恩不加显戮，保全首领于牖下，斯亦幸矣！俺犹偷闲岁月，怕死贪生，生无以对世上，死无以对先灵。今将永诀，留表以谢，幸为谅之。死骨存亡，听君自便，臣亦不问。谨谢。

李陵写了一道辞表，一并放在桌上，折在一堆，离了案头，要寻短见。暗暗思量："想俺李陵哪里生来哪里死，北方留下汉人魂。呀呀啐！还要延挨什么时辰？"便把钢牙一挫，圆睁二目，见一块蛮石竖在阶心，"罢罢！这是俺毕命之物了！"说罢，退后几步，将头狠狠地就是一下，只听得"豁喇"一声响。未知李陵性命如何，且听下回分解。

卷四

第三十回　虎牙口忠臣立碑
　　　　　雁门关苏武和番

诗曰：

芙蓉架上黄莺啭，梧桐树底子规啼。

花开池边游鱼戏，作伴鸳鸯路欲迷。

话说李陵认定蛮石上一头撞去，只听一声响亮，可怜一员忠良将官，脑分八片，头颅粉碎，死于非命。早有看白虎殿内监，一见李陵撞死，连忙报与番王知道。番王闻报。大吃一惊，连称："可惜！好一员忠良将官！且住，孤想御妹身死，李陵又亡，此事真羞煞孤王！李陵一定闻御妹的凶信，怕孤杀他，故而觅一自尽，完他不屈的忠心。李陵，你好痴呆，孤要杀你，怎到如今？总是孤王鲁莽，坑了两条性命。"

正在叹息不已，又见白虎殿的内监跪下，口称："王爷，适才在殿内桌上拾得李陵有遗诗两首、遗表一道，请上龙目观看。"双手呈上。番王接过，先将诗一看，一首是赞公主贞烈，一首是自叹英雄。将诗看毕，大赞李陵诗做得好："句句发于性情，御妹虽死九泉，得此一诗，亦可有光千古；自叹自写，英雄本色，不愧大汉忠良。且将诗句留以殉棺便了。"又看到遗表一道，拍案大叫道："孤王只认李陵不知孤一番爱惜之心，今日表上真情剖露，来清去白，也不负孤王一向敬他爱他，一片的诚意。李陵呀，

孤与你三生石上，结来世之交。"看毕，折好收起，吩咐内监好好将李将军的尸躯安放
牀上，"孤王这里自差人代他封殓。"内监领旨，答应而去。

番王一面传下旨意："先收公主尸灵。"宫中上下人等一齐放声大哭。又差礼部去
收李陵尸身殡殓。宣召一众番僧，追荐两屈死的鬼魂，做了七日七夜的善事，方将两
口棺木出宫埋葬。满朝文武相送，于虎牙口地面安葬，好不十分热闹。把两座坟丘埋
于东南二向。番王又传旨立庙，限工部一月完成。两边竖的石碑，写得明白，一边是
"已故大汉忠臣李陵，"一边"北番贞烈金花公主"，两道碑立于庙外，传流不朽。番
王率文武官员在两边祭奠，大哭一番，一面差官守庙，春秋二祭，番王方收泪回宫
不表。

且言汉王正坐早朝，有黄门官呈上雁门关李广求救的本章。有内侍接过，铺在龙
案上面，汉王从头细细一看此本，大吃一惊，由不住泪落纷纷道："李虎夫妻俱遭惨
死，李陵被陷北番，生死未卜，李广又在雁门关被困，今日又来告急求救本章，哪位
卿家代朕分忧，前去领兵，速救雁门？"但见那两班贪生怕死的文武，俱是面面相视，
并不回奏。汉王又在烦恼，左班中闪出丞相张文学，跪倒金阶，口称："我主，目下边
庭紧急，我邦将寡兵稀，谁去出兵退敌？依臣愚见，不如差一老成练达之员，前到北
番用良言安慰，好好解劝番君，使两国罢兵请和，免他进贡来朝，省得生灵遭涂炭之
苦，国家有累卵之危，不知圣意若何？请旨定夺。"汉王道："卿家所奏之言是有理，
但不知满朝文武，哪个可以去得？卿可保举一人上来。"张相奏道："这次和番息兵，
乃是一件紧要大事，人不老成，才不练达，必又惹起干戈，以贻我国之羞，所谓画虎
不成，反类于犬。依臣看来，倒是左班中文华殿大学士苏武，久在朝纲，中外素有重
望，命他前去和番，可保全两国无事，永息干戈。"

汉上准奏，便叫声："苏卿听旨。"有老臣苏武，俯伏金阶道："臣在此候旨。"汉
王道："卿可领孤旨意，去到北番，叫那番王休听毛贼一派乱言，致失两家和好，他若
罢兵息战，免他进贡来朝。卿今休辞劳苦，代孤走一遭，若得两国相和，回朝自加升
赏。"当殿赐了三杯御酒，外是一道旨意，交付苏武。

苏武接旨谢恩，退出朝门回府，略为料理家务，不敢耽搁，带了十数个家丁，背

了圣旨，上马出京，不分星夜，一路兼程而进。来得甚快，早到雁门关前，高叫："守关军士听着，今有和番钦差苏大人到此，快快开关。"军士听说，不敢怠慢，忙报知李元帅。元帅一闻此信，急急开关，迎接钦差苏大人。入关见礼，分宾坐定，元帅一面摆了接风酒款待。席间，李元帅叫声："苏大人，此去奉旨和番，免动干戈，固是美事，倘番人执意不从，又当奈何？"苏大人见问，连叹几口气道："不瞒元帅说，小弟奉旨和番，也是拼命前去。无奈圣意如此，微臣只得依旨而行。"李元帅听说，称是，便道："小弟这里拨一千人马，护送大人前去便了。"苏武道谢，连声称呼："元帅，小弟承情了。"只等席散，安歇一夜。

次早，李元帅挑选一千精兵，金银名色齐备，交代苏大人。大人起身告辞，带了兵丁，离了雁门关，一直向北地而行。来到番营，出马高叫道："我是汉朝苏丞相，奉旨和番，快报与你家元帅得知。"小番听说，报知吴元帅。元帅带了一班武将出营，便问："你可是汉朝来的差官，到此进贡昭君么？"苏武只是摇手道："尔等休得乱言。老夫奉旨和番，快快排开队伍，让老夫登程。"吴元帅听说，吩咐众小番让他一条去路。一声令下，谁敢不遵？放过苏大人一支人马，穿营而去。

在路无心观看景致。到了黄泥坡，番邦地脉生疏，一路甚是难行。那日到了李陵碑前，即刻下马一拜，不由得纷纷落泪道："李将军为国捐躯，尸陷北地，异日苏武也不久要来伴你的孤魂。"大哭一阵，上马而行。来到单于国，将人马扎在城外，单马进了番城。到馆驿，方知缘故，即刻报知番王说："有天朝天使到了，现在馆舍，要见我主，请旨定夺。"番王闻奏，即刻宣召天使到殿上相见。苏武见无人接他，便不十分欢喜；到了殿上，也不称呼，朝外站立。两班文武高叫："汉臣如何不拜我主？"苏大人回头也骂一声："一班番狗，你只知责人，不知责己，想老夫奉旨而来，乃是钦差，尔等君臣并不远接，也算无礼，倒叫老夫拜起小邦之君来了。"番王见说，哈哈大笑道："天朝蛮子，来一个，倔强一个，这个且自由他。"便问："你主差你到此，想必知孤王厉害，来进昭君的么？"未知苏大人怎生回答，且听下回分解。

第三十一回　大小逼卫律遭辱骂　风雪岭苏武牧羝羊

诗曰：

中秋月色景清奇，正是瑶琴拨理时。

寺远不闻钟鼓动，更深但见斗星移。

话说苏大人听得番王出言不逊，高声大喝道："番狗何出此不伦之言？昭君乃天朝妃后，是万民之母，怎么轻信奸贼毛延寿，痴心妄想！老夫到此，非为别事，奉旨和番，快将毛贼拿下，解至天朝，两下免动干戈，永为和好。找主宽恩，再免尔来朝进贡，只要你降书一道，让老夫带至天朝，进呈于当今。"番王听说，微微冷笑道："你这话儿，说得也太轻松了，要想我国和好，却也容易，快快把昭君献出，孤这里即刻退兵。若无昭君，不但兵不能退，且要夺了汉室江山，方肯罢休。"苏武大怒，指定上面骂声："番狗，你若要想昭君，除非海枯石烂，也是不能够的。"恼得番王骂声："大胆苏武，你敢冲犯孤家，管叫你性命不保，"吩咐两旁武士，将苏武枭首午门。

一声旨下，不敢急慢，正要推出苏武去问典刑，忽见右班中闪出右丞相卫律，高叫："刀下留人！"一面跪下，口称："主公息怒。苏武今奉旨来到我国，只为言语冒犯主公，主公突然加刑，便说主公无容人之量，况两国相争，不斩来使，望主公暂将苏武赦斩，交与小臣，臣与他有一面之识，包管劝降此人。"番王闻奏，只是摇手道："卿不消费心。孤本爱天朝人物，何肯妄加典刑。怎奈个个倔强，卿虽保本不杀，恐又如李陵，受他羞辱。"卫律道："人有贤愚，岂可一律相看？李陵乃一武将，所以出言粗鲁，枉送性命。苏武乃一文臣，素明礼义，焉得又比李陵？主公放心，交与小臣，

包管苏武归顺我国。"番王准奏，赦转苏武。苏武连声高叫道："要杀就杀，以了忠心，又推转来做什么？"番王叫："苏武，你今日到此，向孤这般大胆狂言，你的性命悬于孤手，若不是卫律保奏，杀你何难？吩咐将苏武交与卫丞相带去。"一声旨下，番王退朝，文武各散。

卫律退出朝门，迎着苏武，连忙双手一拱，叫声："苏大人违教了。"苏武定睛一看，认是卫律，即回一个礼道："原来是贤弟。贤弟今在此北番，官居何职？"卫律道："不瞒兄长说，小弟不才，官居番邦右相。且请到舍一谈。"苏大人道："还未进谒，怎敢造府？"卫律道："不必过谦。"说罢，邀了苏大人，一同进府见礼，分宾坐定。有家丁送茶。茶毕，又说几句朝政的话，即刻摆席，二人对面坐定饮酒，卫律只拿话打动苏大人，大人只是饮酒不睬。正当酒过三巡，菜添两道，卫相忍不住叫一声："苏兄呀，想李陵不是知机之士，枉把一条性命白送掉了，令人可惜！想我主乃仁厚之君，李陵死后，还代他立庙立碑，只不过前人留与后人看，可见我主并非薄待汉朝忠良。兄今到此，和番修好，免动干戈，固是美事，只怕不将昭君献出，我兄亦未必得回去了，倒不如你我弟兄共事一主，免劳跋涉，去受风尘。小弟句句金石之言，请吾兄思之。"

苏大人听了这一番话，不由得怒发冲冠，骂一声："背主忘恩的卫律，你为汉臣，贪生怕死，投顺番邦，一点忠心不顾，狗彘不如，反来劝我。你这衣冠禽兽，我就死番邦，亦是甘心，怎听你这不忠之言？从此你我割席绝交，不必认做弟兄了。"说罢，推酒不饮，脸朝上面，怒气冲冲。卫相冷笑几声道："吾兄不要执意如此，你今日不听良言犹可，只怕你来时有路，去时无门，插翅也难飞出番城去呢！不要到那时后悔，就没有救星了！"苏大人听说，好似火上添油，把桌子一拍，骂声："卫律贼子，你把我苏武当做什么人！你句句说的皆鸡鸣犬吠，总不入耳，还要在我耳边唠唠叨叨。"卫律也发恼，叫声："苏武，某乃是好意相劝，你若执迷不悟，只怕你性命就难保于旦夕了。"苏武哈哈大笑道："老夫自奉汉王旨意，出了雁门关，这几根精骨头，还想回去么？俺苏武就死在北番，也可留芳百世，不能似你背主忘恩的，难保不遗臭万年呢！"这几句话直刺了卫律的心，只气得满面通红，骂一声："老匹夫，不中抬举的东西！"

吩咐小番："仍将苏武监押馆驿，明日奏闻狼主，请旨定夺。"小番答应。苏大人哈哈大笑而去，只羞得卫律逼降苏武一番，不得成功，闷闷安寝，过了一宵。

次日天明，番王登殿，文武朝拜已毕，卫相跪倒金阶奏道："臣今奉旨劝降苏武，奈他执意不从，总是微臣冒昧，望乞我主恕罪。"番王道："非关卿事，何罪之有？且把苏武带进午门见孤。"卫相谢恩领旨，把苏武召到殿上，仍是呆呆站立，并不则声。番王叫声："苏武，孤因你出言无状，本当斩首午门，多亏卫卿保奏，留你残生，你就该知恩报恩，听他良言，如何这般倔强？只怕性命活不成了。"苏武大笑道："想俺在天朝，世代忠良，奉旨和番来到你国，久把性命置之度外，你要斩就斩，好叫老夫赶到阴司，伴李陵去也。"番王冷笑一声道："你说要死，偏不使你即死，还要叫你活活受些苦楚、折磨，你方有退悔之心。吩咐将苏武锁解牧羊城，每日放一百羝羊，只给三合糙米，如少一只羊，鞭背一百，该管官儿不得容情。"

一声旨下，早有武士押了苏武，出了朝门，到了牧羊城一座，交与城内该管官儿，名叫吴升。吴升一见番王发下牧羊奴一名苏武，他便大模大样装起官腔来了，叫声："苏武，你在汉朝为官，算你为尊，今我主免你死罪，发来为羊奴，如何见了本官，也不跪下行个礼儿？"苏武听说，大笑道："好个芝麻官儿，也来耀武扬威。"吴升道："好！我老爷量大不与你计较。这里有一百只羝羊，好好去牧养，每日是奉旨要来查数的，如少一只，定鞭一百，养肥了有赏，养瘦了也要打的。"还是不住口地道："这叫做，做此官行此礼。"说完，向后去了。苏武听了这些话，也不去睬他，只是连声叹气。未知说出什么话来，且听下回分解。

第三十二回 苏武软困飞来洞 番王病想王昭君

诗曰：

姻缘本是好姻缘，月下全凭一线牵。

千里赤绳如咫尺，无缘对面隔天渊。

话说苏武见吴升丢下一大群羝羊，叫他牧养，还说了许多厌气的话，心中很不耐烦，暗想："我苏武乃天朝一品宰相，怎做此卑污之事？且住，大舜尚耕畎亩，传说且为板筑，古来多少圣贤尚且如此，何况苏武。也罢！大丈夫能屈能伸，且把羊赶上山头牧养去罢！"想罢，只得折了一根长柳条，慢慢赶了那一百只羝羊，向山头而行。又想起家乡万里，骨肉分离，只恨奸贼毛延寿，挑动两国大动刀兵，带累民不聊生，关中又无能将，可以退敌，故差我到此和番。又恨卫律这贼子，百般唆动番君，害得老夫在此受苦，求生不得，求死不能。你看这一群羊，腥风阵阵，好不难闻。朔风凛凛，吹得人毛骨悚然。

一路想着，到了山下旷野之地，便把群羊四下分散，让它吃草，将身靠在石上，十分留神，又怕走了一个羊，回去查数淘气。那时正交数九冬寒，北风刮面，冷气森森，刮得天上日色无光，将有酿雪成阴之象。山高岭峻，风势越大，只可怜苏爷，还是早上吃的饭，在山放羊，大半天未曾进食，此时腹中又饥，身上又冷，又被大风刮得战兢兢，满脸生起寒粟子来。由不住一阵心酸，珠泪纷纷，暗叫一声："苏武，你怎不学李陵寻一个自尽，完你的忠心？暧！想我在此，偷生苟活，受苦牧羊，还指望天朝出了能人，杀到番邦，救我苏武回朝也未可知，只怕望梅止渴，空成画饼了。"

苏武正在山中想他的苦楚，但见北风更紧，雪花片片，又飘下来，山中乃旷野之地，怎能存立得住？苏武打点将羊赶回，怎奈风一阵紧似一阵，雪一阵大似一阵，阵阵鹅毛大片，被风刮将下来，刮得苏爷浑身雪白，好似个银人。怎见得，但见山中这一场大风大雪，有诗为证：

巽二逞威在岭头，专随滕六冷悠悠。

银妆玉琢堆千里，惹起他乡客邸愁。

苏武一时心下甚是着慌，冒着大风大雪，站起身来，也不顾衣衫透湿，在山上四处赶拢羝羊。地下又滑，跌了好几个筋斗，那一群羊东赶西走，总不能拢在一堆，只急得苏武冷汗直流。可怜他年纪又大，平日未曾做过此事，又见天色已晚，苏爷心中只是叫苦。正在愁烦，忽见山中跳出一个怪物，直向苏爷奔来。苏爷见此怪物，浑身黑毛，眼似铜铃，牙如利剑，只吓得魂不附体，大叫一声："天亡我也！"一个筋斗，跌倒雪中，瞑目待死。列位，你道这怪物是个什么东西？乃此山中有一飞来洞，洞内有个母猩猩，它与苏武有三年姻缘之份，本奉山神之命，前来搭救汉朝忠臣。它见苏爷跌倒，急急扶起苏爷的身子，坐在地上，只等苏爷过了半会悠悠苏醒，睁开眼来，见旁边站着那怪物，由不得心中十分害怕。又见它将自己身子扶住，并无相害之心，便道："我苏武奉旨和番，遭此大难，你要吃我，我情愿就死，并不皱眉。"那猩猩只是摇首，还代他将身上的雪扫去。苏武道："你既不肯害我，怎么还不去呢？"那大猩猩指着天上大雪，此地不能存身，又指着山中有洞，带你洞中去躲雪的意思。苏武也会它之意，便道："我一则此刻被你将腿都吓软，不能走动；二则山上还有一百只羝羊，未曾赶拢，怕不见一只，回去吃鞭不起。"那猩猩点一点头，口内哼了几声，山后跑出一群小猩猩来，代苏爷把群羊赶拢。母猩猩代他查一查数，一只也不少，就命小猩猩先将羊赶入洞内，它把苏爷驮在背上，放开大步，飞奔洞内。苏爷见洞口有"飞来洞"三字。到了洞中，母猩猩把苏爷放在石牀上坐下，怕他饥饿，又取些果品与苏爷充饥。每日只叫小猩猩代他放羊，它与苏爷挨挨擦擦，免不得被逼在洞内成亲。后

来苏氏生有一支，寄与中国，即是母猩猩所生的。我且慢表苏爷软困洞中之事。

且言番王，自受了汉臣两次气恼，又见吴銮出师已久，未见攻破雁门，取得昭君，心中十分大怒，忙写一道申饬旨意，差官责备吴銮："出师久而无功，明系观望不进，有负孤王重托！今旨到此，如再迟延，不上紧攻破雁门，讨取昭君，定当加等问罪。"这一道旨到了番营，吴元帅率领众将接旨，听得宣读，吓得魂不附体。谢了君恩，送出钦差升帐，与众将商议道："本帅非不上紧点将攻关，只因苏武和番，权且罢兵。今旨上申斥严明，谅和番一事未必成功，本帅只得要进兵攻关了。"

头一天，就令土金浑带兵攻关。喊叫一日，关中并无一将出阵对敌。第二日，哈虎带兵攻关，又是白叫半日，急得吴元帅趁夜差了石家父子，带了大炮攻关，又被关上用滚木擂石反打伤了无数番兵，只气得元帅没法进兵。又与众将商议道："李广老将，智勇双全，紧守此关，一时难破，本帅又在此虚延时日，并无寸功，多费钱粮，我主闻知，再加问罪，某等吃罪不起。依本帅愚见，不若将此实情，写一道待罪本章，请旨定夺。"

众将听得元帅吩咐，谁敢不遵？吴元帅急急写了本章，差官飞星到番，已是下午时候。番王早已退朝，正在御书房挂着昭君二幅人图，走来走去，细细玩看，摹想昭君的容貌："这等妖娆，若与孤王搂睡这么一夜，孤就不做番邦之主，也是甘心。"又叫声："昭君呀！孤在这里想你，你在那里可想孤王么？你一日不来，叫孤怎么一日不想你。"番王正在痴痴呆呆想昭君，忽见内监递上吴銮一本，番王接过细细一看，看道："雁门难破，昭君难取，恐费钱粮，请旨待罪。"这四句不看犹可，一看时只气得闷咽寸丝之气，病染七尺之身，一跤跌在地下。未知番王生死如何，且听下回分解。

第三十三回 延寿探病献计 番王临朝发兵

诗曰:

　　一段相思病已真,谁将心药用来神。

　　奸人也有聪明处,参透机关语自新。

　　话说番王因见吴銮本上昭君难取,一时气扼胸喉,闷倒在地,吓得两旁内侍急急扶起,扶到御榻睡下。早有内侍飞报番后,番后一闻此信,吓得魂飞天外,连忙赶到御书房看问番王,一面吩咐内侍取了参汤,亲向番王灌下。过了一会,番王悠悠苏醒,叫声:"美人,孤与你今生今世便无缘了么?"番王只说了这一句话,闭了双目,四肢动弹不得,口内不住乱叫昭君,竟有些木边之目,田下之心,染成一个相思病了。

　　慌得番后便问内侍王爷得病之由。内侍指着两幅人图,回说道:"启娘娘,这是天朝汉王妃子,名叫昭君,生得美貌无双。只因中国毛丞相带来二图,归顺我主,我主一见此图,心爱昭君,每日挂在御书房内,时时向着画儿出神想慕。不料王爷今日正玩此图,外面递进一本,不知本上说些什么,王爷将本一看,忽然晕倒在地。"番后道:"本在哪里,快取来一看。"内侍答应,将本取来,呈与番后。番后一看,乃是征南元帅吴銮请罪一折,内有"雁门难破,昭君难取"几句,便点头将本放下,暗叫一声:"王爷你忒痴情,想别人家妃后,怎肯擅让于人?何苦劳师动众,苦了生灵,费精伤神,苦了自己,这也是自作自受,休怪如此。"想毕,即叫内侍召取太医院进宫,与王爷诊脉。内侍答应,传旨出去,不多时太医院领旨进宫,王爷睡着,令其免礼,只拜见娘娘,口称千岁。番后连叫平身,赐绣墩在牀旁边坐下,令其诊脉。太医院谢坐。

坐定，便把番王两手脉细细诊看。看了一会，回奏道："王爷龙体欠安，这是七情六欲所伤，须要如王爷心中之愿，病即痊愈，不须服药，只要静养宫中，少生外感。"番后点头称是，打发太医院出宫。吩咐内侍传出旨来："王爷有病，免朝三日，一概本章，俱候临朝批发，毋得混传。"

这一道传旨颁发朝臣，众文武都猜疑不定：也有说是天气太冷，冒感风寒也未可知；也有说是酒色过度，身子虚弱，宜有此疾；也有说是出兵已久，耗费钱粮，心中忧闷国内空虚；也有说是番王懒于临轩，荒废朝政，纷纷乱猜，总猜不着番王的心事。

只有丞相毛延寿，现掌兵部事务，知道吴銮的本章，出师无功，请旨待罪一本进与番王，番王一定更添忧闷，为的昭君不能见面，必有一番相思，此病不消用医，只需几句心腹之言，打动番王，其病立见痊愈。待我连夜草成一本，奏上探病的本章，递进宫中，只看圣意如何。想罢，走到书房，展开吟笺，挥动羊毫，片时草成一本，笼在袖内，急急进朝，也不用黄门转达，一直到了宫门口。有守宫太监便问："毛老先生，到此何干？"毛相道："有本一道，烦公公转达我主。"太监笑道："毛老先生难道不知娘娘旨意吩咐出来，一概本章，须候王爷病愈，临朝批发，咱若代老先生将此本传进宫中，不是去讨没趣么？老先生请回，忍耐两三天罢。"毛相见说，右袖内取出个银包来，叫声："公公，这个茶敬，送与公公买个茶点吃，好歹仗着公公大力，将本儿递进去，包管王爷一看，病就好了，明日就要临朝的。"太监接过银包，先掂一掂，说道："这是代老先生讨没脸面几个钱，只得从直收了。但不知老先生此本，又不是灵丹妙药，如何就医得王爷病？"毛相道："此本一上，包管手到病除。"内监笑道："老先生请少待宫门，快把本与咱家，代你进呈。"毛相听说，把袖内的本抽出，递与内监。内监接过，转身一直进宫。到了正宫门口，也有内监问道："我的哥哥，有什贵干到此？"内监听说，便把毛相进本的话说了一遍。那个内监摇手道："不要进去讨没趣，我的哥快些请回罢。"内监又把王爷之病，得此本一看，即可痊愈的话说了一遍。那个内监笑道："我的哥，不要哄咱，不是当耍的！既如此，且请少待。"

说罢，把本接过，递进宫去。正是番王、王后在那里闲谈，内监向前跪下，将本呈上。番后一见，骂一声："没用的孩子，哀家因王爷有病，怕的烦心，吩咐一概本章

不许传进宫来，怎么你今日大胆，又代谁递这本章，得了他许多银钱，不遵哀家的旨意么？"只吓得内监连连叩头，口称："娘娘，非是奴婢胆大违旨，只因进本官儿是毛丞相，口称此本一上，能医王爷的心病，奴婢方敢代他递本。"王后听说毛延寿的本，很不耐烦，哼了一声道："他又无事，上什么本章？且丢下，叫他候批罢。"内监答应，正要起来，番王听见是毛延寿上本，可医他的心病，心中忽然爽快几分，巴不得召进毛延寿，与他商议求取昭君之事。今日王后吩咐，是不喜他，便叫一声："住着，可取本来与孤一看。"王后道："王爷何必劳神，等贵体痊愈，再看此本罢。"番王道："不妨事。"便把本取过，展开一看，只见上写道：

右丞相兼理兵部事务臣毛延寿谨具鄙表，恭呈御览：窃以征南元帅吴鋆，一介武夫，不知行兵进退之法，是以迁延时日，劳而无功，关亦难取，人亦难得，致我主有劳神思，病缠御体。以臣视之，主帅当知运筹帷幄，决胜千里，非徒好为征战，恃匹夫之勇也。我主若于朝中择一文武全才，督师南下，克日兴兵，不一载间，若不得城得人，臣愿纳首级于阙下，微臣待命，伏乞俯允，幸甚幸甚。

番王看了此本，拍案大叫道："此卿知孤心也！"病即爽然，当命取了文房四宝过来，在本后批道："明早临朝，遣师发兵。毛卿进本有功，加升三级。"打发内监出来。内监领旨，将本交与外面内监。内监接本转到宫门口，只见毛相在那里呆呆等候，假意玩他道："本未曾发。"毛相一听，心内疑惑。未知怎生盘问，且听下回分解。

第三十四回 娄相挂帅操人马 甘奇比武夺先锋

诗曰：

由来妇口与奸言，舌剑唇枪软似绵。

最耐耳中听得去，兴王邦国恨愀然。

话说毛相见本不曾发，暗想："此本王爷不看便罢，若看此本，无不百发百中的。"心下十分筹算。内监笑道："毛老先生，咱同你玩的，本已批发在此，快取去看。"毛相接过本章一看，心中大喜，告辞了内监，一直出朝，传知众文武。

一宿已过，次日番王登殿，两班文武朝参请安已毕，分立两旁。番王道："昨接吴銮本章，关亦难得，人亦难取，待罪请旨，有负孤王重托，本当拘解来京，从重治罪，但念其斩李虎，射百花，提李陵，还有几件功劳，亦可将功折罪。且吴銮一武夫耳，只可听令麾下，斩将搴旗，勇则有余，运筹帷幄，才则不足。今将吴銮摘去元帅之印，降为监军。"便问："哪位卿家前去领兵，代朕分忧？"早有右相毛延寿出班奏道："臣愿保举娄里受，文武全才，足智多谋，可以征南挂帅，则雁门旦夕可破，昭君指日可取，望我主准奏。"番王点头称善，便叫声："娄相听旨。"娄里受出班跪倒："臣在此侍候。"番王道："今日毛卿保举卿家，征南挂帅，但得昭君回国，朕不惜裂土分封，酬卿之功。"娄里受奏道："只是臣老迈无能，难胜重任，望我主别选良将为是。"番王道："卿家不必过谦，为主分忧，乃臣子一点忠心，在朝文武，谁如卿之将才？"娄里受又奏道："蒙恩不嫌臣年迈，领此帅印，臣亦愿竭驽骀，以报我主，但历来将帅兴兵，须有前锋开路。非世家子弟，不谙戎行，即一介武夫，罔知韬略，以致躁进失机，

轻退寡谋，大功不成，皆由前锋不力。蒙恩命臣为帅，臣要在教场考取先行，不论出身微贱，只要武艺超群，可助元帅一臂之力，自有破关斩将之能，包管旗开得胜，马到成功，不负我主之托。"番王听娄相一段话，心中大悦，道："卿家议论，足见胸中韬略，虽古之孙吴，不能过也！依卿所奏。"当殿赐了三杯御酒、两朵金花，又道："任卿下教场点兵调将，孤这里眼望捷旌旗，耳听好消息。"娄相谢恩，只等番王退朝，文武各散，出了朝门，回到府第，便写了一道牌出来，命家丁送至教场辕门下挂起。上写：

> 钦命征南大元帅娄，为奉旨出兵，考取先行，不论文武官员军民人等，择于次日黎明当场比武，考夺先锋，毋得观望，须至牌者。

这一道牌传出去，早有番邦那一班已做官的英雄、未做官的豪杰，一见此牌传开出去，都是摩拳擦掌，要想麟阁题名。弄剑使刀，须向武场夺萃，一个个预备整齐，只等次日。黎明，娄元帅到了教场，升了将台坐定。左右营前后哨，一班武将，递了脚色手本，参见元帅已毕，分立两旁。元帅先将十万精兵花名簿点清，又宣令一番，才点到参谋官、监军官、军政官、督粮官、领阵官、左营右营官、前哨后哨官、监鼓官、鸣金官，一一点将已毕。点到前部先锋官，便命领旗官取了锦袍一件，高挂百步柳枝上，有人走马射落者；石鼎五百斤，有人举起绕场三匝者；当场比武，无人对敌者，可上将台插花饮酒，挂先锋之印。对着将台下面，高宣三遍。

只听得左队中闪出一员大将，黑脸黑须，坐下乌骓马，搭上雕翎，放在弓上，一马冲出，高叫："俺来取这锦袍也。"一声喊叫未了，只听得弓弦"当"的一声响，那支箭不偏不斜，射在锦袍上面，未曾将锦袍射落，那员黑将羞惭而退。

又见右队中闪出一员白袍小将，放开银鬃马，左手挽弓，右手搭箭，一马冲出，对着锦袍，高叫一声："着。"只见那一领锦袍悠悠才要坠下，忽被柳枝绊住。左队中冲出一员老将，趁着巧势，一马冲来，对着锦袍一箭，锦袍坠落。当场无不喝采。老将下马，赶上将台报功。那小将一见，心中不服，也上将台报功道："启元帅，这锦袍

是小将射落，堕在树枝上的，被这老将趁巧射下，非他之能，袍该小将取去。"那老将也不服道："当着众人眼目，袍是被我射下的，你怎么前来争功？袍该我取。"那小将还要争辩，娄元帅叫声："二将不必争能，可将此石鼎搬起，绕场三匝，面不改色，不独锦袍当取，还要挂先锋之印，插花饮酒。"

二将领令，下了将台，到了石鼎边，那小将走向前要端，那老将叫声："住着，少年人不知世事，也有个长幼分别，怎么占起我的先来？"那小将气忿忿地站在一旁道："让你先端，不要当场出丑。"那老将也不听他言语，把战袍一撩，走至鼎边，弯身下去，将鼎摇了三摇，迸起一口气来，用手将鼎脚一起，要想举将起来。不想他用力太猛，鼎未举起，一个坐蹾跌在地下。那小将一见，哈哈大笑道："何苦争什命来，让我来也。"羞得那老将满面通红，急急爬起，站在一旁。但见那小将，右手撩袍，

轻轻走到鼎旁，将身一蹲，用左手把鼎脚慢慢向上一提，提过头顶，走了几步，已觉气喘吁吁，万不能举鼎绕场，仍将鼎放原处。

忽见右队中闪出一将，红脸红须，身穿一件红战袍，腰系丝鸾锦带，大踏步抢出右队，高声大叫道："举鼎不能绕场，还算什么武艺？待俺举与你看。"说罢，撩袍蹲身，轻轻将鼎举起，大踏步绕场三匝，仍放原处，面不改色。走上将台跪倒，口称："元帅，请补射锦袍。"娄元帅道："这倒不用补射。你叫什么名字？"那将道："俺乃本番人氏，姓甘名奇。"娄元帅道："鼎倒举得好。上阵用何兵器？坐下什么马？"甘奇道："十八般武艺，件件都会，平日最喜用开山大斧，坐的是胭脂马。"娄元帅道："本帅已将你技勇填为第一，可挂先锋，但恐武艺未演，众将不服，尔可披挂整齐，对着左右队，连叫三声，无人出阵与你对敌，再上将台，插花饮酒。"甘奇领令下来。未知可有人与他比武否，且听下回分解。

第三十五回 盘陀山妖仙逞异术 番元帅单骑请军师

诗曰：

祯祥发现国家兴，妖孽丛生祸患侵。

却是邪氛难胜正，相关气数总无凭。

话说甘奇领了娄元帅的将令，下了将台，走到了自己队中，取了开山大斧，上了胭脂马，好似天神一般，一马冲到阵心，向着两旁高声大叫道："某奉元帅将令，已取某的武艺第一，可挂先锋之印，但恐两队中尚有不服者，不妨在马上与某比一比武艺，若有人赢得某手中斧头者，某情愿将先锋印让他挂去，如力量低微者，休要当场出丑。"话言未了，就是那一员白袍小将，心中不服，手执方天戟，坐下银鬃马，冲到阵前，大叫："甘奇少要逞能，俺来与你决个胜负。"甘奇见是举鼎的白袍小将，不觉在马上大笑道："量你马下武艺不过如此，若论马上，也是平常，何苦自来送死？"小将听说，大怒道："少要夸口，照戟罢。"一戟向甘奇面门刺来，恨不得将他刺个穿心过。好个甘奇，不慌不忙，把开山大斧向上一挡，"当"的一声，小将的戟被他挡过，未免来得十分沉重，那身子在马上已晃了几晃，又被他一斧相还，急举戟用力架住，只叫声："好家伙！"一来一往，未及十合，只杀得小将马仰人翻，大叫一声："战尔不过，将先锋让你挂罢！"带转马头，败入队去。

甘奇在马上哈哈大笑道："这等武艺，也来比武，还有谁个敢来？"又听得左队中跳出一将，手执两把金刀，坐下白龙马，一马冲到，也不打话，举起双刀砍将下来。甘奇将斧向上一迎，双刀逼过，用斧砍去，那将把刀一起，碰在斧上，铮铮有声。二

将战有五十个回合。甘奇知道来将是个劲敌，力难取胜，暗生一计，把马带转，诈败下去，那将大喝一声："甘奇往哪里走？某来取你的命也。"抡起双刀放马追将下来。甘奇回头一看，见他来得切近，心中大喜，把斧放在马头，用手掣出竹节钢鞭，猛回头高叫一声："着！"只见那将放马追来，不及防备，一道亮光起处，"哎哟"一声，正打中脊背，打得口中吐血，伏鞍而逃。

甘奇见已取胜，收回钢鞭，举起大斧，放马回头，一路威风凛凛，大叫："有本领者，快下场与某交手。"喊到阵心，连叫数声，无人答应。将马催至将台下马，丢下大斧，跳上将台跪倒："启元帅，末将比武，已胜二将，以后俱无人会阵，请令定夺。"元帅大喜，赐了三杯酒，披上锦袍，插了金花，挂了先锋之印。元帅拔了令箭一枝，吩咐甘奇道："你可带兵一万，为前部先锋，逢山开路，遇水搭桥，兵抵大营，候本帅大兵到日，发令开兵。"甘奇接了将令上马，带兵先行，出了番城。

这里娄元帅已将先锋考定，人马点齐，放炮三声，拔寨起身。辞别王驾，出了番城，一路旗幡招展，军令严明，大非从前出兵气象。在路兼程而进，离了番城，有五百里下来，忽见正南上远远一座高山，长得十分险恶，挡住大兵的路径。列位，你道番兵番将来来往往，是由中国的大路，从不曾见有此山，如今这山是哪里来的？常言：国家将亡，必有妖孽。番邦该行败运。此山新到一个妖魔，修了千年道行，炼了许多异法，打扮一个头陀模样，自称为一无大师。本在海外修炼，因掐算到番邦有一番刀兵，故入番邦，移了一座恶山，挡住娄元帅的去路，要想他聘请下山，使弄一番妖术，扰动中原，好显他的能处。这都不在话下。

单表营中探子，一见此山险恶，怕的山中有剪径强人、弄术妖怪，飞星赶到大队，报知元帅。元帅闻报，一面吩咐再去打听，一面扎下营来，埋锅造饭已毕，娄元帅带了几员副将，五千人马，亲自出营，一马到了山前巡看。看见山有五丈多高，周围不知几百里，隐隐树木稀疏，山是平坦大路，并无什么怪异之事。正在打点吩咐回营起身，忽听山头上一阵雷鸣，隐隐约约又似战斗之声。元帅在马上大吃一惊，抬头举目一看，只见：

山头若云若雾，平空似火似烟，一对蛟龙舞爪，远远几道寒光，两只银弹飞天，

森森万千利刃，不住地盘旋上下，无数的攻斗倒悬。刀光中坐了一位长老，短发披肩；龙影内盖着一个蒲团，彩毫射眼，浑似那万马军中争战伐，有如那一片祥蔼集云间。

娄元帅看毕，又惊又喜，知有异人在此山中，不可不前去一访。主意已定，吩咐将人马扎在山下，只带了几员副将，一同慢慢上得山来。整整地走有十几里之遥，但见山上光光荡荡，并无影迹，心下十分诧异道："这又奇了！"正要打马下山，忽见树林内走出一个异怪番僧，叫声："娄元帅且住行旌，贫僧来助你一臂之力。好去征南。"娄元帅听见此话蹊跷，把这番僧上下一看，怎生打扮？但见他：

头如笆斗，眼似铜铃，鼻如狮孔，口似血盆，耳带一对铜环。身穿烈火袈裟，不穿珠履，赤着双足，只用拂尘摇于右手。九天魔王初下界，一团妖气照番城。

娄元帅看毕番僧，不知好歹，滚鞍下马，急急向前笑脸相迎，叫声："师父何来？"那番僧道："元帅，此处不是说话之所，小庵不远，请去细细一谈，便见分晓。"娄元帅道："未曾进谒，何敢轻造？"番僧道："这又何妨！"一把拉住元帅手，向前便走。不几步，绕过松林，远见一座茅庵，约有三间地方大，娄元帅便问："这是仙师的宝刹了？"番僧道："不敢，就是荒庵。"元帅同了番僧，到得庵前，番僧轻轻叩门，里面开门，走出一个青面獠牙卷毛童子，叫声："师父回来了。"番僧点头，吩咐："拿几条板凳出来，与这位元帅跟来的将爷们坐坐。"那童子答应而去。元帅与番僧进了庵门，殿上也无佛像，大家见礼，分宾坐定，又有个卷毛白面童子献茶。茶毕，元帅问起番僧法号出迹。未知番僧怎生回答，且听下回分解。

第三十六回　攻雁门李广斩甘奇
摆异阵妖术困汉将

诗曰：

　　北番队里逞英雄，自恃奇能立大功。

　　功业未曾标凤阁，梦魂早已返江东。

　　话说番僧见问，便道："贫僧乃西海人氏，因见此山名曰盘陀，且喜山中一片灵秀之气，故驻于此山，搭一茅庵，只带了两个小童，在此山修炼，已有千余年了。"元帅道："敝地番邦，从来不闻有此山名。"番僧道："此山原非番邦所管，随着贫僧到哪里，它就长在哪里，此乃贫僧随身之物，何能久载番邦？"元帅听说，吓得只是吐舌道："失敬了，原来是一位圣僧临凡，敢问圣僧法号？"番僧道："不敢，贫僧名叫一无，闻元帅奉命征南，特来进谒。雁门坚固难破，又有李广谨守不出，丞相虽抱孙武之能，用兵如神，奈何非李广敌手，怎能破关，取得昭君，报功番王？"这一席话说得娄元帅毛骨悚然，急急起身，向番僧跪下，早被番僧一把拉起道："元帅休得如此，有话请坐了好说。"娄元帅坐定，叫声："圣僧，若不嫌弃我国，恳请师父下山，帮助一臂之力，只等有日功成，我主定待以师礼，不卜师父意下何如？"番僧道："贫僧早算定，南朝当败，北地当兴，昭君有缘，亦应为番王妃后。久知元帅出兵，故移此山挡住元帅的去路，贫僧特来相助成功，任李广有三头六臂的凶勇，一见贫僧，不怕不成飞灰。"元帅听说，心中大喜，以手加额道："若得仙师出山，真我王之洪福也！但军情紧急，仙师何日起行？"番僧道："元帅人马请先行，贫僧随后就到，总在大营相会便了。"

元帅听说，告别番僧，番僧送出庵门。早有手下将官拉过元帅战马，请元帅上了马，拱手告别。番僧叫声："元帅且慢，省得又走好几里路到营，待贫僧先试一小法看。"便叫诸位将军都上了马，他对着马脚吹了一口气，口中念念有词，只见那些马脚平空而起，耳内呼呼风响，片刻已到山脚之下。睁眼一看，此山已看不见了，仍是一派平阳大路，元帅连声叫奇。吩咐拔寨起营，一路到了大寨，歇息一夜。

次日放炮，起马动身，直奔雁门关而来。非止一日，到了大寨，早有吴銮、甘奇，率领众将等一齐出营迎接。元帅进营坐定，众将参见已毕。吴銮已有谕旨降职，缴上元帅印，退居监军之职。元帅将带来十万人马一并编入队伍。吴銮一面摆酒，代元帅接风，一面犒赏三军。元帅席间问吴銮道："将军奉旨征南，起先还斩将建功报捷，怎么后来懈弛军务，关也不攻，观望不进，却是为何？"吴銮道："启元帅，非末将敢于停兵不进，奈一则雁门关乃中国咽喉，城池坚固，急切难破；二则守将李广乃一员宿将，智勇双全，坚守关门，只不出战，任来将百般骂战，他只佯佯不睬，末将亦无可奈何。"元帅听说，点一点头道："这也怪你不得了。"说罢，眉头一皱，计上心来，便叫声："先锋听令。"甘奇上前打拱道："末将在此伺候。"元帅道："尔可带本部人马，于今夜三更时分，悄悄赶到关门，趁李广不及防备，架起云梯攻打，便宜行事，小心在意，本帅这里随后有兵接应。"甘奇领令而去。元帅又点孙云、哈虎、石庆龙、石庆虎，"各带兵三千，前往雁门接应甘奇，只要东西南北有一处可以破关而进，众将并力攻打，不得有误。"四将答应，领令而去。元帅发令已毕，命吴銮、石庆真在帐内陪着饮酒，专候攻关捷音，这都不表。

且言李广，那晚正坐帐中，用过晚膳，想起苏武兄此去和番，若是靠天福庇，番狗依允，关外这支番兵方能退去。倘其执意不从，定要把苏武兄软拘北地，又要添兵前来攻关了。怎奈我主只依那些贪生怕死的文官，主和不战，并不发一支救兵前来，保护雁门，只怕雁门乃中国咽喉要地，此城一破，则中国难保矣！想李广只拼一死，以报我主，可惜我主万里江山，一旦付之流水了！罢罢，听谯楼正打二鼓，欲待倚桌打盹，猛听帐外一声响亮，如同天崩地裂之势，好不怕人。吓得李广毛发直竖，命帐下军士点了灯笼火把，出外一照，乃是一根大纛旗，无故折为两段，俱吃一惊。看毕，

回报元帅。元帅闻报，好生诧异，暗想："此刻又无狂风，旗杆怎得吹折？此乃警兆，一定今夜有贼，用计攻关，不可不早为防备。"急急打起聚将鼓，添将添兵守城。一声鼓响，但见那些帐下众将，纷纷进帐，参见元帅请令。元帅便把帅旗无故自折，并无风的话宣令一遍，叫声："彭将军听令，尔可带领三千人马，巡视东城，张氏侄媳也带三千人马，巡视西城，李能也带三千人马巡视南城，俱各小心在意。"众人领令而去。

元帅又道："北城紧对番营，乃紧要之地，待本帅亲领人马，前去巡探便了。诸位将军，谨守帐门，毋得擅动。"众将答应。元帅即刻披挂整齐，出帐上马，一直来到北城。悄悄又吩咐军士一番。耳听谯鼓正是三更，恰值甘奇带了本部人马到了关下，一声呐喊，架起云梯，正对雁门北城。甘奇身先士卒，弃了大斧，手执遮牌利刃，从马上直窜上云梯，那些番兵，一个个随后上来，势不可当。好一员老将李广，在黑暗里看得清楚，手执短剑，只等甘奇一纵一纵，将纵到城垛上边，李广趁他不及防备，把剑一挥，砍得亲切，大叫一声："去罢！"只听甘奇"哎哟"一声，从城上滚于城下，眼见死于非命。这里又是一阵火炮火箭、滚木擂石，发于城下，烧着云梯，打死番兵无数。后面虽有几支番兵接应，见关中准备，不敢前进，只得大败回营，入帐缴令。

闹到天明，元帅查点人数，折了先锋甘奇一名，番兵三千有零。心中正在纳闷，忽见那番僧也不用人通报，带了两个童子进帐。元帅一见，便下帐相迎见礼，分宾坐定，说起昨晚攻关损兵折将之事。番僧道："这是元帅轻进，致有此失，且等今晚，贫僧摆一阵图破关，包管一战成功。"元帅大喜，一面吩咐备斋款待，过了一日，也不开兵讨战。到了晚间，也不知番僧怎生摆阵，且听下回分解。

第三十七回　现白虎大败李广
放火龙烧破雁门

诗曰：

老将何尝少智谋，只因星暗遇妖魔。

失机败阵关难保，闷然英雄待若何。

话说番僧到了晚间，用过晚斋，只听谯楼初更，便叫声："元帅，贫僧放肆了。元帅可点兵，五路破关，贫僧这里摆一异阵，助元帅成功。"元帅道："请问仙师，但不知要摆什么阵可以破关？"番僧道："贫僧此阵不在阵图，乃贫僧自己久炼成功，名曰'九龙抢珠阵'，只消贫僧作法念咒，这九条龙飞入此关，如一团烈火，遇石即钻，遇人即伤，哪怕雁门铜墙铁壁，有什么难破？破了此关，大兵长驱直入，焉有汉室江山不取之掌上？"元帅大喜道："全仗仙师法力。还是本帅先点兵调将，还是仙师先摆阵图？要用多少人马听用？"番僧道："元帅只管点将，发兵五路，等三更号炮一起，贫僧这里阵图摆起，人马自在贫僧葫芦中间，毫不用元帅的人马听用，不消五更，元帅可以稳坐关中了。"元帅道："一仗仙师妙用，二仗我主洪福，破关取城，本帅与众将等何幸如之。本帅依仙师吩咐，就此点兵了。"番僧道："元帅请便。"

元帅升了大帐，吩咐众将道："本帅奉狼主的旨意，前来征南，昨因轻进攻关，失机斩将，罪在本帅，今幸天赐圣僧，扶助狼主，全仗大法力，须要今夜一阵成功，诸将各宜努力前进，不得退后，如违者斩。"下面答应了一声："哦！"元帅便令土金浑带领三千人马，大炮一座，攻打东城；哈虎带领三千人马，大炮一座，攻打西城；孙云带领三千人马，大炮一座，攻打南城；吴銮带领三千人马，大炮一座，攻打北城；石

庆真带领三千人马，大炮一座，并令二子石庆龙、石庆虎左右护卫，攻打中城。只听信炮一起，众将等用心并力，放炮攻关，总在关内聚会缴令，不得有误。众将一齐答应，领令上马出营。

元帅点将已毕，正交三鼓时候，番僧叫声："元帅，贫僧演阵去了。"元帅道："本帅奉陪。"番僧拉着元帅的手，带了两个童儿，到得营门，随即紧对雁门关北城，远远站定，吩咐众将不用张灯点火，只剩一线夜光。番僧在身旁取出一个红葫芦，执在左手，揭起盖儿，向着外边，右手在身背后抽出一柄木剑，不知喃喃念些什么咒语，用木剑在葫芦口边敲了三下，只听得一声响亮，迸出一阵黑云，从空而起，忽然黑云四散，旋又是一派火光，照得满天如同白日，但见天上九条龙，张牙舞爪，火焰焰地直奔雁门北城而来，好不怕人。一霎时半空中又是一个信炮，只见五路番兵番将，四下呐喊，齐来架炮攻关。

关上军士一见番人又来趁夜攻关，大炮打得声声不住，已吓得魂不附体，如飞报入帐内道："启元帅，不好了，番人统领大兵大炮，四面攻打，十分紧急，请令定夺。"元帅闻报，吃惊不小。正要添将防守，又见报道："北城紧对番营，忽然平空飞来九条火龙，烧着关门，关门要破了！"元帅连接两报，仰天大哭道："天亡我国也！"张氏母子一闻此信，急急前来，叫一声："公公，这便如何是好？"元帅道："此城一破只好拼此一命，以报君主。"李能道："我们何不也起兵杀出城，胜负俱未可知，何必坐以待毙！"元帅喝道："无知小子，不知这场厉害，妄谈军政，还不速速退下。"张氏哭哭啼啼叫声："公公，可怜丈夫困在番邦，未知生死，叔叔、婶婶俱遭惨亡，只剩下公公与我母子至亲三口，又陷此关中，若关一破，我等立成齑粉，眼见李氏一脉灭绝了，岂不令人伤心！"说罢，大放悲声。元帅道："贤侄媳不必伤心，可趁此关未破，速速收拾行李，同孙儿李能逃命去罢！拼我老命，莫管生死存亡，听天由命。"张氏道："我等怎舍得公公前去！依侄媳愚见，不如一齐走罢，待罪君前，凭圣上处分便了。"元帅道："侄媳之言差矣，你们可走得，我却走不得，我是奉旨前来征番的，擅离此地，该当何罪。"

正在商议不决，又见军士慌慌张张报道："启元帅，不、不、不好了，方才守将彭

殷正走北城，被番炮将头颅打碎，城垛打倒十余丈，番兵一拥爬进城来，火龙不知多少，已烧进城了。雁门四城已破，元帅还不速走，等待何时！"这一报，只吓得李元帅魂都不知吊在哪里了，急急揣了帅印，坐马端兵，带领张氏母子，一齐闯出辕门。只见街上房屋被火龙烧着，军兵被番人乱杀，哭声震地，喊杀连天，惨不可言。元帅听见，心甚不忍，此刻也无可奈何，要弃关逃命，直奔城南，顶面正遇着孙云杀进城来，火光中一见李元帅，大叫："李广，往哪里走？"举起军器，盖将下来。李广不敢恋战，一面保着家眷，且战且走。若论孙云，原非李广敌手，但因李广因雁门已失，心怯十分，孙云因攻关得胜，勇增百倍，一见李广要闯出关去，怎肯放松？放马追来，且自慢表。

再言番僧在营门外作法，用九条火龙将雁门关破了，便叫声："元帅，还不带领大队人马进关，等待何时？"元帅听得，大喜道："关门已破，仙师可收回法宝，恐其有害生灵。"番僧把手一招，九条火龙都入葫芦，顿时关中烟消火灭。这里三声大炮，拔寨起营，一齐进了雁门关。关中兵将俱已逃命去了，只苦坏了众百姓，伤了多少性命。元帅一面出榜安民，查点李广业已逃走。土金浑、哈虎、石庆真父子三人、吴銮等俱入帐缴令报功，单不见攻打南门的孙云，心下十分疑惑。番僧道："元帅不必忧疑，孙将军已向南城外追李广去了，但非李广对手，可令哈将军前去助战，"元帅依言，吩咐哈虎带兵三千，速速前去。哈虎领命上马，带兵如飞出了南门，放开马头，催兵前进。赶到三十里外，远远见孙云放马追赶前面一员老将，知是李广，只是赶不上，哈虎心生一计道："待某助他一箭成功罢。"想定主意，认着李广背后，就是一箭射去，真是百步穿杨，发无不中。李广未及防备，叫声"哎哟"，箭中肩窝，一跤跌于马下。孙云一见老将落马，心中大喜，正要举刀来取老将性命。未知生死如何，且听下回分解。

第三十八回 金雀天赵英救李广 水晶球妖仙打汉将

诗曰：

多少道人看古庙，从来宰相用心机。

几时得到桃源洞，好与神仙下局棋。

话说李元帅被哈虎一暗箭射中肩窝，翻身落马，孙云一见大喜，正催马举刀，要来取李广的首级，忽见李广泥丸中现出一道白光，光内一只白虎，两只前爪抓住孙云的兵器，吓得孙云不敢下手，带转马头便走。遇见哈虎，哈虎道："某已助你一箭，怎不下手去伤李广？"孙云便把顶现白虎的话说了一遍。哈虎道："无凭之事，怎回去缴令？某现带兵在此，同你追下去，只要提住李广，中原定无能将，则汉家天下可以唾手而得。"说得孙云无言回答，只得又把马勒回，又同哈虎带兵来追李广。但见前面落马的李广，已被一女将同一小将救了，上马如飞而去。哈虎一见大怒，拍马追来，高叫："李广，快来纳命，往哪里走！"孙云也随后大喊道："谁救去某的败将，快快放下，万事全休，若有半字不肯，某来取你命也。"两匹马豁喇喇如追风掣电一般，只吓得张氏夫人一见追兵来得切近，便叫声："我儿，保着公公前行，待为娘的挡他一阵。"李能答应而去。张氏夫人在马上把双刀一摆，便叫声："来将少要猖狂，有我来会你。"哈虎一见女将挡路，大喝道："某要去捉李广，你这女将因何挡某去路？想你也活得不耐烦了。"张氏夫人道："李广乃我的公公，被你等用此诡计破关败走，闪得他有家难归，也就罢了，怎么心还不足，尚要追来，只怕难出我一刀之手。"哈虎大怒，高叫："放马过来！"一时两下大战三十个回合。孙云见哈虎不能取胜女将，也放马助战。张

氏夫人虽然武艺精通，双拳难敌四手，只杀得浑身香汗淋淋，抵敌不住，要败将下去，怎禁哈虎、孙云两般兵器逼住，不能分身。又是令旗一招，哈虎、孙云三千兵马齐围将上来，把张氏夫人困在核心，且自慢表。

　　再言李能保着李广前行，见母亲去退番兵，久不见回马，怕的有失，欲待回头找寻母亲，又不放心祖父；欲待保着祖父，又不放心母亲，正是事在两难，顶面遇见一支军兵，打的大汉旗帜，知是救兵到了，便高叫："来的人马可是汉朝的？"只见三军队里出来一将，头戴金抹额，身穿红战袍，面如靛花，颏下一部长须，手执大砍刀，坐下赤兔马，一马当先应声道："然也，前面马上可是李元帅么？"李能道："不敢，正是祖父，破关败走，受了箭伤，未能答礼，多多有罪。请问将军尊姓大名，是哪里来的人马？"那将回道："某乃金雀关镇守总兵赵英是也，因接得雁门关败残兵丁报道，关门已破，元帅败走，某是以急急领兵，前来救应。"叫声："小将军，可把令祖箭伤拔去，某军中带有金疮药在此，一敷即愈。"李能依言下马，轻轻在李广肩窝拔去箭，折为两段，即将疮药敷上，片刻止痛，谢了赵英上马，叫声："赵将军，恳护送家祖到金雀养息，俺好去退追兵，救我母亲。"赵英问其缘故，李能说了一遍，赵英道："小将军且慢去，你可护送令祖到金雀关去，待俺统这支人马，去救令堂便了。"李能道："只是有劳将军了。"说毕将手一拱，保着李元帅，到金雀关而去。

　　赵英也带了三千人马，催军前进。未及五里之遥，但见尘头四起，喊杀连天，一个战场围在那里厮杀，就知道是番人困住女将，他便把大砍刀一摆，领着三千生力军，冲进重围，高叫："女将休慌，俺来救你出重围也。"一声喊叫，钢刀一举，乱砍番兵，杀开一条血路，进了重围。但见两员番将，战住一员女将，只杀得那员女将只有招架之功，并无还手之力，气喘吁吁，面如白纸。此刻赵英在马上忍不住心头火起，提大砍刀照着哈虎背后砍来。哈虎忽听背后一阵冷风，恐有放暗箭之人，回头见是砍刀，大吃一惊，急急举刀架过，哈虎已杀了半日，业已减去五分气力，怎敌住赵英是一支生力军，不到三十回合，也有些抵敌不住。张氏夫人只与孙云一人招架，又见添一支军来接应，精神陡长，勇力倍增，两把双刀舞动起来，只见刀光，不见人影，反把孙云杀得马仰人翻。孙云此刻已是力怯，杀得大败而逃。哈虎一见孙云败走，也不敢恋

战，败出围子。赵英与张夫人趁胜追杀番兵，只杀得血流成渠，头如瓜滚，才打得胜鼓，回金雀关去。

早有李能接了进关，一齐下马，到了总府，先来看视李元帅。元帅带令孙儿，谢了赵总兵搭救之恩。赵英一面摆酒，代元帅压惊。席间谈起番兵势大，须要请旨，发取大兵到来，才能破敌，一面知会银燕、铁鸦两关守将，带兵同来协守，方保无虞，不然雁门那等坚固，尚且破了，何况此关？赵将军请三思之。赵英因胜了番兵一阵，自认英雄无敌，一闻老将之言，心中不服道："元帅休长他人志气，灭自己威风。番人不来便罢，若来时，末将杀他一个片甲不留，还要复取雁门，方知某家的手段。"李元帅道："将军不可轻敌，须要斟酌而行。"赵英笑道："既是元帅这等害怕怯敌，俺这里先拨军兵，护送元帅家眷还京便了。"李元帅将计就计，点头依允。过了一宵，次日带了侄媳、孙儿，一同进京待罪不表。

且言赵英打发李元帅去后，也不进京请兵救应，也不知会银燕、铁鸦二关，只吩咐守关军士多备擂木炮石，怕的番人攻关，每日摩拳擦掌，只等番人到来会战。那日正坐关中，忽听关外三声震天大炮，已知番人抵关下寨，未及半日，早有军报道："番将讨战。"赵英闻报，即刻披挂整齐，提刀上马，带领一支人马，放炮出关，高叫："番将通名。"番将道："某乃土金浑是也，你可快通下名来。"赵英道："俺乃金雀关总兵赵英是也，番狗屡次犯边，今日难逃俺手。"说罢，将刀砍下，土金浑用枪急架相迎，一来一往，战了五十个回合，未分胜负。赵英在马上陡生一计，要胜敌将。且听下回分解。

第三十九回　张玉龙中计失银燕　黄崇虎被宝走铁鸦

诗曰：

行军要诀贵多谋，可笑无谋受网罗。

失地伤身真利害，莫将国运叹蹉跎。

话说赵英与土金浑大战五十个回合，不能取胜，暗生一计，用拖刀计，故意诈败下来，叫声："来将少要追赶！"说罢，放马回头便跑。土金浑不知是计，只道他认真败走，放马追来。赵英回头一看，见追将来得切近，心中大喜，猛将刀一举，向后砍下，大喝一声："看刀。"土金浑未及防备，叫声"不好"，把头一偏，只听得"咔嚓"一声，把右肩甲卸下半边，吓得土金浑带转马头，败进营去。赵英不舍，又放马追来。刚刚追到离营不远，恰值娄元帅与番僧在那里掠阵，一见土金浑败下，后面又有汉将追来，娄元帅急命吴銮出阵救应。吴銮领令，上马出营，让过土金浑，接着赵英，也不打话，交起手来。二将战有三十多回合，正杀得难解难分，娄元帅便问土金浑："来将因何这等凶勇？"土金浑道："启元帅，这是镇守金雀关总兵赵英，本事不弱于李广。"番僧笑道："待贫僧暗助吴将军一阵，除了敌将，元帅可速速催兵，取这金雀关。"元帅听说，大喜道："全仗仙师法力。"

番僧趁着二将杀在当场，忙在怀中取出一个水晶球子，托在掌上，口中念念有词，对着球儿吹了一口气，只见那球儿，从掌上如一道白毫，直冲上云霄，落将下来，好比一个磨盘大的东西，向赵英顶门上盖下来。赵英只顾与吴銮厮杀，未及防备上面有妖术暗算，只听"咕咚"一声，可怜赵英连人带马，打成肉酱。番僧见球已取胜，把

手一招，球仍收回，便叫："元帅，还不点将取关，等待何时！"元帅听说，急命哈虎、石家父子三人，统领大兵一万，随吴銮去取金雀关。众将得令，上马如飞而去，趁势追杀汉兵，一直杀到关口。关中无主，军兵四散，俱已逃到银燕关去了。

关门大开，吴銮与众将等先在关中等候，急急去报元帅，远远迎接。元帅一闻金雀关已得，心中大喜，便领了大队人马动身，一路旗幡招展，好不威风。到了关口，众将迎接进关。入了总府坐定，先上众将功劳簿。一面出榜安民，一面摆酒庆功，款待番僧，又犒赏大小三军，歇马三日，就在灯下草成告捷本章，并将"天赐圣僧，助阵成功，请旨旌奖"的话也写在上面，差官带本到番，奏知狼主。这里元帅又要拔寨起身，催马前进，留将镇守金雀，一路直奔银燕而来。非只一日，正行之间，有探子报道："前面离银燕关不远，请令定夺。"元帅吩咐安营扎寨，一声令下，只听得三声大炮，扎下大营，便问："哪位将军前去抵关讨战？"有石庆真向前讨令，元帅吩咐小心在意。

庆真领令，上马带兵，放炮出营，一马冲至关前，高叫："关上有能事者，快来会战，若是武艺平常，早早献关，免得打破关门，杀得鸡犬不留。"守关军士闻之，飞报与关主。这位关主，姓张名玉龙，身长一丈有余，面如傅粉，年方二十以外，用一柄流金锤，有万夫不当之勇，而且足智多谋。先见李广破关进京待罪，说起赵英轻敌的话，只是跌足道："金雀关休矣！"不时着探子打听消息。忽见金雀关败残兵丁报来道："主将阵亡，大关已失。"只吓得魂不附体，知道番人指日就来攻关，一面打了告急求救的本章进京，一面知会铁鸦关守将，同来协守，一面添了守兵、擂木、炮石、灰瓶等件，准备守关，并不出战，每日早晚亲自巡视一番，正是：

　　一人挡关，万夫莫过。

这日正坐关中，思想铁鸦兵到，同来协守，此关就不妨事了。忽见军士急急前来报道："关下有番将讨战。"张总兵吩咐："免战高悬，任他叫骂，休要睬他，尔等小心防守要紧。"军士领令而去。张总兵见番兵已抵关外，不时亲自巡查，四面城头，十分

且言石庆真抵关讨战，并不见一人一骑出来。忽见挑出免战牌，心中大怒，将免战牌打碎，叫骂一日，仍无人出战，只得回营缴令。元帅一连三日，打发将官讨战，关中无将出来会阵，心下甚是焦燥。庆真道："此关非比雁门，元帅何不请圣僧使用法力，其关立破，省得有费时日。"元帅点头，便向番僧求计，番僧道："贫僧用法，不得已而用之，若不尽人力而为，专恃法术，恐怕有干天怒。贫僧算定，只须元帅用一妙计，立破此关。"元帅点头称善。土金浑向前献计道："末将那时曾走过中国这条路的，过了此关，便是铁鸦，铁鸦过去，就是黄河，黄河一渡，便到东京。只怕守将不肯出战，专候京中救兵；铁鸦兵到，用来协守，以老我师。元帅何不假作回兵之势？关上一见，自然把守松了，待末将偷进关中，放火为号，里应外合，则关可破矣。"

元帅依言，吩咐大小三军就此回兵，一声令下，大炮惊天，退营三十里下寨。早有金雀关军士，一见番兵退下，飞报张总兵。总兵心下十分疑惑，亲到城头一看，果见番兵退去，候了三日，不见动静，方命军士开关采樵。哪知土金浑改妆，混进关内，埋伏关中。采樵已毕，仍怕番兵到来攻打，急急将关门紧闭，把守甚严。不料到了三更时分，忽然番兵又到，架起大炮，四下攻打城池，张总兵心上甚是着忙。又见报道："西边草料上火起，烧得民房通天彻地的红光，满城哭声震耳，北城又被番人用炮打破。"吓得张总兵已知中计，急急上马，杀出城去逃命。正遇土金浑，大踏步冲将过来，在火光中见一马上将官，知是张总兵，趁其马跑得急，不及防备，顺手用刀砍倒马足，总兵连人带马撞将下来，土金浑当即过来，顺手取了首级。又杀到北城，砍倒十几个军士，那些军士都逃命去了。土金浑迎接元帅大队人马进关，入了总兵府坐定，出榜安民，扑灭城内余火。土金浑将首级献功，元帅上了功劳簿，摆酒庆功，过了一宿，正要打点催军前进，忽见番兵报来。未知所报何事，且听下回分解。

第四十回 渡黄河妖风吹战舰
围京城怪石冲汉兵

诗曰：

一团妖气逼东京，困住紫微暗吃惊。

媚主蛾眉先有兆，可怜倾国与倾城。

话说番兵报道："启元帅，今有铁鸦关的人马前来，要与张总兵报仇，抵关讨战，请令定夺。"元帅闻报，哈哈大笑道："本帅正要起兵，去打铁鸦，他反自来送死，正是天助俺成功也。"便问："哪位将军前去会阵？"有孙云向前讨令，元帅吩咐小心在意，孙云领令而去。去不多时，大败回关，帐前请罪。元帅又令哈虎出战，也败回关来。再令石庆真父子三人会阵，不到两顿饭时候，庆真父子俱带重伤败回关来。元帅大吃一惊道："这厮如何十分利害，连败我数员大将，这还了得！"番僧道："元帅不必焦躁，可再令吴銮出马诱敌，贫僧用法宝擒他便了。"元帅依言，命吴銮带兵出马，只许败不许胜，诱到阵前，好捉敌将。吴銮领令而去，元帅同番僧众将来到关前掠阵。只听炮响三声，吴銮一马当先，冲出关来，把来将一看，怎生打扮，但见他：

头戴镔铁盔，面如锅底灰，一双铜铃眼，

两道扫帚眉，鼻孔如狮子，簸箕两耳垂，

一张血盆口，长须乱一堆，穿件铁叶甲，

腰大有两围，身长一丈六，坐下马乌骓，

手执枣阳槊，当场有虎威。

　　吴銮看毕，大喝一声道："来将可通下名来。"黄总兵道："俺乃镇守铁鸦关总大老爷黄崇虎是也，天朝有何亏负于你，擅自兴兵犯边，夺关斩将，罪在不赦，今日本镇前来，一个个还不下马领死，等待何时？本镇也不斩无名之将，可通下名来。"吴銮通："某乃单于国王驾前官拜征南娄元帅麾下左营都统吴銮是也。我国已取你二关，一路势如破竹，谅你这一孤关，保守尚且难支，还敢自来送死！"黄崇虎大怒道："本镇代同胞报仇，照槊罢！"一槊打来，吴銮举刀急架相还，二将一来一往，战不到二十个回合，吴銮把马一转，诈败下去，直奔关门而来。崇虎不舍，大喝一声："番将往哪里走？本镇来取你的命也。"放马追将下来。

　　番僧在关头上，一见汉将追来，正中机谋，心中大喜，便在袖内取出一块方砖在手，口中念念有词，喝声"起"，那块砖起在半空，如万道金光，射人眼目，直奔崇虎顶门落将下来。崇虎正赶间，忽见空中金光要落将下来，抬头一看，吓得魂不附体，连叫不好，正要带转马头败回，说时迟那时快，那块砖在空中已变万千块，如雨点一般打将下来，打得那些汉兵头破血流，折臂断腿，纷纷逃散，只剩了黄崇虎一人一骑，肩带重伤，大败下去。番僧收了法宝，便叫："元帅还不调将追赶，催兵取关，等待何时！"元帅听说，只留下一员副将，统领三千番兵在此守关，便率了大队人马，一直追将下来，真是马不停蹄，人不歇甲，只追得黄总兵并不敢回关，落荒而走，绕道往京都告急去了，不表。

　　且言娄元帅的大兵抵了铁鸦关外，但见关门大开，百姓纷纷乱窜，已知黄崇虎败走，不曾回关，一直驱大兵入城驻扎，出榜安民，摆酒庆功，犒赏三军。过宿一宵，忽见番王有旨到来，娄元帅就命摆下香案，率领众将跪接旨意，只见宣旨官高声诵道：单于国王诏曰：兹接娄卿捷报，已破雁门，直抵二关，又得天赐圣僧，法力高强，助朕成功，大兵到处，一路势如破竹，眼见昭君不难取，汉室不难得矣！朕心欣慰，加封圣僧为护国上师，外赐娄卿蟒袍一领，玉带一围，有功将士，叙功升赏，众军士各赏粮米三个月，钦哉谢恩。

　　娄元帅谢恩已毕，接过旨意，送了钦差回番，便商议要渡黄河，逼取东京之事。

忽见探子报道："启禀元帅，黄河渡口对岸有千余只战船，排列森严，刀枪密布，这边岸下一只船影全无，请令定夺。"元帅闻报，吩咐再去打探。便皱着眉头，对众将道："本帅攻取东京，非渡黄河不可，大队人马须要许多战船，方渡得过去，若是打造，一则迁延时日，二则材料全无，若是抢他战船，又无赴水军兵，况他那里设备森严，也难下手，似此如何是好？"这一番话问得众将泥塑木雕，并无计策回答。番僧在旁大笑道："元帅何必忧心，只须贫僧两个指头，一口仙气，管教他那边战船，一只只吹将过来，让我们大兵上船，好渡黄河去也。"

元帅大喜道："全仗仙师法力，只是我兵已深入重地，怕的勤王兵起，我兵腹背受敌，就了不得呢！望仙师事不宜迟，速速作法方妙。"番僧点头道："包管元帅明日有战船到岸，以渡我兵。"元帅道："仙师何以这等容易？"番僧道："仙机不可泄漏，做过便知。"元帅也是将信将疑，又在关中歇了一日，到了三更时分，外面好大狂风也，怎见得，有诗为证：

狂风阵阵起平空，拔木摇山势更凶。

卷起波涛腾万里，隔江船只影无踪。

这是番僧三更作起妖法，使动怪风，吹散了对岸千只战船，不知淹死多少汉将汉兵，那些船在河内飘荡，都奔这岸上泊着。

到了天明，早有探子报知元帅，元帅闻报大喜道："仙师真妙用也。"便留五千人马孙云镇守铁鸦关，自同番僧率领大队人马，催兵出关，一直向黄河渡口进发，但见几百号船只，摆列岸口，预备现成。元帅吩咐众将照着队伍上船，不可争先争后，如违者斩。众将得令而去。番兵也会弄船，扯起篷脚，摇动大橹，趁着顺风，如飞渡过黄河，一齐弃舟登岸，那些把守黄河兵将，被一夜狂风吹下河去，死的死，跑的跑，所以此刻并无一人在此把守，任番兵过来，无人阻挡。元帅只留兵一万，与哈虎看管船只，以作归路，这里率了大队人马，逼进京师。

未知可曾取得昭君否，且听下回分解。

第四十一回　汉帝吓倒金銮殿
张相献计假昭君

诗曰：

只为美人一点痴，奸邪献计欲分离。

任他巧献瞒天智，是假难真未许欺。

话说娄元帅率领大队人马渡过黄河，一路还有许多关隘，皆知不能抵敌，俱望风归顺。这是娄元帅军令严明，禁止三军，不许骚扰百姓，秋毫无犯，且自慢表。

再言李广，自雁门关失守，带了家眷，急急逃回京都，将家眷送回府第，独自进京，缴印待罪。汉王还未退朝，忽见黄门官启奏道："今有镇守雁门关大将军李广，待罪午门，请旨定夺。"汉王闻奏，忙将李广召进。俯伏金阶，口称罪臣，便将番兵打破的话，奏了一遍。汉王大吃一惊，便道："李卿，你一门为国阵亡，情实可悯，纵雁门关失守，非尔之过，卿可带罪立功。"李广谢恩退下。如今失了雁门，好不忧心，正待要点将去救雁门关，奈朝无良将，一面着兵部用火牌行文各处关隘，紧防番人。此旨未下，又见黄门官启奏道："金雀、银燕、铁鸦三关，俱已失守，番兵已渡黄河过来了。只剩铁鸦守将黄崇虎，逃得性命来京，亦待罪午门，请旨定夺。"只吓得汉王连连跌足道："可恨奸贼毛延寿，逃到番邦，唆动兵锋，惹起祸根不小。且住，黄河非战船

莫渡，隔岸船只俱无，这般设备甚严，怎任番兵渡河过来呢？"便把黄崇虎召进盘问。崇虎奏道："臣闻得番营有一妖僧，善使妖法，火烧雁门，宝伤守将，妖风吹散战船，淹死多少人马，将船吹到对岸，皆是妖僧使的邪术。"汉王连声叹气道："莫非天亡汉室，使妖人以乱中华耶！"

正下旨吩咐皇城守将，各门用心把守，未及多时，黄门官又急急启奏道："万岁，不好了！番人已直逼皇城，团团围住，架起火炮，四面攻打，还不住半空中有大顽石飞来，打得这些守城军士，头破血流，哭声连天。只听番人口中单要昭君娘娘，万事全休，若半字不肯，定要打破皇城。"只吓得汉王魂不在身，坐不稳交椅，几乎跌倒，幸有内侍扶住。但见汉王大叫道："孤的万里江山，大事去也！"忙问两班文武："番兵已临城下，破在旦夕，哪位卿家代朕分忧，能把番兵退了，保住山河，不但官上加官，且七岁孩童，加以显职，九岁女子，也受皇恩，孤不食言。"汉王朝下问了几声，但见文官好似泥塑，武将如同木雕，面面相视，并不回奏。恼得汉王心中大怒，拍着龙案，指着两班文武大骂道："常言：养军千日，用在一朝。你们这班没用臣子，一个个贪生怕死，难道叫孤把江山白白送与别人么？"问得两旁文武各翻眼睛，仍是束手无策。

汉王正烦恼，左班中闪出兵部尚书张元伯，跪倒金阶，口称："我主，臣有短表，冒奏天颜，臣该万死，望我主赦臣一死罪，方敢奏明。"汉王道："赦卿无罪，速速奏来。"张元伯奏道："现在番兵已临城下，事在危急，文不能展一破敌之策，武不能施一退兵之计，君臣何能坐视江山不保？"汉王道："张卿有何妙计，可退番兵？"元伯奏道："我主只消遣一能臣，可到城头，与番人打话，问他起兵到此，还是单为人图而来，还是不单为人图而来，看他怎样回答。"汉王道："卿家问他，是什么意思？"元伯道："他若单为人图而来，单要昭君便可退兵，臣自有瞒天之计，代主分忧，若不专为人图而来，既想得人，还要得地，那时便要费一番大手脚了。只看他如何对答，再作较量。"汉王道："一客不烦二主，就烦张卿代孤一行便了。"元伯不敢推却，领了汉王旨意，退出朝门，上了高头骏马，一马当先，到了城头，向下一看，番邦人马势如潮涌，好不利害！怎见得，但见那：旗分五色，数组八方，盔甲鲜明，刀枪密布。一个个番将，头上飘雉尾；一对对番卒，额前扎勇巾。战场上马蹄乱奔，炮架中轰声震耳，不住地唰唰吹上下，无数的金鼓响高低，扎住了一带万马营，排定了千层牛皮帐。

看毕，向城下大叫一声："番军听着，大汉天子差了张兵部，前来与尔主帅答话，快快通报。"番军听说，不敢怠慢，忙报知娄元帅。元帅闻报，同了番僧上马，带领众将，一马冲到城下，高叫："南朝有何话说？"元伯道："将军此来，还是专为人图，不专为人图，两事望乞见教。"元伯这一句话，倒问住了元帅。元帅在马上沉吟不答，回头便向番僧叫声："仙师，本帅若回他单为人图而来，他只献出昭君，便要退兵，只可惜中原地界，大兵难得到此，若不并取汉室天下，再要想到中原，便费力了，望仙师斟酌回复他的话。"番僧道："据贫僧捏指算来，汉室气数未终，江山不应为他人所有，元帅何不将计就计，只要献出昭君，归报狼主，以便班师归国，若要取汉室天下，只好待时而动。"娄元帅道："仙师所论，开我茅塞，如此回他便了。"一马当先，高叫："城上张兵部听着，本帅奉狼主旨意，统兵到此，只要献出昭君，并不取汉室寸土，即可退兵，如尔等再要抗拒，本帅即要发兵攻城了。"元伯道："将军且请息怒，我等已奏知天子，情愿将昭君献出，一则将军便要退兵五十里，以安百姓，二则雁门关以内地方，仍退回中国管辖，依此两件，即日献出昭君，进与尔狼主。"娄元帅道："如果献出昭君，两件事俱可相依，如不相信，折箭为誓。你不要用缓兵之计，哄诱本帅，那时翻转面皮，不但要人，而且要地了。且问你昭君何时送出？"元伯道："将军兵一退下，即刻将昭君亲送到营，断不食言。"娄元帅听说，便把令旗一展，将兵退至五十里，扎下营盘等候。元伯见番兵已退，急急催马下城，到了午门下马，进朝交旨，回奏："番人只要献出昭君，不要寸土，臣已依允，大兵已退远了，立候一信。"汉王便问："张卿，有何妙计？"未知元伯说出什么计来，且听下回分解。

第四十二回 番人班师归本国 大封功臣见美人

诗曰：

> 由来好色动干戈，折将损兵费许多。
> 此日功成归故国，琴瑟依旧未调和。

话说元伯见汉王问计，便回奏道："番人围城，非为别事，只因人图起的祸根，难道我主认真将昭君献与北番么？"汉王道："依卿便怎么样呢？"元伯道："只消我主传一道旨意，宫中去择其相似昭君容貌者，充做昭君，当面嘱咐此女，叫她休要泄漏，待臣送到番营，那边兵将怎知真假，只等番兵一退，他自然将侵占地方归还我主，我主速速点将增兵，把守各处关隘，以防番人，再等他归国，辨出昭君真假，我国防备甚严，也就不怕番人攻打了。"汉王点头称善，即刻传旨。正宫选一年轻女妃来到殿前，朝见汉王，汉王又当面嘱咐一番，命她改了北装，外赐嫔妃八名，三百儿郎护送，就差张元伯亲自送到番营交代。又叫声："张卿，到番营交代之时，一则要不失大国之礼，二则叫他将地方侵占过去的交割清楚，三则烦张卿明押暗解护送番人出了雁门关，以免一路官民骚扰，回朝之日，另当升赏。"张元伯谢恩领旨，将假昭君用香辇坐上出朝，元伯上马，带了三百御林军，护送假昭君出了皇城，一路奔番营而来，且自慢表。

再言汉王打发元伯去后，心才略放，又命李广添兵五万，战将二十员，远远随后，到雁门关镇守，待罪立功。铁鸦关仍命黄崇虎添兵镇守，待罪立功。金雀、银燕二关，着兵部速放能将去镇守。一声旨下，李广等谢恩出朝，急忙点兵选将，各自随后去奔关隘镇守。这是番人退出雁门的事情，书中先交代明白。

只言张元伯将假昭君一路送至五十里外，到了番营，早有小番报知娄元帅。元帅闻知昭君已到，率领众将等出迎。元伯也下马，大喝一声道："昭君娘娘既到尔等营中，即是尔等国母，尔等竟不摆香案跪接，大失君臣体统。"慌得娄元帅急命番军重将香案摆下，率领众将跪接娘娘，一齐口称："愿娘娘千岁。"上面嫔妃一旁代呼平身。娄元帅等站起，请娘娘下辇进营。元帅与众将一见此女，端在美貌，不分真假，暗自称赞道："好一位美貌娘娘！怪不得狼主为了此女，费了许多钱粮，折了许多兵马，今日方得成功到手，也算天缘配合了。"

不言兵将心内赞赏，且表娄元帅将昭君接进后帐款待，又将张元伯邀至帐内见礼，分宾坐定，也不用茶，即摆酒款待张兵部，又犒赏三百护送儿郎，营中大吹大擂，好不十分热闹。席间，张兵部谈起奉旨送娘娘出雁门关一事，娄元帅大笑道："汉王非差大人护送娘娘，是要大人来取回关隘的。大丈夫一言既出，驷马难追，若要同行，何妨奉陪。"这一席话说得张兵部也哈哈大笑，只等席终，把兵部留在营中，过宿一宵。次日，元帅传令大小三军，吩咐放炮起行。一声令下，那些兵将好不欢天喜地，正是：

鞭敲金镫响，人唱凯歌回。

番兵在路归心似箭，巴不得兼程而进，渡过黄河，仍将战船交代张元伯清点；过了几处关隘，俱撤回守将，仍将地方退还中国。非止一日，早到雁门关，娄元帅扎住营盘，便对张元伯道："所有我国占过关隘，请大人查清册籍，不劳远送了。"元伯道："我告辞娘娘，好复旨去的。"说罢走到昭君面前，叫声："娘娘，一路须要保重，不必悲伤，臣是要回去了。"假昭君故意掩泪哭了几声道："汉王好狠心人也，你回朝代我上复汉王，叫他今生休想哀家见面了。"说罢，哀哀啼哭。元伯假意安慰一番，便道："老臣就此告别娘娘了。"说罢退出。娄元帅也将雁门交代明白，率领大队人马，放炮出关。元伯送至关外，看见番兵去远，回关将关门紧闭。住了几日，方见李广领了人马到关，元伯又交代清楚，告别李元帅，带了随身家将，回京复旨去了。这里李元帅重整关隘，修理城垣，添兵防守不表。

　　且言娄元帅自得昭君，建了大功，一路归国，心中好不兴头，带领大队番兵，离了雁门关，一直奔番邦而来。路上并无耽搁，早到番邦，将大兵扎在城外，便同番僧随着假昭君先进城来。番僧在馆驿住下，娄元帅来到午门，正值番王未曾退朝。有黄门官奏道："今有征南娄大元帅，取得昭君，奏凯回朝，现在午门候旨，请旨定夺。"番王闻奏大喜，召进娄元帅，俯伏金阶，先呈上功劳簿，番王取上，一一看过。又问："圣僧与昭君今在哪里？"娄元帅道："圣僧在馆驿暂住。昭君现在民房暂住，候旨定夺。"番王道："圣僧不敢令其朝见，可命卫丞相代朕恭请在伏龙寺居住，容日朕再诣寺谒见。"一声旨下，卫相领旨而去。番王又道："难为娄卿与众将等费尽心机，取得昭君回国，功劳甚大，卿等听朕加封：今封丞相娄里受为哈番一等伯，外赐黄金五百两、珍珠二粒、貂皮四张、团龙马褂一件。吴銮今已将功折罪，仍加封提督，并石庆真不避矢石，征战有功，封为兵部尚书，长子庆龙，封为左骧骑大将军。次子庆虎，封为右骧骑大将军，土金浑封为左营都督，哈虎封为右营都督，孙云封为中营都督，阵亡将士雅里托、甘奇等，俱照原职加封三级，荫一子世职，入功臣庙，配享春秋二祭，以下有功将士，俱给钱粮三月，免差一年，阵亡将士，着有司优恤其家。"

　　加封已毕，娄元帅等谢恩，站过一旁。番王又叫声："毛卿听旨。"毛延寿出班俯伏。番王道："卿举荐将帅有功，加升三级，外赐黄金百两、貂皮二张，以酬卿劳。"延寿谢恩退下。番王对着众文武道："孤为昭君，费尽许多心机，今日才能到手，可以晚年娱乐心情也。"旨下："召王昭君进见孤王。"娄元帅领旨，不敢怠慢，如飞将昭君召进午门，八个宫娥扶到金銮，袅娜身材，慢慢走到殿上，可笑一个如饥如渴的番王，眼巴巴朝下细看昭君。未知可曾看出破绽，且听下回分解。

第四十三回 对图画假美露破绽 指真形延寿进佞言

诗曰：

> 常言好事多磨折，欢喜十分又变忧。
>
> 花样情形成幻影，非关容貌不风流。

话说番王日夜思想昭君，今见昭君来到殿上，身子已酥了半边，把一双饿馋眼巴巴望着下面，见她轻移莲步上来，此刻也辨不出昭君真假，细细把昭君定睛一看，但见她：

> 一顶珠冠翠满头，双飘雉尾挂红袍。
>
> 八宝宫装穿身上，凤翅罗袖是绫绸。
>
> 步步莲花踏地下，不满三寸凤勾头。
>
> 粉脸好比瓜子样，淡扫蛾眉衬杏眸。
>
> 桃腮两颊红如许，小口一点用脂揉。
>
> 虽无昭君真面目，身材却也颇风流。

番王看毕，只见昭君走到殿上，轻拢凤袖，口露歌喉，叫声："狼主在上，汉女昭君愿我主千岁。"番王听得这一声称呼，心中已十分大喜，又见她拜倒金阶，连叫："美人平身，抬起头来。"假昭君领旨，口呼千千岁，把头抬起。番王伏在桌案上面，近前再把她细细一看，口内不言，心下暗想："孤看此女，虽也有几分容貌，不比人图上画的昭君，生得十分绝色，笔难描画，世上难寻，若论此女的容貌，就是昭君，也不稀罕了，且将毛卿一问便知。"叫声："毛卿何在？"延寿出班俯伏道："臣在此伺候。"番王指着下面假昭君问道："毛卿，你的画图献的昭君，不亚仙女下凡，如何此女不似人图模样？卿且细细看来，明白回奏。"

延寿领旨，下来细细把假昭君一看，大吃一惊道："果不是王氏昭君，被汉君臣掉了包也。"暗叫一声道："汉王，你将假昭君搪塞，不过要退番兵，权救燃眉之急，你只哄得北地君臣，怎哄得俺毛延寿？难道你不把真昭君献出，就罢了不成！只消俺舌尖儿动动，汉王呀，叫你的愁帽子又戴将起来呢！且住，汉王无故杀俺满门，俺与他有血海之仇，怎么不报？常言道，一不做二不休，待俺用激将计激恼番王便了。"想定主意，回奏番王道："据臣细看，此女不是昭君，分明汉王不舍昭君，故将假的欺哄我主，我主可将假的锁禁冷宫，再提大兵到天朝去，定要汉王献出真昭君，方成国体，我主若是依样葫芦，未免贻笑他国。"番王闻奏，好似火上添油，由不得心头火起，吩咐："将假昭君并八个妃女，锁禁冷宫，三百护军，一概坑杀。"一声旨下，早已见殿前武士领旨行事去了。

番王在殿上怒犹未息，喝骂丞相娄里受："汝来欺哄寡人，分明侮君慢功，该当何罪！"吓得娄相魂不附体，俯伏金阶，不敢分辩，只是叩头，连称："臣该万死！"番王在殿上，越想越恼，喝叫两旁武士："将娄里受推出午门斩首。"一声旨下，武士近前，把娄相剥去冠带，正要推出午门典刑，吓得两旁文武俱皆失色。毛相在旁，暗想："不好了，这是我举荐不力，何能不出班保本？"连忙高叫："刀下留人。"一面跪下保本道："启我主，娄相虽因不辨昭君真假，擅自退兵，难免失察之罪，总是南蛮哄诱，一时失错，还望我主格外开恩。"番王闻奏，冷笑几声道："孤因吴銮出兵不力，是以革去元帅，蒙卿举荐娄里受以重任，挂帅征南，应当不负孤之所托，取得昭君回来，理应叙功升赏，今都是一派瞒天巧计，欺君冒功，罪不在赦，卿也是举荐不力，难保自身无罪，还要代他保本么？"这一席话，说得毛延寿无言回答，满面通红，不敢再奏，诺诺连声退下。两班文武见番王不准延寿的保，大家吓得面面相觑，又撇不过同朝情分，只得一齐跪下，代娄相保本，恼得番王十分大怒，把龙案一拍道："若再有人代娄里受保本者，一并问斩。"一声令下，吓得众文武面如土色，大家没趣，站起分立两旁。可怜娄丞相无辜加罪，可有一比，好似那：

灯尽五更刚入梦，谁来添火送油人。

午门外到了一个救星，乃是卫律，领了番王旨意，迎请番僧到伏龙寺供养，口宣圣谕，不敢当仙师朝见，容日番王到寺亲来谒见。到了寺中，自有寺内众僧款待。卫律告别，要去复旨，番僧叫声："且慢，贫僧到午门，要救一根擎天玉柱，不得不同你走一遭也。"卫律便问："仙师，是哪一个？"番僧道："到彼自知，不必下问。"卫律道："仙师用法驾去，还是坐骑去？"番僧道："走走好。"卫律也不敢坐骑，只得陪着同行。到了午门，一见娄相正要典刑，大吃一惊，问其缘故，才知为假昭君问罪。卫律便问："满朝文武，难道无人保本么？"黄门官代答道："谁不保本？无奈王爷不准，一定要斩。"卫律暗赞仙师真神人也。番僧便叫："刀下留人！卫相可前去通报尔主，说贫僧要见。"卫律答应，进了午门，俯伏金阶，先缴过旨意，便说："圣僧现在午门，要见我主，请旨定夺。"

番王闻奏，慌得下了龙牀，率领文武亲自出迎，将番僧迎到殿上见礼，分宾主殿两旁摆对坐坐定。番王又命众文武拜见圣僧已毕，便道："多蒙仙师法驾惠临，大施佛力，以助我国成功，孤之幸也！孤还未曾到寺进谒仙师，反劳仙师大驾，孤心何安！"番僧道："承蒙王爷奖谕，贫僧羞愧之至，只是劳而无功，王爷理应问罪，何敢称功。"番王连说不敢。番僧道："我主不可重女色而杀一大将，但缘分有迟有速，何可勉强得来？今日取得昭君是假的，被他一时哄诱，非主帅之过，虽贫僧捏算有准，尚且颠倒阴阳，还望我主看贫僧薄面，救了娄相之罪，令提一支人马，带罪立功，包在贫僧身上，定有真昭君与王爷会面便了。贫僧有偈语四句，奉赠王爷。"番王听了，连称请教。番僧道：

"意外姻缘容易得，调和琴瑟最难求。

洋洋白水皆天定，空惹相思一段愁。"

说毕，番王求问诗意，番僧道："天机不可泄漏，日后便知，我主可赦娄相之罪罢。"未知肯与不肯，且听下回分解。

第四十四回 二犯雁门惊魂胆 一纸战书逼美人

诗曰：

> 夺人玩好理非宜，逞己英雄事亦奇。
>
> 只为轻车就熟地，不谈事理便相欺。

话说番王见圣僧讨情，不好推却，只得旨下赦转娄丞相，还了他冠带进朝，先谢圣僧，后谢狼主不斩之恩，站立一旁。番王便吩咐安排素宴，就在殿上款待圣僧。席间，问起出兵之事，番僧道："兵贵神速，明日就是黄道良辰，便可出兵。"番王道："此去兵抵中国，不但要人，还想得地，圣僧代孤算一算，不知可有此福分否？"番僧听说，笑而不答。番王连问几声，番僧道："王爷不必痴心，大兵此去，不劳进雁门关，自有真昭君来到番邦了。"番王也是将信将疑，不好下问，只愿得了昭君，也就心满意足了，那得地的话，不过是额外要求。又叫声："仙师，此一番出兵，不劳仙师远涉风尘，只专责娄卿一人，带罪立功。"番僧道："贫僧发心既来帮助王爷，焉敢辞劳不去？也要去带罪立功呢。"番王道："圣僧言重了，只是屡劳仙驾，孤心何安！"番僧道："贫僧与王爷有缘，理当效劳。"说罢，番王陪着番僧，吃过素宴。撤去，番僧便请番王高登大宝点将，以便明日五鼓好起兵动身。番王道："仙师在此，孤怎敢擅居上座？"番僧道："朝仪不可失，王爷不必过谦，请登大宝便了。"番王道："仙师吩咐，孤王得罪了。"

说罢站起，居了正位，番僧坐列案旁。番王叫声："娄卿听旨。"娄里受俯伏金阶道："臣在此伺候。"番王道："卿可带罪立功，仍同仙师领了众将，带二十万大兵前

去，直犯雁门，有了昭君，方可退兵。仍将人图带去对验，再不可大意，以误国家大事，取罪未便。"说罢，便命内监入宫，取原人图出来，交与娄相。娄相接过人图，谢恩退立一旁。番王命内侍撤金莲宝炬，送圣僧到寺。番僧告别番王出朝，回他伏龙寺安歇。番王退朝，文武各散。

一宿已过，次日五鼓，娄元帅下了教场，先点过二十万精兵，又点哈虎为前部先锋："带兵一万先抵雁门，候本帅大队到了开兵。"哈虎领令而去。仍点吴銮、土金浑、孙云、石庆真、庆龙、庆虎等，随军听用，忙打发差官到伏龙寺恭请圣僧，一同起马。不多时，番僧已到教场，娄元帅率领众将迎接，实时祭旗放炮，上马起兵，离了教场，也不用辞王别驾，一直出了番城。一路上旌旗浩荡，马壮人强，又奔雁门关而来。不表。

且言李元帅虽蒙圣恩，复守此关，添兵把守，刻刻忧虑："张元伯瞒天之计，只可哄诱一时，怕只怕毛贼在彼，是认得昭君的，倘看出破绽，番王未必甘心，又要动起一番大干戈呢！且住，若是英雄上将，某虽年迈，还可以力敌万夫，只是妖法十分利害，这便怎处？哎！总是国运将衰，妖气扰动，不很利于国家呢！"正在叹息，忽听关外冲天九声大炮，不觉大吃一惊。早见守城军士急急前来报道："启元帅，不好了，番人又领了大队人马，离关不远了，请令定夺。"李元帅本是惊弓之鸟，一闻此信，只吓得面如土色，即传令大小将官，小心紧守关门，以防番人攻打。自己顶盔贯甲，上了马，手执钢枪，率领众将等来到城头，远远向城下一望，见那些番兵如同蝼蚁一般，涌涌而来，好不利害，怎见得，有诗为证。诗曰：

> 一阵貔貅涌似潮，人强马壮战旗飘。
>
> 闻声振耳惊天炮，袅袅青烟透九霄。

李元帅看毕，即刻下了城头，回到帅府，与众将商议道："你看番人，这般兵涌将猛，若与对敌，只怕寡不敌众；若是坚守，又怕他使起妖术，来破此关，诸位将军，可出一奇计，保守关门。"众将未及回答，又见军士报道："启元帅，今有番人差了先锋抵关讨战，口称汉主欺人，将假昭君蒙混他主，甚是无礼，今复统大兵到此，来取真昭君，快快献出，即刻退兵，如再迟延，一定杀尽关中，鸡犬不留，请令定夺。"元帅闻报，吃惊不小："若差将会阵，也是劳而无功。且住，待本帅亲上城头，与番将答话，不如用缓兵之计，打本进京，请旨定夺便了。"主意已定，又上马端兵，带领众将等来到北城，向下面高叫一声："番人太不知足！尔等破关围城，斩将侵地，全无君臣之礼，我主仁慈，格外宽恩，并不加罪尔等，又把昭君赏赐尔国，也算心满意足了，如何今日又提兵到此猖狂，难道藐视中国绝无能人么？"哈虎大喝一声道："李广，你只知责人，不知责己，我狼主以诚心待人，不施奸诈，尔主反一派诡计多端，舍不得真昭君献出，只将假昭君哄诱我等退兵。如今机关已破，谁是谁非，自有公论，反说我等屡次犯边么？"李元帅道："昭君真假，本帅并不知情，若昭君果是假的，屈在我主，也不必决战会阵，伤害生灵，待本帅急急打本进京，奏知我主，自当奉复，不卜将军意下如何？"哈虎见李广言之有理，便道："将军所论，理当遵命，奈本先行不能做主，且少待，容禀知我国元帅，请令定夺。"

　　说罢，带兵回营，下马进帐，便把李广的话一一禀知元帅，元帅便请问番僧，番僧道："李广所说之话，深合为将之道，很可依得，只消元帅打一纸战书进关，叫李广一并进与他主子，使汉王一看，若是知机，献出真昭君，不动干戈，也就罢了，若再支吾，那时也难怪我国破关斩将了。元帅只管放心，谅真昭君也不怕飞上天去，包在贫僧身上。"元帅点头称善，取过文房四宝，写了一封战书，交与哈虎。哈虎领令上马，一马冲到关前，高叫："李广听着，今奉元帅之令，准尔所请，且不攻关，现有战书一纸，叫尔带进京都，呈与尔主，速速献出真昭君，犹不失两家和好。"说罢，把战书搭在箭上，扯满雕弓，叫声："李广看箭！"射上城头。李广眼快接住，见哈虎在马上把手一拱，叫声："再会罢！"带兵回营去了。李元帅下城回了帅府，急急写书，并一纸战书，飞星差官进京，呈与汉王。未知汉王可能献出真昭君否，且听下回分解。

第四十五回 保江山苦舍昭君 和番邦哭别天子

诗曰：

月缺云浮不见踪，因何此夜减花容。

姮娥妒煞昭君怨，不恨奸臣只恨侬。

话说汉王那日正坐早朝，两班文武朝参已毕，忽见黄门官启奏道："今有镇守雁门关大元帅李广，差官打本进京，恭呈御览。"说罢，把本呈上。有内侍接过，在龙案上展开。汉王未曾看本，心上生疑道："李广又有什么本到来，莫非张元伯的瞒天之计，消息已露，又有番人攻关么？且将李广奏本一看，便见分晓。"想罢，定下龙睛，从头细细一看，只见上写：

钦命镇守雁门关大元帅，臣李广诚惶诚恐谨禀：从来古之立国，保民为先，土地次之，百姓不伤，土地不践，则根本永坚，江山永固矣！若云内作色荒，外作兵荒，有一于此，未或不亡。今我主立一心之爱，不舍昭君，以假为真，机关已露，番兵又至，以图为证，指名要人，关如危卵。臣用缓兵之计止住番人，恭呈紧急本章，但不知我主以江山为重乎？昭君重乎？重昭君而舍江山，臣惟决一死战，以报我主；重江山而舍昭君，割私爱以定太平，行止望乞圣裁，臣冒死直陈，待命斧钺。并附呈番人战书一纸，恭呈御览，候旨定夺。

汉王看毕李广表章，已知消息已露，吓得魂不在身。又见番人下了战书到来，越发心惊肉战，于是战抖抖地把番人战书打开一看，只见上写道：

钦命征南大元帅娄致书于大汉皇帝驾前：窃闻立国之君，全以真诚为主，从未有

诡计百出，以诈待人者也。今瞒天之计已破，权宜之心不端，只可蒙混于旦夕，难免显露于目前。仰知我主日夜思想昭君，一日昭君不到我国，一日不肯罢兵者也。今又带兵二十万，战将百员，候于雁门关，若是知机，快将真昭君献出，我国即刻罢兵，永为和好；若再抵拒，大兵到日，得人得地，玉石俱焚。特具战书，附表投上，或和或战，立候一决，我国列兵以待。

汉王看罢战书，只吓得浑身汗淋，暗想："朝中又无能将，李广又难破敌，张元伯瞒天之计已成画饼，番人屡次兴兵，搅乱中国，便叫怎么好！"再看两旁文武，并无一个出班献计，汉王在殿上坐得没趣，散了朝中文武，退入西宫。有昭君接驾，到了宫中坐定，一见汉王眉头不展，面带忧容，便问道："陛下每日回宫，还有笑容，因何今日这等烦恼。"汉王见问，连叹了几口气，叫声："贤妃，孤不见你，倒也罢了，只见了你，如刀刺心。"昭君听说，吃了一惊，急问："陛下，却是为何？"汉王道："美人不知外边之事：只因放走了毛延寿，把你人图进与番王，番王屡次兴兵，来讨妃子，叫孤怎生割舍？故点了几次人马，到雁门关去退番兵。哪知番兵十分利害，李陵中他诡计，致被捉去，百花女遭箭丧身，李虎被困阵亡，又差苏武和番，一去并无音信。只剩了老将李广，把住雁门，又被番人用妖法破了雁门，李广逃走，到京待罪。番兵杀进关来，一路势如破竹，伤了许多兵马，折了若干钱粮，反将帝京团团围住。幸有张元伯献一瞒天之计，在宫中选一宫女，充着美人前去，倒也退了番兵。谁知奸人毛贼在彼，看出破绽，今又带了人图为证，统领大队人马，在雁门等候，一口一声定要真昭君，方肯罢兵。如今已将战书打入天朝，立候信息。美人呀！怕只怕南北江山，东西土地，不久要属番人了，怎叫寡人心内不焦？番人屡次兴兵，皆因美人起见，你我一对好鸳鸯，难保不活分离了！"

昭君听了汉王一番言语，只吓得千刀剐腹，万箭穿心，由不得一阵悲伤，腮边乱流珠泪，只叫一声："奴好命苦也！陛下呀，前朝后代，并不闻一朝人主，白白将妻子送与外邦，这是他要一个，就送一个，若要两个，就送一双么？陛下太忍心了，可怜奴与陛下梦里相思，未满一年，到今日就要抛弃奴家了。"

昭君说到伤心之处，抓住龙袍，放声大哭。汉王一见，也是龙泪频倾，心内暗想：

"三宫六院的妃子，总不及昭君的绝世姿容，叫孤怎生割舍？且住，番人不得昭君，不肯退兵，而且妖术十分利害，倘再哄诱，番人一时打破关门，杀到京城，孤的江山就有些不妙了！况李广本上劝孤以江山为重，不可溺爱私情而弃祖宗万年基业，老将句句金石良言，孤岂不知？只是见了美人，一时心有不能割舍，叫孤怎生说得出口？罢罢！到此刻，事在危急，也说得了。"便叫声："美人，休要悲伤，孤有个两全之计，美人休怪，说与你听。"昭君含悲便问："陛下，计将安出？"汉王道："番人犯边，非因别事，只要放出美人，便可退兵，美人权且应允和番，暂住雁门等候几日，孤这里急急调取天下百万雄兵，千员猛将，待孤御驾亲征，不分星夜，赶到北方来救美人，不知美人意下若何？总是大家商议，可行则行，可止则止，美人不要生气。"

汉王这一席话，虽说得婉婉款款，哪知昭君是个聪明女子，十分灵巧，一闻汉王有舍她之言，哭哭啼啼叫声："陛下，你今日把此话哄奴去和番，分明是线断风筝，往日恩情多丢在东洋大海去了。常言：烈女不配二夫。奴和陛下既结鸳鸯，焉肯留此臭名，又伴他人？罢！罢！奴晓得陛下既忍舍奴，还去统什么兵，点什么将？倒不如奴寻一个自尽，全奴名节，羞煞北番君臣，一向枉费好心。"说罢，急站起身要扯壁上龙泉自刎，只吓得汉王向前一把抱住。未知可能救得昭君否，且听下回分解。

第四十六回　辞父母十分难舍　拜皇后万箭攒心

诗曰：

> 抬头吴越与秦楚，又见梁唐晋汉周。
>
> 世事只从忙里老，人生何日心才休。

话说汉王见昭君要拔剑自刎，只吓得魂飞天外，急急向前夺过宝剑，掷于地下，抱住昭君，叫声："美人，你若要完全名节，自尽倒也罢了，倘若番人到来，要索美人，岂不难为了孤王？孤的江山全靠于你，你若要寻短见，连孤性命也活不成了。"说罢，纷纷龙泪下流，昭君倒在汉王怀内，哭啼啼叫声："陛下呀，你竟是个负心汉，坐什九五，枉管万民！你为万里江山，不调兵遣将去退番人，倒把奴做个烟粉奴供献外邦；你不念枕上恩情，倒也罢了，只怕邻邦知道，羞也要羞死陛下了。既是陛下为了江山，肯舍奴家，奴也忍耻偷生，向北而行，妾在雁门等候陛下，陛下若是忍心，奴死九泉也不瞑目。奴虽一时救了陛下之急，断不失身他人，若是改口，毛孔出血，永坠寒冰。"说罢，又是一阵伤心，晕倒汉王怀内，吓得汉王连叫："美人醒来。"过了一会，方才苏醒，看看汉王，并不放声。汉王含悲叫声："美人，非怪孤王忍心舍你，只恨毛贼，挑唆番王，定要美人，孤被十分逼迫，硬着心肠舍你，撇得寡人好不孤凄也！"

汉王正在与昭君叙分别之苦，又见内侍报道："启万岁，今日兵部一连接了雁门紧急三报，十分紧迫，请旨定夺，众文武俱请圣上临朝，切不可溺爱私情，舍却江山。"汉王听说，只是跌足大哭道："怎么好！"又想一会："罢罢！也说不得了！"吩咐内

侍：“传旨与兵部知道，速速行火牌，飞递雁门关，谕知守将李广，叫番将退兵三十里外等候，准于二月二十七日午刻起程，送娘娘出塞和番，并召李广与番使来京商议。”一声旨下，内侍答应而去。

汉王又叫声：“美人，少要悲伤，你须原谅孤的苦衷，出于无奈。”说罢，泪如雨下。昭君道：“陛下呀，妾今和番，不比当年延寿到越州召奴为妃，名是香的；今虽为国家出力，名是臭的，徒使天下人耻笑。”说罢，放声大哭。汉王叫声：“妃子，事已如此，且请开怀。”吩咐摆宴，代娘娘饯行。内侍领旨摆宴，汉王与昭君照席坐定，这杯分离酒，哪里吃得下去？昭君道：“奴今在路，千山万水，受尽辛苦；陛下是三宫六院，心畅心情。奴好比一堆粪土，弃之不惜了。”汉王道：“美人说哪里话来！多仗你这一根擎天玉柱，救孤万里江山，就是我朝历代祖宗，也感激不尽矣！”昭君道：“妾今和番后，不知陛下可想妾么？”汉王道：“美人为孤出力，孤焉敢忘恩，怎不把美人刻刻在心？只是今晚与美人吃杯分离酒，不知何年何月何日何时，才得面晤呢！”

昭君听说，只是苦在心头，与汉王说了一夜，不觉已是五更，汉王别了昭君，临朝聚集两班文武。朝参已毕，即下旨：“令王昭君出塞和番。”文武听说，俱皆叹息。旨到西宫，召到昭君，不搽脂粉，也不打扮，一路哭啼啼出了宫门，到得殿上，拜见汉王道：“妾今往北和番，乞恩与父母一别。”汉王准奏。旨下召到一双皇亲，上殿拜王二十四拜，口呼万岁，汉王连叫平身，一旁赐坐。国丈夫妇谢坐，坐定问道：“我主召臣，有何见谕？”汉王便把延寿将人图献与番邦，挑动干戈，累得孤损兵折将，无可奈何，众臣保本，宁舍美人，要保江山，今日命你女儿前去和番，与父母当殿告别的话说了一遍。

国丈夫妇听说，苦在心头，免不得万分伤心。昭君见了父母，倒身下拜，俯伏地下，十分悲痛，昏死在地。国丈夫妇离座，急急扶起昭君，连叫：“娘娘苏醒。”过了一会，方醒过来，含着眼泪叫声：“爹爹、母亲空养女儿一场，辜负两大人养育之恩，如今事到临头，不由自主了。”国丈道：“娘娘前去和番，乃是赤心报国，万死难辞，若老臣可以替得娘娘，死也甘心。”昭君道：“女儿被奸臣所害，若生一个兄弟，学成武艺，也可代国家报仇，无奈是个妹子！爹娘难为抚养，从今不要纪念女孩了。”说罢，至亲三口抱头大哭。汉王也是泪流不止。昭君又叫声："陛下，可怜苦命的二老，望陛下好好看待。"汉王道："这个自然，不消美人吩咐。"

昭君又要请正宫林后拜别，汉王传旨到正宫，召林后在殿后宫门内与昭君告别。昭君一见林后，哭倒在地，林后急急扶起，叫声："贤妹，少要悲伤，这是命里所招。想当初受苦冷宫，方脱灾难，封为西宫，才得姊妹相亲，谁知未满一载，又被奸贼献图北地，引起刀兵，杀害忠良，又害贤妹和番，去吃千辛万苦。为国忠良，皇天自然保佑，但你我姊妹今日分别，不知会面何时？"说罢，扯住昭君，放声大哭。昭君泪珠纷纷，叫声："恩人，前在冷宫，多蒙搭救，在宫又承厚待，死当结草，报不尽娘娘的大恩。奴今为国和番，只算忍耻偷生，今与娘娘一别，要得会面，除非梦里相寻。"说罢，一阵伤悲，好似万箭钻心，愁肠莫能诉泣。林后不住地饮泣吞声，国丈夫妇心如刀割，汉王哭倒龙牀之上。昭君含悲又叫声："爹娘呀！妹妹抚养成人，长大择个平人匹配为婚，不要贪恋富贵，一入皇宫，又要担心了。似今日女儿与爹娘活活分离，譬如未养孩儿罢！爹娘须要保重。"又叫声："苍天呀！但愿国家早出英雄良将，杀得番将无路可投，奴方想有回头之日，再见皇爷、国母、爹爹、母亲，骨肉聚首。若是天不遂人愿，怕只怕千个昭君，也活不成了。"说罢，又拜汉王、国母道："奴的双亲，总要看顾。"汉王叫声："妃子放心，你的父母，自当恩养，死后送老归山，俱在孤王。妃子只管在雁门等候，孤王一定点兵，不分昼夜前来搭救，若一旦不测，身死也要带兵到番，切齿报仇，定将美人骸骨取回中原，孤方甘心。"昭君道："但愿陛下不忘此仇。"又道："陛下，奴今往北和番，有一件事，乞我主准奏。"汉王问是何事。未知昭君说出什么事来，且听下回解。

第四十七回　收御弟文龙赐姓　哭西宫昭君换服

诗曰：

　　多言人怪少言痴，善不能言恶就欺。

　　富怕嫉妒穷怕笑，总知利口不相宜。

　　话说昭君奏道："妾今往北和番，望圣上差一忠义大臣，护送奴家一路前去，奴方放心。"汉王道："妃子之言极是，任凭两班文武在此，妃子择一个有德行的大臣，随往北番便了。"昭君领旨，站在金阶细看两班文武。那些文武也有愿到北番去的，就死在北地也甘心；也有不愿到北番去的，做个贪生怕死之辈。无奈奉旨，两班侍立，任凭昭君择取。好上聪明女子，一双慧眼认得忠臣，择来择去，并无一个中意的良臣，但见左班中一个少年官儿，生得一貌堂堂，很可去得，便俯伏金阶回奏汉王道："只有东班中这位年少官员可以去得。"汉王闻奏，向东班一看，原来是新科状元新授翰林院内阁教授刘文龙，即叫："刘卿听旨。"文龙俯伏金阶，口呼万岁。汉王道："烦卿代寡人护送和番娘娘到雁门关回旨。"只吓得文龙俯伏金阶，不敢回奏。汉王未及开口，昭君道："刘卿毋容推却，可遵旨送哀家出关。"刘文龙听说，只急得魂飞天外，忙奏道："念臣年幼，侥幸登科，乃是一个书生，一则不识武艺，一路怎生保护？二则娘娘与臣年纪不相上下，恐嫌疑不便，三则臣娶妻萧氏未满三宿，即到东京，实指望荣归故里，夫妻团聚。若伴娘娘北去和番，未知何日归程，望皇爷与娘娘格外开恩，另差一老臣前去，恕臣抗旨之罪。"昭君见文龙推却不去，柳眉直竖，杏眼圆睁，喝声："文龙，你太无礼！常言：君要臣死，臣不死乃为不忠。岂容你贪恋妻子，胆敢抗旨以违君命

148

么？况你既读诗书，深明大义，得中新科状元，乃文章魁首，自有心谋远略，保哀家到番，哄骗番王，若得回朝，重见天日，那时叙功升赏，吃一杯太平宴，岂不是件美事？若计不成，奴拼一死以全名节，少不得设法送尔归国。若论你我年少，只以兄妹相称，有什嫌疑不便？卿休推却，遵了圣旨，送哀家前去，满朝文武谁不知你赤胆忠心？"昭君说到伤心之处，不由地放声大哭。文龙见娘娘苦要同行，不敢过于推诿，怕的圣上发怒，致有不测之祸，只是连连叩头道："小臣情愿送娘娘过雁门关。"汉王大喜道："这便才是。卿今当殿与娘娘拜为兄妹，以便一路同行。孤今赐卿姓王，名龙。"文龙谢恩。汉王就命昭君与王龙当殿结拜，后拜汉王与国丈、国母，从此昭君以御弟相称。汉王又道："卿家送娘娘过关，回朝之日，定加升赏。"王龙又谢了恩。

忽见黄门官启奏道："今有边关李广送来番使二名、小番八名，口称奉番王之命，送娘娘和番的朝服到来，不敢擅入，午门候旨定夺。"汉王闻奏，传旨："令昭君暂入宫中收拾，召进番使。"番使一齐俯伏金阶，献上娘娘的番服一套。汉王便将番服打开一看，就问番使："是何名色？"番使回奏道："这是娘娘戴的鼓子绒帽一顶，锦绣妆成，上嵌珊瑚、琥珀、珍珠、玛瑙各八颗，中嵌冬珠一粒，绣成龙形；这是一件凤凰三点头的彩服，内有夜明珠二十四粒；这是山河地理图裙，此俱是无价之宝。若娘娘穿了这套衣服，在黑暗中行走如同白日，光华万道，瑞彩千条。"汉王含泪收了这套衣服，吩咐番使在馆驿伺候。番使领旨，退出朝门，不表。

再言汉王命内侍将番服送至西宫，内监领旨，送到西宫。正值林后相伴昭君诉说苦情，忽见内侍送进番服，昭君由不得心如刀割，放声大哭。林后没奈何，苦苦相劝，代昭君穿起番服。昭君苦咽咽叫声："娘娘呀！早间还是汉朝之女，顿时变做北番之人，从此君王龙心不要挂念奴家，奴的恩人，只是娘娘未报深恩，但愿娘娘辅佐我心上的汉王。奴有一言，娘娘切需记着：今日和番，有奴解围，保住江山，怕的别地干戈又起，再无别人犹似昭君。"说毕，嚎啕大哭。林后叫声："贤妹，不必伤心，想哀家亦未生男育女，虽居正宫，也似废人，倒不如贤妹脱下番服，待哀家穿了替你和番去罢。如贤妹伴住皇爷，生下男女，也使皇爷有后，传位有人。"昭君道："娘娘说哪里话来？堂堂天朝，把一个西宫送与外邦为妻，已难免天下耻笑。哪有正宫皇后再做下无耻之事，岂不贻笑千古么？娘娘若可代得奴家前去，还怕三宫六院之中没人代去么？"林后扯住昭君哭道："贤妹既如此说，哀家是替不得你了。你一路不必悲伤，身子须要保重。"昭君听说，连连点首。只得拜别林后，就要动身，三宫六院的妃子、贵嫔一齐随着林后哭送到禁门，林后还扯住昭君的手，十分不舍，当不得旨意催促，昭君哭别林后，叫声："恩人，奴去了，请回罢！"林后含悲回宫，不表。

且言昭君到了殿上，刀绞柔肠，剑刺心窝，口口声声只叫："陛下，一梦相思，从今休矣！"说罢，昭君眼中流出血泪。汉王只是跌足含悲，苦在心头，无言回答。外边番使又急急催促起程，昭君也无可奈何，当殿拜别汉王，又拜国丈、国母，总是抱头大哭，正是：

> 流泪眼观流泪眼，断肠人送断肠人。

拜毕站起，叫声："御弟王龙，随奴去也！"王龙领旨，汉王亲排銮驾，带领文武百官相送昭君，到了午门外，汉王亲自扶昭君上了银鬃马，昭君哭哭啼啼，哪里能行？心中不舍汉王，哭着吟诗一首留别：

> 昭君含悲手捶胸，梦里相思总是空。
> 恩义从今悲断绝，此身莫见汉朝容。

吟诗已毕，马上哭别汉王，王龙也辞主上马，一众番使随后跟着，又是三百兵丁护送，一路长行而去。可怜汉王，眼泪巴巴看昭君出城而去，一阵心苦，闷塞胸中，几乎跌倒尘埃，吓得两旁文武内侍急急扶住汉王。未知怎生劝转回宫，且听下回分解。

第四十八回 芙蓉岭王龙和新诗
太行山土地逐大虫

诗曰：

青山不管人间事，绿水何曾洗是非。

只望留下安身计，问事摇头三不知。

话说文武内侍见汉王晕倒，急急扶起，连叫："圣上快快醒来。"汉王过了一会，
方才叹口气道："心爱的美人，活生生割断也！"说罢，龙泪如雨。众文武苦苦劝驾回
宫，汉王只等看不见昭君的影儿，含着两行眼泪，闷闷回宫，文武各散，不表。

且言昭君出了东京，一路马上悲啼，时刻回头，只等看不见帝京城池，方含悲催
马而行。路上暗想："梦里姻缘，不满一载，鸳鸯无故分离。汉王呀，可怜枕上的海誓
山盟，俱付之流水了。"说罢，又是一番痛哭。王龙陪着流泪，叫声："娘娘呀，想娘
娘与皇爷还有一载姻缘，可怜臣只三宿夫妇，即便分离！"昭君又叫："御弟呀，你的
话儿很欠聪明，一载夫妻，不过如此，三宿夫妻，有什情义？"王龙道："娘娘，非是
小臣用情太痴，常言：一夜夫妻百夜恩，何况三宿？"昭君道："你的痴情，还可得遂，
只等送了哀家出关，指日回朝，夫妻便可相逢，怎似奴与汉王，永别终天，今世再不
得相逢了。"说罢，二人相对掩泣。正在诉苦，可恨番使只是催着赶路，一路行程，心
忙似箭。

那日到了芙蓉岭上，催马上去，勒马四下观瞧，但只见洞水滔滔，清水在上，浑
水在下，心中一想，又是一阵伤心，不禁兀自暗想："岭下这水，好似奴家今日境况一
般：想奴在家，蒙圣上召奴入宫为妃的时节，好比清水；如今逼着奴去和番，就是浑

水了。还是清浊不分，两下交流。"因想起悲苦，在马上顺口吟诗一首：芙蓉岭上碧波泉，清浊不分左右旋。

昭君在马上只做了前面两句，后面两句一时未曾想起，便叫："御弟，代哀家凑成一绝，解奴忧闷。"王龙道："恕臣无罪，方敢续上。"昭君听说，连连摇头道："御弟伴奴一路，千山万水，受尽辛苦，还分什么君臣之礼？况到了异乡，又是兄妹相称，不必过谦，快快想来。"王龙道："既是娘娘吩咐，恕臣斗胆，后二句代娘娘续上，伏望娘娘改正。"昭君道："御弟且念与奴听。"王龙在马上，口念后二句道：

清水自古冲地下，浊水流来在目前。

昭君听见后二句续诗，又触动苦怀，两腮泪珠滚滚，叫声："御弟呀，你这两句诗，又未免惨煞哀家之心了。"王龙一听昭君此语，只吓得在马上欠身道："小臣是口中乱道，娘娘休得介怀。"昭君道："御弟不须害怕，谁来罪你？你是出于无心，待哀家明白说与你听罢。想你妻房在家，乃是清水，哀家今日和番，就是浊水了。"王龙在马上连称不敢道："臣妻性本愚拙，娘娘是天赋聪明，不敢与娘娘比较清浊之分。"昭君道："御弟又来客套了，哀家与你妻房，一样姑嫂相称，有什高下。"王龙道："这是蒙娘娘恩典抬举。"昭君又叫声："御弟，你

看这岭名笑蓉，取的好名字，待哀家借芙蓉二字为题，吟诗一首，御弟可随题和韵，聊解闷怀。"王龙道："臣又恐吟诗，以助娘娘伤心，取罪未便。"昭君摇手道："不妨事的，哀家与御弟同是受苦之人，做出诗来，总是伤心之语，以助愁肠，诗中有什兴头话？"王龙口称："领旨，恭请娘娘吟诗出韵。"昭君又借芙蓉二字，吟诗一首：

芙蓉根自种江中，水面浮沉有玉容。

妾与芙蓉同一体，如何人不看芙蓉。

昭君吟毕，叫声："御弟可依韵和一首。"王龙道："娘娘这诗，虽古来才子诗人也莫能及，臣恐和来，贻笑娘娘。"昭君道："御弟又来过谦！你既身中状元，本万言倚马之才，尚且学冠才子，文重当今，何况路途中，口占几句诗，有什么疑难？快些和韵。"王龙道："娘娘既不嫌臣句拙，臣只得献丑了。"也依昭君前韵，和诗一首：

含情不语此心中，总为风雨减芙蓉。

他日再从岭下过，谁人洒泪吊芙蓉。

昭君听见王龙吟这一首诗，又助哀思道："御弟诗中之意，大是作家，可惜你我会迟了，今日同患难，不知异日回乡，可能同富贵否？"说罢，又是纷纷泪下。王龙道："娘娘不必悲伤，岭上风大，望娘娘启驾。"昭君点首，催马而行，离了芙蓉岭，一路长行，马不停蹄，有几句诗说那行路的辛苦道：

一片荒郊无人迹，只见走兽与飞禽。

二月分明扬州路，此地难赏月咏轮。

三春花景都已过，草木森森尽凋零。

四面惟见旌旗展，马下保护有兵丁。

五老峰儿才过去，只听瀑布流水声。

六月炎天真难走，交过秋来好行程。

七里铺中开酒市，来往打尖在荒村。

八角叉儿古松树，遮天蔽日现龙形。

九日登高中国节，番邦只少好时辰。

十分千辛与万苦，闷煞马上汉昭君。

　　昭君马上，一路心中暗想，"不知汉王可念旧情，让奴在边关等守，果是去调天下之兵，御驾亲征，前来救奴回朝，汉王你方不是负心之人呢；若你只顾江山，不管一载恩情，哄奴和番，前来受苦，就不记临行嘱咐之言，奴就死在阴司。汉王呀，奴也是不能饶你。"又叫："御弟，奴既与你姐弟相称，奴之父母，即你之父母，想奴双亲年老，膝下无子，妹妹又小，无人侍奉，虽临行时嘱咐汉王，但不知汉王可能好好看承，御弟回朝之日，看奴薄面，照应奴的双亲，奴就死在番邦，来世也报你大恩。"王龙口称领旨。正在催马前行，到了太行山下，忽闻得一阵腥风过去，跳出一只斑毛大虎，直扑马上昭君。昭君大惊，几乎跌下马来。未知昭君如何，且听下回分解。

第四十九回 雪拥马蹄见学士心
眼盼雁门谱昭君曲

诗曰：

> 兽炭频烧佐酒觞，佳人醉倚象牙牀。
> 只因一夜阳台梦，闷杀巫山枕畔香。

话说昭君见虎来扑她，吓得几乎跌下马来，慌得王龙恐惊娘娘御驾，急命众军士速去捉虎。众军士领令，不敢怠慢，各执兵器，去捉那虎，番使也举兵器，在旁保护。昭君与王龙在马上浑身发抖，但见那些兵卒赶着这虎，右旋左跳，捉拿不住，虎又不退，弄得诸军无法，眼巴巴望着那虎，又不退，又不能过此山，只急得人人暴跳，个个心慌。但见日已西沉，又无宿处，昭君在马上仰天长叹道："不如死于虎口，完全名节，倒也罢了！"昭君一口气怨气冲天，就惊动本山土地，道："仙女有难！"急忙变了一个猎户，手执钢叉，雄赳赳奔上山来，大叫一声："畜生，休得无礼，俺来擒你。"那虎见猎户，识得是土地化身，把头摇了两摇，尾蔼了三蔼，窜过对山而去，猎户也举叉直奔对山而去。众军士一齐呐喊，也赶过山去，虎也不见，猎户也不见。大家都道诧异，只在空地拾得一个纸帖，拿回来禀知娘娘。昭君接过一看，只见上写道：

> 安排猛虎牢笼计，要脱身时费力气。
> 不是仙姬怨悲感，怎有救应灵土地。

看罢此帖，随风吹去。昭君知是本山土地显灵，便令王龙下马，对山拜谢已毕，仍催马起程，昭君在马上感谢皇天保佑，脱离虎口。过了太行山，晓行夜宿，赶着路程。

此刻正交冬令，但见朔风凛凛，树木凋零，池塘阴冰，洇结山涧，冻得尺深，狂风一阵紧似一阵，大雪飘来，好似鹅毛。一路雪光迷目，少见买卖，行人蓬户紧闭，并无荒村野店，只冻得马鞍绳硬如铁棒，马蹄寸步难行，众军士难伸出手，王龙御弟浑身战兢。又见娘娘脸上冻得或青或紫，十分狼狈。王龙一见娘娘这般光景，心中甚是不忍，找寻宿店，并无影形，取点汤水，又少人家，怕的冻坏娘娘，想了一个主意：并马靠背，借他阳气，以暖娘娘的阴气。走了几十里雪路，到了天明，但见日透冰消，王龙心方放下，放辔前行。

一路兼程而进，早到了雁门关，只听得一阵节锣振鼓，昭君便问："御弟，这是什么响？"王龙说道："此乃番人迎接娘娘。"话说未了，镇守雁门关大元帅李广，带领番将迎接娘娘，称："愿娘娘千岁。"昭君道："御弟可代哀家吩咐番兵，把军马扎在关外守候。"王龙答应，对番使说了，番使带了兵丁，穿关而过，往番营去了。这里昭君进关，叫声："李将军，你乃忠良之将，奈国家无有良将助你成功，所以哀家忍耻偷生，奉旨和番，捐躯报国，免动刀兵，救生民于涂炭。只可怜哀家离了京都，一路而来，吃不尽千辛万苦。"李广道："娘娘放心，吉人自有天相，少不得朝中自出能人，前来救娘娘回朝。"昭君道："哀家要在关内暂住几日，将军，可小心把守关门。"李广口称："领旨，请娘娘启驾进关。"娘娘点头。只听三声炮响，到了关中，一齐下马，入了帅府，李广摆酒，代娘娘洗尘。外面一席款待王龙，又将娘娘带来人马，扎在教场犒赏。娘娘在关内住了几日，王龙得便，向前告辞娘娘道："小臣送娘娘已到雁门关，恕臣不远送了，就此回去复旨。"昭君听说，两泪交流，叫声："御弟，还屈你送到北番，足见盛情。"王龙见娘娘苦苦相留，只得住下。

谁知番使十分催促，昭君吩咐李广道："非是哀家不肯出关，只为汉王临行，曾嘱咐哀家，指日御驾亲征，故此哀家在关，略等几日。将军可对番人说是哀家养病，病好即刻登程。"李广答应下来。这是昭君哄弄番人，一时权宜之计。哪知昭君盼想汉王，肝胆寸裂，望穿眼儿，一片痴心，等了半月，总不见汉王发兵音信。心中好不烦闷，只得将带来琵琶取出，弹了几句曲牌名儿，以解闷怀。弹的是：

相思情，多付你，江儿水去；红绣鞋，踢绽了，恼恨刘君；泣颜回，苦杀了，红粉佳人；怎能够，朝天子，御驾亲征；全不想，在西宫，醉扶归去；香房内，剔银灯，徒长精神；须忘了，桂香枝，兰麝熏透；锦被里，滚绣球，喷鼻生香；花心动，搂住奴，颠鸾倒凤；魂飞处，黄莺唤，惊醒佳人；爱惜奴，忆多娇，誓同生死；更忘了，香柳娘，枕上恩情；曾记得，集贤宾，金口亲许；心不思，意不想，不念前情；兵不到，将军令，行不下去；忘却了，祝英台，扯住肘衿；忽贬在，冷宫内，流滴双泪；将宝镜，傍妆台，懒画蛾眉；奴好似，锦堂月，被云遮盖；多仗了，好姐姐，林后恩人；普天乐，合家欢，皇宫气象；各院内，园林好，游玩散心；召父母，来供养，沾恩食禄；御赐的，皇封酒，奉与双亲；正交欢，彩旗儿，送奴出塞；番邦的，红纳袄，穿在奴身；你赐我，红皂袍，至今还在；我赠你，金落索，留表奴心；送奴似，长安道，啄木儿戏；每日里，哭相思，不见征人；只听得，林中鸟，怨声齐唤；子规啼，节节高，句句伤神；醉翁子，採药草，闲游疏散；山和尚，松林叫，沉醉东风；山野内，石榴花，千红万绿；山坡羊，无人管，遍地羊行；惜奴娇，行不得，千山万水；就差了，金甲神，保奴长情。奴请得，二郎神，番兵杀退；救奴回，长安路，再整鸾衾；到如今，眼巴巴，高山难越；虎伤人，寻归路，要走无门；奴只待，月儿上，悬梁自尽；舍不得，要孩儿，锦绣京城。

昭君弹毕一曲，正在纳闷，忽听得关外三声大炮，好不吓人，只吓得昭君魂不在身。未知是什事，且听下回分解。

第五十回 出雁门昭君自恨 思乡里王龙吟诗

诗曰：

> 杜宇声声发柳芽，凄凉独语转悲加。
>
> 行人听罢心如醉，懒看王孙摘杏花。

话说昭君听见大炮惊人，便传话出来，问李广是何事情。李广道："这是番人等得不耐烦，请娘娘启驾。"昭君听说，吩咐："只在三日内启行，不必啰嗦。"李广领旨，对番人说了，关外方安静些。昭君日望汉王不到，又允了番人三日之限，就要长行，心中好不纳闷，忙与王龙商议道："想汉王半月已过，不见朝中发一将一兵到来，如之奈何？"王龙道："娘娘不必痴心，朝中若有能将，圣上久已发兵，到此退敌，怎舍娘娘出关？如今已过半月，不见好音，谅是不差兵来了。娘娘空费神思，不如保重贵体，和平两国罢！"昭君听说，由不得两泪交流，放声大哭。王龙再三相劝，昭君勉强收泪，叫声："御弟，哀家出了雁门，到了北番，今生再不得回朝了。"口占诗一首：

> 情牵春色欲飞魂，暗掷金钱为卜君。
>
> 羞对莲花双宝镜，倚栏空踏绿杨清。

又想起汉王，含悲吟诗一首：

> 一念不忘君主约，痴情盼望亦堪怜。

姻缘若是从今断，何必奴心又挂牵。

　　吟毕，又命王龙吟诗一首，以解愁闷，王龙领旨，吟诗一首：

　　年少寒儒入泮芹，锦袍恩宠得加身。
　　未蒙敕赐归乡里，好做披星戴月人。

　　昭君连声赞道："好诗，御弟所吟，偏合哀家之意，待哀家再吟一首：

　　良宵何苦梦难成，只为思君一片情。
　　风雨凄凉生别恨，愁怀怎不到三更。"

　　王龙道："娘娘吟诗，自是一段天才，臣不敢再作了，望娘娘仍将诗兴发泄，再续一首。"昭君点头，又含泪吟诗一首：

　　花香却在名园内，北地难载瑞芷根。
　　犹恋西宫当日怒，芳魂早到帝王京。

　　吟毕，又叫："御弟，再吟一首。"王龙不好推辞，因见娘娘生悲，不觉感动自己思想之情："想父母早丧，为了功名，在寒窗下埋头读书十年，指望一举成名，讨得一官半职，衣锦荣归，也得光耀门庭，显荣祖宗。不料今随昭君娘娘到北和番，一路受尽风霜，千辛万苦，不知何年何月，何日何时，得还故乡？"因此心中无限愁闷，又吟诗一律：

　　功名两字最堪伤，为国亡家走北邦。
　　满地黄花愁正锁，几番苦雨恨偏长。

关山万里崎岖路，梦寐三更画锦堂。

骨肉生离今日事，未知何日返家乡。

昭君见王龙口内吟诗，说出一段思乡愁苦来，不觉惹她一阵心酸："想奴与汉王一别，去时有路，来时无路了！"又吟一首：

黄昏夜月苦忧煎，帐底孤单不忍眠。

自叹人生皆配合，堪怜薄命断姻缘。

忍抛恩义三千里，虚度青春十几年。

无限心中离别恨，相思二字未肯捐。

吟毕，大哭不止。王龙向前劝慰娘娘道："小臣有几句俚言奉上，以解娘娘愁怀。"昭君止住泪痕，叫声："御弟，且自吟来。"王龙只吟一绝：

休说故园花无信，东风遥寄在江滨。

相思虽隔天涯远，自有好音慰玉人。

昭君叹了一口气道："御弟呀，想哀家的愁怀，岂是一诗能解？但蒙御弟一番劝慰之意，哀家也作诗一首，回答御弟便了：

同携玉手并香肩，送别那堪泪满襟。

勒马未离金殿角，血光先已溅重泉。"

昭君吟这一首诗，自料不能还乡，仰天长叹，放声大哭。王龙道："娘娘不必悲伤，想古来多少贤媛淑女，烈妇贞姬，为国忘家，守节忘身，名留千秋，立庙享祀，传于史册，人人钦仰，娘娘今日为保汉室江山，免生民涂炭，向北和番，其功不小。

娘娘何必儿女情长，英雄气短，徒作无益之悲，所谓顾小节而忘大义者也！"昭君含泪点首道："哀家非不知大义，但自越州进京，遭奸臣毛贼恶庇鲁妃，致害冷宫，受了许多苦难，多蒙正宫林娘娘，救出天罗地网，方得上达天庭，救出虎口，得与汉王相聚。未及一年，又是毛贼将哀家人图进与北番，兴动干戈，苦苦逼要哀家，方肯退兵，害得哀家，别天子、离皇后、抛父母、去家乡、来北地，眼见生为大汉之人，死为异域之鬼，叫哀家怎不伤心！毛贼呀！奴与你，有一天二地之恨，三江四海之仇，你只

知道逼着哀家，到番邦去伴番狗，污辱哀家名节，遂你的奸计，怕只怕哀家不到番邦则已，一到番邦，定将你这贼，碎尸万段，方称奴心！管教你明枪容易躲，暗箭最难防。"又叫声："御弟，想哀家这段苦楚，你是知道的，怎能少解忧闷！"王龙道："娘娘，话虽如此，也要有一点精明之气，巾帼自成丈夫，拿定主意，何愁冤仇不报？怨气不伸？设或路中苦坏了身子，倘有不测，来到北地，岂不是劳而无功了？望娘娘请自三思。"昭君听说，点一点首道："御弟言之极是。"正在叙话，忽听半空中一阵响亮，昭君细细留一看。未知是何对象，且听下回分解。

卷六

第五十一回　写血书征鸿寄信
看雁翅天子伤情

诗曰：

> 由来娶妇怕重阳，枕冷衾单夜正凉。
>
> 隔巷砧敲惊好梦，依然辜负老空房。

话说昭君听见帐外一声响亮，抬头一看，见是一只孤雁飞鸣空中，急出帐门，王龙也随后出来，听着娘娘那一声声悲啼凄惨，哀告天上鸿雁道："你是羽族中灵禽，空中作伴，飞去飞来，尚成鸾侣，时刻不忍分离。若有一个失伴，领头而走，做了孤雁，你与奴家是一样，孤苦零丁。叫声孤雁，是停一停羽翅，哀家有几句离情，烦你带一佳音到京城去，不知你肯与不肯？"那雁儿也知人言，一翅飞下云端，站立尘埃。昭君一见孤雁下来，由不得纷纷下泪，暗自伤心，道："飞禽尚存仁义，奴枉将玉体去伴汉君。孤雁呀，你今要上长安，有一封书信，烦你寄与汉王。"雁儿便摆尾摇头，叫了几声，似有依允之意，昭君便扯下一幅白绫，咬破指头，写了一封血书，字字行行，写得分明，上写道：

辱爱西宫臣妾昭君王嫱致书于大汉天子驾前：忆自妾与主公作别，许多话言，甚是知心。哪知哄妾出塞，在雁门等候，半月有余，不见一兵一将前来救妾。君心一变，别抱琵琶，妾只恨姻缘分浅。不是当初入梦，妾若嫁一平等夫妻，也可百年偕老，不贪富贵，怎有祸害临身？孤雁之便，烦寄京都，我主若念枕上之恩，快快点将发兵，早来一刻，还可相见，迟来一刻，只吊孤魂。再拜上正宫林后娘娘，大恩未报，来世犬马相偿。又拜年迈双亲，保重贵体，好生抚养妹子。书到之日，龙目电闪，伏乞我主不可付于东流，须怜念妾泪痕千点，血指十个。纸短情长，书不尽言。

昭君将血书写毕，用手折迭起来，上面定了红绒线，拴在雁翅上，又嘱咐几声道："烦你将书带上长安，不要走错了路途，一路上须要留神，日间防备射儿，夜间防备猫儿，吃食担心，过江仔细。你若差迟，不打紧要，只怕失了奴的书信，就不好了。"昭君吩咐已毕，王龙也咬破指头，取出一幅白罗，写在上面。上写道：

思书丈夫刘文龙拜上萧氏贤妻：自上京都，为求名显当世，遂使三日夫妻，一旦分别。幸占鳌头，职膺教授，指望荣归故里，骨肉团聚。不意朝廷特旨，召取愚夫伴送昭君娘娘往北和番，未知何日方得回程。你须在家静守，用心照管门户，切不可忧愁记念。常言：恩爱难分，情固有之，为国忘家，忠臣份内之事。书写泪下，伏乞鉴察。

写毕，也将书折起，用红绒线拴在右边雁翅，嘱咐孤雁道："左边家书，是娘娘带到长安，送与汉天子的；右边家书，是我烦你带到西京西阳府西阳县洗马池黑鱼村刘家凹，交与我贤妻萧氏的，千万不可失落，要紧！"嘱咐已毕，但见孤雁两翅飞起，到了九霄云内，昭君与王龙见雁儿去远，方归帐下不表。

且言孤雁，它本空中而来，仍向空中而去，长啸一声，赛吐流星。它在空中翱翔，不到片刻时辰，一翅已飞到东京。正值汉王早朝未散，见一孤雁，飞到金阶，叫了几声，又飞到墙儿上面，三番五次，向金阶旋绕。王见孤雁飞鸣上下，十分诧异，吩咐内侍取了弓弩，要将孤雁射了。正要放弓，雁又腾空飞起，总射不着它。汉王细看孤雁翅底，隐隐似有书文，口内不言，心下暗想道："这个雁儿飞来飞去，莫不是边关昭君，有书信托它带来，也未可知，待孤问雁一声，便明白了。"想毕，叫声："孤雁呀，你非无事来见孤王，若是边关有信，寄与孤王，你可快下殿来。"那雁也知皇主之意，一翅飞下金阶，向汉王点了三点头，如朝拜一般。

汉王留神细看，果真孤雁左右俱有书文，便命内侍轻轻解下呈上，见一封是昭君的书，一封是刘文龙家书。先将昭君书拆开，从头细细一看。不看便罢，一看只见血痕满绫，句句伤心，由不住龙泪频倾道："辜负美人了！想美人在雁门待孤半月有余，望孤不到，非孤有意失信于美人，奈朝无良将、外无精兵保驾亲征，若孤尽调天下之兵，前来救你，又恐国内空虚，倘有变动，岂不惹天下人说孤为一女子，不顾万里江山？今日本当写一回书，烦雁转达，只怕美人见了回书，又添一番忧闷，不如不写回书好。"吩咐孤雁："劳你一路万里寄书而来，孤也不用回书，免得昭君边关思想，不如和平两国，割断愁肠，并将刘文龙家书留下，也不用通知他妻子，省得两地忧愁。"那孤雁见汉王吩咐已毕，点了几点头，如同谢恩一般，它就双翅腾空而去，正是：

梦里相思情已断，关中盼望恨尤深。

孤雁见汉王虽无书带去，它倒有信义二字，一路向北而行，回复昭君。到了边关，空中又叫将起来。昭君抬头一看，已知雁回，心中大喜，便叫："孤雁，劳你一路风尘，快快下来，好把回书交付与奴。"那雁在空中，也不落下，只将两翅抖得清清，见书已送到，并无回书。昭君已会其意，银牙一咬，心中暗恨道："汉王何太不仁，一至于此！万里寄书，飞鸟且通灵性，你今既不发兵，又无回书，割舍奴家北去，一梦之情，从此断矣！早知汉王这等薄幸，不如老死冷宫，倒也罢了，图什么欢娱，留了话柄。"说罢，哀哀痛哭。只听得雁儿在头上叫了几声，一阵悲鸣，腾空而去。可怜昭君，还恋着关上，不肯动身，忽见李广气喘吁吁进帐而来，只叫："娘娘，不好了。"昭君吓得面如土色，急问李广何事。未知怎生对答，且听下回分解。

第五十二回 黑水河谈诗矢名节
九姑庙得梦赠仙衣

诗曰：

磨不磷来涅不缁，此生名节是根基。

若非护体仙家宝，怎保无暇玉一枝。

话说李广回奏道："启娘娘，今日番帅等了半日有余，又宽了三日之限，等得不耐烦了，带兵到城下，问汉王既差昭君和番，到了边关，如何不见出关？若再刁难，就要架炮攻关了。娘娘呀，此关一破，可怜生民又遭涂炭，快请娘娘启程罢。"王龙也在旁相劝，昭君又听关外大炮连天，已知身不由主，只得快叫备马，李广一声答应下去，早已伺候。可怜昭君纷纷落泪，上了龙驹，关中也是三声大炮，送娘娘起行。王龙随即上马，带着三百伴送兵丁，随娘娘出了雁门关。李广送至关外，见娘娘去远，方才紧闭关门把守，一面表奏汉王不提。

且言昭君哭别雁门，一路马上几次回头，王龙也暗暗流泪。早已到了番营，娄元帅带领众将等一齐跪接。暗将人图比对，一丝不误，心下暗想道："怪不得狼主十分爱慕，果是美貌无双。"昭君在马上吩咐道："哀家怕的夜晚鸣锣，尔兵随后而行，哀家有兵护卫，另扎一营。"娄元帅回称领旨，先让昭君起身，一路马不停蹄，兼程而进，到了北地，越山过岭，好不难行。

那日到了一个去处，但见黑雾迷天，遮人眼目，昭君便问王龙："这是哪里了？"王龙道："启娘娘，这是黑水河。"昭君又问："黑水河去番邦还有多远？"王龙道："尚有一半多路。"列位，你道王龙也不曾走过此地路径，怎这等透熟？只因他乃状元

之才，无书不看，何况天下地理舆图？闲话少叙。且言昭君因见黑水河名，与奴今日和番，如同黑水一般，不禁两泪交流，吟诗二首：

> 雁门关候杳无信，断决相思两地深。
> 梦里恩情情最厚，南柯一梦付流云。

> 往日恩深意更稠，双心同结正风流。
> 名花移向寒冰地，何日家乡慰别愁。

吟毕，叫声："御弟，你也吟诗二首，解奴闷怀。"王龙领旨，也吟诗道：

> 禁苑名花日日鲜，何日移向北边关。
> 他人哪识香滋味，两地栽花不似前。
> 故园卉草正鲜明，风雨最多不见晴。
> 可惜天长地久夜，乡山无限最关情。

昭君见王龙吟诗，又惹起心中烦闷，因吟成一律：

> 二九之年灾晦临，单于相见一番亲。
> 虽然身陷番邦地，方寸犹思汉帝城。
> 此日栽花香不吐，他日恐故泣无声。
> 惟知节操持松柏，奕细绵绵享令名。

王龙听见此诗，叫声："娘娘，只怕身属异地，由你不得了。"昭君道："异地虽由人主，但他为贪着奴家的美貌，逼勒和番，奴今忍耻偷生，一路而来，怎肯玷辱名节？就是今生不得与汉王相见，倘死在九泉，有何面目见汉王于地下乎？宁使汉王负奴，

奴焉肯负汉王？此时不过哄那番人，奴就死在番邦，奴魂也要回汉朝的。"王龙听见娘娘一番贞烈的话，也带十分伤感。昭君道："御弟呀，若在此死后，少不得你回汉朝，须要在汉王面前，表白哀家一番苦楚，足见御弟忠心了。"王龙口称领旨，说罢，不免放马起行，离了黑水河地界，正是：

　　　　行程好似天边月，赶路浑如赛流星。

　　昭君在马上一路观看北番景致，但见山高林杂，道路崎岖，行了百里，并无人家，也无宿店，连路上往来行人，一个也没有，十分荒险，好不难过。那日正走之间，忽见天色已晚，王龙吩咐扎下营盘。有军士回道："此地荒险，难保夜间无歹人，护卫兵少，恐防备玉驾不严，若有失误，我等吃罪不起。"王龙道："依你们便怎么样？"军士答道："启王爷，你看隐隐山中有一带红墙，似一座古庙，离此约有一里之遥，不如赶到那庙里安歇，王爷也放心些。"王龙点头称是，吩咐催马赶行。不到片刻，已到庙门。王龙吩咐靠庙扎下营盘，点起银灯，埋锅造饭。大家用毕，俱各安寝。

　　只剩昭君独坐帐中，睡也睡不着，对着银灯，无计消遣，取了琵琶，弹一段思乡曲调，又伤心一回。耳听军中更鼓三敲，一时困倦起来，倚在桌上，手托香腮，似梦非梦，但见两个青衣女童走进帐来，口称："奉娘娘法旨，召见仙姬。"昭君便也起身，离了帐中，随着女童，一路弯弯曲曲，到了一个去处。但见八字红墙，冲霄旗杆。走进庙门，回廊曲榭，玉石金阶，瓦盖琉璃，窗分麀眼。上了九层月台，到得殿宇，殿外站着无数黄巾力士，殿内分立十余个仙女，供桌上香烟缥缈，灯烛辉煌，黄绫帐内坐着一位难描难画的天妃，头带十二冕旒，身穿赭黄袍，手捧碧玉珪璋，端坐正中。昭君看毕，只听得上面喝声："仙姬见娘娘，还不下拜。"慌得昭君倒身下拜，口称："信女王嫱，愿娘娘圣寿无疆。"那娘娘叫一声："昭君听着，今日召你，非为别事，哀家乃九天玄女之神，只因你姊妹有缘，召你前来，完你名节，日后还使你报仇有人。且将哀家鹤氅仙衣一件，赐你穿在身上，自使番王不敢近你。"说毕，便命女童将仙衣交与昭君。昭君接了在手，谢恩道："得全名节回朝，重叙旧缘，自当将仙衣缴上。"

天妃娘娘道："大数不可逃也，何必痴心强求！仙衣自有人来收，不用你费心。"昭君还要再问，娘娘不答，叫声"去罢。"仍命女童将昭君领出殿去。下了月台，出得庙门，见额上有："九姑庙"三字，心内记着，但是不由山路而走，走上一座桥梁，见桥下碧波清水，十分可爱，在桥上贪看此水，不妨女童把昭君向水内一推，吓得昭君大叫："我命休矣！"未知生死如何，且听下回分解。

第五十三回　单于城昭君约三事
银安殿番王宴天使

诗曰：

　　端阳佳节最堪游，邀奴寻欢泛水舟。

　　舟返月明如宝镜，通宵一醉已忘忧。

　　话说昭君在桥被女童一推，只认坠于水中，哪知惊醒南柯，吓得浑身香汗。见一件仙衣放在身旁，取在灯下一看，只见霞光万道，瑞彩千条，心中大喜，忙脱了宫装，将仙衣穿在里面，只有她一人知道，并未与王龙说知。耳听谯楼已转五鼓，暗想："娘娘梦里吩咐之言，句句还可记得，奴说回朝续缘，娘娘说是大数难逃，难道奴竟不能回天朝了？"想罢，又是一阵伤心，泪下如雨。苦了一刻，叫声："且住，娘娘说与奴姊妹有缘，赠奴仙衣，全奴名节，还使奴日后报仇有人，但奴姊妹，是一女流，又非男子，怎能习武，来杀番狗，代奴报仇呢？这句话儿，只好付于流水了。"

　　想罢，不觉打了一个盹。天已将明，众军士埋锅造饭。用毕，又要起行，昭君叫声："御弟，此庙何名？"王龙出帐一看，见是墙上匾额，写着"九姑庙"三个大字，忙回奏昭君。昭君暗暗称奇，便差王龙进庙烧香，代她礼谢神明。王龙领旨进香已毕，回奏昭君，昭君吩咐拔寨起行，放了三声大炮，一齐上马，赶路长行。可怜昭君，在马上一步懒似一步，怕到番城；军士一步紧似一步，要赶路程。正行之间，忽见探子报与王龙道："前面已离番城不远了。"王龙点一点首："知道了。"打发探子去后，就来禀知昭君。昭君一见要进番城，苦在心头，泪如雨点，叫声："昭君，你从此进了番城，如白染皂，再似璧玉无暇，今生再不能够了。"

一路想着，已到番邦城下，但见守城军官，一个个顶盔贯甲，弓上弦，刀出鞘，各挂腰刀，拿了手本，一排排跪接昭君娘娘。昭君勒住马头，不肯进城，对着番官吩咐道："尔等可代哀家奏知狼主，说昭君娘娘要请三件事，要狼主依行，方肯进城。"番官道："请问娘娘是哪三件事，好待奴婢奏知狼主。"昭君道："第一件，要番国税簿；第二件，要你狼主输心服意，进贡天朝，第三件，要你狼主免生异念，速将降书降表进与天朝，永不反叛。依了哀家这三件大事，那时哀家方进城与狼主相见，如不依允，要想哀家进此番城，宁可拚命城下，情甘一死，决不从命。"

番官领旨，急急报与番王。番王问道："昭君娘娘如何还不进城？"番官启道："昭君娘娘不肯进城，要狼主依她三事。"番王听说，哈哈大笑道："孤得昭君，如获连城之宝，今日到了我国，平生之愿足矣！莫说三件事，就是她要孤家依三十、三百、三千件事，孤都一一依从，快请娘娘进城便了。"番官领旨出城，速速报知昭君道："娘娘吩咐三件事，奴婢已奏狼主，狼主一一依从，快请娘娘启驾进城，已排銮驾伺候。"昭君吩咐，先抬过钱粮、税簿、贡表一道，都亲自看过，一一查收，另日差官解往天朝。昭君到了此刻无可推托，没奈何，要进番城，总不免苦在心头，悲悲切切，进了番城。番王带了满朝文武，来接昭君。到了午门，有番女扶了娘娘下马，送至西宫。这些宫娥内侍都来参谒娘娘，一见昭君生得姿容绝世，都交头接耳，暗暗称羡道："好个美貌娘娘，真似天仙下凡，怪不得我主兴兵，讨取昭君，耗费钱粮，却也值得。"不言宫中议论之事。

且表王龙归了馆驿住下，三百护军扎营教场。番王进了朝门，升坐银安殿，文武朝贺，都道："我主不枉一番劳心，得了天朝昭君，皆是我主洪福不小。"番王闻奏大喜，文武各加一级。众臣谢恩已毕，番王方退殿，赶到西宫，去看昭君。忽见黄门官奏道："今有征南大元帅娄里受，同了圣僧，与众将一起奏凯回朝，请旨定夺。"番王下旨道："圣僧一路辛苦，不敢当其朝见，容日孤自到寺叩谢，娄里受等着召见。"孤王一声旨下，番僧归寺安歇，娄元帅带领众将到了金阶，俯伏地下，口称万岁。番王先慰劳一番，叫声："娄卿今已取到真昭君，以成不世之功，深慰孤怀，照卿原职加升三级，外赐黄金千两，荷包四对。以下有功将士，俱各加官进爵，偏殿赐宴。兵丁犒

赏免差两月。毛延寿进美有功，赏赐黄金五百两，荷包两对。"

众臣谢恩已毕，娄元帅仍将人图缴上，番王吩咐内侍收起，又要退朝回宫，黄门官又奏道："天朝差的新科状元，又是娘娘御弟，名叫王龙，带领中国军兵三百，一路护送娘娘到此，现在午门，候旨定夺。"番王闻奏，即传旨，将天使召进金阶。见王龙是一个白面书生，大赞天朝人物，生得品格不凡。王龙见了番王，俯伏金阶，口称千岁千千岁，番王忙唤平身，赐绣墩旁坐。王龙谢恩坐定，番王道："有劳天使，一路鞍马劳顿，孤心何安！"吩咐殿上摆宴，代天使洗尘。一声旨下，殿中摆了一席，款待天使。有内侍手执金樽敬酒，桌上珍馐，也不亚于中国庖治，怎见得，有诗为证：

山珍海味也相同，烧炸由来各用功。

浓淡调和烹饪手，百般巧妙有无穷。

王龙领了番王的酒宴，不敢过量，便出席，谢宴告退。番王命送至馆院安歇，番王袍袖一展退朝，文武各散不表。

且言昭君进了西宫，一见宫女穿的服色，不比中国样，口中声音不同，昭君越思越想，好不伤心，暗恨毛贼：奴是南朝恩爱夫妻，被你拆散，逼到北番，来日奏知狼主，将你这贼万刀千剐，粉身碎骨，好泄心头之恨。毛贼呀！你只知要害别人，如今反害自己了，这叫做：有恩不报非君子，有仇不报枉为人。又想番王进宫，须要如此这般，不出奴手掌心内。昭君正在沉吟，忽听一声驾到。未知昭君接驾否，且听下回分解。

第五十四回 昭君智哄番邦主 王龙计下蒙昏药

诗曰：

巧计安排太入神，一般欢喜哄痴人。

梦魂颠倒心迷惑，不辨假来不辨真。

话说昭君正在宫中十分悲苦，忽见番奴报道："启娘娘，狼主驾到西宫，请娘娘接驾。"昭君此刻听说，犹如万箭钻心，千刀戮肠，没奈何，点一点首，站起身来迎接番王，照着中国礼数，低低叫声千岁。番王一见，十分大喜，连忙用手扶起道："美人少礼。"说毕，携手进宫坐定。先把昭君细细一看，好一个难描难画的美人，怎见生得好？但见她：发是千根乌油黑，鬓分两处至耳根。

雁尾拖来垂脑后，中垂松髻巧十分。

脸如瓜子弹得破，不施脂粉亮如银。

八字柳眉分左右，一双俏眼碧波生。

鼻孔端正多福分，两耳不小天生成。

樱桃小口没多大，一口银牙白森森。

身材柳腰多窈窕，玉笋尖尖十指痕。

步步金莲三寸小，红绣花鞋足下登。

好似姮娥离月殿，不亚仙女降凡尘。

番王看了昭君，不由身子都酥软了，恨不得即赴阳台，暗想："番邦美女不少，三宫六院亦复多人，总不及昭君一二，孤蒙天赐良缘，今得与她共枕同眠，也不枉为一国人君。"又心中疑惑起来，命将人图挂起，与昭君两下比对，果然一点不差，方才心中畅快。即将人图挂在西宫，一面吩咐摆酒款待新人。番奴领旨，忙将红烛高烧，摆列二十四碟时新果品，一十八大碗海味山珍，番王上坐，昭君赐坐一旁，对对宫女斟酒，双双番奴上菜。昭君苦在心头，也没奈何，站起身来，劝敬番王几杯。正当酒过三巡，菜添五次，番王也有几分酒意，不禁快活起来，道："孤为美人，日日想念，夜夜挂怀，折了许多人马，费了多少钱粮，今方得美人来到我国，成就百年姻缘，孤也算遂了平生之愿！"说罢，哈哈大笑。又道："孤在北方，美人在南方，可谓风马牛不相及，不料缘份一到，千里如同咫尺，孤好不快活人也！"吩咐宫女："快敬娘娘一杯酒，算孤代美人洗尘。"宫女答应，斟了敬昭君，昭君也回敬番王一杯。彼此饮酒已毕，番王道："想美人在中华既称才女，必定色艺双全，孤要请教一二。"昭君道："妾本下愚陋质，多蒙大王错爱，费了许多心机，今日得侍箕帚，妾之幸也。但妾才不堪上达天庭，若冒昧直陈，恐贻笑大王。"番王笑道："美人不必过谦，孤一定要请教的。"昭君道："请问大王，还是即席吟诗，还是曲谱新声，愿求示题。"番王道："先请教美人佳作一二首，就以孤与美人今日合卺为题。"吩咐宫女取过文房四宝。昭君濡得墨浓，添得笔饱，展开锦笺，不假思索，一挥而就，成诗两首，呈与番王。番王接过一看，上写道：

其一：

　　本是南邦女，今来北帝城。

　　姻缘千里系，觌面两心倾。

　　细饮珍味酒，还聆箫管声。

　　人间多美事，雨露最关情。

其二：

蒙君多错爱，枕上未寻春。

今夜偕花烛，此心对鬼神。

不须思故国，自是可怜人。

再把人图比，曾知真未真。

昭君吟此二首，诗中大有喻意，好在番王酒后不解，只是赞好道："美人才堪倚马，诗中句句不失《关雎》之体，孤得美人，宫中如得一良佐，孤之幸也。"说毕，哈哈大笑，吩咐宫女："快敬娘娘一大杯酒，以润诗肠。"昭君饮毕，又回敬番王一大杯。番王道："还要请教美人新声。"昭君道："新声不比诗词，恐其中有冒渎大王之言，有失大王清听，望乞大王恕罪，方敢唱来。"番王道："美人只管放口，孤断不来罪你。"昭君领旨，命宫女取过她的琵琶，弹出一曲：

自幼生来十九春，父母爱如掌上珍。

只因一梦成异事，越州召取女昭君。

有奸贼子爱金银，改了人图起贪心。

一时不合将才使，自画人图费精神。

未遂奸谋怀了恨，一路哄到帝王京。

点黑痣，奏圣君，将奴贬入冷宫门。

身受苦，冤莫伸，无心得遇姓林人。

救出冷宫偕连理，抄没奸党问典刑。

透消息，走奸臣，逃至北方起刀兵。

将奴人图来哄献，硬要奴家献番人。

可怜损兵与折将，苦坏天朝汉室君。

倘欲不舍昭君女，又怕江山不太平。

欲要舍了昭君女，好好夫妻两地分。

夫妻本是同林鸟，一旦各自奔前程。

夫在南来妻在北，要想见面万不能。

琵琶别抱真遗丑，只好千秋落骂名。

忍耻偷生来到此，保得汉室锦乾坤。

佑天子，救群生，怜兵将，恤万民。

干戈平靖四方定，总为区区一个人。

自古红颜多薄命，何心惜爱恋浮生。

可叹世人痴愚子，贪花只管逞凶横。

只利己，不顾人，何妨忍耐少烦心。

强中更有强中手，多少好汉付灰尘。

昭君弹毕，将琵琶递与宫女。番王此刻也有半醉，并不懂曲中之意，只是赞好。昭君怕番王醉后及乱，忙心生一计，便道："启大王，妾自南方一路到北，多蒙兄弟王龙保护，伏望大王召他进宫，赐他一杯酒，以酬他风霜之苦。"番王准奏，即将王龙召进宫内，赐他三杯御酒。王龙饮毕谢恩，也要回敬番王。宫娥正要上前斟酒，昭君叫声："住着，待哀家亲斟与大王吃。"一面向王龙丢个眼色，王龙会意，暗在袖中取出迷昏药，下在酒内。未知番王肯吃否，且听下回分解。

第五十五回 报冤仇怒斩延寿 仗仙衣吓住番王

诗曰：

舌剑唇枪利十分，只知平地起风云。

害人反使自身害，恶贯满盈受典刑。

话说王龙将迷昏药暗暗放在酒中，双手敬与番王。番王此刻酒已难下，又碍着昭君情面，不好不饮，只管端杯一饮而尽。此酒不吃犹可，一吃时，大叫一声："不好"，顿时昏迷过去，不省人事，几乎跌下椅来，吓得两旁宫女，只认番王大醉，急急扶王至牀睡下。王龙告别离宫，只剩了昭君，打发宫女撤去筵席，收拾安寝。没奈何，在牀边和衣而睡，去伴番王，一宿晚景休题。

次日五鼓，番王酒醒，一见昭君睡在牀边，很不过意，便搂住昭君道："昨日酒醉，不曾成亲，带累美人一夜未睡，孤心不安，今日孤家一定陪礼。"昭君趁机便奏道："启大王，成亲乃是小事，妾有大冤未伸，伸冤方能成亲，冤不伸则亲不能成。"番王闻奏，大吃一惊道："美人，仇人是哪个？今在何方？快说与孤知道，好代美人伸冤。"昭君道："妾的仇人不是别人，就是毛延寿这个奸贼，他与妾有一天二地三江四海之仇，大王不斩此人，要妾成亲，妾宁死不从。"番王一想："延寿虽是美人的仇人，乃孤的功臣，孤怎忍杀他？若不将他取斩，美人又不肯成亲，如之奈何！罢罢，也顾不得许多了。"便暗暗叫声："毛延寿，是你的对头到了，非怪孤情过薄，孤要美人成亲，也只好忍着心，将你取斩，等你死后，再把你加封便了。"想了一会，道："就依美人所奏。"昭君大喜谢恩。

早有番奴请番王临朝，番王梳洗已毕，整冠束带，别了美人，即刻登殿，受文武朝参。忽然心中大怒，便叫两旁武士："将误国奸贼毛延寿，推出午门取斩。"一声旨下，早闪出许多武士，上前动手，从左班中推出毛延寿，也不由他分辨，一个个揪袍褪带，背剪牢栓，推推拥拥，朝外就走。只吓得两旁文武，面面失色，交头接耳，议论纷纷，不知狼主为什事故，要斩延寿。与他无交者，不肯出头，只有卫律，撇不过师生之情，出班奏本道："臣启狼主，不知毛丞相所犯何罪，该问典刑。"番主闻奏，说不出宫中的私事，只回道："毛延寿身为天朝大臣，既可献人图与我国，挑动两下刀兵，焉知将来不可又挑动他邦？此乃误国之贼，容他不得，故此取斩。"卫律道："毛丞相虽不忠于天朝，却忠于狼主，望狼主念他献美有功，将功折罪。"番王听说，把脸一沉道："毛延寿是一定要斩的，卿家不必多奏。"卫律见不准奏，已知是代昭君报仇，不敢多言，只得叹息，退在一旁。

番王当殿即命番奴请昭君娘娘出宫，监斩毛延寿。番奴领旨，去不多时，请了昭君上殿，见了番王。番王即下龙墩，携了昭君手，同至五凤楼前，并肩坐下。但见毛延寿背插斩旗，跪在下面，昭君一见，由不得怒从心起，指着毛延寿骂道："好大胆奸臣，身为首相，禄享千钟、富贵极矣，汉王有什亏负于你，奴也与你无冤无仇，千番百计，使奴活活夫妻，两地分开，贼呀，你只知日头在午，谁料也有今日？"昭君一席话，只说得毛延寿低头不能回答。番王一旁解劝道："美人不必烦心，只等午时三刻一到，开刀斩了奸臣，便消你心头之恨，何必说话劳神？"毛延寿在下面，听得番王一番言语，不由地三尸暴跳，七窍生烟，大叫一声："狼主，是何言也？臣乃娘娘的仇人，却是狼主的功臣。想臣来献美，使狼主得此美人，且想昨夜之欢娱，非臣不能有此。臣不曾犯法违条，无故遭刑，死难瞑目，望狼主开一线之恩，赦臣老命罢！"番王倒被他这一番话，心中说软了几分，反劝昭君道："美人且看孤薄面，饶他一命罢。"

昭君一闻此言，由不住心头焦躁起来，便叫："大王有所不知，只因这贼用计，将奴贬入冷宫，奴几丧命；又将奴老父母无罪充军，可怜也是死里逃生，奴本待饶他，奈他不肯饶人，大王呀，斩草不除根，萌芽依旧生。休信此贼一番哄诱言语。"番王听说，点一点首，连称："美人之言极是！"只吓得延寿高叫："娘娘，千不是万不是，总

是小臣该死，一时昏迷，起了贪心。汉王已将臣满门取斩，也可消娘娘心头之恨。只剩老臣一人，望娘娘生恻隐之心，饶恕老臣，臣亦辞朝归山，保全朽骨。愿娘娘寿登大耋，与狼主同偕到老，臣死不忘恩。"昭君听了这句话，分外伤心，咬牙切齿喝叫："奸贼住口，你死到临头，说的话儿，尚是不清不白，常言：有仇不报非君子，你也不必痴心了。"说着，珠泪纷纷。番王见昭君悲苦，也不好苦苦相劝饶恕延寿，便叫声："美人，既不肯恕他之罪，午时三刻已到，可将毛延寿开刀取斩，何必伤心，苦坏身子。"昭君收泪，点一点头道："大王之言极是。"番王吩咐；"将奸贼开刀罢。"

一声旨下，谁敢怠慢？刀斧手答应一声，只听平空三个狼烟大炮，又见黑旗一展，钢刀三亮，番兵动手，好不怕人，便把毛延寿三十六刀鱼鳞剐去，临后破腹剜心。可笑延寿在日，作恶多端，今日死于番邦，以昭恶报。昭君一见番王将奸臣正法，心中畅快，免不得假意殷勤，谢了番王，一同回了西宫。卫律悄悄向狼主请旨收尸，番王因却不过昭君情面，诛了延寿，今见卫律所奏，便准他的本章。卫律在法场上，把延寿零碎尸首收拾，用一木棺盛殓，送在荒郊埋葬，立一石碑文，尽他师生之情，不表。

且言番王诛了延寿，知道昭君不能再为推托，打点今晚成亲，吩咐宫中摆宴，与娘娘改恼添欢。宫女答应，摆下酒肴，番王上坐，昭君旁坐，你一杯我一杯，吃得番王十分大醉，按不住心头欲火如焚，要来勾搂昭君的香肩，拉去同赴阳台。幸得昭君知道不免，想起梦中仙女吩咐之言，一进宫门，便脱去上盖衣服，露出仙衣。番王正要动手来扯昭君，手碰衣上，只听番王大叫一声："疼死孤也！"但见十指鲜血淋淋，吓得魂不在身。未知是何缘故，且听下回分解。

第五十六回 欲全名节说假梦
要还心愿造浮桥

诗曰：

妇人所贵节兼名，能自己身永不更。

断臂毁容全白玉，此心肯让古田横。

话说番王因酒后去扯昭君同赴巫山，谁知拉在仙衣上，忽然如万根银针直刺，刺得番王十指鲜血淋淋，大叫一声："疼杀孤也!"又因昨日吃了迷昏药酒，心中一急，忽然发作起来，不觉鼻孔血出如流，吓得两旁宫女面如土色。昭君急急向前，叫声："大王身体欠安，不好过贪，还是静养为上，且消停几日，等大王病好，再成亲不迟。"番王点头道："美人之言极是，孤且回昭阳安歇，失陪美人了。"说罢，即起身。昭君送出西宫，且喜番王有病，脱了灾星，自此以后，皇天有眼，几次番王到了西宫，不是有病，即是不能近身，弄得番王心中好不焦躁。

那日番王吃得十分大醉，定要与昭君成亲，命一班宫女硬将昭君的上身衣服脱去，哪知挡着手的，谁不连声叫疼，番王十分诧异，便问昭君，是何缘故。昭君此刻又怕又喜，怕的番王硬勒，只管叫人动手，就有许多不好了；喜的仙衣有灵，保全身子，一见番王问她缘故，便扯个谎道："妾启狼主，只因龙体欠安，妾在宫中，许下香愿，等狼主病已痊好，妾亲去烧香了愿，如今狼主病已渐就痊，可未曾了愿，妾于昨夜三更，梦见金甲长人，口称此地白洋河神责备妾身道：'许愿不还，身受口头之罪，速向狼主奏明，到白洋河亲自烧香了愿，保佑你百事遂心，夫妻偕老，如其不然，赐你银针十三根，插你身上，使番王不能近身，教你活活守寡一世。'说毕，冉冉腾空而去，

吓得妾浑身冷汗，惊醒过来，就是这个缘故，望大王准奏，或者神人收去神针，成亲有日，也未可知。"番王闻奏，心内一想："孤用许多金银买昭君之心，难道昭君没有一点情义与孤么？又要白洋河烧香，须搭浮桥，非十几个年头不能成功，叫孤如何等得？且住，昭君既到我国，如入牢笼，终究难脱孤手，除非死了，恩情方断。"想毕，便叫声："美人所奏，孤无有不依。"昭君大喜，连忙谢恩道："启狼主，妾的心只此一件事了，还愿回来，与主成亲，誓同白首。"番王哈哈大笑道："难得美人一片好心。"又吩咐宫中摆酒，吃得尽欢而散。

一宿已过，次日早朝，番王登殿，文武朝参已毕，旨下吩咐工部拨帑，兴工搭造白洋河浮桥。工部闻旨，大吃一惊，急忙奏道："启狼主，白洋河口面广阔，难量丈尺，日用千人，仍要造船载人，次序搭造起来，要用铁环三千余斤，方可锁定浮桥，水才不能冲坍。依臣估来，需时十六七年，需银非费倾国之财，劳万民之苦，不能成功，望王停了此旨。"番王道："一言既出，驷马难追，卿只要催赶完工，不必为孤忧虑。"工部不敢违旨，只得退出朝门，兴工去了。番王打发工部去后，坐在殿上暗想："孤为昭君，日费万金，不怕昭君不得成亲。昭君呀，你可知孤王为你一片苦心么？"想罢退朝，仍归昭阳静养不表。

且言昭君，凭着三寸不烂之舌，说哄番王，苦费金银，痴想成亲，付之流水，每日闷坐宫中，心上有事，非弹琵琶，即是吟诗，或闲步花园，以散心情，但听得：

枝上子规啼不住，声声叫出断肠吟。

蝴蝶过去飞来燕，莺藏林外弄姣声。

桃红柳绿如铺锦，杏花初放墙角横。

过了春来到夏景，水面荷花香十分。

一对鸳鸯双戏水，鹭鸶常傍藕池根。

凉亭摇扇乘风坐，修竹根根被暑浸。

过了夏来秋又到，桂花香送沁人心。

好个八月中秋夜，佳节共赏月光明。

东篱又放陶家菊，门外白衣送酒人。

凛凛狂风交冬令，白雪纷纷亮如银。

泪滴成冰真个冷，寒鸦便共梅与争。

古人踏雪寻梅饮，雪拥蓝关马不行。

可惜日月如梭快，四季景致瞬息更。

十年妇女闺中老，悔不当初嫁夫君。

昭君观看园中景致，游玩一番，没情没趣，出了园林，仍回西宫纳闷。

这十六年中，番王有多少盼望，助他相思；昭君有无限离愁，增她的悲苦；该管工部官员，费许多手脚，发多少钱粮，用若干人夫，耗无限心血。正是十六年光阴，人生原不容易过去，书中不用片刻时辰，浮桥业已告成。工部上复朝命，番王心中大喜，忙进西宫，昭君接驾，将番王迎进宫中。行礼已毕，坐定，番王道："美人要搭浮桥了愿，今桥已告成，但凭美人择日前去烧香，回来好与孤王成其美事。"昭君听说，由不得苦在心头，暗叫一声："苦命的昭君呀，你的催命符到了。"反破涕为笑道："好快日子，倒也十六年了。"番王道："孤家度日如年，足足等了十六年，美人又不要别生枝节。"昭君道："这个自然，妾身若再推辞，岂不辜负狼主十六年等候的恩情了。"番王听说，哈哈大笑道："美人之言有理。"昭君道："启狼主，可命御弟同工部，到白洋河先去烧香谢神，收工回来复旨，妾自择日烧香便了。"番王准奏，一面将旨传出宫去，一面吩咐宫中摆酒，代娘娘贺喜，不表。

且言王龙在馆驿内接了番王旨意，虽是份无统率，却也不敢不遵，忙会同工部，备了祭礼香烛到浮桥，先把桥一看，好不高耸，怎见得，有诗为证：

　　建立全凭造化工，长桥高欲起平空。

　　虽由妙手人之巧，总在汪洋一派中。

　　王龙看毕，免不得与工部在桥上烧香行礼，化纸已毕。王龙到底生在中华，未曾领略过外国的风景，慢慢同工部下了浮桥，也不坐马，也不坐轿，一路步行，玩着野景：山虽不高而险峻，水虽不秀而长流。走有十余里下来，忽见山脚下站着一人，有些认得，王龙向前一看。未知此人是谁，且听下回分解。

第五十七回 救忠臣苏武回朝 找丈夫猩猩追舟

诗曰：

　　牢笼已脱苦忧愁，矢此忠贞到白头。

　　虽说姻缘非族类，好逑也自赋河舟。

　　话说王龙远远见山脚下站着一人，虽是风霜变色，却见他中国打扮。细细定睛一看，原来有些认得此人，忙抢几步向前，到了山脚，再细一看，不是别人，正是老臣苏武。王龙连忙打恭道："原来是苏老丞相，为什么在此受苦？"苏武也还礼道："原来是殿元公，说起老朽到此和番，十分悽惨，然卫律逼某投降不屈，命某在此牧羊，一十六年，多蒙山中猩娘收留洞中，生下一男一女。某日夜思想故国，今生是不能回转了！殿元公莫非也来和番的么？"王龙听说，十分悲叹道："原来如此！老丞相只管放心，包你指日回朝便了。"苏武大喜道："殿元公有什回天的手段，搭救老朽？"王龙道："老丞相有所不知：只因番王统兵打破雁门，已逼汉王无奈，将昭君娘娘献出，如今已到番邦。某是奉旨随娘娘驾到此地，也是十六年了。番王甚是敬重，言听计从，无奈娘娘只是不肯成亲，今又在这西北特搭一座浮桥，破费十六年功夫，方才告成。先命某等到此烧香看工，无意闲游，幸遇老丞相。等某回朝复旨，在娘娘面前求她方便一言，包管老丞相指日回朝。"苏武连声称谢道："使朽骨得还故乡，皆出殿元公之所赐也。"王龙连称不敢道："老丞相速速回洞，快些收拾，好打点动身，某也不敢久留，要复旨去了。"遂与苏武作别，同工部上马，一齐进朝。

　　到了午门下马，工部在午门守候。王龙进了西宫，当面见了昭君缴旨，便把老忠臣苏武留番受苦，要求娘娘搭救的话奏了一遍。昭君点一点头，打发王龙出宫去后，暗叫一声："苏武，你在番邦受苦多年，有哀家知道，还将你救出龙潭虎穴，但不知哀家在番十六年，有谁来救哀家呢！"说罢，纷纷珠泪。正在伤心，忽报驾到，昭君连忙收泪，将番王接进宫中坐定。番王道："美人可曾择日烧香？"昭君道："只要黄道吉日，便可烧香。"番王传旨与礼部知道，卜日进呈。昭君道："但不知中国还有什人拘留此地？"番王道："汉将李陵不屈而死，只有一个苏武，因劝他归降不从，罚在牧羊城受苦。后来该管官儿报来，苏武连人连羊不知去向，多份葬于山兽腹中了。中国只有王御弟在此，并无别人了。"昭君道："只怕老苏武还在呢？"番王吃惊道："今在哪里？"昭君便把王龙在山中相会的话先说了一遍，又道："他既不肯降顺，留之何益？可怜他家乡万里，妻子不知存亡，望狼主开一线之恩，放他回去罢。"番王闻奏，无有不依，即刻传旨，着内侍随天使王龙来到飞来洞，赦苏武回朝。内侍领旨出宫，会了王龙，说明来意。

王龙想起苏武十分褴褛，不便朝见，又命家人打了一个衣包，与他更换，收拾停当，一齐上马出城。找至飞来洞，正是猩猩不在洞中，苏武在那里痴痴盼望，王龙与内侍一齐下马，宣读赦旨。苏武大喜，又见王龙取衣服与他更换，深感王龙之情，暗想："在洞多年，又蒙猩娘一番情义，生下一双儿女，不知今日带往哪处玩耍，不及与她作别，留下一字相谢。"遂同王龙下山，入朝见了番王。番王慰劳一番。又是昭君召进宫中，苏武拜谢救命之恩，昭君命内侍扶起赐坐，叫声："苏卿，回朝上复汉王，他原许奴御驾亲征，来救哀家，今已多年，并不见一兵一将到来，不但误奴一世青春，而且将奴身陷北地，求生不得，求死无门。奴今苦积如山，不及写书与你带去，烦你口传一信与汉王，教他明岁招奴魂回归。哀家那日曾将番邦税簿文凭降表进与汉王，不知吾王可曾收到否？正宫林后、哀家父母妹子，望老忠臣代哀家一声问候，御弟王龙家内，仍烦寄一信去，说他明年一定回来，使他家内放心。"

苏武只是连声答应，就此起身，拜别出宫而去。又见番王，番王便对苏武道："番王敬你乃天朝一个大忠臣，累你受苦一十六载，只因孤王一时不明，误听奸人谗言，简慢天使，孤之罪也。这是表书一道，贡物十扛，烦天使转达天子，聊表孤王之心，

外有些须菲礼，相送天使，以做路程。天使带来兵丁一千名，今只剩五百名，各赏口粮，烦老忠臣带回中国。"苏武听了番王吩咐，连忙叩谢，退出午门。后又与王龙作别，并谢他搭救之情。王龙见苏武喜色匆匆，也不及写家书，托代口信，转寄家乡，不过是一番嘱咐。

苏武别了王龙，仍带五百兵丁，押着贡物，出了番城。苏武到底年高，不惯骑马，一路行来，甚是狼狈，便问土人："此地可有水路舟船否？"土人指明："西南山嘴下，有一座大海，海路直通雁门，路却远些，那里便有海船，雇了载人。"苏武听说大喜，谢了土人，一马放开走了二十里，来到山嘴，果见一座大海，海上列着许多大船。苏武便吩咐从人与海船讲明价银，雇了两只海船，甚是宽大，任你多人，亦可装载，只要顺风，瞬息便到，风若不顺，寸步难移。苏武见船雇妥，便下马上船，五百兵丁分在两船，正是顺风时候，舟人看定指南针，扯起两把大篷，一直往南进发，这且慢表。

再言猩猩，带了儿女一双出洞，因天气晴暖无事，一则出去玩耍散心。二则在满山中找些果品，与苏武充饥。三则苏武初到洞中，还教小猩猩防备，怕他溜走，今已来到了十六年，又生下儿女，以为绊住苏武，也不用防备了。老猩猩一出洞去，那一群小猩猩都跑出洞去，到满山寻果子吃，只剩苏武一人在洞，所以今日得脱身而去。哪知猩猩回洞，不见苏武，心中十分着急，吼地一声唤齐小猩猩，乱打一番，嗔怪他们贪玩放走，又命满山找寻，哪里有个影儿。只急得猩猩正在跌足捶胸，忽听空中叫一声："孽畜休慌，听我吩咐。"吓得猩猩向上一看。未知是何神仙，且听下回分解。

第五十八回　弹琵琶带病思乡
嘱御弟含悲生别

诗曰：

光阴又早小春天，几度相思也枉然。

不是春心能锁住，容颜易改被情牵。

话说猩猩向上一看，见是山神，忙跪下道："薄情苏武，不念小畜搭救之恩，竟自不别而去，可恨可恨！"山神道："你也休要怪他，他与你缘份已满，该他回朝之日，因钦命急迫，不及与你作别，非他过于薄情。现留一字相谢。你可从水路追去，还可会他一面，吾神去也。"猩娘见山神去远了，急忙站起身来，先将桌上字条一看，点点头，折了收起，不敢耽误，背着女儿，抱了儿子，出得洞门，放开毛腿，一路顺着海边追将下来，行走如飞。虽是船趁风威，走得甚快，猩猩两腿，亦快于船，不消两顿饭工夫，早已赶到。苏武两只海船，船却离岸甚远，猩猩追来，在岸上乱跳乱叫，早惊动苏武。苏武在舱内，已知猩娘追来，急急站出船头，高叫一声："猩娘，多蒙你十六年恩情，又生下一双儿女，非是苏武薄情，不别而行，一则因猩娘不在洞中，二则圣命紧迫，若不回去复旨，是为不忠，故留一字相谢。你可略等几年，我自来看你。"那猩猩也揩着眼泪，指着一双儿女："还是带去不带去？"苏武也会过意来："一双儿女，权留猩娘身边抚养，少不得日后骨肉团圆，自有相逢之日。"说毕，只怕过于缠扰，催舟而行，直望中国而去。猩娘在岸上，痴痴望着苏武的船儿，不见影子，方才含泪带了一双儿女，回洞而去，后书自有交代。

再言昭君，虽仗身上仙衣，免了番王搅扰，但初进宫时，面似桃花，如今病体恹

恹，身子瘦黄，每日痴坐出神，毫无一物以畅情思，忽然想起琵琶是奴知己，遂取过琵琶弹起，悽悽惨惨，苦成一调：

> 奴今正想宜春令，无心去看卖花人。
>
> 夏天懒见鸳鸯面，并头莲儿两地分。
>
> 思乡又恨秋天雁，寄书去了没回音。
>
> 冷天怕唱普天乐，心事怎诉汉王君？
>
> 泪珠好似湘江水，悲悲切切不成声。
>
> 泪痕湿透红衫袖，红绣鞋难穿脚跟。
>
> 怎得一朝升平乐，香柳难得救回程。
>
> 思君懒看十样景，夜宴羞尝百味珍。
>
> 孤悽怎带金落索，欲上小桥步难行。
>
> 院中怕忆红芍药，鬓边斜插桂枝根。
>
> 徘徊常靠西河柳，思王坐到月儿明。
>
> 可怜又增叨叨令，冷风吹落花后庭。

昭君弹罢一曲，将琵琶放过，正在闷坐，泪珠频倾，忽报驾到，昭君慌忙收泪，起身相迎。番王到了宫中，行礼已毕，坐定，番王带笑叫声：“美人，如今苏武已放还乡，已遵美人之命，今值美人无辞，也该依从孤王成亲。”昭君道：“这件事还依不得狼主呢！妾曾奏过狼主，要到浮桥烧过香、了过愿，方能成亲。”番王见说，一想：“十六年倒等得，难道这几日就等不得了？只等礼部择定日期，再催她去烧香，还有别个推托么？”想毕，连声称赞：“美人是个烈性之人，孤也拗你不过，还是陪孤王吃酒罢。”昭君答应，一面吩咐内侍摆酒，连忙假意虚情举杯，只管敬番王的酒，番王被昭君灌得十分大醉，仍回昭阳安寝不表。

且言昭君打发番王出宫去后，坐定，心中一想：“浮桥已是成功，只差礼部卜定日子进来，那时奴要全名节，就不能顾性命了。汉王呀！奴在这里想你，你在那里未必想奴，常言：痴心女子负心汉。奴在番一十六载，全无片纸只字音信到来，汉王你狠心太过了！"说着，不觉二目双红，泪如泉涌，悲苦一番。又叫声："且住，御弟身陷番邦，一十六载，进宫日少，不能常常叙话，趁今日番王不在宫中，不免召他进来，嘱咐他几句分别的话。"一面叫内侍宣王龙进宫。

内侍领旨，去不多时，已把王龙召进宫内，朝见娘娘已毕，一旁赐坐。王龙道："娘娘召臣，有何吩咐？"昭君道："御弟，累你在番多年，使你少年夫妻活活分离，哀家之过了。哀家一路来，承你相伴到此，两雪风霜，受尽千辛万苦，哀家没有一些好处给你，于心何安！"王龙道："此乃为臣份内之事，何劳娘娘挂念！"昭君道："哀家今写下一封家书，恐日后御弟回朝，一时忘记，今日预先交付与你收下。"王龙道："娘娘书今在何处，好让臣带出宫去。"昭君道："书有三封，已写现成在此，还未曾封，你可细看上边情节，便明白了。"

王龙接过三封书，先将头一封抽出，乃是寄与汉王的，上写道：

　　临行分袂是何言，妾却痴心候边关。

　　云雁传书无音信，抛去相思十六年。

　　龙榻另贪宠爱者，当初恩义付流泉。

　　守贞不用图余乐，只有芳魂返故园。

又抽出第二封书，乃是寄与正宫林后的，上写道：

　　虽非同姓沐恩深，姊妹相称胜嫡亲。

　　贤后代奴筹万策，君王视如路旁人。

　　此心唯有存贞烈，芳体何能乱礼伦。

　　欲望相逢同聚首，除非一梦认全身。

再抽出第三封书，乃是寄与他父母的，上写道：

父母恩同天地高，此身未报意牢骚。

因贪富贵花添锦，陡起刀兵血染袍。

甘旨无人虔供奉，梦魂何处会儿曹？

椿萱未卜可康健，休想孤鸿唳碧霄。

　　王龙看了娘娘三封书信，俱是些断恨绝命的话，免不得暗暗悲伤。不便说明，一面代她黏好信口，口称："娘娘书中字迹，一切句句关情，虽古之贤妇淑女，不及娘娘之笔力也。臣已收好书信，臣要告别出宫了。"昭君叫："御弟且慢，哀家有句紧要之言嘱咐于你。"王龙道："请娘娘吩咐。"未知昭君说出什么话来，且听下回分解。

第五十九回 深宫夜坐苦怨汉王 浮桥烧香悲诉求神

诗曰：

> 同携玉手并香肩，送别哪堪泪满天。
>
> 勒马未离金殿角，销魂先被美人颜。

话说昭君叫声："御弟，奴算起来，在世日少，终要别你。少不得番王打发你回朝之日，望将奴魂带归故土，奴在九泉断不忘恩。这句话儿切记在心。"说毕，放声大哭。王龙再三劝慰道："娘娘不必伤心悲苦，且保重御体要紧。"正在宫中叙话，忽见正宫差了内侍，送烧香日期到来，吓得王龙急急告别出宫。昭君吩咐御弟一声小心在意，王龙答应而去，不表。

且言昭君接到礼部择的烧香日期，上写："次日乃黄道吉期，请驾出行。"看毕，知道生机日短，死期将近，免不得暗暗伤心，假作笑容回言："知道了。"打发正宫内侍去后，独自进房坐下，仰天大哭道："奴的生路，只有今日一夜了，明日到了浮桥上面，番王呀，哪里为你烧香了愿，分明是奴的终身结果了，你还痴心想奴结成连理，只怕你还在梦中呢！实不是奴家过于无情，奈名节攸关，岂能失身番地？"正在闷想苦楚，忽听远远一声响亮，谯楼正打初更，昭君长嘘一声，吟诗一首：

> 月掩浮云少迹踪，因何此日不相同。
>
> 嫦娥若把昭君妒，羞对莲花宝镜中。

吟诗已毕，又想："奴与汉王若是无缘，如何梦里相逢，许了婚配？未满一年，好好鸳鸯拆散两地，有缘要算无缘了。且住，堂堂大国皇帝，尚且不能庇一妃子，何况民间？故出许多奇怪事，成为话柄。哎，汉王呀，这是要讨昭君，你就输心服意送与外邦，若是要你的江山，难道也让人不成么？这般庸弱，还做什么人君，管什么万民？总之，汉王你怎忍抛撇奴家，全无一点夫妻之情，奴还思想他做什么呢？"正在细想，又听鼓打二更，吟诗一首：

> 遥忆君王不动情，绸缪不减惜惺惺。
>
> 算来指望千年合，怎奈今朝独苦吟。

吟诗已毕，又想："父母俱已年老，膝下无子，还幸生奴姊妹二个，招个女婿，奉养终身，到老有靠。不料遇见对头，父母为奴遭刑，又遇假旨，为奴充军，受尽千般之苦。及一旦身为国戚，也算否极泰来，不知女儿又遭此不测之祸，害得父母终日思想，免不得要生出病来的呢。爹娘呀！譬如当日未曾生这个女儿，也可置之度外了。且喜眼前还有妹子，谅已成人，父母切不可又贪富贵，似奴这个女儿，分明送入火坑去了，今生今世要见女儿之面，是万不能了。"想毕，放声大哭。又听谯楼正打三更，已交半夜，只是跌足捶胸，连叫："罢了！"悲悲切切，又吟诗一首：

> 淹滞番邦十六春，朱颜易改白如银。
>
> 光阴久恋浮生地，怎辱奴家不坏身。

吟诗已毕，又想："御弟王龙，身陷番邦一十六年，受了许多苦楚，思了无限家乡，撇下三宿妻房。他在背后不知落了多少眼泪，他的苦楚，与奴一样，向谁人告诉？他见了奴，也是可怜；奴见他，也是伤心。"昭君正想之间，又听谯楼已交四更，昭君见光阴渐渐短了，心内犹如小鹿乱撞，因再吟诗一首：

　　叹息我生竟不辰，生平有志未曾伸。

　　随波好似浮萍草，雨雨风风傍海滨。

　　吟诗已毕，未免十分悲苦，大叫一声，昏迷在地，只吓得外面伺候的宫娥，急急进房救醒，叫声："娘娘休要悲伤，天已不早，请安置养些精神罢。"昭君苏醒过来，点一点首，吩咐宫娥们："且去睡吧。"宫娥答应出去。昭君打发宫娥去后，又听谯楼鼓打五更，只急得昭君魂不附体，因作断肠词一首：

　　千金体，都休说。傍妆台，镜光裂。两国兵戈不休歇，累得娇容葬鱼鳖。苦相思，心哽咽，满腹愁肠泪出血，无由一面吐衷情，忙把行李多打迭。忆汉王，苦抛撇，全无片甲一兵临，辜负青春好时节。

　　吟了断肠词已毕，忽然想了一会，后笑起来，又吟诗一首：

　　羞煞番君太冥顽，来朝空想结鸳鸯。

　　浑如江底捞明月，枉做三春梦一场。

　　吟诗已毕，两泪交流，痛哭不止。又听得钟鼓齐鸣，天色渐晓，只得对镜梳妆，心如刀割。可怜数年不曾对镜，但见镜内照见自己容颜不改，苦苦叫声："昭君呀，多为这容貌丧身，好不痛杀人也！"又吟诗一首：

　　对镜梳妆似月圆，番王定计却无缘。

　　贞心一点人难识，怎免芳躯赴九泉。

　　吟诗已毕，正才梳妆完备，只见番王驾到西宫，叫声："美人，烧香起驾罢。"昭君一面迎接番王，一面回说："候驾多时了。"番王大喜，吩咐内侍摆驾，同娘娘烧香去者。内侍领旨。昭君此刻苦在心头，假陪笑容，同了番王坐上玉辇，出了宫门，早有众文武伺候午门，一路随行。出了番城，已到白洋河口，但见水势连天，波涛滚滚，昭君便同内侍道："洋中可有什么景致？"内侍跪下奏道："启娘娘，此地天连水、水连天，并无船只往来，又无庙宇创建，惟有汪洋大水，一望无际，今日新添一座浮桥，就是景致，别的景致一些儿也没有。此桥造的高而又险，上去有些害怕，娘娘走上去，很费力呢，何必定在此处烧香？"未知昭君听说，怎生回答，且听下回分解。

第六十回　断肠诗猿啼鹃唳　洋河水玉暗香沉

诗曰：

昭君含泪手捶胸，一片相思总是空。

往日恩情付流水，南柯梦里再重逢。

话说昭君听见内侍一片言语，由不住两泪交流，便问内侍："拦阻哀家何意？哀家既到此烧香，焉有不上浮桥之理？"内侍不敢再奏。昭君又对番王道："妾陪狼主一同上去走走。"番王点头，吩咐内侍将牲礼香烛摆到桥上伺候，内侍领旨而去。番王同昭君下了玉辇，慢慢缓行，王龙等后面跟随，走到浮桥上面。这桥造得十分险峻，下面白浪滔天，好不怕人，但见这座浮桥：

高有百丈透云霄，千里路长正迢迢。

一带栏杆横铁索，往来直费路几传。

多少人夫来造起，钱粮无限尽花销。

桥下水声响不住，冲天匹练浪滔滔。

波中一望失两岸，四处绵鳞影乱跳。

起造功夫非一载，苦死若干好儿曹。

十六年来功方竣，只为娘娘把香烧。

番王同昭君上了浮桥，昭君在桥上四面一看，只吓得魂飞天外，魄散九霄，暗叫

一声："汉王呀！你可知昭君今日为你守节，在浮桥上面了结终身也。"想罢，免不得苦在心头。有内侍奏道："请娘娘烧香礼拜。"昭君听说，便点一点头，轻移莲步，走到浮桥，朝着水面，焚起一炷长香，暗暗苦诉水神道："念信女昭君，生于越州，嫁与皇宫，幼读诗书，颇明大义，不料为奸人播弄，遭此不测。今虽奸人授首，大仇已伸，而恶缘不了，贞烈要全，特到浮桥，祷告三清大帝、过往神祇，鉴奴之心，终不忘汉，全奴之节，死不恋番，望诸神虚空感应，能把奴身从波浪中带回天朝，奴虽死犹生也。"

祝告已毕，将香插在炉内，大拜八拜起身。番王叫声："美人，桥高风大，吹得面上冷森森地噤人，今日已烧过香、了过愿，快些打点回宫，不可又误了今日良辰。"昭君听说，好似万箭钻心，十分苦楚，又想道："番王好痴心也，件件事儿都依奴家，一心要买奴心，指望与他成亲，不知奴心铁石之坚，一心只想汉王，岂能将心向你？狼主呀！你也空自费心，只管用尽倾国之财，建造此桥，被奴哄骗到此，哪里为你烧香了愿，总因奴心中要全贞烈，以报汉王。"想毕，将身倚着桥上栏杆，痴痴望着潮水，也不动身。番王带笑叫声："美人，此桥无一点风景，何须游玩？不如快些回去取乐罢！"昭君听见番王催促，又暗叫一声："狼主，你只管这般逼迫，分明是奴的催命鬼到了，罢罢！奴还挨什么时辰呢？"昭君正打点将身来跳那水，忽叫一声："且住，想番王虽未曾与他成亲，遂他之愿，但蒙他许多恩情，眷恋于奴，奴今日在浮桥上面，永别终天，也不免留诗三首，答谢番王便了。"因信口占道：

一首

南国名门宰相家，香闺深锁玉无暇。

古今烈女天贞节，一马双鞍礼上差。

二首

非奴福薄来欺主，青史难标大节名。

195

从此别离成宿恨，但留孤冢在番城。

三首

二九之年别汉宫，片云掩月到熊京；

玉容不似尘一点，耽搁番王十六春。

昭君将这三首诗信口吟来，不致紧要，但是她一段愁肠，引出无限愁景来，怎见得？只听那：

断肠悲怨出声声，薄雾迷漫助悲吟。

山中野猿啼出血，叫得怪石狠峻嶒。

树上杜鹃流血泪，林木响得格铮铮。

飞禽惊得翅不起，走兽吓得步难行。

渔人不敢来下钓，收了渔竿返柴门。

樵子斧柄都掉了，倚着树木只出神。

田中农人白瞪眼，忘却插秧想收成。

书斋伏案掩昼午，不闻里面读书声。

牧童横笛吹不响，牛背上面跌埃尘。

过客不敢贪赶路，旅店愁增思乡情。

佳人无故停针线，怕到妆台理乌云。

高山几座都变色，青障碧风现怪人。

河水滔滔千层浪，掀天簸地好惊人。

树木枝叶多零落，花枝抖战不肯停。

一众文武都酸足，多少观者赞钗裙。

内侍嫔妃总掉泪，惹起悲愁苦十分。

此刻只有王龙一人心中明白，知道娘娘不是来烧香了愿，乃是来断根绝命，可惜番王不悟，还要苦苦强逼成亲，某欲代向前说出真情，番王怎舍得娘娘寻死，岂不误了娘娘万世芳名？某只好袖手旁观，不言不语，看着船沉。娘娘呀！想当初和番之时，满朝文武都不中娘娘的意，单要王龙相伴，虽是微臣份当如此，只苦杀王龙陷在番邦，十六年不能回转天朝，这也罢了，只是王龙若有娘娘在世，或可回朝，得见汉君，使某夫妻团圆；从今与娘娘在浮桥一别，不独今生休想回朝，且流落此地，怕只怕王龙性命也活不成了。不言王龙一旁思想，十分忧闷。

再言昭君，正将三首诗吟咏已毕，忽见白洋河内狂风陡作，巨浪腾空，慌得两旁内侍急用掌扇来遮，番王又叫声："美人，桥上风大了，是不当耍的，快些回去罢！"昭君听得番王十分催促，已知命在旦夕，把眉头一皱，银牙一咬，叫声："内侍，将香拿来！"内侍答应，取香递与昭君。昭君接香在手，叫声："嫔妃内侍且退下些。"此刻心中一阵悲苦，怕的番王见疑，不好放出哭声，把两行眼泪向肚内咽将下去，便暗暗叫一声："薄幸汉天子，有仁有义的林皇后，一双年老的爹娘，奴从此要别你们去了，你们在中国也不知道哎？顾不得许多了！"心中一恨，就将身向白洋河中一跳。未知昭君生死如何，且听下回分解。

卷七

第六十一回　见凶兆哭倒番王　赐金银赠送天使

诗曰：

花香却在名园内，异地难栽碧蕊根。

尚有余情多眷想，芳魂久已到都门。

话说昭君要全她的贞节，趁着在浮桥上面，假意捻香，叫众人退后，不及防备，向波中一跳，随浪浮沉去了。番王一见，吓得面如土色，放声大哭，一时晕倒在地，慌得众内侍急急向前扶起，片刻方醒过来，扳住浮桥，哭哭啼啼，叫一声："美人，哄得孤好苦呀！美人今日一死不打紧，要知孤费许多心机，点将差兵，去犯汉室，用了钱粮若干，折了兵将多少，为的美人；不顾三宫六院，冷了多少裙钗，都怨孤王薄幸，也为美人；番邦税簿并降书降表，还有多少珍宝，进贡天朝，孤也为的美人；延寿是孤之功臣，忍心将他三十六刀剐杀报仇，也为美人；牧羊苏武，赠他金银，释放回朝，也依美人；要搭浮桥，为孤还愿，用了倾国之财，费了十六年工程，孤也依美人；美人说的话，孤无有不依，总不过要暖美人之心，谁知美人哄诱十余年来，到今日玉埋香沉，教孤好不痛心也！"说毕，又是放声大哭。

众文武向前相劝道："狼主休要悲伤，只因娘娘与狼主不是姻缘，还要保重龙体为

是。"番王听说，方止住泪痕，吩咐众番军："打捞娘娘的尸首回来，重重有赏。"番军回言："河下并无船只，怎么打捞？"有娄丞相献计道："可将山上树木伐下，扎成筏子，漂于河内，随多随少，以作船用。"番王就命众番军一齐动手，将满山树木伐下，立刻扎成七八十只筏子。又命众番兵沿河周围随流而下，打捞昭君尸首。满河寻捞，并无影形，也不知尸首漂到何处去了，众番军只得复旨。番王听说，也无可奈何，只是哭个不住。

且说王龙一见昭君跳水，已是魂不在身，今见捞不着尸首，又是十分悲苦，走到浮桥栏杆边，对着水面，哭叫："娘娘呀！你今死在白洋河内，哪个招魂，谁人烧纸？汉王并不知道，林后哪里知情，老国丈又无人报信，可怜身陷番邦，虚度十六年光阴，今日连尸首也捞不着，莫非娘娘芳魂已返故乡么？"说毕，又痛哭一番。番王见打捞不着昭君尸首，心中十分悲痛，又大哭一场。众官看见番王目中出血，连忙劝住。

王龙还在那里痛哭，倒是番王相劝，叫声："天使，人死不能复生，都是孤王福份太浅，费了许多心机，不能与昭君匹配成婚，到今日玉暗香沉，连尸首也打捞不着，美人命也好苦

呀！"王龙口称："狼主为了娘娘，钱粮不知用了多少，兵将不知折了多少，心机不知费了多少，光阴不知等了多少，谁知娘娘这般烈性，狼主要算劳而无功了。"这几句话是王龙暗讥番王的言语，番王非不明白，此刻敢怒而不敢言。即吩咐摆驾回朝，就传旨礼部，延请僧道，分在两处寺院，竖立幡柱，各做道场，七七四十九日，追荐烈女昭君。满朝文武，宫中嫔妃都来上祭。番王诚心斋戒，沐浴焚香，致祭昭君。但见两处寺院，鼓钹频敲，香烟缭绕，看的人男男女女、老老少少，人山人海，好不十分热

闹，这话不表。

单言王龙因昭君娘娘死后，自知番邦难以存身，打点告辞番王回朝。只因番王代昭君娘娘做七七四十九日道场，未曾圆满，番王总在两处寺院伴灵焚香，未曾回宫设朝，只得又在番邦耽误两月，只等道场完满，番王方才无事。临朝升殿，聚集文武，朝参已毕，王龙向前告辞回朝，番王叫一声："天使，你为昭君娘娘羁留敝地一十六载，无物款待，甚是有慢。今日娘娘死了，难以久留，孤有菲礼相送，聊表寸心。"王龙口称："狼主，臣在此多多扰赐，如今又赠臣礼，何以克当？"番王道："天使不必过谦，敝地乃是小邦，没有什么出奇东西，又无珍宝相送。"吩咐内侍端出两大盘来，盘中盛的白银五百两，黄金二十锭，彩缎八匹，荷包六对，叫声："天使休要嫌菲，望乞笑纳，回朝上复汉王，孤这里情愿年年进贡、岁岁来朝，从此两国和好，分为上下，罢战息争，永不犯边，今烦天使转达天朝汉王。"王龙答应，收了礼物，谢恩拜辞番王。番王吩咐两班文武相送，又点番兵一千名，护送天使到京，一声旨下，番王退朝回宫。王龙别了番王，出了朝门，到得书院，收拾行李，带了从人，上了高头骏马，一直长行，出了番城。谢别众文武，带着护送兵丁向前赶路，正是：

> 蜻蜓不向钓竿立，怕惹游鱼吃一惊。

王龙一路有番兵相送，不用问路，只管长行。他在马上细想番王，又好笑，又可怜：笑他是一个痴呆汉子，用尽心机，费了精神，心想天鹅肉吃，颈项伸得多长，不能到口；怜他为了昭君，不过一个女子，梦魂颠倒，要想成亲，无故兴兵，害了自己多少生灵，浮桥搭起，也无用处，只落花暗柳垂，葬了美人。番王呀！纵把昭君弄到手，未能一宿成欢，只好眼饱肚饥。且住，我想此祸总因毛贼而起，他不知忠义，只爱金钱，挑动两下刀兵。忠良李陵，为了毛贼，命丧番邦；百花夫人，为李家媳妇，更算忠孝双全，也因毛贼，箭下身亡；李虎失机阵亡，苏武身陷番邦，总是毛贼起的大祸；就是我王龙丢了天朝好官不做，撇下三宿妻房，不因毛贼起的祸根，我怎身陷番邦一十六年，今日方得回朝，好侥幸也！毛贼呀，你算番王有功之臣，因何番王反

斩起功臣来了？也可知善恶到头终有报，只争迟早便分明。你只知一心害人，如今反害自身，只落得人产俱绝，千古难免骂名。想罢一番，依然赶路。

正走之间，已到白洋河口，王龙在马上一见，泪珠双流，想起娘娘投水，业已三月，曾蒙吩咐，命我将芳魂带回中国，今日向前一别，以尽君臣之礼，不知魂其有知！说罢下马，吩咐军兵暂住，欲向浮桥一奠。未知娘娘的芳魂可能带去，且听下回分解。

第六十二回　教授哭祭白洋口　昭君魂返芙蓉岭

诗曰：

> 曾经同出雁门关，历尽崎岖几处山。
>
> 今日芳魂归渺渺，孤坟一座怎生还。

话说王龙在白洋河口浮桥上面，命军士摆下祭礼，点起香烛，铺下红毡，大拜八拜，跪在地下，口称："娘娘呀，微臣王龙今日回朝，特地到此祭奠，告别娘娘，愿娘娘芳魂早登仙界，莫负宫中嘱咐，特来带娘娘芳瑰同路回中国去者！"说着，用手拈香一炷："愿娘娘芳魂随臣而行，一路涉水登山，微臣叫你，不敢失约。"祝毕，将香放炉内。拜了四拜，又取香二炷："愿娘娘升于仙界，要显灵圣，你是生在南方，不愿在北方做鬼，今日尸沉北方水内，你要随水流于南方，不可使芳躯葬于异乡。"祝罢，将香放于炉内。又取三炷香："愿娘娘今世为国丧身，未享分毫富贵，可怜恩爱夫妻，又被拆散，但求来世再转皇宫，夫妻偕老，同到白头。"祝毕，将香放在炉内。又拜四拜，站起身来，但见冷风几阵，黑云迷漫，四野顿长愁云，长江掀起白浪，也是王龙一念之诚，娘娘阴魂暗来受享。

王龙上香已毕，又来奠酒，用手执着酒杯，大哭道："臣记得随娘娘一路出京，常命臣吟诗和韵，今日臣特具祭酒一樽，祭奠娘娘。未写祭章，一杯酒儿，吟诗一律，以作祭文。"说毕，先敬第一杯酒，口占道：

> 天地钟灵产越州，生来仙骨自风流。

关雎雅化应无愧，麟趾呈祥未许留。

苦别双亲思故土，悲深万里葬荒丘。

阴魂默默归何处，一旦无常事总休。

吟毕，将第一杯酒奠倒地下，打了一躬，哭了一会，又取第二杯酒敬上，叫声："娘娘，这是臣王龙敬第二杯酒了。"因口占一律道：

美人自古从来有，不及此心能苦守。

褒姒捐躯遗憾多，西施殉国留名丑。

若知巾帼胜须眉，怎料祸端生腋肘。

历尽关山受苦辛，惨伤一命不长久。

吟毕，又将第二杯酒奠倒地下，打了一躬，哭个不止，两旁三军听他一番祝告言语，一个个无不下泪。王龙又取第三杯酒敬上，叫声："娘娘，这是终献了，娘娘魂其有知，可来享有微臣一点情义。"说毕，又口占一律道：

满朝文武尽排班，独送小臣到北番。

怕惹嫌疑称骨肉，不污贞节显肠肝。

金蝉脱壳恩番主，孤雁传书报汉王。

自是芳名标万古，心同松柏一时香。

吟毕，将三杯酒奠过，打了一躬，哭叫："娘娘呀，想微臣今日在此敬你这三杯酒，但不知娘娘芳魂可来享受？想微臣来时相伴娘娘，今日只剩孤单一人归国，好不可怜！娘娘呀，你十余年在番，心如铁石，不染番家一点尘埃，今日芳魂脱胎换骨，不作天仙，应作水仙。"祝告一番，烧了褚帛，叫军士取过祭礼，王龙含泪上马，几遍回头，只望浮桥，等去远看不见，方才马上扬鞭，一路而行。饥餐渴饮，马不停蹄，

早到黑水河口，王龙又下马焚纸，叫声："娘娘芳魂随臣到中国去者！"说毕，上马又行，离了黑水河地界，催马前进。

非止一日，已到雁门关，王龙命手下军士向前叫关，说和番王教授回朝，快快开关。关上守城军士听说，不敢怠慢，忙报知李元帅，元帅连忙出关迎接。王龙恐番兵进关不便，先在关外打发番兵回番，只带自己手下从人跟随，进关下马，与李广见礼，分宾主坐定。元帅道："殿元公十余年为国驰驱，可谓勤于王事了，但不知娘娘在番，目下怎样了？"王龙见问，不觉两泪交流，便把娘娘为汉王守节，投河身死的话细细说了一遍，李元帅也十分叹息。王龙又道："令侄李陵，不降番邦，尽忠而死。现在立庙立碑，以受千载香烟。苏老丞相，已释放回朝。番王倒是个贤主，只可惜手下一班臣子，皆非保国良臣。"李元帅听说，吩咐摆酒，代殿元公洗尘。二人坐下饮酒，只不过说的番邦言语，吃得尽欢而散，将王龙送至书院安歇，过了一宵。

次日起来，告别李元帅动身，李元帅另拨三百兵丁护送到京。王龙称谢不已，上马起行。出了雁门关，一路渡水登山，兼程而进，不敢迟延。那日到了芙蓉岭，忽见满天大雨，三军浑身俱已湿透，兵难前进，王龙吩咐，就在岭上扎下营盘躲雨，一面埋锅造饭。大家用过，已是初更，只得在岭过宿，次日再走。王龙独坐帐内，一对银烛高烧，只为回朝心急，又因雨阻耽搁，心中好不焦躁，不能成寐。耳听谯楼鼓打二更，旋转三更，一时身子转过，起来伏在案上，睡眼蒙眬，但见帐外，阴风惨惨，愁云漫漫，走进一个女魂，非是别人，就是昭君。

昭君乃上界九姑座下仙女，只因有罪，罚下世间，使她一女以配二夫，受尽千般苦楚，好姻缘反为恶姻缘，亏个一灵不昧，立志坚贞，自那日投河身死，尸骸随在浪里，颠来颠去，水族不敢惹她，因仗九姑赐的仙衣保护身体，而且天怜她贞节，不忍将她尸首撇在北方，故命众神将一路护送她尸首，到中原芙蓉岭上而来。昭君芳魂有灵，知道王龙到此，蒙他在白洋河设祭招魂，十分感激，他今雨阻在岭，要借梦中相谢一番。阴灵直到三更以后，随着一阵冷风，到了帐前，一见王龙打盹，轻轻走到桌边，叫声："御弟呀！你今在梦里可知哀家在此与你讲话？今上帝怜奴节义双全，仍将奴尸送回南方，要显灵于汉王，使得见奴尸一面，以便用礼埋葬。又蒙御弟设祭招魂，奴在暗中领受，特来相谢，保佑你回朝，官上加官，夫妻偕老。"说罢，已交四鼓，昭君叫声："御弟，奴去也！"王龙似梦非梦，一见昭君要去，急急扯住，被昭君大喝一声："男女授受不亲，这如何使得？"将王龙推倒在地。未知可曾惊醒南柯，且听下回分解。

第六十三回 昭君魂怨失约事 王龙面诉和番情

诗曰：

黄昏黯黯苦忧煎，帐底孤单不忍眠。

自叹人生皆合配，堪怜薄命断姻缘。

话说王龙在睡梦中被昭君推倒在地，大叫一声："跌死我也！"便从梦中惊醒，吓出一身冷汗，连称："奇怪！分明昭君娘娘来到帐中，对我相谢一番，言语甚是凄凉，是我一时不合要扯娘娘，失了君臣之礼，被娘娘用手一推，跌倒在地，吓得我从梦中醒来。此刻正交四鼓，梦中之话，句句记得，娘娘要算有灵了。又说是尸回中国，不知真与不真？且到东京，便见分晓。"想罢，又打盹一会，天色已明，醒来见雨已住了，日光透出，吩咐军士埋锅造饭，就此起营。一声令下，谁敢怠慢？大家用饭已毕，就是三声大炮，拔寨起身，离了芙蓉岭，一路长行，也无心观玩途中景致，早赶到皇都地方。进得京城，天色已晚，把三百人马扎在教场，权在馆内住宿一宵，只候早朝复旨，不表。

且言汉王那日五鼓登殿，方受文武朝参已毕，忽打一个呵欠，倚在龙案上面，似梦非梦，听见云端内有人詈声骂着昏君，汉王听见声音很熟，急急离座下殿，抬头一看，不是别人，正是昭君，大吃一惊，暗想："昭君在番十六年，如何今日会腾起云来了？"只见昭君指着汉王，叫声："昏君，你好负义忘恩也！奴为保守江山，丢下父母，去和北番，为国忘家。你临行时携着奴手，何等嘱咐，说是挑选天下人马，御驾亲征，来救奴家，哄奴在雁门呆呆等候，杳无音信。奴为昏君，守此节义，不敢失身于番，

只得投河而死。昏君呀！你忘了昭君恩义，不过是个女子，倒也罢了，还有许多功臣，汗马功劳，一个个为国捐躯，命丧沙场：如李陵不屈于番而死，百花中箭而死，李虎为妻报仇而死，彭殷中炮而死，死后不闻一点褒封，就是老将李广，苦守雁门，费了许多心机；和番苏武，困番多年，不亏我怎得回朝？御弟王龙，丢下三宿妻房，伴奴和番，历尽千辛万苦，到番做了闲人，一十余年，毫无嗟怨，真是为国忠良。一个个有功之臣，也不加封。你做了一朝人主，赏罚全无，还称什么孤，道什么寡呢！"说一顿，埋怨一顿，恨几声，悲痛几声，把一个汉王说得哭哭啼啼，叫声："恩妻见责，丝毫不错，是孤忘恩负义，还望恩妻原谅。你今既会驾云，回了本国，快些下来，孤和你重整鸳衾，以全未了之情。"昭君冷笑一声道："人天路隔，怎得遂心！既是你犹记前情，多多拜上皇后林恩人，姜之父母，望乞照看一二。奴的苦楚、千言万

语，都说不尽，自有人对你说，奴要去也。"汉王见留不住昭君，放声大哭，昭君叫声："汉王休哭，既是你与奴前情未断，奴还有妹子赛昭君，姻缘可以续成，切要牢牢记着，奴是当真去了。"

一阵阴风过处，昭君芳魂冉冉归天而去。汉王再向云端，看不见昭君的形影，大叫一声："痛杀孤也！"从梦中哭醒，几乎跌下龙牀，吓得两旁内监，急急扶住汉王。汉王醒来，连称奇怪，也不便与两班文武说明此事，只是痴呆呆坐在殿上思想。忽见黄门官奏道："今有随昭君娘娘和番去的御弟王龙，现在午门候旨。"汉王听说，将王龙宣上金殿。王龙拜了二十四拜，口称万岁之声。汉王叫平身，便问道："卿家和番因何去了十六载？今日方得回朝，不知娘娘怎么样了？"王龙见问，不觉扑簌簌两泪双垂，汉王道："卿家未言，先自流泪，是何缘故？可细细从头至尾奏与寡人知道。"王龙奏道："启我主，臣随娘娘往北和番，一路过芙蓉岭，岭上吟诗；太行山遇见猛虎，

山神搭救；黑水河停兵半月，盼望我主，救兵不到，娘娘时常啼哭；雁门关内看见孤雁飞鸣，娘娘便唤孤雁，雁也知人意，落在地下，娘娘将血书写成，藏于雁翅，千言万语，嘱咐孤雁，转达我主，不知雁可将信寄来，我主可曾收到？"

汉王听见此话，便不觉满面通红，叫声："卿家，实是孤王失信于昭君。那日果有一只孤雁飞来，落于殿廷，左边带的是昭君书信，寄与孤王的；右边是卿家的书信，寄与家乡的。孤本当欲写回书，又怕添昭君一番愁苦，是以孤王一总留下未曾回书，此乃孤之罪也。"王龙道："我主不写回书，倒也罢了，只可怜娘娘在雁门关眼巴巴地盼望这回书，足有一月，不见到来，眼泪不知出了多少，又被关外番兵十分催促起身，那时娘娘好不焦闷人也！没奈何出了雁门，回头不住望着南方，哭哭啼啼，一路长行，非止一日，到了北方，逼要番王三件大事，方肯进城：一要税簿，二要宝珍，三要降书降表。番王一一依从，已曾差官送到中国，不知我主可收下么？"汉王道："已经收到，但不知娘娘进了番城，以后便怎么样了？"王龙道："娘娘到了番宫，第一夜召臣进宫，劝番王饮酒，是臣用计，下了迷昏药，把番王吃得七孔流血，不能成亲。第二夜番王旧病复作，又是臣用计，教番王杀了毛贼，以报前仇。第三夜番王大醉，硬想娘娘成亲，娘娘又仗着九姑仙娘赐的仙衣，穿在身上，番王用手扯着衣裳，如十几根银针刺在指上，鲜血淋淋，吓得番王不敢近身。到后来，娘娘又推说番王有病，曾许下白洋河愿心，要搭浮桥，只等到十六年后，方能成功，可怜娘娘一心只为我主，守此冰霜节操，任番王百般依从，娘娘俱是付之流水。那日到烧香日期，到了浮桥上面，可怜娘娘那一种凄凉，真令人痛杀。番王只认烧香是为自己还愿，哪知娘娘是要全她的节操，一旦投河而死，好笑番王，一十六年，如在梦中。外有娘娘书信三封，嘱咐臣带回，呈上我主。"说着，将书呈上。汉王且不看书，叫声："卿家，孤方才登殿，有一异事，实骇听闻。"王龙便问："是什么事情？"未知汉王怎生说出，且听下回分解。

第六十四回 百鸟护尸收仙衣 满朝送葬遇国文

诗曰：

　　恩情割断三千里，异地羁留十六年。

　　为国忘身一女子，此心真可对苍天。

　　话说王龙请问汉王，早间是何异事，汉王便把正当早期，似梦非梦，见昭君身立云端，当面寡人，被她埋怨失约的话说了一遍，"孤只道昭君业已成仙，方能驾云，前来会孤，哪知她已为孤倾生，一点魂灵到此，可怜！可怜！"说毕，放声大哭，满朝文武，一众内侍，无不下泪。王龙道："我主少要悲伤，娘娘生前聪明正直，死后为神，理所当然。"汉王收泪点头道："卿言极是！卿家一路劳顿，免朝三月，另日加封。"

　　王龙正欲谢恩退下，忽见把守东华门官员跪下奏道："启万岁，今皇城外河内流一尸体，身体未曾损坏，不知是男是女；又有百鸟衔花盖面，香闻十里，请旨定夺。"汉王闻奏，好生诧异，便问王龙道："卿在北方，见娘娘死，死后可曾埋于什么地方？"王龙道："说起来也是一件奇事：那日娘娘将身跳河，河内之水比江海波浪更凶，番王命许多番兵下去打捞，总捞不着娘娘的尸首，他那里只得招魂设祭。臣闻娘娘生前曾说'生为南方人，死不愿为北方鬼'，皇城外流来的尸首，或者是娘娘到此，也未可知。"

　　汉王听说，传旨摆驾到御河一看，以辨真假。一声旨下，满朝文武随驾出朝。到了皇城外河边，汉王向前一看，果见水面上漂来一尸首，百花盖面，群鸟飞绕，身上霞光万道，云气千层，只看不出是男是女。汉王吩咐军士将群鸟逐开，见是一个女尸，

面似观音，犹如活的一般。汉王又传令众军士将女尸捞起。众军士答应，正待动手下去捞那女尸，只听见一个个军士都叫手疼，血出来了。回复汉王，汉王又不肯叫军士用挠钩去搭那尸首，便问王龙："这是什么缘故？"王龙道："若果是娘娘尸首到此，她身上有九姑娘娘赐的仙衣，衣上如银针直刺人手，碰着无不受伤，所以娘娘在番十六年，番王不敢近身，皆赖此仙衣之力保全玉体，今日我主祷告一香，包管尸首不难捞起来了。"

汉王听说，便对河边祝告道："贤妃既归，玉体光辉，白璧无瑕，何用仙衣！"说毕，一阵香风过处，只见群鸟飞去，霞光不见，仙衣已被九姑娘娘收去。汉王仍命军士动手，此刻手果然不伤，轻轻将河内女尸抬起，汉王近前一看，见她容貌未改，果是和番昭君，免不得抱住尸灵，放声大哭，只叫："苦命妃子呀！你今死后，尚且心向南方，不肯将尸灵抛于异域，怪只怪孤一时忍心，舍你前去，又屡次失信于你，教孤今日有何颜面对你芳魂！"说罢，痛哭不止，泪湿龙袍。王龙只是一旁流泪。众文武见汉王过于悲伤，向前相劝，汉王方才丢下尸灵，命内侍用暖衬将娘娘尸首抬进西宫。

一声旨下，众内侍领旨动手，汉王率领文武，一齐哭进午门，抬至西宫，安放牀上。早惊动正宫林后，一闻此信，带了嫔妃，赶到西宫，正见汉王在那里痛哭。走进房内，一见昭君面色如生，不暇问及缘由，也向前抱住昭君的尸灵，只哭叫："妹妹呀！你为国家和番，去了一十六载，哀家无日不思念妹妹，谁知今日只剩个尸灵，方回故国。"说罢，哭得喉咙都哑。汉王也是陪哭，哭得日月都昏，一众内侍宫娥向前劝住汉王、林后，林后便问："芳魂怎得回来的？"汉王细细对林后说了一遍，林后连声称赞道："此身虽死北方，此心犹恋故土，可谓巾帼之完人了！"说罢，林后也不用嫔妃动手，亲代昭君香汤沐浴，换了一身汉服，忙用棺木盛殓，停丧西宫，百日后出殡。汉王又旨下礼部，于各寺院延请僧道各一百名，在西宫虔诵经文，要做七七四十九日功德，超度亡灵。又许下一百根桂枝香，一百卷《金刚经》。道士打的罗天大醮，申表上朝；和尚拜的皇忏关灯，招魂灵前供养。设了许多奇珍果品，灵前铺陈，扎了许多纸扎烧化。

每日汉王伴灵烧香，哭祭一回，只到四十九日功德圆满，迎皇送佛各事已毕，都

中华传世藏书

中国孤本小说

双凤奇缘

210

皆散去，汉王仍在西宫住着伴灵，只候日日已到，又传旨礼部，卜了吉日，出昭君娘娘灵柩，安葬芙蓉岭上。

这日，汉王与林后俱穿素服，文武百官尽皆带孝，三宫六院，采女嫔妃，以及内侍人等，俱穿孝衣，一路哀声不绝，送出朝门。满城百姓，家家户户，俱排香案，路祭昭君娘娘。此刻正是春天，不寒不暖，一众行人，奔芙蓉岭而来，正好走路，这且慢表。

再言王老皇亲夫妇，只因女儿和番，心中不舍，无奈为国驰驱，只得苦在心头。虽蒙汉王看顾，到底朝中举目无亲，皇亲苦苦辞官，汉王准了他的本，赐他田地金银，还着地方官不时矜恤，皇亲就择于皇城百里外买了一所房子居住，虽是老夫妻，倒也安闲自在。只因膝下无子，常怀忧闷，虽有二个女儿，一个已去和番，如同死绝一样，一个年幼，取名赛昭君，尚未配婚，隐居乡间，又不出名，哪个知道？一日，皇亲正在门口闲望，忽听村中人喧嚷道："今日天子代和番的昭君娘娘出殡，安葬芙蓉岭，好不热闹，我们快去看呀。"皇亲一听，大吃一惊道："莫非我儿死了，番邦将尸首归于我国？汉王也该送信于我老夫妇，直到今日也不通知，好狠心呀！"入内，便说与夫人知道，夫人含泪叫声："老爷，你也休怪汉王，他怕通信来，使我年老二人又添一番痛哭。我和老爷办些祭礼，赶到笑蓉岭祭奠一番。"皇亲依允，忙去收拾，备了牲口，雇了轿子，命家丁挑了祭礼，皇亲三口，一路而来，不表。

且言汉王送丧到芙蓉岭，命地师卜了正穴，安葬昭君灵魂，一面盖土，一面摆列三牲，汉王与林后率领众文武正才祭奠已毕，转身向外，忽远远见皇亲一众家眷，来到坟上，大吃一惊。未知汉王相见，如何对答，且听下回分解。

第六十五回 汉天子初见赛昭君 长朝殿加封刘教授

诗曰:

二女昭君出一家,排关名字最堪夸。

姊能贞烈妹能武,好比莲生并蒂花。

话说汉王见昭君的父母到来,心中很不过意,为的昭君尸到中国,不曾送信与他,今见两位皇亲到来,汉王面前见驾,又朝见林后,汉王叫平身,含悲叫声:"国丈,休怪孤不送信于你,只怕年老皇亲一闻凶信,又增悲苦,等丧葬已毕,方才召你说个明白。"皇亲夫妇听说,也不回言,忙将恩谢,齐到坟上摆了祭礼,祭奠昭君。老夫妇放声大哭道:"你当初二九之年,大不该得此异梦,立誓要伴天子,谁知遂了心愿,其中颠颠倒倒,累及父母受了许多苦楚;你又为国亡身,今日只剩尸灵归国,叫我年老双亲,倚靠何人?亦是空养你这女儿一场。"说毕,一齐嚎陶大哭。哭了一会,林后命宫娥劝住皇亲老夫妇。见坟边袅袅娜娜走上一个女子,不亚昭君重生,汉王一见,吃惊不小。只见她到了昭君坟前,整理衣袖,拜倒尘埃,哭叫:"姐姐呀!念妹子赛昭君,生来既晚,姊妹未曾见面,就两下分离,今日姊姊归阴,妹年又小,叫年老双亲并无香烟后代,日后倚靠何人?"说着,忍不住粉面泪流,如花喷水;双眉紧皱,似桃含春,哭拜一会,真令旁人心酥。林后见这女子,举止文雅,说话伶俐,方知是昭君之妹,暗暗称赞道:"好个知文达礼的佳人,也不枉姊妹聪明,生在一家。"汉王在旁偷看赛昭君,眼都笑合了缝,心中暗想:"昭君云端亲许寡人,寡人若不断前情,妹子赛昭君可以续婚,只怕此言今日有些应验了。且等回朝,再作计较。"便离座,携着国丈

手，周围看一看坟中四面景致，以见殡葬昭君，礼上不为过薄，但见那：

坟堂上石牌楼高高耸耸，两旁栽松柏树千层万层。一枝梅，一枝李，梅李争开；一枝杏，一枝桃，桃杏生春。石牛羊，石人马，分列左右；石麒麟，石獬豸，头角狰狞；石豺狼，石虎豹，助威坟墓；石骆驼，石狮像，件件分形；石文官，石武将，排立两旁；石嫔妃，石采女，伺候坟茔。

汉王同国丈看了坟上造得十分齐整，国丈也放心得下，汉王叫声："国丈放心，妃子虽死，亲情未断，孤定奉养你终身便了。"国丈连称："皇恩浩荡，老臣何以克当！"说着已到坟前，汉王同林后又拜别昭君之墓，众文武也上来拜别，哭得悲悲切切，吹得热热闹闹，礼拜一番。汉王要摆驾回朝，国丈夫妻向前谢了天子，皇后移步也要告辞回去，汉王心中十分不舍，无奈国丈苦苦告别，汉王道："既是国丈执意要去，孤也不好强留，再令媛有遗书一封，寄与国丈的，孤今未及带来，且稍停几日，召国丈来朝，还有别事商议，再看遗书不迟。"国丈谢恩，率领家眷回他乡里去了，不表。

且言汉王、林后带领文武嫔妃内侍等，告别昭君坟墓，一路回朝，文武退出朝门。汉王与林后到了正宫坐定，有内侍献茶。茶毕，汉王想起了坟上之事，叫声："御妻，方才在坟上可曾见昭君的妹子，前来代姐姐上祭？容貌柔媚，举止温和，不亚昭君再生、王嫱复活，令人十分可爱。"林后听说，微微冷笑道："陛下好眼力也，妾非妒妇，焉肯作此没情义之谈，但一则天下多少妇人，陛下没有这些精神。召见这许多妖姬美妾，尽着自己受用；二则国丈的长女，被你断送番邦，难道又把第二个爱女送与君主，恐未必情愿了！我主请自三思，不要痴心妄想了。"

汉王听说，哈哈大笑道："御妻之言，虽是正理，孤非好色，慕爱美貌佳人，但因思想昭君许多情义，茶不思，饭不想，酒不饮，梦不成，惹出无限愁闷。今见昭君之妹，如见昭君，意欲续此新姻，以联旧义，不知御妻意下如何？"林后听说，叫声："陛下，你可谓见事不明了：想国丈无子，只靠二女收成结果。一女和番，已是心如刀割，只为要保江山，舍了身上一块肉。他二老致仕归闲，膝下只此一女，靠她收成结果，未必尚贪皇宫之福，肯续旧姻，人心如此一样，何必强求？"汉王道："御妻之言，太迂阔了，想寡人与昭君许多恩爱，怎舍她去和番，也是出于无奈，就是今日提起，

好不痛杀孤心也!"林后笑道:"陛下不必在此假慈悲,这是番人只要昭君,就献与他,若要正宫,也可献与他么?"汉王道:"御妻何出此言!正宫乃结发夫妻,非西宫可比,就是寡人拼着江山不要,也不能软弱至此。"林后笑道:"这是妾身戏言,陛下何必生嗔。妾闻苏武和番,一十六年,受了许多苦楚,如今方得回朝,也难为这老忠臣了。"汉王道:"可怜那苏武回朝,两鬓皆白,长髯苍苍,不是声音听得明白,几乎认不得他是苏武了。"林后道:"这样老忠臣,身陷番邦,劝降不辱,甘于牧羊,受苦风霜,令人可怜,陛下也当格外加恩,方是酬他一片赤胆忠心。不讲他别的苦楚,只闻他有诗八句,写来也算苦不尽了。"汉王道:"御妻可记得否?念与孤听。"林后点头念道:

"自从一别天朝地,苦守忠心十六春。

嚼雪不嫌冰似水,吞毡肯让人污身。

衣冠虽敝犹怜旧,符节常依尚喜新。

两鬓苍苍嗟齿长,家乡何处拜丝纶。"

只此一诗,已见老臣忠心耿耿,贯于日月。

汉王道:"孤于当日,赐宴在便殿上,代他接风。加封太子太师,上殿不拜,外赐黄金千两,彩缎百端,拐杖一根,玉带一围,荫袭一子三品职衔,又免朝三月。孤也不为薄待忠臣了。"林后笑道:"陛下只说相待忠臣不薄,但坐也是昭君,立也是昭君,行也是昭君,卧也是昭君,未知同伴昭君去的这个功臣,如何发落?"汉王听说,忽然想起此人,大吃一惊。未知怎样回答,且听下回分解。

第六十六回 教授衣锦还乡 国文给养续婚

诗曰：

　　桑梓之间不肯忘，愁生万里为君王。

　　天涯海角飘流久，且幸于今返故乡。

话说汉王见林后提起还有相伴和番功臣，未曾加封，心中惶恐，叫一声："御妻，非是寡人忘却此人，只因昭君尸到，丧事忙了三月有零，只算得安葬已毕，打点召他前来，自然格外加恩，酬他十余年的辛苦。"林后点头称是。说毕，吩咐摆酒，代汉王解闷。一宿晚景已过，不必提他。

次日早朝，汉王登殿，两班文武朝参已毕，旨下将王龙召进。王龙见了汉王，拜倒金阶二十四拜，口呼万岁。汉王叫声："卿家，劳你伴送娘娘和番，一十六载，受了千辛万苦，久困异乡，今方回朝，卿之忠心，不减苏武。孤甚敬服卿家，怪不得昭君生前，眼力识人一丝不错。今且听孤加封卿家为天下都提调使，统制军兵，如朕亲临；外赐黄金印一颗，尚方宝剑一柄，不论皇亲国戚、文武军民，凡有不法者，任凭先斩后奏；彩缎百匹、黄金千两、红罗一对、金花两朵，追封三代，荫袭一子。尔妻萧氏，苦守多年，赐她凤冠霞帔，加封一品正夫人。并赐回乡祭祖，给假半年，使你夫妻完聚，并受皇恩，再行供职。"

王龙得旨，心中大喜，连忙在金阶叩谢皇恩，就此告辞汉王，退行百步，出了朝门，到五凤楼前上马，又拜别在朝文武，打点衣锦还乡。口中不语，心内暗想，叫声："且住，想我刘文龙乃一介书生，得中状元，多蒙昭君娘娘的错爱，认为兄妹，御赐姓

王，今日特旨加恩，荣归故里，亏谁之力？还当前去拜见义父、义母，方是正理。"想罢，带了从人，备了礼物，出得皇城，约有百里之遥，就到了国丈府中。门前下马，有家人投帖进内，少刻，国丈出迎。迎至厅上，王龙便请夫人一齐相见，国丈命家人传语入内，将姚氏夫人请到厅上。王龙把二位皇亲请在上面，口称："义父、义母两大人在上，义男王龙拜见。"说罢，正要将身下拜，国丈一把拉住道："殿元公，这个使不得，不要折坏老朽。"王龙又不肯依从，定要下拜，二人扯了一会，只拜了二拜，方分宾主坐下，香茗一道。

用毕，国丈便叫声："殿元公，不才小女奉旨和番，累及殿元公，一番辛苦跋涉，愚夫妇于心不安。"王龙道："义父说哪里话？这是为国驰驱，乃臣子份内之事，何言辛苦？慢讲是君王有命，不过跋涉万里，就是赴汤蹈火，亦在所难辞。"国丈连连称赞道："殿元公可谓勤于王事，足见忠心。请问殿元公身在番邦，亲见小女一番举动，不知可以见示否？"王龙道："义父母若不嫌絮烦，何妨上禀。"国丈道："倒要请教，老夫这里洗耳恭听。"王龙未曾开言，先已流泪、道："想娘娘别了汉王，出得东京，和番北地，自芙蓉岭到雁门关，走了许多路程，受了多少风霜雨雪，免不得爬山过岭，万苦千辛，才到番城，约了三事，等番王依允，方肯进城，也算长天朝志气。到了宫中，番王勒逼成亲，用计灌醉番王，下了迷昏药，使番王血流病倒，方脱此难。到后来，又仗九姑赐的仙衣，穿在身上，吓得番王不敢近身。又将奸贼毛延寿千刀万剐，报了仇恨。愚弄番王，许下白洋河口要还香愿，要搭浮桥，累及番王，费尽倾国货帑，一十六年，方才成功。番王催着娘娘烧香还愿，想要成亲，娘娘自知再难推却，将义男召进宫中，当面吩咐道：'哀家心存贞烈，为国和番，原非得已，若番王再逼哀家成亲，惟有一死，以报汉王。'只可恨汉王，过于薄幸，一点恩义全无，哄娘娘在关等候多时，并不见御驾亲征；娘娘又托孤雁寄书，天子亦无回信，可怜娘娘说，宁教汉王负我，不教我负汉王。那时到了浮桥，还他香愿，将身一纵，随波而去，吓得番王大哭一场。着人打捞娘娘尸首，毫无影形，番王只得回朝，做些佛事，超度娘娘的芳魂。又打发义男回南，出了番城，到了半路，雨阻芙蓉岭上，三更时分，娘娘又托梦于义男，说：'哀家有几句言语，嘱咐于你，回去休要忘怀：一拜上汉天子不必挂念，奴虽

死，恩义未断，照顾双亲；二拜上正宫林后，蒙她情义，未曾报答，来世再报深恩；三拜上堂前父母，休要悲伤，儿今虽死，还有妹子可以续婚。'说已明白，魂出帐去。还有生前在宫遗书二封，着义男带回天朝，已呈与汉王，汉王还未曾与义父母看见。这就是娘娘和番始末，今提起，也令人伤心。"

国丈听见王龙一番言语，由不住心如刀割，放声大哭，姚夫人只是哭叫："苦命的亲儿呀！"王龙也在一旁，陪了许多眼泪。哭了一会，大家止住泪痕。王龙又请贤妹赛昭君见礼，国丈吩咐丫鬟："请二小姐出来，与殿元公见礼。"丫鬟去不多时，只听里面环佩声响，赛昭君稳稳重重，走出厅来，王龙抬头一看，大吃一惊，宛似当年昭君娘娘的模样，连忙起身，兄妹见礼。礼毕，国丈吩咐摆酒，款待王龙饯行。席终告别，国丈送出大门，王龙上马，带了从人，一路长行，衣锦还乡，好不热闹，少不得坟前祭祖，夫妻完聚，这且不表。

且言汉王，自在坟上见了赛昭君容貌，不亚于昭君，心中又惹起相思病来，打点续娶联姻，便与林后商议此事。林后不好过于阻挡，忙写了一道旨意，差了内侍出城，飞召国丈见驾。内侍领旨，不敢怠慢，出宫上马，如飞而去。离城百里，指日就到，内侍同了国丈，到得午门，下马候旨。内侍先人宫缴旨，汉王即传旨召进国丈，国丈见驾，山呼朝拜，汉王连叫平身，赐坐。国丈坐定，问道："我主相召老臣，有何吩咐？"汉王先命内侍取出昭君遗书，递与国丈看看。国丈未免见鞍思马，心中悲苦一番，当着汉王面前，不好哭出声来。将书看毕，笼于袖内，便要起身告别汉王，汉王带笑叫声："国丈且慢。"国丈便问："我主还有何事吩咐老臣？"未知汉王说出什么事情，且听下回分解。

第六十七回 痛王嫱皇亲思女
游花园九姑传法

诗曰：

先因多女不胜愁，身入皇宫慰白头。

到底门楣他自立，前人栽树后人留。

话说汉王见问，便对国丈道："令媛与孤恩深情重，为国驰驱，身丧异地，临死曾嘱咐孤家，照看双亲。今日相召，非为别事，听孤加封国丈食一品俸禄，妻姚氏封一品夫人，月给钱粮供养，不用在朝供职，仍居皇城外安闲之地，代代子孙，也受皇恩。令媛为国尽节，不独名标青史，且谥贞烈二字，配享太庙，永受香烟，乃立贞烈牌坊，不论皇亲国戚、在朝文武到了牌坊，俱要下马，如有违旨，即问典刑。国丈呀！孤要续娶二令媛，以接一脉姻亲，月给加俸银三百两，好生管养赛昭君；外赐宫娥二十四名，服侍二令媛；又加白银三千两，折与二位皇亲买果吃，孤也不下聘了，只算一言为定，候孤择定吉日，迎娶进宫。就是昭君屈死北方，这段血海冤仇，安得不报，孤自操练精兵，亲讨反叛，灭了番邦，代昭君报仇，慰她阴灵于地下。"

国丈听见汉王吩咐，不敢不依，只得受了许多赏赐，谢恩出朝。回到自家府第，入内，便有姚夫人率领女儿赛昭君迎接，到内室坐定，姚夫人便问："今日旨下召见，有何事情？这许多赏赐，是哪里来的？"国丈道："夫人有所不知，只因大女昭君，一点贞烈之情不泯，远到番邦，几千里外，将尸首送到中国，百鸟衔花盖体，花容未损分毫，敢是皇天保佑，未曾安葬之先，大显灵于汉王，一要汉王照管你我二老，是以皇上加封加禄，二要亲情不断，却叫妹子续婚，是以今日宣召进宫，当面言定亲事，

赐了采女二十四名，服侍二女儿，又赐白银三千两，以作聘礼，月给俸银三百两，好生管养二女儿，俟汉王择日迎娶进宫。"姚夫人听说，把眉头一皱道："好笑汉王，太没正经，他尽有三宫六院，偏要缠扰我家则甚！想大女儿在世，百般聪明，活鲜鲜地被汉王选去，断送性命，至今令人提起，好不伤心。如今又来想我二女儿，只怕此女未必贪皇家富贵，嫁个平人，夫妻偕老，你我日后也有收成结果，不要象大女儿，又去和番，坑了性命。"国丈听说，把脸一沉道："夫人之言差矣！常言：'君叫臣死，臣不敢不死，臣若怕死，不为忠臣。'大女儿虽死在番邦，如今配享太庙，永受香烟，留得芳名千古，各人自有各人之福，你我父母，何必代女儿愁烦？况皇爷当面续婚，谁敢逆旨忤君？"夫人听说，哀哀痛哭，叫声："老爷呀，妾怀二女在腹，十几个月，只认是一个怪胎。哪知生于辽东，容貌胜似姐姐，只为上坟，遇见汉王留心。非妾不愿女儿婚姻，只为你我年老，举目无亲，单有此女，怎舍得她又离身边呀！"

正值老夫妻议论，早有二十四名宫娥进来，一一磕头已毕。老夫妇吩咐拨在香闺二小姐手下伺候，众宫娥答应，侍立两旁。赛昭君叫声："爹娘不必争论，想姐姐身死番邦，大仇未伸，汉朝又无英雄能将去杀番兵。不是孩儿敢夸大口，纵番邦有许多妖术奇能，只消孩儿领兵前去，管叫番人一个不留，还要踏平番城，代我姐姐报仇，方泄心头之恨。今日皇爷肯将续婚，正是遂孩儿平生之志也。"国丈夫妇听了赛昭君一番言语，一齐哈哈大笑道："孩儿小小年纪，不知外边事体，随便夸言乱说，想天朝征番，勇如李陵，尚且被捉；猛如彭殷，不免死难；百花中箭，李虎亡身，苏武遭困。就是李广，年老宿将，也有万夫不当之勇，尚且折了许多人马，被番人杀得闭关不出。是以汉王无奈，将你姐姐前去和番。量你不过一个柔弱女子，手无缚鸡之力，焉知行兵之事？少要乱说，使外人闻知，岂不贻笑大方！"赛昭君道："爹娘休要小视孩儿，孩儿若不禀明与爹妈，爹妈也不知道其中有个缘故。"国丈道："有个什么缘故，可细细说与我们知道。"

赛昭君道："爹妈容禀，只因那一晚闺中闲坐无事，但见窗外月明如昼，一时心中想起游花园，未带丫鬟使女，独步而行。到得二更时分，凉风阵阵，正穿竹径，忽见两边陡起一朵祥云瑞霭，纷纷香烟绕扑，那云落在园中，到了一个仙女，身披鹤氅，

执着云肩，手摇羽扇，自称九姑仙女，呼着孩儿姓名。孩儿听她呼唤，知非凡人，连忙跪在地下，听她吩咐。那仙女道：'赛昭君，你与我有缘，情同师弟，因尔姊屈死番邦，无人泄恨，汉朝又少英雄，谁去平番泄耻？非你不可！我特来教你诸般武艺，你且站在一旁细看，牢记在心。'仙女说罢，先传武勇，向空中一指，明亮亮的十八般兵器，自空中落于地下，但见那仙女：先使刀，分上下，背花乱落，一团雪，冷森森，别类分门；又使枪，梅花落，不离左右，刺劈面，到护心，件件皆精；方天戟，举在手，飞扬乱舞；铁楞锏，手双起，舞不见人；开山斧，迎面砍，三十六着；银瓜锤，乱打去，碎碎纷纷；鎏金镗，轻飘飘，狂风几阵；碧燕抓，飞荡荡，映月光明；竹节鞭，单撒手，凤头三点；青竹竿，挑金钱，如虎翻身；风魔棍，打过去，离地尺许；枣阳槊，掷空中，一点无差；扯满弓，放羽箭，怀中抱月；跑劣马，快加鞭，稳坐鞍心。传武艺，已毕了，教奴学会。又传我，诸般咒，临阵记心；还教奴，行土遁，地下能走；更有那，会驾雾，亦可腾云；撒绿豆，成兵将，自可摆阵；传六韬，并三略，谨记留神；六丁将，六甲神，俱听号令；要移山，并倒海，顷刻施行；呼得风，唤得雨，天仙正法；除得妖，斩得怪，可逞奇能；临行时，又赠我，几件宝贝；叫孩儿，灭番邦，马到成功。

她又说孩儿前世本为皇后，今生又当入皇宫，这是前世姻缘注定，何能强求。"国丈夫妻听说，只吓得摇头吐舌。未知怎生回答，且听下回分解。

第六十八回 林皇后得病归天 赛昭君续姻为后

诗曰:

非因薄命叹红颜,数定此生总是天。

贵到人王强不得,前姻缘即后姻缘。

话说国丈夫妻听了赛昭君一番言语,共吃一惊,叫声:"娇儿,想你又无兄无弟,姐姐又死了,倘你去征番邦,一旦有失,叫你双亲倚靠何人?"赛昭君叫声:"爹妈只管放心,孩儿不进皇宫便罢,若皇爷召娶奴家,姐姐之仇一定要报,怎不领兵出征?"国丈道:"且等旨意下来,再作商议。"不言国丈府中之事。

且表正宫林后,自从昭君死后,每日在宫思想,只是痴痴呆呆,似颠非颠,忽然染成一病,茶也不思,饭也不想,日夜里只叫:"妹妹哪里去了?"脸上黄瘦不堪,慌得汉王忙召太医院来看林后,都说是七情六欲所伤,总看不出娘娘的病根。日复一日,林后病体十分沉重,汉王亲调汤药,无奈林后咽喉如锁,并不沾唇。可怜林后,只为思想昭君,弄得三魂散去,六魄无归。到了那日三更时分,喉中气绝,一命归阴,三宫六院,无不悲啼,只哭得汉王,死而复生者几次,口口声声哭叫:"林后,撇得孤王好苦也!"不住地跌足捶胸,喉咙都哭哑了。到了天明,也不临朝,吩咐宫娥将娘娘香汤沐浴,内外细装大殓起来,然后用棺木装起,安停宫内。哀诏颁行天下,满朝文武,尽皆挂孝,百姓百日不许开荤,开丧举哀,七七道场,功德圆满,方命礼部选择日期出丧,安葬西山岭白云峰下。

丧事已毕,回朝归了正宫,冷冷清清,好不孤凄,汉王和衣哭倒龙牀,一则思想

林后，二则思想昭君，从此汉王想成一病，久不临朝。文武百官知道汉王有病，俱入宫中问安，汉王也勉强撑持，见了众文武，吩咐均免朝参，众文武口称领旨，便问："我主因什事情，龙体不安？"汉王道："孤因昭君死后，未及一年，又把正宫林后死了，层层苦楚，心甚不宽，是以忧闷成疾。"众文武齐奏道："我主若因宫中无人内助，何不颁诏天下，召选美女。"汉王闻奏，摇摇手道："天下佳人虽多，只怕难及旧时两个宫人。"旁边闪出张丞相，高叫："我主既说身伴无人，难道忘却昭君娘娘的妹子赛昭君么？当时在坟上，已亲眼见过，后又将国丈召来，当面亲许，不肯断这门亲，算来今年已十八岁，可做昭阳掌印，望主准奏。"汉王闻奏，心中大喜，不觉病体减半了，便道："孤因病中昏聩，忘却赛昭君，烦卿到国丈府内，传孤旨意，说是正宫娘娘驾崩，昭阳无人掌印，皇爷不负前言，召选赛昭君为正宫皇后。户部动支黄金千两，烦卿料理一切喜礼，代朕一行，回朝定当加恩。"

张丞相领旨，同众文武出宫，回了府第，不敢耽搁，就在户部支了帑项，备办喜礼。百端百羊百果，总已现成，张相骑马，押着礼物，一路出了皇城，不多时就到得国丈府内下马。国丈连忙迎接进厅，礼物摆列厅上，张相开读诏书，国丈俯伏厅阶，听宣圣旨，上面特来召赛昭君，即着二位皇亲护送进京。国丈闻旨谢恩，收了礼物，送至后边，一面与张相见礼，一面吩咐摆酒，款待钦差。张相酒至半酣，催促动身，国丈点首，传谕后面夫人知道。夫人见圣旨又到，召选二女，急急进房告知女儿。赛昭君听说，心中大喜，连忙收拾预备。夫人叫丫鬟出问，外边御辇可曾齐办，张相对国丈道："御辇已在外伺候多时了。请令媛就此登程。"国丈入内说了，免不得赛昭君向前拜别父母。又是一番悲苦，仍带了圣上前赐的二十四名宫女出来，厅前上辇，国丈吩咐家丁看守门户。同了张相上马。夫人坐轿，一众奴婢后面跟随御辇，两旁自有军士内侍护卫。一路不敢迟延，进得城来。汉王尚在宫中养病，未临朝政，国丈京中本有府第，同了夫人、女儿，仍归私宅住下候旨，不表。

且言张相进宫复旨，见了汉王，三呼万岁，口称："臣遵旨，召王国丈并家眷等，已随旨来京，未奉宣召，不敢擅入宫门，请旨定夺。"汉王闻奏，龙心大悦，忙叫：

"平身，劳卿作伐，赐御酒五十瓶，彩缎百匹，算孤谢媒，赛昭君俟钦天监择日进宫。"

张相领旨谢恩，退出朝门。汉王又命内侍传旨出去，召钦天监进宫伺候。钦天监领旨，不敢怠慢，进得宫来，见了汉王，三呼万岁，汉王叫平身，一面吩咐谕旨道："孤今选封王皇后，非东西两院可比，烦卿要择吉日良辰，以成百年大事。"钦天监官领旨，取过历书，细细一看，便回奏道："据臣看来，明日乃黄道良辰，并无破犯，一定夫妻偕老，兴隆万年。"汉王闻奏大喜，登时脸上添光彩，十分病根除尽，打发钦天监出宫去后，一面吩咐宫娥，收拾昭阳正宫，一面传谕各宫嫔妃，伺候迎接皇后，一声旨下，谁不打点。

这一夜，汉王心急如火，并未安睡，只听谯楼三鼓，已交子时，即吩咐宫中，张灯结彩，点得如同白昼，亲排銮驾，候在宫门。张相早已知道，飞马报知国丈，国丈一闻此信，急急收拾，忙将女儿上辇，一路护送。进了午门，到了五凤楼前，只听得一片笙歌细乐齐奏，对对宫灯来接，接到娘娘；下了玉辇，汉王用手挽进昭阳正宫，先行私礼，后行朝礼，礼毕坐下。刚到五更，汉王出朝登殿，受文武朝贺，国丈亦随班见驾，汉王吩咐："众文武俱赴逍遥殿赐宴，张相陪国丈赐宴便殿。"一声旨下，众臣谢恩。汉王退朝，仍到昭阳正宫，新后连忙接驾，口呼："万岁，蒙恩抬举，召选入宫，念臣妾年幼，恐有不到之处，望皇爷恕罪。"汉王听这一阵燕语莺声，由不得心花放荡，连忙双手扶起，叫声："梓童休要如此客情，且赐锦墩坐下。"新后谢恩，站起告坐，汉王见她说话温存，身材窈窕，心中大喜。说着，不觉红日西沉，宫内点起灯来，汉王又在灯下观看佳人，越发十分出色，比在世昭君还要胜似几分。汉王正在赏玩新后，忽见内侍跪下启奏。未知所奏何事，且听下回分解。

第六十九回 掌昭阳哭柩芙蓉岭 想冤劝伐征单于国

诗曰：

> 不因身贵撇同胞，骨肉关情首自搔。
> 一座荒坟凭吊问，泪痕空把纸钱烧。

话说内侍禀汉王道："喜宴已曾齐备，请皇爷与娘娘入席。"汉王点头，同新后并肩而坐，宫娥敬酒，女乐吹弹，灯烛辉煌，肴馔错陈，好似八仙宫景，真是皇家富贵。汉王在灯下不住细看赛昭君，生得好一个模样，打扮得十分精工，怎见得，但见她：

戴一顶，翠珠冠，凤绕日月；凤头钗，分两下，压住乌云；柳眉边，分八字，不浓不淡；红绣鞋，刚三寸，锦口绒心；上穿件，八卦袄，西番莲绣；下穿着，地理裙，一色销金；似天仙，离月殿，霓裳夺目；如龙宫，有仙女，出了水晶；普天下，俊俏的，昭君为最；新皇后，比王嫱，更胜十分；脸一般，身一样，同胞共出；问一句，答一句，一样声音；却如在，梦魂里，昭君相会；今见了，赛昭君，两世美人。

汉王将新后看了一番，心中大悦，不觉吃得酒醉醺醺，已是谯楼二鼓，此刻按不住心猿意马，忙携了新后的手，同入寝宫，洞房花烛一夜鱼水，恩爱自不必说。

直至五更，汉王又起身登殿。文武朝参已毕，汉王又传旨道："朕今新立正宫，颁行榜文，大赦天下，广赐恩典，在朝文武各加一级，御弟王龙升授三边统制，修理国丈府第，月支俸银加倍给养。已故李陵、李虎、百花夫人、彭殷，俱追赠加封，入功臣庙配享。李广镇守雁门多年，可谓勤于王事，加封太子太傅。李陵之妻铁花女，封为二品正夫人，李陵之子李能，特授御前都指挥之职。"众文武谢恩已毕，俱皆退朝。

汉王回宫，新后接进，坐定，吩咐内侍摆酒，召姚夫人进宫赐宴一日，吃得尽欢而散。姚夫人告辞出宫回府，汉王仍与新后同归罗帐欢娱，自此百般恩爱，卧则交颈，坐则并肩。

光阴易过，不觉已是半年，次日恰值清明佳节，娘娘要上姐姐新坟，忙奏知汉王道："想臣妾姊妹，同侍我主箕帚，恩莫大焉。不幸姐姐早丧，臣妾入宫以来，未曾到坟瞻拜打点。来日清明，臣妾请旨前去拜扫一番，以尽臣妾之情。伏乞吾主准奏，一同臣妾父母走遭。"汉王闻奏，龙泪双流道："梓童所奏，极是正理，尔姊昭君，为孤亡身，何日心中将她放心？明日孤陪梓童一同扫墓，并召尔父母随驾前行。"新后谢恩。汉王一面吩咐内侍持诏谕国丈夫妇，一面传旨，着张丞相带领三千御林兵护驾。张相得旨，不敢迟延，忙在教场点了护驾兵丁，另外总旗牙将各百名，分排队伍，只等天明，候驾起程。

一宿已过，到了次日，汉王起身，也不临朝，候娘娘打扮已毕，同坐上凤辇，带了一众内侍宫娥，到了五凤楼前。遇见国丈夫妻也到，又有张丞相率领大小文武，在午门外伺候，一见驾到，向前迎接，汉王吩咐就此起程。一声旨下，只听得三声大炮，鸣金开道，上马的上马，坐车的坐车，纷纷护驾起程，一路旗幡招展，盔甲鲜明。

出了皇城，过得几个大乡村，方到芙蓉岭上，又是三声炮响，兵将团团围住坟茔，汉王与新后下了御车，同到坟前。早有内侍摆下祭礼，两劳细乐齐奏，汉王亲自行礼，祭奠昭君，文武百官亦皆下拜，国丈夫妻也来拜毕，方是娘娘向前进酒，跪倒尘埃，哀哀痛哭，叫声："姐姐，不幸你红颜早丧，抛下年轻妹子、年迈双亲，举目无亲，倚靠何人？在生未见姐姐之面，只好死后年年来上坟，以尽妹子之心。"说毕，拜而又拜，哭而又哭，众人在旁，无不下泪，汉王也不免苦在心头，反来劝解，亲把龙袍代新后拭泪，一面吩咐就此起驾回朝。旨下，又是三声炮响，众人候圣驾娘娘上辇，一起保驾起程，正是：

> 马啸平坡飞骥足，兵穿山岭似雷鸣。
>
> 旗开五色分前后，甲亮八方惊鬼神。

一路正行之间，早到东京皇城，兵扎教场，汉王与娘娘进了午门下辇，吩咐文武各回衙门理事，国丈夫妻告别，娘娘也不苦留，回他府第不表。

单言皇后陪着汉王，到了宫中，早已摆下酒筵，皇后陪了汉王坐定饮酒，正当酒至三巡，汉王带笑叫声："梓童，孤看你身子何等软弱，因何上辇不用相扶，捷快如云？"皇后道："臣妾虽系女流，不但上辇如此，并且骑马更快，自幼从学仙女，习成十八般武艺，布阵行兵，件件皆能，臣妾要打点去征番呢！"汉王笑道："那番王久已归顺天朝，又不曾无故犯边，何必定要去征他？未免出师无名了。"皇后道："陛下怎说是出师无名？可恨番邦逼得姐姐残生丧命，不灭番邦，姐姐之仇不报，臣妾之心不甘！不是臣妾夸口，一任番邦百万雄兵，叫他来一个，死一个，杀他个片甲不回。陛下呀，这段冤仇，臣妾未进宫中，已恨如切齿，日日思想，要杀番人，上洗国家之耻，下报姐姐之仇，常言道：为人不把仇来报，枉在世间走一遭。明日臣妾就请旨起兵征番，望吾主准奏。"汉王听了皇后一番言语，只是摇头，反劝解道："梓童不要性急，想朝中多少英雄上将，平日食得大俸大禄，总怕出兵。似梓童一个柔弱女子，一路风霜雨雪，吃辛受苦，万里迢迢，孤怎舍得梓童前去？兵马一动，残害生灵，孤心不忍，况我国粮草未曾充足，难以出兵。梓童一心要报姐仇，且等候国库充盈，各处再调雄兵，任凭梓童挂帅征番，包管一举成功。如今兵微将寡，不要前去惹祸。不是寡人胆小，常言：识时务者，称为俊杰；能见机者，便是高人。梓童请三思之。"皇后听说，暗笑汉王这等软弱，还治什么天下，管什么万民，怪不得番王屡欺中国了。想罢，未知怎生回答，且听下回分解。

第七十回　汉王懒征北地　番主思夺国宝

诗曰：

不动干戈恤万民，当今天子正存仁。

怪他无故生嫌隙，逼动烽烟起战尘。

话说赛昭君见汉王劝她不要征番，便道："圣上既说兵少将稀，须要广积粮草，练习精兵，那时不用名人上将，等臣妾一人杀入番邦，不把番邦踏为平地，誓不回兵。"汉王又带笑相劝道："梓童，且将出兵的话丢过一边，等彼若犯边界，再领兵证讨不迟，若不犯边界也可恕他，孤和御妻且快活几年，不要将此事挂心。"吩咐宫娥："取酒来，快敬娘娘的酒。"宫娥答应，捧着金樽，斟上香醪。娘娘见汉王敬她的酒，连忙站起，接过酒来，只得屈从，不敢作声，将酒饮罢，又转敬汉王。汉王又吩咐女乐吹弹歌舞，以助酒兴，只吃得到更深尽欢而散，不表。

再表番丞相卫律，因番王为了昭君一个女子，不念有功之臣，杀了他老师毛延寿，久已怀恨在心，后见昭君投河而死，未曾报仇，只叫："便宜这贱人了！"又想："番王如此薄待功臣，也要播弄他一番，方出心头之气。"想了一会，计上心来："须要如此这般，好让某家坐观成败了。"想定主意。那日到了番王早朝，出班奏道："臣启狼主，想狼主九代相传，独霸北方，皆因误听毛相献图取美，以致损兵折将，耗费钱粮，又将国内税簿、库内珍宝，并降书降表，献与天朝。若昭君娘娘在世，得伴狼主，也还值得，谁知哄诱十余年来，用尽倾国之财，只顾完她节操，投河而死，反使狼主人财两空，岂不可恨！就是臣等，心亦不能甘服，吾主可速速点将兴兵，杀到汉朝，讨取

227

国宝，以洗前耻，望主准奏。"

番王不知卫律公报私仇之计，反点头道："卿言是也。"便问两班文武："哪位卿家，代孤征南，讨取国宝？"语言未了，闪出土金浑，拜倒尘埃道："微臣愿往，狼主可付臣十万大兵，百员战将，不将南方杀得并无敌手，使汉王年年进贡我国，并取国宝还朝，臣亦不再见狼主了。"番王闻奏大喜。正吩咐杀牛宰羊，大摆筵宴，代土卿饯行，忽见左班中闪出一员大臣，连叫："不可。"番王近前一看，乃丞相娄里受也，只见他俯伏金阶，口称："臣有短表，冒奏狼主：想我邦进贡天朝，业已有年，只因天朝逃臣毛延寿挟他私仇，来到我邦，一言唆动狼主，本是我邦惹起刀兵，天朝已将昭君娘娘献出，也算与我邦联和，只奈昭君娘娘秉性坚贞，不肯失节，哄我狼主一十六载，赴水身亡，却与天朝无干；况我邦连年征战，损兵折将，却也不少，国帑钱粮，又因浮桥一造，用去若干，国内空虚，何必又去再动干戈，结冤成仇，伤害生灵？望狼主暂停此旨罢。"

番王未及回答，土金浑大叫一声道："娄丞相何太怯也，长他邦志气，灭自己的威风。想我邦税簿珍宝，进贡天朝，为的昭君娘娘，在时恤情，今娘娘已死，还有什么情义？倘若不征讨国宝回朝，使他邦闻知，岂个笑狼主软弱了？臣若领兵前去，包管一战成功。"卫律也一旁奏道："土将军之言极是，狼主只管放心，休听娄丞相迂腐之言。"番王遂不听娄里受所奏，当殿赐了土金浑三杯皇封御酒、两朵金花，加封为征南大元帅，"任卿到教场挑选良将精兵，俟功成回国，再加升赏。"土金浑领旨谢恩，退下殿来，出得朝门，下了教场，点齐队伍，军令三申，放了九个狼烟，催兵起程，出了番城，一路好不威风，怎见得，但见那：

左一队，青旗号，先行哈虎；右一队，黄旗号，吴銮将军；中一队，红旗号，土大元帅；前一队，白旗号，大将孙云；后一队，黑旗号，乌龙杨霸。共五队，纷纷走，整肃严明；石庆真，督营哨，中军护佑；石庆龙、石庆虎，运粮先行；五色旗，来招展，光耀日月；兵十万，多雄猛，大小三军；左将摧，右将赶，如龙如水；后兵起，前兵走，似虎奔林；行一程，过一程，犹如风送；过一岭，又一岭，好比腾云；日夜赶，行得快，不辞辛苦；早来到，黑水河，夕阳西沉。

土元帅吩咐扎下营盘，三军埋锅造饭。金浑独坐帐中，谯楼正打三更，尚未安寝，点了两支大烛，放在桌上闲看兵书。只听得一阵狂风乱响，好不怕人，那风刮进帐中，把桌上两支大烛几乎吹息。此刻土元帅看书也辛苦了，伏在桌上，似睡非睡，但见狂风过处，忽然外边走进两个鬼魂，一男一女，土元帅梦中定睛一看，却皆认得，男的怎生打扮？但见他：

> 凛凛威风戴将巾，甲是黄金罩全身。
>
> 腰悬宝剑叮当响，汉室忠良叫李陵。

女的怎生打扮？但见她：

> 一顶珠冠头上戴，宫装着体美娇容。
>
> 看来却是昭君女，今夜因何到帐中。

女的前走，男的后走，随着一阵狂风，进了牛皮帐内，只见昭君杏眼圆睁，银牙乱咬，指着上面骂声："匹夫好多事呀！想当初你到天朝，妄献番诗，汉王仁厚，不曾斩你，你就该知恩报恩，反将狂言惑弄你主，无故兴动人马，逼取哀家，方才罢兵。只可怜李陵被捉，屈死于番邦；彭殷中炮，死于非命，百花中箭，李虎阵亡，以及老将失守雁门，中国多少英雄上将俱丧，你等平地惹起风波，死的死，伤的伤，岂不可恨！就是哀家，我约番王三事，取他税簿宝珍、降书降表等件，下邦也应奉上邦之税，这是君臣大礼，如何尔等又生歹念，起兵来寇雁门？一不思天朝既献哀家，也算输服尔邦，哀家全节而死，不与天朝相干；二不思汉王不曾兴问罪之师，尔等反逆理犯上，天亦难容；三不思生民涂炭之苦，又要起兵伤害生灵，怕只怕尔等恶贯满盈，少不得天朝自有能人，杀你片甲不回，今日仇人相见，哪肯相饶？"叫声："李将军，快将此贼分他两段。"李陵答应，拔出宝剑，喝声："番贼看剑。"吓得土金浑大叫："我命休矣！"一跤跌倒。未知死生如何，且听下回分解。

卷八

第七十一回　土金浑几寇雁门　汉李广大破番兵

诗曰：

番人忽又起干戈，只为兵骄可奈何。

一胜之中防一败，逞强自惹是非多。

话说土金浑梦中被李陵一剑砍来，躲闪不及，跌在地下，只叫："我命休矣！"吓出一身冷汗，惊醒南柯，连称奇梦。耳听谯楼正转四更，暗想："此梦乃不祥之兆，欲待退兵，又因王命在身，不能自主，欲待进兵，又怕于身不利，事出两难。"想了一会，道："生死皆由天定，梦境何足为凭？"仍在桌上打了一盹。未及片时，天色已明，土元帅也不对众将提起梦中之事，只吩咐众军起营。一声令下，炮响三声，众军呐喊，拔寨起行，离了黑水河地界，一路旗帜招展，马不停蹄，兼程而进。

那日正走之间，忽见探子报道："启禀元帅，前面已离雁门关不远了，兵不可前进，请令定夺。"土元帅闻报，传令大小三军，就此靠山扎营。一声令下，又是火炮三声，扎下营盘，埋锅造饭，歇军一日。次早升帐，便问："哪位将军前去打关？"有吴銮应声愿往，土元帅道："将军可带领五千人马，前去打关，小心在意。"吴銮口称得令，坐马端枪，带了番兵出营。一马冲至关前，大叫："守关军士听着，俺奉狼主之

命，前来讨取税簿珍宝，还要尔主年年进贡我邦，方免尔等一死，如有半字不肯，俺就打破关门，管叫鸡犬不留。"守关军士听说，飞星报知李元帅，李元帅闻报，大吃一惊，道："这番狗又来犯边，怎生是好！"急忙添了兵丁，将各隘口牢牢坚守，任他叫骂，只不出战。吴銮骂战一日，不见关中一将一兵出来会阵，只得忍气吞声，回营缴令，不表。

且言李元帅，见兵临城下，连忙写表申奏汉王，请发救兵，打发差官飞马进京，投递表章，真是不分星夜，赶至京城，到了兵部挂号。兵部知道边关紧急军情，不敢迟延，一见汉王未曾临朝，就将本章送入宫内。有守宫太监接到本章，进宫呈与汉王。汉王接过，细细一看，吓得面如土色，骂声："番狗，真不是人，敢欺我朝缺少能人，又来犯边，何太无礼！"皇后道："既是番人无礼，不为师出无名，待哀家前去征番，杀他一个片甲不回，方知天朝的手段利害。"汉王叫声："御妻且馒，待寡人登殿，与众文武商议，再作道理。"

说罢起身，别了皇后出宫，即刻登殿，召宣一班文武。朝参已毕，便将番人入寇之事先宣一遍，后问："哪位卿家代朕领兵平番，得胜回朝，加封晋爵。"问了三声，无人答应，恼得汉王心中大怒道："养兵千日，用在一朝，今日国家变乱，一个个袖手旁观，不能代朕分忧，要尔等何用！一概罢职出朝。"汉王正在发怒，右班闪出两个执殿大将军。一名陈希、一名郭武，一齐跪下奏道："圣驾不必忧心，可恨番王欺负我朝太甚，臣等不才，愿领兵前去，只要雄兵十万，各分五万，星夜赶到雁门，两路夹攻，杀他个片甲不回。"汉王闻奏大喜，各赐御酒三杯，金花两朵，加封为扫北左右大将军。陈希、郭武二人谢恩，汉王回宫，文武各散。

他二人到了教场，点起雄兵十万，放炮起身。出了皇城，一直来到芙蓉岭，陈希分兵五万，向东而去，郭武分兵五万，向西而去，总在雁门会齐。他们兵虽分在两路，限定时辰，以一月为期，俱在雁门，兵合一处。进了雁门，将人马扎下营盘，来见李元帅，元帅忙出来迎接。二将进帐见礼，分宾坐定，大家商议出战之策。李广道："番将攻打雁门，每日骂战，被我坚守不出，只等救兵到来，方好开兵。如今二位将军到此，天赐成功，只消我明日一军出战诱敌，诈败下来，二位将军两旁埋伏，突出夹攻，

断他归路，不怕番人不授首战场。"陈、郭二将道："老将军之计甚妙，明早我等听令。"李广大喜，吩咐摆酒，与陈、郭二将接风，一面犒赏来军，不表。

　　且言番将，打关几日不下，心中甚是焦灼，忽见那一日清晨，关上扯旗放炮，开了关门，闪出一支人马，就是老将李广，催动行兵，抵营讨战。早有巡番报知土元帅，元帅见南朝李广久不出兵，今日讨战，暗暗生疑："一定关中救兵到了。"即刻升帐，令先锋哈虎，带领三千人马，出营割取李广首级缴命。哈虎答应上马，领兵出营，一马来到阵前，高叫："南朝有不怕死将官，快来会俺。"李广听说，横刀大骂："番狗屡犯雁门，甚是无礼，还不下马领死，等待何时？若有半字不肯，定杀你片甲不回。"哈虎听了李广一番言语，急得两太阳冒出火星，也不回言，提起长枪，恶狠狠直刺李广门面，李广用刀架过，一刀砍来相还，哈虎用枪架过，一来一往，战了五十回合，不分胜败。好个哈虎，枪法精妙，分出五花八门，刺上刺下，眼捷手快，李老将刀法也不弱于哈虎，只为心上有计，故意卖个破绽，大叫不好，带转马头，拖刀败走，高叫："番将休赶，本帅战尔不过，明日再决胜负，赶来不算英雄。"说着，催马败将下去。哈虎不知是计，大叫："败将还不下马授首，往哪里走？本先行来取你的命也。"

　　说罢，将枪一摆，把马一催，追将下来。可笑哈虎，被老将诱哄，一赶足有十几里下来，猛听得三声炮响，喊杀连天，伏兵齐起，吓得哈虎，情知中计，要回兵也不及了。左有陈希一支人马挡住哈虎去路，右边郭武一支人马，挡住哈虎归路，把三千番兵冲做两截，四面八方都是汉家兵将，围住哈虎。李广又将兵杀回，哈虎一人，纵有通天本事，怎敌三位英雄？只杀得人仰马翻，浑身冷汗淋淋，心内慌张，要杀出一条血路逃走，走到西边，撞见郭武，杀了一阵，难出重围；走到东边，遇见陈希，杀

了一阵，又被杀回；赶到中央，拼命杀出，又遇见老将李广，那大刀砍下来，十分沉重，难以抵敌。再看看手下三千番兵，被汉将杀得七零八落，只叫："我命休矣！"话犹未了，心内一慌，手中枪一松，早被李广一刀砍下，只听"扑通"一声，未知哈虎性命如何，且听下回分解。

第七十二回 报宿仇老将施威 请救兵二王挂帅

诗曰：

有仇不报非君子，仇报一时是小人。

狭路相逢能等候，何愁宿恨却难伸。

话说番将哈虎被李广一刀，连肩带臂砍于马下，此刻汉将趁着得胜之兵，乱杀番兵，杀得血流成渠，尸横遍野，只剩了一千败残人马，急急败进营中，报与土元帅知道，祸事不小，元帅闻报，大吃一惊道："怎么说？"败兵禀道："启元帅，哈将军与李广交战多时，李广用诈败诱敌之计，被他前后埋伏，二将截住攻杀，我兵一时退后不及，哈将军被李广斩于阵前，折兵二千，请令定夺。"土金浑闻报，由不得气冲斗牛，便问："帐下哪位将军，前去与哈虎报仇？"只见一将挺身而出，口称："元帅，末将愿往。"元帅一看，乃是部将孙云，即令孙云带领三千番兵，出营交战，吩咐小心在意。孙云得令，上马出营，怎生打扮，但见他：

风翅盔甲披锦袍，提刀上马逞英豪。

虎头燕颔多威武，曾斩海中出水蛟。

来到阵前，把马一催，大叫："南蛮快来领死。"李广在阵门下一见，就命郭武出马。两军对阵，并不答话，各持兵器交战，一来一往，斗了三十回合，两面越杀越有精神，不见胜负。好个郭武，暗暗使起花刀之法，前六路、后六路、左六路、右六路、

上六路、下六路，共是六六三十六路，只见刀花，不见人影，杀得孙云双目俱花，只听郭武大吼一声，把个孙云太阳魁首一刀砍落在地，趁势招动本部人马，赶杀番兵，杀得天昏地黑，哭喊连声，只听得军中鸣金，方打得胜鼓回兵。李广迎接进关，一面摆酒贺功，一面犒赏三军，不表。

且言番兵败回，见了元帅，道："启元帅，孙将军先胜后败，又被郭武斩了。"番帅闻报，心中好不焦躁，急聚帐前众将商议道："南朝将官这等英雄，连杀我邦二员大将，折兵数千，如何是好？"吴銮道："启元帅，皆因出兵日期不利，是以损兵折将，不如回兵，另择吉日，再行出兵，那时天运循环，我胜他败，岂不为美？"番帅道："说哪里话来？胜败乃兵家常事，岂在天时？只要运筹决胜。待本帅明日亲自出马，决一胜负。诸位将军须要为国出力，同心并胆，决一死战，不可各生退心，有功者赏，违令者斩。"一声令下，谁敢不依？

过了一宵，次日五鼓，大家饱餐，整束戎装，元帅率领众将、大小番兵，直抵关前。扎下营盘骂战，只叫："好好交还我邦税簿并进贡金银宝珍，一笔勾销，若有半字不肯，顷刻杀进关内，鸡犬不留。"李广在城头听说，不由暴跳如雷，即刻提刀上马，带了陈、郭二将，一马冲出关来，高叫："土番将快来领死。"土元帅一见李广出马，便问："哪位将军前去会他？"早有石庆真，高叫："末将愿往。"一马冲到阵前，高叫："俺来代哈、孙二将军报仇也。"李广叫声："来将少催战马，快通下名来。"庆真道："俺乃北番监军都统石庆真是也，你可就是老将李广么？"李元帅道："然也。"一面答话，一面想起石庆真二字，乃是射死我媳妇的仇人，今日相见，怎肯饶他？

想罢，不觉大怒，举起大砍刀，向庆真劈来，庆真个慌不忙，用枪架过，举枪相还，随手就刺，李广把刀隔过一边，一来一往，斗了百十多合，无分胜败。恼得李广，把马一转，诈败佯输，拖刀大败，口内只叫："番人休赶，饶恕我年老之人罢。"庆真不知是计，打马加鞭，追将下来。李广回头见他来得切近，心中大喜，把刀放倚马背，暗暗搭上弓弦，将身一转，喝声："中箭！"只听得弓弦响处，庆真马跑猛了，躲闪个不及，一声"嗳呀"！箭透咽喉，两脚腾空，一命呜呼。李广急急用刀找取首级，带回关门，也算代媳妇报了仇，满心大喜。庆龙、庆虎弟兄二人，一见父亲丧于阵前，不由

地心中十分苦楚，也不等元帅将令，双马齐出，喝骂："李广老匹夫，伤我父亲，与你有不共戴天之仇，今日一定取你残生，以祭亡父之灵。老匹夫往哪里走，少爷来取你的命也！"

说罢，催马出阵。汉营中早有陈希接住庆龙交战，郭武接住庆虎交战，两下战鼓咚咚，不住地响，战了五十回合，顷刻见了胜负：庆龙敌不住陈希，被陈希一枪刺透心窝，死于马下；庆虎又见兄长阵亡，心中一慌，早被郭武一刀，劈为两段。一边汉兵得胜，将鞭梢一指，带领了一众汉兵，杀得番兵丧魂吊胆。番帅见汉兵势大，来得凶勇，只得带了败残兵将退了三十里，方扎住营寨。查点兵卒，折去石家父子三人、万余人马，自知损兵折将，难以抵敌，不如坚守不出，急忙写本回国，奏请救兵，连夜差官，飞星上马而去。

在路披星戴月，马不停蹄，非止一日，来到本国。下马赶至长朝殿，奏知番王，并将求救本章呈上。番王一看，见折了哈虎、孙云二将、石家父子三人，又折了几万番兵，看罢本章，心中甚是不悦，便问两班文武："哪位卿家，代孤领兵去救应？"话犹未了，闪出番王御弟二亲王，向前讨差道："臣愿领兵前去救应，不怕南朝有三头六臂之将，不将南蛮个个杀得束手归降，也不算十分武艺。"番王大喜道："御弟去领人马，掌督中军，孤也放心得下，只要将我国税簿取回，叫南朝年年进贡于孤，孤也可休兵罢战。"二王领旨。番王又赐金花两朵、御酒三杯，"任御弟点挑十万人马，战将五十员前去，灭敌兴番，在此一举。御弟小心在意。"二王正要领旨谢恩，旁又闪出丞相卫律，道："启奏狼主，二王挂帅征南，不愁指日功成，但军中尚少一参谋，帮助二王行兵布阵、捉将拿人，此去领兵救应，但军师不可少。"番王闻奏，沉吟半会道："卿举何人可以帮助御弟参赞军机？卿不妨从直奏来。"卫律道："狼主难道不记得，讨取昭君娘娘、大破雁门，亏了何人谋略？"番王一想，心中大喜。未知想起何人，且听下回分解。

第七十三回 番僧宝伤汉将 皇后劝驾亲征

诗曰：

　　文官把笔挂红袍，武将威风手执刀。

　　临事未能将国保，不如闺阁女英豪。

　　话说番王因卫律提起前事，忽想起伏龙寺的圣僧，神通广大，此次出兵，非请圣僧相助，不能成功。即命二王：“代孤到伏龙寺去请圣僧。”二王领旨，退出朝门。去不多时，便来复旨道：“蒙圣僧依允前去，命臣大兵先行，圣僧随后就到军营。”番王闻奏大喜，便叫：“御弟，救兵如救火，就是今日起兵便了。”二王领旨，别主出朝，点了战将几十员、人马十万，放炮起行，出了番城，一路不分昼夜，兼程而进。

　　那日正走之间，已到大营，早有土金浑率领众将，迎接二王进帐。参见已毕，尚未坐稳，又见半空中吊下一个和尚来，正是圣僧。二王站起身来，迎接进帐见礼，分宾坐定，众将俱皆向前参见。二王道：“有劳仙师大驾，孤心何安！”番僧道：“贫僧与王爷昆仲有缘，特地下山相帮，此番出兵，不取汉室江山，誓不回山。”二王听说大喜，吩咐帐中摆酒，款待圣僧。席间，与圣僧商议来日出战之事，番僧道：“既是汉将勇猛，只可智取，不可力敌。今日且着番兵打下一封战书前去，明日将大队人马仍抵关下寨，只差帐下一二员将官，前去诱敌，待贫僧暗暗掠阵，用法宝伤他，包管一阵成功。”二王听说，大喜道：“全仗仙师法力。”二人说得投机，吃得尽欢而散，我且慢表。

　　且言李广，见陈、郭二将又斩将取胜，杀得番人败下三十里去，心中好不快活。

明日打发陈、郭二将，轮流讨战，并不见番将一人出马，心中甚是焦躁。那日升帐，忽见番兵打下战书，说是番邦二大王亲身出阵，李广已知番营救兵已到，便叫陈、郭二将小心在意，二将口称知道。过宿一宵，次早起来，早有军士报道："启元帅，番兵又抵关下寨，前来讨战，请令定夺。"李元帅闻报，忙整束戎装出马，左军陈希，右军郭武，三将统兵，放炮出关，李广一马当先，喝道："杀不尽的番狗，又来纳命么？"言未了时，番邦二大王出马，怎生打扮，但见他：

戴一顶紫金冠，琉璃蓝顶；插两支孔雀尾，五尺余零；身穿着虎彪皮，销金盔甲；手提一根飞云枪，杀气腾腾；左挽弓，右插箭，鱼腹入口；坐下了，乌骓马，四足如云。

李广一见二王，十分古怪，那二王也不与李广打话，只把令旗一挥，先命左军吴銮出马，郭武用刀敌住；又命右军扬青出马，陈希用枪敌住；那二王直奔中军，与李广交起手来，三对将官，各寻对头厮杀，正是：

虎斗龙争各为主，天昏地暗不饶人。

两下里从早饭时候，混战到午刻，足有百十余合，不分胜负。哪知妖僧闪出阵门，口中喃喃念咒，在袖内取出一块铁板，向空中一撩，化作百千万无数铁板，打将下来，但见一片云遮雾黑，迷住敌将眼目，陈希被铁板打得脑浆流出，死于非命；郭武被铁板打下马来，吴銮一刀结果残生；打得汉兵头破血流，膀折腿断，哭喊连天，四散奔逃，只剩下李广，见事不谐，撇了二王，败将下去。二王不舍，追将下来，正离着李广不远，举枪就刺后心。李广知道后面有人暗算，叫声："不好"，把马一拎，跳出圈子，二王那枝枪正刺在树上，再等将枪拔出，李广已去远了，逃回雁门，把关紧闭。二王见追不上李广，只说："便宜这老匹夫了。"慢慢放马到了营中，治酒代番僧庆功。

一宿已过，次日又在关前讨战，不见李广出马，恼得二王，吩咐众将打关。一声令下，大炮轰天，将雁门关围得铁桶一般，不住攻打，二王又向关上大骂："李广老匹夫听着，限你十日，将我邦税簿、宝珍一一送出，万事全休，倘若迟延，少不得打破关门，管叫踏平尔国，斩草除根，萌芽不发，休生后悔。"只吓得守军飞来报知元帅。元帅因折了二员大将、无数汉兵，心中正在忧闷，又闻此报，愁上加愁，连夜写表申奏天子，发兵救护边庭，即差人马飞报进京，不表。

且言汉王同新后百般恩爱，行坐不离，那日正在迭翠宫饮酒看花，有内侍投进边庭告急的本章，呈与汉王一看，见陈、郭二将被斩，又折了几万人马，雁门被困，十分危急，不觉大吃一惊，几乎跌倒尘埃。幸有皇后坐在一旁，一把扶住，叫声："陛下仔细些，不必惊惶，常言：兵来将挡，水来土掩。不是妾今夸口，只消妾领一支人马，杀入番邦，不到几月，包管活捉番王，将番邦踏为平地，斩草除根。妾正为姐姐大仇未报，怀恨在心，他反来欺负我朝，妾若不杀番贼，枉做昭阳正院，宁可削发为尼，不恋红尘了。"汉王道："番兵势大，难以抵敌，多少有名上将，俱丧沙场，御妻贵体娇弱，怎能上阵交锋？就是江山不稳，也由孤家，孤怎忍御妻冒险出征？但愿夫妻时常聚首，管什么边关危急。"皇后正色相劝道："陛下之言差矣！想高祖皇帝，南征北战，东荡西除，挣下一统江山，传流至今，岂是容易？如霸王空有重瞳，不顾手下彭越、英布一班将官，一个弃楚归汉，他只恋着虞姬一人，后来逼得乌江自刎而死。陛下乃当今真命帝王，岂可溺于儿女之情，不顾江山大事，妾所不取也。"

汉王听得皇后一番言语，眉头一皱道："御妻未曾上阵，不知行兵的厉害：如番王二弟，六甲兵书，件件皆会；土金浑是神枪妙手；吴銮、杨霸等一班番将，本事十分了得；还有一个番僧，妖法十分厉害，御妻若要上阵，孤怎不担心？"皇后微微冷笑道："任他三头六臂的将官，呼风唤雨的妖僧，妾也有通天的手段，保着陛下亲征，只要点兵十万，先锋一员，赶到边庭，搭救解围，不怕番人见了哀家，不亡魂丧胆。"未知汉王听说，可能依从出征否，且听下回分解。

第七十四回 挂先锋铁花自请令
打头阵金浑落暗坑

诗曰：

天仇切齿恨闺中，无奈请令不肯从。

事到临头方报复，一团宿气泄心胸。

话说汉王见皇后执意要保驾亲征，不好过于阻拦，反带笑叫声："梓童，孤不知你深通武艺，善晓兵机，该应汉家有福，天生美人，为国家栋梁，保固江山，真愧杀朝中一班文武大臣，孤就拜梓童为帅，不知何日点将出兵？"皇后道："救兵如救火，况边庭军情紧急，何可久待？若雁门一失，则大事去矣！就是明日起兵。"汉王大喜，一面传旨出宫，着兵部提调各路人马，户部催趱粮草伺候，明日五鼓，御驾亲征。

这个信儿传到御营指挥李能耳中，回府禀知母亲铁花夫人，夫人一闻此言，便叫声："我儿，想你祖父年岁高大，又被困雁门，怎生抵敌得住？我们母子，何不趁皇爷出师，自请去做先锋，一则代皇家出力，求取功名，二则好去搭救你祖父，以解雁门之围，三则上阵杀些番将，也代尔父报仇。"李能道："母亲言之有理，母亲只管在家等候捷音，只消孩儿两柄铜锤，就够杀番人了。"铁花夫人骂声："畜生，说话又来莽撞，上阵打仗，非同儿戏，须待为娘同你前去，一同计议而行，方保无虞。"李能诺诺连声道："母亲既要同孩儿前去，不可迟延，就要今日请旨。"铁花夫人点一点头，取过笔砚，写了一道本章，自请去做先行。将本章写成，便付李能，入朝呈奏。

李能接本赶到宫门，烦守宫太监呈与皇爷，正值皇爷与皇后在那里饮酒，席间谈起明日五鼓点将提兵，谁可去做先行，非得一智勇双全之将，不可充此重任。汉王、

皇后正在踌躇，忽见内监呈上一本，汉王一看，不觉哈哈大笑道："有了女元帅，须要有个女先行。"皇后便问："是谁人之本？"汉王道："此乃李陵之妻铁花夫人上本，代夫报仇，愿同儿子李能，去做先行。"皇后道："壮哉！此女明日先行，望吾主就点她母子便了。"汉王依奏，吩咐李能母子，明日五鼓在教场伺候。内监传旨出来，说与李能知道，李能回府，禀知母亲，少不得收拾打点。

一宿已过，到了次日五鼓，李能母子早在教场伺候，只听三声大炮，汉王与娘娘驾到，大小三军一齐跪接汉王坐的御辇。娘娘是打扮戎装，好不威风，但见她：

> 日月珠冠头上戴，九宫八卦战红裙。
>
> 护心宝镜明如月，腰间聚束九绒绳。
>
> 坐下赤兔胭脂马，好似天降女仙真。

到了教场，汉王下辇，皇后下马，上了将台，并肩而坐，大小三军参见已毕，分列两旁听点，汉王便将朝政托与丞相张文学，扶佐亲王，执掌朝纲，又叫声："梓童，好点将开兵了。"皇后即点铁花夫人与李能，带兵一万，充做开路先锋，李氏母子领令上马，带兵而去。又点十万精壮人马，老者不过五十岁，少者不过三十岁。汉王又开内库，预将饷银给赏三军安家，一个个欢声震地，无不愿效死力，去杀番兵。点将已毕，下了将台，汉王上辇，皇后上马，手执青铜宝刀，保定御驾，只听三声炮响，大兵动身，一众文武，送到郊外而回。皇后在马上，好不威风。离了东京，一路前遮后拥，人马精强，所过之地，秋毫无犯，在路行程非止一日，且自慢表。

再言李能母子，统兵一万，领了先锋的将令，一路逢山开路，遇水搭桥，真是马不停蹄，催赶兵马前进，正是：

> 前哨马催着后哨马，左营军赶着右营军。

那日到了雁门关，将人马扎在教场，进了辕门，下马进帐，来见李元帅，元帅便

问："你母子到此何干？"铁花夫人道："闻得公公又困雁门，心中十分忧愁，正值皇爷与娘娘御驾亲征，我等自请来做先行，一代公公解围，二代丈夫报仇。"李元帅把眉头一皱，道："你们不知番兵厉害，只管要来厮杀，如今番王御弟挂帅，用兵如神，又来一妖僧，妖法十分怕人，连执殿将军陈希、郭武俱死于非命，何况尔等？就是你公公也不敢出战，只是死守关门而已。"铁花夫人道："公公休长他人志气，灭自己威风。此次元帅乃新后娘娘，神通广大，法力非常，哪怕什么番王御弟，哪怕什么妖僧，管叫他尽做无头之鬼。公公只管放心，不必代我们担忧。"李元帅听说大喜，吩咐帐中摆酒，代母子接风，着人收拾一所洁净内院，伺候皇爷、皇娘娘来到，这都不表。

再言那日李元帅正在升帐，忽见探子报道："番将土金浑讨战。"早闪出李能母子，向前讨令，李元帅叫声："且慢，等皇爷大兵到时，再开兵不迟，尔等不可妄动，取罪未便。"铁花夫人叫声："公公，闻得当年妄献天诗，即是土金浑。皆因皇爷仁慈，不曾斩他，放他回国。惹动干戈，致使两下干戈不息，皆因此贼而起。媳等今日出阵，若不除了此贼，誓不见公公面了。"李元帅拦挡不住，只吩咐小心在意。李能母子出了辕门，铁花夫人附李能耳道，如此如此，这般这般。

李能领了母亲之计，提锤上马，分兵五千，放炮开关，一马冲到阵前，高叫："来将可是土金浑么？"金浑道："既知本帅大名，还不下马领死，等待何时？汉将也通下名来。"李能道："某乃大汉天子驾前官拜御营指挥，今充前部先锋李能是也。我父亲李陵屈死尔邦，又来围困我祖父李广，今日阵前遇见少爷，还想活命么？照锤罢！"一锤打来，土金浑用枪轻轻架过，举枪相还，一来一往，战了五十回合，不分胜负。只听得关中一声鸣金，李能大叫："军令将兵收转，少爷明日来取你的命罢！"说着，把马头一转，要跑回关去，土金浑便叫："李能哪里走，今日不取你命，誓不回兵。"催马追来。李能一见，反不进关，落荒而走。土金浑大喜，暗想："小子不跑进关，今日性命难出我手。"说罢，一直追了十几里下来，马正跑得有势，只听"咕咚"一声响亮，如天崩地裂一般。未知是何缘缘故，且听下回分解。

第七十五回 破妖法异兽现形 踹番营二王被捉

诗曰：

任你三头六臂将，天心不顺命空丧。

一朝势败身被擒，立正典刑看榜样。

话说土金浑被铁花夫人用陷坑计，假意鸣金，李能诱敌落荒而走，他只管放马追来，不防备连人带马，一跤跌入陷坑之内，铁花夫人五千军埋伏齐起，用挠钩搭上人马，将土金浑捉住。母子二人趁胜回马，乱杀番兵，只杀得尸山血海，番兵大败，方鸣金打得胜鼓回转关中，来见李元帅。元帅大喜，吩咐将捉来番将囚入后营，候旨发落，一面摆酒贺功。

过宿一宵，次日，天子大兵已到关前，李广率众将，吩咐焚香，开关接驾。进了雁门，也把大兵扎在教场，天子与娘娘同入行宫坐定。李广见驾，拜了二十四拜，口呼万岁三声，千岁三声，便把前事细奏一遍，汉王点首道："难得卿家死守关门，其功不小，少不得平番回朝，再当加封。"李广谢恩退下，又是李能母子参见，呈上活捉土金浑之功："现禁后营，请旨定夺。"皇后道："到底不愧将门之种，头阵捉将，已挫番家锐气，可上你头功。"李能母子谢恩退下。汉王道："当初妄献天诗，就是土金浑，孤未曾斩他，他反惹起两国干戈，至今不息，若将此人再留于世，又有后患，吩咐斩首号令。"一声旨下，早有军士将土金浑脱剥干净，推出营门，三声炮响，人头落地，将首级挂关前，李广一面摆酒行宫，款待天子、娘娘，一面犒赏三军不提。

且言番邦败残兵丁，先报二王道："土将军失机被捉，请令定夺。"二王闻报，吃

惊不小。又见探子报道："汉王御驾亲征，早到雁门，已将土将军的首级号挂关头了。"二王闻报，只急得暴跳如雷，便差吴銮、杨霸领兵一万，前去探阵。二将领令，统兵放马，直抵关下，大叫："某等来代土将军报仇，南蛮快来纳命。"早有守城军士听说，报知李元帅，元帅转禀汉王，汉王便问："哪位将军出马会阵？"早有李能向前讨令，皇后叫声："先行且慢，待哀家前去，出马会他。"

说罢，站起身来，别了汉王，整束戎装上马，带了一万精兵，放炮开关出阵。汉王带领众将，亲上城头掠阵。但见娘娘一马当先，冲到阵中。那二员番将，看见来的是一员女将，珠尾凤冠，点翠红簪，霞光万道，身穿战袄，五爪金龙，坐下胭脂马，手执大砍刀，一出阵时，莺声呖呖，喝骂番将，番将一见，只认是昭君显魂，由不得痴呆半会，心中暗想："拼着税簿不要，再把这佳人枪至我国，献与狼主，其功不少。"想毕，吴銮便高叫一声："南蛮男将都被我邦杀尽，又弄出女将来出丑。女将可通上名来。"娘娘道："番狗要问哀家，你且听着，哀家乃大汉天子昭阳正宫赛昭君娘娘是也。番狗也留下名来。"吴銮道："某乃单于国王驾前官拜前部大将军吴銮是也。某看你这女将，娇滴滴的身子，手无缚鸡之力，何必枉送性命？不如归顺我朝，与狼主做一个妃子，岂不胜似天朝快活么？"这一席话说得娘娘满面通红，喝骂："番狗，休得乱言，看家伙！"一言未了，刀已砍下，吴銮举枪相迎，一来一往，战有三四十个回合，恼得娘娘怒气生嗔，把头摇了三摇，一个如花似玉的女子，变作夜叉形状，青面獠牙，大刀砍去，重有千斤，吴銮渐渐抵敌不住。杨霸向前助阵，娘娘毫不惧怯，只是不见胜负，心内好不急燥，便在口中喃喃念咒，不多时，但见空中金盔金甲，六丁神将，落下战场，各执兵器，乱杀番兵，只吓得杨、吴二将，回马败走。娘娘追赶不舍，把飞刀抛起，吴銮躲闪不及，连肩带臂，砍于马下。杨霸一见心慌，想要脱逃，飞刀早到，首级已落。娘娘乘胜将刀头一摆，引着众将，乱杀番人，只杀得番兵片甲不留。

正要打得胜鼓回关，忽听见番阵旗门下高叫一声："野婆娘，休得撒野，俺来会你。"娘娘回头一看，见是一个和尚，也不坐马，走出阵来，就知是番国妖僧，便叫声："和尚，你既出家为僧，不去修行念佛，又来红尘，以开杀戒，未免逆天行事。"

番僧道："你既是个女子，不在闺中刺绣，无故伤害我国两员大将，贫僧特来代他报仇的。"娘娘在马上冷笑道："番狗伤了天朝无数大将，难道不该报仇么?"番僧道："不必多言，看是谁胜谁败。"便就举起手中如意向空一晃，长有三丈，望娘娘身上打来，娘娘连忙把刀来架，觉得十分沉重，震得香汗淋漓，暗想："不如先下手为强。"未及三五个回合，发起飞刀，要伤番僧。番僧一见，不慌不忙，用手一指，飞刀坠落无用了，只急得娘娘，又遣六丁六甲神将，前来擒他，番僧只把如意左右一赶，赶得无影无踪，哈哈大笑道："些须小技，也来弄鬼，看贫僧法宝，来取你命。"说罢，取出身边铁板，向空中一镖，来打娘娘，娘娘自知难收他的法宝，回马败走，番僧迈步，比马更快，追将下来，只急得汉王在城上，一见娘娘被妖僧追去，魂都吓掉，急命李广公孙，领兵三万，前去救应。李广公孙领旨而去，不表。

　　且言娘娘被妖僧追得十分紧急，心中甚是着慌，忽见前面站着九姑仙女，手拿佛尘，高叫："徒弟休慌，我来救你。"娘娘一见是师父到来，滚鞍下马，站在背后，妖僧正吆吆喝喝，走到面前，见娘娘站在道姑背后，大喝一声道："你这道姑，休想夺我上门买卖，若不将她献出，看法宝取你命也。"九姑仙叫声："孽畜，你有什么神通，使出来我看。"番僧又将铁板祭起，撩在空中，来打九姑仙，九姑仙把拂尘一展，其板不见。番僧见九姑仙破他法宝，心中大怒，又用火龙来烧，被九姑仙取出水晶球收去。番僧正要逃走，九姑仙取出捆仙索祭起，收住妖僧，现出原形，乃是一个角端。九姑仙便叫声："徒弟，你的人马前来迎你，快些踹营，一阵成功，我是去也。"九姑仙跨上角端，冉冉腾空而去。娘娘向空中拜谢一番，然后上马回来。正走之间，忽听一声呐喊。未知是何处兵马，且听下回分解。

第七十六回　破城番王哭求　显灵昭君讨情

诗曰：

只因好色犯天朝，自恃兵锋向敌骄。

不料当年一着错，可怜瓦解与冰消。

话说娘娘遇见一彪人马，乃是李广公孙，奉旨前来救应，彼此相见，俱各大喜，慢慢回至关中。汉王接进，行宫坐定，便道："今日梓童上阵，很费精神，好厉害妖僧，追赶梓童下去，孤十分耽心，如今这个妖僧怎么样了？"娘娘道："多蒙师父九姑仙女，用捆仙索收去，现出原形，乃是一个角端作怪。"汉王大喜，吩咐摆酒，代娘娘贺功。娘娘叫声："陛下且慢，待臣妾趁胜杀进番营，捉住二王，一战成功。"汉王道："梓童今日劳顿，且歇息一夜，明日再开兵罢。"娘娘道："倘被他知风逃回本国，又费一番手脚了。"说罢，叫声："老将军李广冲他左营，先锋李能冲他右营，各领兵一万，奋力向前，哀家随后带兵冲他中营，接应你们两支人马。"李氏公孙领令而去，娘娘整束戎装，领兵五万，去冲番兵，我且慢表。

再言番国败兵，逃回牛皮帐，报与二王道："不好了，杨、吴二将丧于阵中，圣僧不知逃到哪里去了，这员汉朝女将，十分厉害，请令定夺。"二王闻报，吓得魂不附体，咬牙切齿，大骂："贱婢，伤孤数员大将，待孤明日亲自出马，与众将报仇。"吩咐番军四更造饭，五更上阵。众军正答应前去预备，不防寨外一声炮响，如天崩地裂一般，大叫一声："哀家来踹营也。"娘娘一马当先，带领五万人马，冲进番营，见一个杀一个，见一对杀一双，那些番兵，人不及甲、马不及鞍，喊叫连天，四散逃命，

只剩二王，吓得亡魂丧胆，急急上马端枪，要想奔向东营逃命，遇见李广冲进营来，大杀一阵，被他杀回；要冲西营，遇见李能挡住去路，又杀一阵，只得向后营逃生，娘娘眼快，大叫："奸王哪里走，哀家来擒你也。"一面放马追赶，一面暗想："此刻奸王是个孤注，何不用法宝擒他，省得耽误了时辰。"想定主意，忙在身旁取出九龙帕，向空中一抛，叫声："奸王看宝。"二王听说，抬头一看，见天上一道霞光，从空落下，要想躲闪也来不及，被帕将身紧捆，不能转动。早被汉将拖下马来，解往娘娘马前，娘娘吩咐军士将奸王解往关中，军士答应而去。这里又杀回番营，只杀得番兵死的死，逃的逃，只剩一个空营，得了盔甲、器械、钱粮、马匹无数，当时火焚营盘，方打得胜鼓回关。关中汉王听见娘娘得胜，急忙迎接进帐，早排酒筵与娘娘贺功。李氏公孙缴令，又上了他二人功劳簿。一面犒赏三军，一面酒席筵前，将二王推进帐中，问了几句口供，即将二王斩首示众，号令关前。

过宿一宵，次日仍留李广守关，命李能母子去做先行，直抵番邦。李能等领令而去，汉王与娘娘随后领了大兵动身，只听三声炮响，出了雁门，李广送至关外而回。这里大兵一路排开队伍，向北而行，但见朔风频生，北地严寒，走了多少崎岖的山路，历尽千山荒险的树林，在路非止一日，早见先行李能进营禀道："已离番城不远了，请旨定夺。"娘娘恨番邦如切齿，也等不得汉王吩咐，即命军中大小将官："杀上前去，把番城团团围住，速速架炮攻打。"一声旨下，谁敢迟延？只听得三声大炮，把番城四面围得水泄不通，只急得守城番官，向城外一看，见汉兵势如潮涌，喊杀连天，好不厉害，急忙奏知番王道："今有汉天子同了正宫赛昭君娘娘，带领战将千员、雄兵百万，御驾亲征，捉去二王，未知生死，圣僧逃走，不知去向，土金浑等一班战将，俱已阵亡，前后共折兵三十余万，逃回者不满数千，今已兵临城下，四面围住，十分危急，请旨定夺。"

番王闻报，只吓得肝胆俱碎，魂魄全无，方知毛延寿惹这一场大祸不小，恨心切齿，便叫声："逆贼卫律何在？"卫律战兢兢俯伏金阶下道："臣在此伺候。"番王骂声："逆贼，举荐一位好凶星，又劝孤讨取国宝，累孤损兵折将，社稷不保，要你何用！"一声旨下，不由卫律分辩，众武士早把他推出午门枭首示众，一面抄没家私入

公。番王又问娄里受道:"孤悔不早听卿言,以至损兵折将,今兵临城下,怎生退敌?"娄里受奏道:"只有再写降书降表,差官出城,面求天子,情愿年年进贡,岁岁来朝,再不敢侵犯疆界,或者汉天子宽宏大度,允和退兵,也未可知。"番王此刻没奈何,依了娄里受所奏,写了降书,差官奔出城去,到汉营上表投降。

天子倒有依允之意,无奈娘娘执意不从,举刀独马,传令三军,上紧攻打城池,不到半日,已将各门打破,汉兵一拥进城,不分老幼,逢着便砍,可怜尸横遍野,鬼哭神号。一直杀入番宫,番王没处去躲,只得跪接娘娘。娘娘传令:"将番王绑了,俟汉王驾到发落。"一面迎接汉王进城。到了银安殿升座,先是娘娘来见汉王,一旁赐坐,后是李能母子报功。汉王吩咐众将,不许妄伤一人,文武百官,一面出榜安民。娘娘命将番王解见天子,候旨发落。下面一声吆喝,如狼似虎,把番王押至阶前跪下,苦苦哀求道:"圣主呀!兴兵犯上,非怪小臣,皆因天朝毛延寿、卫律二个逆贼逃臣,称怨兴兵,如今二贼已遭杀戮,后因臣弟不守分量,起兵犯界,已被娘娘斩了,望天子、娘娘仁慈,开一线之恩,饶恕小臣,感恩非浅。"娘娘发怒,指定番王骂声:"老贼反复无常,留你总为后患,不如斩草除根。"

番王还要哀求,娘娘恨终不解,也等不得汉王旨下,即命武士将番王拿至白洋河剖腹剜心,祭奠英灵。武士答应,押着番王去了。汉王同娘娘上了玉辇,一路来至白洋河下辇,上了浮桥,早已摆下祭礼,番王跪在桥顶上面,只候开刀。汉王想起昭君,由不得一阵心酸,龙泪双垂,不便行礼。娘娘哭叫声:"姐姐呀,愚妹今日代你捉住仇人,祭奠英灵斩首,以伸宿恨。"说罢,正痛哭申诉,要拜将下去,忽听半空中叫声:"贤妹!"吓得娘娘抬头一看,又惊又喜。未知喊叫者何人,且听下回分解。

第七十七回　收降书准救番王
看碑文亲祭忠臣

诗曰：

汉王犹念梦中情，格外开恩赦旨行。

从此单于存一线，兵戈不犯享升平。

话说娘娘见云雾中现出一位仙女，真却未曾与娘娘会过面，认不得是昭君，只听上面叫声："贤妹呀，蒙你续姻为后，带兵平番，今日破城，捉住仇人，足消前恨，愚姐感谢不尽！可笑没情义的汉王，一点用处没有，只仗贤妹代他争气。"娘娘听说，方知是姐姐昭君，不由得芳心如碎，哭叫："姐姐，快些下来，会会愚妹罢。"汉王见是昭君，免不得泪流满面，叫声："御妻下来，与孤说几句话儿。"昭君在空中摇手道："情缘已断，何能再落红尘。"又只见番王跪在地下，向空中苦苦哀求，叫声："救命娘娘，想娘娘在番多年，小臣从不曾有半点得罪娘娘，就是小臣费了倾国千万金银，娘娘全节而死，小臣亦无怨恨之心，望娘娘今日略开恻隐，饶恕残生，自当结草以报。"说罢，放声大哭。昭君在空中，见番王这等形状，倒有点不忍之心，叫声："汉王与贤妹听着：若论番邦逼奴和番，一番苦楚，本待将番奴杀尽，方称奴心，但念奴在番一十六载，蒙他以礼相待，未曾挫折些许，今日看奴面上，饶恕他罢！"汉王与娘娘撇不过昭君之情，俱一齐纷纷落泪道："谨遵台命，只是便宜这厮了。"昭君也在空中点头道："这便才是。"说罢，叫声："妹妹呀，我去也！"一朵祥云，向空而去，只哭得汉王、娘娘十分伤心。番王此刻见空中昭君已去，吓得浑身冷汗直淋，哭叫："娘娘救命呀！"语言未了，又见空中飘下一张字来，上写"留人"二字。汉王命人去取上来一

249

看，便叫声："梓童，这番王还是准令姐之情，饶他一命，还是作何发落？"娘娘道："既是姐姐阴灵吩咐，妾岂敢违？"

汉王便吩咐放了番王的绑。番王得放，忙向前谢了汉王、娘娘不斩之恩，口称："小臣自知无理，冒犯天朝，罪该万死，蒙恩特赦，情愿年年进贡，岁岁来朝，再不敢侵犯边庭了。"汉王道："论你罪大恶极，该正典刑，今因去世娘娘再四说情，姑饶你命，若再生异心，断不宽容。"番王连称不敢。又请汉王与娘娘进城，到了长朝殿坐下，番王换了朝服参见。番王又命两班文武朝拜已毕，一面吩咐杀牛宰马，犒赏汉朝三军，一面摆了酒筵，款待汉王与娘娘。阶下一班番乐细奏侑酒，番王与他正宫娘娘，亲侍汉王、娘娘把盏。

正当酒过三巡，菜上两道，忽见铁花夫人带领儿子李能，哭到汉王面前，汉王大吃一惊，便问："是何事？"铁花夫人道："臣夫死于番邦，未知骸骨葬在何处，望我主问明番王，指示坟墓，使臣妾同孩儿坟前祭奠一番，找寻遗骨带回中国，使孤魂不落于异乡，求王准奏。"汉王闻奏，由不得一阵伤心，掉下几点龙泪，叫声："女先行，想尔夫不屈于番，为国尽忠而死，今日直抵番城，踏平巢穴，也算代尔夫报仇，尔就不提，孤岂忘之？且免悲伤，孤自有旨。"

李氏母子谢恩退下，汉王便问番王道："已故汉臣李陵坟墓，今在何处？"番王回奏道："现在西郊三十里外，已立庙宇，春秋二祭，但小臣有下情，不得不奏圣主。"汉王道："你可从直奏来。"番王奏道："当初李将军被捉到我国之时，小臣爱他才貌双全，是个英雄，劝降不从，又将臣妹金花公主招他为附马，无奈李将军忠心耿耿，坚如铁石，臣妹见不允亲事，含忿而亡，李将军亦撞阶而死，小臣怜他二人一忠一义，生未曾合卺，死亦可共墓，小臣不揣愚拙，将他二人合葬一处，各立两道碑文，今若将李将军骸骨搬回中原，则臣妹又含悲于地下矣！伏乞皇爷格外开恩。"汉王闻奏，哈哈大笑道："尔等争此朽骨，孤亦难于判断，一个寻夫骸骨归葬，理当如此，一个欲慰妹子贞魂于地下，亦是人情，梓童何以处之？"娘娘道："论情论理，各成一是，自妾看来，骸骨入土已久，不可擅动，况李将军生为忠臣，死为正神，又受番国多年香烟，番人十分敬重，何等不美！不如招魂而返，也是一样。我主再加敕封，酬他忠心，更

是威灵。"汉王点头称赞道:"梓童之言,甚是高见,吩咐明日驾到西郊,亲祭忠臣之墓。"一声旨下,早已伺候。汉王与娘娘,吃得尽欢而散,入了番宫。

过宿一宵,次日起来,梳洗已毕,用了正餐,天子与皇后起驾,上了玉辇,出了宫门,一直奔西郊而来。后随着李氏母子,及一班武将护佑,番王也骑马陪来。出了番城三十里路,不多时早已到了,但见远远一座庙宇,好不十分巍峨,怎见得,有诗为证:

> 冲天旗字贯青霄,古柏苍松十里遥。
>
> 一带红墙分八字,往来不断把香烧。

汉王同娘娘到了庙前下辇,吩咐先到墓前,然后入庙。一声旨下,早有人将祭礼摆在墓前伺候。汉王同娘娘到了墓前,先看路口两道碑文,分立左右,一边写的是:"已故汉大将军忠臣李陵墓。"一边写的是"已故番贞女金花公主坟"。汉王看毕,落泪不止。正同皇后要向前下拜,有铁花夫人启奏止住道:"君不拜臣。"汉王只得上了三炷香,道:"也算孤家祭卿一番。"娘娘也是三炷香,叫声:"李家忠良,为救愚姐和番,误被奸人捉住,不屈而死,今日到此,哀家代你报仇,藉慰忠魂于地下。"说罢,就是李氏母子拜谢天子、皇后。汉王与皇后又代金花公主上了三炷香,番王拜谢一番。然后就是李氏母子向着李陵之坟,哭拜于地下,一个哭叫:"丈夫呀,你为国尽忠而死,丢下孤儿,抚养成人,今日代你报仇了。本欲将你骸骨送回故乡,又因你在此受了香烟,不便起墓,只得招魂而返。"一个哭叫:"爹爹呀!孩儿生不能奉养,以尽孝心,死后报仇,慰父忠魂。"说罢,李氏母子放声大哭,只哭得顽铁点头,石人滴泪。汉王一见,便叫:"女先行,少要悲伤,听孤吩咐。"李氏母子止了泪痕,走到汉王面前跪下。未知有何旨意,且听下回分解。

中华传世藏书 中国孤本小说 双凤奇缘

251

第七十八回 奏凯歌苦祭昭君 还天朝大封功臣

诗曰：

> 日日龙楼生瑞彩，层层凤阁吐金辉，
>
> 皇家富贵真无比，共颂嵩山拜紫微。

话说汉王见李氏母子过来跪下请旨，便道："尔夫李陵，为国尽忠，名留海外，加封为一等忠勇伯，世受此地香烟。"李氏母子谢恩退下。又叫声："番王听旨：尔妹全节而死，令人可怜，封为贞烈仙姑。"番王谢恩而退。汉王又命李氏母子进庙祭奠一番，御笔亲赐"忠贞庙"三字匾额，拨军中帑银三千两，交与番王，留为庙内修理之用。李氏母子同番王谢恩已毕，汉王方同娘娘上辇回驾，一路进了番城，到得长朝殿下辇，番王在殿上摆宴，款待皇爷、皇后，直到更深，方回宫安寝。

次日起来，汉王旨下，发兵回朝，番王忙将倾国宝贝，装了几百车子，并降书降表报上。汉王一一收下，吩咐番王："从此休生异心，以安臣职。"番王领旨，只得率领满朝文武、在宫嫔妃、满城百姓，满斗焚香相送汉王。只听三声大炮，汉王上辇起驾，娘娘上马，率领大小三军，一路出了番城。到得十里长亭，汉王吩咐番王等回国，番王领旨，洒泪而别。从此年年进贡，不敢犯边不表。

且言汉王的大兵奏凯而回，一个个归心似箭，恨不得插翅飞到家乡。在路欢声震地，穿山过岭，不觉其劳。那日到了雁门关，守关军士飞报李元帅道："天子同娘娘奏凯还朝，请元帅速速迎接。"元帅闻报，即吩咐关中大小三军、百姓俱摆香花，跪接圣驾，一声令下，谁敢不遵？霎时开关，家家结彩，户户焚香，伺候迎驾。李元帅不用

戎装，只穿朝服，大开关门，迎接汉王。汉王驾到雁门，三声大炮，进了关门。汉王在辇上见百姓香花跪接，心中好不畅快。到了行宫下辇，娘娘下马，一齐入内坐定，李广朝参已毕，汉王吩咐兵扎教场。李广领旨，一面摆宴为天子与娘娘洗尘，一面杀牛宰马，犒赏三军。娘娘在酒席筵前对汉王道："关中军民屡遭番人兵火，受困多年，不可不加矜恤；随军士卒，吃辛苦舍死忘身，总为汉家出力，今大功已成，不可不加奖赏。"汉王道："梓童之言是也，可将番邦贡物，分作三股，一股交与李广，派分关中军民，一股分给随征士卒，一股带回朝中，分给有功之臣，优恤阵亡之将。"娘娘听说，点头称善，当时在席前，就命将贡物取来打开，派作三股，照旨而行。分派已毕，在关歇马三日，到了第四日，又放炮起身。皇爷与娘娘才出行宫，军民及随征将士，俱叩头谢恩，齐呼万岁三声，又呼千岁三声，正是：

> 百姓不贫君亦富，一人有庆万民欢。

汉王起驾，大兵随后，李广送出雁门方回。此刻兵离雁门，到了南方，一路缓缓而行，也是晓行夜宿，渴饮饥餐，大兵经过地方，少不得有文武官员接送。汉王旨下，不许骚扰地方，官兵遵旨，秋毫无犯，在路行程非止一日。那日汉王在辇上问两旁军士："前面一座高岭，树木森森，这是哪里？"军士忙禀道："前面已是芙蓉岭了。"汉王听说，知道昭君墓不远了，由不得苦上心头，便叫声："梓童，孤今已到令姐姐坟前不远，现在大兵奏凯回来，孤同梓童前去祭奠一番，以慰芳魂。"娘娘道："陛下言之有理，妾当奉陪。"汉王传旨："各营军兵到芙蓉岭上，暂立营寨，待祭过娘娘之后，再行起马。"一声旨下，大小三军赶到芙蓉岭上，大炮连声，扎下营盘。汉王吩咐备了祭礼，同娘娘并将官，来到昭君娘娘坟前，汉王亲斟美酒，娘娘相陪上香，祭奠芳魂，一齐放声大哭道："今日代你报仇泄恨，奏凯回朝，总赖阴灵保佑，一洗国家之耻，二慰地下之灵。今日又到坟前，特来祭你，不知芳魂在天，可来领受么？"说罢又哭，汉王哭得双眼通红，娘娘哭得心如刀割，拜了四拜，方才止泪，洒酒化纸，祭奠已毕。

汉王又吩咐拔寨起营，众军士答应，只见人马前进，一路也无心观景，不几日到

了皇城。有探子飞报进城，各位王公及文武大臣，俱知天子、皇后得胜回朝，一齐出城跪接。汉王与娘娘率领大兵进城，吩咐大小三军，各归队伍，另日犒赏；文武各归衙门，另日加封。一声旨下，纷纷而去。汉王与娘娘到了午门外，一个下辇，一个下马，进了正宫，多少内侍嫔妃跪接，汉王吩咐一概免参，众人领旨退下。

娘娘进宫，换去戎装，穿了宫袍，相陪汉王坐定，早有宫娥献茶。茶毕，汉王吩咐摆宴，款待娘娘，以酬鞍马之劳，娘娘道："妾乃为国驰驱，何敢言劳?"汉王道："说哪里话来?"不一时，酒筵摆下，汉王与娘娘并肩而坐。酒至三巡，汉王亲斟一杯酒，相敬娘娘道："仗梓童虎威，救了许多生灵涂炭，孤当恭敬一杯。"娘娘出席接杯道："非妾之能，皆仗吾主洪福，方得成功。"说毕，将酒饮干，也回敬汉王一杯，只吃得尽欢而散。

过宿一宵，次日五鼓，汉王登殿，受文武朝贺。先宣召皇亲上殿，一旁赐坐，又赐香茗，便叫声："老皇亲，汉室危而复安，全赖二令媛的大力，赛过满朝文武，如今大令媛的宿仇已报，大功告成，一十二邦进贡，七十四国投诚，皆是老皇亲亲生的好女儿，使番邦钦仰，畏威怀德，令媛功劳不小，真乃汉朝擎天玉柱，加封老国丈骑马进朝，上朝不拜，加升三级；妻姚氏加封郡君，又赐宫娥十六名，伺候郡君；御书'功臣府第'四字，立为大门匾额，不拘大小文武官员，俱要下马而过，如不遵旨，即以违旨问罪。"老皇亲听得许多恩典，叩首谢恩，口呼："万岁，老臣一家多蒙皇恩浩荡，虽碎骨粉身，难以报答，只愿主上早生太子，以立储君，使老臣得见一面，老臣之幸也!"汉王听说大喜，吩咐内侍将国丈送回府第，内侍领旨，挽着老皇亲下殿不表。

且言汉王，又在龙案上亲提御笔，写了一道旨意，大封功臣，令宣读官宣读。未知加封什么臣子，且听下回分解。

第七十九回　猩娘中国寄子
苏武早朝请封

诗曰：

　　情缘一点已消除，又到中华找丈夫。

　　儿女私心难割舍，怎教骨肉不归苏。

　　话说宣读官捧了皇爷大封功臣的旨意，走出桌案旁边，代宣纶音，高声朗读。众文武听得旨下，一齐伏在金阶。宣读官念道：

　　"文华殿大学士张文学，辅佐亲王，监国有功，进升三级，外赐黄金千两、蟒袍一袭、玉带一围；武英殿大学士苏武，和番不屈，忠心可嘉，进升三级，外赐黄金千两，妻周氏封一品夫人；三边统制，兼天下总管代巡，娘娘御弟王龙，在番辛苦多年，加封文渊阁大学士，妻萧氏封一品夫人，外赐金钱一万；镇守雁门关大将军李广，用心坚守关门，忠烈可敬，加封威武侯，外赐黄金千两，荫袭一子，以三品职叙用，已故妻郑氏，追赠为一品郡君；已故都督李陵，业已在番追赠外，其妻与子随驾平番，屡立功勋，不愧先行之任，铁花女封为二品夫人，李能封为中营总兵，外赐黄金百两，白银三万两，以酬汗马功劳；在朝文武，各升一级；以下从征大小三军，叙功升赏，免差三月；已故御营都统李虎，加封为忠义伯，妻百花女，加封忠义夫人，俱配享功臣庙；已故御营前部大将军陈希，加封为勇烈伯；已故御营后部大将军郭武，加封为武定伯。以上阵亡大将，俱遣官代朕致祭，各荫一子袭职；以下阵亡兵卒，着兵部一一厚恤其家。"

　　宣读已毕，除李广在雁门，王龙在三边，现在文武一齐谢恩。汉王又传旨光禄寺：

"在殿上摆下庆功宴，款待众臣。"汉王上坐，文武分列两旁，赐座饮宴，正是：

　　　君臣同享普天乐，共进南山万寿杯。

　　只吃到半酣之后，文武怕失朝仪，离席谢恩，告别汉王，各出朝门。汉王排驾回宫，早有娘娘接至宫中坐定，又摆酒筵，皇爷和皇后畅饮一番，吃得十分大醉，方入帐安寝。

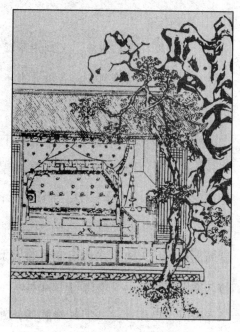

　　真是光阴易过，日月如梭，过了几个年头，那日皇爷正与皇后在宫中闲谈，忽见一内侍笑嘻嘻地进宫来报喜，汉王便问："喜从何来？"内侍奏道："老皇亲新娶一位如夫人，昨夜生了一位小国舅，特来与皇爷、娘娘报喜。"皇爷听说，喜动天颜，便道："老蚌生珠，真是难得！"娘娘以手加额道："天不绝王氏之后，感谢上苍不尽。"皇爷赐的金圈一副、金牌一面、御笔取名"天赐"、绫缎百匹；皇后赐的珠帽一顶、金镯一副、果品八端，打发内侍送到国丈府中，又代皇爷、娘娘称贺。皇亲夫妇接着御赐礼物，摆了香案，拜谢九五之恩，送出天使，回宫缴旨。自此，老夫妻爱惜此子，如同掌上之珠，直到长成，攻书上学，一十六岁就做了国舅，椒房之宠，王忠夫妇一生忠厚，命中该有一子，送老归山，这是书中交待，不用再叙。

　　且言苏丞相与周氏夫人虽蒙皇恩，十分隆重，但夫妇二人年俱齐眉六十，膝下无子无女，甚是忧心。苏丞相回了中国多年，不忘却番邦一段姻缘，夫人屡次劝苏相置妾，苏相只是不允道："一则老夫精神已衰，韶光有限，何能又坑人家少年女子？二则你我今世夫妻，年偕花甲，何能分爱于人？就是娶妾，有子无子尚未可定，何必又添罪过。"夫人见苏相不允，也就罢了。

那日八月十三，正是周夫人生日，苏相备了酒席，在花园内代夫人上寿。夫妻二人对坐饮酒，看见月明如昼，十分可爱，两下你进一杯，我劝一盏，只吃到半酣之际，忽听得阶下一声响亮，从半空中吊下两个人来，倒把苏爷夫妇酒都吓醒了，慌忙站起，连喊有贼。苏武一声喊叫，跑出许多家人，点了灯球火把，向阶下一照，乃是一男一女，精赤条条，只有腰间前后围了两片大树皮，遮盖下体，便一齐喝道："你这男女二人，半夜三更，跳到我们府中，是贼是妖，说得明白便罢，如含糊半点，即送官究治。"只见他二人也不回答，但见那男的手中拿了一封书，递与说话的家人，家人接过，在灯下一看，写在信皮上"烦交尔父苏大人开拆"。家人一见，不敢拆看，忙拿上来，呈与苏相。苏相接了，看见大吃一惊，再把信拆开一看，只见上写道：

　　辱爱海外妾猩氏，自追舟一别，又将三载，妾已修成正果，要升仙界，儿女一双，本是尔生，妾已代你抚养成人，脱皮换骨。妾知尔无子，特送来以接苏氏香烟后代，妾恐堕红尘，不及面别，如念前情，可在皇爷面前代妾讨一封号，则受惠多多矣！

苏爷看了书信，方知是海外猩娘，将他一双儿女送来，心中感激不尽，就对夫人说明，夫人正愁无子，今见送来一双儿女，是老爷亲骨肉，好不欢喜，便吩咐家人："在阶下男女一双，叫他上来。"苏武一见，非复兽形，却是礼数不知。因见他赤膊，便叫夫人带了进去，浑身沐浴，更换衣服。男的取名苏金，女的取名苏玉，俱是喜武不喜文。男的做到总兵，女的嫁与李能为妻，这都不在话下。

再言汉王那日早朝，文武朝参已毕，忽见武英殿大学士苏武，出班俯伏金阶。未知所奏何事，且听下回分解。

第八十回　得佳梦始终异兆
生太子庆贺团圆

诗曰：

> 风虎云龙气象清，民安国泰万方宁。
>
> 青宫有兆征昌运，从此君臣享太平。

话说汉王见苏武奏事，便问："苏老卿有何奏章？"苏武奏道："臣启陛下，臣当年和番北地，被困牧羊，陡遇大雪，冻在地下，蒙山中一个得道母猩猩，将臣救至洞中，活了性命，臣感她恩，成为夫妻一十六载，生了一双儿女。后又蒙番王放臣回朝，未曾将他们带来，今又三载，昨晚将儿女送至臣家，她已成了正果，升了仙班，伏求皇爷格外开恩，讨一封号。"汉王听说，连称怪异道："兽面人心，大是难事，怪不得修炼以成正果，今加封尔妻猩娘，为上品仙姬。"苏武谢恩，退出朝门。后来猩娘因得了人主的封号，果证仙班，又来拜谢一番，看看一双儿女，这都不用交代。

单言皇后那夜正伴天子，睡至三更时分，似梦非梦，忽见天上五色祥云，开千层瑞霭，不觉自己身子腾空而起，只见：

> 东方甲乙木飞来一条青龙，
>
> 西方庚辛金飞来一条白龙，
>
> 南方丙丁火飞来一条赤龙，
>
> 北方壬癸水飞来一条乌龙，
>
> 中央戊巳土飞来一条黄龙。

那五条龙飞在空中，张牙舞爪，左右盘旋，聚成一条五色金龙，直奔娘娘身上而来。只吓得娘娘魂不附体，从空中坠下，大叫一声："我命休矣！"梦中惊醒。汉王听得娘娘喊叫，也醒了，便问："梓童何事，这等吃惊？"娘娘把梦中之事，细细奏与天子知道，天子听说，大喜道："此乃孤与御妻要生皇儿之兆，待孤明日早朝，召问司天监，便明白了。"

说毕，过了一会儿，不觉金鸡三唱，天已大明。汉王起身登殿，文武一齐拜倒丹墀，山呼万岁。礼毕，分列两旁，文东武西。只听汉王有旨，宣召司天监上殿，司天监闻旨，俯伏金阶道："圣上有何旨意颁行？"汉王道："只为娘娘昨夜三更得一梦兆，不知吉凶若何，烦卿详解。"司天监道："臣启吾主，当日因梦而得娘娘，今因梦而生太子，始终异兆，亦来可知，但不知娘娘所得何梦？请旨示臣，好待臣详解。"汉王道："娘娘昨夜梦见身子平空，起于天上，遇见五方五色飞龙，聚成一条金龙，直奔娘娘身上，吓得娘娘从空坠下，梦中惊醒，正是三更时分，不知吉凶若何？"司天监道："若论此梦，据臣详解，恭贺陛下，主生太子之兆。"汉王道："卿可细细详解明白。"司天监道："臣启我主，娘娘身子平空而起，主高一级，应为国母；金龙五色，主九五之尊；后又聚成一条金龙，罩定娘娘身子，主生太子，定是一统天下。吾主不必过虑，此梦大吉之兆，臣等敢不预贺？"汉王闻奏大喜，道："果应尔言，生了太子，少不得加官进禄。"司天监谢恩退下。

汉王把袖一展，散朝回宫，有娘娘接到宫中坐定，摆下酒筵，汉王在席上叫声："御妻，昨夜之梦，司天监详解，应主指日要产皇儿。"娘娘听说，心中欢喜道："想陛下前有正宫林皇后，并那三宫六院，俱未代陛下生一太子，若妾因梦而得喜，也不枉

陛下当年一梦到越州，选召姐姐。妾姊因梦成婚，妾今因梦得子，妾之姊妹，始终归于梦兆，也算代陛下全始全终了。"汉王大喜道："御妻之言不错，孤与尔姊妹好似梦中姻眷。"说得娘娘忍不住大笑起来，一时席散，携手入帐安寝。

一日三，三日九，真是光阴易过，不到半载，娘娘已怀孕在身，汉王大喜，百般调护。娘娘腹内渐渐高大，不时思睡，懒吞茶饭，要吃酸甜，怀了一个真命帝王，直到了十个月，六甲临盆，忙坏送子娘娘，有许多过往神祇，护送下凡。到丁皇宫内，交了吉月吉日吉时，方才临盆，生下一位皇太子。早报与汉王知道，汉王大喜，即刻登殿，受文武朝贺，颁下旨来："大赦天下，一概免税三年，开仓赈济贫民，罢职官员，准其起复，在朝文武各加一级。"正是：

一人有福安天下，万民感仰受皇恩。

自从皇太子出世，生得方面大耳，虎步龙行，是个人君气度。四方宁静，各国来朝，汉王又将王龙召进京来，封为太子太师，做了太子先生。此刻王龙已生有二子，他见太子读书英敏，心内十分欢喜，直到汉王晏驾，太子登极，王龙方致仕回乡，只使二子在朝伴君。娘娘已尊为国母，年至九十，无疾而终。李广因出仕回来，后因无子，还是李能生的次子承继一脉宗桃。李广寿至百龄而终，李氏一门世受皇恩，绵绵不绝。此书已终，名为《双凤奇缘》。因前有昭君，后有赛昭君续姻报仇，始终异兆，总不外忠、孝、节、义四字，青史标名，人人钦仰，千古奇女子，出于一家姊妹，故云"双凤奇缘"。

赞昭君诗曰：

一梦姻缘寄汉家，如何马上弄琵琶。
冰心凛烈存千古，怎堕奸谋志或差。

赞赛昭君曰：

平定番邦立大功，报仇泄恨女英雄。

娇姿一段惊人处，尽在含情不语中。

赞李氏一门诗曰：

世代功名立战场，闺中也爱列戎行。

忠心报国皆如此，简册犹存姓氏香。

赞王龙诗曰：

三日妻房有别离，只因王事费驰驱。

孤忠坐困番邦地，十八年来会有期。

赞苏武诗曰：

不辱于番愿牧羊，此心无二重纲常。

吞毡嚼雪能坚忍，方见忠臣两字难。

赞猩娘诗曰：

异类无知宿远山，也将巨眼识忠良。

最令人兽分关处，脱换皮毛自改妆。

照世杯

[清] 酌元亭主人 撰

第一回　七松园弄假成真

诗曰：

> 美人家住莫愁村，蓬头粗服朝与昏，
>
> 门前车马似流水，户内不惊鸳鸯魂。
>
> 座中一目识豪杰，无限相思少言说，
>
> 有情不遂莫若死，背灯独扣芙蓉结。

这首古风，是一个才子赠妓女的。

众人都知道妓女的情假，我道是妓女的情最直；众人都知道妓女的情滥，我道是妓女的情最专；众人都知道妓女的情薄，我道是妓女的情最厚。这等看起来，古今有情种子，不要在深闺少艾中留心注目，但在青楼罗绮内广揽博收罢了。只是，妓女一般民有情假、情滥、情薄的：试看眼前那些倚门卖笑之低娼，搽脂抹粉之歪货，但晓得亲嘴呷舌是情、拈酸吃醋是情，那班轻薄子弟初出世做嫖客的，也认作这便是情：眼挑脚勾是情、赔钱贴钞是情，轻打悄骂是情。更有一种假名士的妓女，倩人字画，居然诗伯词宗，遇客风云，满口盟翁社长；还有一种学闺秀的妓女，乔称小姐，入门先要多金，冒托宦姬，见面定需厚礼——局面虽大，取财更被窝浪态，较甚于娼家，而座上戏调，何减于土妓。可怜把一个情字，生生泯没了，还要想他情真、情专、情厚，此万万决不可得之理。

我却反说妓女有情，反说妓女情真、情专、情厚，这是甚么缘故？

盖为我辈要存天理、存良心，不去做那偷香窃玉，败坏闺门的事。便是闺门中有

多情绝色美人，我们也不敢去领教。但天生下一个才子出来，他那种痴情，虽不肯浪用，也未必肯安于不用。只得去寄迹秦楼，陶情楚馆，或者遇得着一两个有心人，便可偿今生之情缘了。所以，情字必须亲身阅历，才知道个中的甘苦。惟有妓女们，他阅人最多，那两只俏眼，一副俊心肠，不是挥金如土的俗子可以买得转。倘若看中了一个情种，便由你穷无立锥，少不得死心塌地，甘做荆钗裙布，决不像朱买臣的阿妻，中道弃夫，定要学霍小玉那冤家，从一而死。

看官们，听在下这回小说，便有许多人要将花柳径路从今决绝的；更有许多人，将风月工夫从今做起的。

话说苏州一个秀士，姓阮讳苴，号江兰，年方弱冠，生得潇洒俊逸，诗词歌赋，举笔惊人。只是性情高傲，避俗如仇。父母要为他择配，他自己忖量道："婚嫁之事，原该父母主张。但一日丝萝，即为百年琴瑟，比不得行云流水，易聚易散，这是要终日相对，终身相守的。倘配着一个村姬俗妇，可不憎嫌杀眉目，辱没杀枕席么？"遂立定主意，权辞父母道："孩儿待成名之后，再议室家。"父母见他志气高大，甚是欢喜。且阮江兰年纪还小，便迟得一两年，也还不叫做旷夫。

有一日，阮江兰的厚友张少伯约他去举社。这张少伯家私虽不十分富厚，爱走名场，做人还在慷慨一边。

是日举社，宾朋毕集，分散过诗题，便开筵饮酒，演了一本《浣纱记》。阮江兰喷喷美慕道："好一位西施，看他乍见范蠡，即订终身，绝无儿女子气，岂是寻常脂粉？"

同席一友叫作乐多闻，接口道："西施不过一没廉耻女子耳！何足羡慕？"

阮江兰见言语不投，并不去回答。演完半本，众人道："浣纱是旧戏，看得厌烦了，将下本换了杂出罢。"

扮末的送戏单到阮江兰席上来，乐多闻道："不消扯开戏目，演一折《大江东》罢。"

阮江兰道："这一出戏不许做。"

乐多闻道："怎么不许做？"

阮江兰道："平日见了关夫子圣像，少不得要跪拜。若一样妆做傀儡，我们饮酒作

乐，岂不亵渎圣贤？"

乐多闻大笑道："老阮，你是少年人，想被迂夫了过了气，这等道学起来。"对着扮末的道："你快吩咐戏房里妆扮。"

阮江兰冷笑一笑，便起身道："羞与汝辈为伍。"竟自洋洋拂袖而去了。

回到家里，独自掩房就枕，翻来覆去，忽然害了相思病，想起戏场上的假西施来，意中辗转道："死西施只好空想，不如去寻一个活跳的西施罢。闻得越地产名妹，我明日便治装出门，到山阴去寻访。难道我阮江兰的时运，就不如范大夫了？"算计已定，一见窗格明亮，披着衣服下床，先叫醒书童焦绿，打点行囊，自家便去禀知父母。

才走出大门，正遇着张少伯。阮江兰道："兄长绝早往那里去？"

张少伯道："昨日得罪足下，不曾终席奉陪，特来请罪。"

阮江兰道："小弟逃席，实因乐多闻惹厌，不干吾兄事。"

张少伯道："乐多闻那个怪物，不过是小人之雌，一味犬吠正人，不知自家是井底蛙类，吾兄何必计较？"

阮江兰道："这种小人眼内也还容得，自然付之不论、不议之列。只是小弟匆匆往山阴去，不及话别。今日一晤，正惬予怀。"

张少伯道："吾兄何时言归？好翘首伫望。"

阮江兰道："丈夫游游山水，也定不得归期。大约严慈在堂，不久就要归省。"

张少伯握手相送出城。候他上了船，才挥泪而别。

阮江兰一路无事，在舟中不过焚一炉香，读几卷古诗。

到了杭州，要在西湖上赏玩，又止住道："西湖风景不是草草可以领会，且待山阴回棹，恣意受用一番。"遂渡过钱塘江，觉得行了一程，便换一种好境界。

船抵山阴，亲自去赁一所花园，安顿行李，便去登会稽山，游了阳明第十一洞天。又到宛委山眺望，心目怡爽。脚力有些告竭，徐徐步入城来。见一个所在，无数带儒巾穿红鞋子的相公，拥挤着盱望。阮江兰也挤进去，抬头看那宅第，上面是石刻的三个大字，写着"香兰社"。细问众人，知道是妇女做诗会。

阮江兰不觉呆了，痴痴的踱到里面去。早有两三个仆役看见，便骂道："你是何方野人？不知道规矩。许多夫人、小姐在内里举社，你竟自闯进来么？"有一个后生怒目张牙，起来喝叱道："这定是白日撞，锁去见官，敲断他脊梁筋！"

一派喧嚷，早惊动那些锦心绣口的美人，走出珠帘，见众人争打一位美貌郎君，遂喝住道："休得乱打。"仆役才远远散开。

阮江兰听得美人来解救，上前深躬唱喏，弯着腰再不起来，只管偷眼去看。众美人道："你大胆扰乱清社，是甚么意思？"

阮江兰道："不佞是苏州人，为慕山阴风景，特到此间。闻得夫人、小姐续兰亭雅集，偶想闺人风雅愧杀儒巾，不知不觉擅入华堂，望乞怜恕死罪。"

众美人见他谈吐清俊，因问道："你也想入社么？我们社规严肃，初次入社要饮三叵罗酒，才许分韵作诗。"

阮江兰听见许他入社，踊跃狂喜道："不佞还吃得几杯。"

美人忙唤侍儿道："可取一张小文几放在此生面前，准备文房四宝。先斟上三叵罗入社酒过来。"

阮江兰接酒在手，见那叵罗是尖底巨腮小口，足足容得二斤多许，乘着高兴，一饮而尽。

众美人道："好量！"

阮江兰被美人赞得魂都掉了，愈加抖擞精神，忙取过第二叵罗来，勉强挣持下肚。还留下些残酒，不曾吃得干净。侍儿执着壶在旁边催道："吃完时，好重斟的。"阮江兰又咽下一口去，这一口便在腹肚内辘轳了。

原来阮江兰酒量，原未尝开垦过，平时吃肚脐眼的钟子，还作三四口打发，略略过度，便要害起酒病来。今日雄饮两叵罗，倒像樊哙撞鸿门宴，卮酒安足辞的吃法。也是他一种痴念，思想夹在明眸皓齿队里做个带柄的妇人，挨入朱颜翠袖丛中，假充个半雄的女子。拼着书生性命，结果这三大叵罗。那知到第三杯上，嘴唇虽然领命，腹中先写了避谢的帖子。早把樊哙吃鸿门宴的威风，换了毕吏部醉倒在酒瓮边的故事。

众美人还在那里赞他量好，阮江兰却没福分顶这个花盆，有如泰山石压在头上，一寸一寸缩短了身体，不觉蹲倒桌下去逃席。众美人大笑道："无礼狂生，不如此惩

戒，他也不知桃花洞口原非渔郎可以问信。"随即唤侍女："涂他一个花脸。"侍女争各拿了朱笔、墨笔，不管横七竖八，把阮江兰清清白白赛安岳，似六郎的容颜，倏忽便要配享冷庙中的瘟神痘使。仆役们走来，抬头拽脚，直送到街上。那街道都是青石铺成的，阮江兰浓睡到日夕方醒，醉眼朦胧，只道眠在美人白玉床上。渐渐身子寒冷，揉一揉眼，周围一望，才知帐顶就是天面，席褥就是地皮。惊骇道："我如何拦街睡着？"立起身来，正要踏步归寓，早拥上无数顽皮孩童，拿着荆条，拾起瓦片，望着阮江兰打来。有几个喊道："疯子！疯子！"又有几个喊道："小鬼！小鬼！"

阮江兰不知他们是玩是笑，奈被打不过，只得抱头鼠窜。归到寓所，书童焦绿看见，掩嘴便笑。阮江兰道："你笑甚么？"焦绿道："相公想在那家串戏来？"阮江兰道："我从不会串戏。这话说得可笑。"焦绿道："若不曾串戏，因何开了小丑的花脸？"阮江兰也疑心起来，忙取镜子一照，自家笑道："可知娃童叫我是小鬼，又叫我是疯子。"焦绿取过水来净了面。阮江兰越思想越恨，道："那班蠢佳人，这等恶取笑，并不留一毫人情。辜负我老阮一片怜才之念。料想萱萝村也未必有接待的夷光。便有接待的夷光，不过也是蠢佳人慕名结社，摧残才子的行径罢了。再不要妄想了。不如回到吴门。留着我这干净面孔，晤对那些名窗净几，结识那些野鸟幽花，还不致出乖露丑。倘再不知进退，真要弄出话巴来。难道我面孔是铁打的？累上些瘢点，岂不是一生之玷？"遂唤焦绿收拾归装，接浙而行，连西湖上也只略眺望一番。正是：

> 乘兴而来，败兴而归。
>
> 前有子猷，后有小阮。

说话阮江兰回家之日，众社友齐来探望，独有张少伯请他接风。吃酒中间，因问阮江兰道："吾兄出游山阴，可曾访得一两个丽人？"阮江兰道："说来也好笑，小弟此行，莫说丽人访不着，便访着了，也只好供他们嬉笑之具。总是古今风气不同，妇女好尚迥别。古时妇女还晓得以貌取人，譬如遇着潘安貌美，就掷果，左思貌丑，就掷瓦。虽是他们一偏好恶，也还眼里识货。大约文人才子，有三分颜色，便有十分风流，

有一种蕴藉，便有百种俏丽。若只靠面貌上用功夫，那做戏子的，一般也有俊优，做奴才的一般也有俊仆，只是他们面貌与俗气俗骨是上天一齐秉赋来的。任你风流俏丽杀，也只看得，吃不得，一吃便嚼蜡了。偏恨此辈惯会败坏人家闺门。这皆是下流妇女，天赋他许多俗气俗骨，好与那班下贱之人浃洽气脉，浸淫骨髓。倘闺门习上流的，不学贞姬节妇，便该学名媛侠女。如红拂之奔李靖，文君之奔相如，皆是第一等大名眼、大侠肠的裙钗。近来风气不同，千金国色定要拣公子王孙，才肯配合。间阎之家，间有美女，又皆贪图厚赏，嫁作妾媵。问或几个能诗善画的闺秀，口中也讲择人，究竟所择的，也未必是才子。可见佳人心事原不肯将才子横在胸中。况小弟一介寒素，那里轮流得着，真辜负我这一腔痴情了。"张少伯笑道："吾兄要发泄痴情，何不到扬州青楼中一访？"阮江兰笑道："若说着青楼中，那得有人物？"张少伯道："从来多才多情的，皆出于青楼。如薛涛、真娘、素秋、亚仙、湘兰、素徽，难道不是妓家么？"阮江兰拍掌大叫："有理！有理！请问到处有妓，吾兄何故独称扬州？"张少伯道："扬州是隋皇歌舞、六朝佳丽之地，到今风流一脉，犹未零落。日前一友从彼处来，曾将花案诗句写在扇头，吾兄一看便知。"阮江兰接扇在手，读那上面的诗道：

> 婉客幽如空谷兰，镜怜好向月中看。
> 棠娇分外春酣雨，燕史催花片片抟。

阮江兰正在读罢神往之际，只见乐多闻跑进书房来，嚷道："反了！反了！我与老张结盟在前，老张与小阮结盟在后，今日两个对面吃酒，便背着我了。"张少伯道："小弟这席酒因为江兰兄自山阴来，又要往扬州去。一来是洗尘，二来是送行。倘若邀过吾兄来，少不得也要出个分子，这倒是小弟不体谅了。"乐多闻道："扬州有个敝同社，在那里作官，小弟要去望他，同阮兄联舟何如？"阮江兰道："小弟还不就行，恐怕有误尊兄。"乐多闻道："是他推却。"酒也不吃，作别出门去了。阮江兰还宽坐一会才别。

且说乐多闻回家暗恼道："方才小阮可恶之极，我好意挈他同行，怎便一口推阻？

待我明日到他家中一问。若是不曾起身便罢，倘若悄悄儿去了，决不与他干休。"那知阮江兰的心肠，恨不得有缩地之法，霎时到了扬州，那里管乐多闻来查谎？这乐多闻偏又多心，道是阮江兰轻薄，说谎骗他，忙忙唤船，也赶到扬州，遍问关上饭店，并不知阮江兰的踪迹。

原来阮江兰住在平山堂下七松园里。他道扬州名胜，只有个平山堂：那画船、箫鼓、游妓、歌郎皆集于此，每日吃过饭，便循着寒河一带，览芳寻胜。看来看去，都是世俗之妓，并不见有超尘出色的女子。正在园中纳闷，书童焦绿慌慌走来，道："园主人叫我们搬行李哩，说是新到一位公子，要我们出这间屋与他。"阮江兰骂道："我阮相公先住在此，那个敢来夺我的屋？"还不曾说完，那一位公子已踱到园里，听见阮江兰不肯出房，大怒道："众小厮可进去将这狗头的行李搬了出来！"阮江兰赶出书房门，正要发话，看见公子身边立着一位美貌丽人，只道是他家眷，便不开口，走了出来。园主人接着道："阮相公莫怪小人无礼，因这位公子是应大爷，住不多几日就要去的。相公且权在这竹阁上停下。候他起身，再移进去罢了。"阮江兰见那竹阁也还幽雅，便叫书童搬行李上去。心中只管想那丽人，道是："世间有这等绝色，反与蠢物受用。我辈枉有才貌，只好在画图中结交两个相知，眼皮上饱看几个尤物，那得能够沐浴脂香，亲承粉泽，做个一双两好？总之，天公不肯以全福予人。隔世若投入身，该投在富贵之家，平平常常学那享痴福的白丁，再不可做今世失时落运的才子了。"正是：

　　天莫生才子，才人会怨天。
　　牢骚如不作，早赐与婵娟。

阮江兰自此之后，时常在竹篱边偷望，有时见丽人在亭子中染画，有时见丽人凭栏对着流水长叹，有时见丽人蓬头焚香，有时见丽人在月下吟诗。阮江兰心魂荡漾，情不自持，走来走去，就像走马灯儿点上了火，不住团团转的一般。几番被应家下人呵斥，阮江兰再不理论。这些光景早落在公子眼里。公子算计道："这个馋眼饿胚，

且叫我受他一场屈气。"忙叫小厮研墨，自家取了一张红叶笺，杜撰几句偷情话儿，用上一颗鲜红的小图印，钤封好了，命一个后生小厮，叫他："送与竹阁上的阮相公。只说娘娘约到夜静相会，切不可露我的机关。"小厮笑了一笑，竟自持去。才走出竹篱门，只见阮江兰背剪着手，望着竹篱内叹气。小厮在他身后，轻轻拽一拽衣袖。阮江兰回头一看，只是应家的人，恐怕又惹他辱骂，慌忙跑回竹阁去。小厮跟到阁里，低低叫："阮相公，我来作成你好事的。"阮江兰还道是取笑。反严声厉色道："胡说！我阮相公是正经人，你辄敢来取笑么？"小厮叹道："好心认做驴肝肺，干折我娘娘一片雅情。"故意向袖中取出情书来，在阮江兰面前略晃一晃，依旧走了出去。阮江兰一时认真，上前扯注道："好兄弟，你向我说知就里，我买酒酬谢。"小厮道："相公既然疑心，扯我做甚么？"阮江兰道："好兄弟，你不要怪我，快快取出书来。"小厮道："我这带柄的红娘，初次传书递柬，不是轻易打发的哩。"阮江兰忙在头上拔下一根金簪子来送他。小厮接在手里，将书交付阮江兰。又道："娘娘约你夜静相会，须放悄密些。"说罢，打阁外去了。阮江兰取书在鼻头上嗅了一阵，就如嗅出许多美人香来。拆开一看，书内写道：

> 妾幽如敛衽拜，具书阮郎台下：素知足下钟情妾身，奈无缘相见。今夜乘拙夫他出，足下可于月明人静之后，跳墙而来。妾在花阴深处，专候张生也。

阮江兰手舞足蹈，狂喜起来。坐在阁上，呆等那日色落山，死盼那月轮降世，又出阁打听消息。只见应公子身穿着簇新衣服，乔模乔样的，后面跟着三四个家人，夹了毡包，一齐下小船里去了。又走回一个家人，大声说道："大爷吩咐道，早闭上园门，今夜不得回来。这四面旷野，须小心防贼要紧。"阮江兰听得，暗笑道："呆公子，你只好防园外的贼，那里防得我这园内的偷花贼？"

将次更阑，挨身到竹篱边，推一推门，那门是虚掩上的。阮江兰道："美人用意，何等周致！你看他先把门儿开在这里了。"跨进门槛，靠着花架走去。阮江兰原是熟

路，便直达卧室。但第一次偷婆娘，未免有些胆怯，心欲前而足不前，趔趔趄趄，早一块砖头绊倒。众家人齐喊道："甚么响？"走过来不问是贼不是贼，先打上一顿，拿条索子绑在柱上。阮江兰喊道："我是阮相公，你们也不认得么？"众家人道："那个管你软相公、硬相公，但黄夜入人家，非奸即贼，任你招成那一个罪名。"阮江兰又喊道："绑得麻木了，快些放我罢。"家人道："我们怎敢擅放？待大爷回来发落。"阮江兰道："我不怕甚么，现是你娘娘约我来的。"忽见里面开了房门，走出那位丽人来，骂道："何处狂生，平白冤我黄夜约你？"阮江兰道："现有亲笔书在此，难道我无因而至？你若果然是个情种，小生甘心为你而死。你既摈我于大门之外，毫不怜念，我岂轻生之浪子哉！"那丽人默然不语，暗地踌躇道："我看此生风流倜傥，磊落不羁，倒是可托终身之人。只是我并不曾写书约他，他这样孟浪而来，必定有个缘故。"叫家人搜他的身边。那些家人一齐动手，搜出一幅花笺来。丽人看了，却认得应公子笔迹，当时猜破机关，亲自替阮江兰解缚，送他出去，正是：

> 多情窃窕女，爱杀可怜人。
>
> 不信桃花落，渔郎犹问津。

你道这丽人是那一个？原来是扬州名妓，那花案上第一个，叫作畹容的便是。这畹娘性好雅淡，能工诗赋，虽在风尘中，极要拣择长短，留心数年，莫说郑元和是空谷足音，连卖油郎也是稀世活宝。择来择去，并无一毫着己的。畹娘镇日闭户，不肯招揽那些语言无味、面目可憎之人，且诙谐笑傲，时常弄出是非来。老鸨本意要女儿做个摇钱树，谁知倒做了惹祸胎，不情愿留他在身边。得了应公子五百余金，瞒神瞒鬼，将一乘轿子抬来，交付应公子。畹娘落在火坑，也无可奈何，不觉染成一病。应公子还觉知趣，便不去歪缠，借这七松园与他养病。那一夜放走阮生之时，众家人候公子到来，预先下石畹娘，说："是绑得端端正正的，被畹娘放了。"公子正要发作，畹娘反说出一篇道理来，道："妾身既入君门，便属君家妻妾，岂有冒名偷情、辱没自家闺阃之理？风闻自外，不说君家戏局，反使妾抱不白之名，即君家亦蒙不明之诮，

岂是正人君子所为？"应公子目定口呆，羞惭满面。畹娘从此茶饭都减，病势转剧。应公子求神请医，慌个不了。那知畹娘起初害的还是厌恶公子、失身非偶的病痛，近来新害的却是爱上阮江兰、相思抑郁的症候。这相思抑郁的症候，不是药饵可以救得、针砭可以治得，必须一剂活人参汤，才能回生起死。畹娘千算万计，扶病写了一封书，寄与那有情的阮郎，指望阮郎做个医心病的卢扁，那知反做了误杀人的庸医。这是甚么缘故？

原来阮江兰自幼父母爱之如宝，大气儿也不敢呵着他，便是上学读书，从不曾经过一下竹片，娇生娇养，比女儿还不同些。前番被山阴妇女涂了花脸，还心上懊悔不过，今番受这雨点的拳头脚尖，着肉的麻绳铁索，便由你顶尖好色的痴人，没奈何也要回头熬一熬火性。又接着畹娘这封性急的情书，便真正嫡笔，阮江兰也不敢认这个犯头。接书在手，反拿去出首，当面羞辱应公子一场。应公子疑心道："我只假过一次书，难道这封书又是我假的？"拆开一看，书上写道：

　　　足下月夜虚惊，皆奸谋预布之地，虽小受挫折，妾已心感深情。倘能出

　我水火，生死以之，即自我怨也。

应公子不曾看完，勃然大发雷霆，赶进房内，痛挞畹娘。立刻唤了老鸨来，叫他领去。阮江兰目击这番光景，心如刀割，尾在畹娘轿后，直等轿子住了，才纳闷而归。迟了几日，阮江兰偷问应家下人，备知畹娘原委，放心不下，复进城到畹娘家去询视。老鸨回说："女儿卧病在床，不便相见。"阮江兰取出三两一锭，递与老鸨。老鸨道："银子我且收下，待女儿病好，相公再来罢。"阮江兰道："小生原为看病而来，并无他念。但在畹娘卧榻边，容我另支一榻相伴，便当厚谢妈妈。"老鸨见这个雄儿是肯出手的，还有甚么作难？便一直引到床前。畹娘一见，但以手招阮江兰，含泪不语。阮江兰道："玉体违和，该善自调摄。小生在此，欲侍奉汤药，未审尊意见许否？"畹娘点头作喜。从此阮江兰竟移了铺盖来，寓在畹娘家里，一应供给，尽出己赀。且喜畹娘病好，下床梳洗，艳妆浓饰，拜谢阮江兰。当夜自荐枕席，共欢鱼水。正是：

银钉照水箪，珀枕坠金钗。

云散雨方歇，佳人春满怀。

两个在被窝之中，订了百年厮守的姻缘，相亲相爱，起坐不离。但小娘爱俏，老鸨爱钞，是千百年铁板铸定的旧话。阮江兰初时还有几两孔方，热一热老鸨的手，亮一亮老鸨的眼，塞一塞老鸨的口，及至囊橐用尽，渐渐要拿衣服去编字号，老鸨手也光棍了，眼也势利了，口也零碎了。阮江兰平日极有性气，不知怎么到此地，任凭老鸨嘲笑怒骂，一毫不动声色，就像受过戒的禅和子。

有一日，扬州许多恶少，同着一位下路朋友，来闯寡门。老鸨正没处发挥，对着众人一五一十的告诉道："我的女儿已是从良过了，偏他骨头作痒，又要出来接客。应公子立逼取足身价，老身东借债、西借债，方得凑完。若是女儿有良心的，见我这般苦恼，便该用心赚钱。偏又恋着一个没来历的穷鬼，反要老娘拿闲饭养他。许多有意思的主客，被他关着房门，尽打断了。众位相公想想一想，可有这样道理么？"那班恶少裸袖挥拳道："老妈妈，你放心，我们替你赶他出门。"一齐拥进房里，正要动手，那一个下路朋友止住道："盟兄不须造次，这是敝同社江兰兄。"阮江兰认了一认，才知道是乐多闻。

众人坐下，乐多闻道："小弟谬托在声气中，当日相约同舟，何故拒绝达甚？莫不是小弟身上有俗人气习，怕过了吾兄么？"阮江兰道："不是吾兄有俗人气习，还是小弟自谅不敢奉陪。"乐多闻讥诮道："这样好娘娘，吾兄也该做个大老官，带挈我们领一领大教。为何闭门做嫖客？"阮江兰两眼看着晼娘，只当不曾听见。乐多闻又将手中一把扇子递与晼娘道："小弟久慕大笔，粗扇上，要求几笔兰花，幸即赐教。"晼娘并不做腔，取过一枝画笔，就用那砚池里残墨，任意画完了。众人称羡不已。乐多闻道："这一面是娘娘的画，那一面少不得江兰兄的诗，难道辞得小弟么？"江兰胡乱写完，乐多闻念道：

古木秋厚散落晖，王孙叩犊不能归。

骄人惭愧称贫贱，世路何妨骂布衣。

畹娘晓得是讥刺乐多闻，暗自含笑。乐多闻不解其中意思，欢欢喜喜，同着众人出门。那老鸨实指望劳动这些天神、天将，退送灾星出宫，那知求诗求画，反讲做一家，心上又添一番气恼。只得施展出调虎离山之法，另置一所房屋，将畹娘藏过，弄得阮江兰似香火无主，冷庙里的神鬼。正是：

累累丧家之狗，惶惶落汤之鸡。

前辈元和榜样，卑田院里堪栖。

不提阮江兰落寞，话说乐多闻回到苏州，将一把扇子到处卖弄。遇着一个明眼人，解说那阮江兰的诗句，道是："明明笑骂，怎还宝贝般拿在手里，出自己的丑态？"乐多闻衔恨，满城布散流言说："阮江兰在扬州嫖得精光，被老鸨赶出大门，亲眼见他在街上讨饭。"众朋友闻知，也有惋惜的，也有做笑话传播的，独有张少伯着急，向乐多闻处问了女客名姓，连夜叫船赶到扬州。

访的确了畹娘住居，敲进门去，深深向老鸨唱喏。老鸨问道："尊客要见我女儿么？"张少伯道："在下特地相访。"老鸨道："尊客莫怪老身，其实不能相会了。"张少伯询问来历，老鸨道："再莫要提起。只因我女儿爱上一个穷人，一心一念要嫁他，这几日那穷人不在面前，啼啼哭哭，不肯接客，叫老身也没奈何。"张少伯道："既然是你令爱不肯接客，你们行户人家可经得一日冷落的？他既看上一个情人，将来也须防他逃走。稍不遂他的意，寻起一条死路来，你老人家贴了棺材，还带累人命官司哩。不如趁早出脱这滞货，再讨一两个赚钱的，这便人财两得。"老鸨见他说得有理，沉吟一会，道："出脱是极妙的，但一时寻不出主客来。"张少伯道："你令爱多少身价？"老鸨道："是五百金。"张少伯道："若是减价求售，在下还娶得起，倘要索高价，便不敢担当。"老鸨急要推出大门，自家减价道："极少也须四百金。再少便挪移不去。"少

伯道:"你既说定四百金,我即取来兑与你,只是即日要过门的。"老鸨道:"这不消说得。"张少伯叫仆从卸下背箱来。老鸨引到自家房里,配搭了银水,充足数目,正交赎身文契。忽听得外面敲门响,老鸨听一听,却是阮江兰声气,便不开门。张少伯道:"敲门的是哪个?"老鸨道:"就是我女儿嫁的那个穷鬼,叫作甚么阮江兰。"张少伯道:"正是,我倒少算计了,虽将女儿嫁我,却不曾与你女儿讲通,设使一时不情愿出门,你如何勉强得?"老鸨道:"不妨,你只消叫一乘轿子在门前,我自有法度,可令一位大叔远远跟着,不可露出行径来。"张少伯道:"我晓得了。"忙开门送出来,老鸨四面一望,不见阮江兰在门外,放心大胆。回身进去,和颜悦色对女儿说道:"我们搬在此处,地方太偏僻,相熟朋友不见有一个来走动,我想坐吃山空,不如还搬到旧地。你心下如何?"畹娘想一想道:"我那心上人,久不得他音信,必是找不到此处,若重到旧居,或者可以相会。"遂点头应允。

老鸨故意收拾皮箱物件,畹娘又向镜前掠鬓梳头,满望牛郎一度。老鸨转一转身,向畹娘道:"我在此发家伙,你先到那边去照管。现有轿子在门前哩。"畹娘并不疑心,莲步慢挪,湘裙微动上了轿。老鸨出来,与张家小厮做手势,打个照会。那轿夫如飞的抬了去,张家小厮也如飞的跟着轿子,后面又有一个人如飞的赶来,扯着张家小厮。原来这小厮叫作秋星,两只脚正跑得高兴,忽被人拽了衣服,急得口中乱骂。回过头来,只见后面那一个人破巾破服,好似乞食的王孙,不第的苏子,又觉有些面善。那一个人也不等秋星开口,先自通名姓道:"我是阮相公,你缘何忘了?"秋星"哎哟"道:"小人眼花!连阮相公竟不认得。该死!该死!"阮江兰道:"你匆忙跟这轿子那里去?"秋星道:"我家相公新娶一个名妓,我跟着上船去哩。"阮江兰还要盘问,秋星解一解衣服,

露出胸脯，撒脚的去了。

原来阮江兰因老鸨拆开之后，一心尚牵挂畹娘，住饭店里，到处访问消息。这一日正寻得着，又闭门不纳。阮江兰闷恹恹，在旁边寺院里闲踱，思想觑个方便好进去。虽一条肚肠放在门内，那一双饿眼远远射在门外，见了一乘轿子出来，便像王母云车，恨不得攀辕留驾。偏那两个轿夫比长兴脚了更跑得迅速。阮江兰却认得轿后的是秋星，扯着一问，才知他主人娶了畹娘。一时发怒，要赶到张少伯那边，拼个你死我活。争奈着了这一口气，下部尽软了，挪不上三两步，恰恰遇着冤家对头。那张少伯面带喜容，抢上前来，深躬大喏道："久别吾兄，渴想之极。"

阮江兰礼也不回，大声责备道："你这假谦恭哄那个？横竖不过有几两铜臭，便如此大胆，硬夺朋友妻妾！"张少伯道："我们相别许多时，不知你见教的那一件？"阮江兰道："人儿现已抬在船上，反佯推不知么？"张少伯哈哈大笑道："我只道那件事儿得罪，原来为这一个娼家。小弟虽是淡薄财主，也还亏这些铜臭换得美人来家受用。吾兄只好想天鹅肉吃罢了。"阮江兰道："你不要卖弄家私，只将你倒吊起来，腹中看可有半点墨水？"张少伯道："我的腹中固欠墨水，只怕你也是空好看哩。"阮江兰道："不敢夸口说，我这笔尖戳得死你这等白丁哩。"张少伯道："空口无凭，你既自恃才高，便该中举、中进士，怎么像叫花子的形状，拿着赶狗棒儿骂皇帝——贵贱也不自量。"阮江兰冷笑道："待我中一个举人、进士，让你们小人来势利的。"说罢竟走去了。正是：

话说阮江兰被老张一段激发，倒把思想畹娘之念，丢在东洋大海了，一时便振作起功名的心肠。连夜回去，闭关读书，一切诗词歌赋，置之高阁，平日相好朋友，概不接见。

父母见他潜心攻苦，竭力治办好饮食，伺前伺后，要他多吃得一口，心下便加倍快活。埋头三年，正逢大比，宗师秉公取士，录在一等。为没有盘缠动身，到了七月将尽，尚淹留家下。父母又因坐吃山空，无处借贷，低着头儿纳闷。忽然走一个小厮进来，夹着朱红拜匣。阮老者认得是张家的秋星，揭开拜匣一看，见封简上写着"程仪十两"，连忙叫出儿子，说："张家送了盘费来。"阮江兰不见犹可，见了分外焦躁，

道："是张少伯，分明来奚落。"他拿起拜匣，往阶墀上一掷。秋星捣鬼道："我相公送你盘费，又不希图甚么，如何妆这样嘴脸？"拾起拜匣，出门去了。

阮老者道："张少伯是你同窗好友，送来程仪，便该领谢才是，如何反去抵触他？"阮江兰切齿道："孩儿宁可沿路叫化进京，决不受小人无义之财。"阮老者不知就里，只管再三埋怨。又见学里门斗顾亦齐，走来催促道："众相公俱已进京，你家相公怎么还不动身？"阮老者道："不瞒你说，前日在县里领了盘费来，又籴米买柴用去，如今向那个开口。"顾亦齐道，"不妨不妨，我有十两银子，快拿去作速起身罢。"阮江兰感激了几句，别过父母，带领焦绿，上京应试。刚刚到得应天府，次日进头场，果然篇篇掷地作金石，笔笔临池散蕊花。

原来有意思的才人，再不肯留心举业。那知天公赋他的才分宁有多少，若将一分才用在诗上，举业内便少了一分精神；若将一分才用在画上，举业内便少了一分火候；若将一分才用在宾朋应酬上，举业内便少了一分工夫。所以才人终身博不得一第，都坐这个病痛。阮江兰天分既好，又加上三年苦功，还怕甚么广寒宫的桂花，没有上天梯子，去拿利斧折他么？正是：

> 为学如务农，粒粒验收成。
>
> 不勤则不获，质美宜加功。

阮江兰出场之后，看见监场御史告示写道：

> 放榜日近，生员毋得归家。如违，拿歇家重究。

阮江兰只得住下，寓中闲寂不过，走到街上去散闷。撞到应天府门前，只见搭棚挂彩，红缎扎就一座龙门；再走进去，又见一座亭子内供着那踢头的魁星。两廊排设的尽是风糖胶果，独有一张桌子上更觉加倍摆列齐整。只见：

颤巍巍的风糖，酷肖楼台殿阁；齐臻臻的胶果，恍如花鸟人禽。蜂蝶闻香而绕座，中心好之；猿猴望影而垂涎，未尝饱也。颁自尚方称盛典，移来南国宴春元。

阮江兰问那承值的军健，才知道明日放榜，预先端正下鹿鸣宴。那分外齐整的是解元桌面。阮江兰一心羡慕，不知自己可有这样福分。又一心妒忌，不知那个有造化的吃他。早是出了神，往前一撞，摇倒了两碗风糖。走拢两三个军健，一把扯住，要捉拿见官。阮江兰慌了，情愿赔还。军健道：“这都是一月前定做下的，那里去买？”阮江兰再三哀告，军健才许他跟到下处，逼取四两银子。又气又恼，一夜睡不着，略闭上睛，便梦见风糖、胶果排在前面，反惊得一身冷汗。叹口气道：“别人中解元，我替他备桌面，真是晦气。侥幸中了还好，若是下第，何处措办盘费回家？”翻来覆去，辗转思量。忽听耳根边一派喧嚷，早有几个汉子从被窝里扶起来，替他穿了衣服、鞋袜，要他写喜钱。阮江兰此时如立在云端里，牙齿捉对儿的打交，浑身发疟儿的缩抖，不知是梦里，是醒里。看了试录，见自家是解元，才叫一声“惭愧”，慌忙打点去赴宴。

一走进应天府，只见地下跪着几个带红毡帽的磕头捣蒜，只求饶恕。阮江兰知道是昨日扯着要赔钱的军健，并不较论。吃宴了毕，回到寓所，同乡的没一个不送礼来贺。阮江兰要塞张少伯的口，急急回家，门前早已竖了四根旗竿。相见父母，各各欢喜。少顷，房中走出一个标致的丫鬟来，说道：“娘娘要出来相见哩。”阮江兰只道是那个亲戚家的，呆呆的盘问。父母道：“孩狼，你倒忘记了，当初在扬州时，可曾与一个畹娘订终身之约么？”阮江兰变色道：“这话提他则甚？”父母道：“孩儿，你这件事负不得心。张少伯特送他来与你成亲，岂可以一旦富贵，遂改前言？”阮江兰指着门外骂道：“那张少伯小畜生，我决不与他干休。孩儿昔日在扬州，与畹娘订了同衾同穴之约，被张少伯挟富娶去，反辱骂孩儿一场。便是孩儿奋志读书，皆从他辱骂而起。若论畹娘，也只好算一个随波逐浪的女客，盟誓未冷，旋嫁他人。虽然是妓家本色，只是初时设盟设誓者何心？后来输情服意，荐他人枕席者又何心？既要如此，何苦在牝

牡骊黄之外结交我这穷汉？可不辜负了他那双眼睛？如今张少伯见孩儿侥幸，便想送畹娘来赎罪。孩儿至愚不肖，决不肯收此失节之妇，以污清白之躯。"

正说得激烈，里面走出畹娘来，娇声婉气的说道："阮郎，你不要错怪了人。那张少伯分明是押衙一流人物。"阮江兰背着身体笑道："好个为自家娶老婆的古押衙！"畹娘道："你不要在梦里骂我，待奴家细细说出原委来。昔日郎君与妾相昵，有一个姓乐的撞来，郎君曾做诗讥诮他。他衔恨不过，便在苏州谎说郎君狎邪狼狈，仿了郑元和的行止。张少伯信以为真，变卖田产，带了银子星夜赶来，为妾赎身。妾为老鸨计赚，哄到他船上，一时间要寻死觅活。谁知张少伯不是要娶我，原是为郎君娶下的。"

阮江兰又笑道："既为我娶下，何不彼时就做一个现人情？"畹娘道："这又有个话说。他道是郎君是天生才子，只不肯沉潜读书，恐妾归君子之后，未免流连房闱，便致废弃本业。不是成就郎君，反是贻害郎君了。所以当面笑骂，总是激励郎君一片踊跃功名的念头。妾到他家里，另置一间房屋安顿妾身，以弟妇相待。便是张宅夫人，亦以姒娣相称。后来听得郎君闭关读书，私自庆幸。见郎君取了科举。晓得无力进京，又馈送路费。郎君乃掷之大门之外，只得转托顾门斗送来。难道郎君就不是解人，以精穷之门斗，那得有十金资助贫士？这件事上，不该省悟么？前日得了郎君发解之信，朝天四拜道是：'姻缘担子，此番才得卸肩。'如此周旋苦心，虽押衙亦不能及。若郎君疑妾有不白之行，妾亦无足惜，但埋没了热肠侠士，妾惟有立死君前，以表彰心迹而已。"阮江兰汗流浃背，如大梦方醒。两个老人家啧啧称道不绝。阮江兰才请过畹娘来，拜见公婆，又交拜了。随即叫两乘轿子，到张少伯家去，请他夫妇拜谢。从此两家世世往来，竟成了异姓兄弟。

第二回　百和坊将无作有

造化小儿强作宰，穷通切莫怨浮沉。

使心运智徒劳力，掘地偷天枉费心。

忙里寻闲真是乐，静口守拙有清音。

早知苟得原非得，须信机深祸亦深。

丈夫生在世上，伟然七尺，该在骨头上磨练出人品，心肝上呕吐出文章，胼胝上挣扎出财帛。若人品不在骨头上磨练，便是庸流；文章不在心肝上呕吐，便中浮论；财帛不在胼胝上挣扎，便是虚花。且莫提起人品、文章，只说那财帛一件，今人立地就想祖基父业，成人就想子禄妻财。我道这妄想心肠，虽有如来转世，说得天花乱坠，也不能斩绝世界上这一点病根。

且说明朝叔季年间，有一个积年在场外说嘴的童生，他姓欧，单名醉，自号滁山。少年时有些随机应变的聪明，道听途说的学问，每逢考较，府县一般高高的挂着，到了提前衙门，就像铁门槛，再爬不进这一层。自家虽在孙山之外，脾味却喜骂人，从案首直数到案末，说某小子一字不识，某富家多金贪缘，某乡绅自荐子弟，某官府开报神童。一时便有许多同类，你唱我和，竟成了大党。时人题他一个总名，叫作"童世界"，又起欧滁山绰号叫作"童妖"。他也居之不疑，俨然是童生队里的名士。但年近三十，在场外夸得口，在场内藏不得拙，那摘不尽的髭髯，渐渐连腮搭鬓，缩不小的身体，渐渐伟质魁形。还亏他总不服老，卷面上"未冠"两个字，像印板刻成的，再不改换。众人虽则晓得他功名淹蹇，却不晓得他功名愆期。他自父母亡后，留下一

个未适人的老丫头，小名秋葵，做了应急妻室。家中还有一个小厮，一个苍头。那苍头耳是聋的，口好挑水烧锅，惟有那小厮叫作鹊浔，眼尖口快，举动刁钻，与秋葵有一手儿。欧滁山时常拈酸吃醋，亲戚们劝他娶亲，只是不肯。有的说："他志气高大，或者待进学后才议婚姻。"不知欧滁山心事全不为此。他要做个现成财主女婿，思量老婆面上得些油水。横了这个见解，把岁月都跟着蹉跎过了。又见同社们也有进学，也有出贡的，再不得轮流到自己。且后进时髦，日盛一日，未免做了前辈童生。要告致仕，又恐冤屈了那满腹文章、十年灯火。忽然想起一个出贡的朋友姜天淳，现在北直真定作县，要去秋风。

他带了鹊浔出门，留苍头看家。朝行暮宿，换了几番舟车陆马，才抵真定。自家瞒去童生脚色，吩咐鹊浔在人前说是名士秀才。会过姜天淳，便拜本地乡室。乡宦们知道是父母官的同乡同社，又是名士，尽来送下程请酒。欧滁山倒应接不暇。一连说过几桩分上，得了七百余金。我道欧滁山族新做游客，那得如此获利？

原来他走的是衙门线索，一应书办快手，尽是眷社盟弟的贴子，到门亲拜。还抄窃时人的诗句，写在半金半白的扇子上，落款又写"拙作请教"，每人送一把，做见面人情。那班衙门里朋友，最好结交，他也不知道甚么是名士，但见扇子上有一首歪诗，你也称好，我也道妙，大家捡极肥的分上送来，奉承这诗伯。欧滁山也不管事之是非，理之屈直，一味拿出名士腔调来，强要凄天淳如何审断，如何注销。若有半点不依他，从清晨直累到黄昏，缠扰个不了。做官人的心性，那里耐烦得这许多。说一件准一件，只图耳根干净，面前清洁便罢了。所以游客有四种熬他不得的去处：

> 不识羞的厚脸，惯撒泼的鸟嘴。
>
> 会做作的乔样，弄虚头的辣手。

世上尊其名曰："游客"。我道游者流也，客者民也，虽内中贤愚不等，但抽丰一途，最好纳污藏垢，假秀才、假名士、假乡绅、假公子、假书贴，光棍作为，无所不至。今日流在这里，明日流在那里，扰害地方，侵渔官府，见面时称功颂德，背地里

捏禁拿讹。游道至今大坏，半坏于此辈流民，倒把真正豪杰、韵士、山人、词客的车辙，一例都行不通了。歉的带坏好的，怪不得当事们见了游客一张拜帖，攒着眉，跌着脚，如生人遇着勾死鬼一般害怕。若是礼单上有一把诗扉，就像见了大黄巴豆，遇着头疼，吃着泄肚的。就是衙役们晓得这一班是惹厌不讨好的怪物，连传帖相见，也要勒压纸包。

我曾见越中一游客，谒某县令，经月不见回拜，某客排门大骂，县令痛恶，遣役投帖送下程。某客恬不为耻，将下程全收，缴礼之时，嫌酒少，叱令重易大坛三白。翌日果负大坛至。某客以为得计，先用大碗尝试，仅咽一口，呕吐几死，始知坛中所贮者乃溺也。我劝自爱的游客们，家中若有一碗薄粥可吃，只该甘穷闭户。便是少柴少米，宁可受妻子的怨滴，决不可受富贵场内怠慢。闲话休提。

且说欧滁山一日送客，只见无数脚夫，挑着四五十只皮箱，后面十多乘轿子，陆续进那大宅子里去了。欧滁山道："是那里来的官家？"忙叫鹊渌访问，好去拜他的。鹊渌去不多时，走来回复道："是对门新搬来的。说是河间府屠老爷小奶奶。屠老爷在淮扬做道，这小奶奶是扬州人，姓缪。如今他家老爷死在任上，只有一个叔子叫作三太爷，同着小奶奶在这边住。"欧滁山道："既是河间人，怎么倒在这里住下？"鹊渌道："打破沙锅问到底，我那知他家的事故？"欧滁山骂了几声"蠢奴才"，又接着本地朋友来会，偶然问及河间屠乡宦。那朋友也道："这乡宦已作古人了。"欧滁山假嗟叹一回，两个又讲闲话才别。

次日，见鹊渌传进帖子来，道："屠太爷来面拜了。"欧滁山忙整衣衫，出来迎接。只见那三太爷打扮：

　　头戴一项方巾，脚穿一双朱履。扯偏袖，宛似书呆出相；打深躬，恰如道士伏章。主人看坐，两眼朝天；仆子送茶，一气入口。先叙了久仰久慕，才问起尊姓尊名。混沌不知礼貌，老生怀葛之夫，村愚假学谦恭，一团酒肉之相。

欧滁山分宾主坐下，拱了两拱，说几句初见面的套话。三太爷并不答应，只把耳朵侧着，呆睁了两只铜铃的眼睛。欧滁山老大诧异。旁边早走上一个后生管家，悄悄说道："家太爷耳背，不晓得攀谈，相公莫要见怪。"欧滁山道："说那里话，你家老爷在生时，与我极相好，他的令叔便是我的叔执了。怎么讲个怪字？"只问那管家的姓名。后生道："小的姓徐。"欧滁山接口道："徐大叔，你家老爷做官清廉，可有多少官囊么？"徐管家道："家老爷也曾买下万金田产，至于内里囊橐，都是扬州奶奶掌管，也够受用半世。"欧滁山道："这等你家日子还好过哩。"只见三太爷坐在对面，呃嘴呃舌的叫道："小厮拿过拜匣来，送与欧相公。"又朝着滁山拱手道："藉重大笔。"欧滁山揭开拜匣，里面是一封银子，写着"笔资八两"。不知他是写围屏、写轴子、画水山、画行乐。着了急，忙推辞道："学生自幼苦心文字海中，不曾有余暇工夫摹效黄庭，宗法北苑。若是要做祭文、寿文，还不敢逊让；倘以笔墨相委，这便难领教了。"三太爷口内唧了几十声，才说出两个字来，道："求文！求文！"倒是徐官家代说道："家老爷死后，生平节概，无人表白，昨日闻得欧相公是海内名士，特求一篇墓志。些微薄礼，聊当润笔。"欧滁山笑道："这何难？明日便有，尊礼还是带回去。"徐管家道："相公不收，怎么敢动劳？"欧滁山道："若论我的文章，当代要推大匠。就是本地士绅求序求传，等上轮个月才有。但念你老爷旧日相与情分，不便受这重礼，待草完墓志，一并送还。"徐管家见三太爷在椅子上打瞌睡，走去摇醒了，攒他出门。欧滁山进来，暗喜道："我老欧今日的文章才值钱，当时做童生，每次出去考，经营惨淡，构成两篇，定要赔卷子，贴供给。谁知出来做游客，这般燥脾，一篇墓志打甚么紧，也送八两银子来？毕竟名下好题诗也。不过因我是名士，这墓志倒不可草草打发。"研起墨来，捏着一管笔，只管摇头摆脑的吟哦，倒默记出自家许多小题来。要安放在上面，不知用那一句好。千踌躇，万算计，忽然大叫道："在这里了。"取出《古文必读》，用那《祭十二郎文》，改头换尾，写得清清楚楚，叫鹊渌跟了，一直到对门来。

徐管家迎见，引至客堂，请出三太爷来相见。欧滁山送上墓志，三太爷接在手里，将两眼觑在字上，极口的道："好！"又叫徐管家拿进去与奶奶看。欧滁山听见奶奶是识字的，毛孔都痒将起来。徐管家又传说："奶奶吩咐，请欧相公吃一杯酒去。"欧滁

山好像奉了皇后娘娘的懿旨，身也不敢动，口中先递了诚欢诚忭的谢表。摆上酒肴，一时间山珍海错，罗列满前，真个大人家举止，就如预备在家里的。欧滁山显出那猪八戒的手段来，件件啖得尽兴，千欢万喜回去了。

迟不上几日，徐管家又来相请。欧滁山尝过一次甜头儿，脚跟不知不觉的走得飞快。才就客位坐下，只听得里面环佩叮当，似玉人甫离绣阁；麝兰氤氲，如仙女初下瑶阶。先走出两个女婢来，说道："奶奶亲自拜谢欧相公。"滁山未及答应，那一位缪奶奶袅袅娜娜的走将出来。女婢铺下红毡，慌得欧滁山手足无措，不知朝南朝北，还了礼数。缪奶奶娇声颤语道："妾夫见背，默默无闻，得先生片语表彰，不独未亡人衔感，即泉下亦顶不戴不朽。"欧滁山连称"不敢"。偷眼去瞧他，虽不见得十分美貌，还有七种风情：

> 眼儿是骚的，嘴儿是甜的，身体儿是动的，脚尖儿是毕的。脸儿是侧的，
> 颈儿是扭的，纤纤指儿是露出来的。

欧滁山看得仔细，那眼光早射到裙带底下，虚火发动，自家裤裆里活跳起来，险些儿磨穿了几层衣服。又怕不好看相，只得弯着腰告辞出来。回到寓中，已是黄昏时候，一点淫心忍耐不住，关了房门，坐在椅子上，请出那作怪的光郎头来，虚空摸拟，就用五姐作缘，闭上眼睛，伸直了两只腿，勒上勒下。口中正叫着"心肝乖乖"，不期对面桌子下，躲着一个白日撞的贼，不知几时闪进来的，蹲在对面，声也不响，气也不喘，被欧滁山滚热的精华，直冒了一脸。那贼"呀"的叫喊起来，倒吓了欧滁山一跳。此时滁山是作丧之后，昏昏沉沉，四肢瘫软，才叫得一声"有贼"，那贼拔开门闩，已跳在门外。欧滁山赶去捉他，那贼摇手道："你要赶我，我便说出你的丑态来了。"欧滁山不觉又羞又笑，那贼已穿街走巷，去得无影无。欧滁山只得回来。查一查银子，尚喜不曾出脱，大骂鹃渌。

原来鹃渌是缪家的大叔们请他在酒馆中一乐，吃得酩酊大醉，昏天黑地，睡在椿凳上，那里知道有贼没贼。欧滁山也没奈何，自己点了灯，四面照一照，才去安寝。

睡便睡在床上，一心想着缪奶奶，道："是这般一个美人，又有厚赏，若肯转嫁我，倒是不求至而的安稳富翁。且待明日，向他徐管家讨些口气，倘有一线可入，夤缘进去，做个补代，不怕一生不享荣华。"翻来覆去，用心过度，再也睡不着。到四更天气，才闭上眼，又梦见贼来，开了皮箱，将他七百两头装在搭包里。欧滁山急得眼里冒出火来，顾不得性命，精光的爬下床来，口中乱喊："捉贼！"那鹃渌在醉香中，霎时惊醒了，也赤身滚起来，暗地里恰恰撞着欧滁山，不由分说，扯起钉耙样的拳头，照着欧滁山的脸上乱打。欧滁山熬不过疼痛，将头脸靠住鹃渌怀里，把他精身体上死咬。两个扭做一团，滚在地下。你骂我是强盗，我骂你是贼徒。累到天明，气力用尽。欧滁山的梦神也告消乏了，鹃渌的醉魔也打疲倦了。大家抱头抱脚的，欹跨睡在门槛上。直睡到日出三竿，鸡啼傍午，主仆两人才醒。各揉一揉睡眼，都叫诧异。欧滁山觉得自家尊容有些古怪，忙取镜子一照，惊讶道："我怎么脱换一个青面小鬼，连头脚都这般峥嵘了。"鹃渌也觉得自家贵体有些狼狈，低头一看，好似掉在染缸里，遍体染就个红红绿绿的。面面相觑，竟解不出缘故来。

一连告了几日养病假，才敢出去会客。那缪奶奶又遣管家送过四盘果品来看病。欧滁山款住徐管家，要他坐下。徐管家道："小的是下人，怎敢陪相公坐地？"欧滁山笑道："你好呆，敬其主以及其使，便是敝老师孔夫子，还命遽伯玉之使同坐哩！你不须谦让。"徐管家只得将椅子移在侧边，半个屁股坐着。欧滁山吩咐鹃渌，叫他在酒馆中取些热菜来，酒儿要烫得热热的。鹃渌答应一声去了。欧滁山问道："你家奶奶性儿喜欢甚么？待我好买几件礼物回答。"徐管家道："我家奶奶敬重相公文才，那指望礼物回答？"欧滁山道："你便是这等说，我却要尽一点教敬。"徐管家道："若说起我家奶奶，纱罗绸缎，首饰头面，那件没有？若要他喜欢的，除非吃食上橄榄、松子罢了。"欧滁山问道："你家奶奶原来是个清客，爱吃这样不做肉的东西。"徐管家嬉的笑起来。鹃渌早取了熟菜，摆上一桌，斟过两杯酒。二人一头吃，一头说。欧滁山乘兴问道："你家奶奶又没有一男半女，年纪又幼小，怎么守好节？"徐管家："正是。我们不回河间去，也是奶奶要日后寻一分人家，坐产招夫的意思。"欧滁山道："不知你家奶奶要寻那样人儿？"徐管家道："小的也不晓得。奶奶还不曾说出口来，为碍着三

太爷在这里。"欧滁山道："我有一句体己话儿对你讲，切不可向外人说。"忙把鹊渌叫开了，说道："我学生今年才三十一岁，还是真正童男子，一向要娶亲，因敝地再没得好妇人。若是你家奶奶不弃，情愿赘在府上。我虽是客中，要措办千金，也还供得你家奶奶妆奁。"徐管家道："相公，莫说千金万金，若是奶奶心肯，便一分也不消相公破费。但三太爷在此，也须通知他做主才妙。"欧滁山道："你家三太爷聋着两只耳朵，也容易结交他。"徐管家道："相公慢慢商量，让小的且回去罢。"欧滁山千叮万嘱一遍，正是：

　　　　耳听好消息，眼观旌节旗。

　　话说姜天淳晓得欧滁山得过若干银两，又见不肯起身，怕在地方招遥出事来，忙对起八两程仪，促他急整归鞭。欧滁山大怒，将程仪掷在地下，道："谁希罕这作孽的钱？你家主人要使官势，只好用在泛常游客身上。我们同窗同社，也还不大作准，试问他，难道做一生知县，再不还乡的么？我老欧有日和他算账哩。"那来役任凭他发挥，拾了银子，忙去回复知县。

　　这叫做好意翻恶意，人心险似蛇心。我道姜天淳这个主人，便放在天平上兑一兑，也还算十足的斤两。看官们，试看世界上那个肯破悭送人？他吃辛吃苦的做官，担惊担险的趁钱，宁可招人怨，惹人怪，闭塞上方便门，留积下些元宝，好去打点升迁；极不济，便完赃赎罪，抖着流徙，到底还仗庇孔方，保姆一生不愁冻饿。我常想古今慷慨豪杰，只有两个：一个是孟尝君，舍得三餐饭养士；一是平原君，舍得十日酒请客。这大老官的声名千古不易。可见酒饭之德，亦能使人品传芳。假若剜出己财，为众朋友做个大施主，这便成得古今真豪杰了。倘自负慷慨，逢人通诚，啴锄水火的小恩惠，也恶夸口，这种人便替孟尝君厨下烧锅，代平原君席上斟酒，还要嫌他龌龊相。但当今报德者少，负义者多。如欧滁山皆是另具一副歪心肠，别赋一种贱骨格。抹却姜天淳的好处，反恶声狂吠起来。这且不要提他。

　　话说缪奶奶屡次着人送长送短，百倍殷切。欧滁山只得破些钞儿，买几件小礼点

缀。一日，三太爷拉欧滁山街上去闲步，见一个簇新酒帘飘荡在风里，那三太爷频频咽涎，像有些闻香下马的光景，只愁没有解貂换酒的主人。欧滁山见最生情，邀他进去，捡一副干净座儿，请他坐地。酒保陆续搬上肴馔来，两个一递一杯，直吃到日落，还不曾动身。欧滁山要与三太爷接谈，争奈他两耳又聋，只好对坐着哑饮。谁知哑饮易醉，欧滁山满腔心事，乘着醉兴，不觉吐露道："令侄妇青年人怎么容他守寡？你老人家该方便些才是。"那三太爷偏是这几句话听得明白，点一点头道："我天要寻一个好人物，招他进来哩！急切里又遇不着。"欧滁山见说话入港，老着脸皮，自荐道："晚生还不曾娶亲，若肯玉成，当图厚报。"三太爷大喜道："这段姻缘绝妙的了，我今日便亲口许下，你择日来纳聘何如？"欧滁山正喜得抓耳搔腮，侧边一个小厮，眼瞅着三太爷道："不知家里奶奶的意思，太爷轻口便许人么？"欧滁山忙把手儿摇着说道："大叔你请在外面吃酒，都算在我账上。"把个小厮哄开了。离席朝上作了揖，又自斟一杯酒送过去。三太爷扶起道："你又行这客礼做甚么？"欧滁山道："既蒙俯允，始终不二，便以杯酒为订。"三太爷道："你原来怕我是酒后戏言，我从来直肠直口，再不会说谎的。"欧滁山极口感激，算完店账，各自回寓。

次日打点行聘。这缪家受聘之后，欧滁山即想做亲。叫了一班鼓乐，自家倒坐在新人轿里，抬了一个圈子，依旧到对门下轿。因是第一次做新郎，心里老大有些惊跳。又见缪奶奶是大方家，比不得秋葵丫头，胡乱可以用些枪法的，只得在那上床之时，脱衣之后，求欢之际，斯斯文文，软软款款，假学许多风雅模样。缪奶奶未免要装些身分。欧滁山低声悄语道："吉日良辰，定要请教。"缪奶奶笑忍不住，放开手，任他进去赴考。欧滁山才入门，一面谦让道："唐突！唐突！"那知競持太甚，倒把一个积年会完卷的老童生，头一篇还不曾做到起讲，便老早出场了。自家觉得惭愧，喘吁吁的赔小心道："贻笑大方，改日容补。"缪奶奶只是笑，再不则声。

过了数日，欧滁山见他房口箱笼摆得如密笆一般，不知内里是金银财宝，还是纱罗绸缎，想着要入一入眼。因成亲不久，不便开口说得，遂想出一个抛砖引玉之法来，手中拿着钥匙，递与缪奶奶道："拙夫这个箱内，尚存六百多金，娘子请看一看。"缪奶奶道："我这边的银钱还用度不了，那个要你的？"欧滁山道："不是这样讲，我的钥

匙交付与娘子，省得拙夫放在身边。"缪奶奶取过来交与一个丫头。只见三太爷走到房门前说道："牛儿从河间府来，说家里的大宅子，有暴发户戚小桥要买，已还过九千银子。牛儿不敢做主，特来请你去成交易哩。"缪奶奶愁眉道："我身子不大耐烦，你老人家同着姑爷去兑了房价来罢。"欧滁山听见又有九千银子，好像做梦的，恨不得霎时起身，搬了回来，这一夜加力奉承财主奶奶。

次日备上四个头口，三太爷带了牛儿，欧滁山带了鹊渌，一行人迤逦而去。才走得数里，后面一匹飞马赶来，却是徐管家，拿着一个厚实实的大封袋，付与欧滁山道："你们起身忙忘记带了房契，奶奶特差小的送来。"欧滁山道："险不空往返一遭儿哩！还亏你奶奶记性快。"徐管家道："爷们不要耽搁，快赶路罢。"两个加一鞭。只见：

　　夕阳影里马蹄过，沙土尘中人面稀。

停了几日，已到河间府。三太爷先把欧滁山安顿在城外饭店里，自家同着牛儿进城，道是议妥当了，即来请去交割房契。欧滁山果然在饭店中等候。候了两日，竟不见半个脚影儿走来，好生盼望。及至再等数天，就有些疑惑，叫鹊渌进城去探问。鹊渌问了一转，依旧单身回来，说是城内百和坊，虽有一个屠乡宦，他家并不见甚么三太爷。欧滁山还道他问得不详细，自己袖着房契，叫鹊渌领了，走到百和坊来。只见八字墙门，里面走出一个花帕兜头的大汉。欧滁山大模大样问道："你家三太爷回来了，为何不出城接我？"那大汉啐道："你是那里走来的鸟蛮子，问甚么三太爷、四太爷？"欧滁山道："现有牛儿跟着的，烦你唤出牛儿来，他自然认得我。"大汉骂道："你家娘的牛马儿！怎么在我宅子门前歪缠？"欧滁山情急了，忙通出角色来道："你家小奶奶现做了我的贱内，特叫我来卖房子哩。"这句话还不曾说完，大汉早劈面一个耳掌，封住衣袖揪了进去。鹊涵见势头不好，一溜烟儿躲开。可怜欧滁山被那大汉捉住，又有许多汉子来帮打，像饿虎攒羊一般，直打得个落花流水。还亏末后一个少年喝住，众汉才各各收了拳兵。

此时欧滁山魂灵也不在身上，痴了一会，渐渐醒觉，才叫疼叫痛，又叫起冤屈来那少年近前问道："你这蛮子声口像是外方。有甚缘故？快些说来。"欧滁山带着眼泪说道："学生原是远方人，因为探望舍亲姜天淳，所以到保定府来，就在保定府娶下一房家小，这贱内原是屠老先生之妾。屠老先生虽在任上亡过，现有三太爷做主为媒，不是我贪财强娶。"那少年道："那个耐烦听你这些闲话？只问你无端为何进我的宅子？"欧滁山道："我非无端而来，原是来兑房价的，现有契文在此，难道好白赖的么？"少年怒道："你这个蛮子，想是青天白日见鬼。叫众汉子推他出去。"欧滁山受过一番狼狈的，那里经得第二遍？听见一声推出去，他的脚跟先出门了，只得闷闷而走。

回到饭店，却见鹊渌倒在炕上坐着哩。欧滁山骂道："你这贼奴才，不顾主人死活，任他拿去毒打。设使真个打死，指望你来收尸，这也万万不能够了。"鹊渌笑道："相公倘然打死，还留得鹊渌一条性命，也好回家去报信，怎道怨起我来？"欧滁山不言不语，连衣睡在床上，捶胸捣枕。鹊渌道："相公不消气苦，我想三太爷原姓屠，他家弟男子侄，那里肯将房产银子倒白白送与相公么？"欧滁山沉吟道："你也说的是，但房契在我手里，也还不该下这毒手。"鹊渌道："他既下这毒手，焉知房契不先换去了？"欧滁山忙捡出房契来，拆开封简，见一张绵纸，看看上面，写的不是房契，却是借约。写道：

> 立借票人屠三醉，今因乏用，借到老欧处白银六百两。候起家立业后，加倍奉偿。恐后无凭，立此借票存照。

欧滁山呆了，道："我被这老贼拐去了。"又想一想道："前日皮箱放在内屋里，如何盗得去？"又转念道："他便盗我六百金，缪奶奶身边，千金不止，还可补偿缺陷。"急急收拾行李，要回保定。争奈欠了饭钱，被房主人捉住。欧滁山没奈何，只得将被褥准算，主仆两个，孤孤寂寂，行在路上，有一顿没一顿，把一个假名士，又假起乞丐来了。

趱到保定，同着鹊渌入城，望旧寓走来。只见：

冷清清门前草长，幽寂寂堂上禽飞。破交椅七横八竖，碎纸窗万片千条。

就像过塞无人烟的古庙，神鬼潜踪；又如满天大风雪的寒江，渔翁绝迹。入其庭不见其人，昔日罗帏挂蛛网；披其户其人安在，今朝翠阁结烟萝。

欧滁山四面搜寻，要讨个人影儿也没得。鹊渌呜呜的又哭起来。欧滁山问道："你哭些甚么？"鹊渌道："奶奶房里使用的珠儿，他待我情意极好，今日不见了，怎禁得人不哭？"欧滁山道："连奶奶都化为乌有，还提起甚么珠儿？我如今想起来了，那借票上写着屠三碎，分明是说'三醉岳阳人不识'，活活是个雄拐子，连你奶奶也是雌拐儿。算我年灾月厄，撞在他手里。罢了！罢了！只是两只空拳，将甚么做盘缠回家？"鹊渌道："还是去寻姜老爷的好。"欧滁山道："我曾受过恩惠，反又骂他，觉得不好相见。"鹊渌道："若是不好相见，可写一封书去，干求他罢了。"欧滁山道："说得有理。"仍回到对门旧寓来，借了笔砚，恳恳切切写着悔过谢罪的话，又叙说被拐致穷之致。鹊渌忙去投书。姜天淳果然不念旧恶，又送出二十两程仪来。欧滁山置办些铺盖，搭了便船回家。

一路上少不得嗟叹怨眼，谁知惊动了中舱内一位客人。那客人被他耳根聒得不耐烦，只得骂了船家几句，说他胡乱搭人。船家又来埋怨。欧滁山正没处叫屈，借这因头，把前前后后情节，像说书的一般，说与众人听。众人也有怜他的，也有笑他的。独有中舱客人，叫小厮来请他。欧滁山抖一抖衣服，钻进舱去。客人见欧滁山带一顶巾子，穿一双红鞋，道是读书的，起身来作揖，问了姓氏。欧滁山又问那客人，客人道："小弟姓江，号秋雯，原籍是徽州。因今岁也曾遇着一伙骗子，正要动问，老丈所娶那妇人，怎的一个模样？"欧滁山道："是个不肥不瘦的身体，生来着实风骚，面上略有几个雀斑。"江秋雯笑道："与小弟所遇的不差。"欧滁山怒目张拳道："他如今在那里？"江秋雯道："这是春间的事体，如今那个晓得他的踪迹？"欧滁山道："不知吾兄如何被骗的？"江秋雯道："小弟有两个典铺，开在临清。每年定带些银两去添补。今春泊船宿迁，邻船有一个妇人，看见小弟，目成心许。将一条汗巾掷过来。小弟一时迷惑，接在手中，闻香嗅气。那妇人不住嬉笑，小弟情不自禁，又见他是两只船，

一只船是男人，一只船是女人。访得详细，到二更天，见他蓬窗尚未掩着，此时也顾不得性命，跳了过去。倒是那妇人叫喊起来，一伙仆从捉住小弟，痛打一顿，骗去千金才放。小弟吃这个亏，再不怨人，只怨自己不该偷婆娘。"欧滁山道："老丈有这等度量，小弟便忍耐不住了。"江秋雯道："忍耐不住便怎么？小弟与吾兄同病相怜，何不移在中舱来作伴？"自此，欧滁山朝夕饮食，尽依藉着江秋雯。到了镇江，大家上岸去走走。只见码头上，一个弄蛇的叫化子，鹘踜端相一遍，悄悄对欧滁山说道："这倒像那三太爷的模样哩。"欧滁山认了一认，道："果然是三太爷。"上前一把扯住，喊道："捉住拐子了。"那叫化子一个拳头撞来，打得不好开交。江秋雯劝住道："欧兄，你不要错认了，他既然拐你多金，便不该仍做叫化子。既做叫化子，你认他是三太爷，可不自己没体面？"欧滁山听了，才放手。倒是那叫化子不肯放，说是走了他的挣钱的儿子。江秋雯不晓得什么叫作挣钱儿子。细问起来，才知是一条蛇儿。欧滁山反拿出几钱银偿他。

次日，别了江秋雯，搭了江船，到得家里。不意苍头死了，秋葵卷了些值钱物件，已是跟人逃走。欧滁山终日抑郁，遂得膨胀病而亡。可见世人须要斩绝妄想心肠，切不可赔了夫人又折兵，学那欧滁山的样子。

第三回　走安南玉马换猩绒

百年古墓已为田，人世悲欢只眼前。

日暮子规啼更切，闲修野史续残编。

话说广西地方与安南交界，中国客商，要收买丹砂、苏合香、沉香，却不到安南去，都在广西收集。不知道这些东西是安南的土产，广西不过是一个聚处。安南一般也有客人到广西来货卖。那广西牙行经纪，皆有论万家私，堆积货物。但逢着三七，才是交易的日子。这一日叫作开市。开市的时候。两头齐列着官兵，放炮呐喊，直到天明，才许买卖。这也是近着海滨，恐怕有奸细生事的意思。市上又有个评价官，这评价官是安抚衙门里差出来的。若市上有私买私卖，缉访出来，货物入官，连经纪客商都要问罪。自从做下这个官例，那个还敢胡行？所以，评价官是极有权要的。名色虽是评价，实在却是抽税。这一主无碍的钱粮，都归在安抚。

曾有个安抚姓胡，他生性贪酷，自到广西做官，不指望为百姓兴一毫利，除了毫害，每日只想剥尽地皮自肥。总为天高听远，分明是半壁天子一般。这胡安抚没有儿子，就将妻侄承继在身边做公子。这公子有二十余岁，生平毛病是见不得女色的，不论精粗美恶，但是落在眼里就不肯放过。只为安抚把他关禁在书房里，又请一位先生陪他读书。你想旷野里的猢狲，可是一条索子锁得住的？况且要他读书，真如生生的逼那猢狲妆扮李三娘挑水，鲍老送婴孩的戏文人。眼见得读书不成，反要生起病来。安抚的夫人又爱惜如宝，这公子倚娇倚痴，要出衙门去玩耍。夫人道："只怕你父亲不许。待我替你讲？"早是安抚退堂，走进内衙来。夫人指着公子道："你看他面黄肌瘦，茶饭也不多吃，皆因在书房内用功过度。若再关禁几时，连性命都有些难保了。"安抚道："他既然有病，待我传官医进来，吃一两剂药，自然就好的。你着急则甚？"公子怕露出马脚来，忙答应道："那样苦水，我吃他做甚么？"安抚道："既不吃药，怎得病好哩？"夫人道："孩子家心性原坐不定的。除非是放他出衙门外，任他在有山水的所在，或者好寺院里闲散一番，自然病就好了。"安抚道："你讲的好没道理。我在这地方上，现任做官，怎好放纵儿子出外玩耍？"夫人道："你也忒糊涂，难道儿子面孔上贴着安抚公子的几个字么？便出去玩耍，有那个认得，有那个议论？况他又不是生事的。你不要弄得他病久了，当真三长两短，我是养不出儿子的哩。"安抚也是溺爱，一边况且夫人发怒，只得改口道："你不要着急，我自有个道理。明朝是开市的日期，吩咐评价官领他到市上，玩一会就回。除非是打扮要改换了，才好掩人耳目。"夫人道："这个容易。"公子在旁边听得眉开眼笑，扑手跌脚的，外边喜欢去了。正是：

　　　　意马心猿拴不住，郎君年少总情迷。

　　　　世间溺爱皆如此，不独偏心是老妻。

　　话说次日五更，评价官奉了安抚之命，领着公子出辕门来，每人都骑着高头大马。到得市上，那市上原来评价官也有个衙门。公子下了马，评价官就领他到后衙里坐着，说道："小衙内，你且宽坐片时，待小官出去点过了兵，放炮之后，再来领衙内出外观看。"只见评价官出去坐堂。公子那里耐烦死等？也便随后走了出来。此时天尚未亮，满堂灯炬照得如同白日，看那四围都是带大帽、持枪棍的，委实好看。公子打人丛里挤出来，直到市上，早见人烟凑集，家家都挂着灯笼。公子信步走去，猛抬头看见楼上一个标致妇人，凭着楼窗往下面看，便立住脚，目不转睛的瞧个饱满。你想，看人家妇女，那有看得饱的时节？总是美人立在眼前，心头千思万想，要他笑一笑，留些情意，好从中下手。却不知枉用心肠，像饿鬼一般，腹中越发空虚了。这叫作眼饱肚中饥。公子也这样呆想。那知楼上的妇人，他却贪看市上来来往往的，可有半些眼角梢几留在公子身上么？又见楼下一个后生，对着那楼上妇人说道："东方发白了，可将

那几盏灯挑下来吹熄了。"妇人道:"烛也剩不多,等他点完了罢。"公子乘他们说话,就在袖里取出汗巾来。那汗巾头上系着一个玉马,他便将汗巾裹一裹,掷向楼上去。偏偏打着妇人的面孔,妇人一片声喊起来。那楼下后生也看见一件东西在眼中幌一幌,又听得楼上喊声,只道那个拾砖头打他。忙四下一看,只见那公子嬉笑一张嘴,拍着手大笑道:"你不要错看了那汗巾,里面裹着有玉马哩!"这后生怒从心上,恶向胆边,忙去揪着公子头发,要打一顿。不提防用得力猛,却揪着了帽子,被公子在人丛里一溜烟跑开了。后生道:"便宜这个小畜生!不然打他一个半死,才显我的手段。"拿帽在手,一径跑到楼上去。妇人接着笑道:"方才不知那个涎脸,将汗巾裹着玉马掷上来。你看这玉马,倒还有趣哩。"后生拿过来看一看,道:"这是一个旧物件。"那妇人也向后生手里取过帽子来看,道:"你是那里得来的?上面好一颗明珠。"后生看了,惊讶道:"果然好一颗明珠。是了,是了!方才那小畜生不知是那个官长家的哩!"妇人道:"你说甚么?"后生道:"我在楼下见一个人瞧你,又听得你喊起来,我便赶上去打那一个人。不期揪着帽子,被他脱身走去。"妇人道:"你也不问个皂白,轻易便打人。不要打出祸根来。便由他瞧得奴家一眼,可有本事吃下肚去么?"后生道:"他现在将物件掷上来,分明是调戏你。"妇人道:"你好呆,这也是他落便宜,白送一个玉马,奴家还不认得他是长是短,你不要多心。"正说话间,听得市上放炮响,后生道:"我去做生意了。"正是:

玉马无端送,明珠暗里投。

你道这后生姓甚么?原来叫作杜景山。他父亲是杜望山,出名的至诚经纪,四方客商都肯来投依,自去世之后,便遗下这挣钱的行户与儿子。杜景山也做人乖巧,倒百能百千,会招揽四方客商,算得一个克家的肖子了。我说那楼上妇人,就是他结发妻子。这妻子娘家姓白,乳名叫做凤姑,人材又生得柔媚,支持家务件件妥帖,两口儿极是恩爱不过的。他临街是客楼,一向堆着货物。这日出空了,凤姑偶然上楼去,观望街上,不期撞着胡衙内这个祸根。你说,惹了别个还可,这胡衙内是活太岁,在

他头了动了土，重则断根绝命，轻则也要荡产倾家。若是当下评价官晓得了，将杜景山责罚几板，也就是消了忿眼。偏那衙内怀揣着鬼胎，却不敢打市上走，没命的往僻巷里躲了去。走得气喘，只得立在房檐下歇一歇力。不晓得对门一个妇人蓬着头，敞着胸，手内提了马桶，将水荡一荡，朝着侧边泼下。那知道黑影内有一个人立着，刚刚泼在衙内衣服上。衙内叫了一声："嗳哟！"妇人丢下马桶，就往家里飞跑。我道妇人家倒马桶，也有个时节，为何侵晨爬起来就倒？只因小户人家，又住在窄巷里，恐怕黄昏时候街上有人走动，故此趁那五更天，巷内都关门闭户，他便冠冠冕冕，好出来洗荡。也是衙内晦气，泼了一身粪渣香。自家闻不得，也要掩着鼻子。心下又气又恼，只得脱下那件外套来，露出里面是金黄短夹袄。衙内恐怕有人看见，观瞻不雅，就走出巷门。看那巷外却是一带空地，但闻马嘶的声气。走得几步，果见一匹马拴在大树底下，鞍辔都是备端正的，衙内便去解下缰绳。才跨上去，肢蹬还不曾踏稳，那马如飞跑去了。又见草窝里跳出一个汉子，喊道："拿这偷马贼！拿这偷马贼！"，随后如飞的赶将来。衙内又不知这马的缰口，要带又带不住，那马又不打空地上走，竟转一个大弯，冲到市上来。防守市上的官兵，见这骑马汉子在人丛里放辔头，又见后面汉子追他是偷马贼，一齐喊起来道："捉拿奸细！"吓得那些做生意买卖的，也有挤落了鞋子，也有失落了银包，也有不见了货物，也有踏在深沟里，也有跌在店门前，纷纷沓沓，俨有千军万民的光景。

评价官听得有了奸细，忙披甲上马，当头迎着，却认得是衙内。只见衙内头发披散了，满面流的是汗，那脸色就如黄蜡一般。喜得马也跑不动了。早有一个胡髯碧眼的汉子喝道："快下马来，俺安南国的马，可是你这蛮子偷来骑得的么？"那评价官止住道："这是我们衙内，不要罗唣。"连忙叫人抱下马来。那安南国的汉子把马也牵去了。那官兵见是衙内，各各害怕道："早是不曾伤着那里哩！"评价官见市上无数人拥护在一团，来看衙内，只得差官兵赶散了。从容问道："衙内出去，说也不说一声，吓得小官魂都没了。分头寻找，却不知衙内在何处游戏。为何衣帽都不见了？是甚么缘故？"衙内隔了半晌，才说话道："你莫管我闹事，快备马送我回去。"评价官只得自家衙里取了巾服，替衙内穿藏起来，还捏了两把汗，恐怕安抚难为他。再三求告衙内，要他包含。衙内道："不干你事，你莫要害怕。"众人遂扶衙内上马，进了辕门，后堂传梆，道是："衙内回来了。"夫人看见，便问道："我儿，外面光景好看么？"衙内全不答应，红了眼眶，扑簌簌掉下泪来。夫人道："儿为着何事？"忙把衣袖替他揩泪。衙内越发哭得高兴。夫人仔细将衙内看一看，道："你的衣帽那里去了？怎么换这个巾服？"衙内哭着说道："儿往市上观看，被一个店口的强汉，见儿帽赏上的明珠起了不良之念，便来抢去，又剥下儿的外套衣服。"夫人掩住他的口道："不要提起罢，你爹原不肯放你出去，是我变嘴变脸的说了，他才依我。如今若晓得这事，可不连我也埋怨起来？"正是：

> 不到江心，不肯收舵。
> 若无绝路，哪肯回兵？

话说安抚见公子回来，忙送他到馆内读书。不期次日众官员都来候问衙内的安。安抚想道："我的儿子又没有大病，又不曾叫官医进来用药，他们怎么问安？"忙传中军进来，叫他致意众官员，回说衙内没有大病，不消问候得。中军传着安抚之命，不一时又进来禀道："众官员说，晓得衙内原没有病，因是衙内昨日跑马着惊，特来问候的意思。"安抚气恼道："我的儿子才出衙门游得一次，众官就晓得，想是他必定生事了。"遂叫中军谢声众官员。他便走到夫人房里来，发作道："我原说在此现任，儿子外面去不得的。夫人偏是护短，却任他生出事来，弄得众官员都到衙门里问安，成甚么体统？"夫人道："他玩不上半日，那里生出甚么事来？"安抚焦燥道："你还要为他遮瞒。"夫人道："可怜他小小年纪，又没有气力，从那里生事起？是有个缘故，我恐怕相公着恼，不曾说得。"安抚道："你便遮瞒不说，怎遮瞒得外边耳目？"夫人道："前日相公吩咐，说要儿子改换妆饰，我便取了相公烟墩帽，上面钉了一颗明珠，把他带上。不意撞着不良的人，欺心想着这明珠，连帽子都抢了去。就是这个缘故了。"安抚道："岂有此理，难道没人跟随着他，任凭别人抢去？这里面还有个隐情，连你也被儿子瞒过。"夫人道："我又不曾到外面去，那里晓得这些事情。相公叫他当面来一问，

就知道详细了，何苦埋怨老身。"说罢便走开了。

安抚便着丫鬟，向书馆里请出衙内来。衙内心中着惊，走到安抚面前，深深作一个揖。安抚问道："你怎么昨日出去跑马闯事？"衙内道："是爹爹许我出去，又不是儿子自家私出去玩耍的。"安抚道："你反说得干净！我许你出去散闷，那个许你出去招惹事非？"衙内道："那个自家去招惹是非？别人抢我的帽子、衣服，孩儿倒不曾同他争斗，反回避了他，难道还是孩儿的不是？"安抚道："你好端端市上观看，又有人跟随着，那个大胆敢来抢你的？"衙内回答不出，早听得房后夫人大骂起来，道："胡家后代，只得这一点骨血，便将就些也罢。别人家儿女还要大赌大嫖，败坏家私。他又不是那种不学好的，就是出去玩耍，又不曾为非做歹，玷辱你做官的名声。好休便休！只管唠唠叨叨，你要逼死他才住么？"安抚听得这一席话，连身子麻木了半边，不住打寒噤，忙去赔小心道："夫人，你不要气坏了。你疼孩儿，难道我不疼孩儿？我恐孩儿在外面吃了亏，问一个来历，好处治那抢帽子的人。"夫人道："这才是。"叫着衙内道："我儿，你若记得那抢帽子的人，就说出来，做爹的好替你出气。"衙内道："我还记得那个人家灯笼上明明写着'杜景山行'四个字。"夫人欢喜，忙走出来，抚着衙内背道："好乖儿子，这样聪明，字都认识得深了。此后再没人敢来欺负你。"又指着安抚道："你胡家门里，我也不曾看见一个走得出，会识字像他的哩！"安抚口中只管把"杜景山"三个字一路念着，踱了出来。又想道："我如今遽然将杜景山拿来，痛打一阵，百姓便叫我报复私仇。这名色也不好听。我有个道理了，平昔闻得行家尽是财主富户，自到这里做官，除了常例之外，再不曾取扰分文。不若借这个事端，难为他一难为。我又得了实惠，他又不致受苦，我儿子的私愤又偿了。极妙！极妙！"即刻遂传书吏写一张大红猩猩小姑绒的票子，拿朱笔写道："仰杜景山速办三十丈交纳，着领官价，如违拿究，即日缴。"那差官接了这个票子，可敢怠慢？急急到杜家行里来。

杜景山定道是来取平常供应的东西，只等差官拿出票子来看了，才吓得面如土色，舌头伸了出来，半日还缩不进去。差官道："你火速交纳，不要迟误，票上原说即日缴的，你可曾看见么？"杜景山道："爷们且进里面坐了。"忙叫妻子治酒肴款待。差官道："你有得交纳，没得交纳，也该作速计较。"杜景山道："爷请酒，待在下说出道理来。"差官道："你怎么讲？"杜景山道："爷晓得这猩猩绒是禁物，安南客人不敢私自拿来贩卖。要一两丈，或者还有人家藏着的，只怕人家也不肯拿出来。如今要三十丈，分明是个难题目了。莫讲猩猩绒不容易有，就是急切要三十丈小姑姑绒也没处去寻。平时安抚老爷取长取短，还分派众行家身上，谓之众轻易举。况且还是眼面前的物件，就着一家支办，办量上也担承得来。如今这个难题目，单看上了区区一个，便将我遍身上下的血割了也染不得这许多。在下通常计较，有些微薄礼，取来孝顺，烦在安抚老爷面前回这样一声。若回得脱，便是我行家的造化，情愿将百金奉酬。就顺不脱，也要宽了限期，慢慢商量，少不得奉酬。就是这百金，若爷不放心，在下便先取出来，等爷袖了去何如？"差官想道："回得脱，回不脱，只要我口内禀一声，就是百金上腰，拼着去票一票，决不到生出事来。"便应承道："这个使得，银子也不消取出来。我一向晓得你做人是极忠厚老成的。你也要写一张呈子，同着我去。济与不济，看你的造化了。"杜景山立刻写了呈子，一齐到安抚衙门前来。

　　此时安抚还不曾退堂，差官跪上去禀道："行家杜景山带在老爷台下。"安抚道："票子上的物件交纳完全么？"差官道："杜景山也有个下情。"便将呈子递上去。安抚看也不看，喝道："差你去取猩猩绒，谁教你带了行家来？你替他递呈子，敢是得了他钱财？"忙丢下签去，要捆打四十。杜景山着了急，顾不得性命，跪上去票道："行家磕老爷头，老爷要责差官，不如责了下人。这与差官没相干，况且老爷取猩猩绒，又给官价，难道小人藏在家里，不肯承应？有这样大胆的子民么？只是这猩猩绒，久系禁物，老爷现大张着告示在外面，行家奉老爷法度，那个敢私买这禁物？"安抚见他说得有理，反讨个没趣，只得免了差官的打。倒心平气和对杜景山道："这不是我老爷自取，因朝廷不日差中贵来，取上京去。只得要预先备下。我老爷这边宽你的限期，毋得别项推托。"忙叫库吏，先取下三十两银子给与他。杜景山道："这银子小人绝不敢领。"安抚怒道："你不要银子，明明说老爷白取你的了。可恶！可恶！"差官倒上去替他领了下来。杜景山见势头不好，晓得这件事万难推诿，只得上去哀告道："老爷宽小人三个月限，往安南国收买了，回来交纳。"安抚便叫差官拿上票子去换，朱笔批道："限三个月交纳。如过限，拿家属比较。"杜景山只得磕了头，同着差官出来。正是：

不怕官来只怕管，上天入地随他遣。

官若说差许重说，你若说差就打板。

话说杜景山回到家中，闷闷不乐。凤姑捧饭与他吃，他也只做不看见。凤姑问道："你为着甚么这样愁眉不开？"杜景山道："说来也好笑，我不知那些儿得罪了胡安抚，要在我身上交纳三十丈猩猩小姑绒。限我三个月，到安南去收买回来。你想众行家安安稳稳在家里趁银子，偏我这等晦气。天若保佑我，到安南去容容易易就收买了来，还扯一个直。若收买不来时，还要带累你哩！"说罢不觉泪如雨下。凤姑听得，也惨然哭起来。杜景山道："撞着这个恶官分明是我前世的冤家了，只是我去之后，你在家小心谨慎，切不可立在店门前，惹人轻薄。你平昔原有志气，不消我分付得。"凤姑道："但愿得你早去早回，免得我在家盼望。至若家中的事体，只管放心。但不知你几时动身？好收拾下行

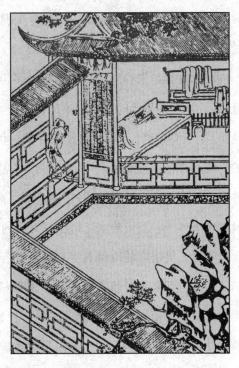

李。"杜景山道："他的限期紧迫，只明日便要起身。须收拾得千金去才好。还有那玉马，你也替我放在拜匣里，好凑礼物送安南客人的。"凤姑道："我替你将玉马系在衣带旁边，时常看看，只当是奴家同行一般。"两个这一夜凄凄切切，讲说不了，少不得要被窝里送行，愈加意亲热。总是杜景山自做亲之后，一刻不离。这一次出门，就像千山万水，要去一年两载的光景。正是：

阳台今夜鸳胶梦，边草明朝雁断愁。

话说杜景山别过凤姑，取路到安南去，饥餐渴饮，晓行暮宿，不几时望见安南国城池，心中欢喜不尽。进得城门，又验了路引，搜一搜行囊，晓得是广西客人，指引他道："你往朵落馆安歇，那里尽是你们广西客人。"杜景山遂一路问那馆地，果然有一个大馆，门前三个番字，却一个字也不认得。进了馆门，听见里面客人皆是广西声气。走出一两个来，通了名姓，真是同乡遇同乡，说在一堆，笑在一处。安下行李，就有个值馆的通事官，引他在一间客房里安歇。杜景山便与一个老成同乡客商议买猩猩绒。那老成客叫作朱春辉，听说要买猩猩绒，不觉骇然道："杜客，你怎么做这犯禁的生意？"杜景山道："这不是在下要买，只因为赍了安抚之命，不得不来。"随即往行李内取出官票与朱春辉看。朱春辉看了道："你这个差不是好差。当时为何不辞脱？"杜景山道："在下当时也再三推辞，怎当安抚就是蛮牛，一毫不通人性的，索性倒不求他了。"朱春辉道："我的熟经纪姓黎，他是黎季犛丞相之后，是个大姓。做老了经纪的。我和你他家去商量。"杜景山道："怎又费老客这一片盛心？"朱春辉道："尽在异乡就是至亲骨肉，说那里话？"两个出了朵落馆，看那国中行走的，都是樵髻剪发，全没有中华体统。到得黎家店口，只见店内走出一个连腮卷毛白胡子老者，见了朱客人，手也不拱，笑嬉嬉的说得不明不白，扯着朱客人往内里便走。杜景山随后跟进来，要和他施礼，那老儿居然立着不动。朱春辉道："他们这国里，是不拘礼数的。你坐着罢。这就是黎师长了。"黎老儿又捐着杜景山问道："这是那个？"朱春辉道："我是敝乡的杜客人。"黎老者道："原来是远客。待俺取出茶来。"只见那老者进去一会，手中捧着矮漆螺顶盘子，盘内盛着些果品。杜景山不敢吃，朱春辉道："这叫作香盖，吃了满口冰凉，几日口中还是香的哩！"黎老者道："俺们国中叫作庵罗果，因尊客身边都带着槟榔，不敢取奉，特将这果子当茶。"杜景山吃了几个，果然香味不同。朱春辉道："敝乡杜景山到贵国来取猩猩绒。为初次到这边，找不着地头。烦师长指引一指引。"黎老者笑道："怎么这位客官要做这稀罕生意？你们中国，道是猩猩出在俺安南地方，不知俺安南要诱到一个猩猩，好烦难哩！"杜景山听得，早是吓呆了，问道："店官，怎么烦难？"只见黎老者作色道："这位客长官，好不中相与，口角这样轻薄。"杜景山不解其意，朱春辉赔不是道："老师长不须见怪，敝同乡极长厚的，他不是轻薄，因不知贵国的称呼。"黎老者道："不知者不坐罪。罢了！罢了！"杜景山才晓得自家失口叫了他"店官"。黎老者道："你们不晓得那猩猩绒的形状，他的面是人面，身子却像猪，又有些像猿。出来必同三四个做伴。敝国这边张那猩猩的叫作捕㹴。这捕㹴大有手段，他晓得猩猩的来路，就在黑蛮峪口一路，设着浓酒，旁边又张了高木屐，猩猩初见那酒，也不肯就饮。"骂道："奴辈设计张我，要害我性命。我辈偏不吃这酒，看他甚法儿奈何我？"遂相引而去。迟了一会，又来骂一阵。骂上几遍，当不得在那酒边走来走去，香味直钻进鼻头里，口内唾吐直流出来，对着同伴道："我们略尝一尝酒的滋味，不要吃醉了。"大家齐来尝酒。那知落了肚，喉咙越发痒起来，任你有主意，也拿把不定，顺着口儿只管吃下去，吃得酩酊大醉，见了高木屐，各各欢喜，着在脚下，还一面骂道："奴辈要害我，将酒灌醉我们。我们却留量，不肯吃醉了。看他甚法儿奈何我？"众捕㹴见他醉醺醺，东倒西歪的，大笑道："着手了！着手了！"猛力上前一赶，那猩猩是醉后，且又着了木屐，走不上几步，尽皆跌倒。众捕㹴上前擒住，却不敢私自取血。报过国王，道是张着几个猩猩了，众捕㹴才敢取血。那取血也不容易，跪在猩猩面前哀求道："捕奴怎敢相犯？因奉国王之命，不得已要借重玉体上猩红，求分付见惠多少。倘若不肯，你又枉送性命，捕奴又白折辛苦。不如分付多惠数瓢，后来染成货物，为你表扬名声，我们还感激你大德，这便死得有名了。"那晓得猩猩也是极喜花盆，极好名的，遂开口许捕㹴们几瓢。取血之时，真一点不多，一点不少。倘遇着一个悭鬼猩猩，他便一滴也舍不得许人，后来果然一滴也取不出。这猩猩倒是言语相符，最有信行的。只是献些与国王，献些与丞相，以下便不能够得。捕㹴落下的，或染西毡，或染大绒，客人买下，往中国去换货。近来因你广西禁过，便没有客人去卖，捕㹴取了，也只是送与本国的官长人家。杜客长，你若要收买，除非预先到捕㹴人家去定了，这也要等得轮年经载，才收得起来。若性子急，便不能够如命。

　　杜景山听到此处，浑身流出无数冷汗，叹口气道："穷性命要葬送在这安南国了。"黎老者道："杜客长差了，你做这件生意不着，换了做别的有利息生意也没人拉阻你，因何便要葬送性命？"朱春辉道："老师长，你不晓得我这敝同乡的苦恼！"黎老者道：

"俺又不是他肚肠里蛔虫，那处晓和他苦恼？"杜景山还要央求他，只听得外面一派的哨声，金鼓旗号，动天震地。黎老者起身道："俺要迎活佛去哩。"便走进里面，双手执着一枝烧了四、五尺长的沉香，恭恭敬敬，一直跑到街上。

杜景山道："他们迎甚么活佛？"朱春辉道："我昨日听得三佛齐国来了一个圣僧，国王要拜他做国师。今日想是迎他到宫里去。"两信便离了店口，劈面正撞着迎圣僧有銮驾，只见前头四面金刚旗，中间几百黑脸蓬头赤足的小鬼，抬着十数颗枯树，树梢上烧得半天通红。杜景山问道："这是甚么故事？"朱春辉道："是他们国里的乡风。你看那活鬼模样的都是獠民，抬着的大树，或是沉香，或是檀香。他都将猪油和松香熬起来，浇在树上点着了，便叫敬佛。"杜景山道："可知鼻头边又香又臭哩！我却从不曾看见檀香、沉香，有这般大树？"朱春辉道："你看这起椎髻妇女，手内捧着珊瑚的，都是国内宦家大族的夫人、小姐。"杜景山道："好大珊瑚，真宝贝了。我看这些蛮娘妆束虽奇怪，面孔还是本色。但夫人、小姐怎么杂在男獠队里？"朱春辉道："他国中从来是不知礼义的。"看到后边，只见一乘龙辇，辇上是檀香雕成、四面嵌着珍珠宝石的玲珑龛子。龛子内坐着一个圣僧，圣僧怎生打扮？只见：

> 身披着七宝袈裟，手执着九环锡杖。袈裟耀日，金光吸进海门霞；锡杖
> 腾云，法力卷开尘世雾。六根俱净，露出心田；五蕴皆空，展施杯渡。佛国
> 已曾通佛性，安南今又振南宗

话说杜景山看罢了圣僧，同着朱春辉回到朵落馆来，就垂头要睡。朱春辉道："事到这个地位，你不必着恼。急出些病痛来，在异乡有那个照管你？快起来，锁上房门，在我那边去吃酒。"杜景山想一想，见说的有理，便支持爬起来，走过朱春辉那边去。朱春辉便在坛子里取起一壶酒，斟了一杯，奉与杜景山。杜景山道："我从来怕吃冷酒，还去热一热。"朱春辉道："这酒原不消热，你吃了看，比不得我们广西酒。他这酒是波萝蜜的汁酿成的。"杜景山道："甚么叫做波萝蜜？"朱春辉道："你初到安南国，不曾吃过这一种美味。波萝蜜大如西瓜，有软刺。五六月里才结熟。取他的汁来

酿酒，其味香甜。可止渴病。若烫热了，反不见他的好处。"杜景山吃下十数盏，觉得可口。朱春辉又取一壶来，吃完了，大家才别过了睡觉。

杜景山却不晓得这酒和身份，贪饮了几盏。睡到半夜，酒性发作，不觉头晕恶心起来，吐了许多香水，才觉得平复。掀开帐了，拥着被窝坐一会。那桌上的灯还半明不灭，只见地下横着雪白如炼的一条物件。杜景山打了一个寒噤道："莫非白蛇么？"揉一揉双眼，探头出去仔细一望，认得是自家盛银子的搭包，惊起来道："不好了，被贼偷去了。"忙披衣下床，拾起包来，只落得个空空如也。四上望一望，房门又是关的，周围尽是高墙，想那贼从何处来？抬头一看，上面又是仰尘板，跌脚道："这贼想是会飞的么？怎么门不开，户不动，将我的银子盗了去。我便收买不出猩猩绒，留得银子在，还好设法。如今空着两只拳头，叫我那里去运动？这番性命合葬送了。只是我拼着一死也罢，那安抚决不肯干休，少不得累及我那年幼的妻子出乖露丑了。"想到伤心处，呜呜咽咽哭个不住。

原来朱春辉就在他间壁，睡过一觉，忽听得杜景山的哭声，他恐怕杜景山寻死，急忙穿了衣服，走过来敲门，道："杜兄为何事这般痛哭？"杜景山开门出来道："小弟被盗，千金都失去，只是门户依然闭着，不知贼从何来？"朱春辉道："原来如此，不必心焦。包你明日贼来送还你的原物。"杜景山道："老客说的话太悬虚了些，贼若明日送还我，今夜又何苦来偷去？"朱春辉道："这有个缘故，你不晓得。安南国的人虽不晓得礼义，却从来没有贼盗。总为地方富庶，他不屑做这个勾当。"杜景山道："既如此说，难道我的银子不是本地人盗去的么？"朱春辉道："其实是本地人盗去的。"杜景山道："我又有些不解了。"朱春辉道："你听我讲来：小弟当初第一次在这里做客，载了三千金的绸缎货物来，也是夜静更深，门不开，户不动，绸缎货物尽数失去。后来情急了，要禀知国王，反是值馆的通事官来向我说道，他们这边有一座泥驼山，山上有个神通师长。许多弟子学他的法术，他要试验与众弟子看。又要令中国人替他传名。几遇着初到的客人，他就弄这一个搬运的神通，恐吓人一场，人若晓得了，去持香求告他，他便依旧将原物搬运还人。我第二日果然去求他。他道：你回去时绸缎货物已到家矣！我那时还半疑半信，那晓得回来一开进房门，当真原物一件不少。你道

好不作怪么?"杜景山道:"作怪便作怪,那里有这等强盗法师?"朱春辉道:"他的耳目长,你切莫毁笑他。"杜景山点一点头,道:"我晓得,巴不能一时就天亮了,好到那泥驼山去。"正是:

　　　　玉漏声残夜,鸡入报晓筹,

　　　　披衣名利客,都奔大刀头。

　　杜景山等不得洗面漱口,问了地名,便走出馆出。此时星残月昏,路径还不甚黑,迤逦行了一程,早望见了一座山。不知打那里上去,团团在山脚下,找得不耐烦,又没个人几问路。看那山嘴上,有一块油光水滑的石头,他道:"我且在这里睡一睡,待天亮时好去问路。"正曲臂作枕,伸了一个懒腰,恐怕露水落下来,忙把衣袖盖了头。

　　忽闻得一阵猩风,刮得渐渐逼近,又听得像有人立在跟前大笑,那一笑连山都振得响动。杜景山道:"这也作怪,待我且看一看。"只见星月之下,立着一个披发的怪物,长臂黑身,开着血盆大的口,把面孔都遮住了,离着杜景山只有七八尺远。杜景山吓得魂落胆寒,肢轻体颤,两三滚,滚下山去。又觉得那怪物像要赶来,他便不顾山下高低,在那沙石荆棘之中,没命的乱跑。早被一条溪河隔断。杜景山道:"我的性命则索休了。"又想道:"宁可死在水里留得全尸,不要被这怪物吃了去。"扑通的跳在溪河里,喜得水还浅,又有些温暖气儿。要渡过对岸,恐怕那岸上又撞着别的怪物。只得沿着岸,轻轻的在水里走去。不上半里,听得笑语喧哗。杜景山道:"造化!造化!有人烟的所在了,且走上前要紧。"又走几步,定睛一看,见成群的妇女,在溪河里洗浴,还有岸上脱得赤条条才下水的。杜景山道:"这五更天,怎么有妇女在溪河里洗浴?分明是些花月的女妖。我杜景山怎么这等命苦?才脱了阎王,又撞着小鬼。叫我也没奈何了!"又想道:"撞着这些女妖,被他迷死了,也落得受用些儿。若是送与那怪物嘴里,真无名无实,白白龌龊了身体。"倒放泼了胆子,着实用工窥望一番。正是:

洛女波中现，湘娥火上行。

杨妃初浴罢，不乱此轻盈。

你道这洗浴的，还是妖女不是妖女？原来安南国中不论男女，从七八岁上就去弄水。这个溪河，叫作浴兰溪，四时水都是温和的，不择寒暑昼夜，只是好浴，他们性情再忍耐不住。比不得我们中国妇人，爱惜廉耻。要洗一个浴，将房门关得密不通风，还要差丫头立在窗子下，惟恐有人窥看。我道妇人这些假惺惺的规模，只叫作妆幌子。就如我们吴越的妇女，终日游山玩水，入寺拜僧，倚门立户，看戏赴社，把一个花容粉面，任你千人看、万人瞧，他还要批评男人的长短，谈笑过路的美丑，再不晓得爱惜自家头脸，若是被风刮起裙子，现出小腿来；抱娃子喂奶，露出胸脯来；上马桶小解，掀出那话儿来，便百般遮遮掩掩，做尽丑态。不晓得头脸与身体总是一般，既要爱惜身体，便该爱惜头脸，既要遮藏身体，便该遮藏头脸。古云说得好："篱牢犬不入"。若外人不曾看见你的头脸，怎就想着亲切你的身体？便是杜景山受这些苦恼，担这些惊险，也只是种祸在妻子凭着楼窗，被胡衙内看见，才生出这许多风波来。我劝大众要清净闺阃，须严禁妻女姊妹，不要出门是第一着。若果然丧尽廉耻，不顾头面，倒索性像安南国，男女混杂，赤身露体，还有这个风俗。我且说那杜景山，立在水中，肆意饱看，见那些妇女浮着水面上，映得那水光都像桃红颜色。一时在水里也有厮打的，也有调笑的，也有互相擦背的，也有搂做一团抱着，像男女交媾的，也有唱蛮歌儿的。洗完了，个个都精赤在岸上洒水，不用巾布揩试的，那些腰音间短阔狭，高低肥瘦，黑白毛净，种种妙处，被杜景山看得眼内尽爆出火来。恨不生出两只长臂膊、长手，去抚摩揉弄一遍。那得看出了神，脚下踏的块石头踏滑了，翻身跌在水里，把水面打一个大窟洞。众蛮妇此时齐着完了衣服，听得水声，大家都跑到岸边，道："想是大鱼跳的响，待我们脱了衣服，重下水去捉起来。"杜景山着了急，忙回道："不是鱼，是人。"众妇人看一看道："果然是一个人，听他言语又是外路声口。"一个老妇道："是那里来这怪声的蛮子，窥着俺们，可叫他起来。"杜景山道："我若不上岸去，就要下水来捉我。"只得走上岸跪着通诚，道："在下是广西客人，要到泥驼山访神通

师长，不期遇着怪物张大口要吃我，只得跑在这溪里躲避，实在非有心窥看。"那些妇女笑道："你这呆蛮子，往泥驼山去，想是走错路，在枕石上遇着狒狒了。你受了惊吓，随着俺们来，与你些酒吃压惊。"杜景山立起了身，自家看看上半截，好像雨淋鸡；看看下半截，为方才跪在地上沾了许多沙土，像个灰里猢狲。

　　走到一个大宅门，只见众妇人都进去，叫杜景山也进来。杜景山看见大厅上排列着金瓜钺斧，晓得不是平等人家，就在阶下立着。只见那些妇女依旧走到厅上，一个婆子捧了衣服，要他脱下湿的来。杜景山为那玉马在衣带上，浸湿了线结，再解不开，只得用力去扯断，提在手中。厅上一个带耳环的孩子，慌忙跑下阶来。劈手夺将去，就如拾着宝贝的一般欢喜。杜景山看见他夺去，脸都失了色，连湿衣服也不肯换，要讨这玉马。厅上的老妇人见他来讨，对着垂环孩子说道："你戏一戏，把与这客长罢。"那孩子道："这马儿，同俺家的马儿一样，俺要他成双做对哩！"竟笑嘻嘻跑到厅后去了。杜景山喉急道："这是我的浑家，这是我的活宝，怎不还我？"才妇人道："你不消发急，且把干袍子换了，待俺讨来还你。"老妇人便进去。杜景山又见斟上一大橘瓢酒在面前。老妇人出来道："你这客长，这何酒也不吃，干衣服也不换么？"杜景山骨都着一张嘴道："我的活宝也去了，我的浑家也不见面了，还有甚心肠吃酒、换衣服？"老妇人从从容容在左手衣袖里提出一个玉马来，道："这可是你的么？"杜景山认一认道："是我的。"老妇人又在有的衣袖里提出一个玉马来道："这可是你的么？"杜景山认一认道："是我的。"老妇人提着两个玉马在手里，道："这两个都是你的么？"杜景山再仔细认一认，急忙里辨不出那一个是自家的。又见那垂环的孩子哭出来道："怎么把两个都拿出来？若不一齐与俺，俺就去对国王说。"老妇人见他眼也哭肿了，忙把两个玉马递在他手里道："你不要哭坏了。"那孩子依旧笑嘻嘻进厅后去。杜景山哭道："没有玉马，我回家去怎么见浑家的面？"老妇人道："一个玉马打甚紧？就哭下来。"杜景山又哭道："看见了玉马，就如见我的浑家，拆散了玉马，就如拆散了我的浑家，怎叫人不伤心？"老妇人那里解会他心中的事？只管强逼道："你卖与俺家罢了。"杜景山道："我不卖，我不卖，要卖除非与我三十丈猩猩绒。"老妇人听他说得糊涂，又问道："你明讲上来。"杜景山道："要卖除非与我三十丈猩猩绒。"老妇人道："俺

只道你要甚么世间难得的宝贝，要三十猩猩绒，也容易处，何不早说？"杜景山听得许他三十丈猩猩绒，便眉开眼笑，就像死囚遇着恩赦的诏，彩楼底下绣球打着光头，扛他做女婿的，也没有这样快活。正是：

> 有心求不至，无意反能来。
>
> 造物自前定，何用苦安排。

话说老妇人叫侍婢取出猩猩绒来，对杜景山道："客长，你且收下，这绒有四十多丈，一并送了你，只是我有句话想问，你这玉马是那里得来的？"杜景山胡乱应道："这是在下传家之宝。"老妇人道："客长你也不晓得来历，待俺说与你听。俺家是术术丞相，为权臣黎季嫠所害，遗下这一个小孩儿，新国主登极，追念故旧老臣，就将小孩荫袭。小孩儿进朝谢恩，国主见了异常珍爱，就赐这玉马与人，叫他仔细珍藏，说是库中活宝。当初曾有一对，将一个答了广西安抚的回礼，单剩下一个。客长你还不晓得玉马的奇怪哩。每到清晨，他身上就透湿的，像是一条龙驹，夜间有神人骑他。你原没福分承受，还归到俺家来做一对。俺们明日就要修表称贺国主了。你若常到俺国里来做生意，务必到俺家来探望一探望，你去罢。"

杜景山作谢了，就走出来。他只要有了这猩猩绒，不管甚么活宝死宝，就是一千个去了，也不在心上。一步一步的问了路，到朵落馆来。朱春辉接着问道："你手里拿的是猩猩绒，怎么一时收买这许多？敢是神通师长还你银子了？"杜景山道："我并不曾见甚么神通师长，遇着术术丞相家，要买我的宝贝玉马，将猩猩绒交换了去。还是他多占些便宜。"朱春辉惊讶道："可是你常系在身边的玉马么？那不过是玉器镇纸，怎算得宝贝？"杜景山道："若不是宝贝，他那肯出猩猩绒与我交易？"朱春辉道："恭喜！恭喜！也是你造化好。"杜景山一面去开房门道："造化便好，只是回家盘缠一毫没有，怎么处？"猛抬头往房里一看，只见搭包饱饱满满的挂在床棱上，忙解开来，见银子原封不动，谢了天地一番，又把猩猩绒将单被裹好。朱春辉听得他在房里诧异，赶来问道："银子来家了么？"杜景山笑道："我倒不知银子是有脚的，果然回来了。"

朱春辉道:"银子若没有脚,为何人若身边没得他,一步也行不动么?"杜景山不觉大笑起来。朱春辉道:"吾兄既安南来一遭,何不顺便置买货物回去,也好趁些利息。"杜景山道:"我归家心切,那里耐烦坐下这边收货物?况在原不是为生意而来。"朱春辉道:"吾兄既不耐烦坐等,小弟倒收过千金的香料,你先交易去何如?"杜景山道:"既承盛意,肯与在下交易,是极好的了。只是吾兄任劳,小弟任逸,心上过去。"朱春辉道:"小弟原是来做生意,便多住几月也不妨。吾兄官事在身,怎么并论得?"两个当下便估了物价,兑足银两,杜景山只拿出够用的盘费来。别过朱春辉,又谢了值馆通事。装载货物,不消几日,已到家下。还不满两个月。

凤姑见丈夫回家,喜动颜色,如十余载不曾相见,忽然跑家来的模样。只是杜景山不及同凤姑叙衷肠、话离别,先立在门前,看那些脚夫挑进香料来,逐担查过数目,打发脚钱了毕,才进房门。只见凤姑预备下酒饭,同丈夫对面儿坐地。杜景山吃完了,道:"娘子,你将那猩猩绒留上十丈,待我且拿去交纳也,也好放下这片心肠,回来和你一堆儿说话。"凤姑便量了尺寸,剪下十丈来,藏在皮箱里。杜景山取那三十丈,一直到安抚衙门前,寻着那原旧差官。差官道:"恭喜回来得早,连日本官为衙内病重,不曾坐堂。你在这衙门前各候一候,我传进猩猩绒去,缴了票子出来。"杜景候到将夜,见差官出来道:"你真是天大福分,不知老爷为何切骨恨你,见了猩猩绒,冷笑一笑道:'是便宜了那个狗头。'就拿出一封银子来,说是给与你的官价。"杜景山道:"我安南回来,没有土仪相送,这权当土仪罢。"差官道:"我晓得你这件官差,赔过千金,不带累我吃苦,就是万幸。怎敢当这盛意?"假推了一会,也就收下。

杜景山扯着差官到酒店里去,差官道:"借花献佛,少不得是我做东。"坐下,杜景山问道:"你方才消票子,安抚怎说便宜了我,难道还有甚事放我不过么?"差官道:"本官因家务事,心上不快活,想是随口的话,未必有成见。"杜景山道:"家务事断不得,还在此做官。"差官道:"你听我说出来,还要笑倒人哩!"杜景山道:"内衙的事体,外人那得知道?"差官道:"可知好事不出门,恶事传千里。我们本官的衙内,看上夫人房中两个丫鬟,要去偷香窃玉。你想,偷情的事,须要两下讲得明白,约定日期,才好下手。衙内却不探个营寨虚实,也不问里面可有内应,单枪独马,悄悄躲在

夫人床脚下安营。到夜静更深，竟摸到丫鬟被窝里去，被丫鬟喊起'有贼！'衙内怕夫人晓得，忙收兵转来，要开房门出去。那知才开得门，外面婆娘、丫头齐来捉贼，执着门闩、棍棒，照衙内身上乱打。衙内忍着疼痛，不敢声唤。及至取灯来看，才晓得是衙内。已是打得头破血流，浑身青肿。这一阵比割须弃袍还败得该事哩。夫人后来知道打的不是贼，是衙内，心中懊恨不过，就拿那两个丫鬟出气，活活将他皆吊起来打死了。衙内如今闭上眼去，便见那丫鬟来索命。服药祷神，病再不脱。想是这一员小将，不久要阵亡了。"

杜景山听说衙内这个行径，想起那楼下抛玉马的必定是他了。况安南国术术丞相的夫人，曾说他国王将一个玉马送与广西安抚。想那安抚逼取猩猩绒，分明是为儿子报仇，却不知不曾破我一毫家产。不过拿他玉马，换一换物，倒总成我做一场生意，还落一颗明珠到手哩！回家把这些话都对凤姑说明，凤姑才晓得断缘故，后来再也不上那楼去。

杜景山因买着得料，得了时价，倒成就一个富家。可见妇女再也不可出闺门。招是惹非，俱由于被外人窥见姿色，致起邪心。"容是诲淫之端。"此语直可以为鉴。

第四回　掘新坑悭鬼成财主

　　我也谈禅，我也说法，不挂僧衣，飘飘儒裕；

　　我也谈神，我也说鬼，纵涉离奇，井井头尾。

　　罪我者人，知我者天。

　　掩卷狂啸，醉后灯前。

　　你看世上最误事的，是人身上这一腔子气。若在气头上，连天也不怕，地也不怕，王法、官法也不怕，霎时就要取人的头颅，破人的家产。及至气过了，也只看得平常。却不知多少豪杰，都在气头上做出事业来，葬送自家性命。又道活在世间一日，少不得气也随他一日；活在世间百岁，气也随他百岁。倘断了气，就是死人。这等看来，除非做鬼，才没有气性。我道做鬼也不能脱这口气。试看那白昼现形，黄昏讨命的厉鬼，若没有杀气，怎么一毫不怕生人？只是气也有禀得不同。用气也有如法，不如法。若禀了壮气、秀气、才气、和气，直气、道学气、义气、清气，便是天地间正气。若禀了暴气、杀气、颠狂气、淫气、悭吝气、浊气、俗气、小家气，便是天地间偏气。用得如法，正气就是善气。用得不如法，偏气就是恶气。所以老子说一个"元气"，孟夫子说一个"浩气"。元气要培，浩气要养。世人不晓得培气养气，还去动气使气，斫丧这气。故此，范文正公急急说一个"忍"字出来，叫人忍气。我尝对朋友说，那阮嗣宗是古来第一位乖巧汉子，他见路旁有攘臂揎袖，要来殴辱他，阮嗣宗便和声悦气，说出"鸡肋不足以容尊拳"这一句话来，那恶人便敛手而退。可见阮嗣宗不是会忍，分明是讨乖。看官们晓得这讨乖的法子，便终身不吃亏了。在下要讲这一回小说，只

为一个读书君子，争一口气，几乎丧却残生，亏他后边遇着救星，才得全身远害，发愤成名。

话说湖州乌程县义乡村上，有个姓穆的太公，号栖梧，年纪五十余岁，村中都称他是新坑穆家。你道为何叫作"新坑"？原来义乡村在山凹底下，那些种山田的，全靠人粪去栽培。又因离城遥远，没有水路通得粪船，只好在远近乡村田埂路上拾地残粪。这粪倒比金子还值钱。穆太公想出一个计较来道："我在城中走，见道旁都有粪坑，我们村中就没得，可知道把这些宝贝汁都狼藉了。我却如今想个制度出来，倒强似做别样生意。"随即去叫瓦匠，把门前三间屋掘成三个大坑，每一个坑，都砌起小墙隔断，墙上又粉起来，忙到城中亲戚人家讨了无数诗画斗方画，贴在这粪屋壁上。太公端相一番，道："诸事齐备，只欠斋匾。"因请镇上训蒙先生来题。那训蒙先生想了一会，道："我往常出对与学生，还是抄旧人诗句。今日叫我自出己裁，真正逼杀人命的事体。"又见太公摆出酒肴来，像个求文的光景，训蒙先生也不好推卸，手中拿着酒杯，心里把那城内城外的堂名，周围想遍，再记不出一个字。忽然想着了，得意道："酒且略停，待学生题过匾，好吃个尽兴。"太公忙把臭墨研起来，训蒙先生将笔头在嘴里咬一咬，蘸得墨浓笔饱，兢兢业业写完三个字。太公道："请先生读一遍，待小老儿好记着。"训蒙先生道："这是'齿爵堂'三个字。"太公又要他解说，这训蒙先生原是抄那城内徐尚书牌坊上的两个字，那里解说得出？只得随口答应道："这两个字极切题，极利市，有个故事在里面，容日来解说罢。"酒也不吃，出门去了。太公反老大不过意，备了两盒礼，到馆中来作谢。

训蒙先生道："太公也多心，怎么又破费钱钞？"太公道："还有事借重哩！"袖里忙取出百十张红纸来。训蒙先生道："可是要写门联么？"太公道："不是，就为小老儿家新起的三间粪屋，恐众人不晓得，要贴些报条出去招呼。烦先生写：'穆家喷香新坑，奉求远近君子下顾，本宅愿贴草纸'廿个字。"训蒙先生见他做端正了文章，只要誊录，有甚难处？一个时辰都已写完。太公作谢出门，将这百十张报条四方贴起。果然老老幼幼尽来赏鉴新坑，不要出大恭的，小恭也出一个才去。况那乡间人最爱小便宜。他从来揩不净的所在，用惯了稻草瓦片，见有现成草纸，怎么不动火？还有出了

恭，揩也不揩，落那一张草纸回家去的。又且壁上花花绿绿，最惹人看。登一次新坑，就如看一次景致。莫讲别的，只那三间粪屋，粉得像雪洞一般，比乡间人卧室还有不同些。还有那蓬头大脚的婆娘来问：“可有女粪坑？”太公又分外盖起一间屋，掘一个坑，专放妇人进去随喜。谁知妇人来下顾的比男人更多。太公每日五更起来，给放草纸，连吃饭也没工夫。到夜里便将粪屋门锁上，恐怕家人偷粪换钱。

　　一时种田的庄户，都在他家来趸买。每担是价银一钱，更有挑柴、运米、担油来兑换的。太公从置粪坑之后，到成个富足的人家。他又省吃俭用，有一分积一分，自然日盛一日。穆太公独养一个儿子，学名叫作文光，一向在蒙馆读书。到他十八岁上，太公就娶了半山村崔题桥的女儿做媳妇。穆文光恋着被窝里恩爱，再不肯去读书。太公见儿子渐渐黄瘦，不似人形，晓得是儿子贪色，再不好明说出来。因叫媳妇在一边，悄悄吩咐道：“媳妇，我娶你进门，一来为照管家务，二来要生个孙子，好接后代。你却年轻后生，不知道利害，只图关上房门的快活。可晓得做公公的是独养儿子，这点骨血就是我的活宝。你看他近日恹恹缩缩，脸上血气都没得，自朝至夜，打上论千呵欠，你也该将就放松些。倘有起长短来，不是断送我儿子的命，分明是断送我的老命了。”媳妇听得这些话，连地洞也没处钻，羞得满面通红，急忙要走开；又怕违拗了公公，说他不听教诲，只得低了头，待公公吩咐完，才开口道：“公公说的话，媳妇难道是痴的、聋的，一毫不懂人事？只是媳妇也做不得主。除非公公分我们在两处睡，这才方便。”穆太公见媳妇说话也还贤慧，遂不作声。

　　到得夜间，叫穆文光进房道：“我老年的人，一些用头也没了，睡到半夜，脚后冰凉，再不敢伸直两腿。你今夜可伴我睡。”穆文光托辞道：“孩儿原该来相伴的，只恐睡得不斯文，反要惊动了爹爹。”太公道：“不妨，我夜间睡不得一两个时辰，就要起来开那坑上的锁，若是你惊醒了我，便不得失晓了。极好的！极好的！”穆文光又推托道：“孩儿两只脚，上床难得就热，怕冰了爹爹身体。”太公怒道：“你这不孝的逆种，难道日记故事上黄香扇枕那一段，先生不曾讲与你听么？”穆文光见老子发怒，只得脱去鞋袜、衣服，先钻到床上去。太公道：“你夜饭也不吃就睡了？”穆文光狠狠的回道：“这一口薄粥，反要吊得人肚饥，不如不吃罢。”太公道：“你这畜生，吃了现成饭，还

说这作孽的话。到你做人家，连粥也没得吃哩！"太公气饱了，也省下两碗粥，就上床去睡。睡到半夜，觉得有冷风吹进来，太公怕冻坏儿子，伸手去压被角，那知人影儿也不见了。太公疑心道："分明与儿子同睡，怎便被里空空的，敢是我在此做梦？"忙坐起来，床里床外四周一摸，又揭开帐幔，怕儿子跌下床去，争奈房里又乌天黑地，看不见一些踪迹。总是太公爱惜灯油，不到黄昏，就爬上床去，不像人家浪费油火，彻底点着灯，稍稍不亮，还叫丫头起来，多添两根灯草哩！可怜太公终年在黑暗地狱里过日子。正是：

> 几年辛苦得从容，力尽筋疲白发翁，
>
> 爱惜灯油坐黑夜，家中从不置灯笼。

话说太公睡在床上，失去了儿子，放心不下，披着衣服，开房门出来，磕磕撞撞，扶着板壁走去，几乎被门槛绊倒。及至到媳妇房门前，叫唤道："媳妇，儿子可曾到你房里来？"那晓得儿子同媳妇，狮子也舞过一遍了。听得太公声气，穆文光着了忙，叫媳妇回说不曾来。媳妇道："丈夫是公公叫去做伴，为何反来寻取？"太公跌脚道："夜静更阑，躲在那里去？冻也要冻死了。我老人家略起来片刻，还在此打寒噤哩！叫他少年孩子，怎么禁得起？"依旧扶着墙壁走回来，还暗自埋怨道："是我这老奴才不是，由他两口儿做一处也罢。偏要强逼他拆开做甚？"眼也不敢闭，直坐到天明。拿了一答草纸，走出去开门，却不晓得里外的门都预先有人替他开了。太公慌做一堆，大叫起来道："这门是那个开的，敢是有贼躲在家里么？"且又跑回内房，来查点箱笼，一径走到粪屋边，惟恐贼偷了粪去。睁晴一看，只见门还依旧锁着，心下才放落下千斤担子。

正要进去查问，接着那些大男、小妇，就如点卯的一般，鱼贯而入，不住穿梭走动，争来抢夺草纸。太公着急道："你们这般人，忒没来历，斯文生意何苦动手动脚。"众人嚷道："我们辛辛苦苦吃了自家饭，天明就来生产宝贝，老头儿还不知感激。我们难道是你家子孙，白白替你家挣家私的？将来大家敛起分子，挖他近百十个官坑，像

意儿洒落，不怕你张口尽数来吃了去！"太公听他说得有理，只得笑脸赔不是，道："诸兄何必发恼，小老儿开这一张臭口只当放屁。你们分明是我的施主，若断绝门徒，活活要饿杀我这有胡子的和尚了。"众人见他说得好笑，反解嘲道："太公即要扳留我们这般肯撒漫的施主，也该备些素饭粉汤，款待一款待，后来便没人敢夺你的门徒。"太公道："今日先请众位出空了，另日再奉补元气如何？"众人才一齐大笑起来。太公暗喜道："我偶然说错一句话，险些送断了蒲根，还亏蓬脚收得快，才拿稳了主舵。"正是：

> 要图下次主顾，须陪当下小心。
>
> 稍有一毫怠慢，大家不肯光临。

你道穆太公为不见了儿子，夜里还那样着急，睡也不敢睡，睁着眼睛等到鸡叫，怎么起来大半日，反忘记了，不去寻找，是甚么意思？这却因他开了那个方便出恭的铺子，又撞着那班鸡鸣而起抢头筹的乡人，挤进挤出，算人头帐出算不清楚。且是别样货物，还是赊帐，独有人肚子里这一桩货物，落下地来，就有十中的纹银。现来做了交易，那穆太公把爱子之念，都被爱财之念夺将去，自然是财重人轻了。况且我们最重的是养生，最经心的是饥寒。穆太公脸也不洗，口也不漱，自朝至夜，连身上冷暖，腹内饥饱都不理会。把自家一个血肉身体，当作死木槁灰，饥寒既不经心，便叫他别投个人身，他也不会受用美酒佳肴，穿着绫罗缎胥。既不养生，便是将性命看得轻。将性命既看得轻，要他将儿子看得十分郑重，这那里能够？所以，忙了一日，再不曾记挂儿子。偏那儿子又会作怪，因是暗地溜到自家床上来睡，恐怕瞒不过太公，他悄悄开出门去，披星戴月，往城里舅舅家来藏身。他这舅舅姓金，号有方，是乌程县数一数二有名头吃馄饨的无赖秀才。凡是县城中可欺的土财主，没有名头要倚靠的典当铺，他便从空捏出事故来，或是拖水人命，或是大逆谋反，或是挑唆远房兄弟、叔侄争家，或是帮助原业主找绝价，或是撮弄寡妇孤儿告吞占田土屋宇。他又包写、包告、包准。骗出银子来，也有二八分的，也有三七分的，也有平对分的。这等看起

来，金有方倒成了一个财主了，那里晓得没天理的钱，原不禁用的。他从没天理得来，便有那班没天理的人，手段又比他强、算计又比他毒，做成圈套，得了他的去。这叫做强盗遇着贼偷，大来小往。只是那班没天理的人，手段如何样强、算计如何样毒，也要分说出来，好待看官们日后或者遇着像金有方这等绝顶没品的秀才，也好施展出这软尖刀的法子，替那些被害之家少出些气儿。你道为何？原来金有方酷性好吊纸牌，那纸牌内百奇百巧的弊病，比衙内不公不法的弊病还多，有一种惯洗牌的，叫作药牌，要八红就是八红，要四赏四二肩，就是四赏四二肩，要顺风旗，就是顺风旗。他却在洗牌的时候，做端正了色样。对面腰牌的，原是一气相识。或有五张一腰的，或有十张一腰的，两家都预先照会，临时又有暗诀，再不得错分到庄上去。

近来那三张一腰的叫作"薄切"。薄切就要罚了。纵有乖巧人看得破，争奈识破他一种弊病，他却又换一种做法，那里当得起几副色样。卷尽面前筹码，就霎时露出金漆桌面来。故此逢场吊牌，再没有不打连手做伙计的。若是做了连手，在出牌之时，定然你让一张，我让一张，还要自家灭去赏肩。好待他上色样。有心要赢那一个人，一遇着他出牌，不是你打起，就是我打起，直逼得他做了孤寡人才歇手。你想，这班打连手的还如此利害，那做药牌相识人的，可禁得起他一副色样么？金有方起初也还赢两场，得了甜滋味，只管昼夜钻紧在里面。后来没有一场不输，拼命要去翻本，本却翻不成，反尽情倒输一贴，将那平日害人得来的银钱，倾囊竭底的白送与那些相识，还要赔精神、赔气恼，做饶头哩！俗语说的好，折本才会赚钱。金有方手头虽赌空了，却被他学精了吊牌的法子。只是生意会做，没有本钱，那些相识吊客，见他形状索莫，挤不出大汤水来，也就不去算计他。反叫他在旁边拈些飞来头。一日将拈过的筹码算一算，大约有十余两银子。财多身弱，又要作起祸来，忙向头家买了筹码，同着三个人，在旁边小斗。正斗得高兴，只见家中一个小厮跑来，说道："乡间穆小宫人到了。"金有方皱着眉头，道："他来做甚么？也罢。叫他这里来相会。"小厮便走出门去请他。我想，人家一个外甥来探望，自然千欢万喜。金有方反心中不乐，是甚么缘故？

原来穆太公丧妻之时，金有方说是饿死了妹子，因告他在官，先将穆家房奁橐橐，抢得精一无余。穆太公被这一抢，又遭着官司，家计也就淡薄起来。亏得新坑致富，

重恢复了产业，还比前更增益几倍。那金有方为着此事，遂断绝往来。忽然听得外甥上门，也觉有些不好相见。正是：

　　昔日曾为敌国，今朝懒见亲人。

　　话说穆文光到得金有方家，舅母留他吃朝饭，小厮回来请："官人在间壁刘家吊牌，不得脱身。请过去相会哩！"穆文光就走出门，小厮指着道："就是这一家。小官人请立着，待我进去通知一声。"穆文光立在门前，见有一扇招牌，那招牌上写着："马吊学馆"。穆文光道："毕竟我们住在乡间，见识不广，像平时只晓得酒馆、茶馆、算命馆、教学馆、起课馆、教戏馆、招商馆，却再不知道有马吊馆。这马吊馆是甚么故事？"

　　正在那里思量，小厮走出来道："小官人进来罢。"穆文光转了几个弯，见里面是一座花园，听得书房里、厅里、小阁里、轩子里，都有击格之声。听那声气又不是投壶声，又不是棋子声，又不是蹴球声，觉得忽高忽下，忽疾忽徐，另是一种响法。小厮指道："那小阁里便是。"穆文光跨进阁门，只见内里三张桌儿，那桌儿都是斜放的，每张桌儿四面坐着秃头亵衣的人，每人手内拿着四寸长、二寸郭的厚纸骨，那厚纸骨上又画着人物、铜钱、索子，每人面前都堆着金漆筹儿，筹儿也有长的、短的，面前也有多的、少的，旁边又坐着一个人，拿了棋篓儿，内里也盛着许多筹码，倒着实好看。穆文光见了金有方，叫声："娘舅"，深深作下揖去。金有方一面回个半礼，手中还捏着牌，口里叫道："我还不曾捉。"慌慌张张抽出一个千僧来，对面是桩家，忙把他的千僧殿在九十子下面，众人哄然大笑。金有方看了压牌，红着脸要去抢那千僧，桩家嚷道："牌上桌，项羽也难夺，你牌经也不曾读过么？"按着再不肯放。金有方争嚷道："我在牌里用过十年功夫，难道不晓得压牌是红万，反拿千僧捉九十子么？方才是我见了外甥，要回他的礼，偶然抽错了。也是无心，怎便不肯还我？"桩家道："我正在这无心上赢你，你只该埋怨你外甥，不该埋怨别人。"众人道："老金，你是赢家，便赔几副罢了。"只见桩家又出了百老，百老底下拖出二十子，成了天女散花的色样。

侧坐的两家道："我们造化，只出一副百老，虽的尽是老金包了去。"金有方数过筹码，心中不平道："宁输斗，不输错。我受这一遭亏不打紧，只是把千僧灭的冤枉了。"正是：

> 推了车子过河，提了油瓶买酒。
>
> 错只错在自家，难向他人角口。

原来那纸牌是最势利的，若是一次斗出色样来，红牌次次再不离手。倘斗错了一副，他便红星儿也不上门。间或分着一两张赏肩，不是无助之赏，就是受伤之肩。撞得巧，拿了三赏，让别家一赏冲了去。夺锦标倒要赔钱。可见鸽子向旺处飞，连牌也要拣择人家，总是势利世界，纸糊的强盗，还脱不得势利二字。金有方果然被这一挫渐渐输去大半筹码。穆文光坐在旁边，又要问长问短。金有方焦躁道："你要学吊牌，厅上现有吊师，在那里开馆，你去领教一番，自然明白，不必只管问人。"穆文光是少年人，见这样好耍子事，他怎肯放空？又听得吊牌也有吊师，心痒不过，三步做了两步，到得厅上。见厅中间一个高台，上面坐着带方巾、穿大红鞋的先生。供桌上，将那四十张牌铺满一桌。台下无数听讲的弟子，两行摆班坐着，就像讲经的法师一般。穆文光端立而听，听那先生开讲道："我方才将那龙子犹十三篇，条分缕析，句解明白，你们想已得其大概。只是制马吊的来历，运动马吊的学问，与那后世坏马吊的流弊，我却也要指点一番。"众弟子俱点头唯唯。那先生将手指着桌上的牌说道："这牌在古时，原叫作叶子戏，有两个斗的，有三人斗的，其中闹江、打海、上楼、斗蛤，打老虎、看豹，各色不同。惟有马吊，必用四人。所以按四方之象，四人手执八张，所以配八卦之数，以三家而攻一家，意主合从；以一家而赢三家，意主并吞。此制马吊之来历也。若夫不打过桩，不打连张，则谓之仁。逢桩必捉，有千必挂，则谓之义。发牌有序，殿牌不乱，则谓之礼。留张防贺，现趣图冲，则谓之智。不可急捉，必发还张，则谓之信。此运动马吊之学问也。逮至今日，风斯下矣。昔云闭口叶子，今人喧哗叫跳，满座讥讽。上一色样，即狂言'出卖高牌'，失一趣肩，即大骂'尔曹无状'。更有暗传声，呼人救驾，悄灭赏，连手图赢。小则掷牌撒赖，大则推桌挥拳。此后世坏马吊之流弊也。尔等须力矫今人之弊，复见古人之风，庶不负坛坫讲究一番。"说罢就下台，众人又点头唯唯。

穆文光只道马吊是个戏局，听了这吊师的议论，才晓得马吊内有如此大道理，比做文章还精微，不觉动了一个执贽从游之意。回到小阁里，只见母舅背剪着手，看那头家结账，自家还解说道："今日威风少挫，致令无名小卒，反侥幸成功。其实不敢欺我的吊法。你们边岸还不曾摸着。"众人道："吊牌的手段，只论输赢。你输了自然是手段不济。"金有方道："今日之败，非战之罪，只为错捉了九十子，我心上懊恼，半日牌风不来。若说手段不济，请问那一家的色样，不是我打断。那一家的好名件，不是我挤死？你们替我把现采收好，待老将明日再来翻本。"说罢，领了穆文光回家。在下曾有《挂枝儿》，道那马吊输了的：

> 吊牌的人，终日把牌来吊，费精神，有甚么下梢？四十张打劫，人真强盗。头家要现来，赢家不肯饶。闷恹恹的回来，哥哥还有个妻儿吵。

这穆文光住在舅舅身边，学好学歹，我也不暇分说。且说那穆太公，自儿子出门之后，只道是儿子躲往学堂里去。及至夜间，还不见归。便有几分着忙。叫人向学堂里问，道是好几日不曾赴馆。太公此时爱财之念稍轻，那爱子之念觉得稍重。忙向媳妇问道："我老人家又没有亲眷，儿子料没处藏身，莫不是到崔亲家那边去么？"媳妇道："他一向原说要去走走，或者在我父亲家也不可知"太公道："我也许久不看见亲家，明日借着去寻儿子，好探一番。只是放心不下那新坑。媳妇，我今夜数下三百张草纸，你明日付与种菜园的穆忠，叫他在门前给散，终究我还不放心，你若是做完茶饭，就在门缝里看着外边，若是余下的草纸，不要被穆忠落下，还收了进来要紧。"媳妇道："我从来不走到外厢，只怕不便。"太公道："说也不该，你不要享福太过。试看那前乡后村，男子汉散脚散手，吃现成饭。倒是大妇小女在田里做生活。上面日色蒸晒，只好扎个破包头；下面泥水汪洋，还要精赤着两脚去耘草。我活到五十多岁，不知见过多多少少，有甚么不便？"媳妇见太公琐碎，遂应承了。太公当夜稳睡，到得次日，将草纸交明媳妇。媳妇道："家中正没得盐用，公公顺便带些来。我们那半山村的盐，极是好买。"太公道："我晓得。"遂一直走出来，开了粪屋锁，慢慢向田路上缓步去。

约略走过十余里，就是崔题桥家。到得中堂，崔亲母出来相见，问罢女儿，又问女婿。太公见他的口气，晓得儿子不曾来，反不好相问，要告别出门。崔亲母苦留，穆太公死也不肯。辞得脱身，欢喜道："我今日若吃了他家东西，少不得崔亲家到我家来，也要回礼，常言说得好，亲家公是一世相与的，若次次款待，连家私也要吃穷半边哩！还是我有主意，今日茶水总不沾着，后日便怠慢了亲家，难道好说我不还席？"这穆太公一头走路，一头捣鬼，又记起媳妇叫他买盐，说是半山村的盐好买，他从来见有一毫便宜之事，可肯放空？遂在路旁站里买了。又见那店里，将绝大的荷叶来包盐，未免有些动火，也多讨了一个荷叶拿在手里。走不上一箭地，腹中微微痛起来。再走几步，越发痛得凶。

原来穆太公因昨日忍过一日饥，直到夜间，锁上粪屋门，才得放心大胆吃饱，一时多吃了几碗，饮食不调，就做下伤饥食饱的病，肚里自然要作起祸来。毕竟出脱腹中这一宗宝货，滞气疏通，才得平复。穆太公也觉得要走这一条门路，心上又舍不得遗弃路旁，道是："别人的锦绣，还要用拜贴请他上门来，泄在聚宝盆内，怎么自家贩本钱酿成的，反被别人受用？"虽是这等算计，当不得一阵阵直痛到小肚子底下，比妇人养娃子将到产门边，醉汉吐酒撞到喉咙里，都是再忍耐不住的。穆太公偏又生出韩信想不到的计策，王安石做不出的新法，急急将那一个饶头荷叶，放在近山涧的地上，自家便高耸尊臀，宏宣宝屁，像那围田倒了岸，河道决了坦，趋势一流而下，又拾起一块瓦片，寒住口子，从从容容系上裙裤，将那荷叶四面一兜，安顿在中央，取一根稻草，也扎得端正，拿着就走。可煞作怪，骑马遇不着亲家，骑牛反要遇羊，远远望见崔题桥从岸上走来。穆太公还爱惜体面，恐怕崔题桥解出这一包来，不好意思。慌忙往涧里一丢，上前同崔题桥施礼。崔题桥要拉他回家去，说是："亲家公到了敝村，那有豆腐酒不吃一杯之理？"那知穆太公在他家里还学陈仲子的廉洁，已是将到半途，

可肯复转去赴楚霸王的鸿门宴么？推辞一会，崔题桥又问他手中所拿何物？穆太公回说是盐，崔题桥道："想是亲家果然有公务，急需盐用，反依遵命，不敢虚邀。"穆太公多谢了几句，便相别回家。心中懊恼道："我空长这许多年纪，再不思前想后，白白将一包银子丢在水里也不响。像方才亲家何等大方，问过一句便丢开手。那个当真打开荷叶来看？真正自家失时落运，不会做人家的老狗骨头。"穆太公暗自数骂一阵，早已将到家了。正是：

　　　　狭路相逢，万难回避。
　　　　折本生涯，一场晦气。

　　且说穆太公前脚出门，媳妇便叫穆忠在门前开张铺面，崔氏奉公公之命，隐着身体在门内，应一应故事，手中依旧做些针指。忽听外面喧嚷之声，像是那个同穆忠角口。原来喧嚷的是义乡村上一个无赖，姓谷，绰号树皮，自家恃着千斤的牛力，专要放刁打诈，把那村中几个好出尖的后生，尽被谷树皮征服了。他便觉得惟我独尊，据国称王，自家先上一个徽号，要村中人呼他是谷大官人。可怜那村口原是山野地方，又没得乡宦，又没得秀才，便这等一个破落户，他要横行，众人只好侧目而视。虽不带纱帽，倒赛得过诈人的乡宦；虽不挂蓝衫，反胜得多骗人的秀才；便是穆太公老年人，一见他还有六分恭敬、三分畏惧、一分奉承哩！偏那穆忠坐在坑门前，给发草纸，他就拿出一副乔家主公的嘴脸，像巡检带了主簿印，居然做起主簿官，行起主簿事，肃起主簿堂规，装起主簿模样来。那谷树皮特地领了出恭牌。走到新坑上，见穆忠还在那边整顿官体，他那一腔无明火，从屋脊庐直钻过泥丸宫，捏着巴斗大的拳头，要奉承穆忠几下，又想道："打狗看主人面，我且不要轻动褒尊。先发挥他一场，若是倔强不服，那时再打得他一佛出世，二佛升天。不怕主人不来赔礼。"指着穆忠骂道："你这瞎眼奴才，见了我谷大官人，还端然坐着不动，试问你家主公，他见我贵足踏在你贱地来，远远便立起，口口声声叫官人，草纸还多送几张，鞠躬尽礼，非常小心。你这奴才，皮毛还长不全，反来作怪么？"穆忠回嘴道："一霎时有轮百人进出，若个

个要立起身，个个要叫官人，连腰也要立酸，口也要叫干了。"穆忠还不曾说完，那边迎面一掌，早打了个满天星。穆忠口里把城隍土地乱喊起来，谷树皮揪过头发，就如饿鹰抓兔。穆忠身子全不敢动弹，只有一张嘴还喊得出爹娘两个字。

崔氏看见，只得推开半扇门，口中劝道："小人无状，饶恕他这遭罢。"谷树皮正在那里打出许多故事来，听得娇滴滴声气在耳根边相劝，抬头一看，却是一位美貌小娘子。他便住手，忙同崔氏答话。崔氏见他两个眼睛如铜铃一般，便堆下满脸笑容来，也还是泥塑的判官，纸画的钟馗，怎不教人唬杀？崔氏头也不回，气喘喘走回卧室内，还把房门紧紧关住。那谷树皮记挂着这小娘子，将半天的怒气都散到爪哇国去了。及至崔氏不理他，又要重整复那些剩气残恼。恰遇穆太公进门，问了缘故，假意把穆忠踢上几空脚，打上几虚掌，又向谷树皮作揖赔不是。谷树皮扯着得胜旗，打着得胜鼓，也就洋洋踱出门了。

穆太公埋怨穆忠道："国不可一日无王，家不可一日无主，古语真说得不差的，我才出去得半日，家中便生出事端来。还喜我归家劝住，不然连屋也要被他拆去，你难道不知他是个活太岁，真孛星，烧纸去退送还退送不及，反招惹他进门降祸么？"又跑进内里，要埋怨媳妇。只见媳妇在灶下做饭，太公道："我也不要饭吃，受恶气也受饱了。"崔氏低声下气问道："公公可曾买盐回来？"太公慌了，道："我为劝闹，放在外面柜桌上，不知可有闲人拿去？"急忙走出来，拿了盐包，递与媳妇道："侥幸！侥幸！还在桌上，不曾动。煎豆腐就用这新盐，好待我尝一尝滋味。"崔氏才打开荷叶，只闻得臭气扑鼻，看一看道："公公去买盐，怎倒买了稀酱来？"太公闻知，吓得脸都失色，近前一看，捶胸跌脚起来，恨恨的道："是我老奴才自不小心！"又惟恐一时眼花，看得不真，重复端详一次，越觉得心疼，拿着往地下一掷。早走过一只黄狗来，像一千年不曾见食面的，摇头摆尾，喷喷呃呃的肥嚼一会。太公目瞪口呆，爬在自家床上去叹气。又不好明说出来，自叹自解道："只认我路上失落了银子，不曾买盐。"又懊悔道："我既有心拿回家来，便该倾在新坑内，为何造化那黄狗？七颠八倒，这等不会打算！敢则日建不利，该要破财的。"正是：

狗子方食南亩粪，龙王收去水晶盐。

公公纳闷看床顶，媳妇闻香到鼻尖。

　　为穆太公因要寻儿子回家，不料儿子寻不着，反送落一件日用之物，又送落一件生财之物。只是已去者，不可复追，那尚存着，还要着想。太公虽然思想儿子，因为二者不可得兼的念头横在胸中，反痛恨儿子不肖，说是带累他赔了夫人又折兵，却不晓得他令郎住在金有方家，做梦也不知道乃尊有这些把戏。

　　话说金有方盘问外甥，才知穆文光是避父亲打骂，悄悄进城的。要打发他独自回家，惟恐少年娃子，走到半路又溜到别处。若要自家送他上门，因为前次郎舅恶交，没有颜面相见。正没做理会处，忽有一个莫逆赌友，叫作苗舜格，来约他去马吊。金有方见了，便留住道："苗兄来得正好，小弟有一件事奉托。"苗舜格道："吾兄的事，就如小弟身上的事。若承见托，再无不效劳的。"金有方道："穆舍甥在家下住了两日，细问他方知是逃走出来的。小弟要送他回去，吾兄晓得敝姊丈与小弟不睦，不便亲自上门。愚意要烦尊驾走一遭，不知可肯？"苗舜格沉吟道："今日场中有个好主客，小弟原思量约兄弟去做帮手，赢他一场。又承见托，怎么处？"金有方道："这个不难，你说是那个主客？"苗舜格道："就是徐尚书的公子。"金有方道："主客虽是好的，闻得他某处输去千金，某处又被人赢去房产，近来也是一个蹋皮儿哩！"苗舜格道："屏风虽坏，骨格犹存。他到底比我们穷鬼好万倍。"金有方道："我有道理，你代我送穆舍甥回家，我代你同徐公子马吊。你晓得我马吊神通，只有赢，没有输的。"苗舜格道："这是一向佩服，但既承兄这等好意，也不敢推却。待小弟就领穆令甥到义乡村去罢。"金有方叫出穆文光来，穆文光还做势不肯去。金有方道："你不要执性，迟得数日，我来接你。料你乡间没有好先生，不如在城里来读书，增长些学问，今日且回去。"穆文光只得同苗舜格出门，脚步儿虽然走着，心中只管想那马吊，道："是世上有这一种大学问，若不学会，枉了做人一世。回家去骗了父亲赍见礼，只说到城中附馆读书。就借这名色，拜在吊师门墙下，有何不可？"算计已定，早不知不觉出了城，竟到义乡村上。

只见太公坐在新坑前，众人拥着他要草纸。苗舜格上前施礼，穆文光也来作揖。太公道："你这小畜生，几日躲在那里？"苗舜格道："令郎去探望母舅，不必责备他。因金有方怕宅上找寻，特命小弟送来。"穆太公听得儿子上那冤家对头的门，老大烦恼，又不好怠慢苗舜格，只得留他坐下，叫媳妇备饭出来。苗舜格想道："他家难道没有堂屋，怎便请我坐在这里？"抬头一看，只见簇新的一个斋匾，悬在旁边门上。又见门外的众人，拿着草纸进去。门里的众人，系着裤带出来。苗舜格便走去一望，原来是东厕。早笑了一笑，道："东厕上也用不着堂名。就用着堂名，或者如混堂一样的名色也罢。怎么用得着'齿爵堂'三个字？"暗笑了一阵，依旧坐下，当不起那馨香之味环绕不散。取出饭来吃，觉得菜里饭里尽是这气味。勉强吃几口充饥。到底满肚皮的疑惑，一时便如数出而哇之。竟像不曾领太公这一席盛情。你道太公为何在这"齿爵堂"前宴客？因是要照管新坑，不得分身请客到堂上，便将粪屋做了茶厅。只是穆太公与苗舜格同是一般鼻头，怎么香臭也不分？只为天下的人情，都是习惯而成自然。譬如我们行船，遇着粪船过去，少不得炉里也添些香，蓬窗也关上一会。走路遇着粪担，忙把衣袖掩着鼻孔，还要吐两口唾沫。试看粪船上的人，饮食坐卧，朝夕不离，还唱山歌儿作乐。挑粪担的，每日替人家妇女倒马桶，再不曾有半点憎嫌，只恨那马桶内少货。难道他果然香臭不分？因是自幼至老，习这务本生意，日渐月摩，始而与他相合，继而便与他相忘，鼻边反觉道一刻少他不得。就像书房内烧黄熟香，闺房里烧沉香的一般。这不是在下掉谎，曾见古诗上载着"粪渣香"二字。我常道，习得惯，连臭的自然都是香的；习不惯，连香的自然都是臭的。穆太公却习得惯，苗舜格却习不惯。又道是眼不见即为净。苗舜格吃亏在亲往新坑上一看，可怜他险些儿将五脏神都打口里搬出来。穆太公再也想不到这个缘故。慌忙送出门，居然领受那些奇香异味。正是：

鼻孔嗅将来，清风引出去。
自朝还至暮，胜坐七香台。

话说穆文光，心心念念要去从师学马吊，睁眼闭眼，四十张纸牌就摆在面前。可见少年人，志气最专，趋向最易得摇夺。进了学堂门，是一种学好的志气。出了学堂门，就有一种学不好的趋向。穆文光不知这纸牌是个吃人的老虎，多少倾家荡产的，在此道中消磨了岁月，低贱了人品，种起了祸患。我劝世上父兄，切不可向子弟面前说马吊是个雅戏。你看这穆文光，为着雅戏上，反做了半世的苦戏。我且讲穆太公，要送儿子进学堂，穆文光正正经经的说道："父亲，不要孩儿读书成名，便在乡间，从那训蒙的略识几个字，也便罢了。若实在想后来发达，光耀祖宗，这却要在城内寻个名师良友，孩儿才习得上流。"太公欢喜道："好儿子！你有这样大志气，也不枉父亲积德一世。我家祖宗都是白衣人，连童生也不曾出一个。日后不望中举人、中进士，但愿你中个秀才，便死也瞑目。"穆文光道："父亲既肯成就孩儿，就封下赘见礼，孩儿好去收拾书箱行李，以便进城。"太公听说，呆了半晌，道："凡事须从长算计。你方才说要进城。我问你，还是来家吃饭，是在城中吃饭？"穆文光道："自然在城中吃饭。"太公道："除非我移家在城中住，你才有饭吃哩。难道为你一人读书，叫我丢落新坑不成？"穆文光道："这吃饭事小，不要父亲经心。娘舅曾说，一应供给，尽在他家。"太公啐道："你还不晓得娘舅做人么，我父亲好端端一分人家，葬送在他手里。他又去缠他做甚？"穆文光道："孩儿吃他家的饭，读自家的书，有甚么不便？"太公见儿子说得有理，遂暗自踌躇。原来这老儿是极算小没主意的。想到儿子进城，吃现成饭，家中便少了一口，这样便宜事怎么不做？因封就一钱重的封儿，付与儿子去做赘礼，叫穆忠挑了书箱行李入城。穆文光便重到金有方家来，再不说起读书二字。

金有方又是邪路货，每日携他在马吊场中去。穆文光便悄悄将赘礼送与吊师。那吊师姓刘。绰号赛桑门，极会装身份，定要穆文光行师生礼。赛桑门先将龙子犹十三篇教穆文光读。谁知同堂弟子，晓得他是新坑穆家，又为苗舜格传说他坑上都用"齿爵堂"的斋匾，众弟子各各不足教师，说是收这等粪门生，玷辱门墙，又不好当面斥逐，只好等吊师进去，大家齐口讥讽。穆文光一心读马吊经，再不去招揽。

有两个牌友，明明嘲笑他道："小穆，你家吃的是粪，穿的是粪，你满肚子都是粪了。只该拿马吊经，在粪坑上读，不要在这里薰坏了我们。"穆文光总是不理。还喜天

性聪明，不上几日，把马吊经读得透熟。赛桑门又有一本《十三经注疏》，如张阁老直解一般，逐节逐段替他讲贯明白，穆文光也得其大概。赛桑门道："我看你有志上进，可以传授心法。只是洗牌之干净，分牌之敏捷不错，出牌之变化奇幻，打牌之斟酌有方，留牌之审时度势，须要袖手在场中旁观，然后亲身在场中历练，自然一鸣惊人，冠军无疑矣！切不可半途而废，蹈为山九仞之辙。更不可见异而迁，萌鸿鹄将至之心。子其勉旃勉旃。"穆文光当下再拜受教。赛桑门因叫出自家兄弟来，要他领穆文光去看局。他这兄弟也是烈烈轰轰的名士，绰号"飞手夜叉"。众人因为他神于拈头，遂庆贺他这一个徽号。

穆文光跟他在场上，那飞手夜叉，移一张小凳子放在侧边，叫穆文光坐着。只见四面的吊家，一个光着头，挂一串蜜蜡念珠在颈上，酒糟的面孔，年纪虽有三十多岁，却没得一根胡须，绰号叫作"吊太监"，这便是徐公子。一个凹眼睛，黑脸高鼻，连腮搭鬓，一团胡子的，绰号叫作吊判官，这人是逢百户。一个粗眉小眼，缩头缩颈，瘦削身体，挂一串金刚念珠在手上的，绰号"吊鬼"，这人是刘小四。一个赖麻子，浑身衣服龌龌龊龊的，绰号"吊花子"，这便是苗舜格。四家对垒，鏖战不已。飞手夜叉忽然叫住，道："你们且住手，待我结一结账，算一算筹码。"

原来吊太监大败，反是吊花子赢子。飞手夜叉道："徐大爷输过七十千，该三十五两。这一串蜜蜡念珠只好准折。"苗舜格便要向徐公子颈上褪下来。徐公子大怒道："你这花子奴才，我大爷抬举你同桌马吊，也就折福了。怎么轻易取我念珠？我却还要翻本，焉知输家不变做赢家么？"苗舜格见他使公子性气，只得派桩再吊。

将近黄昏，飞手夜叉又来结账，徐公子比前更输得多。苗舜格道："大爷此番却没得说了。"徐公子道："另日赌账除还，你莫妄心想我的念珠。"苗舜格晓得他有几分赖局，想个主意，向他说道："大爷要还账，打甚么紧？只消举一举手，动一动口，便有元宝滚进袖里来。"徐公子见说话有些蹊跷，正要动问。苗舜格拽着他衣服，从外面悄语道："有一桩事体商议，大爷发一注大财爻，在下也发一注小财爻。这些须赌账，包管大爷不要拿出己货来。"徐公子听得动火，捏着苗舜格的手，问道："甚么发财事？"苗舜格道："坐在横头看马吊的，他是新坑穆家，现今在乡下算第一家财主。"徐公子

道："我们打了连手，赢他何如？"苗舜格道："这个小官人，还不曾当家，银钱是他老子掌管。"徐公子道："这等没法儿算计他。"苗舜格道："有法！有法！他家新坑上挂一个斋匾，却用得是大爷家牌坊上'齿爵'两个字，这就有题目，好生发了。"徐公子道："题目便有，请教生发之策。"苗舜格道："进一状子在县里，道是欺悖圣旨，污秽先考，他可禁得起这两个大题目么？那时我去收场，不怕他不分一半家私送上大爷的门。"徐公子道："好计策！好计策！明日就发兵。"苗舜格道："还要商量，大爷不可性

急。穆家的令舅，就是金有方。这金有方也曾骗过穆家，我们须通知了他才好。"徐公子道："我绝早就看见金有方来了，不知他在那里马吊？"苗舜格道："只在此处，待我寻来。"苗舜格去不多时，拉着金有方，聚在一处商议。大家计较停当，始散。正是：

　　　　豺虎食人，其机如神。

　　　　无辜受阱，有屈何伸。

　　　话说穆太公好端端在家里，忽见一班无赖后生蜂拥进来，说道："太公你年纪老大，怎么人也不认得？前日谷大官人来照顾你新坑，也是好意。为何就得罪他？如今要掘官坑，抢你的生意。我们道太公做人忠厚，大家劝阻，谷大官人说道：'若要我不抢他生意，除非叫他的媳妇陪我睡一夜才罢。'"太公叫声："气杀我也！"早跌倒地下。众人都慌忙跑出门去。崔氏听得外面人声嘈杂，急走出来，见公公跌倒，忙扶公公进房。太公从此着了病，一连几日下不得床。崔氏着穆忠请小官人来家。穆文光晓得父亲病重，匆匆赶到义乡村，见太公话也说不出，像中风的模样，看着儿子只是掉

泪。穆文光心上就如箭攒的，好不难过。向崔氏问起病的根由，崔氏也不晓得。穆文光道："我们该斋一斋土地。"也顾不得钱钞，开了箱子，取出几两来，买些猪头三牲果品、酒肴，整治齐备，到黄昏时候，叫穆忠送到土地堂里。穆文光正跪着祷祝，忽见一人大喊进来，道："祭神不如祭我。"穆忠看见，叫声："不好！小官人快回避。"穆文光如飞的跑出来，喘定了，问穆忠道："方才这是那一个？"穆忠道："这个人凶多哩！他叫作谷树皮，小人几被他一顿打死。前日他要同我家做对头，如今现掘起一个丈余的深坑，抢我家生意。"穆文光道："他不过是个恶人，难道是吃人的老虎？何必回避他？快转去。"穆忠道："小官人去罢，我曾被他打怕了，死也是不去的。"穆文光道："你这没用的奴才，待我独自去见他，可有本事打我？"说罢，便从旧路上望土地堂来。听得里面声气雄壮，也便有三分胆怯，立在黑地里窥望。他只见谷树皮将一桌祭物嚼得琅琅有声，又把一壶酒，揭开壶，一气尽灌下去。手里还提着那些吃不完的熟菜，大踏步走出土地堂来。

　　穆文光悄悄从后跟着，行了数十步，见谷树皮走进一个小屋里去。迟得半会，听得谷树皮叫喊。穆文光大着胆，也进这小屋来一看，还喜不敢深入，原来这屋里就是谷树皮掘的官坑。不知他怎生跌在里面，东爬西爬，再也不起来。穆文光得意道："你这个恶人，神道也不怕，把祭物吃得燥脾，这粪味也叫你尝得饱满。"谷树皮钻起头来，哀求道："神道爷爷，饶我残生罢。"穆文光道："你还求活么？待我且替地方上除一个大害。"搬起一块大石头，觑得端正，照着谷树皮头上扑通的打去。可怜谷树皮头脑进裂，死于粪坑之内。穆文光见坑里不见动静，满意快活，跑回家来。在太公面前，拍掌说道："孩儿今日结果了一个恶人，闻得他叫谷树皮，将孩子斋土地的祭品，抢来吃在肚里。想是触犯神道，自家竟跌在粪坑内。被孩儿一块石头送他做鬼了。"太公听说，呵呵大笑，爬下床来，扯着穆文光道："好孝顺的儿子！你小小人儿，倒会替父亲报复大仇。我的病原为谷树皮而起，今日既出了这口气，病也退了。"自此合家欢喜不尽。那知穆太公的心病虽然医好，那破财的病儿却从头害起。

　　一日，太公正步到门前来，不觉叹息道："自谷树皮掘了官坑，我家生意便这样淡薄。命运不好，一至于此。"正盼望下顾新坑的，那知反盼望着两个穿青衣的公差。这

公差一进门，便去摘下齿爵堂的斋匾。太公才要争论，早被一条铁索挂在颈项里，带着就走。太公道："我犯着何罪？也待说出犯由来，小老儿好知道情节。兄们不须造次。"有一个公差道："你要看牌么？犯的罪名好大哩！"太公又不识字，叫出穆文光来。穆文光看见铁索套在父亲颈上，没做理会，读那牌上，才明白是为僭用齿爵堂，徐公子是原告。公差又要拉太公出去。穆文光道："诸兄从城中来，腹内也饿了，请在舍下便饭，好从容商议。"公差道："这小官倒会说话，我们且吃了饭。"着摆出饭来，又没大肴大酒，太公又舍不得打发差钱。公差痛骂一场，把太公鹰拿燕捉的，出门去了。

穆文光哭哭啼啼，又不放心，随后跟进城来。向娘舅家去借救兵。只见金有方陪苗舜格坐着，穆文光说出父亲被告的原因，便哭个不了。金有方道："外甥你且莫哭，我想个计较救你父亲，则个……"因对苗舜格道："吾兄与老徐相厚，烦出来分解一番，只认推看薄面。"苗舜格道："老徐性极急懒，最难讲话，如今且去通一通线索，再做主意。"苗舜格假意转一转身，就来回复道："小弟会着老徐，再三劝解一通。他的题目拿得正大。这件事，我想只有两个门路：不是拼着屁股同他打官司，就是拿出银子向他挽回。"金有方道："敝姊丈未必舍得银子，只好拼着屁股去捱官司罢了。"穆文光道："娘舅说那里话？银子是挣得来的，父母遗体可好损伤得？"苗舜格道："既要如此，也须通知你令尊。"

穆文光正牵挂父亲不知作何下落，遂同了金有方、苗舜格到县前来。寻到差人家里，见穆太公锁在门柱上，两眼流着泪。穆文光抱头大哭。

原来差人都是预先讲通，故意难为乡下财主的。金有方假怒道："谁不晓得我老金的亲眷，这等放肆无礼！"走出一个差人来，连连赔礼，把铁索解下。穆太公此时就像脱离了地狱，升到天堂的模样，异常感激金有方。金有方道："你不要谢我，且去央求苗兄要紧。这兄与徐公子相厚，方才我已曾着他去讨口气，你问他便知道了。"苗舜格道："老丈这斋匾，是那个胡乱题的？徐公子道齿爵堂牌坊原是圣旨赐造，如今僭用圣旨，就该问个罪名。况又污秽他先考，这情罪非同小可。"金有方道："苗兄，你莫利害话，只是想个解救法儿出来。"苗舜格道："要解救法儿，除非送他轮千银子。"金

有方道："你将银子看得这等容易？"苗舜格道："这场官司他告得有理。且是徐公子年家故旧又多，官官相护，令姊丈少不得破家吃苦。"穆太公恐怕决撒了，忙叮嘱道："老舅调停一个主意，我竭力去完局罢了。"金有方道："这事弄到后边，千金还费不出。依我预先处分，也得五百金送徐公子，一百金送县里销状，太少了也成不得。"穆太公道："把我拘锁在此，也没处措置。必须自家回去，卖田卖产，才好设法。"金有方道："这个容易。"随即吩咐了差人。

太公同着儿子回家，只得将零星熬苦熬淡，积分积厘的银子拿出来。自家为前次锁怕了，不敢进城，便交付与儿子，叫他托金大舅把官司收拾干净，一总酬谢。

穆文光领着父命，一面私自筹画道："银子吩咐送五百两与徐家，难道是少欠他的，定要五百足数？我且私下取百金，做马吊本钱，好赢那徐公子的过来，也替父亲争口气。"遂将销状的一封银子藏在腰里。见了金有方道："我家爹爹致意娘舅，说是拮据，只凑得五百金，千万借重娘舅布置。"金有方道："那一百金销状的，是断断少不提。"穆文光道："徐公子处，送他四百金，便可挪移出一百来。"金有方道："待我央苗舜格送去，受与不受，再做区处。"金有方拿了银子出门，会同苗舜格，到徐公子家每人分一百金。徐公子得了三百，拿个帖子去销状。金有方回家说道："事体虽然妥当，费我一片心面，你父亲也未必晓得。"穆文光道："爹爹原说要来酬谢的。"金有方道："至亲骨肉，要甚酬谢？"穆文光见官司结局，欢喜不尽，摇摆到马吊馆来，向飞手夜叉说道："我要向场中马吊一回，若是赢了，好孝顺师叔的。"飞手夜叉道："你才初入门，只好小吊吧"。穆文光道："大输大赢，还有些趣味。小吊便赢了，也没多光景。"飞手夜叉道："你有多少来历，就想大吊。"穆文光在腰间取出那百两一封来。飞手夜叉看见了，道："徐公子正寻人大吊，为少脚数，你凑一脚，是极好的。只输后不要懊悔。"穆文光道："那懊悔的人，也不算一个汉子。"飞手夜叉便引他在着内里楼上，只见徐公子、苗舜格、冯百户先在上面。飞手夜叉道："我送一脚补救了。"徐公子晓得是穆小官，也不言语，大家派定坐位，拈桩洗牌。

穆文光第一次上场，红张倒不脱手，一连起了无数色样，偏是斗得聪明，把三家筹码卷得干干净净。飞手夜叉，在旁边称赞道："强将手下无弱兵，我家兄教出来的门生，自然不同。"众人道："暴学三年赢，他后来有得输哩！"飞手夜叉见穆光赢得多了，忙在桌下踢上几脚，叫他歇场。穆文光乖觉。到他做桩，便住手道："小弟初学马吊，今日要得个采头，且结了账再吊何如？"飞手夜叉又道："说得有理。"众人还不肯放牌，见头家做主，遂静听结账。

原来穆文光是大赢家，徐公子输去一百五十两。苗舜格所得的百金，手也不曾热，依旧送还穆文光。穆文光对飞手夜叉道："这两家的现物我都收下，那冯爷欠的送与师叔罢。"说罢拿着银子跑下楼去。徐公子与苗舜格面面相觑，只好肚里叫苦。正是：

闻道岂争前后，当场还较输赢，

攫金不持寸铁，但将纸骨为兵。

话说金有方听得外甥赢了二百多金到手，意思要骗来入己，假作老成，说道："我少年人，切不可入赌场。今日偶然得胜，只算侥幸。若贪恋在马吊上，不独赢来的要送还人，连本钱也不可保。你将财折放在我身边，为你生些利息。我晓得你令尊一文钱舍不得与你的。你难道房屋里不要动用么？闲时在我处零碎支取，后来依旧交还你本钱如何？"穆文光正暗自打算，只见穆忠来讨信，穆文光道："你来得极好。"便将自家落下与赢来的凑成三百两，打做一包，其余还放在腰里，向穆忠说道："这银子须交明太公，官司俱已清洁，不必忧虑。"穆忠答应一声往外就走。金有方黑眼睛见了白银子，恨不得从空夺去。又见穆文光不上他的钓竿，又羞又恼。早是苗舜格撞进来，说是徐公子要付账，一直拖着穆文光到马吊馆来。

穆文光道："明日也好马吊，何苦今磨油磨烛，费精费神么？"徐公子怒道："你这龟臭小畜生，不知高低，我作成你这许多银子，便再吊三日三夜也不要紧，便这等拿腔作势，恼动我性子，教你这不识抬举的东西吃点苦头！"穆文光道："你这个性子，便是你的儿子、孙子也不依着你，我又不是你奴才，犯不着打巴掌。"徐公子道："你这才出世的小牛精也挺触老夫了。你还不晓得□这□处日牵了你家老牛精来，一齐敲个臭死，才知我手段哩！"穆文光见伤了父亲，不觉大怒道："谁是牛精？你这不知人

事的才真是牛精！"徐公子隔着桌子，伸手打来，穆文光披头散发，走了出去。苗舜格道："这一二天原不该同他认真顶撞着。"金有方进来的工夫，飞手夜叉道："你们现有四人，何不吊牌？"众人叫声有理，各各按定坛场，果然吊得有兴。正是：

此标夺锦，彼庆散花，没名分公孙对坐，有情义夫妇圆柔。旁家才贺顺风旗，谁人又斗香炉脚。说不尽平分天地，羡得杀小大比肩，莫言雅戏不参禅，试看人心争浑素。

话说徐公子正斗出一个色样来，忙把底牌捏在手里，高声喊道："且算完色样，再看冲。"忽然哎哟一声，蹲在地下。众人不知道为甚缘故。争来扶他，只见衣衫染的一片尽是鲜血，个个惊喊起来，旁边一个人叫道："杀死这奴才，我去偿命，你们不要着急。"众人看时，原来是穆文光。齐声喝道："不要走了凶身。"疾忙上前拿住，又搜出一把小解手刀来，刀口上都是血。金有方道："他与你有甚冤仇，悄地拿刀害他性命？"穆文光道："说起冤仇来，我与他不共戴天哩！"金有方道："他又不曾杀你父亲，甚么叫做不共戴天？"穆文光道："他设计骗我父亲，比杀人的心肠还狠。"金有方道："你却是为马吊角口起，讲不得这句话。"穆文光又要去夺刀，气忿忿的道："我倒干净结果了这奴才罢。"还不曾说完，早赶进一伙人来，把穆文光锁了出去。

金有方跟在后面，才晓得是徐衙里亲戚、仆从击了县门上鼓，差人来捉的。那知县听得人命重情，忙坐堂审事。差人跪上去禀道："凶身捉到了。"知县问道："你黑夜持刀杀人，难道不惧王法么？"穆文光道："童生读书识字，怎么不惧王法？只为报仇念重，不得不然。"知县骂道："亏你读书识字的童生，轻易便想杀人。"忙抽签要打。穆文光道："宗师老爷，不必责罚童生，若是徐公子果然身死，童生情愿偿命。"知县问徐家抱告，道："你主人可曾杀死？"抱告道："主人将死，如今又救活了。"知县道："既经救活，还定不得他罪名，且收监伺候。"遂退了堂。金有方见外甥不曾受累，才放下心。那些公人赶着金有方要钱，金有方只得应承了。

次日清晨，到穆太公家报信。可怜那太公，闻知儿子下监，哭天哭地，几乎哭死

过去。金有方道："凡事要拿出主意来，一味蛮哭，儿子可是哭得出监的？"太公才止了哭声，里面媳妇又重新接腔换调哭起来。金有方道："老姊丈吩咐媳妇莫哭，你快取百十两银子，同我进城，先要买好禁子，使你令郎在监便不吃亏。"穆太公取了银两，同金有方入城。

到得县门前来，寻着禁子，送了一份见面礼，便引着太公到监中来。父子抱头大哭。只见堂上来提穆文光重审，太公随后跟着。将到仪门边，内里一个差人喊道："犯人穆文光依旧收监。"禁子只得又带转来。穆太公问道："怎么今日不审？"差人道："新官到了要交盘哩！没工夫审事。"金有方附耳对太公道："这是你儿子好机会，我们且回家去罢。"太公遂住在金有方家，每日往监中看儿子。后来打听得新官行香之后，便坐堂放告，太公央金有方写了一张状子，当堂叫喊。知县看完状子，就抽签要徐某验伤，一面监里提出穆文光来审。知县见了穆文光年纪尚小，人材也生得倜傥，便有一分怜悯之心，因盘问道："你为何误伤徐某？"穆光跪上去道："童生是为父报仇，不是误伤。"知县指着穆太公道："既不是误伤，你这老儿便不该来告谎状。"穆太公唬得上下牙齿捉对儿打交，一句话也回答不出。知县见这个光景，晓得他是良善人，遂不去苛求。又见穆文光挺身肯认为父报仇，分明是个有血性的汉子，遂开一条生路，道："穆文光，你既称童生，毕竟会做文字，本县这边出一个题目，若是做得好，便宽有你的罪名。做得不好，先革退你的童生，然后重处。"穆文光忻然道："请宗师老爷命题。"知县道："题目就是'虽在缧绁之中，非其罪也'。"又叫门子取纸、墨、笔、砚与他。穆文光推开纸，濡墨吮毫，全不构思，霎时就完篇。

太公初见知县要儿子做文章，只道是难事，出了一身冷汗，暗地喊灵感观世音，助他的文思。忽然见儿子做完，便道："祖宗有幸，虚空神灵保佑。"两只眼的溜溜望着那文章送到知县公案上，又望着知县不住点头。

原来这知县姓孔，原是甲科出身，初离书本，便历仕途。他那一种酸腔还不曾脱尽，生性只喜欢八股。看到穆文光文章中间有一联道："子产刑书，岂为无辜而设。汤王法网，还因减罪而开。"拍案称赞道："奇才！奇才！"正叹赏间，忽然差人来禀道："徐某被伤肋下，因贴上膏药冒不得风，不曾拿到，带得家属在此。"知县道："既不曾

死，也不便叫穆文光偿命。"遂叫去了刑具。徐家抱告票道："穆某持刀杀家主，现有凶器。若纵放他，便要逃走。还求老爷收监。"知县骂道："谁教你这奴才开口？若是你主子果然被伤而死，我少不得他来抵偿。"又问穆文光："你因何事报仇？可据实讲上来。"穆文光道："童生的父亲原不识字，误用徐某牌坊上'齿爵'二字做堂名，徐某告了父亲，吓诈银五百两。童生气不愤，所以持刀去杀他。"知县道："你在何处杀他的？"穆文光道："是在赌钱场上。"知县大怒道："本县正要捉赌贩，你可报上名字来。"穆文光恐怕累了师叔与娘舅，只报出苗舜格来。知县忙出朱签，叫捉苗舜格。不一时，捉到了，迎风就打四十板。又取一面大枷，吩咐轮流枷在四门以儆示通衢。又对穆文光说道：

"本县怜你是读书人，从宽免责。但看你文章，自然是功名中人，今府县已录过童生，你可回家读书，侯宗师按临，本县亲自送你去应试。"穆文光父子磕头拜谢而去。

过了月余，值宗师按临湖州，知县果然送他去考，发案之时，高高第一名进学。报到义乡村，太公如在云雾中的一般，看得秀才不知是多大前程。将那进学的报单，直挂在大门上。自家居然是老封君，脱去酱汁白布衫，买了一件月白袖直裰，替身体增光辉。除去瓜棱矮综帽，做了一项华阳巾儿，替头皮改门面，乔模乔样，送儿子去谢考。正到宗师衙门前，听得众人说："宗师递革行劣生员。"都拥挤着来看，只见里面走出三个秃头裸体的前任生员来，内里恰有金有方。穆太公不知甚么叫作递革，上前一把扯住道："老舅，你衣冠也没有，成甚体统？亏你还在这大衙门出入。"金有方受这穆太公不明白道理的羞辱，掩面飞跑了去。穆文光道："娘舅革去秀才，父亲不去安慰他，反去嘲笑他，日后自然怀恨。"太公道："我实在不晓得，又不犯着他行止，怎便怀恨？"说罢，穆文光同着一班新进，谢了宗师。又独自走去拜谢孔知县提拔之恩。孔知县也道自家有眼力，遂认作师生往来。

以后穆文光养的儿子，也读书进学，倒成了一个书乡之家。至今还称作新坑穆家。可见穆太公亏着新坑致富，穆文光亏着报仇成名，父子倒算得两个白屋发迹的豪杰。

春秋配

〔清〕不题撰人 撰

第一回 酒邀良友敦交谊 金赠偷儿见侠情

世上姻缘有定，人间知己难逢。堪欣全如又全空，何妨受些惊恐。只因闺名一韵，错讹正在其中。将功折罪荷皇封，孤鸾喜配双凤。

——右调《西江月》

话说大明天启年间南阳罗郡有段姻缘，真是无意而得，遇难而成者，其人姓李名花，表字春发，生得容貌端方，性情文雅。胸藏五车之书，才超众人之上。青衿学子，尚未登科。不料父母早亡，并无兄弟，孤身独处。中馈乏人，只有老奴李翼朝夕相伴。但他功名上不甚留心，林泉中却极着意。一日独坐书斋，恰当重阳时节。正是：

霏霏细雨菊花天，处处笙歌共绮筵。

九日登高传故事，醺来落帽是何年。

这李生在斋中寂寞无聊。偶尔闲步，见梧桐叶落，黄花正芳，不觉酒兴甚深，一声就叫李翼过来。李翼忽听主人呼唤，忙到面前说："相公有何吩咐？"李生道："今日重阳佳节，收拾酒肴，待我夜饮。"李翼道："饮酒登高方为避疫，正该白昼，何必夜饮。"李生道："你原不知九月九日，乃是李陵在番登台望乡之日，后人登高，依古托言避疫。饮酒最乐，你去沽酒，我在这里看李陵在番的古文一回。"李翼闻言，不敢怠慢，说："小人即去，安排酒肴便了。"竟自退去。李生打发李翼去后，翻阅了一回史书，又朗诵了一遍歌词。不觉夕阳在山，众鸟归林，已到黄昏时候。只见李翼走来，

说："酒肴俱已齐备，请相公夜消。"李生道："你且回避，待俺自酌自饮，以尽九日之欢。"李翼应声去了。李生饮着一盅茱萸美酒，对着一盆茂盛黄菊，尽兴而饮。这且按下不提。

却说李生同学中一个朋友，姓张名言行。生得相貌魁伟，勇力过人。却是满腹文章，功名顺利。前岁乡试已竟登科，及至次年联捷又中了进士。不料场后磨勘，因查出一字差错，竟革去了前程。自此以后，居处不安，常常愤恨说："我有这等才学，何处不可安置。什么是先得后失，这样扫兴。难道就家中闷坐了结此生罢了。近日来，幸喜集侠山好汉请我入伙，倒是称心满意的事。所谓不得于此，则得于彼。不免打点行囊，飘然长往，有何不可。我想罗郡绅衿，唯有李花与我最厚，何不到他家一别，以尽平日交情。"竟移步走到李春发门首，叫声："有人么。"李翼闻听开了门，说道："原来是张相公。"忙报主人知道。李生急忙迎出道："仁兄从何处来，快请庭中一坐，少叙阔情。"张言行道："有事特来奉告。"二人遂携手进了中庭，分宾主坐下。李生忽见张言行满眼垂泪，问道："仁兄为何落泪？"张言行道："贤弟不知，愚兄自遭革除之后，居处不宁，幸喜集侠山众好汉请俺入伙，不久就要起身。你我知己好友，故此明言相告耳。"李生闻言，大惊失色道："集侠山入伙，岂是读书人做的事？诚恐王法森严，仁兄再请三思，不可造次。"张言行道："俺张言行入世以来，义气包身，奇谋盖世。既遭革退，功名无成，何年是出头日子。若碌碌终身，死不瞑目。"李春发道："不然，读书的人处在世间，趋福避祸，理之当然。忤逆之事，岂可乱行。况且富贵贫贱，凭天主张，何必如此激烈。"张言行拍案大叫道："俺生平不知道什么祸福，比不得古圣贤省身学问。我想愚兄抱些才略，自当雄壮其胆，做些人所不能为、不肯为、不敢为的事业出来，方能惊天动地，吓人耳目，才是英雄。若斤斤自守，受人挫折，实不甘心。主意已定，无烦贤弟拦阻，就此告别罢了。"李生又挽住衣袖道："仁兄执意如此，小弟也不敢苦劝。现成肴酒痛饮几杯，权当送行何如？"张言行道："这个使得。"李生吩咐李翼掌上灯，快将酒烫来。李翼答应，递过酒来。李生说："待我奉仁兄一杯。"张言行道："相交好友，何用套言。"李生道："遵命了。"二人坐定，饮了数巡。李生开口道："小弟有一言，还望仁兄裁夺。想老仁兄乘七尺之躯，那绿林中勾

当，岂可轻易入伙。倘官兵一到，何处躲藏，到那时节悔之晚矣。况且仁兄具此才学，重新再整旧业，脱绿换紫，亦甚易事，何苦轻投逆类，岂不有玷家声。"张言行闻听鼓掌大笑道："贤弟真个是个书呆，出言甚是懦弱。但愿到集侠山，大事定妥，便可横行天下，何事不可为。方觉痛快，愚兄酒已醉了，就此告别。"李生又拦住道："夜已深了，请到上房同床夜话，俟明日早行，岂不两全。"张言行无奈，只得依从道："也罢，应是如此。"李生遂唤李翼铺设停当，两人携手同行，到了卧房，不肯就寝，重新摆上酒菜来同饮。说了些古人不得志话头，又讲了些豪杰本领不受人拘束的言语，甚是欢腾。听得谯楼二鼓声急。暂且按住不表。

却说罗郡中有个做贼的，姓石名唤敬坡，吃喝赌嫖，无所不做。每日在博场中输了钱财，手中困乏，即做那夜间的勾当。这日又因无钱使用，自言自语道："我石敬坡生来身似灯草，飞檐走壁，稳如平地。因母老家贫，没奈何做此行径。又缘赌博不利，偏偏要输钱。这两日甚是手乏，趁今夜风急月暗，闻听李花家产业丰厚，不免偷他些东西，以济燃眉之急。此刻已过二鼓时候，正好行事。"遂转弯抹角，来到李家门首。石敬坡望了一望道："好大宅院，待咱跳过墙去相机而行便了。"只见他将身一跃，已坐墙头上边。又将身一落，已到院内。虽然脚步轻巧，亦微有响声。只听得犬吠连声，惊醒院公李翼。闻得狗叫不比往日，慌忙起得身来，道："狗声甚怪，想是有贼，不免起去瞧瞧。"遂开了门，四下张望。却说石敬坡见有人开门，只得潜身躲在影身所在，装作猫儿叫了几声。这也是贼人惯会哄人的营生。李翼呸了一口道："原来是一只猫儿，将我吃了一惊。进房睡去罢。"石敬坡在暗中喜欢道："险些儿被这老狗打破了这桩买卖。"停了一时，见无响动，方敢跳出身来，向上房一望，灯尚未熄。怕有人未眠，不敢轻易上前，又在暗处暂避。这是什么缘故，只因张李二生，多饮了几杯，讲话投怀。已过三更时分，精神渐渐困倦，又兼酒气发作，二人竟倚桌睡去，哪里竟料到有人偷盗。这石敬坡站立多会儿，见寂无人声，便悄悄走到门边。并未关掩，又向里一张，见蜡烛半残，满桌子上杯盘狼藉，两位书生倚桌而眠。石敬坡暗笑道："原来烂醉了。待咱将竹筒吹灭了烛，现成肴酒等我痛饮几盅，以消饥渴，有何不可。"遂移步到桌边，把壶执定，托杯在手，然后吹灭了烛，自斟自饮，满口夸奖好酒，多喝几

杯，壮壮胆气。又喝几杯，忽道一声："呀！不好，浑身都软了，想是有些醉意。"正然自己言语，只见张言行猛然惊醒，看旁边有人，遂大呼道："有歹人！看刀。你是做什么的？"李春发亦自惊起。吓得那石敬坡，战战兢兢，寸步难行。只得跪下说道："请爷爷听俺下情，小的石敬坡，既无买卖，又少田园，家道萧条，上有八十岁老母，忍饥受饿，无计奈何，做这样犯法的勾当，望爷爷可怜饶命。"张言行喝道："呸！定然是少年不作好事，诸处浪荡，任意赌博，才做这黑夜生意。待我杀此狗头。"才待要斫，李生慌忙扯住道："我劝仁兄且息雷霆，断不可结果他的性命，他也是为穷所逼，无法可施。这一次且将他恕过，仁兄且请坐下。"张言行放下刀，说道："太便宜他了。"李生遂叫李翼过来，快取白银三两，绵布两疋，与石敬坡拿去。李翼不敢违命，遂各取到，说："银布在此。"李生道："着他拿去。"石敬坡道："蒙爷爷不伤性命，感恩不浅，怎敢受此赏赐。"李生道："今日被擒，本当送官，念你家有老母，拿去供养你母亲罢。"石敬坡叩谢道："他日不死必报大恩。"李生道："谁要你报，但愿你改过就是了。"李翼送他出去。这石敬坡因祸得福，携着银布千恩万谢，畅心满意而归。张言行方说道："愚兄告别。"李生道："天明好行。"张言行道："天明初十日，还要送舍妹到姑娘家去，没有久停的工夫。"李生道："仁兄可再住几日，容小弟饯送。"张言行道："贤弟既蒙厚爱，明朝到乌龙冈上相别罢了。"李生道："你我相交多年，一旦别离，小弟心中实不能忍。"张言行道："后会有期，何必如此。"李生道："只得遵命，到乌龙冈奉送便了。"二人移步出了大门，相揖而别。正是：

从来名士厄逢多，谁许拊膺唤奈何。

后会难期应洒泪，阳关把盏醉颜酡。

二生相别，不知后来还能会面否，且听下回分解。

第二回　张杰士投谋寨主
秋联女过继胞姑

　　话说张言行辞别了李春发，望家而走。只见疏星半落，天上残月犹挂，松梢披霜戴露。渡水登桥，慌慌张张，总是心中有事，哪肯少停，不多一时来到自己门首。敲了敲铜环，叫声贤妹开门。

　　却说张言行妹子，名唤秋联。因父母偕亡，依哥哥度日。生得容貌端庄，举止温柔。刺凤绣鸾，无所不能，无所不会。昨夜因哥哥不回，等到三更时分，方敢安寝。黎明时节忽听哥哥打门，急忙起得身来。尚未梳洗，应声走到门前。闪开门，说："哥哥回来了。"张言行道："回来了。"把门关上，回到房中。秋联问道："昨晚哥哥哪里去来？"张言行道："昨宵同李春发一处饮酒，不觉醉了，因而宿下，未曾回来。"秋联道："原来如此，哥哥可吃茶么。"张言行道："不用，你快收拾包裹带了钗环细软东西，姑娘病重，要去探望。"秋联道："想是侯家姑娘么？"张言行道："正是。"秋联道："她乃久病之人，不去倒也罢了。"张言行道："贤妹差矣，这一病比不得往常，定要去看。"秋联道："哥哥言语有些蹊跷，为何叫妹子带了钗环细软呢？"张言行闻言着急道："哎！贤妹哪里知道，恐怕到了他家多住几日，家中无人照管，不过为此。"秋联道："既这等说，待我梳洗完备，做了早饭，好随哥哥前去。"张言行道："这倒使得。快梳洗了用过饭，以便同行。"秋联遂归绣房，急急打扮。心中却暗想道："哥哥这般言语，到底叫人疑惑。数日来未曾提起，忽然这样催促。或好或歹，只得任凭哥哥主张。不觉潸然泪下。这张言行见妹妹归房之后，虽是赔着笑脸，却暗里带些愁烦。俺虽是铁石心肠，岂不念同胞之情。但我心怀不平，要入山落草。只得把手足之情，一齐抛撇。只俺自己知道，不敢明言。"正暗自忖度，忽见妹妹收拾妥当，将早饭摆在桌上。二人同吃了，然后锁了门户，扶着妹妹上了马，望侯家慢慢行来。走够多时，

才到门首。张言行道："已到姑娘宅边，贤妹下马来，待我叩门。有人么，快开门来。"

却说侯老儿，名唤上官。听得有人打门，失了一惊道："听得马声乱嘶，人腔高唱，有什么事情，这等大惊小怪。"忽听门外又说道："姑爹开门。"上官方知是亲戚降临，开开门道："原来是贵兄妹们，快请里面坐。"张言行将马拴在槽上，然后同妹妹走上草堂。侯上官道："你看这草堂上几日未曾打扫，桌椅上落得灰尘如许，待我整理整理。"张言行兄妹方才施礼，说："姑爹万福。"侯上官答礼道："你兄妹二人可好。"张言行道："承问承问。"侯上官道："快请坐下歇息。"转身向内喊道："婆儿快下床来。"张氏道："我起床不得。"上官道："罗郡侄儿侄女看你来了。"张氏闻听又悲又喜道："待我挣扎起来。"气吁吁移下床时，险些昏倒。拄着拐棍，慢慢行来。说道："我儿们在哪里？"张家兄妹慌忙迎下草堂向前拦住，说："我们就到内室去看姑娘，为何勉强起来，若要劳碌着，反觉不便。"欲要施下礼去，张氏道："不许你们见礼，是什么风儿吹到吾家，今日相逢，叫人泪下。你二人来到刚刚凑巧，姑侄们见一面也得瞑目。"二人问道："姑娘病体较前如何？"张氏道："我这时候如草上之露，风中之烛，难保朝夕。论理这样年纪，也是死得着的，到不必较量。今日我们聚着也非偶然，只是有累你们远来，甚觉不安。"张言行道："理当问候姑娘，何必挂齿。侄儿到此一则探望，二则要贸易他乡，只是牵挂妹妹无人照料，意欲把我妹妹与姑娘做一螟蛉女儿，不知姑娘意下如何。"张氏道："这也使得，但未晓侄女肯与不肯，再作商量。"秋联道："哥哥既有此心，在家何不与妹妹商议明白呢。"张言行道："非不与妹妹说明，恐先与你告知，你不肯来，却耽搁了我的买卖，故此相瞒并无别意。况且姑娘这里胜似咱家十倍，晨昏相依，倒觉便宜。过来拜了父母罢。"秋联低头沉吟，心中自思，如不依从，是背长兄之命，无依无靠，一旦做了螟蛉，又恐怕将来没有下梢。正自辗转不定，只听哥哥又来催促道："过来快些拜了爹妈。"秋联无奈何，只得跪倒庭中拜了四拜。满眼含泪，却不好出声啼哭。起得身来，张言行随后也就双膝跪下道："我妹妹虽渐成人，但四德未备，还望当亲生女儿教训。侯侄儿时来运转，倘有发达日子，不敢辜负大德。"拜了两拜，侯上官扶将起来。张氏道："我是姑娘与她亲娘相争多少，你的父与我又是同胞，自然久后择个才郎招赘吾家，到老来时相为依靠，岂当外人相

待。"侯上官接口道："我两口儿又无男，又无女，冷冷清清。得侄女为螟蛉，与亲生何异。将来得个美婿，结成婚配，我二老临终，难道他不发送我们。算来真是两全其美，难得难得。"不觉手舞足蹈起来。张言行又从怀内掏出五十两银的包袱，放于桌上，说："些须几两银子，权为柴米之资。"侯上官不肯，道："你拿在路上盘费，我家中自会摆布。"张言行道："侄儿还有剩余，不必推辞。姑娘姑爹在上，侄儿就此告别。"侯上官道："贤侄多住几天再去不晚。"张言行道："起程在即，不能久停。"侯上官道："既然如此，不敢强留了。"张氏道："我抱病在身，不能送你。侄儿在路须晚行早宿。逢桥须下马，临渡莫争船。牢记牢记。"张言行道："多蒙姑娘吩咐，侄儿晓得。此去自有经营，无烦挂念，就此拜别。"秋联上前扯着衣衫道："哥哥千万保重，须早去早归，断不可久恋他乡，使妹妹盼望。"不觉流下泪来。张言行道："非是做哥哥的忍心远离，总因心怀不平，又有要紧事相约，不久几月就来看你，不必伤惨。在此好生服侍姑爹姑娘，哥哥在外亦好放心。"说完，把马牵出大门以外。侯上官随后拿着酒壶酒杯说道："我与贤侄饯别，多饮几杯，以壮行色。"张言行道："又蒙姑爹厚爱，待我领情。"接过杯来，连饮三盅，拜辞上马而去。正是：

劝君更尽一杯酒，西出阳关无故人。

这侯上官看着走得远了，方才把门关上。回到内室，满面堆欢道："不料今日有此喜事，婆儿你收了女儿，早晚有了依赖，侄儿又留上这些银子，我想坐食山空，也非长策，不如再凑办几两银子，并这五十两，出门做些买卖，得了利息，才好过得日子，岂不更好。"秋联道："母亲当这时候，爹爹还去做买卖，不如在家相守为正。"张氏道："哎！此话你莫向他说。如今有你伴我，任他去罢。你且扶我睡去。"秋联应声："晓得。"遂各安寝。过了数日，侯上官打整行囊，并带资本，又拿着刻名刀，以防不虞。出门经营去讫，落得母女在家相敬相爱。这张氏逢了喜事，倍觉精神，病体渐渐安和了。

不知张言行归山，侯老儿贸易后来如何，待后分解。

第三回　姜老图财营贩米　贾婆逼女自斫柴

　　且说罗郡中奎星街，有一姜公。名韵，表字德化。为人良善，处事老诚。娶妻刘氏，贤慧端庄。生下一女，因月间缺乳，觅寻奶娘代为抚养这女儿，起名秋莲。长到十五岁上，真个是身材窈窕，容貌端方。不料母亲偶染时疫，竟而亡故。

　　时下秋莲，幸有她奶娘晨夕陪伴。姜公因无人料理家务，又继娶了个二婚贾氏。这贾氏存心不善，性情乖张，碍着丈夫耳目，勉强和顺。一日独坐房中，暗自思量道："我自从嫁到姜门，并未生下一男半女。只有丈夫前妻，撇下一个女儿，从小娇养惯的，唯在房中做些针线，一些杂事并未一件替替老娘。平日说她几句，我丈夫又极护短，不许罗唣。我常怀恨在心，又不好说出口来。若是我亲生女孩，自然有一番疼热，她是旁人生的，终不与我一心。几次要磨难于她，只是无计可施。这却怎么了。哎，既有此心，终有那日。"正在自言自语的时候，忽听丈夫敲门，慌忙答应道："来了。"开开门，迎着面说道："今日你回来，为何这等慌张？"姜韵道："婆儿你哪里知道，运粮河来了一桩买卖，我已雇下车辆前去装米。急取银两口袋来。"贾氏道："既然如此，我去取来。怎不与女儿说声？"姜韵道："三五日就回来，何必说与她知。我去后须要小心门户，不可多事。"贾氏答道："这个自然，何劳吩咐。"

　　打发丈夫出去，把门闭上，转回身来，坐在房中道："趁老头儿不在家里，不免叫女儿出来，挫磨她一番。她若不服，饱打一顿，出出平日闷气，有何不可。"遂高声喊叫道："秋莲哪里？"这秋莲正在闺中刺绣鸳鸯，忽听母亲呼唤，急出绣房，应了一声。只觉喊叫声音有些诧异，未免迟迟而行。又听贾氏大叫道："怎么还不见来，气杀我也。"秋莲闻听，遂叫声："奶娘快来。"奶娘走来问道："大姐为何失惊呢。"秋莲道："母亲前边发怒，怎好见面。"奶娘道："虽然发怒，哪有不见之理，小心过去才是。"

346

秋莲胆怯心惊，见了贾氏，道了万福。贾氏道："万福什么，三文钱一斤豆腐，可不气杀我也。"秋莲问道："母亲因何生气。"贾氏道："你还不知郊外有许多芦柴，无人去斫，如何不叫人发燥。"秋莲道："母亲不必性急，何不雇人去斫来。"贾氏道："哪有许多银钱雇人，我想你倒去得。"秋莲道："母亲，孩儿闺中幼女，如何去得。斫柴倒也罢，恐怕旁人耻笑。"贾氏道："这是成家所为，有什笑处。"秋莲道："孩儿只会刺绣，不会斫柴。"贾氏大怒道："哎，你敢违母命么。"奶娘上前劝道："老安人息怒。大姐从来不出闺门，斫柴如何做得。"贾氏睁眼道："老贱人多嘴，还不退后。秋莲，我问你去也不去?"秋莲道："孩儿实不

能去。"贾氏大怒道："你敢连说三个不去。"秋莲道："孩儿不敢，只是不去。"贾氏把脚一跺道："哎哟，了不得了! 你又不是宦家女，因何朝夕不出闺门，娇生惯养，一点不像庶民人家行径，生活之计，全不关心，岂不气杀了我。"秋莲道："奉劝母亲暂息雷霆，容孩儿细讲。二八女子，理宜在闺房中做些针指，采樵的营生，自是精壮男儿，才做得着。我平日是柔弱闺女，其实不敢应承。还望母亲思想。"贾氏道："应承就罢了，如不应承，取家法过来过来，打个样子你看。还是去也不去?"秋莲满面通红道："打死也不去。"贾氏道："你还是这等性硬，小贱人好大胆，还敢嘴强。母亲面前，怎肯容你作怪装腔，全然不听我的言语，实难轻饶。我如今就打死你，料也无妨。"秋莲道："就打死我，也不去得。那桑间濮上，且莫论三街两巷人谈笑，即是行路的人也要说长道短。况且女孩子家弓鞋袜小，如何在郊外行走。望母亲息了怒，仔细思量便了。"贾氏道："凡我叫你作事，定然违背。大约是你不曾受过家法，习惯心胜，才这等狂妄。"奶娘在旁劝道："大姐是嫩生生的皮肤，怎生受得这样棍棒。全仗老安人格外扶养，若是少米无柴，老奴情愿一面承当。请老安人且息怒，待我替大姐

拾柴如何?"贾氏道:"你怎么替得了她,她去也少不得你。秋莲还不去,去则便罢,不去定要打死。"奶娘道:"大姐不必作难,我与你同去罢。"秋莲没奈何,说道:"母亲,孩儿愿去。"贾氏道:"既是愿去,你且起来。这是镰刀一把,麻绳一条,交与奶娘同去。下午回来,要大大两个芦柴,若要不足,打你个无数。阿弥陀佛,贪训女儿,误了佛前烧香。待我上香去便了。"奶娘方劝秋莲回房,快且收拾郊外走走。秋莲不敢高声啼哭,唯暗暗落泪而已。正是:

> 不如意事常八九,可与人言无二三。

不知秋莲与奶娘怎样打柴,所遇何人,且听下回分解。

第四回　秋莲女畏逼离阁　春发郎怜情赠金

话说姜秋莲忍气吞声回到绣房，罩上包头，换上蓝布衫裙，紧紧系绦，奶娘拿着镰刀、麻绳、扁担，两人哭哭啼啼离了家门。这秋莲从未出门的绣女，走到街前，羞羞惭惭，低着头儿。只得扯住奶娘的衣袖，奔奔跄跄，走出庄村。举头一望，四野空阔，一片芦苇，正是深秋天气。怎见得：

芦叶汀洲，寒沙带浅流。数十年曾度南楼。柳下系船犹未稳，能几日又到深秋。黄鹤断矶头，故人能见否。旧江山，都是新愁。欲买桂花重载酒，终不似少年游。

——右调《唐多令》

奶娘道："前面就到芦林，大姐快走。"秋莲眼中流泪道："奴家不知哪世罪孽，今日遭此折挫。若我亲娘尚在，安能受此。不如寻个无常，倒是了乎。"奶娘劝道："大姐休说此话，古人先苦后甜，往往有之。暂且忍耐，不必伤感。"说话中间，二人已到芦边。奶娘道："大姐你且坐在这边歇息，待我去斫柴。"秋莲依从，坐在草地，想起自己苦处，未免啼悲。

这且按下不提。却说李春发，与张言行约定在乌龙冈上送别。次日起来，用了早膳，乘着白马，行到冈上，下得马来。等不多时，只见张言行策着马走到跟前，慌忙离鞍道："贤弟真信人也。"李春发道："我们知己相交，岂同别人。"两人遂把马拴在垂杨柳下，草地而坐。李春发道："仁兄到寨，须要相机而行，不可久恋，恐生祸端。"张言行道："愚兄满腔愤恨，无处发泄，定要做些义气事才畅心怀。"李春发道："但愿

仁兄如此，无烦小弟叮咛。"张言行起身来说道："紧弟只管放心，他日相逢，自见明白。这路旁非久谈之所，古人云：送君千里，终须一别。愚兄就此告辞。"李春发说："遵命了。"张言行将马解开，飞身上去，拱一拱手说："愚兄去也。"李春发立在冈上，又目送了一回，看不见踪影，方才自己上马旋转归家。也是天缘有分，恰好在芦林经过，忽抬头望见一个老妇人拾柴，一个幼女坐在尘埃不住啼哭。停住马，仔细向秋莲一望，心中惊讶道：你看此女，生得有沉鱼落雁之容，闭月羞花之貌。年纪不过二八，天生俏丽，并非小户女儿。不在闺中刺绣，却在这荒郊外，泪眼巴巴，真个诧异，其中定有缘故。不免下马，向老妈妈问个端底。遂滚鞍下马，向着奶娘道："老妈妈，小生有礼了。"奶娘答礼道："这个君子，非亲非故，向我施礼，却是为何？"李春发道："老妈妈身后那位大姐，因何在此啼哭？"奶娘答道："她是我家大姐，我是她的养娘。我主仆在此拾柴，何劳君子盘问。"李春发赔笑道："如此小生多口了。"奶娘道："真个多口。"李春发背身说道："你看她恶狠狠的直言应答，决非路柳墙花了。细看她云髻齐楚，身体柔怯，尚是未出闺门的幼女，为何在此采樵，甚觉不伦。既是拾柴，又何必啼哭？内里定有蹊跷，还须问个明白。老妈妈转来，小生斗胆再问一生，那位大姐是谁家宅眷，还求向小生说个分明。"奶娘瞅了一眼，带着怒色道："这位相公放着路不走，只管要问长问短，是何道理？若再问时，定讨没趣。"李春发闻听，低头不语。暗自沉吟："本不该穷究，无奈心中只是牵挂，回家去定添愁怀，不如舍着脸皮，索性问个清白。"遂硬着胆向秋莲施下礼去，尊声："姐姐，小生有礼。"秋莲回答道："素不识面，不便还礼，相公休怪。"李春发道："非是小生多事，观看姐姐举动，不是小家模样。在此芦边啼啼哭哭，必有情由。姐姐姓什名何，求道其详。"秋莲道："自古男女有别，于理有碍，何敢轻言。"李春发道："在这荒野，无人看见，姐姐倘有冤屈事情，未必不能代为解纷，何妨略陈其故。"秋莲见李生说得体切，又是庄言正论，绝不带些轻薄嬉戏光景。况且李生生得风流儒雅，迥异非常，秋莲暗思道：何妨告诉他一番。遂启朱唇，慢慢地道："相公把马拴在树上，容奴相告。"李春发应命，将马拴定道："愿闻其详。"奶娘接口道："大姐不必细讲，说些大概罢，时候久了，恐外观不雅。"秋莲道："奴家住在罗郡，奎星楼边。大门外有几株槐柳，便是。"李生问道："老先生是何名讳？"秋莲道："我爹爹姓姜名韵，表字德化。"李生道："令尊小生素知，近来作何生理？"秋莲道："因家道贫寒，出外贩米。"李生道："令尊既不在家，自有养娘拾柴，大姐到此何为？"秋莲含泪道："在家受不过晚娘拷打，无计奈何，方到此地。"李生道："我听姐姐诉了一遍，原系晚娘所害。小生随身带有三两银子，与姐姐留下，拿回家去，交与令堂买些柴米，省得出头露面，受这辛苦。"奶娘道："相公休得恃富，留下银子莫不有什么意思。"李生道："老妈妈，小生一片恻隐之心，勿得过疑。如此说来，俺便去也。"牵马欲行，秋莲对奶娘道："请那生留步。"奶娘应命喊道："相公且转来。"李生停步说："老妈妈要说什么？"奶娘道："我家大姐有话问你。"秋莲道："奶娘替我问他来历。"奶娘道："晓得。"遂开口道："请问相公因何走马郊外？"李生道："小生清晨因送朋友到此。"奶娘道："相公贵府，坐落何街，高姓大名？"李生答道："舍下在永寿街内，姓李名花，字是春发。"奶娘道："原来是李相公，在庠在监呢？"李生道："草草入泮，尚未发科。"奶娘道："如此说来，相公是位秀才了，失敬失敬。"奶娘又问道："令尊令堂想俱康健。"李生道："不幸双亲早逝。"奶娘又问道："兄弟几人？"李生道："并无兄弟，只是孤身。"奶娘又问："相公青春多少？"李生道："今年虚度十九岁了。"秋莲悄悄对奶娘道："问他曾婚配否？"奶娘遂问道："相公有妻室么？"李生背身说道："这女子问出此言，大非幽闺静守之道，待俺去也。"遂乘马而回。正是：

桃花流水杳然去，道是无情却有情。

奶娘向秋莲道："你看那生，见问出妻室二字，满面通红，竟自去了。真乃至诚君子。"秋莲亦赞叹道："果然稳重。"奶娘道："你看他将银子丢在地下，不免拾起回去罢了。"秋莲道："任凭奶娘。"奶娘道："芦柴其实不惯采拾，只斫得这些，待我捆起来，一同好走。"一路上极口夸奖道："大姐你看这佛心人，叫人可钦可敬。又疏财又仗义，真诚老实，绝不轻狂。"秋莲道："正是。与吾家从无半点瓜葛，亏他这般周济。"奶娘笑说道："大姐你若得嫁这个才郎，可谓终身有托了。"秋莲道："我与你是何心情，还讲此风话。至于婚姻，全凭爹妈主张，说他怎的。"二人讲话中间，不觉太阳将落，已到自己门首。

不知到家，贾氏如何相待，且听下回分解。

第五回 旷野奇逢全泄漏
高堂阴毒起参商

　　话说贾氏打发奶娘同秋莲出外打柴，坐在屋中自己思量道：老娘嫁此丈夫，论心性倒也良善，只是家道艰窘，叫人操劳。每日清晨早起，哪一件不要老娘吃力，一桩照料不到，就要耽误。我想秋莲女儿生得娇养，还得奶娘伏侍，绝不怜念做娘的逐日辛勤。人道是如花似玉的娇娥，在我看起来，犹如刺眼钉一般。今日遣她去斫柴，非是恶意，也是叫她经历经历，后日到婆家好做媳妇。你看她们出去，定然不肯用力拾柴，若要拾得随了我意，将她饶恕。倘拾来一点半星，到反惹老娘生气。一定再挫磨她一番，也是教训她的规矩。猛然抬头，忽见日影西沉，归鸦乱舞。说道：“这样时候，怎么还不回来，叫人如何不气。哎！只得闷坐等候她便了。”却说奶娘与秋莲，久已住定脚步，不敢擅入。秋莲道：“奶娘你看这点芦柴，母亲见时，定有一番淘气，却怎么处？”奶娘道：“丑媳妇终要见公婆的面，哪里顾这些许多。有我在旁承当，料不妨碍。”秋莲道：“虽然有你承当，我只是提心在口，甚觉惊怕。”说完，又落下泪来。奶娘道：“事到其间，也说不得，随我进来罢。”秋莲无奈，只得依从。奶娘前行，秋莲随后，进了大门。将近内院，听得贾氏喊道：“这般时候还不回家，吾好气也。”秋莲闻听，慌张道：“奶娘，我母亲正在忿怒之时，你我且在门外暂停片时，再作道理。”奶娘道：“不必如此，少不得要见她的。”又听得院内喊道：“天日将黑，还不见来呢。”秋莲挣扎向前说：“孩儿回来了。”奶娘将柴放下，故意说道：“竟是拾柴不得容易，一日才拾得这些。请安人看看如何？”这贾氏迎面早已瞧明，问道：“你们拾得芦柴几捆几担？”奶娘道：“安人息怒，柴却甚少，到有一件奇事。”贾氏道：“就是黎柿也当不得一担芦柴。”秋莲道：“不是黎柿，是一件希罕之事。”贾氏问道：“有什么希罕之事，你两人快些说来。”秋莲道：“孩儿不是说谎，但事甚奇，恐怕母亲不信。”贾

氏道："你且讲来。"秋莲道："提起这件事,当今少有,世上无双。遇一后生郊外走马闲游,他不忍女儿郊外行走,忙丢下一锭银子,并不回头,飘然去了。"贾氏道："有这等奇事,银子现在何处?"奶娘道："银大我袖内。"遂把银包递过。"贾氏接来一看说："果然是一锭银子。我想两不相识,哪有赠银子的道理。此事当真奇了。我且问你,那人怎生模样?"秋莲道："头戴青巾,身穿蓝衫,年纪不过十八九岁,与吾家并无瓜葛。白白赠下银子,孩儿本不承受,他那里竟不回头而走。"贾氏道："可问他姓名么?"秋莲道："他说他也是罗郡人家,家住在永寿街前,父母双亡,又鲜兄弟,只落他一个孤身,名唤李花,现今身列胶庠。"贾氏闻听,说："李花,李花,我也晓得他是个酸秀才,岂有银钱赠人。他后来又说何话?"秋莲道："别样事女孩儿家也不便深问。"贾氏道："且住!不便深问,想是做下伤风败俗的事么,可不羞死,气杀我也。"奶娘道："安人不要屈那好人,那位秀才端端方方,温温雅雅,一片佛心又兼老诚。虽是交言,然自始至终,并不少带轻佻,叫人心服。安人何说此话。"贾氏翻了脸喝道："胡说!自古来只有一个柳下惠坐怀不乱,鲁男子自知不及,他因而闭户不纳。难道又是一个柳下惠不成。一个是俊俏书生,一个是及笄女子,况且遇于郊外,又送白银一锭,若无干涉,哪得有此。我想起来,恐怕是一片芦林,竟成了四围罗帏,满地枯草,权当作八铺牙床,凤友鸾交成了好事。就是那三尺孩童也瞒他不过,何敢来瞒哄老娘。既伤风化,又坏门阁。如今做这出乖露丑的事情,我今日岂肯与你干休,我只打你这贱人。"秋莲道："母亲且住,别事拷打,可以忍受,无影无踪,冤屈事情,如何应承的。"贾氏道："也罢,我也管你不下,不免前去报于乡地,明早往郡州出首,到那时官府自有处置,方见我所说不错。"说完,怨恨恨走到房中,带了些零零碎碎银子,竟自闭门去了。吓得那秋莲女小鹿儿心头乱跳,两鬓上血汗交流,说道："这却怎么了,平地中起此风波。叫声奶娘,此事若果到官,一则出乖弄丑,二来连累李相公。却怎么样处呢?"奶娘答道："我仔细想来,别无良策,唯有一个走字。"秋莲忙问道:"走往哪里好。"奶娘道："你只管收拾包裹,我自有效用。"秋莲道："走不利便,反不稳当。"奶娘道："若不逃走,就难保全无事了。"秋莲道："是呀,果然送到官府问出情由来历,形迹上面许多不便,若要严究起来,纵有口也难分诉。既然拿定主意,

唯有偷逃一着。倒也免得官长堂上满面含羞，如何说出口来。"两人商议逃去，暂且不提。

却说贾氏行到地保家里，问了一声："地方大哥可在家么？"他家内应道："不在家，在外吃酒去了。"贾氏又问道："常在何处吃酒呢？"内又答道："大半在十字街头刘家酒楼上。"贾氏闻听，只得往前寻找。且说这地方姓张名恭，保长姓李名平，因公务办完，夜间无事，两人同到刘家酒楼上，一面饮酒，一面商量打应官府的事情。贾氏寻到楼边，问声："地保可在你们楼上么？"酒保闻听，对地保道："楼下有人寻你们哩。"地方保长听说，不敢怠慢，下得楼来见了贾氏，问道："你是谁家宅眷，找我们有何事情？"贾氏道："随我同到僻静所在，有话与你们讲。"二人只得跟来。贾氏道："我住在奎星楼旁，姜韵是我的丈夫。有一事情，特来相烦。"地保道："原来是姜家大娘，有何话说？"贾氏道："丈夫不在家中，我遣女儿同奶娘郊外斫柴，不想遇着个酸秀才名叫李花，赠她银子一锭，必然有些奸情，意欲叫你们递张报单，以便送官。"地保道："青天白日哪有此事，我们又没亲眼看见，如何冒昧报官。奉劝贾老娘你是好好人家，不可多事，恐伤体面，请回去罢。"贾氏不肯，摸了几钱银子递与地保，说："些须薄仪，权为酒资。事完还有重谢。"地保接过来道："如何厚扰，但此事必先递了状子，我们从中帮助加些言语。至于报单，断然打不得的。"贾氏才问道："不知何人会作呈词？"地保道："西街上有位冯相公，善会画虎，绝好呈状。你老人家与他商量才好行事。"贾氏问道："不知住在第几家，好去寻问。"地保道："西街路北朝南，第四家门口，有个石蹬便是。"贾氏道："待我去寻他做了状子，你们明朝务在衙前等候，不可耽误。"地保答应道："这个自然，不用吩咐。"说完仍回楼上饮酒去了。这贾氏只得寻到西街门口，果然有个石蹬。停住脚步，敲了敲门，问声："冯相公在家么？"冯相公听得叫门，出来问道："是何人叩门？"贾氏道："有事奉访的。"冯相公开了门看见贾氏，说："原来是位大嫂，有何见教。"贾氏道："有件要事相烦。"遂从腰内掏出一块银子，约一两有零，递将过去，道："一点薄敬，买杯茶吃。愿求相公做张呈状。"冯相公接过银子，说："何劳厚仪。不知因何事情，请说明白，以便好做。"贾氏遂将遣女同奶娘拾柴，路遇秀才李花，无故赠金三两，想有些奸情在里头。我欲送官审理，

特来求教，千万莫阻。冯相公道："谁是证见，有何凭据，怎好轻易告官呢。"贾氏道："那三两银子就是干证。何谓无凭?"这冯相公得了银两，哪管是非，遂答应道："也罢，待我替你做来，但不便让座，俟我做完以便拿去，且在门首等等如何。"贾氏道："使得。"冯相公遂转身回后。他是做惯此营生的，不多一时写得完备，走到门首，念了一遍与贾氏听。贾氏接过道声多谢，随即辞归。一路上欢欢喜喜，奔奔跄跄，已到起更时候，行到自己大门，竟入内室。对奶娘与秋莲说道："你们不要慌，也不要忙，我已告知地保，明早好送官去。秋莲你是正犯，老娘是原告，银子是干证，老贱人是牵头，再有何说。"只见她言罢然后把前后门上了锁，将钥匙收在自己房中，说："你们且自去睡，明朝再讲。"说罢，遂转身把房门关闭，犹自恨恨说："淫奔之女，断不可留，气死人也。"奶娘见她已竟关门，对秋莲道："咱们也回去再作道理。"领着秋莲哭哭啼啼回归绣房。秋莲叹口气道："嗳，奶娘呀，若有我生身母在世，既无打柴事情，更无送官道理，偏偏逢此继母，死作冤家，却怎生了得。"奶娘上前劝道："也是你命运多舛，才弄得人七颠八倒，又遇着你这样继母心肠俱坏，掘就陷人的坑，谋害大姐。但愿苍天保佑得脱罗网，便是万幸。"秋莲落泪说："嘎，好苦呀!"奶娘道："大姐再休啼哭，快些收拾包袱。若要迟延，生出事来怎能罢休。"秋莲道："晓得，待我捡点完备再议脱身之法便了。"正是：

万般皆命不由人，世上何须太认真。

若到穷途求活计，昭关也许度逃臣。

不知她俩人怎生脱逃，且听下回分解。

第六回 同私奔乳母伤命
推落涧秋娘脱灾

　　话说那侯上官原是不安本分的人，自从那日离家出来做买卖，好好吃穿，又赌又嫖，不消数月本钱花了，落得赤手空拳难以回家见他妻女。遂自己寻思道：腰内困乏。不免走些黑道，得些钱财，方好回家。久闻罗郡中富户甚多，但路径不熟，未敢轻易下手，待我周围瞧望一番。遂到各街各巷行了一遍。到一街中有魁星楼一座，盖得甚是高大，朱红高？，却极幽静。这魁星楼，唯那文人尊敬，一年不过几次拜祷，哪同别的神灵不断香火，终岁热闹，所以冷冷清清人不轻到。这侯上官留神多回，说："这个所在倒好藏身。我且躲避楼中以待夜静时分，便好行事。"遂飞身上去，暗暗隐藏，不敢作声。这且按下不提。

　　却说秋莲依从奶娘之言开了柜箱，捡了些得意的钗环首饰，并衣服等类，将绸袱包裹起来。然后拿手帕包紧云鬓，随身蓝布衣裙，系上一条丝带，打扮得爽爽利利。又将绣鞋缠紧脚带，以备行路。奶娘也打整完备，说："大姐你且房中稍坐，待我往前边看看动静，回来好生法作越壁过壁的事件。"秋莲应道："正该如此。"这奶娘遂悄悄轻着脚步，走到贾氏门外听了一听，闻得房内鼾睡之声，阵阵聒耳。这是什么缘故，只因昨夜寻地方、求呈词，忙碌碌多时，所以睡得这等结实。奶娘心中暗道：这也是苍天保佑，令她这样熟睡，我们逃走，庶不知闻。抽身回到后院对秋莲道："妙极妙极。幸前边那贱物今正睡稳，倒得工夫安排走计。我想墙高如何能过，后边有个现成梯子，可以上墙。"闻听谯楼已打三更，奶娘将梯子搬到临街墙边说："大姐你先登梯上去坐稳在那墙头。"秋莲依从，上得墙来。说："嗳呀，你看乍在高处，胆战心惊，令人害怕。"奶娘随即也扒上墙头，然后用力将梯拔起，顺手卸到墙外。定了定神，说："好了，脱身稳当，不可慌攻。大姐你且登梯下去，待我跟随。"二人到了街心，

说："虽然闯出祸门，不知前去何处得安身之所。"奶娘道："事到其间，只好相机而行罢。大姐随我来顺着这条柳径，且往前行，再作道理。"正是：

　　青龙与白虎同行，吉凶事全然未保。

　　却说侯上官正在魁星楼上躲藏，忽听两个妇人在街心经过，唧唧哝哝，急走疾行。"如何三更时候还敢来往，其中定有蹊跷，非是急紧事情定是偷逃，身上岂有不带些东西的。将物抢来，却是采头。不免下楼去夺她包裹便了。"遂下楼来暗暗跟随。说："待我听她说些什么。"及走了两时余，只听奶娘说："大姐，你看星斗将落，月色微明，只得放正了胆子，管不得我们弓鞋袜小了。别说大姐难以走此路径，就是老身自幼到如今，也未曾经惯这等苦楚。"大姐道："奶娘我只是惊惧，心神不定。呀，你听哗喇喇柳叶乱飞，树枝摇动，把我魂灵几乎吓掉。"两人正在惊疑，背后有一个人赶来厉声喝道："哈，你们往哪里走，决非好事，快快说个明白，放你前行，饶你性命。"奶娘道："呀，爷爷呀，我母女是往泰山庙进香的，因未觅着下处，故尚在此行走，敢望见怜。"侯上官道："我不管你进香不进香，可把包袱留下。"奶娘道："哪有包袱？都是些香纸。"侯上官道："就是香纸我也要的。"奶娘道："你要我便不与你。"侯上官喝道："你若不与，我就要动手了。"奶娘道："清平世界，何得无理。你再不去，我就喊叫起来。"侯上官道："你要喊叫，我便是一刀。"奶娘发急遂喊道："有贼有贼，快来救人。"侯上官大怒，遂在腰中摸出刀来，说："这贱人不识好歹，赏你一刀去罢。"说时迟，那时疾，手起刀落，正中奶娘喉咙。听得扑通一声倒在尘埃，登时气绝，魂灵已归阴曹地府去了。竟把包袱拿去，吓得秋莲哎呀一声，说："不好了，强盗竟把奶娘杀死，又将包袱抢去。奶娘呀，你死得好苦啊！"不觉两眼流下泪来。侯上官道："妇人不要声长，稍有动静，也只一刀断送性命。快些起来跟我去罢。"秋莲道："你既杀了奶娘，夺俺包裹，就该逃去，又来逼我同行怎的？"侯上官道："这是好意，送你到前面草坡路径，莫要遗下踪迹，原无别的心肠。"及至趁着月色，仔细向秋莲观瞧，才知道是个俏丽佳人。不觉春心发动，心道："几乎当面错过。世上哪有此娇容，若得与她颠鸾倒凤，不枉生在世间。且住，已竟是笼中之鸟，难以脱逃，不免再吓她一回，看她怎样。妇人你可认得这地方么？"秋莲道："我哪得认的。"侯上官道："这就是乌龙冈，下面就是青蛇涧，幽雅僻静之所，你肯与我做得半刻夫妻，我便放你回去，你若不肯，一刀斫为两断。"秋莲背身暗暗说道："不想老天注定乌龙冈，竟是我丧命之所。如今失身于他，岂不伤风化，失节操，贻笑后世。到不如急仇寻个自尽，倒是正理。"正自沉吟，侯上官问道："你不愿么么？"秋莲怒道："哪个从你，快速杀我。"侯上官思量道：一女子有何本事，何必问她。上前一把按倒在地，不怕她不从。转身说道："我和你这段姻缘，想是前生注定的。你若不从，我岂肯甘休。当这僻静所在，就是你想求人救援，也是万万不能够的。犹如笼中之鸟，哪得飞去。"秋莲心中暗想道：我到此时，岂是蝼蚁贪生。但死的不明不白，有何益处。目下生个计策，倘或能把强人谋害，岂不痛快。若要不能，任他杀害，决不相从，也是保全名节。遂转身说道："也罢。事到其间，也说不得了。大王且请息怒，夫妻之事非我不从，只为无媒苟合，故此不从。"侯上官欢喜道："既要媒妁这也不难，你我拜了天地，就以星斗为媒何如。"秋莲暗想道：你看这贼，势不能止，不免将计就计，反害了他，才可保全。那高岸上面有数棵梅树，只说作亲也要些花草，哄他上岸折花，那时推他下去，岂不结果他的性命。就是这个主意。转脸说道："大王真个要做亲么？"侯上官道："全仗娘子见怜。"秋莲道："你且去将涧边梅花摘下几枝，插在那里。"侯上官道："要它何用？"秋莲道："指它为媒，好拜天地。"侯上官喜道："这个何难，我就摘去。不知你要哪一枝？"秋莲跟随说："临涧这一枝，开得茂盛。"侯上官走到涧边，只见树直枝高，难以折取，正在那里仰头痴望。秋莲一见想道：不趁此时下手，更待何时。哎，强盗休怪我不仁，皆因你不义。用手着力一推，只见侯上官翻个倒葱掉下涧去。半时不见动静，秋莲才放下胆，说："好了，此贼下去未曾做声，想已气绝。哎，可恨贼人心肠太歹，既然伤害奶娘性命得了包袱，又要逼我成亲，天地间哪有这等便宜事，都叫你占了。到如今你要害人，反遭人害了。看看天色将明，只得再奔前走，寻个安身所在便了。"正是：

　　劈破玉笼飞彩凤，顿开金锁走蛟龙。

　　再说石敬坡，自从李春发赠他银布回来，忽然改过，不敢再去偷盗，另寻了些经纪买卖，供养老母。这也亏李生感化他过来，才能如此。这日因赴罗郡有件生意，起身最早，行了多时，天已将明，不觉已到乌龙冈上。因想道：此处甚是荒郊，绝少人迹，又兼青蛇洞中多是贼人出没之所，恐遭毒手，须要仔细防备才是。踌躇中间，已到洞边，早听有人喊叫："救人，救人。"石敬坡惊讶道："如何洞底下有人叫喊，这是什么人呢？"又听得洞底下有哎呀之声，说跌杀我也。石敬坡闻听，不解其故，慌忙喝道："此处急且没人行走，你莫非是魑魅魍魉么？"侯上官在洞中道："我是人不是鬼，休得害怕。"石敬坡道："你既是人，为何跌在洞下呢？"侯上官道："我是客人，路经此地，被贼人推下洞来，把腿胯都跌伤了，望客人救一救命，自有重谢。"石敬坡闻言说："可怜，可怜。常言道，救人一命，胜造七级浮屠。"遂往下喊道："那人不必啼哭，我来救你。"又想了想道："嗄，你不是个好人，现有刀可证。"侯上官道："老爷休得过疑，我是买米客人，遇贼伤害，千万救我则个。"石敬坡道："待我下去看看再辨真假。"遂从乱石层叠之中寻找隙地，高高下下，弯弯转转，方得下来。只见那人卧在石边，真个伤了腿胯，满身血迹。问道："你既是客人，被贼抢夺，若要救上你去，将何物谢我呢。"侯上官道："还有一包袱东西，只要你救得我上去，全全奉送。"遂将包袱递过。石敬坡接过一看，俱是些钗环首饰衣服等类。竟反过脸来大声喝道："呸！你这狗头，明明是个强盗，不知害了多少人，今日恶贯满盈，失脚落洞，死亦应该，还来哄你老子。"侯上官哀求道："我实是客人遇贼的。"石敬坡喝道："狗头放屁！你若遇贼，这包袱便不在你手中了，况且内中东西俱是妇女们所用之物，岂是行路人带的么？还要犟嘴。"侯上官道："既不救我，还我包袱罢了。"石敬坡道："这也是来路不明的东西，不如送了你老子买些酒吃。此时不杀你，便是你的造化，还要别生妄想。"说完携着包袱，仍寻旧路走到岸上，洋洋得意而归，哪里管他死活。正是：

　　蚌雀相争两落空，渔翁得利在其中。

恶人还得恶人挫，自古冤家狭路逢。

　　这侯上官见石敬坡走近，叹了口气道："我也是天理昭彰，自作自受，既然贪人钱财也就罢了，为何又心起不良，还要作贱人家女娘，败坏人家节操，如今说也无用，只是身上跌得这样狼狈，何时扒上涧去，才得将养。咳，只得忍着疼痛，慢慢挨走便了。"看官们，你看这侯上官，忙了半夜，徒落一场空，毫无益处，真令人可笑。石敬坡从何处来，却能旱地拾鱼，倒得快活。也因他改过自新，上天加护的意思。

　　闲言休论，不知秋莲前途能得安身否，且听下回分解。

第七回　刁歪妇公堂告状
逃难女尼庵寄身

　　话说贾氏身体困倦，酣睡了一夜，到那钟鸣漏尽，东方渐渐发白的时候，猛然醒来。说："昨夜女儿事情，活活把人气死。我想她平日娇养，偶然叫她拾柴，不过要挫磨她的生性，哪知道她到那郊外做出这样丑事。如今送她到官审出真情，料她也怨不得我了。就是她父亲回来，也不能十分怪我。事到其间，一不做，二不休。呈状已曾写完，地保又与知会，怎好停止。常言道，任你们奸似鬼，也要吃老娘的洗脚水。那老贼人、小贱人你须准备，待我起来束妆停当，再到后面吓她们一吓。"及至收拾完备，走到角门口内便喊道："秋莲、乳娘，还不快些起来。"及喊了数声，绝没人答应。说："呀，因什么静悄悄的不闻声息，莫不是怕见官府露出马脚，心中害怕寻了短见么。待我推门一看，呀，不好了，人也不见，箱笼大开，许多衣裳撒得纷纷乱乱，想是逃走了。待我看看行踪，呀，后院放得梯儿，何如不见呢。再到园内去瞧，只见那墙头上面，砖瓦参差，一定是越墙而逃。这便怎么处，为今之计，只得到门外叫地保知道，再作商议。"

　　却说那地方听得有人呼唤，只得走向前来细问根由。看见贾氏，说："原来是姜大娘，为何这等惊慌，是什急事。"贾氏道："你们不知，就是我昨日所说的那个女儿，同着奶娘黄夜私自逃走了。我丈夫又不在家，少不得要劳列位，与我追赶一程，倘或赶上，自有重谢。"地保道："昨交姜大娘教俺们打报单，想来就是因此起的么。"贾氏道："正是。"地方道："待我们帮你去赶一赶，但不知从哪里走的？"贾氏道："从后园中越墙走的。"地保道："不像不像。这样高大墙院，她是两个妇人，怎么扒得上去。"贾氏道："家中梯儿今已不见，想是登梯子旋转过去的。列位请看看踪迹，便知端底。"贾氏遂领着地保从周围观了一遍。地保道："果然是越墙而走。不必说了，如

今且不要忙，路上必有脚迹，让她妇人行走，料想不远。我们只望那柳道中寻找便了。"只见他们慌慌张张急忙乱跑，抬头一望，前面路旁影影绰绰似有人在地倒卧。地保嚷道："列位你看，前面恰像个人在那里睡哩。定然是个醉汉，待我上前唤他醒来。"走到跟前，说："呀，不好了。呸呸，原来是贼盗杀死的一个妇人在此。"贾氏闻听心惊道："果然是杀死的尸首么。"地保说："难道谁来哄你不成，你也过来看看便明白了。"贾氏一见，心底明白，却嘀咕道："这是贱人奶娘。想是她们作了丑事，惧祸偷逃，却遭人暗算了。若论此事，全是我非，如今追悔也无及了。"转回脸来说道："列位请到俺家中从长计议何如。"地保道："这个理应。"遂跟定贾氏进了她门，共同计较。且按下不表。

却说姜秋莲将贼推下涧去，方得脱身。趁着星月之下，胡乱前奔。哪管金风透体，玉露浸鞋。行了多半夜，天色渐明，星光欲灭，才敢慢慢缓走。心中感伤，不觉泪下。说："哪料遭此家难，受这苦处。我爹爹回家知道，不知怎样痛楚。膝下没了女孩，又无音信，他岂肯甘休。想到此处，如何不叫人悲伤。再者与奶娘何干，情愿随我脱逃，实指望将来有了好处，定然报答她的恩情。谁想路逢强贼凶犯，持刀害命，死得可怜，岂不是我连累于她。倒不如我死在家中，却得明白，也省得遭害。"一路上自思自想，又恨又恼，悲悲切切。眼中的血泪，两只袖也拭不干净。走到太阳刚出，才停脚步道："奴家奔走一夜，体倦足麻，肚中饥饿，半步难行，如何是好。你看远远望见一片青堂瓦舍，是谁家宅院，倘可托身，亦未可定。只得上前再作区处。"及至走得将近仔细一观，是座庵院。怎见得：

> 大雄宝殿，鸳瓦层叠，真个气象巍峨。钟鼓楼台龙架高悬，果然摆列齐整。青松满院，翠生生阶砌铺荫。绿竹围墙，娇滴滴随风弄响，应是蓬莱仙境，不让金谷名园。

秋莲赞道："好个功果。"又抬头一望，见门上一匾，书着"青莲庵"三个大字。心内想道：但不知住持的是僧是尼，何敢轻于叫唤。正在迟疑，门里早走出一个尼姑

来。秋莲一见，满心欢喜。想道：这是我的造化了，倘施慈悲尽可栖身。上前迎了几步，说："师傅见礼了。"尼姑慌忙答礼道："女娘稽首。"这尼姑向秋莲上下一观，腹内猜疑道：你看这女子生得俊俏，举止又极稳重，又甚温柔，为何容颜上带些忧愁的气色。待我盘问她一番，看是如何。遂开口道声："女子我且问你，仙乡何处，到此有何见教。"秋莲道："奴家因被继母赶出，路上又遇歹人杀我奶娘，抢去了所带包袱，奴家幸而脱身逃命，至此真是万死一生，敢望师傅大发慈悲，把奴打救，决不相忘。"尼姑闻言说："原来你是避难之人，可怜可怜。救

人原出佛门，既是不嫌，请进里面见了当家师傅，没有不收留之理。"秋莲道："如此多谢了。"尼姑道："女娘是客，请先行。"秋莲道："还请师傅先行，奴家随后。"尼姑道："如此小尼引道罢。"两人进了山门，转到二门，绕过韦驮庵，由阶而登，进入大殿。方知是观音圣像，倒身参拜。尼姑把磬击了三下，然后领到方丈内，叩拜主教老尼。老师傅又盘问一番，甚是怜念，遂叫安排斋饭，令秋莲用过，送在两间最幽静严密的房屋，叫她安置歇息。秋莲谢了又谢，不胜感慨。心内暗说道：也是奴家大造化，得了安身所在。任凭那歪娘家中怎样处置，也顾不得了。正是：

　　　明知不是伴，事急且相随。

不知秋莲怎生离得尼庵，且听下回分解。

第八回 清上官推情度理
作恶妇攀东扯西

从来听讼实难哉，两造陈情莫浪猜。

多少覆盆含屈处，全凭悬镜照沉埋。

且说贾氏那日领着地保进了家中，让在庭中坐下，遂往后边安排酒饭，送到庭中令他们用过，又送上两串大钱赠于地保，说："我们同到邓州递上呈状，只道遣奶娘买米被人杀害，把女儿拾柴等情，一切不要提起。叫他捉拿凶手。这便是列位用情了。"地保得了钱财，满口应许道："就是这样办法，姜大娘慎勿泄漏。"贾氏道："这何消说。"随身又带了零碎银子，同往邓州行来。不多几时，进了城门，走到知州衙门，只得喊叫起来说："小妇人冤屈，被贼人杀死吾家奶娘，求青天老爷急速拿人与妇人出气。"众衙役向前拦住，说："老爷尚未升堂，何得乱嚷。就有急事，也须我们代禀，为何这等不晓规矩。"贾氏只得前前后后诉了一遍，把秋莲事绝不提起。又问地保道："你们可有报单么。"地保道："早已写完，同来告禀。"众役道："自然虚实瞒不得你们，但公门中事体，就是尸主也当有些使费才是。"地保惧怕衙役，把贾氏扯在背地说："瞒上不瞒下，也得送些敬仪才得稳当。"贾氏闻听，将腰中银子掏与地保，说："凭你怎么打点便了。"地保接过，遂到茶馆中，房内若干，班里若干，分析明白，各各交付。众役得钱才与他禀报。

却说这知州，系浙江嘉兴府秀水县人氏，姓辛名田。考选邓州，居心善良清廉。但初入仕途，政务尚未练达。听得是人命事情，只得升堂坐下，先传地保来见。地保上堂跪到墀下，递上报单。辛知州阅了一遍，然后叫尸主进来。这贾氏进来跪下，把遣仆妇上市买米，过夜不回，被人杀死，求老爷开恩拿人，陈说已完。这知州见她是

尸主，略略问个情节，遂上轿验了尸首回来，即差捕役拿票，捉获凶手，不得有误。令贾氏归家收殓尸首，静假获人后，再为审讯。贾氏叩头谢了，自去办理。知州已退堂不提。

却说捕役得了签票，只得往柳道各处寻访。既无干证拿获凶手，迁延月余，并无踪迹。只好打在路案，也无可奈何。熟知上司衙门得了详文，见人命重情，月余无信，便该参罚的。意料是邓州知州审不明白，故难结案。另着解到南阳府耿太守案下重审。这辛知州只得带领尸主贾氏并一切案卷亲送到府听审。及到府衙，尚未升堂，只得在外厅伺候。

却说这南阳太守，姓耿名仲，表字无回，江西南城人。也得了上司明文，着他办案。令人传出，就要升堂。那些房役闻听，早已预备停当。听得内里传点，不多一时，耿太守已到暖阁坐下。门子击一声点，众衙役两边摆列，呼应一声，连呼三次，然后闪了仪门，刑房将邓州文卷呈上。耿知府道："哎呀，原来是一案无头人命。传邓州知州进见。"众役传出，辛知州到堂行过堂参礼，又打恭下去。说："柳道一案，乃卑职之事。今反重劳大人，卑职多多有罪。"耿知府道："这是一件小事，贵州就不能审明么。"辛知州道："有大人清天在上，卑职学疏才浅，望大人鉴宥。"耿知府道："岂不知赌近盗，淫近杀。再加详察，自然明白。如今你且回避，本府自有道理。"辛知州闻言打了一恭，说："卑职告退了。"打发知州出衙，一声吩咐带贾氏上来。众役传呼一声，早有差人领着贾氏，从角门带进，走到堂下。说："贾氏当面。"耿知府一面翻阅文卷，一面问道："贾氏汝家奶娘是怎么样死的？"贾氏道："是人杀死的。"耿知府问道："死在哪里？"贾氏说："死在柳道。"知府又问："什么时候使她出门？"贾氏道："爷爷呀，因小妇人男儿不在家中，使她去买米，夜间出去，天明不见回来。因此找寻，才知被人

杀死柳道。人命关天，万望爷爷伸冤。"知府点了点头道："且住，汝家无人，既是买米，何得夜间出门。我看这妇人言语狡诈，其中必有别故。将这妇人与我拶起来，快将实情供出，免动大刑。"两边衙役答应一声，齐来动手。一个将头发采住，两人将拶子套在贾氏手上，用麻绳缠紧，两下一挣，再夹上竹板，才用小板敲击。这贾氏心惊胆战，疼痛难禁，昏迷几阵，不能忍受。醒了半日，口中不觉吐露道："奶娘之死，实有所因，求太爷不加罪于小妇人，小妇人自当实说。"知府遂吩咐去了刑具，着招房细写口供，不可错误。招房答应："晓得。"知府喝道："你可实实说来。"贾氏道："小妇人有一女儿，小名秋莲，与奶娘同到芦林坡去拾芦柴，那时有一秀才，也到芦林坡来，见我女儿举动端雅，不像拾柴的人，有意施恩，竟送白银一锭。"知府又问："是谁见来？"贾氏道："是秋莲自己说的。小人心疑郊外受人银两必是做下歹事，意欲出首。秋莲闻知报官，因与奶娘黄夜逃走。天明小妇人得知，遂喊知地方寻至柳道，见奶娘已被人杀死，秋莲不知下落。她身边还带许多细软东西，想是俱被贼人抢去。小妇人句句实言，还求爷爷拿人伸冤。"耿知府道："你女儿多大年纪了。"贾氏道："一十六岁。"知府又问："可是你亲生的么？"贾氏道："她是前房所生，小妇人是她继母。"耿知府闻听发怒道："哦，是了。若是亲生，必不肯使她郊外拾柴。不贤之妇，与我再拶起来。"众役重新拶起。贾氏哀求道："爷爷呀，拾柴乃穷苦所迫，岂是得已，小妇人并无歹意的。"耿知府喝道："她既逃走，又带着钗环细软，必不是少吃没穿，为穷所迫的。总是你前房女孩，任意作践，你这不贤之妇，与蛇蝎一样阴毒，可恨可恶，还敢强辩么。众役且住了刑，贾氏，我问你，秋莲容貌若何？"贾氏道："不敢隐瞒，虽无天姿国色，也算绝代佳人。"知府又问："那赠银的秀才，你可知道他的姓名么？"贾氏道："他名字叫作李花。"知府又问："多大年纪呢？"贾氏道："听他说有十八九岁。"又问："家住哪里？"贾氏道："也是罗郡村中人。"耿知府道："我想秋莲既无寻着，一定藏在李花家中，奶娘一定是他杀害的。"贾氏道："青天爷爷，犹如神鉴。"耿知府暗自沉吟道："自古才子眷恋佳人，嫦娥偏爱少年。必定是要私奔，被奶娘相劝，这奸夫色胆如天，竟把奶娘杀死，也是有的。"贾氏道："爷爷详情，真同日月。"知府遂吩咐传谕邓州知州，将贾氏带回到李花家，搜寻秋莲，倘若没有，即带李

花听审。差役答应，遂同领贾氏出衙散去。只见一役跪倒启禀："老爷，新任按院何老爷出京五天了。"耿知府道："莫不是探花何得福么，此人乃俊秀奇才，可见圣上明于用人。"遂吩咐工房，修理衙门，添补职事，不可耽误。又道："近日来山寇猖狂，劳攘百姓，又添许多军务之事，也只得努力办去才好。你们散去掩门便了。"

不知李花拿到如何分辨，且听下回分解。

第九回　石敬坡报恩惹祸
李春发无故招灾

镇日关门形影孤，挑灯夜读尽欢娱。

忽然平地风波起，犹记当年持赠无。

话说石敬坡自从李春发赠他银布，早已洗心，不做贼盗营生。如今改邪归正，寻些生意，得利养亲，这也算他好处。不料在青蛇涧中，夺了侯上官的包袱，遂即办了自己事情，转回家去，将包袱摆在面前，自己思量道：为人莫贪小利，富贵总得稳当，才觉放心。若像那拐诈诓骗，终不久长。我想乌龙冈抢的东西，是那人偷的，我却夺来，既不做贼，又平白劫人物件，甚是非理，却怎么安置才好。想了一会说："哎，有了。汉世漂母，留得韩信一饭，后来韩信封了侯，就酬他千金。自古来知恩报恩，原是有的。我如今将此物送与李相公，酬他周济之恩，有何不可。就是这个主意。但青天白日直径送去，未免招摇。纵然无事，李相公也未必肯受。我不如挨到夜间，倒觉便宜。"计较已定，遂与母亲同吃了午饭，收拾停当，然后起身前往。行到日落时分，才到永寿街前，进了茶馆歇下，沏了一壶茶，慢慢吃着等待时候。歇到起更以后，不好久坐，只得离了茶馆，寻个僻静孤庙，旋转多会儿，约将三更天时候，才寻找前去。到得李生门首，欲待敲门，说："且住。半夜三更，敲门打户，恐被邻舍人家听得不雅，反添扰攘。且将我旧日手段，再用他一用，遂即轻轻飞上房去，将包袱丢在院中，这不过是我一点穷心。"叫声："李相公，李相公，有人酬谢你来了。"李春发正在睡梦之中，听人呼唤，猛然惊醒，问了一声："是哪个唤我？"这石敬坡听得有人答应，便将身一跳，落在街心，说："既有人知觉，我且去罢。"

却说李春发？中问了一声，醒了多时，才疑惑道："这个时候，是谁叫我？"不觉

纳闷起来。且说李翼也听得犬声甚急，恐有贼盗，慌忙披衣，开了房门，四下张望，忽见地下黑漆漆一片东西，却不知是何物件，只得近前细看。拾起一瞧，却是一个包袱，道："奇了，这是哪里来的。待我请起相公，决断决断。"李春发在房中问道："李翼因何大惊小怪？"李翼答道："适才犬吠，小人梦中听得有人叫：李相公，有人酬谢你来。忽然一声响动，小人急忙起来看时，并未见人，只有包袱在地，不知是何缘故，请相公起来裁度一番。"李生开了门，说："这也奇怪，莫不是谁家被盗，遗在这里。你去外面打听，有人说得相投，即便还他。"李翼道："这也不定，待小人留心访问便了。"他主仆两人猜猜疑疑，天已明了，李生也就起来。

却说贾氏奉耿知府之命，率领差捕在李花家讨人，并索赃物。约有五更天气，才到门首。贾氏说："我们敲门，待他出来，好与他讲话。"差捕道："天尚未明，怎好敲他门户。"贾氏道："你是官差，怕他怎的。"差捕闻听，向前敲了几下。李翼听得，对主人道："果然有人打门，想是邻家被盗，特来询问的，待小的出去看来。"走到门口问声："是何人叩门，有何事情呢？"差捕道："有件要紧事特来相告。"李翼闪开门，贾氏前行说："公差们，你两个把住在门，你二人随我进去。"李翼不知是何来历，不敢拦阻。贾氏领着两个捕突入内室。李生见他们来得凶猛，惊讶道："什么人，敢是贼么？"差捕道："不是贼，倒是拿贼的。我们是官差，你家隐藏逃犯，特来搜寻。"李春发大怒道："哪有这等事？"差捕道："奶娘是你杀死，姜秋莲定在你家窝藏，还有许多赃物，也是你家收存，何得推辞。"他们正在嚷闹，这贾氏早已在各房寻她女儿不见，走到房中，看见桌上搁着一个包袱，打开一看俱是女儿的衣服首饰，遂大叫道："列位，我女儿有了。"差捕道："果然么，在哪里？"贾氏道："你看这是什么？"差捕道："是首饰衣服。"贾氏道："这首饰衣服，俱是我女儿的。料想奶娘也是他杀的了。不然，这东西从何得来。赃已现在，快将我女儿献出，万事甘休。"李春发道："哪个是赃，哪个是你女儿，其中情由，叫人不解。哦，是了，莫不是有个仇人，做成圈套，将我陷害么。无端将人混赖，这是哪里说起。也罢，你们是奉官差，我却不知端底为着什么事情，列位也须说个明白。"贾氏道："你们的风流事情，今已败露，柳道中杀了奶娘，如今快快放出姜秋莲来，便与你甘休。"李春发大怒道："一片俱是胡说。我晓得什么秋莲春莲呢?"差捕道:"不必多讲,老爷吩咐见秋莲极好,若是秋莲不见,即带李花回话。"李春发怒道:"我是学中秀才,又不曾犯法,如何将绳锁胡乱擒拿。你们休仗虎狼之威,也须分个高低,岂得孟浪。"贾氏道:"不必听他咬文嚼字的,你们既执笺票,又奉老爷遣差,现今真赃实犯,论甚秀才。"差捕听她言词,一齐道:"这也说得是,我们携着赃物,带他去见老爷,是非曲直,叫他自辩,我们何苦与他争论。"众公差上前把李生扭住说:"李花走罢,没有工夫与你细讲斯文。"竟一拥而去,这李翼吓得目睁口呆,不敢作声。见他们将主人捉去,实不知为何。"姜婆领着衙役,平空将我相公拿去,这便怎么处。不免锁了门户,前去打听打听,再作道理。"正是:

终年闭户家中坐,那晓祸从天上来。

不知李春发此去吉凶何如,且听下回分解。

第十回 公堂上屈打成招 牢狱中协谋救主

　　且说耿知府政事精勤，不肯懈怠。因牵挂柳道一案，未审明白，黎明起来梳洗停当，穿上公服，即命击鼓升堂。坐在暖阁内，专意等候，说："昨晚差役带领贾氏前去李花家搜拿秋莲并李花审问，这时候想也就到。"

　　却说差捕同贾氏领着李花刚到衙前，差捕道："列位看这光景，料想太爷已经升堂。待进去禀过，好带人犯。"这差捕从旁边角门进去，走到堂前跪下禀道："奉差到李花家不见秋莲，只有一个包袱，贾氏说是她女儿跑时带出的，拿来呈验。今已将李花拿到候审。"耿知府道："带上李花来审讯。"众役答应一声，往下急跑，喊声带李花。差捕闻听，将李花推拥到大堂阶前，说："李花当面。"李花无奈，只得双膝跪下。耿知府抬头向李花一望，生得少年清秀，不似狡猾一流。只得开口问道："李花你可知罪么？"李生道："老公祖在上，生员朝夕只在书房，攻读书史，又不欠账，又不欠债，不知罪从何来？"耿知府道："哦，你拐藏秋莲幼女，杀害奶娘老妇，现在你家搜出包袱，赃证已真，又是拐案，又是人命，怎么你说无罪？快把那郊外如何赠银诱逃，柳道怎样行凶杀害，如今却把秋莲藏在哪里，一一从实供来，免动刑法。"李花闻听吓得胆战心惊，不晓来由，无处插嘴应对，唯说："叫生员从何处说起？"知府又催问道："你还不招么，看枷棍伺候。"李春发道："老公祖在上，容生员告禀，别事真不知道。若问起赠银事原有情节。那日生员因读书倦怠，偶到郊外闲行，见个幼女同老妇，相对伤情，那时生员询问端底，她说为继母凌逼，因此伤感。俺一时动了恻隐之心，仗义疏财，赠她几两银子，其实并无他意。芦林遇唯有此举。至于秋莲私奔，奶娘伤命的事，一切不晓。求老公祖细细端详，笔下超生罢。"耿知府道："依你说来，全不知情。这包袱可怎么却在你家。不过恃有衣衿护身不肯实说。我今就申文学台，革去你的衣衿。左右与我夹起来。"从衙役如狼

如虎的，将鞋袜退去，把夹棍搁下，一个采起头发，那两个把绳盘了几盘，喝喊一声，

两边人将绳背在肩上，用力一紧，这李生便昏迷过去。你看李春发本是个柔弱书生，嫩生生皮肤，怎禁得这等重刑。大约心似油煎，全无主张。头如迸裂，满眼昏红。一个衙役，拿着一碗凉水噙在口中，照他头上啐了三遍，才苏醒过来。叹了一口气说："冤枉呵！"耿知府问道："你招也不招？"李生定神思量道：若就招承岂不污了一世清名，待不招时，这大刑其实难受。想来必是前生造定的了。耿知府道："若不招就要再夹了。"李生道："愿招。"耿知府道："既是招了，退去夹棍。且带去收监，听候申详定罪。"只见禁子走来，上了刑具，带领回去。说："这是人命重罪，须加小心。"众小牢子答应一声，照常例收拾起来不提。

却说李翼等候多时，知主人下监，走到狱门说："哎呀，我那相公啊！"禁子喝道："你是什么人？"李翼道："要看我家相公的。"禁子问道："是李花不是？"李翼道："正是。"禁子道："他是重犯，岂容你进去看视。"李翼道："大哥，我还有些须薄敬，望行方便。"禁子接过说："啊，也罢，我且行一时之方便，叫你主仆相会一面。"遂开了门，说："你进来切莫要高声，你家相公受屈的人，待我取盆水来与他洗洗。"李翼道："多谢大哥了。"说着看见主人，不成模样，不觉满眼含泪说："相公醒来。"李生闻听把眼睁开，哎呀一声，说："痛杀我也，我见了你犹如乱箭穿心，满腔忿恨，只是说不出来。"李翼说："相公曲直，久而自明，容小人访察清楚，翻了此案也未可知。且请忍耐，不必伤感。"主仆两人正在悲痛之际，忽听外边有人叫门，看官你道是何人？原来是石敬坡夜间送了包袱，到了早晨，听得街面上纷纷齐说，将李相公拿在衙门去了，他心内暗暗后悔道："早知包袱惹祸，断不送去。想那李相公是佛心人，遭逢倒运，怎能打此官司，不知何日才得脱身。不免买些酒肉，到监中探望探望，尽点穷心。"随即提着篮儿进到监门，叫声："禁卒哥。"禁子望外一看，说："做什么的？"石敬坡道："里边有个李相公么？"禁子道："有个李春发，你问他怎的？"石敬坡道："可将门开了，待我看看他。"禁子把眼一睁，说："咳，这是什么所在，你要进去？"石敬坡道："太爷我还有些薄敬。"禁子问道："多少呢？"石敬坡道："三百大钱。"禁子道："不够，再添。"石敬坡道："权且收下，俟后再补。"禁子道："也罢，快些进来。"石敬坡叫声："李相公我的恩人呀，你本是读书人，怎能受此苦楚，我今特来奉看，请吃一杯酒。"李生不知是何人，突然而来，说："我不用。"石敬坡说："吃一块肉罢。"李生道："也不用。"石敬坡道："李相公你的讳是春发么？"李生道："正是。我和你素不相识，怎好承情，却来看我。"石敬坡道："相公你再想想。"李生道："如此你敢是个拐子。"石敬坡道："我明明是个贼，他乃认成拐子。既不相识，枉费穷心，回去罢。禁卒哥开门。"李翼道："相公，他好像那夜在我家做贼的石敬坡。"李生道："是了，快叫他转来。"李翼赶上说："石大哥转来。"石敬坡道："认得了么。既然认的，不必细说。我蒙过相公厚恩，杀身难报，今送来一壶酒，聊表寸心。相公吃一杯罢。"李生道："拿来我吃一杯。"石敬坡道："再吃一块肉何如？"李生道："吃不下去。"石敬坡道："恩人所犯何罪，监禁在此。"李生道："连我也不知犯的何罪？只那晚屋檐上掉下一个包袱，认就谁家失盗，贼人遗下的。不料天明，姜婆就带领公差拿我，说我杀了她家养娘，窝藏她家女儿，名唤秋莲，偏偏包袱又现在我家，大老爷不问曲直，除名动刑，屈打成招，问罪收监。"石敬坡道："相公那杀人罪，你如何轻易承认。"李生道："刑法难熬，不得不然。"石敬坡道："恐怕杀人即要偿命，谁是你的救星。还有一件，秋莲寻不着，只怕责比你哩。"李生叹口气道："姜秋莲与你哪世冤家，害得我好苦，就死在阴司，也不甘心。"正说话间，只禁子走来，说："老爷查监下来了，你们快都出去罢。"李翼与石敬坡同道："相公放心养着，我们不时来看你。"遂出了牢门。石敬坡说："李翼哥我两人到僻静去处，有句话讲。"李翼说："使得。"二人到个孤庙中，石敬坡道："请问相公就没个至亲好友么。"李翼道："有个契交，在集侠山住。"石敬坡道："何不去求他相救。"李翼道："我也想去，就是牢中没人送饭。"敬坡道："这个有我。"李翼道："姜秋莲也要寻找。"敬坡道："这也有我。"李翼说："如此说石大哥转上受我一拜。"慌得敬坡扯不及，遂同拜起来。李翼道："感谢大哥慷慨，既允送饭，又寻秋链。倘我主人得脱牢狱，我主仆不肯忘你恩情的。"敬坡道："你说哪里话，我受过活命之恩，比不得陌路人，定要事事关心的。"李翼道："这叫做路遥知马力，日久见人心了。"敬坡道："李翼哥，集侠山之事要紧，不可迟延。"李翼道："这个自然。就是那秋莲之事，须烦留心。"敬坡道："在我身上，不消说了。"李翼道："我即刻起程去罢。"敬坡道："我送你一程何如。"李翼道："不可，各人办事要紧，请罢。"二人作别去了。

不知后事如何，下回分解。

第十一回　惧卖身私逃陷阱
　　　　　因同名孟浪鸣官

话说张秋联自从过于姑娘为女，到也安静。只因姑夫侯上官出门去做买卖，不会经营，折损本钱，又兼年景萧疏，家道渐渐艰窘起来。这侯妈妈病体刚好，近又发作。一日坐在房中问秋联道："女儿，什么时候了？"秋联道："已到黄昏。"侯妈道："点起灯来。"秋联道："晓得。"母女二人，相守房中，讲些闲话不提。

却说石敬坡立誓再不作贼，只因许下与李生送饭，手中没有分文，自己思量道：腰中无钱，如何办事。天明就要送饭去，却哪里安排。罢罢罢，没奈何，将没良心的事，重新做遭，以为送饭之用。你看前面有一个人家，待我飞上他家屋檐，看看肥瘦如何。哎呦，这般兔儿，虽然毛长，却还有脬，只是灯尚未息。若要想他重利，除非等他熄了灯才好下手。那边来了个男子，我暂且回避便了。

这侯老儿走着说道："自从不做生意，无依无靠，家中每日少米无柴，如何度日。况且妻儿又病倒在床，怎么了得。"不觉来到自己门首，叫声女儿开门。秋联闻听，说："俺父亲来了。"侯妈道："我儿须问详细，然后开门。"秋联道："晓得。"走到门口，识得声音说："果然爹爹回来了。"遂开门一同进了内室。侯妈问道："弄的些柴米来否？"侯上官道："今晚没有，明日就用不了了。"侯妈道："今晚没有，难道明日有人白送与你么？"侯上官道："我把秋，"刚说得半句，看见秋联在旁，不往下说，对秋联道："我儿，与你母亲煮碗汤来充饥。"秋联会意，知他有碍口之言，答应去厨下煮汤，却暗暗躲在窗前，听他说些什么言语。侯上官见女儿出去，对老婆道："我已把秋联卖与娼门了。"侯妈闻听说："怎么，把女儿卖与娼门了？你如何这样忍心害理！"侯上官道："不过多图几两银子，你不要高声，看秋联听见。"秋联听毕，进得房来，说："恩父恩母，我虽是你螟蛉女儿，服侍你二人如同亲生，你怎忍将我卖与娼门呢？"侯

上官忙道："我儿错听了，张公子要娶一妾，把你卖给张门了，怎么听是娼门。明日就要过门，你去收拾衣鞋，到他家享荣华去罢，强如在此忍饥受饿。"秋联暗自沉吟道：听他巧言花语，不怀好意，我的亲生母哪里去了，落得女儿无依无靠，有什么好下梢？不觉啼哭起来。侯上官劝道："因你年纪大了，理应择婿，明日是你佳期，不必伤悲。"侯妈在床上长吁短叹道："不料今日做出这翻天覆地的事情来了。早知有今日之事，当初我决不留她。"这些话早被石敬坡尽都听去，暗暗喜道："听他言语始末，竟是姜秋莲无疑了。她既在此，便好救李相公性命。我如今也不偷他，再看姜秋莲行径如何。"只见张秋联走出房来，到自己卧室，满眼流泪道："我到此地位，恨天怨地，都是枉然。千思百虑，不如自尽，倒是了手。"又想了想说："且住，与其轻生寻死，不如收拾包裹，连夜逃走。倘遇女庵，削发为尼，到强似在尘凡之中，招惹风波，趁着今夜去罢。"石敬坡听了多时，想道：姜秋莲若再逃走得无影无踪，李相公这场冤枉，无日得伸了。不免我先到庄外，等她来时，扯她到南阳，以明李相公之冤，有何不可。正是：

　　　踏破铁鞋无觅处，得来全不费工夫。

　　且说张秋联将包袱收拾停当，紧了紧包头，系了系罗裙，趁着爹妈睡熟，绕过草堂，开了大门，轻移莲步，慢慢离了家中。说："幸喜走出是非之地，又兼今夜月朗星稀，正好行路。"走犹未远，只见石敬坡迎面"哒"了一声，说："那女子休走，你是姜秋莲否？"张秋联吓得口不能言，想要回避。石敬坡道："你只顾逃了，把李相公害得好苦。我和你到南阳辨明他的冤枉，你再走也不迟。"张秋联哪里肯去，石敬坡有近前之意，秋联无奈说："休得无礼，我随你去。"石敬坡道："快走，不可迟延。"这张秋联腹内说道：听他言语，令人不解。叫我随他，决非好意。看起来不如在家自尽了，倒得清白，如今悔之晚矣。正思念间，适遇路旁一井，遂将身往下一跳，唯听扑通一声，把石敬坡吓了一惊，回头不见秋联，方知是她跳在井中了。黑夜之间，一个人怎能捞他？痴呆了半晌，想道：我到南阳报官，领差役来捞她，有尸为凭，救李相公便

不难了。想罢，竟向城中去了。

却说侯上官次早起得身来，见门户都开，就知秋联有八分逃走。各处寻找，果无踪影。慌忙对婆子道："不好了，女儿逃走了。"只听婆子在房内，安安闲闲答应道："走得好，免得我生气。"侯上官闭口无言，甚觉没趣。又舍不了这股财帛，急急出门，寻找女儿去了。

再表石敬坡跑了一夜，黎明到了府衙，进了大堂，慌慌张张捡起木槌，向鼓打了几下，口中却说："有大冤枉。"众役上前扯住，说："你是什么人，多大冤枉，擅敢击鼓。"石敬坡嚷道："冤枉大着哩，烦你上禀。"役人走进内宅门说："启爷，有人击鼓。"太爷吩咐伺候升堂。不多一时，知府坐在暖阁，众役排班，呼唱冲堂已毕。知府说："把鸣冤人带上来。"石敬坡台下跪倒，说："太老爷冤枉呀！"知府问道："你有何冤枉，须从实说来。"石敬坡道："太老爷，小人所禀是杀人的冤枉。因太爷把人问屈了，小人代他伸明。"知府说："打嘴。本府问屈什么人，用你替他伸冤？"众役上来打了五个嘴巴。石敬坡道："太爷就打死小人，到底是把人问屈了。"知府怒道："本府问屈的是谁？你是他什么人，代他伸冤。"石敬坡道："太爷问屈的是李花，小的却不是他什么人，实是个贼。"知府道："看来俱是疯话，再打嘴。"石敬坡道："休打，小人不说了，任他含冤而死罢。"知府微笑道："我且问你，叫什名字？"回道："小人石敬坡。"知府说："你口口说李花有冤，我且不打你，你就把他的冤枉说来。"石敬坡道："李花是一柔弱书生，安能杀人。况且平日行径端方。拐藏秋莲，也是必无之事。"知府道："他既招承，你何得代他强辩。"石敬坡道："经此大刑，安得不屈打成招？"知府大怒道："那李花私幼女以赠金，在柳道而杀人，他已招认，况有包袱为凭，你说他冤枉，果有什么确据呢？"石敬

坡道："姜秋莲现在侯家庄，与人作女，怎说李花拐带。"知府道："姜秋莲既在，快带来审问。"石敬坡道："如今又逃走了。因她继父要卖她入娼，至夜竟自私奔。奈她不知路径，到半途掉在井里了。这是小人要往她家作贼，亲眼见的，才来禀知太爷。"知府道："她既落井，也罢，快唤贾氏来。"役人忙把贾氏唤到，跪在堂下。知府道："你女儿已有下落了。"贾氏道："现在何处？"知府道："在侯家庄投井死了。可同我人役去打捞尸首，回来报我。"吩咐已毕，遂退堂进内去了。衙役出来，叫地方给他备了一头驴儿，自己骑着，带领贾氏与石敬坡，叫他紧紧相随，往侯家庄而去。走了多时，贾氏忽然开口道："众位去罢，我不去了。"役人问道："你怎不去？"贾氏说："这些路径，我女儿如何到得那里？一定是石敬坡听错了。"石敬坡道："断然不错，我若听的不真切，安敢轻易报官，自取其祸。"役人道："你二人也不必争论了，既奉官差，谁敢不去。就明知不是你的女儿，也得走这一遭。这正是官身不自由了，速速走罢。"

　　未知如何，下回分解。

第十二回 何巡按听诉私访 徐黑虎认车被擒

话说姜韵自从那日出来，贩籴粮米，来来往往，得些利息，不肯轻易回家。只等获利甚丰时候，才到家中看看去。这日买了几石米，雇的车夫姓徐，名叫黑虎，生得膂力过人，惯能推车，所以做了常常主户。一日从店中五更起身，黑虎推车，姜韵在后随行。离店走了六七里路，见星斗未落，月光尚明，天气还早，就停住小车，在路旁歇息歇息。二人取出些干粮，才待坐下去吃，忽听有人叫声："好苦呀！"徐黑虎往四下一看，并无人影，吓得猛然跳起道："不好，有鬼了。"姜韵仔细听了听，说："不是鬼，路那边像是一井，莫不是井中有人，待我去问他一声。"遂走到井边问道："井内莫非有人么？"张秋联听的有人问她，遂说："快着救我。"姜韵说："听她声音，原来是个女子，却如何救她法。"徐黑虎说："车子上有绳，解来缚住我的腰，卸下去捞她罢。"姜韵道："你少年人的力大，在上边好提拔，待我下去罢。"遂将绳系在腰中，叫黑虎慢慢卸下井去，摸着秋联，说："幸喜水不深，只泡得半截身。"忙将自己腰中绳解下，把秋联捆个结实。说："伙计，先把这女子拔上去，然后拔我。"黑虎听见，遂用力拔将上来，放在井边，替她解绳。趁着月色，向秋联细细一看，见她真有如花似玉之貌，暗自惊讶道：是仙是人，不料世间有这样女子。此日之遇，正是天赐姻缘，不可错过。正在踌躇之际，听得井内喊道："快拔我上去。"黑虎沉吟道：你若上来，必起争端。不如把他处死到井中，却是上策。看了看井旁有一木柱，上前搬倒，两手举起，叫声："老伙计站在中间，绳子下去了。"里边应了一声，桩脚早到头上，可怜姜韵性命，就丧在井中。秋联一见，说："呀，不好，又遇歹人了！"黑虎道："休嚷，我非歹人，那井中才是个歹人哩。我怕他上来难为于你，所以把他处死。待我把米袋也丢下井去，你上车来。你家在何处，我送你回家去罢。"这张秋联从井中出来，浑身

衣服尽湿，水淋淋的，已觉心内抖擞，又见黑虎这般光景，惊得魂飞天外，暗自思量道：奴家刚离虎口，又遇豺狼，此时要再寻无常，他岂肯容。天呀！莫不是我的性命，该丧于此处。事到如今，任他言甘心险，我自宁死不辱罢了。只见黑虎把车子收拾停当，催她上车。正在无奈，忽听一片声锣响，迎面而来。黑虎惊讶道："不知什么官府经过。"遂嘱咐秋联道："你且在车边站立，断勿多言。倘若问你，只说是过路的，推办人出大恭去了。再说别话，官府是要打嘴的。"说完抽身向前面躲避去了。秋联见天已大明，官府又到，说："我可有救星了，谢天谢地。"

却说这官府不是别位，是新巡按何大人，往南阳府去，从此经过。那职事鲜明，从役齐整，自不必说。单表秋联，等他职事过完，望见大轿，跪下路旁，叫声："老爷救命呀！"何大人吩咐住轿。问道："你是谁家女子，在此喊冤？"秋联禀道："民女张秋联，父母早亡，依靠姑娘度日，姑爹不仁，欲卖民女入娼，无奈黑夜逃出庄来，遇强人逼我投井，今早又遇二人捞出，井上人却把井中人害死，立逼民女上车，幸遇青天过此，望老爷救命。"何巡按道："我已明白，如今欲送你回去，又恐你姑爹卖你，却怎么处？人役呢？看看前面那林子里，是什么所在？"役人去了不多时，回来禀道："是一所青莲庵，庵中住持，俱是女僧。"何巡按吩咐把庵中老尼唤来，役人二番回去，把老尼唤到，跪在面前。何巡按道："你是庵中住持么？"答道："正是。"巡按道："本院路途收得一鸣冤女子，寄在庵中。本院到南阳府，差人送香金于你，你好好看顾她。"老尼叩头而起，领着秋联去了，不提。

且说何巡按问役中："有会推车的么？"叫他权扮车夫，自己也换了衣帽，扮成客人，吩咐人役道："本院前去私访。你们执事，仍走大路，也不可远离，以便呼唤就到。"众役齐应一声，各自前往。何巡按随着车子，却向旁路而走，说："我自出京来，行至河南路上，观风问俗，狡猾非常，我立意励精图治，三月之内，把一切贼盗，俱化为善良，才合吾意。"正自思量，忽见前面石桥底下，走出一个人来，向巡按拱拱手，问道："才过去的是什么老爷？"巡按答道："是新按院何老爷，已经从大路过去了。"又问道："有一女子喊冤，却怎么发落了？"巡按道："却不晓得。"那人又问道："你坐的车子，是买的还是雇的？"巡按道："却是路上拾的。"那人道："这车子是我

的。"巡按道："何所见是你的?"那人道："我有暗记，车底下有我名字'徐黑虎'三字。你可看看，若无此三字，就算我赖你了。"巡按道："虽然有字，难以凭信。后边有人来了，待他到时，叫他平论一番，我便给你。"却说来人，正是众役中扮作行人瞧望巡按的。远远见车子被人拦住，有争论之意，慌忙齐到跟前，虚作劝解。见巡按把嘴一扭，即会意思。掏出绳锁，一齐动手把徐黑虎拴住。黑虎嚷道："怎么他坐我的车子，不肯还我，你们反倒拴我，太不公平。"众役喝道："瞎眼的奴才，休得嚷了。这是按院大老爷私行，特访拿你，你还撒野么?"黑虎听见，吓得开口结舌，半晌说不上话来，只是磕头。巡按问道："此车果是你的么?"黑虎道："不是小人的。小人因从前见过此车，上有'徐黑虎'三字，今日所以冒名充认。"巡按问道："你叫什么名字?"黑虎道："小人姓白，小名叫狗。"巡按笑道："正是黑虎立时化为白犬了。"遂吩咐众役："将车子推到南阳入库，把徐黑虎寄监，本院随后自行到府发落。"役人领命，将黑虎捆在车上，推向南阳而去。这正是：

　　　　黑虎霎时化白犬，粮车权且作囚车。

　　这巡按为何不就回去，仍是私行打扮？一则因井中尸首尚未捞出，再者还要访些事情。

　　未知访的如何，且听下回分解。

中华传世藏书

中国孤本小说

春秋配

第十三回　错中错捞女成男
奇上奇亲夫是尸

　　话说奉官遣差打捞尸首的这一起人，在路上磨牙斗齿，七言八语。这个说："石敬坡多嘴，无端生事，叫人这样劳神。"那个说："若井中果是秋莲，到好消案，也不枉这番辛苦。倘或差错，石敬坡便不能无罪了。"贾氏抱怨道："石敬坡可知我女儿是怎个模样，却说的这般确切，真令人可恶。"石敬坡量着自己的见不错，却也不与争论。一路来到井边，石敬坡说："到了，就是此井。"公差方才下得驴来，贾氏早已走到井边，向里一望："白晃晃的又不是水，却是什么东西。"石敬坡闻言，急急近前一看，却也看不清白，说："这也奇了，为什么井桩也不见了。你看那边来了一个瘫子，等他到来，问个明白，便知端底。"却说来的瘫子，就是侯上官，久成残疾，挂着拐儿。因闻得巡按经过此地，又不知女儿逃往何处，恐弄出事来，时常在外打听消息。忽见一伙男女俱在井边，特来探视。石敬坡迎面问道："这汉子我问你，这是谁家的井？"侯上官道："就是我家的井，你问它做什么？"石敬坡道："这井桩哪里去了？"侯上官道："正是。日还在，今日为何就不见了？奇怪，奇怪。"石敬坡又问道："这侯家庄上有个姜秋莲么？"侯老儿道："张秋联是我的女儿，昨夜逃走了，你问她必有缘故。"石敬坡又问："可是你的亲生女儿么？"侯上官道："不是亲生，却是螟蛉。"石敬坡拍掌道："列位如何，不是我错了。"贾氏向侯上官问道："敢是你把我女儿拐走了。"侯上官道："我也遭你骗了。"石敬坡拦住道："你二人不必吵闹，秋莲现在井中，捞起尸来，就明白了，何必如此。"侯上官道："想是你骗我女儿下井的。"贾氏道："不管他，我只问你要我的女儿便了。"公差喝道："不得乱嚷，且叫人下井去捞起来再讲。"遂对地方说道："下井捞尸是你的事了。"地方道："这个自然。"遂把地方卸下，地方细细一看，说："怪道上面看见雪白的些东西，原来是些白米，弄起去好换酒吃。"正

在忙乱时候，这巡按也杂在众人里边，打听消息。只听众人又问井中捞着尸首没有，地方应道："捞着了，不是个女子，原来是男人。"石敬坡道："这是什么事情，你还只顾取笑。"地方说："谁与你取笑？你若不信，捞上来你看就是了。"说犹未了，早已将尸扯到井口。石敬坡看了一看。遂跌脚道："好个成精作怪的东西，你害得我石敬坡好苦得紧。"贾氏向前一看，放声大哭，说："这尸首明明是我家男人，不知他怎么死于此处。"公差道："你认得真么？"贾氏道："我和他夫妻多半世，难道认不真切？"遂描述黄道黑哭起来说："我那屈死的丈夫，每日东奔西波，为名为利，不肯归家，今日被人陷害，你那名在哪里？利在哪里？徒落得死而不明，真苦死人也！"哭了一会，照着石敬坡道："这可是你把我男人害了！"石敬坡道："昨晚真真是个女子，如今变成白发老翁，只怕是井主移换了。"贾氏问瘫子道："是你把我丈夫害了么？"侯上官道："你看我这样残疾，还顾不过自己来，怎去害人？"公差道："说得有理，连我也弄糊涂了。"巡按插口道："我倒明白。"石敬坡道："你既明白，何不说个详细。"巡按道："我却不说。"公差齐道："人命关天，这案官司正没头绪，你既说你明白，就拴你去见老爷。"巡按道："我是秀才，你们拴不得。"公差道："命案重大，你既多言，便是案中之人，哪管你秀才不秀才。"上前竟自拴了。巡按暗暗说道：亏得是我，若是旁人，岂不惹出一场大祸来。我且带着此绳，同他到公堂，看他怎样发落。公差遂叫石敬坡和地方抬着尸首，同井主去见老爷。却说石敬坡，因井中尸首不是秋莲，又闷又悔，不敢回城见官，只推抬尸无力，故意迟延不走。公差一齐喊喊喝喝，往南阳城中而去。这且不表。

却说李翼那日别了敬坡，急急忙忙连夜往集侠山奔走，行了数日，早望见集侠山不远。极目观瞧，果然险绝，真是他们出没之所。渐渐行来，已到山口，早有人拦阻，说："你是什么人，辄敢到此。"李翼赔笑施下礼去，说："敢问大王可姓张么？"喽罗道："正是。问我大王有什话说？"李翼道："我是南阳府罗郡村，李相公门下院子李翼，有要紧事求见大王，烦为通报。"喽罗道："既是罗郡人，想是非亲即友。你在此少等，待俺去禀大王，自有回复。"李翼说："有劳了。"这喽罗急忙走到聚义厅上说："启禀大王，有罗郡李相公家人求见。"张言行道："李相公是我故人，快传那管家进

见。"这喽罗答应一声，不多一时，把李翼领到堂前跪下。张言行认得李翼，慌忙走下厅来说："你主人可好？有何事情来到此处，快快说来。"李翼跪下，满眼流泪说："主人有难，特来求救。"张言行将李翼扯起说："你主人是读书人，有什祸事，叫人不解。"李翼将已往从前，现今入监，问成死罪，说了一遍："此来特与大王商议，设法解救，以全我主人性命，万勿推阻。"张言行闻言，大惊失色，说："我与他虽是朋友，犹如同胞，我不救他，枉生世间。但怎样救他法？"想够多时，说："有了。为今之计，唯安排下山劫他监狱，救出仁弟，一同回寨，共享欢乐，别无妙策。"遂叫："请你二大王来。"喽罗答应，去不多时，二大王王海走来，叙过礼，下面坐定。张言行便将仁弟李花遭难在狱，李翼求救来由，陈说了一遍。王海道："既是大哥的仁弟，即同我们己事一般，何敢推辞。不知哥哥如何救法？"张言行道："快点寨兵，速速下山，直攻南阳府城，劫他牢狱，便是长策。"王海答应，收拾器械，准备粮草，明日起马而去。

不知张言行能救出李春发否，且听下回分解。

第十四回　三拷下探陈叛势
　　　　　两军前吐露真情

　　话说南阳探子，因巨寇张言行在集侠山带领群贼，在濮河安营，声言要攻打南阳府，贼势十分利害，特来报与本府太爷得知。衙役见探子禀见，急忙通报，知府升堂，问了详细，吩咐探子用心打听，再来报禀。探子应声去了。知府又唤中军过来："与你五百精兵，速去擒贼立功。"中军领令去了。众役又禀道："启老爷，小人押贾氏与石敬坡到侯家井中，打捞尸首，却不是姜秋莲，是一个白发男子。贾氏说是她的丈夫，小人只得把井主也带来了，一听太爷定夺。"耿太爷道："唤井主人来。"侯上官跪下。问道："你井内为何有尸首在内？"侯上官道："小人其实不知道。"知府吩咐且自收监。又叫石敬坡上来，知府问道："如今井内却怎么不是姜秋莲呢？"石敬坡回道："小人亲眼见她投井的，不知怎样变化了。"知府也纷纷收监。叫贾氏上来，贾氏跪倒。知府问道："井内的尸首，你说是你丈夫，你认得真么？"贾氏道："认得真。"知府吩咐："你且下去。"自己纳闷道："这桩事一发不得明白了。"公差跪倒爷："启老爷，有个秀才说，此事他倒明白，小人也把他带来了。"知府说："与我带上来。"只见那秀才摇摇摆摆，气昂昂的绝不惊忙，走到大堂檐前，挺挺的站立。虽然带着绳锁，一点不放心上。知府问道："你既是秀才，怎么连个礼也不行。"何巡按道："俺是读书人，自幼不入公门，又不曾犯法，行什么礼。"知府问道："你在庠在监？"何巡按道："也不在庠，也不在监，特奉主命来游玩河南的。"知府问道："你主是谁，要你往哪衙门去游？"何巡按道："在下何得福特蒙圣恩差俺巡按此处，有何专衙？"知府闻听，大惊失色，忙离了公座，上前打躬，说："不知大人到了，卑职有失迎接，望祈恕罪。"吓得那些公差，把绳锁摘下，只是磕头。何巡按道："唤我的人役来伺候。"正自吩咐，只见探子来报，贼势凶勇，攻打甚急，求老爷定夺。知府吩咐再去打探，探子飞马去

讫，何巡按问道："莫非就是强盗张言行么？"知府答道："正是。"何巡按道："本院在途中，闻得贼势厉害，贵府若不亲临阵前，只怕众军性命难保，贵府便不能无罪了。"耿知府打下一躬，说："大人吩咐的是，卑职即刻出马。"保巡按道："理当如此。本院暂且回到察院，听候消息。"知府遂唤人役们，送大老爷回察院，小心伺候，打发巡按上轿而去，才说："看我披挂来。"点过三军，一齐上马，摆开队伍，竟扑城外而来。

却说张言行那边，也有探望军情的，飞马来报说："启上大王，南阳刺史亲统三军，前来对敌。"张言行闻听大喜，说："李翼，你主人有救了。如今耿知府亲自出马，我这一去撞破重围，拿住刺史，何愁你东主不出来。"李翼道："总仗张爷虎威。"张言行遂令王海保定李翼，自己率领喽卒，一马当先，冲上前去。不多一时，两垒相对。耿知府挺枪临阵说："马上的可是张言行么？"张言行答道："既知是张爷爷，何不下马投降。"耿知府大怒道："好大胆鼠贼，朝廷有何负你，擅敢造反？"张言行道："我此来专为你这害民贼，轻薄绅士，屈陷人命。"耿知府问道："屈陷何人？"张言行道："邓州李花，犯的何罪，将他监禁在狱。"耿知府道："他有罪无罪，与你何涉，胆敢猖狂。我便擒你，和李花一处斩首。"张言行闻言如何容得。一怒杀来，混杀一阵。耿知府虽有军将，但从没对敌，如何能取胜。遂令鸣金收军，暂回城去。张言行见天色将晚，也随机归营。李翼上前说："闻听张爷阵上言语不好，恐反害了我主人也。"张言行说："怎么反害了他？"李翼说："张爷对耿知府说，因我主人起兵，知府这一进城来，必把我主人先杀了。这岂不是火上添油么？张爷且请再思。"张言行闻听李翼之言，觉也说得有理，急得遍身流汗，半日不语。

踌躇一回，说："不该在阵前说出真言，果是算计不到，倘如李翼之言，岂不把李春发速速死也。这便怎么处？"寻思一回，说："也罢，事既到此，我便与李仁弟死在一处，也完了我心事。王海兄弟，如今你可埋伏要路，听我消息。"王海应道："遵哥将令。"张言行才道："李翼不必啼哭，我假作败兵，混进城去，打探你主人消息，以便救他。"李翼道："极蒙张爷高情，若到城中，也须相机行事，不可造次。"张言行道："何劳嘱咐。"遂吩咐众喽罗道："你们头目，即速挑选五六十名精壮的，随我前去。俱作百姓模样，或扮挑柴的，或装负米的，或作各色工匠，不拘哪行，任凭装点。须要前后进城，不露色相才好。入城之后，散乱照应，不可聚集。俱在府衙左右观望，以举火为号，便一齐杀出，不可有误。"众喽罗应声，各自预备，随身各带器械，外用衣服掩盖，杂在众人之中，挨进城去。却喜城门不甚防范，就在府衙左右等候。张言行也打扮败兵气象偷进城内，打听李春发消息。

不知可能救得李春发否，且听下回分解。

中华传世藏书

中国孤本小说

春秋配

　　且说耿知府见张言行兵势甚勇，领军回城思量道：贼势甚觉难平，却怎么处。不如告禀巡院，细细酌量，再作道理。遂急急上轿往察院去，来到辕门，巡捕官通报，巡院传见，请耿知府内书房相会，以便商议军情。耿知府见了，打恭施礼，巡院谦让一回，分宾主坐下。何巡按问道："贵府胜败如何？"耿知府禀道："贼势甚是凶勇，不能取胜。大人，原来那李花与他同谋，望大人早早处决，以免后患。"何巡闻听惊讶道："果然如此，事不宜迟，待我升堂，即速发落便了。"遂令传点坐在暖阁，众役排班，呼喝已毕，何巡按吩咐，叫剑子手伺候，快把李花提出，即时斩首。众役答应，疾快出衙，向府监提人。街面上俱一齐谈论道："此番提李花出狱，多凶少吉，可怜他是读书人，遭此重罪。"这张言行久在衙前，打探动静，闻得此信，遂招集众喽罗在僻巷一个破庙宇中，四顾无人，才商议道："不好了，我在衙前听得牢中提人，想是要斩李花。你们在左右观望，若见他有斩人光景，便随我上前一齐抢夺。杀出城门，不可有误。"众贼人道："我们晓得，不必长谈，恐旁人听见，又生祸端。"说完仍散在衙门左右，往来偷瞧，专等消息不提。

　　却说众役到监中提出李花，即往察院来，上前通报，说："李花提到。"李花跪在堂下，说："爷爷冤枉呀！"何巡按道："你冤枉什么，既与反贼同谋，那柳道杀人，是你无疑了。"李花道："大老爷，那集侠山叛逆贼寇，我与他虽是同郡，从未交游，日下小人既误犯重罪，披枷带，还指望青天开眼，得遇大赦，未必无出头日子。至于柳道杀人，俺是读书人，无此辣手。哪有一点影响，况敢与叛贼同谋，作这灭九族的事情。望爷爷法台前怜念儒生，格外详审罢。"巡按道："在我跟前，你不必巧言强口，枉自分解。既已杀人，又通山寇，罪不容诛。叫监斩官，即将李花绑起，插上标子，押赴杀场，速速开刀，勿得停留。"刽子手一齐动手，绑拴完备，巡按用珠笔点了名字，两人扶着，出了察院。正往前行，只见五六十个人，各执器械，随着一个烟毡大帽，手抡双刀的，将刽子手砍倒，解开李花缚绳，令个精壮小军，背将起来，领定众寇，杀到城门。幸喜防御人不多，那些门军见势头来的凶恶，不敢十分争斗。这张言行大喊一声，说："你们各自回避，倒是造化，省做刀下之鬼。"一面说一面将护门军砍倒数人，把铁锁劈开，门拴扳起，开了城门，一拥出城，竟回大营而去。随后城内武官，点起军兵，齐来追赶。张言行领着众人，早已走出他们营盘齐楚，不敢再追。哪料王海埋伏之兵一直杀来，官军看得明白，不肯迎敌，暂且退回入城去了。王海也不追赶，竟自回营。

却说李花，一经捆绑，早已魂飞天外，昏昏迷迷，架到街心，又不知人从何来，忽然解缚绳背负而逃。只觉虚飘飘昏沉沉，也不晓得身首在一处，不在一处。荡荡悠悠满耳风生，一霎之间，携到一个所在，才觉有人与他披上衣服，心神稍觉安稳，只是有话说不出来。停了一会，耳中猛听有人唤他："贤弟醒来。"又听得说："相公醒来。"又苏醒了半时，猛睁开眼，见张言行身披甲胄，面前站立，又见李翼也在旁边，擦眼抹泪的哭，不知是何来历，才开口问道："张仁兄，这是什么所在？"张言行道："贤弟我为救你，领人马下山到此，与耿知府交战，那耿仲被我杀败，我便假做百姓，混进城去。不料贤弟正绑法场出斩，是为兄劫了法场，救了贤弟出城。这便是愚兄的营盘了。"李花道："原来如此，但我犯罪，自有一身承当。如今仁兄舍着性命把我救出固好，但只是劫了法场，非同儿戏。城中官员岂肯甘休，却怎么了得。再者我在邓州遭难，是何人传信，怎么得知的？"张言行道："我在集侠山，何等自在。你家李翼来说，我方领人马到此，受了多少劳碌，反惹你致怨。"李花闻听，向着李翼道："老奴才，我死自死，谁叫你来。你主人是朝廷俊秀，虽然犯法，想是前生冤业。如今做出这事，连累我的香名，反遗臭万年了。可恼可恼。"张言行闻听，含嗔道："这才是画虎画皮难画骨，知人知面不知心。贤弟休生埋怨，不必如此。到明日，再重新商议罢。"李花道："非是致怨仁兄，水火中救人，真是天高地厚之德，碎身难报。但人各有性情，不能相强。甘心就死，不肯为逆。倘朝廷不容，定来剿灭，仁兄设有疏失，

岂不是小弟连累哥哥。于心何忍，实是不安，并非致怨。"张言行闻言，又转喜色道："愚兄岂不知此，但我两人，相交甚厚，所以轻生重义，哪有别心。"遂吩咐王海，令小卒打绑提锣，营外巡视，恐有劫寨之兵。急速摆上筵席，与李贤弟压惊。王海应声办理去了。张言行让李生上坐，自己下陪。众卒斟上酒来，随后大盘肉食，并山中野味，甚是丰盛。劝李花饮酒，李花不好却情，只得勉强应酬，说些得罪情由，感激话头。天已二更时分，李花辞醉不饮。张言行也觉身体困乏，说："贤弟也得将息将息，安歇一夜，明朝再讲，愚兄告别罢。"李花道："小弟困乏，也就去睡。"打发张言行安寝，自己心中有事，哪里睡得着，悄悄起来，看桌上现有令箭，我且拿去逃出营盘，再作道理。又听了一听，闻得张言行鼾声如雷，说："张兄既已睡熟，此时不走，更待何时。咳，虽是朋友好意，不肯忘旧，

但是非之地，难以久留。趁着月色明亮，正好走路。"急急忙忙，正往前行，巡更的遇见，问道："什么人？"李花道："我是查夜的。"更夫问道："可有令箭？"李花道："这不是令箭。"更夫道："既有令箭，过去罢。"这李花逃出营来，无人查问，急往前去不提。

去说张言行醒来，不见李春发，遂问王海道："我李仁弟哪里去了？"王海应道："三更时候，更夫报道，有人拿着令箭，口称查夜，出营去了。"张言行道："想必逃走了，快备马来，待我追赶。传与三军，各执火把，快忙前去，赶他回来。"又赞叹道："我那仁弟，为人至诚忠厚。既做漏网之鱼，怎么又去吞钓。须要追赶回来，再劝他回头入伙方是。众小卒急急前追，不得迟延。"

且不说他们簇簇拥拥，急急追赶。说李花出得营来，不顾高低，哪管深浅，行了多时。说："你看夜沉露冷，戴月披星，又兼朔风阵阵侵骨，如今也顾不得了。只是张

仁兄情意亲切，叫人难忘。但我的心肠坚如铁石，哪能移挪得动。"正思量着，见后面火光照耀，料想追赶来了，一时无处躲避，四下一望，见前面一片树林，不知是何所在，急急前去躲藏。

不知李花可得了避身之处否，且听下回分解。

第十六回 男女会庵中叙旧 春秋配救赐团圆

话说李春发急急行来，将近跟前一看，说："原来是个庙宇。大门紧闭，却怎么处。那边靠山门有棵柳树，条枝甚低，不免攀定柳条越墙而过，等到天明，再往前走。"随即攀定柳枝，蹬着墙头，飞身往下一跳，落在平地，定了定神，悄悄躲在墙根下。不提。

却说庵内道姑，闻听山门前忽有响动，又闻犬吠，一齐执灯出来探视。忽见墙边有人站立，一齐嚷道："不好，有贼人进院来了。快喊于邻人知道，齐来捉拿。"李花慌忙应道："我非贼盗，却是避贼盗的。"姜秋莲向前仔细一看，说："观你模样，莫非是罗郡李相公么。"李春发道："我正是李花。"姜秋莲对老尼道："师傅，他就是我同郡李秀才。"老尼道："既是李相公，且请到大殿上说话。"李生向老尼施下礼去说："请问这小师傅，如何认得小生。"姜秋莲道："芦林坡前，你赠银子与谁来？"李生猛省道："你莫非是姜秋莲么？"小尼答道："正是奴家。"李春发道："你为何私自偷逃？柳道之中，遇盗杀了奶娘，你的母亲却在邓州将我首告，因此解送南阳，受尽许多磨折，你却安居此地。"姜秋莲问道："你既遭官司，今夜如何到此。"李春发道："我有盟兄张言行，现在集侠山为王，闻我受屈，特提兵到南阳与耿知府交战，知府兵败进城，立刻将我处斩，又亏他劫了杀场，救我出城。但我想贼营岂可安身，因此逃出。他又随后赶来，望师傅们大发慈悲，遮盖俺一时，明日再走。"姜秋莲听他说了半日，不觉心中痛伤，腮边流泪，但不好言语。老尼见她这般光景，问道："贤徒为何落泪，含着无限伤感。"姜秋莲道："我想当日芦林相遇，悯我幼女，慨然赠金，是何等豪侠义气，况且自始至终并无一言半语，少涉邪淫。哪料回家告诉继母，她偏疑心起来，猜有私情，就要鸣官，那时恐分不清白，出乖露丑，无奈何和养娘越墙逃走，行至柳

道，又遇强人杀了养娘，夺去包袱，又逼奴家同行，幸天赐其便，将贼人推下深涧，方得脱身到此。自己受苦罢了，怎么连累李相公，遭此冤屈此官司，于心何忍。当日倒不如在家悬梁自缢，倒省惹无限风波。"李花问道："可知那杀养娘的叫什么名字？"姜秋莲道："那刀上有侯上官三字。"说话之间，那张秋联也来近前，听说侯上官三字，便惊道："侯上官是奴家的义父，如何却有此事。"李花道："敢问此位小师傅俗家住在哪里？"张秋联道："奴家也是罗郡人氏。张言行便是我的胞兄。"李花道："他乃我结义仁兄，如此说你是我的仁妹了。想必张兄临行，将仁妹寄托侯家庄上么。"张秋联道："正是如此。论亲戚侯上官是我姑爹，哥哥把奴家寄于姑娘家为义女，所以说是义父。那日就在侯家庄上兄妹分别，不知哥哥出去，竟做此绿林营生。姑娘待我还有骨肉情意，岂料姑爹不知在何处损坏身体，成了残疾。又心怀不仁，要卖奴为娼。是我无奈，只得黑夜逃走，却遇强人逼我下井，次日有二客捞救出井。他二人之中，又害了一人在井内，这人便逼我上车。却好路遇按院老爷，行到化俗桥下，是我喊冤，得蒙按台寄我在此，不知将来怎样结果。"李花道："石敬坡在南阳击鼓，说姜秋莲在侯家庄上，与人做了义女，莫非就是贤妹么。"张秋联道："那夜出庄之时，即遇一人问道："你是姜秋莲也不是，我说你问她怎的，想那人便是石敬坡了。"李花道："正是他。贤妹尊名？"张秋联道："我是秋联。"李生道："是了。张与姜同韵，莲与联同音，也休怪他说错了。他如今也在狱中，谁知你二人皆在这里。他为我寻秋莲，不分昼夜，因错名字击鼓鸣官，遣他捞尸，勾引出许多口舌，现在狱中，秋后处决，可怜可怜。"这老尼听他们告诉情由，说得可伤，不觉流下泪来。道："你听他三人说得悲悲切切，来来往往，前前后后。有许多情节，巡按老爷竟把好人无故牵扯，我出家人听到此处，也替你们酸楚。都不必再言了，李相公且在这里宿歇，等到天明我领你两个同李相公，到按台老爷那里诉明就里，辨明冤枉便了。"李花与秋莲两人同道："全仗老师傅法力协助协助，感激不尽。我们等候天明以便前去罢。"

却说张言行率领众人，追赶数里，不见踪影，又恐营盘有失，只得怅怅而归，这且不表。到了次日，老尼领着李花等，一齐进城，同到巡按衙前，适遇按院升堂。李花竟直奔上堂去，双膝跪倒，说："老爷冤枉。"按院问："是什么人？"众役禀道：

"就是张言行劫去的李花，又来喊冤。"适耿知府也在堂边，说："必有诡计，快拿去斩了。"按院道："不可。他必有话说，待我问他，李花再向前来。"李花闻听，又爬几步，按院道："李花你既被劫去，为何又来喊冤。"李花禀道："老爷，小人虽与张言行幼年同学，实长而各别。他今造逆为叛，虽救我出去，但小人曾读诗书，祖宗清白传家，岂肯随他为逆。故此特来受死。"又将逃避庵中，遇着道姑，把冤枉对证明白的话，申明一番。按院闻听大喜道："为人谁不怕死，难得你诚厚如此。如今又证出杀人，是冤屈你。我即还你衣衿，却说张言行投降。本院代你启奏，加你官爵何如？"李花闻言欢喜，换了衣衿，拜谢道："蒙大人天恩，即往张言行营去，仗三寸不烂之舌，劝他归顺，即来复命。"遂出察院去了。

那姜秋莲、张秋联在外喊声冤枉，众役禀过，按院吩咐唤她进来。衙役领着她二人跪倒堂下。按院问道："那道姑有什么冤枉，叫什么名字？"姜姑道："俗名姜秋莲。"张姑道："俗名张秋联。"按院笑道："怎么一时出来两个秋连，住在哪里？"二人道："全是罗郡人氏。"按院又问："姜女有什么冤枉诉上来。"姜秋莲道："民女芦林拾柴蒙李花周济银两，及到家中，继母疑心，欲要送官究处，民女无奈，遂同养娘偷逃走至柳道，不料遇着歹人，夺了包袱，养娘喊叫被他伤害，又要奸骗民女，民女那时诱他在青蛇涧边折取梅花，就空推他跌死涧中。"巡按道："你可知那人姓名么？"姜秋莲道："就是张秋联的父亲。"按院问道："何以知道？"姜秋莲道："刀上现有侯上官三字。"巡按看是果然，吩咐将刀寄库。又问张女："你有何冤枉。"张秋联道："爷爷听禀，我养父卖我入娼，夜间逃出，不料冤业相随，叫声秋莲同我与李相公伸冤，吓得我投入井中。次日有二人将我救捞出井，又被匪人相欺，将一个同行的害于井里。救了我命，害了他身。后民女遇一官员喊冤，蒙恩送入庵去。今到台下，只得直陈。"巡按又问："你可是本院寄在青莲庵的么？"张秋联道："原来就是大老爷。"巡按道："这件事，本院已经明白，那老儿是徐黑虎害的。但逼你投井的却是何人？"耿知府道："那就是石敬坡。"巡按想了一想说："是了，他误以秋联为秋莲，却与威逼人命不同。唤石敬坡上来。"石敬坡跪于堂下。巡按问道："你可认得姜秋莲么？"石敬坡道："若会面也还认得。"何巡按道："这两个道姑你下去看来。"石敬坡道："此位

好像是她。"巡按道："你且下去听审。唤人将徐黑虎提来。"不时提到。巡按道："此女你可认得？"徐黑虎向秋联道："我将你从井中救出，也要知恩报恩。"巡按道："救她之人，却被你害死井内，她却报谁的恩呢。且下去听审。唤侯上官。"侯上官上得堂来，巡按问道："张秋联在此，你认得么？"侯上官望了一望，说："是我女儿。"巡按又问道："那一个你认得么？"侯上官道："小人知罪，不必说了，小人成招罢。"巡按道："带他下去听审。"又将贾氏唤来，巡按问道："你可认得这道姑么？"贾氏道："是我女儿。"巡按大怒道："她是你女儿，一十六岁，还叫她去荒郊野外拾柴。你的丈夫是徐黑虎所害，你家养娘是侯上官所杀，你诬告李花，该当何罪？"贾氏道："爷爷，我家的包袱现在他家，不是他杀害，如何到他家？"石敬坡道："大老爷，那包袱小人倒晓得。"巡按问道："你怎么知道？"石敬坡道："小人那日到罗郡买货，起程早些。行到乌龙冈，见一汉子腰藏包裹，料想来历不明的，是小人抢了他的。小人往日曾受这李花恩惠，无物可报，就将那包裹撩在他家院内，不想反害了他。"巡按道："所遇汉子却是何人？"侯上官道："是小人。"石敬坡一看说："就是此人。"巡按道："这就是了。唤众犯听审：姜秋莲越墙逃走，乃继母所逼，与私奔不同。侯上官夺物杀人，心蓄奸淫，实为罪魁恶首，定了剐罪。张秋联惧卖为娼，夜逃遇盗，因而投井，是所当也。石敬坡虽逼女投井，乃无心之失。南阳击鼓鸣冤，慷慨可嘉。填入刺史麾下听用，以为进身之阶。徐黑虎慕色杀人，定了斩罪。贾氏嫉妒前妻之女，心如蛇蝎，发本州三拶，领夫尸埋葬。李花陷不白之冤，受无限之苦，不肯同友造逆，甘心投辕受死，本院断姜女与之为妻。淑女宜配君子，姜秋莲下去更衣。众犯画供押出行刑。贾氏发回本州。张秋联且回庵内，以便另寻配偶。"吩咐已完，只见李花前来禀道："启大老爷，罪人已说张言行自来投降。"巡按道："你今又有说寇之功，本院即上本保你，且自更衣。着张言行进来。"众役传呼。张言行跪倒，说："罪人该死，求大人饶恕。"巡按道："看你气象果然英雄，且起来，既已改邪归正，本院自当保奏朝廷，你今且领你妹到庵去候旨。"张言行道："求大老爷就将李花也成就妹子之婚，便是莫大之恩。"巡按道："这也说得是，你既与李花有朋友之谊，又可结郎舅之好。令妹何妨与姜女同配李生。且二女名皆秋字，李生名有春字，则春秋二字，暗中奏合，乃天生奇缘，谅

非人力所成，可喜可贺。耿刺史为媒，本院主婚，就此同拜花烛。"耿知府道："大人处分真乃天造地设，分毫不爽。人役速唤鼓乐伺候。花红齐全，着宾相赞礼，即在大堂同拜了天地。"李花同姜张二女拜跪起来，又谢了巡按与知府。正在热闹之际，忽众役禀道："圣旨下。"巡按吩咐，快排香案。只见内使已到堂上，说："圣旨已到，跪听宣读。"皇帝诏曰："何卿奏言李花甘死投辕，不肯顺逆。又有说冠之功，免群黎之难，诚为可嘉。特钦赐尔为翰林学士。张言行输心投诚，改过自新，不愧壮士，封为平顺将军。姜秋莲、张秋联名节不污，同受花封，为贞烈夫人。石敬坡勇于改过，不没人恩，鸣冤报德，真有豪侠之情，着巡抚麾下听用。钦此。"何巡抚接旨后，众人无不欣喜。这时厅上早已鼓乐齐鸣。李春发同着双秋进了洞房，自是欢喜不提。